Weitere 50 große Romane des 20. Jahrhunderts | Ilse Aichinger – Die größere Hoffnung • **Joan Aiken** – Du bist ich. Die Geschichte einer Täuschung • **Ivo Andric** – Die Brücke über die Drina • **Ingeborg Bachmann** – Malina • **Louis Begley** – Lügen in Zeiten des Krieges • **Anthony Burgess** – Die Uhrwerk-Orange • **Truman Capote** – Frühstück bei Tiffany • **Colette** – Mitsou • **Per Olov Enquist** – Das Buch von Blanche und Marie • **Nuruddin Farah** – Maps • **Lion Feuchtwanger** – Narrenweisheit oder Tod und Verklärung des Jean-Jacques Rousseau • **Penelope Fitzgerald** – Die blaue Blume • **Nadine Gordimer** – Niemand der mit mir geht • **Juan Goytisolo** – Landschaften nach der Schlacht • **Lars Gustafsson** – Der Tod eines Bienenzüchters • **Joseph Heller** – Catch 22 • **Wolfgang Hilbig** – Ich • **Wolfgang Hildesheimer** – Marbot. Eine Biographie • **Bohumil Hrabal** – Ich dachte an die goldenen Zeiten • **Ricarda Huch** – Der Fall Deruga • **Brigitte Kronauer** – Berittener Bogenschütze • **Jaan Kross** – Der Verrückte des Zaren • **Hartmut Lange** – Das Konzert • **Carlo Levi** – Christus kam nur bis Eboli • **Javier Marías** – Alle Seelen • **Monika Maron** – Stille Zeile Sechs • **William Maxwell** – Zeit der Nähe • **Patrick Modiano** – Eine Jugend • **Margriet de Moor** – Der Virtuose • **Amos Oz** – Ein anderer Ort • **Orhan Pamuk** – Rot ist mein Name • **Leo Perutz** – Der schwedische Reiter • **Christoph Ransmayr** – Die Schrecken des Eises und der Finsternis • **Philip Roth** – Täuschung • **Arno Schmidt** – Das steinerne Herz. Historischer Roman aus dem Jahre 1954 nach Christi • **Ingo Schulze** – 33 Augenblicke des Glücks • **Winfried G. Sebald** – Austerlitz • **Anna Seghers** – Transit • **Isaac Bashevis Singer** – Feinde, die Geschichte einer Liebe • **Muriel Spark** – Memento Mori • **Andrzej Stasiuk** – Die Welt hinter Dukla • **Marlene Streeruwitz** – Verführungen. • **Kurt Tucholsky** – Schloß Gripsholm. Eine Sommergeschichte • **Mario Vargas Llosa** – Lob der Stiefmutter • **Robert Walser** – Jakob von Gunten • **Franz Werfel** – Eine blaßblaue Frauenschrift • **Urs Widmer** – Der Geliebte der Mutter • **Christa Wolf** – Kassandra • **Virginia Woolf** – Mrs Dalloway • **Stefan Zweig** – Maria Stuart **| Ausgewählt von der Feuilletonredaktion der Süddeutschen Zeitung | 2007 – 2008**

Süddeutsche Zeitung | Bibliothek
Lese. Freude. Sammeln.

Die komplette Bibliothek mit allen 50 Bänden gibt es für nur 245,- Euro.
Das sind nur 5 € pro Buch. Den ersten Band erhalten Sie gratis.
Erhältlich unter Telefon 01805 – 26 21 67 (0,14 €/Min.),
unter www.sz-shop.de oder im Buchhandel.

Brigitte Kronauer

Berittener Bogenschütze

Klaus Sandler in Dankbarkeit gewidmet

Brigitte Kronauer

Berittener Bogenschütze

Süddeutsche Zeitung | Bibliothek

Bibliografische Information der Deutschen Nationalbibliothek
Die Deutsche Nationalbibliothek verzeichnet diese Publikation in der
Deutschen Nationalbibliografie.
Detaillierte bibliografische Daten sind im Internet über
http://dnb.d-nb.de abrufbar.

Der vorliegenden Ausgabe liegt die Textfassung der Originalausgabe
des bei Klett-Cotta erschienenen Buches zugrunde.
Lizenzausgabe der Süddeutschen Zeitung GmbH, München
für die SüddeutscheZeitung | Bibliothek 2007
Copyright © 1986 J. G. Cotta'sche Buchhandlung Nachfolger GmbH,
gegr. 1659, Stuttgart
Titelfoto: 2005 Getty Images
Autorenfoto: Jürgen Bauer / SV-Bilderdienst
Klappentext: Dr. Harald Eggebrecht
Gestaltung: Eberhard Wolf
Grafik: Dennis Schmidt
Projektleitung: Dirk Rumberg
Produktmanagement: Sabine Sternagel
Satz: vmi, Manfred Zech
Herstellung: Hermann Weixler, Thekla Neseker
Druck und Bindearbeiten: Ebner & Spiegel, Ulm
Printed in Germany
ISBN 978-3-86615-512-1

Erstes Kapitel

»Die Leere, Stille, Einöde im innersten«, wiederholte Matthias Roth mit vorgeschobenem Bein und breitete die Arme aus, »Zimmer der Leidenschaft«. Er löschte das Licht, um sich draußen begutachten zu lassen, wartete aber einen Augenblick hinter der geschlossenen Tür. Ganz kurz stellte er sich die gestärkte weiße, von der noch eine Minute unsichtbaren alten Frau beinahe zylindrisch ausgefüllte Schürze vor, eine immer frische Schürze mit breiten, über dem Rücken gekreuzten Bändern und einer strengen Schleife, eine Zutrauen erweckende Schürze, ein jungfräuliches Korsett um die ein wenig zum Zerfließen neigende Vermieterin, eine gerettete Flagge fast aus ihrer sehr fernen, ruhmreichen Köchinnenlehrzeit in einem weißen Hotel am Rhein! Gut, er sah Frau Bartels deutlich vor sich und öffnete jetzt die Tür, um sich mit Vergnügen ihrer gründlichen Mißbilligung auszusetzen. Einen dunkel geblümten, düster stimmenden Kittel trug sie und hatte auf ihn gelauert. Keinesfalls wollte sie ihn wortlos entwischen lassen, griff seinen Arm und zerrte ihn in ihre Küche, wo ihn sofort störte, daß heute auf dem Tisch nur das hart glänzende Wachstuch lag, außerdem hatte sie geweint. Ihm entging nicht, daß sie ihr Sparbuch rasch in die Kitteltasche steckte. Sie betrachtete es jedesmal nach einem Streit mit ihrem Mann, um sich an den Geldbeträgen auf ihrem eigenen Konto zu trösten. Da Matthias Roth noch geblendet war, konnte er aber wenigstens ihre runden Wangen als blühend empfinden, anstatt gleich das Netzwerk roter Äderchen wahrzunehmen, das Frau Bartels ihre muntere Farbe verlieh und von weitem so hübsch mit den festlich silberweißen, straff zu einem kleinen Knoten gekämmten Haaren kontrastierte. Ein Winteräpfelchen, das in den Schnee gefallen ist! sagte sich Matthias Roth und lächelte zurück. Natürlich, das verstand sie als gutes Zeichen, zögerte also nicht länger, ihn ins Wohnzimmer zu drängen, um dort Kritik an ihm zu üben, vor Augen und Ohren ihres Mannes, so daß schließlich die zwei im gemeinsamen Kopfschütteln über ihn ihre Versöhnung bewerkstelligen könnten. Herr Bartels, hinten im Sessel bei der Stehlampe, hielt sich die Tageszeitung vors Gesicht, als wäre sie eben erst gekommen. Er rührte sich nicht. Die alte Frau, noch immer mit feuchten Augen, kicherte stumm und legte den Finger auf den Mund. Sie sahen von ihrem Platz aus, über die Länge des Raumes weg den Mann, wie er steif dasaß und sich nur einmal, die Zeitung mit einem knatternden Schlag nach außen beulend, Luft machte. Vogelscheuche mit dem kleinen Schädel, häßlicher Starrkopf! redete ihn Matthias Roth, ohne die Lippen zu bewegen, durch das ausgebreitete Papier hindurch an. Verknöcherter Schlagzeilenleser und Architekt im misanthropischen Ruhestand, gemeingefährlicher, die Regeln verwechselnder Autofahrer und Einfaltspinsel, mach das Maul auf und versteck Dich nicht! Deine Frau, die mich nun umschleicht und sich ein Urteil bildet über mein schwarz und schlecht gefärbtes Haar, das aber Marianne, auf die es mir ankommt, überhaupt nicht begreift als Kaschierung, sondern, in ihrer gütigen Jugend, als Verrücktheit, Deine Frau, die drei Wochen mit großem Jammer im Krankenhaus lag, hast Du ganze vier Mal besucht und das einzige, was Du mitgebracht hast, waren die Klagen über den Haushalt. Es ist mir übrigens angenehm, den Namen Marianne in Eurem schlecht gelüfteten Wohnzimmer zu denken. Das erzeugt hier einen erfrischenden Luftzug, Faulenzer! Dann hast Du ihr seelenruhig ins Gesicht gesagt, und ich, unschuldig gutgelaunt, mußte das hinterher alles anhören, etwas Vorteilhaftes hätte ihr Wegsein allerdings, der Mülleimer, den Du ja immer runterschleppen mußt, sei jetzt nicht so schnell voll. Ach, halts Maul, unfreiwilliger Spaßvogel! Matthias Roth stand ruhig auf beiden Füßen, verschränkte die Arme über der Brust und rief, als täte er es zum wiederholten Mal: »Guten Abend, Herr Unternehmer!«

»Konzentration beschreibt nicht den Weg zur Größe, sondern den Weg zur betriebswirtschaftlichen Konsequenz!« war die prompte Antwort in gleicher Lautstärke. Die Zeitung wurde herrisch beiseite geschleudert, und zum Vorschein kam ein endlich erlöstes, streitlustiges Gesicht: »Ich sage und predige es bis an mein Grab: wer Aggressivität ablehnt, nimmt dem Wettbewerb seinen Biß!« Marianne, fuhr Matthias Roth für sich fort, nimmt mich als akzeptables Original wohlwollend mit in Lokale, wo man mich mit ›Herr Doktor‹ anredet. »Also nichts Neues zum Leistungsträger Handel in der Volkswirtschaft«, sagte er dann wortabschneidend und nickte Frau Bartels, die sich daranmachte, das Feld vor den Männern zu räumen, auffordernd zu, sie möge beginnen. »Sie sollten sich schämen!« Ohne zu zögern nutzte sie ihre Chance. Jetzt war sie an der Reihe und ließ nicht so schnell davon: »Ein Hochschullehrer!« Das letzte brachte sie in sanft klagendem Tonfall vor, so daß Matthias Roth an den Bankbeamten denken mußte, der ihn manchmal zu einem Gespräch an ein Tischchen mit zwei Sesseln bat und vor dem Versuch warnte, sein Konto über die normalerweise eingeräumten Grenzen hinaus zu überziehen: »Sie, ein Herr Doktor, nicht wahr!« »Spezialisiert auf Gespenstergeschichten«, ergänzte dann Matthias Roth schadenfroh und sah den gutwilligen Kontoüberwacher beunruhigt und bemüht, dieses Detail unverzüglich zu vergessen: »An unserer schönen, ehrwürdigen Universität!« Frau Bartels aber war sich nach dieser Offensive der Aufmerksamkeit beider Männer so sicher, daß sie ihn zunächst ohne weitere Bemerkung, aber desto gestenreicher umkreiste. Sie schlug die Hände darstellerisch über dem Kopf zusammen, wies auf seine Schuhe und riß an seiner Jacke, spielte die Sprachlose, die nun nicht mehr an sich halten konnte und über das Schändlichste, die pechschwarz und noch dazu strähnig gefärbten Haare wetterte. Die letzte verbliebene Nässe in ihren Augen schien sich jetzt auf diesen Umstand zu beziehen, den heimlichen Kummer über seine Liederlichkeit. Sie nannte es so und sagte es ihm auf den Kopf zu, daß sein Anzug, ein vom Schwiegervater eines Freundes geerbter, gleichzeitig zu eng und zu weit sei, daß sein Hals einfach zu nackt aus dem unordentlich gebügelten Hemdkragen herausschaue, daß jeder auf den ersten Blick die erbärmlich schiefen Absätze entdecken müsse. Auch sei er zu dick geworden. Herr Bartels, aus der Ferne, am Fenster bei der Stehlampe und der

Zeitung, verfolgte staunend, wie Matthias Roth sich dem Stoßen und Zerren seiner Frau fügte und ohne Widerspruch ihre Beleidigungen ertrug, zufrieden, zerknirscht und eines Sinnes mit ihr. Sicher, gestand sich Matthias Roth ein, ich habe einen fetten Hintern gekriegt, vermutlich einen schlechten Gang. Aber immerhin, ein gewisser Erfolg bei Frauen hält an, und auch diese hier läßt ja keine Gelegenheit aus, mich anzufassen. Heuchlerisch nimmt sie meine Hand und spottet über den Ring am kleinen Finger, kommt mir sehr nah, um mein Rasierwasser zu prüfen, sagt, ich röche zu stark, etwas zuviel Duft für einen Mann, und möchte am liebsten an mir tätscheln, dazu lädt sie mein Lächeln von vorn ein. Er drehte ihr das Profil zu, das brachte seine vorspringende, dann stark abwärtsgebogene Nase zur Geltung, und wies die Frau sofort zurück. Hatte nicht Marianne bemerkt, daß für diese Nase offenbar zuerst eine ganz andere Form geplant war, aber ein heftiger Wille habe sie, man sähe noch Absätze ihres Widerstrebens, in die jetzige gezwungen, glücklicherweise. Frau Bartels wäre auch durch seine Augen zu erschrecken gewesen, wenn er sie nur einmal nachdrücklich auf sie richten würde. Er konnte ohne Anstrengung ihr leuchtendes Braun einfach erkalten lassen. Alles, was die Frau beanstandete, sagte sie in friedenstiftender Absicht, behielt ihn, Roth, aber ununterbrochen im Blick, ob sie nicht zu weit ginge, und diese Wachsamkeit war ihm wichtig. Wäre sie nur kurz geschwunden, hätte er sich nicht mehr amüsiert. Das fühlte sie ohne Zweifel, verhielt sich danach, und so stand er gern zu Diensten und beobachtete mit ihr, wie Herr Bartels, immer noch ohne Laut, Gedanken in seinem eckigen Schädel bewegte, die er, sobald Matthias Roth verschwunden war, nicht länger seiner Frau würde vorenthalten können.

Im Flur aber, im Dämmerlicht, flüsterte er ihr – eine der Vermieterin schmeichelnde Intimität – obendrein etwas ins Ohr. Er bat sie, wenn er morgen, an seinem freien Tag, von oben herunterkäme, ihn in ihrer weißen Schürze zu empfangen, das sei dann etwas Sonntägliches zwischen ihnen, über den jetzigen Kittel wolle er lieber keine Silbe verlieren. Der Hinweis auf Roths Wohnung unter dem Dach, zwei Stockwerke über ihnen, in der er also die Nacht zu verbringen beschlossen hatte, bedeutete Unanständiges für Frau Bartels. Sie kannte zu gut seine Anhänglichkeit an das alte Balkonzimmer hier unten, immer im Bereich ihrer gastfreundlichen Küche, um nicht Verdacht zu schöpfen. Er sah es ihr an: Eine andere Funktion als diese eine, ärgerlich vermutete, kam in ihren Augen seinem kleinen Domizil in der Höhe gar nicht zu. Er spürte diesmal keine Gereiztheit über ihre Einmischung, vielmehr das Bedürfnis, der alten Frau die junge, die ihn in der Stadt erwartete, so darzustellen, daß sich ihre Miene aufhellte. »Marianne« (es wird sie nicht gewogen machen, wenn ich ihr erzähle, daß ich sie vor die Auslage eines Bettengeschäftes geführt habe, damit sie sich mit mir an der Schaufensterdekoration, einer Masse aus Rheumadecken, Kissen, vergilbten Nachthemden, gestaffelt bis in die Tiefen des Raumes weiden sollte, und sie hat es, mehr als ich wünschen konnte, getan), »eine der intelligentesten Biologiestudentinnen der Universität, darüber hinaus fleißig, fürsorglich, wenn auch wählerisch mit ihren Freunden, kocht vorzüglich.« Nein, er plante nicht zu heiraten, das würde er wohl gleich gefragt. Er konnte trotzdem, so nah bei der mittlerweile wieder lächelnden Frau, kaum aufhören, von diesem Mädchen Dinge zu behaupten, die ihn selbst gar nicht interessierten, mit unbegreiflichem Ernst und Eifer. »Etwas Vollkommenes!« sagte schließlich die Vermieterin, sperrte die schmalen Lippen unangenehm auseinander und fügte, eine Vertraulichkeit gegen die andere, hinzu: »Oben, ihr Nachbar ist arbeitslos, schlechte Zeiten für Maurer. Wundern Sie sich nicht, die Wände sind ja dünn. Er hat jetzt viel Zeit. Die arme Frau. Sie wissen schon.« Es sah aus, als streckte sie ihm die Zungenspitze raus. War er verblödet, mit ihr über Marianne zu sprechen? Er warf die Tür hinter sich zu, daß die hohen, geschliffenen Scheiben klirrten und nahm es gern und ohne allzuviel Ironie als ausführliches Zittern vor seinem flüchtigen Zorn entgegen. Das Treppenhaus hätte er gern überschlagen. Da stieg er nun abwärts, mußte ein feindselig beleuchteter Gegenstand sein in der trüben Hohlheit des Hauses und hindurch. Wenigstens riechen wollte er nichts, schleifte mit dem

Ärmel an der schulterhoch lackierten, Dreck und Zuneigung abweisenden Wand entlang und starrte von vornherein auf den goldenen, wunderbar übriggebliebenen Schlangengriff des Etagenfensters im Mittelstock, behielt ihn fest im Blick, drehte sich nicht um, als er Frau Bartels hinter, über sich leise die Tür öffnen hörte. Warum auch? Nichts weiter hätte er gesehen als den vorgestreckten Kopf der Frau, durch die Ritze nach ihm spähend, sah so aber, abwärtssteigend, sich selbst, mit ihren Augen, sich watschelnd entfernen in unvorteilhaftem Umriß, die Füße mit den ungeputzten Schuhen, den schiefen Absätzen, der Rücken rund nach vorn gebeugt, der Hintern von innen die Jacke auswölbend, verstärkt noch durch das bequeme Hängenlassen der Arme, die nur deshalb nicht baumelten, weil sie ziemlich kurz waren, Matthias Roth, duftend, auf Freiersfüßen. Er lächelte nicht, er versank in diesem Bild, das er sich und ihr bot, ging gewissermaßen hinter sich die Stufen hinab und wußte dabei, daß er durchaus keine dermaßen traurige Gestalt abgab, auch nicht in der Einsamkeit des zu dieser Stunde herzlosen Treppenhauses. Aber da er jetzt nicht aus seinem, sondern aus ihrem Kopf heraus beobachtete, konnte er sich nicht dagegen wehren durch Vergleich mit der Wirklichkeit. Vielleicht sollte er darauf achten, sich Marianne heute abend sicherheitshalber nur von vorn zu präsentieren?

Schon schnellte er wieder ganz in sich zurück, vergaß den Frauenkopf im Türspalt, übersprang ihn und hatte nun, im Bartelsschen Wohnzimmer, die beiden vor sich, Mann und Frau, festgebannt zu einer klaren Anschauung, wie sie die Gesichter nach der Stelle wandten, wo ihr Mieter eben noch in Breite und Stämmigkeit, in kräftiger körperlicher Ausdehnung gestanden hatte und nun verschwunden war, nichts mehr verdrängte, spurlos über ihm geschlossen die Luft, der Raum. Sie aber blickten immerzu dorthin und konnten sich nicht fortrühren. Dieses Schicksal verhängte er über sie, bis er wieder einträte und sie weckte durch Anruf oder Berührung. Wenn sie je im Laufe dieses Abends in seinem Bewußtsein auftauchten, so stets als zwei, noch ein wenig von seiner plötzlichen Abwesenheit Verblüffte, unter der Lampe

Sitzende. Die Möglichkeit, inzwischen selbständig fortzuleben, hatte er ihnen genommen. Unvorstellbar, daß sie sich in der Zwischenzeit überhaupt rührten zu einer neuen Geste, einem neuen Gedankengang. Sie vermischten sich aber mit seiner von ihm früher nach jedem Besuch ebenfalls so mitten in der Bewegung angehaltenen Eltern. Er war in seinen ersten Studentenjahren an manchen Sonntagen zu ihnen in den äußersten Norden Deutschlands gebraust, auf der schweren Maschine, donnerte ihnen fast in die winzige, unten gelegene Hochhauswohnung, stellte vor ihren, damit konnte er fest rechnen, erfreuten Mienen das furchteinflößende Motorrad ab, drang vor an den stillen, in fliegender Hast gedeckten Couchtisch, zu einem kurzen Kaffeetrinken als Höhepunkt zwischen den vor Überraschung stammelnden Eltern. Aufgeschreckt vom schönen Einbruch des Sohnes saßen sie enger beieinander als jemals in früherer Zeit, und noch bevor sie alle Gefühle ausbreiten konnten in sich und vor ihm, sauste er davon, die in schmerzlichem Glück, schmerzlichem Schrecken, also kindlich wehrlosen Gesichter der Eltern an der Haustür, nebeneinandergedrückt, wie den Anfang eines Ornaments zurücklassend, bis er es wieder aufgriffe, und ab in die Ferne raste er sorglos davon. Er trat jetzt unten durch die hinter ihm zufallende Tür und sah in der Dunkelheit dreierlei: die regelmäßig angeordneten Laternen, die gesamte Straße hinunter, hüpfend in den Zwischenräumen brennende Taschenlampen und über sich den sternklaren Himmel. Gleich kam ihm eine Idee: Wenn er die Sterne über sich vergaß, konnte nicht das hier tief im Bergwerk ein Stollen sein, ein unterirdischer Gang, dieser Straßentunnel mit hohen geschlossenen Häuserreihen, mit Eisenbalkons hinter Birkenlaub und mit alten Haushalten, wo noch immer für Sperrmülljäger interessante Stücke aussortiert wurden? Die Laternen beschienen die unter ihnen angehäuften Gegenstände, die Lichtkegel der Taschenlampen sprangen gierig über die im Dunkeln liegenden Teile, die manchmal auch ein Autoscheinwerfer grell anstrahlte. Dicht bei ihm trat auf diese Weise ein dreirädriger Kinderwagen, eine aufgerollte Steppdecke, ein beschädigter Korbstuhl feierlich aus dem Finstern hervor, war kurz

eine Hauptsache, konnte sich zeigen im besten Licht und verschwand schon wieder und blieb abgelehnt. Matthias Roth
ging langsam, um zu sehen, was bei solchem Abtasten zum
Vorschein käme, das für verschiedene, oft rätselhafte Bedürfnisse Nutzbare. Er war neugierig, was die einen lossein wollten und die anderen gebrauchen konnten, stand still neben
einem Ofen mit vier Platten. So einen kannte er aus seiner
Kindheitsküche, man mußte ihn bei Entrümpeln aus einem
Keller geholt haben. Er hatte noch unterschiedlich große Ein-
satzringe, die früher mit einem Haken ausgewechselt wurden.
Auf die heißen Ränder eines solchen Ofens hatte er damals
dünne rohe Kartoffelscheiben gelegt zum Rösten, und jemand,
er nicht, seine Mutter, mußte hinterher die Reste abscheuern.
Von der gegenüberliegenden Straßenseite kam ein Mann herbei, offensichtlich angelockt von Matthias Roths Aufmerksamkeit für diese Stelle. Dabei hatte er nur ein bißchen Wache
gehalten bei so einem jahrzehntealten Erinnerungsstück und
sonderbar gespürt, wie sich um den Ofen herum von selbst
eine regelrechte Küche aufbaute, während nebenan ein Sche-
mel, ein Bettchen verstoßen, erfroren, im Stich gelassen, aus
dem Zusammenhang gerissen, auf die Seite gekippt dalag. Im
Abschreiten der in starren Intervallen und zusätzlich beweglich aufleuchtenden Strecke verglich er die Arten der Anhäu-
fungen, die einfach hingeworfenen Scheiben, Spiegel, halben
Stühle und die ordentlich hingeräumten, als sollte noch einmal ein Abbild einer vorbildlichen Wohnung geboten werden,
oder als hinge man noch an den bis vor kurzem in den eigenen vier Wänden beheimateten Schränkchen. Manches war,
unmöglich, die ursprüngliche Aufstellung zu erraten, inzwischen wüst auseinandergefetzt. Ein Hund beschnupperte eine
aufgeschlitzte Matratze. Einige Leute hatten ihre Gaben liebevoll hingestapelt wie Angebote, andere schienen eine Burg
zur Abwehr nächtlicher Plünderer geplant zu haben.

»Karin«, sagte er plötzlich. Einmal hatte er mit ihr, als
sie noch zusammen in den Zimmern unterm Dach wohnten,
beim abendlichen Spazierengehen an so einem Sperrmülltag
eine Porzellankanne mit Waschschüssel entdeckt. Sie waren
mit dem Ensemble gleich die vielen Treppen wieder hoch-

gestiegen. Oben zeigte sich dann sofort, daß für einen so umfangreichen Ziergegenstand der Platz fehlte. Sie beschlossen, ihn beim nächsten Mal ihrerseits zur Verfügung zu stellen. Zu später, sommerlicher Stunde hatten sie einige Wochen danach vom Balkon seines unteren Zimmers beinahe eitel verfolgt, wie schnell und mit hörbarem Aufschrei das Stück fortgeschleppt wurde. Auch jetzt erwiesen sich wie damals Truhen und Kommoden als die begehrtesten Schätze. Dort aber, wo er gerade ankam, stritt man sich um anderes: Zwei junge Männer, einer von einem so drohend wie möglich dreinschauenden Mädchen begleitet, packten jeder die Ecke eines nicht hohen, dafür ungewöhnlich breiten Bildes. Es ging bei ihrem Gezerre sicherlich um den Rahmen, nicht um den gemalten, von sanfter, sich bis zum Horizont dehnender Herde umgebenen Schäfer. Die beiden Männer suchten sich in Gebärden äußerster Entschlossenheit zu übertrumpfen. Wer würde schließlich der größeren Resolutheit des anderen glauben? Matthias Roth schob die Hände in die Hosentaschen und wippte. Plötzlich riß das Paar das Gemälde an sich, mit einem solchen überrumpelnden Ruck, daß der einzelne nachgab. Um nicht sein Gesicht zu verlieren, trat er aber mit flott gestrecktem Bein noch rasch das Glas kaputt. »Eben bin ich um ein Haar Zeuge eines Totschlagversuchs geworden!« sagte Matthias Roth leise vor sich hin, er probierte es schon für Marianne, die er so begrüßen wollte. Auch jetzt spürte er wieder, wie seit dem ersten Rendezvous seines Lebens, eine, wenn auch unerhebliche Zaghaftigkeit: Würde die Frau, die in wenigen Minuten vor ihm stehen sollte, heute so aussehen, daß er in sie verliebt sein konnte? Ganz ohne Anstrengung, von Anfang an, ein wahres Geschenk? Gerade bei Marianne ließ sich das schwer im voraus wissen. An drei Dinge erinnerte er sich nun, alle drei entzückten ihn: Marianne begann, während des Essens beispielsweise, wenn sie sich nur ein bißchen im Gespräch erregte, ihren Schmuck abzulegen, selbst wenn Leute mit am Tisch saßen, Ring, Armreifen, Kette. Sie benutzte ein Parfüm mit zartem Weihrauchduft, daher roch ihre Haut aus der Nähe wie ein Priester aus der Ferne. Dann gab es ihr vielleicht nur zufällig aufreizendes Lächeln, als

sähe sie einen komischen Flecken auf seiner Stirn, von dem
er nichts ahnte, oder einen ihm heimlich angehefteten Zettel,
oder als hätte sie ihm ein wichtiges Lebensgeheimnis voraus.
Er befürchtete manchmal, daß sie den Eisbecher, den Salat-
teller genauso anlächelte, aber was bewies das? Im Weitergehen, nun ohne den im Lichtkreis der Laternen ausgebreiteten Stücken Beachtung zu schenken, hatte er die Empfindung,
Marianne, von ihm abgekehrt, der Rücken nackt, die Haare
kurz, aber merkwürdig geschnitten, als einziges vom Kopf
sichtbar, liegend, seit dem letzten Mal so festgebannt, hätte
ausgeharrt in dieser Position und würde erst gleich wieder
zu leben anfangen. Sie konnte ihm inzwischen untreu sein,
das schon, aber nicht aus dem Bild heraus. Vor allem: War
es überhaupt möglich, daß sie ihn in den Tagen seit dieser
vergangenen Szene bis jetzt in ihrer Reglosigkeit liebte? Ein
angehaltenes oder in eine Lücke gestürztes Gefühl? Gleich
jedenfalls würde es hoffentlich wieder auferstehen. Noch
bevor er sie je gesehen hatte, war sie ihm geschildert worden:
Eine extravagante Erscheinung, durch übertriebene Kontakt-
freude große Ängstlichkeit überspielend, das Kinn hochmütig
vorreckend. Das allerdings fand Matthias Roth dann schnell
heraus: Marianne schob es vor, um ihr Profil mit der ausgeprägten Nase ins Gleichgewicht zu bringen. Sie kam ihm vom
Ende der Straße entgegen. In dem weißen Gesicht lächelte ihr
Mund grellrot. Matthias Roth beschleunigte seine Schritte
nicht, er spürte eine schwebende Friedlichkeit: »Die Leere im
innersten Zimmer der Leidenschaft«, wiederholte er noch einmal, zu seinem eigenen Spaß: da ahmten also seine Gefühle
ein Zitat, das von ihm selbst stammte, in starker Verkleinerung nach. Marianne küßte ihn und er wischte den flammenden Abdruck ihrer Lippen nicht fort.

Es war zu schnell gegangen und passiert, bevor er sich weigern konnte: Matthias Roth riß die Augen auf, sah geradewegs von der Nacht in den trüben, im Kontrast dennoch
schrillen Tag, versuchte, den Unfall rückgängig zu machen,
den das eigensinnig hackende Geräusch der Wasserspülung
vom Flurklo verschuldet hatte (Thies selbst mußte es gewe-

sen sein, so ruppig zog nur er an der Metallkette), allenfalls
drei Meter von seinem Bett entfernt. Doch schon hatte er
Marianne gesehen. Marianne, von ihm abgekehrt, der Rücken
nackt, die Haare kurz, aber merkwürdig geschnitten, als einziges vom Kopf sichtbar, liegend, neben ihm, seit dem letzten Mal so festgebannt. Zwischen beiden Malen allerdings
gab es dank der aus ihrer Erstarrung aufgescheuchten Frau
dieses äußerst angenehme, aus den extremsten, taub zurück-
gelassenen Körperzonen gespeiste, sternartige Zusammenzie-
hen, gelungen langsam, einer Flüssigkeit, Energie als Voraus-
setzung eines rundum befriedigenden Höhepunktes an Lust.
Diesmal schlug er die Augen mit Absicht auf und wandte sich
Marianne zu. Noch bevor er sie berührt hatte, nahm er den
Arm wieder zu sich her. Die Wände zeigten sich tatsächlich
dünner als bisher von ihm bemerkt, oder es war doch Frau
Bartels, die es also schaffte, während sie unten scheinbar
harmlos Kaffee trank, ihn hellhörig zu machen. Bei Thies
begann das Ehebett in einer so abrupten Art zu lärmen, daß
Matthias Roth die Wasserspülung von eben einfiel: dieselbe
Handschrift! Er hoffte noch einen Moment, es würde sich
drüben um ein wälzendes Wiederaufnehmen des Schlafens
handeln, aber nein, bis zum Ende galt es nun die mechanische
Nachäffung seines eigenen, kürzlich genossenen Vergnügens
unter dem anzüglichen Patronat der unten frühstückenden
Vermieterin zu verfolgen. Der verallgemeinernde Effekt dieser Mitteilungen durch die Zimmerwand ärgerte ihn. Erst
später, mit einigem zeitlichen Abstand, das wußte er, wäre
es anekdotisch von ihm zu betrachten. Er zählte mit bei der
sturen, lauthals herausgeächzten Verrichtung und sagte sich,
daß er dem Schluß kaum weniger heftig entgegenstrebte als
Thies, der sich und seine weiterhin vermutlich durch Putzen
geldverdienende Frau in herkömmlicher Manier mit Beschäftigung eindeckte. In der einkehrenden Stille blinzelte er, keineswegs mit dem Plan, zu einer nachbarlichen Konkurrenz
anzutreten, hinüber zu Marianne, die ihre Lider geschlossen hielt. Ihr weißes Gesicht bot sich ihm ungeschützt dar.
Etwas daran gefiel ihm plötzlich nicht. Er studierte es, nun
sehr unbehaglich, gründlicher. Irgendwo zwischen Haaran-

satz und Kinn lag etwas Albernes, ja Blödsinniges. Eine dicke Locke war ihr in die sonst immer freie Stirn gerutscht. Er schob sie zurück, automatisch. Aber hier steckte das Geheimnis. Marianne wurde sogleich, wie er es gewohnt war, eine reizende Schläferin. »In einem Bett für eine Person liege ich mit einer Frau, es ist eng und war es schon öfter«, begann er laut. »Gestern abend stand sie am Ende einer langen Straße und fror. Sie hat mich geküßt, als sie merkte, daß ich Hände zum Wärmen hatte. Ich frage mich, ob ich ihr etwas gestehen soll.« Marianne rührte sich nicht. »Ich liege hier und habe nicht das geringste Gefühl in mir. Ein apartes Zimmer, in einer vorgezogenen Nische wir, direkt hinter der Eingangstür.« Marianne blieb ganz still. »Beinahe im Treppenhaus, über den Treppen schwebend, haben wir beide geschlafen. Du kennst das schmale Fenster Dir gegenüber, Marianne, es führt nicht ins Freie. Wir atmen beide gefühllos in einem großen Pappkarton. Diese Nische und auch alles hinter dem Vorhang besteht aus Pappe, aber ruhig, sie ist stabil. Preßpappe, eine architektonische Zauberei von Herrn Bartels.«

»Was stört, wie kannst Du nur jetzt so stocksteif sein, ist Deine Nervosität. Du fährst nachts zu oft zusammen, ich tue es dann notgedrungen mit, Du bist schlecht ernährt. In Wirklichkeit hängt diese Wohnung, die für zwei kräftige Raubvögel reicht, an einem Ast und schaukelt hoch oben, nahe der Baumspitze. Eines Tages wird sie abreißen und ins Treppenhaus stürzen. Wenn ich Du zu Dir sage, stelle ich es mir manchmal mit großem, manchmal mit kleinem D vor.« Sie verweigerte jedes Anzeichen eines Erwachens, hielt sich aber auch nicht die Ohren zu. »Ich habe von einem brombeerfarbenen Hotelzimmer geträumt, die Tapete, die Ledersessel brombeerrot, sogar das Klopapier, mit gestanztem Hotelwappen außerdem, jedoch unpraktisch lackiert. Ich bin herumgegangen und freute mich am luxuriösen Brombeerroten. Jetzt fällt mir ein, daß ich gestern vormittag im Vorübergehen in einen amerikanischen Wagen gesehen habe, mit brombeerroter Innenausstattung. Ich dachte nicht länger darüber nach, aber nun kommt heraus, wie es mich beeindruckt hat. Im Traum hätte es mich beinahe glücklich gemacht, wäre nur etwas mehr Licht in den Raum gefallen. Marianne, was ist das nun wieder: Bei Thies streitet man sich, Achtung, man wird doch nicht so früh schon betrunken sein. Die Frau spricht noch höher als eben. Der Mann ist schon nicht mehr gutmütig. Die Frau weiß nicht mehr, wo sie hinflattern soll, der Bär versperrt ihr alle Ecken und schlägt um sich. ›Drama im Mietshaus‹, Marianne, wenn Du das morgen in der Zeitung liest, versäume nicht, Dich zu erinnern. Es war hier. Nebenan. Da sind sie still, als hätten sie erraten, daß sie in die Öffentlichkeit sollen, eben noch getobt, jetzt kein Mucks. Sie haben sich gegenseitig erschlagen. Der Sturm vor der Stille, der Sturm vor der Stille!« Hier lachte Marianne und warf die Arme über den Deckenrand. Matthias Roth sah sie aber nicht an und sagte nur: »Nein, das war ein anderer Gedankengang«, dachte nicht mehr an Thies und nicht an Marianne, sondern an seine Arbeit am Schreibtisch und daß es immer eins von beidem sei, eine Vergrößerung oder eine Verkleinerung. Da sehnte er sich plötzlich hin. Er konnte nicht mehr selbstverständlich neben der aufgewachten Marianne in dem schmalen Bett liegen. Die vertraulichen, zufälligen Berührungen an Schultern, Hüften, Füßen von eben lösten nun eine Beklemmung aus, jede dieser Kontaktstellen drang ihm so scharf ins Bewußtsein, daß die nach all den Nachtstunden auf einmal befremdete Haut zu jucken anfing. Vorsichtig rückte er, Stück um Stück, von der Frau ab gegen die Bettkante hin. Marianne war noch zu schlaftrunken, um es gekränkt zu registrieren, klammerte sich auch nicht instinktiv an. Und doch, beschloß er, nun schon mit einem Bein außerhalb des Bettes, ist mit uns der Punkt gekommen, wo ich aufpassen muß. Sieh nur, sie stößt mich versehentlich an, und es graut mir!

Karin, die bis auf die amtliche Unterschrift über mehrere Jahre seine Frau gewesen war, hatte ihn bei solchen Gelegenheiten einfach zu sich hergezogen. Damals gab er meist nach. Sie schien diese Dinge besser zu wissen. Was war letzten Endes dabei herausgekommen? Dicht beieinander hatten sie bis weit in die Sonntagvormittage gedöst, zusammengekrochen vor der Einsamkeit und der Todesfurcht, das eine am Morgen, das andere des Nachts. Nutzte das aber? Zwei Körper, zwei Köpfe, die man am liebsten, Körper wie Köpfe, zu einem einzigen eingeschmolzen hätte. Ganz für sich lebend, konnte man dagegen alle Hoffnung, eine Aussicht, die bisweilen sogar die langatmige Verwirklichung ersparte, auf eine hübsche Frau setzen. Die großartige Marianne, gleich nebenan, mußte also – sie war zu jung, um das zu begreifen – auf Distanz gehalten werden, damit die Wohltat ihrer Freundschaft andauerte. Er selbst verlor auch über den nettesten Liebesangelegenheiten seine anderen Interessen längst nicht mehr aus den Augen. Die Kunst versteckte sich in nie aufgegebenen, aber beweglichen Abständen. Die Anwesenheit Mariannes mußte immer eine erfreuliche Überraschung bleiben. Er lag noch und hatte doch schon beide Füße auf dem Boden, schob sich flach und unwiderruflich aus den Kissen und sagte: »So kann es ja nicht ewig weitergehen, wenigstens nicht in diesem Leben. Also mach ich den Anfang.« Das gelte hoffentlich auch für das Frühstück, ergänzte Marianne mit einem Gesichtsausdruck, der ihn daran zweifeln ließ, noch vor kurzem und jemals mit ihr geschlafen zu haben. Er erkannte verdutzt, daß sie blitzschnell mehr Raum zwischen sich und ihm ausgespannt hatte, als er überblicken konnte. Vor dem großen Spiegel betrachtete er mißbilligend seinen Körper. Es war unmöglich, aus dem Fensterchen am anderen Ende des Raumes auf die Straße zu sehen. Direkt unter dem äußeren Fensterbrett sprang schon das Dach vor und versperrte die Sicht. Die Art des Wetters erfuhr man durch einen kleinen Himmelsausschnitt und Reflexe auf der gegenüberliegenden oberen Haushälfte. »Ein freundlicher Herbsttag!« Matthias Roth fühlte die Verpflichtung, das auszuposaunen, tat es aber bereits mit dem Rücken zum Fenster, für das Zimmer änderten die klimatischen Ereignisse bis auf einen heißen Sommertag sowieso nichts. Es wirkte ohne elektrisches Licht immer erloschen. Im Vorbeigehen stellte er den Gasofen an, der für eine gewissermaßen schroffe Erwärmung sorgte, aber auch, sobald man ihn abdrehte, die derart unsolide hochgeschnellte Temperatur mit sich nahm. Im Bücken dachte er daran, daß in seinem Portemonnaie noch zwei Hundertmarkscheine steckten, und es erfüllte ihn mit

Behagen. Wie gut es ihm ging! Im Bett lag eine Frau, mit der er schöne, unterschiedliche Stunden verbringen konnte und die andererseits so diskret war, gleich zu gehen. Unten wartete demnächst in Meisterköchinnenschürze Frau Bartels mit einem Mittagessen auf ihn, er verspürte große Lust, nach dem Frühstück an einem Aufsatz zu arbeiten! Es war, als schritte er durch ein Haus, das ihm gehörte, und als öffnete er lauter neue Türen zu freundlichen Zimmern. Er nickte sich im Spiegel zu, in einer lächerlichen Unterhose. Sie war klein und dunkelblau, ›nachtblau‹ stand auf der Verpackung, die sich seit gestern im Papierkorb befand. Er gefiel sich ganz gut so. Marianne erschien barfüßig, behängt mit dem Oberbett, um ihm beim Naßrasieren zuzusehen. Sie hielt das für eine archaisch männliche Tätigkeit, wobei er vermutete, daß sie insgeheim wünschte, er würde sich schneiden. Sie selbst lehnte am Türpfosten, eine weiße Hirtin, voller Selbstvertrauen in diesem Moment und ein bißchen geistesabwesend. Marianne, mit ihrem seltsam geschorenen Nacken, eine Rarität, mit dem Gesicht einer kühnen alten Frau in sanftester Jugend, sagte: »Früher habe ich mir mit einer Kerze auf der Wand ein Schattenprofil erzeugt und so lange probiert, bis es mir paßte, und ich habe es mir gemerkt als mein wirkliches.« Matthias Roth bereitete das Frühstück vor, er wollte im Tag nun rasch vorankommen. Marianne lehnte aber noch am Türrahmen. Er brauchte keinen zusätzlichen Hinweis von ihr, daß sie seine Distanzierung eben doch erraten hatte. Dieser Instinkt war ihm an weiblichen Wesen seit jeher lieb und unheimlich zugleich. »Ich habe schon mal vor einer kalten Kachelwand gestanden, eng davor und mich daran gepreßt und sie geküßt und gedacht, sie müßte lebendig werden davon. Manchmal möchte ich mich selbst aufschlitzen, auseinanderfallen in zwei Hälften, längs geteilt, mich hochwölben bis zur Zimmerdecke.« Ihre Lippen sind fast weiß wie die übrige Haut, aber jetzt, wo sie in Fahrt ist, erübrigt sich die Schminke, sagte sich Matthias Roth und fragte: »Großmutter, warum führst Du so wilde Reden?«

»Man will die Vernichtung, den Tod! Was wißt Ihr davon, wie allmächtig wir sind, wie wir uns aus uns selbst herausreißen, wenn wir uns aus uns herausstülpen, wenn wir uns spreizen. Das ist nicht Ergebung, sondern Machtentfaltung, es ist Hingabe an etwas, das Euch Männer bei weitem übersteigt. Da laufen alle weg. Sie wollen nichts als das kleine, von ihnen entfachte und zu löschende Feuer. Es schaudert ihnen vor dem, was sie in Wirklichkeit bei uns nur auslösen, oder sie brüsten sich in ihrer Dämlichkeit, was sie mit einem Klacks erreicht haben. Sie ahnen vielleicht, wie wenig es dann noch mit ihnen zu tun hat, diese schnell überflüssigen Knopfdrücker.« Matthias Roth bemühte sich, ohne im geringsten seine Tätigkeiten einzustellen, leise zu sein. Er wollte kein Wort versäumen. Marianne benahm sich oft sonderbar, verließ das Zimmer ohne ersichtlichen Grund. Er bestaunte das als Ereignis und hütete sich, Rechenschaft darüber zu verlangen, es war so viel geheimnisvoller: Marianne, die weißhäutige, der Bekleidung nach äußerst arme Hirtin im Zustand der Erleuchtung mit blauangelaufenen Zehen und roten Fersen. »Was wißt Ihr über den Beschützerinstinkt der Frauen? Er ist viel größer als der der Männer, nur wird er nicht durch die schwachen, sondern die männlichen Männer, die daher so hochempfindlichen, geweckt. Es gilt, ihre Männlichkeit, die dauernd gefährdete, zu beschützen.« Die Verzückung läßt nach, registrierte Matthias Roth und beobachtete sie jetzt vom Sofa aus, widerstand auch der Versuchung, zumindest einen Schluck Kaffee zu nehmen. Er wollte nicht heiligen Hirtinnen den Respekt versagen. Außerdem wußte er, daß sie, nach dem Ende der Ansprache, sehr rasch fertig angezogen bei ihm Plaz nehmen würde. »Du weißt, daß mich Deine obszönen Ausdrücke amüsieren. Warum? Lediglich als interessante Verfremdung. Saubere Trennungslinie, es ist eine Art Witz für mich, wie Ihr aus Ordnungsliebe versucht, über eine Flamme ein Sieb zu halten. Was wißt Ihr von der Entäußerung, in die man sich ohne Vorbehalte stürzt, um ausgeglüht zu sein, abgeschnitten von sich, um mit gebleichten Knochen wieder herauszukommen, alles Unwichtige weggebrannt.« Er sah sie jetzt aus Takt nicht an, um ihr den Abgang nach der Schwelgerei leichter zu machen. Kaum war sie hinter dem Vorhang verschwunden, entschied er, daß es nun erlaubt sei, das Ei anzuklopfen. Die Tasse, aus der er trank, war eigentlich zu zierlich für seine Hand, bestimmt aber für die grobe, dick glasierte, feuerrote Untertasse, auf der er sie nach jedem Schluck vorsichtig absetzte, damit ihm der zarte schwarze Griff nicht aus den Fingern rutschte. Außen bedeckte ein lilafarbenes, dünn gezeichnetes, zittriges Geflecht den weißen Grund und ging zum Tassenrand hin in rankende Rosen über, dann in viel kleinere, akkurate Stiefmütterchenbögen, nun aber auf schwarzem Grund, der sich wellenartig an den weißen anschloß. Innen, so empfand er es seit seiner Kindheit, wäre ein winziger Mensch, der die Tasse von außen erkletterte, immer noch nicht auf schlichtes, farbloses Porzellan gestoßen, sondern nach Überwindung des Grats von einem hellgrünen Ring verblüfft worden, den noch einmal ein schmaler schwarzer Reifen abgrenzte. War der Kaffee frisch eingeschenkt, reichte er genau bis hierhin.

Plötzlich stand Marianne hoch aufgerichtet, angezogen und eigensinnig geschminkt am Tisch. Welch ein Unterschied zwischen der barfüßigen und der Marianne auf hohen Absätzen! Sie setzte sich schon, sonst hätte er entweder unbedingt aufstehen oder sie auf den Stuhl drücken müssen. Die blassen, erregten Lippen von eben lächelten ihm nun grellrot und sanft zu. So glich sich das wunderbar aus. Sie sprachen nicht, man hörte nur die von Matthias Roth schon immer geliebten Geräusche des Geschirrs und das unauffällige Beißen und Kauen von Mariannes schönen Zähnen. Er selbst aß nicht mehr, lehnte sich zurück und gab sich der angenehmen Suggestion des Verliebtseins hin, verfolgte die Bewegungen ihrer Hände zwischen Marmeladetöpfen und Brot und erinnerte sich, wie er vor ein paar Tagen in diesem Zimmer, beim Arbeiten von einer gegen die Wände tappenden Fliege gestört, über Kopfhörer ein Flötenkonzert zur Ablenkung einfach hatte durchlaufen lassen wollen, aber von Minute zu Minute fröhlicher, mit keinem Blick mehr auf die Papiere vor ihm, die Fliege zunächst gleichmütig, dann mit Zuneigung beobachtet hatte, dem kleinlichen Ärger entrückt. Undenkbar wurde, daß er den Quälgeist eigenhändig hatte erschlagen wollen, bis er die Kopfhörer abnahm und das Summen ihm boshaft die Unveränderlichkeit der Welt durch ein wenig Renaissancemusik verdeutlichte. Nur schien ihm das kein Argument gegen Entrückungen zu sein, man mußte sie nutzen, solange sie dauerten, und hier, ihm gegenüber, an Mariannes freiem linken Ohr zuckte eine goldene Feder. Er sah jetzt wohl schon eine Weile nur sie und die bis in die Windungen weiße Ohrmuschel darüber an, die schimmernde Feder, die sich drehte, manchmal einem kleinen Dolch glich, aber dafür zu ruhelos, wie ständig von einem nur ihr fühlbaren Wind berührt, mit dem Anblick eines letzten, gestreckten, gefiederten gelben Blattes an einem schwarzen Zweig verschwamm, sich verwandelte in die Feder, Feder und Blatt war, Blatt war, einzeln, golden, zitternd vor dem Absturz. Marianne lachte, schob den Teller fort, sie war satt und sagte: »Du bist ein Mann des vorigen Jahrhunderts.« Aha, nun herrschte wieder die persönliche Anrede! »Matthias Roth in der Neuen Welt, eine groteske Vorstellung. Schon im deutschen Regen krümmst Du Dich wie ein Würmchen, wie dann erst im amerikanischen, zwischen diesen irrsinnig vielen, Millionen, Milliarden Wolkenkratzern, von denen die dort drüben gar nicht den Hals vollkriegen. Du darfst immer nur nach Italien, Frankreich, England fahren, hörst Du.« »Wenn ich es finanziell schaffe«, antwortete er, »werde ich im nächsten Jahr ins malaiische Archipel fliegen.« Er sah ihr in die Augen, und sie war sofort zufrieden, er selbst aber hörte mit einem Mal wieder den heiseren, inbrünstig und nahe bei ihm geflüsterten Satz aus ihrem Mund, angesichts eines jüngeren Mannes am Nachbartisch: »Wenn ich genau wüßte, daß ich niemals in meinem Leben einen solchen phantastischen Oberkörper streicheln und streicheln werde, in meinem ganzen Leben nicht, möchte ich sofort sterben!« Marianne war nach dem Essen immer kurzfristig leicht betrunken, die Begründung reichte aber nicht aus, um, wie sich nun zeigte, ein seit gestern abend in ihm wurzelndes, schwaches Gefühl zu verhindern, das er zärtlich ›Eifersucht‹ nennen wollte, obschon er nicht daran zweifelte, damit maßlos zu übertreiben. Aber nun die freche Art, mit der sie sich wild entschlossen den Gürtel zuknotete, bereit und gewappnet für die Außenwelt, in die sie jetzt umstieg!

Sie hatte nicht gefragt, was er im malaiischen Archipel wollte, sie trat mit harten Absätzen auf und zog sich noch einmal die Lippen nach. Dabei warf sie den Kopf in den Nacken, als wäre sie darauf gefaßt, den Tag zu verprassen. Tatsächlich würde sie bald aus einem Kühlschrank tote Mäuse oder Ratten nehmen, Tabellen ausfüllen in einem widerlichen Labor, immerzu mit diesem grellen Mund. Sie besaß vermutlich eine große Portion Trotz. Matthias Roth ging auf sie zu, riß sie heftig an sich und stieß sie zurück. Ein Anfall von Besitzergreifung und die Erkenntnis ihrer Unmöglichkeit, das stand ihm innerlich gleich in Worten zur Verfügung. Sie dagegen, er brauchte sie nur zu betrachten, genoß seine Geste einzig und allein als interessante rhythmische Figur. Das würde sie auch wieder herlocken. Sie stand im Türrahmen und winkte leicht. Eine geeignete Abschiedsfixierung! Also folgte er ihr nicht zum Treppenhaus. Er drehte sich seiner Wohnung zu. Handschuhglatt umgab sie ihn, beschränkte die Welt auf ihn und diesen Raum und war doch einseitig porös, durchlässig, er spürte es: Wenn er wollte, wucherte er mühelos hinein in die leere Welt.

»Die Leere, Stille, Einöde im innersten Zimmer der Leidenschaft«, schrieb er und las es dann Wort für Wort vom Papier mit zusammengekniffenen Augen, als wüßte er den Satz nicht längst auswendig. Er unterstrich ihn, es sollte eine Überschrift sein. Das Ehepaar Thies schwieg. Marianne hatte ihn verlassen. Er war noch zu sehr an ihren Duft gewöhnt, um ihn im Zimmer wahrzunehmen und sprang auf, er mußte einfach noch einmal aufspringen, um einen Blick auf das sicher nicht mehr warme, aber noch von ihren Körperabdrücken gezeichnete Bett zu werfen, um sich zu freuen, um sich zu überzeugen auch, ruhig, vom Vorhang aus, mit den Händen in der Hosentasche. Marianne hatte es schon, von ihm unbemerkt, in Ordnung gebracht. Kissen und Laken strafften sich amtlich, das war nicht aus Fürsorge, sondern aus Bosheit geschehen. Nach Tilgung der Spuren konnte alles ebensogut auch Einbildung sein, und er weigerte sich, das Oberbett hochzuheben. Hätte er sie jetzt telefonisch erreichen können, würde sie womöglich behaupten, die Nacht bei sich verbracht und keineswegs seine zweite Frühstückstasse benutzt zu haben. Richtig, sie leckte ja nach jedem Schluck den Lippenstift vom Rand. Am Tisch, vor der Schreibmaschine sitzend, wünschte er sich wieder eine kleine asiatische Landschaft aus glasiertem Ton, eine Tischlandschaft zur Kontemplation und Einstimmung. Ein Miniaturteich müßte es sein vor einer zerklüfteten Felswand, von der herab üppige Moose und Flechten, aber auch von Vorsprung zu Vorsprung hüpfende Wasserstürze sich ergössen. Auf den Gipfeln der Felszacken säßen graziöse, aber unverhältnismäßig große Vögel, so daß die Künstlichkeit, so sehr er auch in diesem grünen Gebirge umherwanderte, vollkommen gewahrt bliebe. Stattdessen sah er hinüber zu einem weiß-golden bemalten Becher auf der niedrigen Kommode vor dem Spiegel. Er aß gern Pralinen, handgemachte Trüffelpralinen, und bewahrte sie darin auf. Der Vorrat hielt nie lange. Matthias Roth richtete sein Augenmerk auf die an den Becher gelehnte Porzellangestalt, ein glänzender, wie zum Verkauf eingeölter Negersklave mit Federn um Hüften, Oberarme und Kopf und dem Riemen eines Köchers quer über der Brust, eine allegorische Darstellung Südamerikas. Sie war ihm noch vertrauter als der Satz, der vor ihm stand und würde, wie dieser, durch ausführliches Betrachten seinen Geist allmählich beflügeln. Dieser dunklen, um die Pupillen so helläugigen Figur und der im Türrahmen winkenden, nicht eindeutig lächelnden, aber festgehaltenen Marianne wollte er seine Überlegungen, bevor er sie in die Maschine tippte, mitteilen, denn eigenartig, das ruhige Voranarbeiten unter günstigen Bedingungen, das ihm vor einer Stunde noch so überaus wünschenswert und daher erfolgreich, sobald er sich nur daran machen konnte, erschienen war, fiel ihm jetzt, an der Schwelle zum Ernstfall, schwer, eine Last, die er schleunigst, damit sie nicht bitter wurde, umverteilen mußte. »Im allgemeinen«, sagte er also, auf und ab gehend, vom Bett an der Eingangstür zum Fenster und zurück, »im Volksmund der Bücherleser, Marianne, nennt man ihn etwa ›Dichter des Meeres‹, ›Dichter der Seefahrt‹. Ich schlage vor, ihn ›Dichter der Umarmungen‹ zu nennen, nein, ›Dichter der einen Umarmung‹ oder, maximal, der zwei, drei pro Erzählung, pro Roman. Es ist so auffällig, daß es, ein ziemlich früher Verdacht von mir, im Leben des Autors natürlich einen Prototyp dazu geben muß, die exemplarische, die Ur-Umarmung! Denn sie alle gleichen sich, so unterschiedlich die Geschichten und ihre Helden sind: Im lang ersehnten Moment fallen die Paare in Erstarrung, in Todesstarre sozusagen. Nach dem lebendigen Unwetter, Sturm der Begierde von mir aus, folgt die absolute Stille, der Stillstand, die Leere in der Sekunde der Umschlingung, der schweigende Widerspruch zur Leidenschaft.«

Er blieb vor dem herausgeputzten Neger stehen. Heute nacht hatte er nicht nur von dem brombeerfarbenen Hotelzimmer geträumt, sondern auch von einem Mann in dunkler Jägerkleidung, der ein altmodisch wirkendes, langes Gewehr trug, wie aus einem Bilderbuch geschnitten. Der Förster war auf ein Podest gestiegen, während er, Matthias Roth, mit anderen Leuten locker, ja, vielleicht schon abwartend, auf einem Platz umherging. Dann legte der Mann mit dem Gewehr, dessen Hut tief ins unkenntlich gemachte Gesicht reichte, die Waffe auf sie an, folgte ihnen gelassen, als sie sich schneller in eine Richtung bewegten, aber nicht liefen, um ihn nicht zu reizen. Das begriffen alle gleichzeitig auf einen Schlag. Schon sank ein älterer Herr im Straßenanzug in sich zusammen. Man hörte die Schüsse nicht, aber er hatte sofort gewußt, daß der, der schoß, der Tod war und es gefaßt ertragen, wenn auch verblüfft. Vor einigen Wochen, erinnerte er sich nun, immer weiter die Konfektschalenfigur betrachtend, wobei aus deren Federschmuck Mariannes goldenes Ohrgehänge wurde, hatte er das Gegenstück geträumt: Er wollte eilig die Wohnung zu einem Fest verlassen, sein Zimmer unten, suchte noch nach einem Schal oder einer Geldbörse, aber nervös, in der Sorge, Frau Bartels könnte ihn zu einem Geschwätz zurückhalten. In seiner Hast brach ihm der Schweiß aus, er wollte noch eine letzte Schublade aufziehen, da schellte es an der Tür, und es bestand kein Zweifel, daß es ihn betraf. Verschwommen erkannte er durch die Scheiben die dünne, lange Gestalt einer Frau, die sich kompliziert und irgendwie dreist aufstützte. Auch hier hatte er unverzüglich, beim Öffnen der Tür, die Person als den Tod identifiziert und versucht, nicht gerade sie zu verführen, aber durch Komplimente abzulenken, um Gottes willen nach draußen mit ihr zu gelangen, zu einem verliebten Spaziergang vielleicht. Beide Male war er erwacht, bevor Endgültiges eintreten konnte, und beide Male hatte der Tod ihn nicht erschreckt, war ihm aber erschienen als etwas Anstößiges, Geschmackloses. »Geistlos«, sagte er und stand seinem trotz der gleichmäßigen Blässe blühendem Gesicht gegenüber. Undenkbar war nun, daß er es bei zwei Beispielen belassen würde. Damit sich ein Sinn ergab, mußte er ein drittes finden. Ja, etwas vom Tage, mit wachem Bewußtsein erlebt, vor kurzem. Am Ende einer Wiese, in einer blauen Nische, einem Nebel, war ein weißes Pferd aufgetreten, stand da, ein in die Wirklichkeit gesprungener Augenblick, und ging fort. Währenddessen war, auf dem Weg daneben, ein gleich gekleidetes Paar näher gekommen, und erst bei ihm, in der Kurve, stellte sich heraus, daß die beiden sehr verschiedene Hosen und Pullover trugen. Es hatte sich eingeprägt, er wußte damals nicht warum, jetzt aber: auch sie, und zwar alle drei, Pferd, Mann und Frau, waren der eine Tod gewesen in ihrer Summe, zum Anschauen für ihn, und hier war er ohne falsche Schattierung und annehmbar ohne Einwände. »Ich will es Dir vorführen, Marianne! ›Die Rettung‹, eine Geschichte über das tödliche, einseitige Entzücken des Sich-Erkannt-Fühlens. Es gibt einen, der die Leidenschaft hat, und eine, die das bestaunt. Bevor der Kontakt zwischen dem Paar stattfindet, spricht ein Dritter die Schicksalsformel für Kapitän Lingard, den Liebenden, aus: ›Man liebt um etwas willen, das in einem selbst ist – etwas Lebendiges – in mir selbst.‹ Dann, um den Zusammenprall noch ein wenig hinauszuzögern, um ihn abzumildern auch, sieht Edith, die von Lingard geliebte, in die Augen einer eingeborenen Prinzessin: ›wie man sich in das eigene Herz schaut‹, wie, um die bevorstehende Begegnung durch eine innerhalb desselben Geschlechts erträglicher zu machen. Und wieder: auch die körperliche Annäherung von Lingard und Edith ist angebahnt, noch einmal durch ein Anlehnen der Frau an den Mann im Schlaf auf einem Boot, durch ein Auffangen bei einer Fast-Ohnmacht. So werden sie einzeln ihrem Zusammentreffen zu- und darüber hinweggeführt, die Vorbereitung in Etappen gilt ihrem kühlen Entwurf zu Figuren für den Zuschauer. Lingard: frei, unbesonnen. Alle Gefühle sind an sein Schiff gebunden. Die Konfrontation mit der Liebesverwicklung eines anderen ruft bei ihm das Bedürfnis nach einer ritterlichen Tat hervor, er selbst bleibt dumm und heil. Nächster Schritt: die sein Dasein verändernde Freundschaft mit dem Eingeborenen-Prinzen Hassim und dessen Schwester. Er reagiert darauf so intensiv, als hätte er sein Leben lang auf die beiden und die damit verbundene tollkühne Aufgabe gewartet. Es ist aber nur ein Hinweis auf das totalere Zugreifen der Gefühle, die alles auslöschende Liebe zu Edith Travers, die ihn verwundet, ausleert, zerstört. Nun Edith, Marianne, die Frau: als junges Mädchen Verlangen nach einer leidenschaftlichen Liebe, das sich bald in etwas Literarisches verwandelt. Enttäuschung und Kälte in ihrer Ehe. Weiter: das Erscheinen von Lingard und den Eingeborenen empfindet sie als den Auftritt von Gefühlen, als Theateraufführung, als bühnenmäßig Geordnetes, umgeben von der Leere der See, das sie mit Neugier und dem Wunsch nach Leben in seinen extremen Äußerungen betrachtet. In mehreren Anläufen, ohne Furcht, versucht sie den Durchbruch zur Realität der Leidenschaft, sie, die nie von Geschichten Hingerissene, während der ungebildete Lingard, der Leidenschaftliche von Geblüt, die Sprache der Oper auf Anhieb begreift, für ihn ist sie ›wirklicher als irgendwas sonst im Leben‹. Aber selbst die wilde Umarmung Lingards bleibt für sie eine Darstellung, ihre in diesem Moment verlorene Sandale ein Symbol. Sie taucht nicht ein, sie schaut zu mit dem Eingeständnis absoluter Gefühlsuntauglichkeit: ›Und ist das alles?‹ Die ›zarte Verachtung‹, die sie dabei spürt, für Lingard? für sich? für die Liebe? wird ihr restliches Leben begleiten. Bei den Höhepunkten aber, im Inneren des Gefühls, herrscht programmatisch Stille. Der äußerste Gipfel der Leidenschaft ist für Lingard die ›gottgleiche Leere des Bewußtseins‹. Als wäre dieses Nichts das wahrste Wesen der Liebesempfindung, ihre Unmöglichkeit, ihr Kern, so nähern sich an den Extrempunkten die Positionen Lingards und Ediths nach dem Gesetz ihrer Konstruktion: der Kopf des Liebenden auf dem Schoß der Nicht-Liebenden, beide versunken in eine Empfindungslosigkeit.«

Die Konfektschale gehörte Karin, sie hatte sie ihm bei ihrem Auszug dagelassen, sie hing nicht dran. Er nahm sie hoch, warf den blanken, für immer mit dem Becher verschmolzenen Schwarzhäutigen ein Stück durch die Luft und fing ihn mit derselben Hand wieder auf. Das machte er gern, jedesmal erschrak er ein bißchen dabei, es paßte zu dieser Figur, wie es auch seine Gefühle gegenüber Karin kennzeichnete: Bewunderung und Schrecken, und zwar nicht nur vor ihr, sondern vor allen dermaßen in sich ruhenden Frauen, etwas Wahres und Verlogenes, anziehend und abstoßend. Sie aalten sich in ihrem Zustand, ohne sich vom Fleck zu rühren. Frauen wie Karin blieben ihm ein primitives Rätsel. Immer hatte sie ja recht gehabt, wenn sie die unterste Stufe der Befriedigung als die entscheidende verstand. Ein Zorn verrauchte eben bei einem guten Abendessen, eine Sorge über einem Beischlaf. Besonders der war ihr stets als Allheilmittel eingefallen, daran hielt sie sich tapfer. Da der Erfolg in ihren Augen so schlagend war, setzte sie eben Größe von Pflaster und Wunde gleich. Die realistischen Frauen! Gewiß, man widerlegte sie nicht, diese jedesmal am Ziel längst sich gemütlich die Füße vertretenden Igel. »Marianne«, fuhr er fort, nun wieder auf und abgehend, »Du außerordentlich angenehme Marianne, dasselbe an einer zweiten Geschichte: ›Der Pflanzer von Malata‹! Wieder die kalte Vorbereitung des Schicksals. Professor Morsom durchschaut den Mechanismus der Gefühle seiner Tochter gleich zu Anfang. Kühl werden die Schöne und ihre Motive analysiert. Der Vater tut, was der Autor selbst getan hat, umgekehrt natürlich. Es ist eine Warnung für den Verliebten und den Leser mit gleicher Wirkung: Man glaubt ihm nicht, aber eine Beunruhigung bleibt. Felicia Morsom ist Symbol, Versinnlichung der konsequenten großen Liebe, ihrem Gesicht, Körper und ihrer Legende nach. Conrad schildert ihre Schönheit mit sich steigernder Grausamkeit. Jeder neue, prächtige Zug, den er ihr verleiht, baut seine Täuschung sorgfältig auf.

Was sich ausgibt als Entwurf einer Vollkommenheit, ist hier schon erster Schritt zur Demontage. Der Autor hat nicht in erster Linie die Gestalt im Blick, sondern ihre Nutzbarkeit für eine Pointe unter dem üppigen Fleisch. Und wieder, wie versprochen, Marianne: die Leere im Inneren der Leidenschaft. Die einzige Umarmung läßt den Liebenden Renouard fast wunschlos zurück, umrahmt vom zweimaligen Schwimmen ›über die Grenzen des Lebens hinaus‹ auf einen Stern zu, zunächst provisorisch, dann für immer. Auch hier, was sonst, die Unmöglichkeit der großen Passion. Sie wird von der Frau wieder als unverständliche Geste, als unbegreifliche Oberfläche angesehen, beinahe als etwas Komisches, Lästiges, Ungehöriges auch. Felicia stellt die Leidenschaft dar, ohne etwas von ihrem Wesen zu ahnen. Für Renouard gibt es, im Gegensatz zu Lingard, keinen Moment der Illusion, aber wie dieser ist er tödlich unvorbereitet, mit aller Wucht von der Liebe getroffen und weiß wie Lingard im entscheidenden Augenblick doch alles über sie. Beide Männer sind ohne sentimentale Bildung, die beiden Frauen, mit romantischen Vorlagen im Kopf, versagen beide. Und wie Edith, als ihr angekündigt wird, daß Lingards Herz brechen wird, eine ablehnende französische Redewendung gebraucht, distanziert sich Felicia, allerdings weniger aus der Fassung gebracht, als Renouard dasselbe passiert, mit einer französischen Floskel. Es gilt, was ein in diesen Dingen Erfahrener in ›Rettung‹ sagt: ›Was könnte irgendeiner von uns mit dem Mond anfangen, wenn er uns geschenkt würde?‹ Richtig, Renouard wird seinen Stern, vom Autor brutal an die Hand genommen, schwimmend niemals erreichen, sondern vorher ertrinken. Ein Glückspilz also, Marianne?«

Er sprach offenbar wirklich laut, denn Herr Thies, der an der Tür geklopft hatte, blieb übertrieben an der Schwelle stehen, verlegen über seine Störung, aber sicher erleichtert, Matthias Roth ganz und gar angekleidet zu treffen. Er bat um Feuer, in der ganzen Bude sei kein Feuerzeug aufzutreiben und nun auch kein Streichholz mehr. Thies sprach leise, lächelte, strich sich plötzlich über die wirr nach allen Seiten wachsenden Haare, schien sogar die unrasierten Wangen mit der Hand verbergen zu wollen. Matthias Roth nickte sofort, konnte aber nicht sogleich aufhören, auf den mageren, faltigen Hals zu starren und auf das graue Unterhemd, das unter dem offenstehenden Hemd sichtbar war. Er gab Thies, der nur ihn zwischen seinen hängenden Lidern und Tränensäkken ansah und keinmal an ihm vorbei, das hätte seine Frau sicher anders gemacht, ein dunkelblaues Gasfeuerzeug. Solche bekam man jetzt in einem von ihm häufig besuchten italienischen Restaurant, wenn man um Feuer bat. Er war froh, es los zu sein, wollte Thies eigentlich noch nach der Insel Fehmarn fragen, aber ihm fiel so schnell kein vernünftiger Einstieg ein. Da zog sich Thies auch schon zurück, zündete sich aber gleich die Zigarette an, die er in der Faust gehalten hatte. Matthias Roth betrachtete vor dem Spiegel seine Zähne, er dachte an den fehlenden Schneidezahn von Thies. So eine schwarze Lücke, wenn einer den Mund auftat, sah man nicht jeden Tag. Auch Thies würde in einigen Jahren wie alle älteren Leute an dieser Stelle jünger aussehen als je zuvor. Er wartete einfach, bis das Gebiß fällig wurde. Erst kürzlich hatte Matthias Roth einen Mann beobachtet, der sich im Gedränge auf einem Bahnsteig die künstlichen Zähne rausnahm, sie anschaute und wieder einsetzte. »Hör zu, Marianne, eine Lieblingsgeschichte jetzt: ›Freya von den sieben Inseln‹. Indem er noch die Liebesgeschichte aufbaut, beginnt Conrad mit zerstörerischen Andeutungen. Die ruhige Hand des Autors spielt verheerend mit den Figuren und den erweckten Gefühlen des Lesers. Ganz leicht erlangt er unsere Anteilnahme, um uns mit jedem Schritt, jeder Seite stärker zu beunruhigen. Neben jede Glücksschilderung setzt er sofort den Schatten, die tragische Vorausschau. Der Sturm vor der Stille! Auch hier ist die Frau, Marianne, die kühlere. Sie ist ohne besonderes Herzklopfen fähig, die Erfüllung der Liebe aufzuschieben nach ihrem Plan. Das in der Geschichte vorhandene Glück ist ja nur als Vorspiel zu betrachten, und schon in diesen Umarmungen zeigt sich: der auf Meeren, an den Rändern von Freyas Reich immer hektische Jasper wird in der dichtesten, ihm gestatteten Nähe zur Geliebten friedlich. Die in ein Bild gekehrte Stille im Inneren des Gefühls.

Als aber Freya wirklich einmal als Leidenschaftliche auftritt, spielt sie es für die Augen des Rivalen. Sie verliert scheinbar den Kopf, um einen anderen damit zu bestrafen. Mit den Gebärden heftigster Liebe führt sie also auch Jasper eine Komödie vor, eine theatralische Darbietung. Die Gestikulation um eine Ruhe herum! Die Kunst der Täuschung, der Leidenschaft! Jaspers Brigg ist das Dritte, der Fluchtpunkt, das, was vor den beiden liegt als zukünftige Existenz, und zwischen ihnen ist als Ermöglichung ihrer Liebe in der Gegenwart: vermittelnde Materie und Gesprächsstoff. Da es aber bei Conrad ein andauerndes Glück nicht gibt, muß es, damit der Beweis auch hier stimmt, ein Herbeigeholter zerstören. Mit dem Ende des herrlichen, geliebten Schiffes zerfällt auch die Liebe der beiden, sie vereinzeln sich, bewegen sich nach dem Muster der Leidenschaft, die nur aufgehoben ist in der Kunst und im Tod, Marianne! Nicht nach dem der Psychologie, vielmehr den künstlichen Gesetzen folgend, nach denen Conrad die großen Gefühle in einem ›rituellen Tanz‹ agieren läßt. Selbstverständlich gibt es am Ende keine Konfrontation mehr, sie todkrank, er verstört, verwahrlost, gebrochen. Undenkbar! Es kam dem Autor ja darauf an, die strahlenden Ideen gegeneinander zu richten, die Formeln in leuchtender Gestalt. So stehen sie schließlich ihrer Liebe hilflos gegenüber, jeder für sich, als wäre sie von ihnen abgetrennt, auf einer Klippe ausgesetzt wie die verlorene Brigg, und sehen sie sterben und sterben ihr nach, ohne sich noch ein einziges Mal zu verständigen. Sie fügen sich willenlos Conrads Beweisgang und gehen zugrunde in der trostlosesten Form einer Liebesgeschichte: nicht in der Liebe, nicht für sie, sondern von ihr verlassen, abgeschoben in eine andere Welt, in ein fremdes, zerstreutes Schicksal geraten. In schlimmer Version, die Einöde im Inneren, die Unmöglichkeit der Leidenschaft.« Er sah aus dem Fenster, erkannte aber nichts, er mußte sich jetzt zwingen, die Häuserreihe wahrzunehmen. Die Außenwelt klappte für ihn, sobald er sich in seinem Zimmer befand, zusammen, brach ab, hörte einfach auf. Er konnte sie notdürftig an einigen besonderen Gebäuden der Stadt aufspannen, Universität, Rathaus, der hohe Turm der Stadtverwaltung. Marianne an der Tür: Eine Art Schwachsinn, gestand er sich ein, Personen besaßen außerhalb ihrer physischen Gegenwart nicht die Kraft, ihm eine Widerborstigkeit, eine anderslautende Realität entgegenzuhalten. Das bekümmerte ihn allerdings doch. Er liebte ja so sehr das Verschiedenartige und hoffte stets, die Leute würden um Himmels willen an ihren Plätzen bleiben. Er hatte, wenn er an sie dachte, das Gefühl, sie mit Gewalt in ihre Unterschiedlichkeit zurückstemmen zu müssen. Der kindsköpfige Fritz, Hans! Er wollte sie bestaunen in ihrer Merkwürdigkeit.

»Also, Marianne, und Du, gefiedertes Amerika«, setzte er noch einmal an, »so geht es durch die Geschichten. Hier eine späte: ›Der Freibeuter‹.« Matthias Roth trat an den Tisch, um einen Blick auf seine Stichwörter zu werfen. »Da haben wir nun wirklich zwei gleichermaßen heftig Liebende, Arlette und Réal. Gut. Als sie sich endlich, in nicht ungefährlicher Situation, in die Arme sinken, stehen sie ›Mund auf Mund gepreßt, ohne einander zu küssen, und so eng aneinandergeschmiegt, daß ihnen das Atmen schwer wurde. Ihm kam es vor, als dehne sich die Stille bis zu den Grenzen des Alls. Der Gedanke: ›Sterbe ich jetzt?‹ blitzte durch diese Stille und verlor sich darin wie ein Funken, der durch die ewige Nacht fliegt.‹ Und noch nach einer Weile stehen sie ›wie ein in Stein verwandeltes Liebespaar‹. Sie nehmen die richtige Haltung ein, Marianne, zwei Porzellanneger, aber hättest Du gedacht, daß sich so die Leidenschaft von innen anfühlt? Ich sage: die Unmöglichkeit! Und paß auf ...« Frau Bartels rief seinen Namen durchs Treppenhaus hoch, und bevor er an der Tür war, um zu antworten, schrie sie schon ein zweites Mal. Er wußte gleich Bescheid: Sie würde ihm den Telefonhörer am ausgestreckten Arm entgegenhalten, mit einem Gesicht, als gelte es eine schwere Verpflichtung von ihren Schultern zu nehmen und außerdem ein heißes Eisen aus ihrer Hand. Als er ein wenig keuchend bei ihr eintraf, bemerkte er ihren schnell prüfenden Blick. Sie schien mit Zufriedenheit, aber auch leiser Enttäuschung festzustellen, daß er sich nicht in aller Hast etwas hatte überziehen müssen. Der größenwahnsinnige Hans lud ihn zum Tee ein, und Matthias Roth, der manchmal, wenn er mehrere Stunden in seinem Zimmer gearbeitet hatte, lange Telefongespräche mit Freunden führte, um die Welt zu füllen mit Gegenständlichkeit, sagte zu. Frau Bartels gab ihm bis zum Mittagessen noch eine halbe Stunde, und er nahm mit leichter Berührung der Schleife ihre Folgsamkeit bezüglich der weißen Schürze zur Kenntnis. »Als alter Mann hat er verraten, wo sein Wissen über die Leidenschaft herrührt, und es stellt sich heraus, daß er über sein ganzes Leben hinweg nichts davon vergessen hat: im ›Goldenen Pfeil‹, der Geschichte seiner ›Einweihung in das Mysterium der Leidenschaft‹, wie Conrad unerschrocken bekennt. Und die geliebte Dona Rita selbst ist es nun, die für ihn, auf der Couch, im Schneidersitz, die ›nahezu heilige Unbeweglichkeit eines schicksalhaften Idols an der wahren Quelle aller Leidenschaften‹ einnimmt. Schon vor ihrem Auftauchen ist sie eigentümlich anwesend in der Starrheit einer Art Schneiderpuppe, die, nach ihren Maßen gebaut, kopflos aber, um Dona Rita das lange Modellstehen für ein Porträt zu ersparen, herhalten mußte. Bereits das stille Ruhen des Kopfes auf Ritas Schultern entrückt den jungen Liebenden ›in unermeßliche Erdferne‹. Und das ist, wohlgemerkt, nicht ein Vorspiel, sondern Höhepunkt des Gefühls, es ist gar keine Umarmung nötig, um das Äußerste an Ekstase im folgenden auszulösen, ein Anschauen genügt: ›ein Verlangen, bis ans Ende der Zeiten zu bleiben, wo ich war, ohne meine Haltung zu verändern‹. Die rosenumrankte Idylle des befristeten Glücks, die sich anschließt, ist dagegen eine erstickende Vorstellung. Die Leidenschaft, Marianne, ist das schlechthin Unerfüllbare. Vorwegnehmend drücken all diese Umarmungen die Abläufe aus. Unmöglich im Vollzug, unmöglich als glückliche Geschichte. Denke an das Zitat über den Mond! Was fängt man mit ihm an, wenn man ihn besitzt? Die Leidenschaft ist nichts Massives, Marianne, sondern hohl. Je heftiger, wilder sie stürmt, desto schweigsamer, kahler in der Innenzone. Sobald die Liebenden die klassische Pose einnehmen, werden sie zu Statuen, fertig zum Knipsen, und schon können sie gehen. Sie ist ein Irrtum, es gibt sie nur, solange sie sich nicht konkretisieren muß. Aus Bewegung wird Starre, und auch das für Sekunden nur. Und bedenke, sie hat nicht diese Taubheit, wenn sie zu schwach ist, nein, je größer, desto hohler, nämlich wesentlich. Natürlich stoßen die meisten verliebten Paare niemals bis zu diesem Bereich der Unmöglichkeit vor, sondern strampeln, knutschen, sind mißmutig und sind vergnügt.« Er sah Marianne nun besonders deutlich im Türrahmen lehnen, vor Zorn stieg ihr eine rasch wieder absinkende Röte ins Gesicht. Sie sagte, wieder mit dieser heiseren, inbrünstigen Stimme des Vorabends – aber die Sätze selbst waren schon ein paar Tage alt –: »Ich hätte, als Siegfried zum Beispiel, niemals meine eine verletzliche Stelle verborgen. Wie hätte ich es ausgekostet, sie preiszugeben, anzubieten. Manchmal, unter Menschen, möchte ich mir alle Kleider, sogar die Haut vom Körper reißen. Ich möchte auf einer hohen Plattform sitzen, einsam und armselig in der Fremde oben, in der Luft, im Wetter, ohne Schutz!« Matthias Roth aber sagte: »Nein! Ich bleibe bei der Unmöglichkeit. Ich will Dir etwas verraten, Marianne. Ich habe großes Glück gehabt. Noch nie bin ich von einer Sache wirklich umgehauen worden, aber doch von sehr vielen so getroffen, daß ich gelernt habe. Ich habe von den Anfängen, den Andeutungen schmarotzen dürfen, weil meine Phantasie sie alle verlängert hat. Ich habe eine ausgezeichnete Schulung im Außermirsein, wenn auch nicht bis ins letzte durch Erfahrung, aber, eine Bevorzugung, nach aufmerksamer Musterung der Anzeichen. Glaube mir also, Conrad hat recht.« Marianne aber war verschwunden, nicht wieder hinzuzaubern, nur Karins Konfektbecher stand ungefüllt an seinem Platz.

Er stieg jetzt, im schlichten, ausgeglichenen Tageslicht, an den Innenwänden eines Kamins hinab, der zu einem mächtigen Herd in der Tiefe gehören mußte, auf dem lauter brodelnde Mittagessen miteinander wetteiferten und Dünste in den Tunnel hochschickten, eine Qual für den Hungernden wie für den Satten. Matthias Roth stieg ihnen entgegen und nahm, anders als bei dem eiligen Lauf zum Telefon, jeden der Gerüche andächtig und kritisch wahr. Man kam ja schnell dahinter. Der große Ofen stand nicht für alle gemeinsam am

Grunde des Schachtes, das Treppenhaus war nur der freie Raum in der ihn umgebenden, ausnahmslos essenkochenden Welt, und auf jedem Stockwerk gab es an beiden Seiten je eine undichte Stelle, wo sich eine der vielen Mahlzeiten dieser Erdhälfte aus dem Getümmel dampfender Speisen, die das Haus umzogen, in luftiger Form einen Durchbruch erzwang. Er mußte nur dem verheißungsvollsten Duft folgen. Darauf konnte er sich, wenn er bei Frau Bartels geladener Gast war, verlassen. Er traf nicht ohne bestimmte gute Ahnungen bei ihr ein und feierlich, als sähen sie heute einander zum ersten Mal, fiel die Begrüßung aus, siebensilbig: »Rheinischer Sauerbraten«, zunächst von ihm in fragender Betonung, dann von ihr, beinahe knicksend, auch gönnerhaft bestätigend, wiederholt. Dieser Wortwechsel reichte für die nächste Zeit. Frau Bartels steckte in einem Stadium der Essensvorbereitung, wo sie, bei aller sonstigen Redelust, keine Gespräche vertrug. Er hatte Zutritt zu ihrer Küche, er durfte auch jetzt herumstehen, schläfrig am Tisch sitzen. Reden durfte er nicht, und es drängte ihn keineswegs dazu. Er zog es vor, sie aus einem sicheren Bereich zu betrachten, von einem alten Sessel am Fenster aus, wo er die Beine über die Seitenlehne werfen konnte. Er versuchte gar nicht zu verstehen, was sie da im einzelnen, hin- und hergehend in dem geräumigen Zimmer, anrührend und langsam einrührend, trieb. Es genügte zu wissen, und hätte er es nicht aus Erfahrung getan, so würde ein Blick auf die zielbewußte, weißbeschürzte Frauengestalt es verdeutlicht haben, daß sie keinen Löffel und keinen Quirl, keine Schale und keinen Deckel ohne zwingenden Grund anfaßte und alle ihre Schritte nach einem genauen Plan, wie die Bewegungen ihrer Hände in einem durch nichts zu erschütternden Zusammenspiel – selbst ein zu Boden fallendes rohes Ei konnte da nichts Gegenteiliges ausrichten – einer einzigen Sache dienten, die all diesem Abmessen, Aufwallen, Füllen und Leeren an Tisch und Herd nachträglich einen einleuchtenden Sinn geben würde. Matthias Roth stellte sich hier mit Vorliebe dumm. Es machte mehr Spaß, die kompakte Frau, ein altes Schneeweißchen und Rosenrot in einem, so träumerisch, so gutgläubig und ehrfurchtsvoll wie ein freundliches Schicksal zu bestaunen. Wie beständig das Leben an diesen Mittagen war! Wie sehr es einlud, Vertrauen zu haben, es umfing ihn als große, warme Küche, er gähnte und streckte sich, zog schnuppernd süßsaure Düfte ein und sah Frau Bartels zufrieden über den unverhohlen genußsüchtigen Mann in ihrem Sessel. Nun das Salatputzen: wie gut es ihr stand! Den letzten Kopf hatte Bartels aus dem Gärtchen geholt, darum gab es ihn zum Braten, obschon er nicht ganz zu diesem besonderen paßte, meinte sie, außerdem sei er schmutziger als gekaufter. Matthias Roth sah ihre energischen, geschwinden Finger und wie sie einen kleinen, schwarzbraunen Klumpen, nicht Erde, sondern eine Schnecke, ohne Zögern in den Abfluß spülte, aber dann eine zweite, längliche, die ihre zarten Hörnchen sorglos zeigte in voller, zierlicher Erstreckung, aus dem Fenster warf, hinunter in die Büsche. Das war ein grober, kurz entschlossener Rettungsversuch, und Matthias Roth sagte sich, indem er sich noch weiter im Sessel dehnte, daß er, so auseinandergefaltet in seinem Wohlbefinden, wenn die Küche ein Salatblatt wäre, von säubernden Riesenhänden vermutlich geschont würde. Er lächelte geradewegs eine Herbstlandschaft auf Frau Bartels' Feinkostkalender an. Alle Monatsbilder bis zu diesem Datum kannte er, Schlösser, Wiesen, Berge und Tiere, alle in schönem Licht, Embleme der Jahreszeiten, und ganz von selbst nahm der jeweilige Monat für ihn das Gesicht an, das ihm die Abbildung auf dem Kalender von Frau Bartels' Lebensmittelhändler zuteilte. Diese Landschaft, dachte er und sagte es lieber nicht laut, scheint mit Behagen ein Stück Plattenkuchen zu verdauen. Frau Bartels aber bemerkte seinen Blick und seufzte: »Ja, die Natur!«

Sie bat ihn, ein Tablett vom Schrank zu nehmen. Er verstand: Bartels würde nicht mit ihnen essen. Sie machte ihm alles ordentlich, vorschriftsmäßig darauf zurecht, legte ein Deckchen ein, stellte sein spezielles Glas und eine Flasche gekühltes Bier dazu, und Bartels hätte der gut behandelte Patient eines Krankenhauses oder Gast eines bürgerlichen Restaurants sein können. Von der Pracht der Küche sah man dem Tablett nichts an. »Er liest, so stört ihn das Essen nicht«, sagte Frau Bartels und wollte nicht, daß Matthias Roth ihr die Tür zum Wohnzimmer öffnete. Es bestand die Gefahr, daß Bartels zu einer Unterhaltung mit ihm gereizt würde. Das wäre dann ein Grund für ihn, auch mit seiner Frau zusammen zu essen. Überhaupt hätte er wohl nichts dagegen gehabt, aber so war es ihm schon bequemer. Es machte kaum einen Unterschied, wenn die Frau sich nur still verhielt. Das würde ihr aber über die gesamte Mahlzeit hin sehr schwer fallen, erklärte sie Matthias Roth eines Tages, sie könne, hier in ihrer Küche, aufspringen, wann sie wolle und summen, wenn ihr eine Melodie in den Kopf komme. Matthias Roth erinnerte diese Regelung an ein Ehepaar aus seiner Verwandtschaft. Der Onkel, ein erfolgreicher Wissenschaftler, hatte in die Familie eingeheiratet, aus einer Notlage nach dem Krieg. Zeitlebens hatte seine schüchterne, gut kochende Frau vor ihrem häßlichen, geigespielenden Mann Angst gehabt und war froh gewesen, für ihn zu sorgen, nur nicht in seiner Gegenwart. Ihm fiel ihr runzliges, scheues Gesichtchen ein und wie er später, als er zum ersten Mal mit der Bahn am Lago Maggiore vorbeifuhr, an einem frühen Sommermorgen, nicht fassen konnte, daß diese arme Großtante so oft mit ihrem Mann dort Wochen verbracht hatte, und nichts von der Anschauung dieser alles auf den Kopf stellenden, Seele und Mark erschütternden Schönheit hatte sich je in ihren Zügen verraten. Sie schien immer nur in dampfende Kochtöpfe geblickt zu haben, mit ein bißchen Stolz, mit ein bißchen Kummer. Die Frau vor ihm jedenfalls deckte nun den Tisch für sie beide mit boshaftem Lächeln, beschwingt von einem stillen Triumph, für den sie ihren Mann nicht mal als Zuschauer benötigte, aber er bestimmte jede ihrer Entscheidungen über die Auswahl der Schüsseln, des guten Bestecks, der silbernen Serviettenringe. »Hat Ihre fürsorgliche Marianne das Frühstück gemacht?« fragte sie aus heiterem Himmel. Matthias Roth sagte »Nein« in einer Weise, daß sie nicht weiter zu fragen wagte, aber nun war er es, der, in den Frieden hinein, sich nach dem gestrigen Streit zwischen den beiden Eheleuten erkundigte. Ob sie sich versöhnt hätten? Sie zuckte die Achseln, sie schien es selbst nicht recht zu wissen. Es hat sich zugezogen zu einem Weiterwurschteln, schloß er daraus. Dann sah er wieder in ihr Gesicht, das jetzt so siegesgewisse. Es gab auch solches Wetter, bei dem man irgendwann, fast wider Willen, es nicht mehr aushält und, aus Gott weiß welchem Grund, einfach mitlächelt, und während sie beide ihren vollkommenen Sauerbraten aßen, verriet sie ihm, wie sie es oft getan hatte, das Rezept und wie wichtig der eingebröselte Lebkuchen sei. Er hörte es freundlich an. Aber genauso gut hätte es sein können, daß er sagte: »Nein, ich bin nicht neugierig darauf.« Das wußte Frau Bartels, und auch dem hätte sie sich gefügt. Er aß mit dem schönen, schweren Silberbesteck, hörte hin und dachte an seine Eltern, wenn sein Vater hemmungslos technische Einzelheiten über Autos, die er meist selbst erst gerade erfahren hatte, der Mutter erklärte, wohl wissend, daß es sie nicht interessierte. Sie aber, und diesen Blick verstand Matthias Roth erst später, sah immer nur seine Ellbogen an, mit denen er über die Seitenlehnen des Sessels scheuerte, was bald zwei mühevoll von ihr zu stopfende Löcher im Pullover erzeugen würde. Frau Bartels holte ihren, neben dem Sparbuch, zweiten höchst privaten Schatz hervor, das handgeschriebene Rezeptbuch, flekkenlos, sie kannte alles auswendig und sah während des Kochens nie hinein. Sie streichelte über die Seiten, er sollte gar nicht darin lesen. Sie zeigte es ihm wie eine Bildersammlung, vielleicht sah sie nicht die Schrift, sondern die Speisen fertig gekocht vor sich und meinte, das müsse auch für ihn so sein. Er erzählte ihr daraufhin von einem Spezialitätengeschäft mit unendlich vielen Nudelsorten, gedreht, gewellt, gekräuselt, verschieden gefärbt, dazu frisch zubereitete in Pappschälchen. Da allerdings zog sie verlegen an der Decke. Alles bloß Nudeln? Was sollte sie dazu sagen, es hatte so gar nichts mit ihr zu tun. Gewiß, gewiß, die Hauptsache war die Gegenwart und daß es schmeckte!

Er aß ohne Umstände. Er haute, indem er sich über Frau Bartels' Tischdeckkünste hinwegsetzte, die ein anderes Zeremoniell für den Unkundigen vorschreiben mochten, schlichtweg rein. So ungeniert hätte er wohl nicht in ihrem schneeweißen Hotel speisen dürfen, hier aber war das ein wenig Kraftmeierische im Verzehren von Fleisch und Kompott, im rumorenden Schlürfen von Bier ein vitales, leicht verständliches Kompliment, das der alten Frau zudem das Vergnügen bescherte, sich mit koketter Grazie davon zu unterscheiden. Er wußte, daß ihm alles gestattet war, wenn es nur seinen Appetit, seine gewaltige Zufriedenheit mit ihrem Werk ausdrückte. Er selbst verspürte bei seinem unbeherrschten Zulangen durchaus ästhetisches Behagen. Es ging schließlich nicht um Seezungenröllchen, vielmehr hatte es seine stilistische Richtigkeit, sich als hungriger rheinischer Bauer zu fühlen und aufzuführen. Frau Bartels betrachtete ihn umgekehrt ja auch mit nichts anderem als einer Unersättlichkeit, ja, Süchtigkeit. Ihr Mann verlangte von seiner Frau, der braven Köchin, die seit vielen Jahren gewohnte Leistung und hätte bei einem Mißlingen sicherlich gemault, aber er wie sie waren nicht in der Lage, das Essen selbst durch und durch zu schätzen. Sie schafften es einfach nicht, sich genießerisch daran zu freuen, das klappte nur, was die Frau betraf, über einen Dritten. Möglicherweise verzeichnete sie es bei sich als Selbstlosigkeit des Alters, dabei war es Schwäche: Sie erwärmte sich nicht an der eigenen Mahlzeit, sondern erst am herzhaften Glück, das sie bei ihm damit hervorrief. So wuchert sie mit ihrem Sauerbraten, sagte sich Matthias Roth und dachte an sein dickes Hinterteil. »Erst einmal habe ich Vergleichbares gegessen«, sagte er, und »Ach, Sie schwätzen«, lachte Frau Bartels mit feuchten Lippen und fragte: »Haben Sie was von Thies gehört?« Er entschied, um sich nicht die Laune verderben zu lassen von dieser immer allzu schnell ermutigten Frau, ganz einfältig darauf einzugehen: »Er hat heute morgen um Feuer gebeten!« Die sachliche Auskunft brachte sie auf andere Gedanken. Das Schlüpfrige verschwand aus ihrem Gesicht: »Raucht schon in der Frühe. Ein halbtoter Mann und so unvernünftig. Hat schon fast sowas wie einen Herzinfarkt hinter sich, durfte sowieso nur noch leichte Arbeit tun und jetzt, ganz ohne, das wurmt, wird ihn nicht gesünder machen. Das ist keine Schonung für einen, der immer zugepackt hat. Zu wenig Freude im Leben, Enttäuschung, Verbitterung.« Sie hatte das Wort ›Herzinfarkt‹ vorsichtig ausgesprochen, wie um ja nicht daran zu rühren. »Aber eine

Freude gibt es doch noch für ihn, Sie sehen zu schwarz. Die Insel Fehmarn in der Ostsee«, meinte Matthias Roth, »jeden Sommer fährt er dorthin und fängt Aale. Das ist für ihn so kostbar wie für Sie Ihr Rezeptbuch. Oben zwischen Tür und Angel hat er ein paarmal davon gesprochen.« Das paßte ihr nicht, er geriet ihr zweifellos ins Gehege. Von Thies hatte er nur durch sie etwas zu wissen, und der führte nun mal ein elendes Leben, punktum! Sie fing an, zur Strafe die Teller abzuräumen und sagte, Thies sei genauso alt wie er, das solle er bitte bedenken. Matthias Roth erschrak heftig, er ertappte sich dabei, beide Hände vors Gesicht zu legen, als sei es auf diese Auskunft hin schlagartig gealtert und müsse verborgen werden. Fast fühlte er eine Wut auf den, der sich ihm hier gewissermaßen als Kollege im Lebensalter aufdrängte oder ihn ruckhaft nach vorn zu reißen versuchte. Deutlich sah er Hängelider und Tränensäcke oben im schlecht beleuchteten Flur. Seine Hände fühlten inzwischen die solide Rundlichkeit seiner Wangen: Nein, er und Thies, sie waren nicht zu verwechseln. Er nahm die Finger fort, lächelte schon über sich. Zärtlich, mütterlich entzückt lächelte Frau Bartels zurück.

Er wickelte seine Zigarre aus. Sie wollte sich für diesen besonderen Nachtisch die Schürze ausziehen, respektierte aber seinen Blick und setzte sich unverändert zu ihm. Er rauchte und würde nicht sprechen, er würde ihr die ganze Zeit zuhören. Sie hatte alles längst parat. Kannte er Frau Haak? Frau Haak, die Schwiegermutter von Thies? Nur vom Ansehen, die dünne, kleine Person mit dem Fuchsgesicht und den spärlichen Locken, diese Frau im Alter von Frau Bartels, die am liebsten täglich in goldenen Schuhen gehen würde und im Reifrock, die noch vor fünf Jahren zu Fasching als Schneeflocke auf einem Ball aufgetreten war und bei Woolworth lange Metallketten kaufte mit Glasdiamanten, kannte er die? Frau Haak, die immer hoch hinaus wollte, aber alte Kleidung lieber zerschnitt, als daß sie noch von anderen, Ärmeren getragen wurde. Sie hatte die Wohnung gegenüber von Bartels, früher mit Tochter und Schwiegersohn zusammen, aber es gab zuviel Streit, der Maurer paßte ihr nicht, was wurde da aus ihrem ewig nagenden Drang zu Höherem. So wichen die jungen Leute in die provisorische Behausung oben aus. Die Mutter von Frau Haak wiederum, über neunzig, lag im Krankenhaus, im Sterben zur Zeit, wie es hieß, und redete jeden, der das Zimmer betrat, mit ›Konsul‹ an. Immer hatte sie Fremdwörter auf der Zunge, nie sprach sie eins richtig aus, sie, Frau Bartels, war auch nicht gebildet, da machte sie sich nichts vor, aber sie vergriff sich nicht, sie blieb bei ihrem Leisten, ihr Leben lang. Konnte aber nichts für sich behalten, die Haak, wollte was darstellen, aber verriet sich doch immer aus Klatschsucht. Bei ihr lebte die Enkelin, die Tochter von Thies, sechzehn Jahre alt, siebzehn vielleicht, kam mit der Großmutter besser zurecht. Die wollte wohl was Tolles aus dem Mädchen machen, die lief schon als kleines Ding im Kaninchenpelz herum. Und jetzt? Hatte, im geheimen gesagt, ihre erste Abtreibung hinter sich, von der Haak in die Wege geleitet, auch einen vertuschten Selbstmordversuch. Er hatte wirklich nicht davon gehört? Das also erwähnte Thies bei seinem Getue mit der Insel nicht! Vor einem Jahr war Frau Haak für zwei Monate in Amerika gewesen, bei ihrem Sohn, der dort angeblich einen Supermarkt leitete, der bezahlte alles. ›Die Amerikaner mochten mich gut leiden, alle sagten gleich ›Du‹ zu mir‹, hatte Frau Haak wörtlich erzählt, und ›Über alle Staaten bin ich geflogen, USA hat mich fasziniert!‹ Das Tollste aber: Sie hatte sich verliebt auf ihre alten Tage. Sie mußte der Familie des Sohnes wohl entwischt sein, ein regelrechtes Verhältnis hatte sie angefangen. Der Mann: wunderschön, Haar weiß wie Schnee, ein Gesicht wie ein Politiker, dessen Name ihr nicht einfiel. Er lebte in einer ›Residenz‹, dorthin hatte er sie nicht mitgenommen, aber das stand auf seinem Briefpapier. Jetzt schrieben sie sich nämlich schon eine Weile Liebesbriefe. Die wollte Frau Haak ihr, Frau Bartels, immer vorlesen. Nein, das lehnte Frau Bartels entschieden ab, aber Frau Haaks Gesicht war für den Tag, an dem ein Brief aus Amerika ankam, immer feuerrot, und ein Trällern sei das, wenn sie aus der Wohnung trete. Eins bedrücke sie. Was ihr verstorbener Mann, mit dem sie viel gestritten habe, von dem sie auch glaube, daß er ihr aus Tücke Dinge in der Wohnung verstecke, dazu sage. Sie sei ihm ja nun untreu geworden. Irgendwann hatte sie von Fegefeuer und Hölle gehört. Aber wenn sie Angst bekam, las sie die Liebesbriefe, ›glühend‹ waren die. Das heiterte sie sofort auf. Ein Porträtfoto hatte sie machen lassen für ihren Schatz, furchtbar teuer, sie, die Augen auf ein Buch in ihrem Schoß gesenkt. Frau Haak, die seit der Schulzeit bestimmt keins mehr in der Hand gehalten hatte! Das Ergebnis enttäuschte sie aber schmerzlich. Sie war rübergelaufen zu Frau Bartels, hatte es aus der Kitteltasche geholt und weinerlich gesagt: ›So sehe ich aus? Dann bin ich ja doch schon alt.‹ Das Neueste endlich: Demnächst wollte er sie besuchen. Da wurde natürlich die Wohnung auf den Kopf gestellt und der letzte Pfennig ausgegeben vor lauter Verliebtheit. Matthias Roth rauchte noch immer, schwieg still und vertiefte sich in Frau Bartels' Gesicht, das ohne ihr Wissen im Widerschein der beanstandeten Affäre nahezu lieblich brannte. Nun sagen Sie auch noch das eine, dachte er nicht ohne Freundlichkeit, und sie tat es augenblicklich: »Ja, das Leben!« »Großartig, ja, die Liebe!« stimmte er zu. Daraufhin runzelte sie allerdings die Stirn, er verbesserte gehorsam: »Schauerlich!«

Herr Bartels stieß die Tür auf. Er hatte die ganze Zeit an seinem Wohnzimmertisch gegessen, unbelästigt gelesen und sich um nichts geschert. Jetzt schnitt er eine empörte Grimasse. Er fühlte sich dem einträchtigen Paar gegenüber wahrscheinlich betrogen, wenn auch ohne zu ahnen um was. Fahr zur Hölle, Rumpelstilzchen! forderte Matthias Roth ihn stumm auf. »Wie war der Braten?« fragte Frau Bartels, ohne sich aus dem gemütlichen Sessel zu rühren. »Was?« rief er zornig zurück, holte einen Zeitungsausschnitt aus der Tasche und suchte eine Stelle, fand sie nicht, weil er die Brille drüben gelassen hatte, wollte aber nicht noch mehr Zeit verlieren. Also begann er kurzerhand aus dem Kopf: »Wiederkehr des Leistungswillens, Entbürokratisierung, Zurückdrängung des Staatseinflusses, nur so kann es zur Gesundung unserer Wirtschaft kommen. Raus aus dem Wohlfahrtsmorast!« schrie er aufgebracht die beiden an. »Anreiz zu Investition, anders gehts nicht, weniger Staatsausgaben, niedrigere Löhne, endlich aufforsten, statt abzuwirtschaften.« Matthias

Roth heftete den Blick nun fest auf die leuchtende Herbstlandschaft, die verheißungsvolle, über der in gewundener
Schrift ›Schulte‹ stand. War die Welt noch so leer wie heute
vormittag? Die Politik blähte sich manchmal auf als unverschämter Widerstand, als Einmischung, sie konnte die gleichmäßige Ausdehnung seiner Person in den freien Raum verhindern, diesen mit Ecken, Beengungen, Erweiterungen versehen
und ihn doch nicht mit wirklichen Gegenständen ausstatten.
Wie die Stadt an Merkmalen aufzuhängen war, die Zeit an
Ereignissen, so auch das sogenannte Leben an bestimmenden
Faktoren: Geld, Politik, Liebe, Beruf, Alter, Familie, Gesund-
heit oder präziser, an Besitz, Verlust, Leiden daran. Trat das
dergestalt auf, in irgendeinem Gehirn oder Gefühl? Aber
jeder war bestrebt, sich sein Leben mit diesen Begriffen aus-
einanderzuflechten in isolierte, mitteilbare Probleme und mit
der Möglichkeit zu einer Gemeinschaft, einer tröstlichen, in
jedem Fall, der Geschädigten. »Kanada, Niederlande, Schwe-
den: Das sollten uns schlimme Beispiele bleiben«, rief Bartels,
unerschüttert von der mangelnden Aufmerksamkeit seiner
Zuhörer, in bitterer Leidenschaft. »Begreift man endlich, was
nottut? Ankurbelung der Bauwirtschaft mit Sicherheit, das
bleibt einer der Hauptmotoren der Binnenkonjunktur: Bauen,
Bauen, Bauen! Was wir brauchen sind Steuervorteile, Zins-
verbilligungen, Aufhebung der Miet-Stops, gezielte Investitionen.« »Werden Sie die Mieten erhöhen, Herr Unternehmer?«
erkundigte sich Matthias Roth nun höflich und riß sich dabei
nur mit Mühe los vom Betrachten der Bäume in ihrem flammenden Laub. »Ein verkappter Anarchist sind Sie«, sagte
Bartels, ein wenig besänftigt durch die Ansprache. Seine
Frau nickte einverstanden, indem sie Matthias Roth drohte,
als wäre das ein Kavaliersdelikt, ein nicht allzu schreckliches Malheur. »Ein Anarchist«, wiederholte sie, sprach es so
behutsam aus wie das Wort ›Herzinfarkt‹ und fügte hinzu:
»Man versteht die Politik nicht. Was können wir schon wissen. Hinterher kommt raus, daß sie was Wichtiges verschwie-
gen haben. Wem soll man glauben?« »Man?« brüllte Bartels
von der Tür. »Du weißt nichts. Man weiß schon.« Matthias
Roth stand auf, verbeugte sich leicht vor der Frau und ging

wortlos an dem Mann vorbei auf sein Zimmer mit dem Balkon, wo er eine Weile in der sanften Herbstluft tief atmete, ohne zu denken.

Er hatte, nur selten vom Lesen aufblickend, das stetige Anwachsen der Kopfschmerzen verfolgt, ohne zu handeln bisher. Erst als sie anfingen, seine Überlegungen zu beugen, nahm er zuversichtlich die Tablette und entschied sich zugleich für den Aufbruch. Er wollte sich gemächlich aus seinem privaten Sonntag in den Alltag gleiten lassen, auf dem Weg durch die Stadt, beim Durchwandern des kleinen Parks und schließlich ins Feierabend-Dämmrige zum Tee bei Hans, dem größenwahnsinnigen Kulturamtsassistenten. So würde es ihm gefallen, kein ewiges Fest, aber eins für Stunden, im richtigen Moment beendet und abgelöst, angenehm rhythmisiert, soweit es in seinen Kräften stand, der Wechsel von Exquisitem und Normalem. Er war kein Kind mehr, er wartete nicht, bis er den Hals vollgekriegt hatte und traurig wurde. Im Treppenhaus waren die Essensgerüche verflogen, und er sah ein, daß ihn seine Nase vorhin getäuscht hatte, denn in wie vielen der Familien dieses Hauses kochte man an Werktagen noch ein Mittagessen? Die stille Straße mit Birken und Laternen lag jetzt im natürlichen Licht, die Autos konnten bequemer parken, der Sperrmüll war bis auf wenige zurückgewiesene Dinge – er entdeckte ein bunt gestrichenes Klettergerüst für Kinder – fortgeräumt. Er vermied es, an den umgitterten Vorgärtchen vorbei, in denen noch Dahlien und Rosen blühten, das Ende der langen, geraden Straße ins Auge zu fassen, ihm fehlten heute die Einfälle dafür, und ohne irgendeine Idee einen einfach geradeaus laufenden Weg abzugehen, so daß nichts währenddessen entstand, erfüllte ihn, soweit er zurückdenken konnte, mit Widerwillen. Auf einigen Balkons saßen alte Leute in Mänteln und schauten übers Geländer nach unten, und er sah zu ihnen hoch. Man traf hier selten auf Fußgänger, in dieser Straße ging man zu seiner Wohnung oder verließ sie, weiter nichts. Daher bemerkte er sogleich den kleinen Jungen am Eingangsstein eines Vorgartens, ein dünnes Kerlchen mit magerem Gesicht, in dem aber die

Augen schon ganz fürchterlich glühten, als wäre es ein Raub-
vogeljunges, und der übrige Körper, der Mund, die Stirn, alles
andere schien nichts davon zu wissen und stellte sich kindlich
und friedlich an. Matthias Roth aber sah wieder die Hell-
Dunkel-Straße vom Vorabend mit den grellen Scheinwerfern,
und sie abschreitend kam es ihm vor, als blickte er, einen
Tag später, lange hinter der gestrigen her. In einigem Abstand
verließen zwei Frauen das Haus und betraten, nachdem sie
die Doppelreihe weithin leuchtender Ringelblumen passiert
hatten, den Bürgersteig. Er nahm die solcherart stattgefun-
dene Versperrung der Sicht auf das Straßenende dankbar zur
Kenntnis. Nach knapper seitlicher Musterung schätzte er sie
auf Mitte Vierzig, beide gingen in Schuhen mit hohen Absätzen, beide bemühten sich um Eleganz und unterschieden sich
sehr. Die rechte drückte kräftig das Hinterteil heraus, unbeweglich schien es an den Oberkörper, in starrer Abwinklung,
montiert zu sein, und ebenso steif waren die Beine eingehängt.
Die Füße mit den Schuhen tappten auf und ab in tapfer, doch
unverhüllt erduldeter, selbst auferlegter Mühsal. »Die Schönheit des eisernen Willens zur dennoch mißglückenden Schönheit oder die mißglückende Schönheit des eisernen Willens
zur Dennoch-Schönheit«, sagte Matthias Roth ziemlich laut.
Die linke dagegen wiegte sich genießerisch, stob mit frohem
Gehämmer davon, so geschmeidig, daß sie sich, obschon
sie in viel geschwinderem Tempo als die Wankende an ihrer
Seite ausschritt, spielerisch anpaßte, vielleicht lief sie vor und
unsichtbar wieder zurück. Er spürte, wie ihre zerbrechlichen
Absätze sich mit dem Pflaster und ihm und eventuell Entgegenkommenden abgaben. Sie boten den Füßen, dem gesamten Körper bis hoch ins Gehirn einen Vergnügen spendenden
Sockel, einen provozierend einschnürenden Widerstand, den
er kannte. Er hatte einmal, vor Jahren, Stiefel mit Absätzen
besessen. An der Kreuzung, dort, wo die Stadt begann, übergangslos, verschwanden die beiden, aber leider nicht in dem
Schuhladen an der Ecke, ein Geschäft für Damenschuhe, seit
einem Monat eröffnet, immer mit spärlicher Auslage. Er vermutete, daß es vornehm sein sollte, aber, da er beim flüchtigen
Einblick noch nie irgendeine Menschenseele – und nichts in

dem über und über weiß gestrichenen Raum entging einem dabei –, außer der Verkäuferin oder Inhaberin darin gesehen hatte, wirkten die edlen Lederwaren wie das Äußerste, was der Etat ermöglicht hatte, und mit mutiger Hoffnung wurden sie Tag für Tag umdekoriert und doch immer matter, erschöpfter. Jeder kalt Vorübergehende machte die stumme Verzweiflung des Lädchens größer.

Nach Überqueren der Kreuzung, einer vierspurigen Fahrbahn, folgte noch etwas, das er, wenn er unterhaltungssüchtig der Innenstadt zustrebte, als asketischen Korridor empfand, beim Weg nach Hause oft als besänftigende Eingewöhnungsschleuse für die Stille seiner Straße, seines Zimmers: eine beiderseitige Häuserfront, zur Rechten eine graue Schule, zur Linken das klobige Einwohnermeldeamt. Dann reihten sich, nach einem rechtwinklig dazu laufenden Wegelchen mit Resten der alten Stadtmauer, aus der Büsche und junge Bäumchen wucherten, ohne Unterbrechung die Schaufenster an. Spätestens hier beschleunigte jeder Fußgänger die Schritte. Es begann bescheiden mit einer Druckerei, die Glückwunschkarten zu allerlei Anlässen ausstellte, daran schlossen sich, immer auf der Schulseite, die er ausnahmslos bei den Hinwegen benutzte, eine Metzgerei an, ein Miederwarengeschäft, vor allem mit Rheumawäsche und ungefügen Büstenhaltern, die er jedesmal nachdenklich studierte, ein düsteres Buchgeschäft mit modrig riechender alternativer Literatur, ein nicht sehr aufwendiges Antiquitätengeschäft, aber von da an wurden die Auslagen teuer, und nun blieb er oft stehen und erfuhr mit Begeisterung und Grausen, wieviel ein Herrenoberhemd, ein Paar Schuhe kosten durften. Die Preise waren meist so klein geschrieben, daß er vorher raten konnte, und es durchschauerte ihn, wenn er den Betrag, trotz Vorwarnung, wieder viel zu tief angesetzt hatte. Manchmal blieben Leute neben ihm stehen, lasen die hohen Preisangaben und lachten laut heraus, stießen sich gegenseitig in die Rippen und brüllten die Zahl nochmal als Pointe. Matthias Roth freute sich daran, fand es aber gleichzeitig unverschämt. Erkannten die denn den Luxus überhaupt nicht, den Unterschied in Stoff, Schnitt, Verarbeitung, so daß sie es nur als Witz auffaßten? Wie viel-

fältig die Gegenstände in der ersten halben Stunde auf ihn
wirkten und wie einfallsreich angeordnet, so klug auf Effekte
hin kalkuliert in Form von Landschaften: Täler, Gebirge mit
Brillen und Diamanten, Cognac in Schreinen. Diese Beson-
derheit eines Dinges plötzlich erinnerte ihn an den Wohnzimmertisch seiner Eltern, an das heimliche Wettessen mit seinem Vater, früher, um das letzte Stück Braten, den letzten
Keks, der in der Schale lag und alle Gier unterirdisch auf sich
zog. Er fühlte sich von all diesen Sachen angesprochen, wie
auch die Angebote der Reklametafeln ihm galten, er gestand
es sich ein: Wurde zu einem Genuß aufgerufen, war er gleich
alarmiert. Aber oft flammte nur eine kurze Begierde auf, die
rasch in sich zusammenfiel. Der schiere Anblick der Menge
hatte ihn dann bereits übersättigt, auch gab es ja die Anstrengung, sich aus diesen Massen etwas zu wünschen. War das
nicht eine gewaltige Auflehnung gegen die verlockende Übermacht, die Kraft, Willen, Entscheidung forderte? So spielte
er eine Weile für sich den potentiellen Käufer, wie er von den
Dekorateuren und Geschäftsbesitzern erträumt wurde. In den
Parfümerien warteten die liebenswürdigsten, wahrscheinlich stündlich neu bemalten Mädchen in einem umfangenden
Duft. In diese Läden sank man ein, darinnen ereignete sich
etwas, von sanft gesprochenen Worten begleitet, von zarten kühlen Fingern dargeboten in einem Blinken und Flim-
mern, vor dem Hintergrund bereitwilliger Spiegel und tau-
senderlei immer anders geformter Fläschchen. Draußen war
es zu Ende, aber daß es auch darinnen einmal enden könnte,
war undenkbar. Innen herrschte ein Augenblick süßer Ewigkeit, und Matthias Roth trat ein, um Marianne eine Seife
zu kaufen, die immerhin billiger sein würde als ein Parfüm.
Er liebte Marianne jetzt nicht so sehr, er brauchte nur einen
Vorwand, einige junge Frauen ähnelten ihr. Aber vielleicht
kam das gerade daher, daß er unbewußt nach ihr Ausschau
hielt? Auch gut. Es gefiel ihm zwischen den vielen heiteren
Mädchen, die herumstanden und Zeit hatten und die schimmernden Augen keinmal niederschlugen, was lange Unterhaltungen ermöglichte. Dabei malte er sich aus, wie schön es
sein müsse, mit viel Geld in der Tasche für die Entschädi-

gung, all diese Regale einmal umzukippen, das alles durcheinander zu wirbeln und zu zertrümmern, und auch die Mädchen würden notgedrungen, wie die Flacons im Untergang duftend, zerspringen. Ein Porzellanladen wurde ausgeräumt. Da standen die rosa Eierbecher so ungefragt und ungelobt umher zwischen Holzwolle und Seidenpapierballen, himmelblaue Geschirre für unerschütterliche Frühlingsfrühstücke zu zweit, gläserne Tauben, und man glaubte ihnen nicht mehr.

Vor einem Warenhaus bot man in Säckchen Bonbons an, die weithin nach Fenchel und Anis rochen, so daß man sie wider Willen auf der Zunge schmeckte. Daneben hatte ein junger Mann auf einem Tisch Spielzeug aufgebaut, fast alles knallig bemalte Figuren aus Blech, die trommelten, Purzelbaum schossen und über Seile balancierten, so, wie man sie früher in Matthias Roths eigener Kindheit kannte. Er sah kurz, nicht sonderlich gefesselt hin, ihm fiel auf, wie geduldig der Verkäufer den vielen kleinen Jungen das Prinzip der jeweiligen Automaten erklärte, sie alles berühren ließ und nur sehr behutsam auf seine Schätze achtete. Etwas schoß Matthias Roth fast bis ans Gesicht, flog nicht vorüber, sondern verharrte in der Luft. Er wandte sich sofort danach um, ja, es stellte sich, ohne daß er nachdachte, ein Zorn ein über die plötzliche, unerlaubte Annäherung von der Seite. Es war ein Äffchen oder ein handgroßer Clown, der nun mit einem Riesensatz zurücksprang, auf einen Jungen zu, der versuchte, ihn kollegial anzugrinsen. »Mach es noch mal vor«, sagte Matthias Roth, ohne zu lachen. Der Junge betätigte daraufhin eine hölzerne Schere, die er mit zwei Fingern hielt, und über eine Distanz von mindestens anderthalb Metern wurde das gefiederte Wesen von immer kreuzweise befestigten Holzleisten, die sich nun streckten, nach vorn geschleudert. Er wiederholte es ungebeten noch einige Male, und Matthias Roth, der sich wegdrehte, empfand es doch bei jedem dieser blitzschnellen Sprünge, mit denen die Abstände zu Personen überwunden wurden, als Unverschämtes, etwas wie Karnevalsspritschen vielleicht zur falschen Zeit. Erwachsene hatten sich, ein Stück weiter, unterhalb der sehr hoch ansetzenden Fenster einer Bank, in einem viel Raum lassenden Halbkreis versammelt, und es wurden immer mehr. Er hörte eine erregte Frauenstimme, sonst fast nichts, ihr wurde wohl geantwortet, aber nicht so herrisch, nicht so deutlich, es mußte sich um eine Auseinandersetzung handeln, und er trat hinzu. In der freien Mitte stand eine früher sicher ungewöhnlich schöne Frau, jetzt im Verblühen begriffen, in farbigen, kühn geschlungenen Gewändern. Sie redete hitzig, machte nach jedem der kurzen Sätze: »Was soll ich tun!«, »Warum gerade ich!«, »Wieso kommt es auf Dich an, nicht auf mich!« eine Pause, aber er konnte ihren Gegner nicht ermitteln. Manchmal rief jemand aus der Menge: »Na sicher, Du bestimmt nicht!« zog dann aber verlegen das Kinn ein. Sie hatte also gar keinen bestimmten Feind, stritt mit mehreren jedenfalls, und Matthias Roth fühlte das Unangenehme der Situation: Die faulen Zuschauer, die sich an der außer Fassung Geratenen, den Kopf Verlierenden, wenigstens aber sich Darbietenden weideten, ohne das geringste von sich preiszugeben, tippten sich an die Stirn und konnten sich nicht trennen. Die Wut der Frau richtete sich gegen sie alle, und sie schritt mit ihren guten Stiefeln ununterbrochen auf und ab, eine unechte Tigerin, die ihre schwarze Mähne, gefärbt wie meine, dachte er, über die Schultern fegte. Sie spielte irgendwas, tat nur so erzürnt, das wurde ihm beim Zuschauen klar, sie erleichterte sich aber dabei wahrscheinlich. Man sah in den letzten Monaten öfter gerade ältere Frauen, die, zu unrealistischen Hoffnungen gereizt, plötzlich alle Zurückhaltung von sich wiesen und Dinge von sich enthüllten, die Passanten wegen des wunderlichen Schauspiels der Entblößung anhörten, aber im Grunde nicht wissen wollten, auch eigene Gedichte vortrugen, Tagebücher. Hier aber staunte er nun doch endlich über seine Dämlichkeit: Die Frau war ein Profi, am Schluß würde rauskommen, daß sie für ein Straßentheater oder derartiges warb, vielleicht aber auch das Vorgeführte bereits zum Ereignis deklarierte. Man konnte nicht erfahren, was sie mit ihren Sätzen dem Inhalt nach bewirken wollte. Das mußte auch nicht sein. Sie erreichte ja ihr Ziel! Die Leute stoppten ihr Einkaufen und starrten sie in gemeinschaftlicher Betretenheit, auch Schadenfreude an, verbunden also durch ein Gefühl, und kamen auf andere Gedanken als eben und gewöhnlicherweise noch. In Ordnung, sagte sich Matthias Roth und ging fort. Es behagte ihm nicht, es verdroß ihn sogar. Er konnte es Hans und seiner Frau erzählen, ja, aber gerade diese sich spontan gebenden Ausübungen über Stunden hatten mittlerweile etwas so Abgesprochenes wie die Blumen zu allen Jahreszeiten in Blecheimern zu Sonderpreisen, nach Abnahmemenge gestaffelt, in drei Stufen und schon abgepackt, in den Schwaden der Fenchel- und Anisbonbons.

Überall stieß man auf Bundeswehrsoldaten, die wohlerzogen, immer paarweise, um eine Spende baten. Er hörte nicht hin, wußte auch nicht, ob er nicht jedesmal auf dieselben rotbackigen Soldaten traf, die inzwischen auf geheimen Abkürzungen weitergewandert waren in ihrem grauen Zeug, mit ihren rasselnden Büchsen. In den Schaufenstern der Buchhandlungen herrschten Tierbücher vor, Exoten aus allen Himmelsstrichen, Elefanten, Krokodile, wilde Pferde. Einen Augenblick lang konnte man glauben, es gäbe sie noch in Hülle und Fülle, man betrachtete sie durch das Glas auf glänzenden Buchdeckeln und auf großzügigen Doppelseiten. Hier waren sie in Katalogen beruhigend verzeichnet, so daß sie, jeder Fotoband ein kleines Museum für jedermann, gar nicht vergessen werden konnten. Matthias Roth, dem sich die Bilder der Fauna in Savanne und Urwald erneut eingeprägt hatten, drängte sich nun die Vorstellung auf, die Leute um ihn her seien ebensolche verblüffend ausgebuchteten, eingekerbten und gezackten Flossenfüßler, Paarhufer, Großkatzen, Reptilien, und er sah die unaufhörliche Anstrengung all dieser Menschen, unterschiedliche Gestalt anzunehmen, sich zu unterscheiden und nach individuellen Mustern zu bewegen. Eigentlich wollten sie es ihrer Natur nach gar nicht, er spürte ihre wilde, stumme Weigerung, ihre Trägheit, sich Eigenarten zuzulegen, die sie aber, und das war der stärkere Antrieb, eben doch für unerläßlich hielten. Herausragen mußten sie, Blicke auf sich ziehen, etwas Unverwechselbares sein trotz der Mühe und koste es was es wolle. Sie klammerten sich an ihre Merkmale bis ins hohe Alter. So war ja auch sein Vater, obschon ihm diese Untugend in seinen späten Jahren nicht leicht fiel, nicht von seinem Aufbrausen abgewichen, um für Frau und Sohn der alte Aufbrausende zu bleiben. Die Tapferkeit der Stadtbewohner! sagte sich Matthias Roth: Diese schmückenden Beiwerke, die sie im Frühling und Herbst erneuern, wie sie das ernst nehmen, jede Generation für sich und die Zutaten der jeweils anderen ächtend. Wie sie sich ohne ein Wort verständigen mit Schuhen, Frisuren und Gangarten, Männer und Frauen! Wie sie das im Angesicht des in seiner Gegenwärtigkeit niemals aussetzenden Todes tapfer jahraus jahrein ihr Leben lang aufrechterhalten, so feierlich und unerschrocken, und auf vieles andere verzichten in ihrer diesbezüglichen Pflichtbesessenheit, ja Ordensstrenge. Nein, dachte er auch, so eigenwillig wie ich glaubte, ist Marianne wirklich nicht zurechtgemacht, ich bin hier ja umgeben von einer massierten Eigenwilligkeit. Heute hatte man sie eingeholt. Jetzt fühlte er deutlich die dünne Haut, die sie umgab, diese anderen, so verletzlich, ein schneller Ritzer, und sie würden aufgedeckt daliegen, ohne Abtrennung, Fremdheit, Geheimnis und ineinander verschwimmen zu einem einzigen Organismus, mit einer einzigen Wirklichkeit. Merkwürdig blieb aber, daß sich ein Mensch, ein Tier, da sie doch alle umschlossen waren von der Hauthülle, für einen unvermittelt Auftauchenden interessieren konnte, sich aufraffte aus der Vereinzelung. Verblüffend blieb das unsichtbare Überspringen des erotischen Funkens von Dinghaftem zu Dinghaftem. Ein Wunder! Ein Körper sehnte sich nach einem zweiten, noch dazu nach einem bestimmten! Wieder sah er Marianne, diesmal ohne Kleider, mit den etwas ungelenken Hüften vor sich und wieder, wie schon häufig, staunte er über das mögliche Abenteuer, daß eine dieser Frauen, die er nicht kannte, die vollständig angezogen hier umherging, mit ein wenig Glück in Kürze nackt neben ihm liegen könnte. Er lehnte sich an den Hauseingang, verschränkte die Arme über der Brust und ließ die Blicke schweifen. Die ersten Lichter, im Wettstreit mit dem Tageslicht, gingen schon überflüssigerweise an. Er besah die Stadt und ihre Einwohner mit Wohlgefallen, hatte aber doch das Bedürfnis, sie in Kostüme zu stecken. Die schlichten Passanten, denn in einiger Entfernung wurden auch die grellsten von ihnen grau und bescheiden, stattete er aus mit Schleppen und Schleifen, Umhängen und gewagten Hüten. Sie standen herum als prächtige Statuen in symbolischen Haltungen, manche auch beritten. Sie spielten nichts vor, sie verlängerten nur ihre Empfindungen zu einer schönen Offensichtlichkeit: Sie schrien zum Himmel, sie jammerten zur Erde, sie reckten die Arme in Sehnsucht, rangen Hände in Verzweiflung.

Nun bemerkte er aber, daß eine ältere Frau neben ihm scheinbar die Auslagen studierte, tatsächlich jedoch ihn, er sah den Gedanken in ihr wachsen, wie er da breitbeinig im Gedränge störte, ein Müßiggänger, wer weiß, vielleicht sogar mit blöden Augen. Aha, eines seiner verschönerungsbedürftigen, konturierungsbedürftigen Opfer hatte also seinerseits begonnen, ihn, den Verbesserer, als eine Art Tanzbären, Idioten zu betrachten! Er verließ sie, den Rathausmarkt, kam an einer mit dunklem Holz und vielen Schubladen, die alle Porzellangriffe hatten, ausgestalteten Apotheke, dem ältesten Fachwerkhaus der Stadt vorbei, betrat einen Buchladen, schlug einen schwer zu manövrierenden Kunstband auf, sah darin unter blauem Himmel einen braunen Erdhaufen, und es war der Ruinenhügel der Akropolis von Susa, las den Satz eines assyrischen Königs: ›Einen Palast aus Zedernholz, einen Palast aus Zypressenholz, einen Palast aus Wacholderholz, einen Palast aus Buchsbaumholz, einen Palast aus Maulbeerholz, aus Pistazienholz, aus Tamariskenholz habe ich errichtet zu meiner königlichen Wohnstatt und zu meiner Lust. Aus weißem Kalkstein ließ ich die Bilder von Tieren der Berge und des Meeres meißeln und schmückte mit ihnen die Eingangstore‹, er sah den mit stilisierten Löckchen wie mit den Zahlenzeilen einer Additionsaufgabe bedeckten menschlichen Kopf eines geflügelten Stieres, einen Fries aus glasierten Ziegeln mit den Bogenschützen der königlichen Wache von Susa aus dem 5. Jahrhundert v. Chr. und unter donnernd blauem Himmel – die langen, wohltätig raumerzeugenden Schatten wiesen auf den tiefen Sonnenstand eines Morgens oder Abends hin – in einer ausgedehnten ockerfarbenen Ebene die rudimentäre Gesamtansicht der Stadt Palmyra, Tempel, einzelne Säulen, Triumphbögen, Steinblöcke. Er klappte das Buch zu, sprach mit niemandem, verließ das Geschäft, ging vorüber an dem alten Hauptgebäude der Universität, an Post, Stadttheater, stieg eine Treppe hoch, sein Herz klopfte stärker, er spürte erste Atembeschwerden, registrierte das erfreut als Anzeichen einer täglich wünschenswerten körperlichen Anstrengung und befand sich noch bei ausreichender Helligkeit in einem Park. Seine Kopfschmerzen waren verflogen, zwei mühsam gehende alte Frauen näherten sich ihm unbekümmert kreischend in der Einsamkeit. Ein häßliches Lachen! Dann dachte er: So hören sich Möven an, und schon gefiel es ihm doch noch. Aus ihrem Gespräch schloß er, daß sie sich über einen Mann amüsierten. Er ging unter den Bäumen der ersten echten Herbsttage, grün, mit leichten Goldrändern, die wie ein Lichteinfall wirkten, in einem kaum wahrnehmbaren Nebel, der ihnen etwas unentwegt Anzustarrendes bescherte, das sich nicht offenbarte. Sie waren in dieser Diesigkeit zugleich nackter als sonst. Man konnte den Dunst nicht greifen, die Verschleierung aber spürte Matthias Roth als Erleuchtung, ohne ihrer habhaft zu werden. Die Bäume breiteten ihr Reich sichtbar um sich, sie traten nun mit Federn und Schleppen auf! Ja, plötzlich, eines Tages geschah das unwiederbringliche, sachte Abrükken aus aller kumpelhaften Nähe und Betastbarkeit in ein anderes Licht, in einen anderen Zeitbezirk. Ganz sanft schob ihn die Landschaft ein Stück fort. Es war ihm recht. Schönheit, sagte er sich oft genug, darf man nur rasch, im Vorüberfliegen, genießen, das bekommt ihr am besten. Diese Landschaft aber mußte für eine Weile in sich selbst versunken sein, voller Macht in ihrer Mattigkeit, in ihrem wehrlosen Ermatten. Gleichzeitig hatte er das flüchtige Gefühl, etwas Abstraktem zuzusehen, einer an ihm entlangsausenden Erkenntnis, oder wurde er selbst ebenfalls aufgelöst, eingesogen und schwankte schon beim Gehen? Er setzte sich auf eine Bank und dachte an die Stadt, die nun ein wenig unter ihm lag, und daran, daß er als Heranwachsender ein kurzes Gedicht gelesen hatte, in dem eine südspanische Stadt mit einem Silbertäßchen verglichen wurde, nein, einfach gleichgestellt damit, das eine war das andere, und wie es ihn so unvergeßlich beeindruckt hatte, daß jemand so etwas wagte, daß man es mit einem Satz einfach behauptete. Eine ganze Stadt wurde zu einem kleinen Trinkgefäß umgeschmiedet und ziseliert. Es glitzerte und brauste aus der einbrechenden Dämmerung zu ihm hoch. Konnte man das alles bündig zusammenfassen, unbeirrt von den verliebten Ausprägungen und Schnörkeln, konnte man sagen: Sexualtrieb? Todestrieb? Er lachte vor sich hin und hoch in den Baum, in die Buche, bis zu deren Spitze er nicht durchblicken konnte. Die Architektur des Sexualtriebs, der Geschäftsverkehr des Todestriebes: der Kulturassistent Hans und einige seiner Studenten ergötzten sich so ehrlichen Herzens wie es ihnen möglich war an solchem Humbug. Und er? Er wußte nicht recht. Es kommt darauf an, sagte er sich, manchmal wird man schwach und suhlt sich darin. Die Kühle des Holzes war bei ihm angelangt, er sprang auf und dachte eine Sekunde, dazu brachte ihn das Gezwitscher eines Vogels, an Marianne, die ihm vom Sonagramm einer Amselstrophe erzählt hatte. Er taumelte aber zurück. Sein Fuß war umgeknickt, der rechte Unterschenkel ohne Gefühl. Nach dem ungeschickten Sitzen mußte er noch ein Weilchen warten, schwenkte das Bein, bewunderte den Park aus einer Zwangslage nun, länger als ihm lieb war, ein paar Augenblicke gegen seinen Willen zu lange, und nun reichte ihm die ganze Pracht in seiner Ungeduld nicht mehr aus für soviel Zeit. Eilig humpelte er in eine Nebelzone, die genügte, um die zu Ende betrachtete Landschaft als unschuldiger Flaum, als neuartiges Moos zu überwachsen.

Er ging jetzt schnell, obwohl er annehmen mußte, daß er vor Hans in dessen Haus eintreffen würde. Hans, der Größenwahnsinnige, war letzten Endes als einziger von den Freunden der vergangenen Jahre in dieser Stadt übriggeblieben. Die anderen hatten sich als Kneipenwirt, Rechtsanwalt, Zuhälter, Bauer aus dem Staube gemacht. Er dachte manchmal an sie wie an die wichtigsten Gebäude, die charakteristischen, dieser Stadt, egal, ob sie erfreulich waren oder nicht, sie hatten die Funktion gemauerter Gegenstände, etwas Unverbrüchliches. Aber selbst bei Hans und Fritz, dem Kindsköpfigen, beschlich ihn nicht selten die Angst, sie könnten auf einmal als Fremde vor ihm stehen, weiterhin mit ihren Namen, Adressen, allen Personalien natürlich und auch den vertrauten Gesichtszügen, identifizierbar also, aber nichts mehr darüber hinaus. Es gab keine Garantie dafür, daß der besänftigende Dunst einer bewährten Zuneigung die beständige günstige Witterung ihrer Zusammenkünfte sein würde. Welche Verlegenheit, wenn er, nachdem er doch mit einer rechtmäßigen Erwartung geklingelt hätte, jemandem gegenüberstände, für den er nicht das geringste Interesse aufbrächte! Er blieb extra, um sich die furchtsame Schnelligkeit zu verbieten, vor dem überschwenglichen Portal einer Villa stehen. Auf seine Fähigkeit im Umgang mit Schwächen dieser Art konnte er sich verlassen, besah aufmerksam die sich windenden Schlangen, die steinernen Augen, die steinernen Zungen, bis die toten Verästelungen der Leiber kurz vor dem Heben und Senken eines kollektiven Atmens zu stehen schienen. Dann machte er sich getrost an die letzten fünfhundert Meter. Hans bewohnte mit seiner Frau ein Haus, das er, Matthias Roth, schon angestaunt hatte, bevor ihm die Verbindung zu dem Freund die Möglichkeit gab, darin ein- und auszugehen. Es war aus grauem Stein gebaut, in der Art eines wehrhaften Schlosses, ein eigentlich derber, ungemein massiv wirkender Würfel, jedoch mit allerlei Ornamenten ausstaffiert und richtigen, unterschiedlich hohen Türmchen auf dem Dach. Es gehörte den Schwiegereltern, die in dieser Stadt eine traditionsreiche Wäscherei mit zahlreichen Filialen besaßen. Sie benutzten fast nie die Räume im ersten Stock, die Mansarden darüber standen leer, im Erdgeschoß wohnte Hans und hatte also, durch die Heirat mit der wohlhabenden Wäschereitochter, ausreichend Platz für seine großen Gesten gewonnen, das riesige Haus enthielt nur diese zwei Wohnungen. Manchmal kam Matthias Roth abends daran vorbei und hinter keinem der hohen Fenster brannte Licht. Er stellte sich aber trotzdem mitten im Inneren dieser dann düsteren Steinschachtel die junge Frau von Hans vor, mit ihrem üppigen Körper und dem ernsten Gesicht, die sich, soweit er wußte, zur Erzieherin umschulen ließ, aber nichts sehnlicher erhoffte als eigene Kinder, ein Wunsch, den Hans teilte, dessen Verwirklichung er aber als verfrüht ablehnte, und Gisela, die sanfte, bedrängte ihn nicht. Von seinem Freund hatte Matthias Roth ein Reihe stillstehender Bilder zur Verfügung, von den beiden als Paar nur eins: Hans saß auf dem braunen Sofa im dunkelblauen Hemd, und seine Frau näherte sich ihm zum Tee-Einschenken, auf die Kanne blickend, die sie genau in Höhe ihres Busens hob. Mit Marianne gemeinsam hatte sie nicht den Körperbau, aber etwas anderes, ein rätselhaftes, nicht exakt zu ortendes Lächeln, träger als bei Marianne, aber nicht weniger anziehend. Er hielt für sie eine kleine persönliche Erinnerung parat, falls sie ihn noch allein empfinge. Er würde behaupten, die einmal von ihr erwähnte Amsel mit dem weiß gesprenkelten Kopf, eine Mutation, am heutigen Tag ebenfalls entdeckt zu haben. Darauf würde sie, da sie selten sprach, kaum antworten, aber stärker und irreführend lächeln.

Er sah nun Licht aus allen der Straßenseite zugewandten Fenstern der Parterrewohnung, und heftig packte ihn die alte Lust, alle Häuser einer Stadt abzudecken, ihnen alle Verschlüsse vor der freien Luft abzureißen. Der Zugang zu Hans war in jedem Fall ein feierlicher. Ein Kiesweg führte am Vorgartenrasen und auf halber Strecke an einer Laterne vorbei zur Eingangstür, man konnte ihn nicht anders als mit jedem Schritt knirschend betreten, das brachte einem die Annäherung zu Bewußtsein wie ein kräftigeres Herzklopfen. Hans fluchte über den Weg, er mußte ihn, als einzigen Tribut an das kostenlose Wohnen, jeden Samstag harken. Die schwere Haustür, über der jetzt eine Lampe brannte, war nicht elektrisch zu öffnen. Er hörte nach seinem Klingeln unregelmäßige Geräusche, dann öffnete Gisela. Hans würde also erst nach ihm eintreffen, er spürte ein unwichtiges Bedauern. Sie legte den Kopf schief, als hätte sie das erraten und bäte um Entschuldigung, stützte sich auch dabei gegen die bemalte Wand des Flurs, und ihre rötlichen, hochgesteckten Haare schienen einen Augenblick in einem verblichenen Efeugerank zu ruhen. Dann ließ sie die Tür ganz los, gab ihr dabei einen Stoß, daß sie weiter aufflog und lehnte sich heftiger gegen die Wand. Sie griff sofort nach seinem instinktiv ausgestreckten Arm. Sie habe sich den Fuß verstaucht, es sei albern, die vier Stufen hochzuklettern mit dieser Behinderung, und er fühlte kurz das lastend Schwere, das intensiv Lastende dieser Frau, berührte auch ihren Busen versehentlich, und so erinnerte sie ihn einerseits mit ihrem Lächeln an Marianne und mit ihrem Körper an Karin. Als guten Freund der Familie führte sie ihn in die große, kahle Küche. In der Mitte war viel ungenutzter Platz, aber gleich neben der Tür, in einer Ausbuchtung des Zimmers, gab es den Tisch mit weichen Sesseln drumherum. Erst nach der Ankunft von Hans würden sie ins Wohnzimmer umziehen, der bestand immer gegen alle Einsprüche darauf. Nun aber waren sie hier, Gisela sah ihn, wie stets, nie genau an, daher blieb ihm nur, um sie ein bißchen gespannter zu machen, unvermittelt sehr dicht an sie heranzutreten, viel dichter als üblich, unverschämt dicht und auch sinnlos, falls man die Betreffende nicht küssen wollte. Nichts lag ferner als das. Er tat das manchmal bei schläfrigen Leuten, ihm fiel die Holzschere des Jungen ein und er lobte nachträglich die Konstruktion. Gisela ging in einem strengen schwarzen Kleid, vorsichtig hinkend zwischen den Schrankwänden und über die leere Mitte, um das Teetablett herzurichten. In Frau Bartels' Schürze würde sie aussehen wie die Chefserviererin eines vornehmen Cafés. »Ich habe eben«, begann er, »die Amsel mit dem weiß gesprenkelten Kopf gesehen, genau an der Stelle, die Du einmal beschrieben hast. Ich glaube übrigens, sie hinkte etwas, wie Du. Ich habe im Park auch gehinkt, aber nur, weil mir der Fuß eingeschlafen ist. In der Stadt, bei der Commerzbank hat sich eine ehemals sehr schöne Frau in den Kleidern des mittleren Ostens vor einem beträchtlichen Zuschauerkreis in Szene gesetzt. Sie war schlau, sie schimpfte, sie ereiferte sich, und jeder wollte offenbar nicht eher weggehen, bis er wußte, über wen. Das hat sie aber nicht ausgeplaudert.« Ja, angesichts dieser Gisela dachte er an Karin, er verehrte die Frauen, aber waren sie nicht oft Gewichte, ohne eigene Ideen, wollten einem in allem folgen und deshalb hatte man hinterher in ihrem kindischen Leben an allem schuld? »Es ist der dritte Streit in kurzer Zeit, den ich miterlebe. Heute morgen hörte ich einen bei meinen Nachbarn unterm Dach. Der arbeitslose, herzkranke Maurer Thies schlägt seine Frau, dann rauchen sie Versöhnungszigaretten. Er geht seiner Frau auf die Nerven und träumt in Wirklichkeit von der Insel Fehmarn.« Wenn sie nur einmal anfinge zu erzählen, dachte er, wäre es vielleicht ein hemmungsloses Auswabern der ganzen Person, wer weiß, so ein Ausschütten ohne tatsächliche Erleichterung, ohne Fortschritt. »Streit Nummer drei: Gestern abend, beim Sperrmüll, haben sich ein einzelner Mann und ein Pärchen wegen eines Schäferbildes in die Haare gekriegt!« Vielleicht, überlegte er, steckte in ihr eine starke Freude am Klagen, sogar am Verrat an Abwesenden, an Hans zum Beispiel, und sie schob dem nur lieber gleich den Riegel vor, weil sie sich kannte in dieser fatalen Neigung, wobei ihn natürlich nicht der Verrat, nur der Wortschwall stören würde. »Der guten Dinge sind drei, der bösen Dinge sind drei. Ich selbst werde wohl durch einen beißwütigen Hund sterben, seine Kollegen scheinen es bereits zu wissen. Alle großen Hunde, eben erst wieder einer, betrachten mich mit einem tückischen Seherblick.« Sie stellte zwei Gläschen Sherry auf den Tisch und setzte sich zu ihm. Ihre Haare wurden von mehreren, zierlich durchbrochenen Kämmchen gehalten. Matthias Roth begann ein magisches Zahlenspiel auf der Grundlage ihres Vor- und Zunamens mit dem Ziel der Enthüllung der Persönlichkeit und des weiteren Schicksals. Er kannte sich mit verschiedenen Formen des Wahrsagens aus und hatte einige Zeit einem schwarzen Zirkel in dieser Stadt angehört, wo er freitags alle damaligen Freunde traf, die jetzt als Kneipenwirt, Zuhälter, Bauer, Lehrer lebten, und er hatte Gisela schon mehrfach damit unterhalten. Sie fragte ihn diesmal, ob er eigentlich daran glaube. »Nein«, sagte er, »überhaupt nicht!« Da sah sie ihn an, mit einem zurückweisenden und verblüffenderweise angewiderten Blick. Aber immerhin war es ein beinahe richtiger Blick! Er wollte von ihr wissen, ob es denn nicht erlaubt sei, eine Sache auszuüben, auch wenn man nicht von ihr überzeugt sei, gerade das erhöhe gelegentlich –. Die Haustür wurde aufgeschlossen und ihm entging nicht, daß es sie beide erleichterte.

»Ein bestürzender Vorgang!« rief Hans, mit großen Schritten und wehendem Mantel in die Küche stürmend, küßte seine sitzende Frau auf die Stirn und dehnte dann die Umarmung auf den Freund aus. »Ein bestürzender Vorgang!« wiederholte er dabei, warf den Mantel auf den Stuhl, wusch sich die Hände, als hinge eine klebrige Masse daran, trocknete sie ab, als rüstete er sich zu einer Operation. Er tritt also, sagte sich Matthias Roth, sofort in Gestenwettstreit mit mir. Wir sind uns ja einig, daß sie sein müssen, nur: ich beherrsche sie, er verfällt ihnen. Was er hier zeigt, hat er sich neu zugelegt, und merkwürdig ist es schon: Wenn sich jemand wirklich einmal herausnimmt, in meiner Abwesenheit weiterzuleben, empfinde ich es als Stilbruch, es gehört sich nicht, und ich bin sicher, er wird sich übernehmen damit. Hans drängte, wie erwartet, zum Umsiedeln ins Wohnzimmer und begann dort fast verdrossen, nachdem er schon zweimal die Schlagzeile hinausgeschmettert hatte, zu erzählen. Eine ländliche Villa am Stadtrand, aus dem frühen vorigen Jahrhundert, um deren Rettung sehr gekämpft worden war in Bürgerschaft und Verwaltung, hatte man doch zum Abriß freigegeben, nachdem der maßgebliche Beauftragte der Stadt ihr die Erhaltungswürdigkeit endgültig nicht bescheinigt hatte. Nach dieser Entscheidung hatte man mit den Abbrucharbeiten auf dem wertvollen Baugrund begonnen, unmittelbar davor aber, in der Lücke zwischen Gutachterverkündigung und Demontage, wurde die einzigartige Eichendecke mit allem Schnitzwerk abgenommen und in das Haus desselben Sachverständigen zum Einbau in dessen Diele transportiert. »Bestürzend!« rief Hans hier noch einmal, und gekräftigt von diesem Wort, kamen wieder Feuer und Beweglichkeit in ihn zurück. Er stampfte mit dem Fuß auf, schaukelte auf dem Sofa so lange, bis Gisela und Matthias Roth es ihm bestätigten. Daraufhin sprang er auf, um eine Whiskyflasche zu zeigen, er hatte in der Kenntnis dieses Getränks große Fortschritte gemacht und berichtete von seinem nun anspruchsvollen, nicht mehr zu täuschenden Gaumen. Als er wieder saß, stützte er das Kinn in die Hand und flüsterte kaum hörbare Anklagen gegen öffentlichkeitssüchtige Angestellte im Amt, gegen mangelnde Sachkenntnis prinzipiell als Schuld des Gegenübers begreifende Journalisten, Lokalreporter, nichts weiter, gegen die fehlende Bereitschaft der Parteien zum Dialog auch in Sachen Kunst. Matthias Roth und die Frau saßen still. Es war nichts Neues, alles war gut. Was störte, war nur die Nachahmung großer Rhetoriker bei Hans. Jede Übertreibung, meinte Matthias Roth, muß stimmen. Hans irrte gelegentlich von sich selbst ab, und das war unangenehm. Jetzt aber sprach er über den Leiter der Stadtbücherei, ein wahnsinnig belesener Mann, mit einem so unbedarften Gesicht: »Unglaublich«, sagte Hans, »daß er bei diesem Mund, diesen Augen, dieser Nase ›Madame Bovary‹ gelesen hat!« Ach, dachte Matthias Roth und hätte es fast gerufen. Wie es ihn an die Tante vom Lago Maggiore erinnerte! Nun teilte Hans seine frischesten Pläne mit. Die Stadt mußte sich unbedingt, längst fälligerweise, profilieren. Ein Kunstmarkt, ein Kunstpreis mit originellen, noch nie dagewesenen Bedingungen solle her, ein Brunnenwettbewerb, ein Jahresbuch, ein Almanach, etwas für reiche Mäzene der Stadt, über die wichtigsten Kunstereignisse der Republik! Und das mit dem weltberühmten Renommee einer alten Universitätsstadt. Da fiel ihm ein: Er habe neue Nachricht über einen seiner Vorfahren, einen berühmten Krieger am Ausgang des Mittelalters, darüber hinaus über einen legendären Arzt des 18. Jahrhunderts. Er wolle die Spuren verfolgen. Wie Hans die Beleuchtung seines Namens aus der Vergangenheit liebte, da konnte man vor keiner Überraschung sicher sein, und wie er nach vorn, in die Zukunft selbst strahlen wollte: als Kulturdezernent einer Großstadt mindestens! »Ja«, sagte er gerade und streckte die Arme, als müsse er wieder beide an sich drücken, in die Luft: »Es muß ein riesiges, unentrinnbares Kulturfest werden, ich will die ganze Stadt mit einem ungeheuerlichen Programm verengen, verbreitern, einschnüren, entfesseln, kurzum modellieren, kein einziger Bewohner, kein Kind, kein Greis, kein Turner, kein Behinderter soll mir entkommen!«

Hans sackte in sich zusammen. Ach, keiner erkannte ihn! Er war etwas jünger als Matthias Roth und schlanker, aber

mit einer kahlen Stelle auf dem Kopf und für einen Assisten-
ten im Kulturamt dieses Ortes, den man als Provinz bezeichnen mußte, doch eigentlich schon zu alt. Nach dem Höhen-
flug sah er trübsinnig in sein Glas wie ein Gescheiterter.
Matthias Roth kritisierte das bei sich. Weil die meisten Leute
von der schönen Glückshoffnung zur Enttäuschung schritten, hielten sie diese zweite Erfahrung schon für die Realität.
War das nicht die unzulässige Absolutsetzung einer zufälligen
Reihenfolge, beziehungsweise eines allzu frühen Abbrechens?
Man sollte sich an ihm ein Beispiel nehmen. Er hatte die Syn-
these befriedigend geschafft, er erlebte das eine und das
andere zugleich. Aber siehe da! Die beiden beherrschten das
ja ebenfalls, schon hatten sie nämlich, während er vor sich
hindachte, das stille Bild des häuslichen Glücks eingenommen, das stillstehende Bild des Paares: Hans saß in dunkelblauem Hemd auf braunem Sofa und Gisela trat, heute etwas
mühsam, auf ihn zu mit der Teekanne exakt in Busenhöhe,
lächelnd alle beide, Hans, der jedes kleine Gefühl als mit-
reißende Empfindung zu artikulieren versuchte und seine
Frau, die stumm, ohne sich zu offenbaren, alle Wallungen in
sich trug und nichts davon umsetzte in etwas Äußeres. Die
Leere im innersten Zimmer der Leidenschaft? fragte sich
also Matthias Roth. Oder die Verlegenheit des Besitzens
nach der Leidenschaft, oder ist es ein und dasselbe? Oder ist
es, was auf nichts anderes hinausliefe, nur durch einen einzigen Wimpernschlag getrennt? War dies das beklemmende
Eheglück der glühend Liebenden am Ende des ›Freibeuters‹,
Réal und Arlette auf der Bank vor ihrem Haus? Ein nicht
tragischer Schluß bei Conrad, eine erschreckende Kostbarkeit. Da sitzen die beiden und leben ihre Passion ab, so ein-
trächtig nebeneinander, abends, gesund, mit ihrem Besitz im
Rücken. Auch hier sprach niemand ein Wort in der Friedlichkeit. Gisela hatte eine Kerze angezündet und die stumpfen Pupillen von Hans glänzten wieder, wenn auch nicht von
innerem Feuer. Matthias Roth streckte die Beine von sich. Er
glaubte an die Wahrhaftigkeit der Begeisterung, der Verbitterung, der vorgeführten großen Liebe durchaus, aber nur
zur Hälfte. Er war skeptisch gegenüber dem Glück seiner

Freunde, aber auch ihrem Leiden gegenüber. Mit sich selbst
verfuhr er da nicht anders. Diese Dinge, das wußte er, fühlten sich von innen ganz erstaunlich an. Jedenfalls waren die
theatralischen Gesten ihrer Verkündigung um so unverzicht-
barer. Man konnte sie, aufgrund dieser Notwendigkeit, sogar
als Wahrheit begreifen. Nichts brauchten Gefühle nötiger als
eine identifizierbare Gestalt! Hans streichelte die Hand seiner Frau. Sie war klein, weich, energisch, die typische Hand
vernünftiger Frauen. Marianne hatte an dieser Stelle eher
Krallen oder Wurzelenden. Die Katze trat ein, Gisela erriet,
was sie wollte, ließ an einem Fenster die Rolläden herab und
öffnete es dann. Das Tier sprang eifrig auf die Fensterbank,
erstarrte aber vor dem Abend, der nun nicht aus den dunklen
Räumen der umliegenden Gärten bestand, sondern aus grünem Jalousieholz, durch und durch. Es wandte sich schnell
ab. Die Katze sei noch jung. Sie jetzt ins Freie zu lassen, sei
zu gefährlich. Gisela, was war in sie gefahren, sagte mehrere
Sätze hintereinander und unterstrich sie sogar mit Handbe-
wegungen. Nein, das sollte sie nicht tun. Sie hatte doch viel
mehr Vorschuß, als sie augenscheinlich ahnte. Nun wollte
sie sich behaupten und konnte nur hinter ihrem sprachlosen
Wirken zurückbleiben. Da schien sie es selbst zu spüren und
verhielt sich flugs wieder wie vorher.

Matthias Roth mußte sich eingestehen: Es war einfach,
sich Personen in deren Abwesenheit zu vergegenwärtigen,
was dann aber folgte, war der deprimierende Vollzug. Sie
wurden so klein in ihrer Leibhaftigkeit. Man mußte für eine
Bewegung sorgen, Täler, Berge, eine dramatische Oberfläche
mußte erzeugt werden durch ein Bestätigen und unvorher-
sehbaren Widerspruch. Er griff nach dem Programmheft des
Kulturamts. Die Texte stammten von Hans. Matthias Roth
blätterte darin und begann: »Humor, Temperament! Machst
Du das instinktiv oder sind das Werte aufgrund von Ermitt-
lungen! Die Tragödie möchte ich sehen, bei der Ihr im Kurz-
text nicht doch von Zuversicht redet. Geht auch das einmal
nicht, verlegt Ihr Euch blitzschnell auf die Glanzleistung der
Schauspieler. Irgendwo verschafft Ihr der Sache schon die
attraktive Politur. Hans, Hans! Und immer der unverschämte

Plural. Wie Ihr davon redet, wie Du davon schwärmst, daß
›Wir‹ alle betroffen sind, daß es um ›unsere‹ Lust geht. Eine
Unverfrorenheit. Wirf uns Leser Deiner Heftchen gefälligst
nie wieder in einen Topf und Dich und das ganze Amt dazu.
In all das, bitte, hier ist es gefunden, bettest Du selbstverständlich das eine Stück, das weder schwarz noch hell ist,
weder Lachsalven noch Tränen und Trost beschert, eines pro
Saison, über das Rätselhafte, das Abgründige in ›unserer‹
Natur. Wie beunruhigend! Aber auch da gibt es das Pflaster. Du versprichst für alle Fälle ›Faszination‹. Da wird
die Verlockung größer sein als unsere Angst, und wir verweigern unseren Besuch nicht. Auch sagen uns die Fotos der
Interpreten zu. Die meisten kennen wir. Sie sind Stars, entweder auf Bildern aus ihrem früheren Ruhm, wo sie uns ein
Begriff wurden, oder, höchst verblüffend, aus ihrem reifen
Alter, wo es für uns spannend ist, die verschwommenen Spuren ihrer erfolgreichen Physiognomie von einst auszukund-
schaften. Die heikle Zwischenzone wird ausgelassen, solche
Fotos tauchen nicht auf. Recht habt Ihr, das würde schmerzlich für die Dargestellten und für uns, die Fans. Hans, armer
Kerl, ganze Opern mußt Du auf drei, vier Sätze verknap-
pen. Hier lese ich von Mozarts Symphonien, süchtig bin ich
nach dem jubelnden Geschrei des Publikums, nach dem sich
erhebenden Orchester, dem sich verneigenden Dirigenten im
schönen Anzug, dem gesamten aufbrausenden Ritual. Du
bist es auch, über alle Musik, über Jupiter und Prager hinaus,
und was machst Du hier und willst es noch immer schlimmer treiben? Ich will Dir von Columbus erzählen. Hör zu,
Gisela, Dein Mann hat einen weiteren berühmten Vorfahren
erhalten. Als Columbus die Küste Amerikas erreichte, war er
außer sich über die Schönheit der eingeborenen Frauen und
Männer, über die Süße der Vegetation, über Düfte, Vogelge-
sang. Das bist Du, Hans, mit Deiner alten Liebe zur Literatur,
Malerei, Musik. Dann aber, um von seinem König in Spanien Geld und Unterstützung für weitere Unternehmungen
zu sichern, machte er aus den alles bisher Gesehene übertref-
fenden Bäumen Nutzholz, aus den in vertrauensvoller Anmut
auftretenden Eingeborenen nackte, in kriegerischen Strate-

gien unbedarfte, zudem wehrlose, aber körperlich äußerst kräftige, also für Eroberung und Ausbeutung wie geschaffene Wilde. Das bist wieder Du, Hans, mit Deiner aus dem Boden gestampften Unterhaltungsindustrie kulturamtlichen Zuschnitts!« Gisela hätte ihn gern schon bald zum Schweigen gebracht, nicht ihn persönlich, sie sah ihn ja nicht direkt an, sondern nur wie einen Regen, eine diffuse Belästigung, mit kleinen, abwehrenden Zeichen, die zugleich solche des Schutzes gegenüber Hans sein sollten. Der aber hörte entspannt zu, jetzt endlich gelöst und bereits ein bißchen ausgeruht und mit einem Gesicht, als hätten sie beide, er und Matthias Roth, diese Texte gemeinsam verfaßt, er lächelte komplizenhaft und Matthias lobte die Reaktion. Gisela gab keinen Laut von sich, so schwer, so stumm, so ohne erkennbare Atemzüge. War es nicht etwa umgekehrt: Würde ihn nicht der Wortschwall, nur der Verrat gestört haben? Was für ein Glück, er konnte es sich nicht verhehlen, daß ihr Fuß verstaucht war. So würde sie gewiß nicht mit zum Abendessen gehen. Es freute ihn, er und Hans befanden sich nun in der richtigen Stimmung aufzubrechen. Während er den letzten Rest Whisky gewissenhaft austrank, mußte er sich, es zwang ihn unwiderstehlich, die Frage stellen: Was würde ich für Hans geben? Nicht mein Leben, mein Leben sicher nicht, aber einen Finger, den kleinen Finger im Ernstfall.

Sie sahen an den beleuchteten Türmen der Stadt hoch, die oben in nebliger Dämmerung verschwanden. Dabei wurden, wohl eher versehentlich, Fahnen auf benachbarten Kaufhäusern mit angestrahlt, die sich nun im Wind und im Licht bewegten, aus dem umgebenden Dunkel genommen, wie über verglimmenden alten Schlachten. Beide bestätigten sich gegenseitig ihr Vergnügen an diesem exklusiven Schauspiel für die wenigen, die ihre Blicke nach oben wandten. Matthias Roth spürte plötzlich den Wunsch, etwas Persönliches zu sagen und erwog ein Geständnis seiner Sorge, auch diesmal, kurz vor dem gar nicht lange unterbrochenen Wiedersehen mit Hans, könnte ihn das Grausen des Allgemeinen packen, und er würde in dem Freund nur noch das zufällige, millionenfach kopierte Menschenexemplar sehen, die einmalige

Verbindung zu ihm wäre einfach weggeweht, ohne Ankündigung, und sie ständen sich gegenüber wie Ähren im Kornfeld. Aber dann hielt er Hans, der mit Eifer Krieger und phänomenale Mediziner aus der Vergangenheit als Herolde für seinen endgültigen Auftritt in der Gegenwart zusammenraffte, doch nicht für den geeigneten Zuhörer bei einem solchen Bekenntnis, für das er andererseits ganz gern ein bißchen bedauert und gelobt werden wollte, und so sprach er von einer Frau, wobei er feststellte, daß er jetzt, wo sich Gisela nicht mehr in seiner Sichtweite befand, wieder sehr wohlwollend an ihr besonderes Lächeln denken konnte. Ein wahres Mysterium! hätte er spornstreichs, auf den Abstand hin, jedem der es hören wollte, geschworen. »Ein kurioser Widerspruch!« sagte er. »Natürlich gefallen mir Frauen am besten, wenn sie nicht die landläufigen Schönheitsnormen über Gebühr erfüllen. Aber ich verlange doch, daß ihr Glanz von allen wahrgenommen wird. Es ist für mich ein großes Vergnügen, in einem Café zum Beispiel, einer hübschen Frau ins Gesicht sehend, mich zu vertiefen in eine Schilderung der unterschiedlichen Blicke und Referenzen – Du kannst Dir denken, wie aufmerksam mir da zugehört wird! –, die ihr von den Männern der Nachbartische dargebracht werden. Das läßt sich in allen Abschattierungen machen, und oft veranlasse ich sie zusätzlich, Verehrern, von denen sie nichts ahnt, das Profil, den Nacken, je nachdem, zuzuwenden. Auf diese Art kann ich die blödeste Kneipe in einen Salon verwandeln, mit Spiegeln an allen Wänden, und ich selbst gerate dabei in Begeisterung. Dann erscheint mir die betreffende Frau noch liebenswerter in ihren Reizen als sonst, wenn sie derart reflektiert werden, ich meine, erst mit dieser Bewunderungsaureole ist sie vollständig, im vollen Ornat. Mit niemandem war das bisher so amüsant wie mit Marianne. Sie ereifert sich in Gesprächen über Ratten, über die Liebe, mal so, mal so, daß sie richtig herumfährt, wenn ich ihr berichte, wie jemand ihren Ausschnitt oder ihre Ohrringe im leichten Schwingen bestaunt. Sie selbst ist oft so zerstreut, daß sie vergißt, welchen Schmuck sie trägt und schnell danach tastet, um es herauszukriegen.« Sie waren angelangt. Hans hatte nicht geantwortet, betrat aber jetzt als erster das

Restaurant, das innen schwarz und rosa war wie ein Tigermaul.

Sie besuchten das teure Lokal nicht nur aus Lust am Essen, sondern auch aus Trotz. Wechselweise wählte einer von ihnen das Menü. Diesmal war Hans an der Reihe, und frühestens bei der Bestellung würde Matthias Roth das Ergebnis erfahren. Er ließ also Hans gewähren und wichtigtuerisch den Kopf wiegen. Ich habe mich, dachte er, beim Sprechen über Marianne in immer größere Begeisterung gesteigert. Wie sie jetzt geradezu verführerisch vor mir steht, dabei hätte das Gegenteil eintreten können. Man vergrößert mit Worten bombastisch eine Person, und die arme Gepriesene schrumpft darin und friert und schlottert. »Marianne«, sagt er, während sie auf den Kellner warteten, »trug heute morgen eine goldene Feder im Ohr, es erinnert mich, aber erst in diesem Augenblick, an das Kind auf der Breughelschen ›Bauernhochzeit‹, ein unförmiges Kind mit einem kleinen Messer für alle Fälle an einem Faden und einer langen Pfauenfeder am Hut. Was für ein unvermuteter, ganz und gar unvermuteter Glanz auf diesem elenden Fest, ja, eine Schwinge, kein Zufall, eine Schwinge!« »Du bist verliebt!« sagte Hans ein wenig abwesend und sah noch einmal zweifelnd auf die Karte. »Meine Güte, ich weiß nicht. Sie ist immerhin eigensinnig!« Matthias Roth ging ernsthaft darauf ein: »Man macht einer Frau einen Vorschlag zu ihrem Wesen, aufgrund eines unverbindlichen Einfalls, Gazelle, Schlange, dieser Blödsinn. Und schon fühlen sie sich verstanden und fangen an, einem das und immer nur das vorzuspielen. So simpel läuft das bei Marianne nicht. Aber Du wirst sehen, wie gut mir das Essen schmeckt, selbst wenn sie heute nacht mit einem anderen schlafen sollte, was ich nicht ausschließen kann.« Sie putzten sich gleichzeitig die Nase in dem gut gewärmten Raum, Hans mit einem großen, elegant gemusterten Stofftuch, Matthias Roth schneuzte sich verstohlener in ein zur Kugel gerolltes Tempotaschentuch. Dann bestellte Hans geheimniskrämerisch, aber Matthias Roth verstand »Mangoperlen«, ebenso zweimal das Wort »Grün«, die Weinsorte nicht. »Früher«, begann er noch einmal und mehr für sich selbst, »wie schrecklich, wie anstrengend auch, dachte ich – ein Kindskopf wie Fritz, der Kindskopf –, was sich so mächtig näherte, die Gewalt der Schönheit, der Liebe, Sehnsucht, müsse sich als allein auf mich gemünztes Schicksal konzentrieren. Aber nein, die sacht vorbeiziehende Berührung hatte zu genügen, das weiß ich heute, ein Vorüberstreifen, das man in kluger Bescheidenheit wirklich genießen kann.« Da überfiel es ihn wieder, er wurde weggesaugt in eine Entfernung. Er rührte sich nicht von der Stelle, aber klein sah er die Menschen bei der Vollbringung ihres Lebens in dieser Stunde, wie sie sprechend, essend, augenverdrehend daran arbeiteten. Er konnte sich beim besten Willen nicht sammeln und beschweren, um es ihnen gleichzutun, er war weit weggerückt in eine Unbeweglichkeit und sah sie doch in aller Schärfe an. Dann, aus noch größerem Abstand, ruhten sie still, schöne Mineralien, unregelmäßig gezackt, kristalline Abbrüche, kunstvolle Schliffe auf rosa und schwarzen Kissen, überpudert mit feinstem Glimmer, farbig gehöhlt und geädert, die metallischen, seidigen Flügel von Engeln, von zur Schau gestellten samtigen, pelzigen Schmetterlingen, Käferpanzer, sie waren eine schillernde Sammlung unterschiedlicher Mokkatassen, geschnitzter, mit Edelmetall und Perlmutt verzierter Schachfiguren, kühne, eisige Warenhauspuppen in gewagter Drappierung neuer Stoffe. Er sank wieder ein bißchen ab, und sie wurden nicht sehr diskrete, in gestufter Pracht ausgerüstete Vögel mit gefleckten Oberseiten, geflammten Brüsten, scharlachroten Schwingen mit weißen Außensäumen, dahockend mit lackroten Schnäbeln, grünen Beinen, rötlich überhauchten Sternen an der Kehle, tropfen- und striemenförmigen Glanzpartien, manche ganz rostrot überschimmert, schnäbelnd, sich aufplusternd und spreizend, dunkel marmorierte Ohrdecken, zitronengelbe Unterschwanzdecken, wolkig, gepunktet in plauderndem oder stammelndem Gezwitscher, lockendem, auch scharfem Zirpen, abwechslungsreichem Schnurren, girrend, miauend, und sie nährten sich von Nektar, Pollen, Blütenblättern und saßen mit glühenden Hauben und feurigen Schöpfen im Laub von Eßkastanien, in Orchideengehängen, auf Palmen und asiatischem Schilf, sie knicksten und wippten mit Federkronen und Schleppen, sie schlossen die blanken Augen, die rotgeränderten, die starren, feuchten, die aus mattem Halbedelstein und aus Straß und öffneten sie, flogen in weiten Kreisbögen, glitten ohne Flügelschlag, segelten davon und saßen still gebannt, und Matthias Roth saß zwischen ihnen und betrachtete wohlgefällig die geschminkten Gesichter der Frauen, ihre zum Funkeln gebrachten Wangenknochen und entdeckte keins, das in unstilisierter Nacktheit ihm den schieren, individuellen Zufall präsentiert hätte mit dem bösartigen Anspruch, die reine, unverzerrte Wahrheit zu sein.

Eine Frau warf mit dem Ellenbogen ihren hohen Eisbecher vom Tisch und sah gleich danach ihn, Matthias Roth, vorwurfsvoll an, als ließe sich damit die Schuld auf ihn abwälzen. Hatte er sie in seiner Geistesabwesenheit etwa die gesamte Zeit über angestarrt? Jedenfalls besagte das nicht das geringste. Einen Augenblick lang wurde es still, ein schwaches, gemeinsames Gefühl des belebten Raumes, und schon splitterte es wieder auf, und für ihn gab es jetzt Broccolicreme, er dachte nicht mehr, träumte nicht, wollte nur schmecken. »Die raffinierten Würzungen, die hohen Töne, die hohen Sprünge! Das ist es!« sagte er, etwas genierter schmatzend als in Frau Bartels Küche. »In Asien hat man einen über 700 Jahre alten Stein gefunden mit dem Lob für einen Mann, der seinen Pfeil weit wie sonst keiner geschossen hat!« Hinter ihm wurde »Perlhuhnschaum«, »Basilikumsockel« gesagt. Hans fuhr plötzlich wütend auf: »Die Eßgeräusche der Leute, ich hasse sie alle, ich höre sie alle kauen, lutschen, das Krachen ihrer Gabeln gegen die Zahnreihen, ich höre auch Dich. Lieber ist mir ein Glas klares Wasser, lautlos getrunken, als dieses Geschlürfe von teurem Wein!« Matthias Roth begriff, daß Hans diesmal nicht spaßte, ließ ihn in Ruhe und sagte erst nach einer Weile: »Stell Dir nur einmal jemanden vor, von dem bekannt ist, daß er von jedem Essenden, der ihm gegenübersitzt, angewidert ist. Selbst die stummen, nicht zu unterdrückenden Eßgrimassen reichen ihm schon. Wie würden sich alle unter seinem Blick zu schämen anfangen, aus wäre es mit Natürlichkeit und Genuß in seiner erschreckenden, ungemütlichen Gegenwart. Nur noch wirklicher Hunger könnte ein trotziges Weitermahlen der Kiefer bewirken. Aber noch schlimmer: Stell Dir einen Dichter vor, der an seinem Lebensende voller Abscheu auf sein hinter ihm liegendes Gesamtwerk sieht. Noch schlimmer: Ein x-Beliebiger, der sich vor seiner eigenen Haut ekelt, vor Geruch, Färbung, Struktur, und sie am liebsten los sein möchte!« Matthias Roth lachte, und er lachte, da sie gerade an ihm vorbeiging, die Frau an, die den Eisbecher auf den Teppich gekippt hatte. Aus einiger Entfernung schien sie hübsch zu sein, nun nicht mehr, aber er lachte sie an, bevor sie sich ärgerlich wegdrehte. Nun hatte er rasch hintereinander zwei Menschen in diesem Lokal erzürnt, ohne Absicht. Er nahm aber an der gekränkten Frau das Kleid wahr, in das glitzernd Sonne, Mond, Papageien, Tiger und winzige Blüten gewebt waren. Es umschloß eng ihren Körper, und wo es sein mußte, spannten, rundeten, kräuselten sich die Gestirne, Flora und Fauna mit, und das bei jedem Schritt etwas anders vermutlich, und ihm fiel ein, daß sich manche das alles auf ihre echte, einzige Haut tätowieren lassen. Er aß dann Frischlingsrücken, und sie sprachen über einen Jugendstilabend – er hätte lieber die Wildente von Hans gehabt – mit Gedichtvorträgen in Kostümen, in der Aula, den beide gemeinsam seit Monaten planten. Hans besänftigte sich dabei und erzählte schließlich von einer Begegnung, einer Art Stammtisch, mit den lokalen Künstlern, wie sie alle mit ihren ausgeprägten Vorlieben und Abneigungen, von Bier zu Bier imposanter, renommiert hätten, welche Bäume, welches Wetter, welche Tageszeit, verdammt nochmal, welche Schneeflockenart ihnen die liebste und welche die unausstehlichste sei, jeder mit unerhörtem Stolz auf seine speziellen Begrenzungen wie auf einen nicht zu ersetzenden geistigen Besitz. Einer hatte der Stadt, kurz vor seinem Tod, einen Stapel Mappen mit Illustrationen zu italienischen Opern geschenkt, als Vermächtnis an seinen Heimatort. Das, kein Weg führte daran vorbei, mußte demnächst den Bürgern dargeboten werden und er, Hans, hätte die Einführungsrede zu halten. Er beobachtete Matthias Roth und der, gerade zu einem mitleidigen Lächeln ansetzend, bemerkte es und war gleich auf der Hut. Schon hatte er die Mundwinkel unter Kontrolle, man konnte ihm nichts nachweisen, aber Hans wollte offenbar in Rage geraten. Er tat es auf seine besondere Art, die Matthias Roth recht gut kannte: Er würde den nun folgenden Redestrom über sich ergehen lassen und nur darum bemüht sein, nicht das Vergnügen an seiner ausgezeichneten Nachspeise zu verlieren. Hans begann also, wie vorausgesehen, den Stifter der Opernfigurinen, über den er eben noch lästern wollte, jetzt aber in seiner Berufsehre angegriffen durch eigene Unvorsichtigkeit, als Original, als hochinteressanten Vertreter einer dahinschwindenden Generation, als begabten, innerhalb seiner Möglichkeiten besessenen Künstler herauszustreichen. Er bildete sich ein, als Kulturassistent in die Enge gedrängt zu sein und entdeckte zur Verteidigung mit schriller Euphorie einen großen Sohn seiner Stadt. Warum rechtfertigt er sich so vor mir, dachte Matthias Roth, mein eigener Posten ist doch viel unseriöser.

Er spürte zunehmend, daß die ihn umgebenden Leute sich in seine Geschöpfe verwandelten. Das lag an ihm, eine Täuschung, gut, aber er zumindest konnte ihre trennende Haut nicht mehr erkennen, sie waren Schatten, Echos, leicht erklärbar, durchleuchtet von seinen Blicken, er mußte nur auf sich selbst achten, um alles über sie zu wissen. Es gab allenfalls unerhebliche Verschiebungen, Verstümmelungen, aber nichts Fremdes, keinen Widerstand, keine Offenbarungen also, und was er auch über sie dachte, sie schluckten es willig, saugten es auf als unersättliches Löschpapier. Als es ihm lästig wurde, auch beim noch immer ereiferten Hans war kein Trost zu finden, änderte er die Situation. Er lehnte sich zurück, sah nur noch die Konturen jeder einzelnen Person, ihren erstaunlichen Anblick in dieser besonderen Sekunde. Er sah einen Mann, der auf eine Frau, die Matthias Roth den Rücken zuwandte, einredete. Dieser Mann schnitt in dynamischem Wechsel zwei ganz verschiedene Arten von Gesichtern, ein friedlich entspanntes, ja liebevolles und ein heftig zuckendes, krampfartig angeekeltes, und Matthias Roth konnte nach ein wenig Übung prophezeien, wann das ruhige und wann das hektische erscheinen würde. Der Hinterkopf der Frau blieb unbewegt in locker aufrechter Haltung, ohne Erschrecken oder Verwunderung vermutlich. Solange es ging, versagte sich Matthias Roth die Lösung: Der Mann fuhr wegen einer Halsentzündung beim schmerzhaften Schlucken zusammen, hatte aber die Verabredung nicht absagen wollen und genoß sie ja sichtlich in den störungsfreien Fristen. Am Nachbartisch saß ein junger Mann mit heller Gesichtshaut und steifen blonden Haaren, durch und durch wohlhabend, reich von klein auf, gebadet, gepflegt, trainiert von klein auf, das alles natürlich lässig nebenbei, auch das war ihm in die Wiege gelegt. »Ein Glück«, sagte Matthias Roth auf einmal laut, »daß solche Typen nicht unter meinen Studenten auftauchen, ein Glück für sie, ein Glück für mich!« Hans verstand ihn unverzüglich und unterbrach seinen Gedankengang, von dem er bisher nicht abgewichen war: »Wenn es bei uns früher hoch herging, ich meine, wenn der Luxus überschäumte, wurde ich zum Lebensmittelhändler für eine Flasche weißen Bordeaux geschickt!« und Matthias Roth fügte hinzu: »Vor einer so ungeformten Visage scheint alles Schlimme, Verlassenheit, Schmerz, Grauen die Funktion einer ästhetischen Modellierung zu bekommen!« Er befühlte mit den Händen seine eigenen weichen, wenn auch am Abend nicht mehr so glatten Wangen und legte sie dann auf seinen Bauch. »Gleich bin ich fertig mit meinem Opernillustrator«, sagte Hans. Matthias Roth, der alles, ein Akt der Treue, anhörte, ließ seine Augen wandern und begegnete dem strahlenden Augenblicksbild einer Person, einer allgemeinen Erhellung der Welt! Auf ihrer alten, gebräunten Haut trug eine schmale, alte Frau, eine Südländerin gewiß, ein füllig geschnittenes rosa Kleid, frische, makellose Seide, dazu dicke Korallenschnüre mit weißen Perlen und kleinen Goldkugeln, sanft und jung auf der nackten braunen Haut der alten Frau, und sofort war klar: Sie versteckte ihre Jahre nicht, sie wurden ja bloßgelegt. Nein, als Fanal trug sie Stoff und Perlen, als Signal und Beweis, daß sie die Visionen der Schönheit im Auge behielt. Sie brüstete sich nicht mit einer Kostbarkeit. Der Schmuck war ein offengelegtes Ziel, ein mutig zur Schau gestelltes Maß an Vollkommenheit, das sie sich und der Umwelt aufrichtete. Was für ein leuchtender Hochmut in aller Bescheidenheit! sagte sich Matthias Roth und sprach nicht darüber. Ich kann ihre Gedanken nicht lesen, ich unterwerfe mich. Sie führt ihre Schwächen vor und scheint doch sicher zu sein, in einem verfeinerten Sinn, den nur sie kennt, auf ein Schönheitsziel loszugehen. Jetzt spielten beide mit den Zahnstochern, tranken einen Mokka, spotteten über die beginnende Glatze des einen, die Beleibtheit des anderen, kamen auf ihren poetischen Abend zurück, zahlten jeder für sich und Matthias Roth sagte zu Hans draußen, auf dem kurzen Stück, das sie noch gemeinsam gingen, daß sich im Gesicht seines Vaters bei den sehr seltenen Restaurantessen mit Frau und Sohn immer beim Blick auf die Rechnung eine tiefe Niedergeschlagenheit gezeigt hatte, so daß er, Matthias Roth, angstvoll mit dem Vater trauerte. Es war damals, als hätte sich ihnen das Glück, auf das sein Vater jedesmal setzte, der niedrige Preis nämlich, wieder versagt, so daß die Rechnungssumme, obwohl sie anstandslos bezahlt wurde, eine Beschämung darstellte, der man sich unabänderlich während des Menüs näherte, und er habe sich schon beim Hinsetzen in eine Betäubung zu bringen versucht, um möglichst erst bei dem letzten Bissen in den Sog des düsteren Schlußeffekts zu geraten. Sie trennten sich. Matthias Roth richtete nach ein paar Schritten in der Stille hallende, dadurch unfreiwillig feierliche Grüße an Gisela aus.

Er kam nun wieder an den Schaufenstern seines Hinwegs vorbei, an Stadtmauer, Schule und Einwohnermeldeamt. In durchaus freundlich zu betrachtender Häßlichkeit lag die breite Fahrbahn ohne Leben zwischen ihm und dem armen Schuhlädchen am Beginn seiner heimatlichen Straße, die wieder eine Hell-Dunkel-Straße wie am Vorabend war, nun aber in ordentlichen, ungestörten Abständen. Etwa dort, wo er am Nachmittag den Jungen mit den brennenden Augen gesehen hatte, saß jetzt eine klobige Gestalt mit Kartons und Tüten neben sich, schwer erkennbar, aber da wurde er bereits von dem am Boden sitzenden alten Mann mit einer Taschenlampe angestrahlt. Merkwürdig, dachte Matthias Roth und erschrak erst dann ein wenig. Der Alte lachte ihn von unten herauf aus einem Gesicht, das, soweit es nur möglich schien, mit Haaren bewachsen war, und rotumränderten Augen halb spöttisch, halb kameradschaftlich an. Er tippte neben sich auf die Steine, hob seinen Hintern und zog eine Zeitung darunter hervor, um den markierten Platz damit zu bedecken. »Nein«, sagte Matthias Roth, blieb aber noch stehen. Der Obdachlose hatte keine Lust zu sprechen, er fühlte sich offenbar mit seinen äffischen Gesten wohler. Die Taschenlampe hatte er ausgeknipst, man konnte nicht genau ausmachen, wo seine Gestalt zu Ende war und wo Steine und Finsternis anfingen. Es stank, er knipste die Lampe wieder an und beleuchtete sein eigenes Gesicht. Matthias Roth starrte auf den fast zahnlosen Mund, eine wüste Höhle, unanständig in dem verdreckten, bärtigen Umfeld. »Kein Interesse!« sagte er wieder und ließ den Alten mit seiner Flasche fuchteln. Wenn es kälter wird in der Nacht, später in der Jahreszeit, erfrieren sie manchmal, dachte er und stand noch immer an seinem Fleck. Der Mann schüttelte über seine Dummheit, das Angebot auszuschlagen, wild den Kopf, begeistert vom Kopfschütteln, dabei hielt er die lose aufliegende Kappe fest. Er räkelte sich ostentativ auf dem Boden, um anzuzeigen, wie bequem es dort sei, ein Wohnzimmersofa geradezu, und rüttelte eine Blechdose mit Münzen, um seinen Reichtum prahlerisch vorzuführen. Matthias Roth unterschied mittlerweile recht gut die zwinkernden Augen des Mannes, die ihn direkt ansahen. Der Alte griff in eine seiner Plastiktüten und holte eine Sechserpackung für Eier daraus hervor, klappte sie auf, zwei lagen noch darin. »Aus einer Aschentonne, ganz frisch, habe schon probiert!« sagte der Mann plötzlich und schlug eins an der Mauerkante geschickt an, so daß er es ausschlürfen konnte. Matthias Roth ging weiter und hörte, wie hinter ihm gekramt wurde mit leisem Singen. Auch der Mann suchte sich wohl eine bessere Stelle für die Nachtruhe. Er selbst würde in seinem unteren Zimmer bleiben. Wenn er allein nach Hause kam, hatte er gern das Gefühl von, wenn auch schlafendem, Leben umgeben zu sein, von anwesenden, wenn auch unsichtbaren Familienmitgliedern in ihren Betten. Er hing sich eine Decke über und setzte sich für einige Minuten auf den Balkon, blickte nicht auf die Straße hinunter, sondern zu den wechselnd sternklaren Zonen des Himmels. Von unten dröhnten die Stimmen Halbwüchsiger und das Knattern ihrer Mopeds hoch. Sie brausten großspurig ein bißchen im Kreis oder auf und ab in den leeren Straßen, durch die kühle Herbstnacht. Aber gut, daß nicht Frühling ist, sagte sich Matthias Roth, sonst würde es mich doch aufregen! Er holte das Stück Seife für Marianne aus der Tasche und schnupperte daran. Der Duft drang ihm nicht genug durchs Papier, daher wickelte er es ganz aus und sog nun kräftig den Geruch ein, der ihn, ohne daß sie selbst es ahnen oder verhindern konnte, schon jetzt an Marianne erinnerte. Wie sollte er es künftig mit ihr halten? Fehlte sie ihm jetzt? Wäre es nicht angenehm, oben von ihr erwartet zu werden, anstatt den Gedanken, er könnte sie jeden Augenblick, vielleicht in diesem schon, verlieren, mit Gewalt beiseite schieben zu müssen? Er sah sie am Ende der Straße stehen, mit weißem Gesicht und sehr roten Lippen, er sah sie barfüßig und aufgebracht mit dem Oberbett um die Schultern in der Tür lehnen, er sah ihr leichtfertiges Winken zum Abschied. Das zumindest ließ sich ohnehin nicht besitzen, vor allem wäre es nicht wünschenswert. Eine große Zufriedenheit breitete sich in ihm aus, eine so weiche Müdigkeit, daß ihn nur die Aussicht auf ein unangenehmes Erwachen daran hinderte, sich in Kleidern aufs Bett zu werfen, um sogleich in Schlaf zu fallen.

Zweites Kapitel

Das Mineralwasser im Glas brauste wie jetzt im Herbst die großen Parkbäume bei ruhiger Luft. Er hörte das Prasseln in seiner Nähe, es genügte ihm. Das Glas stand im unteren Zimmer auf einem mit Manuskripten bedeckten Tisch zwischen Sofa und Bett. Zu korrigierende Arbeiten lagen, für ihn unerreichbar, ganz am Rand der Platte. Zwischen ihnen und den Manuskriptseiten befanden sich noch Zettel mit Notizen über Conrad. Matthias Roth lauschte mit geschlossenen Augen auf das Geräusch des nachgeschenkten, perlenden Wassers mit dem Ohr auf der Öffnung. Er stellte sich eine goldene Baumkuppel dazu vor und alles andere, Sätze, Romangestalten, sank zu Boden, sein Kopf leerte sich weiter von Dingen und Anblicken, und so liebte er es, in dieser Abwechslung, manipulierbare Gezeiten in seinem Gehirn, nach der Üppigkeit eine Beschränkung der Reize, ein Tag bei Wasser und Brot, Stimmen nur außerhalb seines Zimmers, Gänge nach draußen höchstens zum Klo oder auch, eine Woche lang, nur das Anhören immer derselben Musik. Eine Unterhaltung für die Augen gab es allenfalls, von den notdürftigsten Unternehmungen abgesehen, durch das Einschalten verschiedener Beleuchtungsquellen. Er hielt immer noch das Ohr auf das Glas und meinte doch, herbstliche Laubdächer zu sehen, auf die ein leichter Regen fiel, er fühlte die Gegenstände unter seinen Blicken unerhört anschwellen, sich aufplustern mit dem, was er gerade gelesen hatte, und so brachen die Parkbäume ihre europäische Silhouette auf und wurden zu noch gigantischeren Urwaldexemplaren: eine stille, fast unbemerkte Ekstase, aber sie erhöhte sich, als er nachträglich feststellte, daß währenddessen viel mehr Zeit verstrichen war, als er dachte. Er ging zu einem Waschbecken am Ende des Zimmers dem Balkon gegenüber, um sich ein wenig zu erfrischen, und sah im Spiegel sein Gesicht: Es schien immer zu liegen, so, als würden die fleischigen Massen nicht senkrecht aufgehängt sein und also ein bißchen nach unten sacken, sondern waagerecht auf der festen Basis des Schädels schwimmen, in einer durch nichts beengten Heiterkeit. Alle freien Flächen im Zimmer waren mit Kleidungsstücken oder Büchern belegt, auf und unter dem hochbeinigen Schrank standen Pappkartons und Zeitungsbündel. Trotzdem besaß es eine gewisse sorglose Eleganz, und Matthias Roth, indem er es liebevoll betrachtete, fiel wieder ein, wie er seinen Eltern für ihre bescheidene Hochhauswohnung häufig kleine Geschenke gemacht hatte, in der Hoffnung, ein ausgesuchtes Glas, ein schön gerahmter Druck könnten ihr ein Quentchen Glanz verleihen. Er hatte es über Jahre hinweg versucht, auf die Dauer mußte es doch gelingen, aber die elterlichen Tapeten, Kissen, Winkel hatten alles spurlos geschluckt und nirgends hatte sich ein neuer Schimmer halten können. Es nutzte nichts, und er verlor endgültig das Interesse. Der Luxus, sagte er sich jetzt, bestand für seine Mutter beispielsweise darin, sich eine Tube Mousoncreme zu leisten. Er holte sie ihr als Kind aus der Drogerie – sie selbst wollte den Verkäuferinnen nicht so gern ihre Hausfrauenhände zeigen –, ›mit Tiefenwirkung‹ stand in Form eines Pluspunkts darauf, es war wie der weiße Bordeaux in der Familie von Hans, während doch er, das zu weichlich gewordene Hinterteil gegen das Waschbecken gestemmt, mit ein paar Blicken das Zimmer vor sich umwandelte in das eines Genueser Palastes, die Wände zu goldenen Reliefs geformt, in der Mitte ein Bankettisch mit Spiegelplatte, und das vielgestaltige Gold der Decke stürzte ihm aus der Tischplatte entgegen, umstellt von mindestens zwanzig roten damastbespannten Sesselchen, ein Himmel aus der Tiefe des Tisches, den ganzen Raum enthaltend und den Schein der düster brennenden Kerzen ringsum. Ein anderer Tisch aber, ein runder, billiger, hatte ihn mit zehn Jahren, nach einem Umzug, zur Verzweiflung gebracht, so vollgepackt mit lauter ungeordneten Dingen des Haushalts, einfach draufgekippt, daß er es für unmöglich gehalten hatte, die Sachen könnten je wieder an richtige Plätze gelangen. Er sah vor sich die von rötlicher Abendsonne beschienenen Trümmer der Ebene von

Palmyra, er sagte: »Versunkene Kulturen!«, weil er es gern sagte, und dachte an die Inschriften der Könige, die Gebete, Anrufungen, die Aufzeichnungen von Mönchen und Kaufleuten, Gesandten und Eroberern, vergessen und wiederentdeckt, entziffert und übersetzt, vom Staub befreit und zum Leben gebracht. Da klopfte Frau Bartels, und kaum hatte er, mehr zusammenfahrend als antwortend, einen Ton von sich gegeben, stand sie mit zwinkernden Augen bei ihm und hielt einen Teller mit Plätzchen in der Hand.

Er aber, noch ganz nach innen gekehrt, richtete einen derart erwartungsvollen Blick auf ihr Gesicht, daß sie, unfähig, so schnell zu einer Statue im letzten Sonnenlicht zu werden, sich wand unter seinen Augen in besonderer Dürftigkeit. Als er die Strecke vom Waschbecken zur Balkontür abging, hörte er sie in seinem Rücken murmeln, schwieg jedoch selbst. Er sah die Birken an, ihre flirrenden, goldenen, manchmal rotgetönten Blättchen, Goldmarien, Goldschauer, Goldflusen, die sich in den Zweigen verfingen. Er meinte, es müsse gleich zu Ende sein mit diesem flüchtigen, schrägen Goldschimmer in der Luft, er müsse abtropfen, hinunterwehen. Als kleiner Junge hatte er keinen Moment auf der Bühne so geliebt, wie wenn unter einem dunklen Mantel ein prächtiges Gewand aufblitzte, durch den Umhang der als Bettlerin verkleideten Prinzessin oder unter der abspringenden Haut des erlösten Ungeheuers die blendende Rüstung. An einigen Stellen warf das rostfarbene Laub einen rosa Schein auf die eigenen Stämme. Es war jetzt die Zeit, in der die Blätter im Park kreisrund unter den Bäumen lagen, so daß der gesamte Bereich der Wurzeln durch die Erde zur Oberfläche hoch zu glühen schien. Er entschloß sich zur Großmut und sagte zu der am anderen Ende des Zimmers stehenden Frau, allerdings ohne sich umzudrehen: »Unser Abend mit Gedichten macht Fortschritte. Die Bühne wird mit schwarzem Samt ausgeschlagen, die Vortragenden weiß geschminkt in blauen und roten Kostümen, auch silbernen, wir haben es gestern geprobt. Die Leute sollen nicht wissen, ob sie lachen oder weinen müssen, sie sollen sich schämen vor dem einen und dem anderen. Die Schauspieler aber stehen vor ihnen in entsetzlicher Vollkommenheit, Gesichter, genährt mit den besten Speisen, die Nasen verwöhnt mit erlesenen Düften, die Augen mit den schönsten Landschaften, die Ohren mit hinreißenden Arien und Stimmen, und ihre Texte werden handeln von Schönheit und Verwesung.« Er fuhr unvermittelt herum, um die Wirkung seiner Beschreibung auf Frau Bartels zu prüfen. Sie kehrte ihm ebenfalls die Rückseite zu und polierte mit Eifer den Wasserhahn! Erst jetzt bemerkte sie, daß er sie beobachtete und steckte schuldbewußt das Tuch in die Schürzentasche. Mein Gott, sie putzte inzwischen! Wie besaß er dagegen ein Ohr für die Emphase anderer, beispielsweise, wenn er mit Fritz ging und der ihm die Gegend zärtlich geologisch beschrieb! Alle Sätze senkten sich dann auf Wiesen und Hügel als Versprechen. Frau Bartels aber tastete schon wieder verstohlen nach dem verfluchten Wischtuch. Er sah auf die Birken hinunter und hörte ihr leises Scheuern. Sicher, fuhr er für sich fort, wenn Karin sich über einen Film ausließ, bin ich oft in eine Gereiztheit geraten. Ich hatte dann, in meine eigene Arbeit vergraben, einfach keine Lust zum Außermirsein. Frau Bartels bewegte vorsichtig die Gegenstände auf der Glasplatte. Aber damals, alles in allem, als Karin ihm Orte ihrer Kindheit in ihrer Heimatstadt gezeigt hatte, immer aufgeregt auf irgendwelche Plätze wies, auf diese Kahlheit mit leuchtenden Augen, die offenbar ohne Mühe die alten Lädchen und Winkel erkannten, hatte er jedesmal aufmerksam die abscheulichen Ecken betrachtet, ohne Widerspruch, beeindruckt von ihrer geisterhaften Wiedersehensfreude, und sich nur ein bißchen gerächt, indem er ihr später, in der Stadt seiner Eltern, vorführte, was er dort am meisten haßte. Da stand sie an Mauern, Einfahrten, grauen Unterführungen, alles weder schön noch sonderlich schlimm, und mußte sich seine Wuttiraden anhören. Hatte sie nicht, undankbar, gedankenlos lächelnd dabei mit dem Daumen die Nagelhaut ihrer lackierten Fingernägel zurückgeschoben? Frau Bartels versuchte erfolglos, Putzgeräusche zu vermeiden, aber es belustigte ihn mittlerweile. Ihm war aus seiner Schulzeit eine Tropfsteinhöhle in den Sinn gekommen, wo der Führer ihnen Drachen, Schlösser usw. zeigte, er behauptete es einfach, die einzelnen Kammern und Flure hießen auch danach, aber sie alle sahen nur Steine, Zacken, Zapfen. Mit einem Freund hatte er sich halb tot gelacht über die zur Gläubigkeit entschlossenen Mienen der anderen und im Dämmern ein paar Glanzstücke von den Wänden gebrochen.

Frau Bartels räusperte sich. Sie ertrug die Stille nicht länger und wollte sprechen. Er drehte sich nicht um. »Er ist da!« fing sie an. Matthias Roth antwortete mit keiner Bewegung, unterbrach sie aber auch nicht. »Der Freund aus Amerika ist da!« begann sie noch einmal. Sie hatte auch in dem kurzen Zeitraum zwischen den beiden Sätzen etwas abgewischt und hörte, während sie redete, damit keineswegs auf. »Frau Haaks neuer Freund, die späte Liebe, Sie wissen doch. Am liebsten würde sie ihn wohl ›mein Verlobter‹ nennen. Sie hat sich zur Ankunft ganz neu eingekleidet, bunt wie ein Specht, überall glitzert und baumelt was. Sie läßt sich offenbar von ihrer Enkelin beraten, bloß weil sie dieselbe Kleidergröße hat. Aber weit über fünfzig Jahre Unterschied!« Er wollte nicht seinen Platz am Fenster räumen, es gelang ihm aber auch nicht mehr, an etwas anderes zu denken. »Seine Haare, die angeblich schneeweiß sein sollen, wie von diesem Politiker, sind schlichtweg grau. Ich habe ihn im Treppenhaus gesehen, nichts als grau. Er ist Schlesier, vor dreißig Jahren ausgewandert.« Frau Bartels war nicht so leicht zu täuschen wie die unkundige Frau Haak mit ihrer Leidenschaft für das Vornehme. Sie, Frau Bartels, wußte aus ihrer Zeit im ›Rheinischen Schwan‹ noch sehr gut, wie wirklich reiche, elegante Herren, Männer von Welt, durch und durch noble Erscheinungen, auftraten! Ihr konnte kein ›Amerikaner‹ Sand in die Augen streuen! Dabei gab es im Moment für Frau Haak nur eine einzige Sorge: Die von oben, Tochter oder Schwiegersohn, könnten bei ihr auftauchen und ihr Glück stören, wenn sie durch schlechtes Benehmen ihren Besuch erschreckten. Matthias Roth spürte, daß sie sich langsam im Zimmer vorarbeitete, sie mußte sich jetzt bald in Höhe seines Tisches mit den Papieren befinden, und er hielt den Atem an, als es einmal raschelte. Es widersprach allen Gepflogenheiten, daß sie sein Zimmer in seiner Anwesenheit säuberte, und es geschah mit knisternder Diskretion. Frau Haak, erfuhr er, lief nicht mehr mit den pflegeleichten Kitteln durchs Haus, sie trug in diesen Tagen nur kleine Schürzen mit Volants und Hausschuhe mit einer Art Quaste vorne drauf. Wenn man mal jemanden an ihrer Tür hörte, Briefträger, Hausierer, was auch immer, jedesmal wurde gelacht und geschäkert. Sogar Großmutter und Enkelin, das kriegte man eben mit im Treppenhaus, sprachen jetzt untereinander wie Turteltäubchen. Kurz vor Ankunft des Besuchs war Frau Haak zu ihnen gekommen und wollte von Herrn Bartels wissen, wie man bestimmte englische Wörter ausspricht. Sie verlangte regelrecht eine Stunde Nachhilfeunterricht. Ob ihr Mann das auch wirklich alles wußte, konnte Frau Bartels nicht beurteilen. Er habe aber so getan, und Frau Haak hatte dagesessen wie ein Schulkind. Sie hatte sich auch eine weiße Wollmütze gekauft, bestimmt, um den Haaren ihres Freundes nicht nachzustehen, und verraten, daß der Amerikaner furchtbar gern Kreuzworträtsel löse, vielleicht wollte er dabei seine Deutschkenntnisse überprüfen. Jedenfalls klapperte Frau Haak nun alle Geschäfte, Apotheken, Reformhäuser nach Gratiszeitungen ab, ›Lukull‹ vom Metzger, ›Bäckerblume‹ vom Bäcker in der Hoffnung, ihn mit Kreuzworträtseln möglichst lange hier zu halten. Manchmal nahm sie auch gleich zwei Exemplare und schob ihm das zweite am nächsten Tag unter. Der merkte nichts, machte sich gleich ans Lösen, stolz, daß es diesmal schneller ging. Sie erzählte jetzt immer nur kurz, jede Minute mit ihrem Schatz war ihr kostbar. Auch um Rezepte hatte sie gebeten, zum ersten Mal überhaupt. Wie wollte die denn so plötzlich was Gescheites kochen! Schon beim Aufschreiben warf sie ja alles durcheinander. Aus Mitleid aber hatte Frau Bartels ihr für den Ankunftstag einen gefüllten Nußkranz gebacken, eine Spezialität, und Frau Haak durfte sagen – würde die ja sowieso tun –, es sei ihr eigenes Werk. Matthias Roth wandte sich zu seiner Vermieterin um: Da stand sie, ziemlich in seiner Nähe nun, wrang das Wischtuch mit beiden Händen vor der weißen Schürze und lächelte erregt. So hatte er es sich gewünscht, als er sie in seinen literarischen Abend einführte!

Ihr Standort im Zimmer markierte genau die Grenze zwischen Ordnung und Unordnung. Wie eine reinigende Walze mußte sie hinter seinem Rücken vorgegangen sein. Er kontrollierte rasch im freien Raum zwischen ihnen, ob er etwas vor ihr retten müsse. Draußen rief Bartels nach seiner Frau. Als er drinnen stand, wollte er nichts mehr von ihr. Er schwenkte ein farbig bedrucktes Papier und rief: »Ha, Amerika!« Sein Gesicht glühte stärker als eben noch das seiner Frau, er schlug mit der Linken gegen das hochgehaltene Blatt: »Na, wäre das nichts? US-Wohnanlagen für deutsche Kapitalanleger! Das Ding läuft seit 77. Für 2000 Eigentümer eine Grundbesitzkarriere in den USA. 8–9 % steuerfreie Grundbesitzrendite!« Matthias Roth war jetzt bereit, das Risiko eines kräftigen Krachs zu wagen, überlegte nur noch, mit welchen Worten er beide Bartels vor die Tür setzen sollte. »Klingt doch gut: Persönliche Grundbucheintragung für jeden Eigentümer, Abwicklung über deutschen Notar und so fort, Wirtschaftlichkeitsberechnungen nach amerikanischen Richtlinien geprüft. Da juckts einem doch in den Fingern! Jetzt ein bißchen jünger sein und etwas Kapital verfügbar!« »Wieviel braucht man denn für den Start?« fragte Frau Bartels, die hinter ihrem Mann heimlich polierte. Bartels mußte es erst im Prospekt suchen: »4 378 Dollar«, sagte er gehorsam, merkte erst dann, daß er seiner Frau geantwortet hatte und zuckte daraufhin geringschätzig mit den Schultern. Er hielt Matthias Roth, der gerade zum entscheidenden Streitsatz Luft holte, ein klassisches amerikanisches Panorama vor die Nase: blau-graue, im Leeren stehende Wolkenkratzer mit ein paar Büschen wie künstliches Moos im Vordergrund. Bartels hatte einen Augenblick sogar beide Arme ausgebreitet, und da begann Matthias Roth, sich für ihn zu interessieren mit dem heftigen Wunsch, ihn so erstarren zu lassen, als großartige, hagere, entflammte Figur, der man ja nicht ansah, daß sie sich für Ausschüttungsgarantien statt für Religiöses ereiferte. Für Bartels aber hatte sich das Blatt gewendet. »So ein Quatsch«, fuhr er Matthias Roth übergangslos wütend an, »jedes Jahr 80 000 neue Arbeitsplätze! Die Stadt möchte ich sehen. Dann: Komfortable townhouses! So ein Blödsinn:

townhouses, garden-apartments, whirlpool! Das soll solide
sein? Was bringt dieses Wortgeklingel? Reine Idioten, Kinde-
reien!« Er sagte die Wörter fehlerlos, aber ungelenk und von
vornherein empört über das Englische. Es fragte sich, ob auch
Frau Haak diesen angeekelten Tonfall übernommen hatte.
»Swimmingpools, diese Halbnackten im Clubhaus, daß ich
nicht lache! Sind das Luxushotels? Wer soll das finanzieren,
wer da wohnen? Alles Verrückte!« Es muß so sein, sagte sich
Matthias Roth, darum glotzt er mich derart zornig an, welche
Schuld trifft mich sonst an diesem Investitionsangebot, daß
er eine Generationsfrage daraus macht. Ich bin für das Neue,
das ihm über den Kopf wächst, verantwortlich. Er faßt es als
Abkanzlung seines Jahrgangs auf, daher der Katzenjammer.
Bartels, fern allem Predigerheroismus, begriff erstaunlicher-
weise nun von allein, daß er besser ging, sah sich auch von
seiner Frau stumm aus dem Zimmer geschoben, die ihrerseits
mit Verschwörermiene kundtat, daß der Rückzug ihres Mannes allein ihr Verdienst war.

Zum zweiten Mal trat sie mit dem Plätzchenteller auf ihn
zu und forderte ihn, kokett gekränkt über sein bisheriges Ver-
säumnis, auf zu probieren. Bereit, ihr zum Schluß eine Freude
zu machen, wählte Matthias Roth bedächtig das größte aus.
Sie stand dicht bei ihm und forschte in seinem Gesicht, er
lächelte anerkennend, sie strich, vermutlich, um auch dafür
gelobt zu werden, an der frischen weißen Lieblingsschürze
entlang. Dann setzte sie sich, und er fühlte zu deutlich, daß
sie etwas auf dem Herzen hatte, als daß er sie jetzt hätte bitten können, ihn endlich zu verlassen. Sie zwang sich, vor ihm
still zu sitzen, ihre Augen gingen im Zimmer herum, flink
über alle Gegenstände hinweg glitten sie und stießen natürlich noch allenthalben auf Störenfriede in der von ihr geschaf-
fenen Ordnung. Es waren die prinzipiellen Widerstände, die
Bücher, Papiere, die Wäsche, unflätig ausgebreitet und unantastbar für sie. Ihre Augen verfingen sich geradezu daran, er
bemerkte das kleine Zucken jedesmal, das durch ihren von der
Schürze gefestigten Körper lief, das sie aber unterdrückte und
also nicht aufsprang, um etwas umzuräumen, sondern eisern
auf ihrem Stuhl ausharrte. Es war sicher so, daß sie etwas

sagte, doch Matthias Roth konzentrierte sich nur auf ihre wandernden Blicke, die, da sie sich – wenn auch aus freiem Entschluß wohl – so an einen Ort gebannt sah, die Dinge zu beschwören schienen, sich zu einem gefälligeren Aussehen zu bequemen. Er jedoch, der ebensogut die Möglichkeit gehabt hätte, zu denken: das geschieht der Putzwütigen recht!, kam endlich auf die Idee, all dies Kramen, Scheuern, Reiben zu verstehen als ihre eigentümliche Methode, sich Schönheit zu erzeugen. Frau Bartels, konnte er sich nun fast fröhlich sagen, besaß gewiß nicht die Vision von einem Prachtsaal mit Goldreliefs an allen Wänden, multipliziert von einem geschwungenen Spiegeltisch – ein regungsloser, klarer See in einer Tropfsteinhöhle aus behauchtem und glänzendem Gold! –, aber hier, in seinem so verbesserungswürdigen Zimmer, ging sie dennoch einem tiefverwurzelten Verwandlungswunsch nach, der ihn rührte. Sie wollte eine kleine Vollkommenheit, einen Schimmer, und alles dem Widerstrebende verletzte sie verständlicherweise! Er langte hinüber zu den Plätzchen und unterbrach sie in einem Gemurmel, das er lediglich als Geräusch wahrgenommen hatte, mit der Aufforderung, ruhig weiter Staub zu wischen, sofern sie nicht an seine Papiere ginge, sie störe ihn nicht, sie mache ja, er sei ihr heute dankbar dafür, aus seiner Höhle einen Palast! »Kurz und gut«, sagte da Frau Bartels, am Ende ihrer Ausführungen angelangt, sie bitte ihn, wie vor Jahren schon einmal, ihr den Raum zu überlassen, für drei Tage, nicht länger. Ihre Schwester habe sich bereits für heute abend angesagt! Sie saß nicht mehr, sie war aufgesprungen, hatte alle Peinlichkeitsgefühle abgeworfen, nun wohl ihrer Schleichwege selber überdrüssig, und ließ keinen Zweifel daran, welche Antwort sie erwartete. Er sah sie an, sie bemühte sich, mit der Nuance einer leichten Drohung, einer aufkeimenden Ungeduld, zurückzustarren. Er dachte – sie mißverstand ihn, er war noch einmal in eine Geistesabwesenheit geraten – an einen Besuch Mariannes in dieser Woche. Beide hatten ihre Stunden an der Universität absolviert, er weitaus weniger als sie, und waren auf getrennten Wegen gleichzeitig vor dem Haus eingetroffen. Er faßte das als glücklichen Zufall auf. Marianne neigte nicht zu solchen Überraschungen, und so konnten sie gleich, die Bartelssche Wohnung überschlagend, nach oben gehen. Dort zeigte Marianne großes Entgegenkommen. Sie war nur eine Stunde geblieben, mit seinem Einverständnis. Da sie so bald und lächelnd verschwand, mußte er seine Pläne für den Abend nicht ändern und fühlte sich auf unerwartete Weise zugleich in gute Laune gebracht. Jetzt aber, in diesem Moment, verwandelte sich Mariannes Lächeln an der Tür. Eine unverschämte, fast plumpe Zufriedenheit tauchte darin auf, er wußte es plötzlich: sie hatte ihn nur besucht, um diesen Ausdruck von Wohlbehagen in das nervöse Gesicht, in den angespannten Körper zu kriegen, nicht das Wohlbehagen in erster Linie, sondern den Ausdruck! Den aber würde sie für etwas außerhalb seiner Dachstube Befindliches brauchen. Nein, redete er sich zu, eifersüchtig bin ich nicht, aber Dir doch auf die Schliche gekommen, Marianne! Er würde sie gleich anrufen, er wollte noch heute ihr weißes Gesicht, die Variationen ihrer Mundstellungen studieren und nickte Frau Bartels eine zerstreute Bestätigung zu.

Eine Ewigkeit, in höchstens zwei Stunden beendet zwar, aber augenblicklich eine Ewigkeit, sagte sich Matthias Roth am Samstagnachmittag, auf einem Autorücksitz, hinter einem ihm kaum bekannten Paar, zwei ohne Hebungen und Senkungen sprechende Menschen, die ihn, durch Vermittlung von Fritz, kostenlos mit in dessen kleinen Wohnort nahmen. Er hatte nicht aufgepaßt und war ins Dösen geraten. Zwischen den beiden fremden Körpern die lange Autobahnstrecke, später seitlich die leergekehrten Dörfer: was sollte man empfinden? Er hätte etwas anfangen müssen mit dem, was er sah und spürte wütend, daß es unterblieb. Man durfte die Zeit, die Landschaft nicht so ungeformt verstreichen lassen, nicht die trüben Straßenränder, nicht die Bauernhäuser mit den abgetrotzten Tannen davor, nicht die Tanzdielen in ihrer verlegenen Entblößung. Daß er auf seinem Sitz so stillhalten mußte mit dem eisernen Stillstand vor den Fenstern rundum! Wenn er die Augen schloß, wurde es nicht weniger trostlos. Er riß sich aber doch zusammen und stellte sich vor, in die steife Gegend würde ein Sturm fahren und brüllen dabei und dann die Richtung wechseln, und alles aus dem Boden Heraussstehende, nur ein wenig Biegsame, müsse mitmachen. Nun sah er, daß draußen, in der Gräue, unangefochten die Bäume Schatten auf ihr eigenes Laub unter sich warfen, ein unerklärlicher Schatten ohne Sonne, unnatürlich, wie von einem Mond erzeugt. Er malte sich Fritz als Großvater aus, mit einem Enkel auf dem Schoß, aber nicht an den Enkel denkend, sondern an den eigenen Großvater aus der Enkelperspektive. Wieder überfiel es ihn, daß er Fritz nur für eine Ausgeburt seiner selbst hielt. In seiner Gutmütigkeit, Borniertheit, egal was, blieb Fritz eine von ihm an die Wand oder unter sich projizierte Figur und mußte wieder und wieder handeln wie er, Matthias Roth, es sich einmal eingeprägt hatte. Wiche Fritz davon ab, würde er ihn schnell auf sein eigentliches Wesen zurechtweisen. Dabei hatte Fritz einiges allein zustande gebracht: Er öffnete nicht mehr im Auftrag einer Firma Privatleuten und der Polizei Türschlösser. Wie sich andere wünschten und nie dazu kamen, einmal eine Woche als Bettler zu hausen, hatte Fritz mehr und mehr davon geträumt, als reiner Tor zu leben. Er war mit seiner Familie in eine ländliche Gegend gezogen, die Frau konnte ihre Halbtagsbeschäftigung im Reisebüro in eine Ganztagsarbeit umwandeln. Fritz versorgte die Kinder und wurde manchmal zu Routineöffnungen in der Nachbarschaft gebeten. Ansonsten besaß er eine Legende, und in dieser liebenswerten Verpackung sah und verlangte ihn Matthias Roth: Der Kindskopf Fritz war wild, ein freies, kleines Tier, auf einem Bauernhof groß geworden. Äcker, Bäche, Wälder standen zur Verfügung, Raubvögel über den Feldern zur Beobachtung. Siebenjährig mußte er mit den Eltern zurück in den Geburtsort, die zerbombte Großstadt. Im ganzen Viertel gab es nur ein einziges intaktes Haus, auf den Trümmerhaufen lauerten feindselige Jugendliche. Die winzige Wohnung lag im vierten Stock eines arg mitgenommenen, von den Bewohnern notdürftig instandgesetzten Hauses. »Das ist mein Trauma«, sagte Fritz mit gerührten Augen bei jeder Gelegenheit. Daher sein Wunsch, seine Begierde, sein Anrecht auf das Verlorene. Er wollte zurück in die bäuerliche Natur. So war es recht, so sollte er leben, als der sollte er einmal sterben! Zufrieden versank Matthias Roth in einer Vision von Fritz, wie er Salatköpfe anlächelte, die dick auf der fetten Erde lagen. Voll Zärtlichkeit lächelte er ihnen mitten in ihr grünes Herz.

Er bog zu Fuß von der Hauptstraße ab und sah das rote Haus bald vor sich, ohne Vorgarten, in einer Front mit den anderen Häusern, aber, das wußte er, neben und hinter dem Anwesen gab es einen großen Garten, der schließlich in Wiesen und Äcker überging. Zunächst beachtete er den Eingang nicht und hielt vom Bürgersteig, über Beete und Büsche des Eckgrundstücks weg Ausschau, wobei er sich ein bißchen zu verbergen suchte. Der Garten glich jetzt den Schrebergärten in der Nähe seiner Wohnung. Schnurgerade liefen die kleinen Wege zwischen schwarzer Erde. Stiefmütterchen, Petersilienbüschel, Grünkohlstauden standen in Reihen gestaffelt, nichts welkte an ihnen, kein Unkraut störte den deutlichen Kontrast ihres Blaus und Grüns zu dem dunklen, gelockerten Boden drumherum, kein herab – oder herangeflogenes Blatt der nahen Obstbäume hatte sich verfangen in ihrer Üppigkeit. Er sah es mit Entzücken und Schrecken. Ihm gefiel die putzige Aufgeräumtheit immer sehr gut auf Spaziergängen in seiner Umgebung. Dort schien sie ihm etwas vom Himmel Gefallenes zu sein, aber hier mußte er ja Fritz als Urheber vermuten. Da entdeckte er ihn im Hintergrund, wie ein Besessener und doch merkwürdig schwerfällig umgrabend. Er grub mit rotem Gesicht wie in bitterem Zorn, wischte sich mit dem Ärmel ächzend über die Stirn, und sein Körper, es mochte an der Bekleidung liegen, paßte sich den Erdklumpen entmutigend an. Er hieb mit dem Spaten auf das Erdreich und nahm Matthias Roth nicht wahr. Ich weiß ja, sagte sich der, den niedrigen Zaun berührend, daß ich mich Freunden, Text- und Musikstellen, auch einem guten Essen, nicht so gierig zuwenden darf, dann muß eine Enttäuschung daraus werden. Was soll ich nun aber hier? Ich wollte nach der Autofahrt ein bißchen Trost! Vielleicht war drinnen im Haus alles anders? Die Überraschung, nein, Überrumpelung durch ein schönes Gesicht? Ich bin doch so leicht glücklich zu machen, dachte er schon wieder heiter und kehrte sich, von Fritz noch immer unerkannt, dem Eingang mit zwei alten Holzsäulen und bunten Inschriften zu. Gleich nach dem Läuten erschienen zwei Jungen mit Schwertern und Pistolen in den Händen an der Tür. Ohne etwas zu sagen, standen sie im Flur herum, und ihm wurde nun bewußt, daß sie sich möglicherweise auf ihn gefreut hatten, in der Hoffnung auf ein Geschenk. Daher war er froh, als die Frau von Fritz auf ihn zutrat, ihn herzlich und angespannt begrüßte. Er betrachtete ihr schmales, schon gefurchtes Gesicht. Nein, sie stellte keine Überraschung dar! Auf dem Weg zum Wohnzimmer schob sie mit dem Fuß ein Dreirad beiseite und bückte sich nach einer auf der Schwelle liegenden Puppe. Als sie sich aufrichtete, strich sie eine braune Haarsträhne aus der gerunzelten Stirn. Er glaubte nun doch, daß man gar nicht mit ihm gerechnet hatte, denn die Frau begann, schnell verschiedene Sachen zu verrücken. Ein kleines Mädchen, das noch nicht mühelos laufen konnte, kam weinend auf die Mutter zu. Es war ein praktischer Raum, in dem man nicht viel kaputt machen konnte, es gab nichts Überflüssiges, eine Eckbank, einen großen Tisch, Stühle, wie in einer Jugendherberge. Alles funktionierte hier und hatte keine andere Wahl. Von der Frau an ihrem Wochenende ging eine disziplinierte Hetze aus, deren Notwendigkeit er sofort einsah, und die er doch als grausig empfand. Er wäre gern ausgerissen, aber er saß in der Falle, auch die Gerüche um ihn hatten etwas Befremdendes. Fritz würde ihn gemäß ihrer Verabredung erst am nächsten Abend zurückbringen. Da kam er, in Pantoffeln jetzt wie seine Frau, einer plumpen Erdscholle jedoch um einiges unähnlicher geworden, umarmte ihn, klopfte seiner Frau aufs Hinterteil und forderte ihn auf, sie Helga zu nennen. Matthias Roth, so einzeln vor den zweien, staunte wieder über das geheimnisvolle Zusammenleben in der Ehe. Es blieb ihm doch stets ein Rätsel. Wie intim waren diese Paare eigentlich ständig miteinander? Wie ertrugen sie das? Fritz führte ihn in sein Reich, seine Schatzkammer, sein Raritätenkabinett über dunkle und helle Gänge.

»Was mir natürlich in Wirklichkeit vorschwebt, ist die enzyklopädische Abbreviatur eines altertümlichen Weltganzen!« sagte er spöttisch, als sie, ohne Frau und Kinder, ganze Batterien von Blechzeug besichtigten, italienische Märkte in Gips und Wachs mit Fischen und Früchten, mongolische Korallenschnüre, Tonscherben von nordafrikanischen Ausgrabungsstätten, alte Schautafeln aus Schulen und vergilbte Landkarten, Reiterheere aus Zinn, die Fauna der Erdteile wie für eine Arche in langem Zug aus Ton und Plastik zusammengestellt. »Ich möchte mein Zimmer zu einem allzeit geistesgegenwärtigen Kopf machen. Wäre es nicht schön, ein ganzes kleines Alchimistenlabor zu besitzen?« Helga kam mit dem Tablett, Fritz saß in einem tiefen Sessel, daher folgte Matthias Roth ihr, um beim zweiten Transport zu helfen. In der Küche stand die Frau dicht bei ihm und schien es nicht zu bemerken, vielleicht aber wurde sie dadurch vertraulich gestimmt. Sie fing nämlich an zu sprechen mit einem ernsten, glücklichen Lächeln. Die Küche sei neu, ganz nach ihren Wünschen, zum ersten Mal in ihrer Ehe, und trotz ihrer Arbeit und der knappen Zeit stehe sie hier oft und staune alles an: die günstigen Eckschränkchen, die Arbeitsplatte, die freundlichen Schubladenfronten. Sie führte ihm ausziehbare Handtuchhalter und Aufbewahrungswagen vor und gestand ihm schließlich, manchmal ordne sie hier einen Blumenstrauß, eine Früchteschale an wie in den Katalogen, und sie schäme sich dieser Albernheit nicht. Es mache sie zutiefst friedlich, ein so ruhiges Bild für einige Minuten an diesem sonst immer turbulenten Ort, immer unvollkommen, nie am Ziel, da richte sie ihn eben gelegentlich, nur für sich, so malerisch her. Matthias Roth sah währenddessen ihr eben noch vor Erschöpfung verkrampftes Gesicht an, wie es genau das liebliche Lächeln, nur ein jüngeres eben, von Frau Bartels zeigte, wenn sie Herzensangelegenheiten zum besten gab. Er fing sich, er kannte sich wieder in den hilfreichen Betrachtungsweisen aus! Er faßte endlich Zutrauen zu diesem Wochenende. »Der Mann sah das gebrochene Bein seines Pferdes, seiner schönen, hellbraunen Stute und tötete sie«, erzählte er nach dem Abendessen den beiden Jungen, die stumm in ihren Betten lagen, einer unter dem anderen, und ihre Gedanken nicht verrieten. »Er trauerte sehr um sie und freute sich seines Lebens nicht mehr. Er kannte aber eine hügelige Landschaft an einem Wasser. Dort schaute er auf die schaukelnden Wellen und hörte, wie der Sturm in den Bäumen schrie. Die Landschaft hatte Wölbungen aller Art, lang gestreckte und rundliche, manchmal schien sie sich sacht zu bewegen unter ihm. Er fühlte, daß sie zornig werden konnte und ausgelassen, wenn ein leichter Wind über ihr kurzes Gras fegte. Meine Stute hat sich in die Landschaft verwandelt! sagte er sich, wirklich, er erkannte sie in ihren Hügeln, ihrem Wehen, ihrem Duft. Als er das wußte, wurde er wieder glücklich, bis auf die Tage, wo er den Leuten, die ihn für verrückt hielten, glaubte und sogleich zwischen nichts anderem als unbequemen Steinen saß.« Die Jungen waren eingeschlafen und das vielleicht schon lange. Fritz stand in der Tür mit schief gelegtem Kopf. Er sagte: »Nachts höre ich die Kinder leise durch die Wände atmen, ich höre ihre einzelnen Atemzüge durch die Wände, diese drei Wesen, die das Haus ins Atmen versetzen!« Helga begann von den ersten Lebensstationen ihres letzten Kindes zu sprechen. Sie blickte zwischen den beiden Männern hindurch gesammelt geradeaus, als würde sie mit einem anderen reden. Das Mädchen hatte wegen einer Beule am Bauch operiert werden müssen. Als Helga es besuchen durfte, lag es auf einem Zimmer mit Wasserkopfkindern. In den Betten hatten die kleinen Geschöpfe mit den großen, rasierten, von rosa Streifen kreuz und quer überklebten Köpfen gelegen, alle mit traurig herabhängenden Augenlidern. Auf die Frage nach Anzahl der Säuglinge und Größe der Wasserköpfe antwortete Helga nicht, sagte aber, selten im Leben habe sie etwas derart erschüttert, sie habe angefangen, mehrfach täglich den Kopf ihres Kindes nachzumessen. Jetzt wisse sie, wie sehr ein solches Glück am seidenen Faden hinge. Matthias Roth fand das unheimlich. Es interessierte ihn, er hörte Helga aufrichtig neugierig an. Er wandte ihr für diese Unterhaltung seine ganze Intensität zu, darauf verstand er sich, auf solche kurzfristigen Bündelungen. Das spürten auch die Kinder sofort und hatten ihn deshalb vor dem Einschlafen mit Beschlag belegt. Er kannte das und hielt es selbst für eine seiner Stärken. Er stellte sich die Frau vor, wie sie Kunden abfertigte. Vor einiger Zeit hatte er zum

Frühstück den Bericht einer kleinen Prostituierten in Brasilien gelesen, das vielfache Schicksal eines halbwüchsigen indianischen Mädchens. Mit stumpfen, erloschenen Augen, ohne Anspruch auf Beachtung eines individuellen Gemüts, hatte es ihn vom Foto angestarrt. Dann war er in der Stadt in ein Reisebüro gegangen, und dort bedauerte eine liebenswürdige, junge Angestellte mit vorzüglichen Manieren voller Mitgefühl, über keine Reservierungsmöglichkeit zu diesem bestimmten Termin zu verfügen. Ist das echt? Kann das wahr sein? hatte er gedacht und diesen Augenblick als etwas unverdient Märchenhaftes erlebt, von einer wildfremden, hübschen Frau, wegen einer Kleinigkeit und ohne dafür zu bezahlen, so selbstverständlich getröstet zu werden. Ob Helga, hinter einer Reisebürotheke, auch so etwas fertigbrächte, trotz der Wasserkopfkinder, so freundlich konzentriert auf den gerade gegenwärtigen Moment? Sie trug keine Pantoffeln mehr, sondern Straßenschuhe, jetzt, kurz vor dem Schlafengehen.

Am Frühstückstisch sah er sie alle wieder, die vielen Gesichter. Fritz hatte guten, starken Kaffee gekocht und servierte ihn selbstgefällig: Wer nicht begriff, daß dies, in dieser Stunde, das Zentrum der Welt war, der sollte gleich gehen. Matthias Roth spürte, wie die Luft schwer wurde in dem sonnigen Raum von diesem bockigen Anspruch. Was Fritz gestern über sein Raritätenkabinett gesagt hatte, der alte Kindskopf Fritz, leuchtete ihm ein. Auch er hatte morgens immer das Gefühl, die Welt in seinem Bewußtsein Stück für Stück anwesend machen zu müssen. Hier, in Gesellschaft, wurde das für ihn erledigt. Wie angenehm! Aber die gewohnte tägliche Mühe fehlte ihm andererseits. Das Morgenlicht strahlte rücksichtslos Helgas Gesicht an. Er hatte sich gestern abend überlegt, als er seine Toilettenartikel auspackte, die er wie stets in einer Plastiktragetasche, diesmal mit dem Aufdruck ›Tate Gallery‹, aufbewahrte, ob er, der unerschütterliche Einzelgänger, für diese Paare inzwischen wohl schon die Funktion des erfrischend abenteuerlichen Elements übernahm. Er hatte barfuß den kleinen Umriß der eigenen Figur im Spiegel des zu kalten Gästezimmers betrachtet. Sollte er das vollständig sein? Er fühlte sich doch viel ausgebreiteter! Wenn er starb, würde diese unwesentliche, dreidimensionale Ausdehnung ins Grab gelegt, und damit war er verschwunden? Ein nacktes, festes, totes Ding? Der kleinere der Jungen sah ihn plötzlich ernst an und sagte ganze Sätze aus der Erzählung vom Vorabend: »Er trauerte sehr um die Stute und freute sich seines Lebens nicht mehr. Er kannte aber eine hügelige Landschaft an einem Wasser. Dort hörte er den Sturm.« Hier schüttelte der größere den Kopf, blieb aber stumm. Helga trat wenig später mit einem so großen Hut auf, daß Matthias Roth der Atem stockte. Das hatte er nicht gedacht! Sie lachte über seinen kurzen Bewunderungsschrei, wieder staunte er: Solche Komplimente verblüfften sie keineswegs, wenn sie von einer Kostümierung in die andere überwechselte! Er beschloß, dicht in ihrer Nähe zu bleiben. Ja, sie trug einen extravaganten Hut, redete aber mit derselben starren, eintönigen Stimme wie sonst. Helga und Fritz schoben abwechselnd den Kinderwagen mit dem Mädchen. Sie gingen nun alle als gewaltige, behäbige Familie, und er machte keinen Ausreißversuch. Er ließ sich widerspruchslos einkassieren, und es kam ihm vor, als habe man ihn, gerade bis zum Hals, in einen geräumigen Sack gepackt mit den anderen zusammen und alles, was geschah, konnte nur im Einverständnis mit ihnen passieren. Manche Bäume hatten ein ansteckendes Rot, wie eine Erregung griff es auf umstehende über. Sie wanderten, nach Verlassen der eigentlichen Ortschaft, durch fast quadratische, immer wieder abbrechende Wäldchen. In einem war schon alles rostig geworden. Sie gingen, winzig sie alle, zwischen den Aufrissen einer knusprigen Kruste auf einem riesigen Brot, sagte sich Matthias Roth, oder in einer rostigen Fabrik, in einem großen, verrosteten Schiff mit Wasserlachen und Vögeln darinnen. Als es neblig wurde, befanden sie sich auf einem Heidehügel mit schmalen Pfaden nach allen Seiten, es mußte der Kopf eines spärlich behaarten, grauen Mannes sein. Eine Weile konnte er Helgas ganz normale Schultern und Hüften unter dem samtigen Mantel gut studieren. Es war ihm immer so vorgekommen, als ergäbe sich aus der Tatsache, von etwas tief entzückt, hingerissen zu sein, auch zwangsläufig das Anrecht darauf. Aber in diesem Fall traf das eben alles nicht zu.

Bei der Rückfahrt, im Dämmern, genoß Fritz offensichtlich das Glück, Fritz der Kindskopf zu sein. Das zeigte sich unter anderem in einem Stammeln, dessen er sich nicht zu schämen schien. Er brach nach jedem dritten Wort ab und fügte die Formel: ›Verstehst Du?‹ ein, als benötige er für den Satz wenigstens zwei, drei Stützpfeiler. Matthias Roth versuchte, seine Ungeduld niederzukämpfen, fällte in den Zwischenräumen schnelle Urteile, um so viel Zaghaftigkeit neben sich ertragen zu können. Ihm sagte Fritz ja zu in seiner Eigentümlichkeit, aber leicht auszuhalten war das nicht. Fritz wollte immer vollständig sein, er nicht, er nahm sich das Brauchbare bei einem Buch, Sachverhalt, einem Menschen, und scherte sich nicht um den Rest. »Manchmal«, sagte Fritz, »sehe ich Turner an Barren und Reck lange bei ihren Übungen vor meinen geschlossenen Augen als ungeheuer Bedeutungsvolles!« Er fing etwas anderes an: »Ich habe meine Mutter sehr geliebt. Ich bin den Weg von der Schule nach Hause immer gerannt, als ich klein war. Wie ging es dann weiter? Das weiß ich nicht mehr, ich erinnere mich nur an das Entgegenlaufen.« Ein richtiger Vater ist der Kindskopf jetzt, dachte Matthias Roth und sagte: »An einer Stelle meines Bewußtseins sind meine eigenen Eltern noch immer die Mächtigen, für alles Verantwortlichen, dabei weiß ich, wie zerbrechlich sie waren, in ein Schicksal gestolpert wie jeder. Aber das nützt nichts. Sie bleiben die, die zur Rechenschaft gezogen werden.« Fritz erzählte Neues von Detlef Rose. Er war nicht mehr Kneipenwirt und Zuhälter und trug das Hemd nicht mehr bis zur Taille offen. Er hatte einen Bauch und ein kleines Transportunternehmen und beteiligte sich an Spekulationen in Saudi-Arabien. In seiner Wohnung standen Teile aufgelöster Kirchen, Bänke, Beichtstühle als Bar hergerichtet, wie es Mode war. Hier fand Fritz es frivol, aber in seiner eigenen Sammlung lagen Reliquien, silberne Gliedmaßen, verschiedenste Devotionalien aus südlichen Ländern, auf Flohmärkten meist zusammengetragen. »Natürlich ist es bei Dir nicht so«, gab Matthias Roth zu, »Du erschleichst Dir auf diesem Weg durch andächtiges Horten der greifbaren Frömmigkeit anderer, heimlich und halb versteckt vor Dir selbst, den alten, abgelegten Glauben. Du hoffst, daß auf diese Art die zum Dank für Wunderheilungen geopferten Silberextremitäten ihrerseits wundertätig werden.« Auch er genoß die Rückfahrt im warmen, behaglichen Auto. Wie hatte er beim Hinweg so leiden können! Die Gegend war nur noch zu erkennen, wenn sie angestrahlt wurde. Er wußte aber, ohne es zu sehen, daß die Blätter auf der Fahrbahn, jedes extra für sich, einen langen Schatten im Lichtstreifen warfen. Sogar im Dunkeln spürte er nun, daß Fritz sehr verlegen wurde. Er keuchte eine Weile und sagte dann: »Früher, als Kind verübelte ich Gott, wenn ich gerade an ihn glaubte, daß er trotz der Gebete meine schlechten Noten zuließ, die Erdbeben, Mißernten, Mißgeburten. Jetzt nehme ich die täglich mehr ergründeten Monstrositäten des Weltalls übel. Einfach zum Himmel hochsehen, wissen, es ist die Unendlichkeit, das will ich. Aber scheußlich sind diese bodenlosen Ungeheuerlichkeiten, eine Einsamkeit für uns einzeln und alle gemeinsam.« Matthias Roth dachte an die grellen Sternenblitze über ihnen. Sie waren längst auf der Autobahn. Was hatte er den Jungen nur für eine Geschichte erzählt! Eine Landschaft als Person, Pferd, Frau? Es ist eben so, redete er sich gut zu, ich darf sie nicht alle einzeln sehen, sondern als Berge, Täler einer Gegend vielleicht, mehrere Bekannte schließen sich in Gruppen zu jeweils einem Freund zusammen.

Er betrachtete die schlafende Marianne neben sich, es mußte eine fixe Idee sein: Kannte er nicht eine Unzahl von Sagen, in denen eine Frau, eine Steinfigur, ein toter, totgeglaubter Held die Augen aufschlägt, nach Stunden oder Monaten, und es ist ein Moment mit weltverändernden Folgen für den Zuschauer? Marianne aber überließ ihn sich selbst. Kürzlich, bei einer Erkältung, hatte sie ihn als fürsorgliche Krankenschwester besucht und gelacht dabei, weil er gleich ans Sterben dachte. Er hatte ihr etwas von einem Gefühl vorphantasiert, egal, wo er sich befände, oben auf einem Gebäude, auf einem freien Platz, mitten im Wald, immer von einem schmalen, sichtbehindernden Gürtel umgeben zu sein. Ein Anblick wurde ihm hartnäckig verstellt, immer trennte ihn das Naheliegende ab von einer wichtigeren Anschauung, als säße er auf einer Bank in einem Park, dessen Bäumchen gerade reichten, um ihm zu verbergen, daß er sich in einer verkehrsreichen Stadt befand oder in der Wüste. Auf einer Waldwiese mußte er an die anschließenden Felder denken, die Ortschaften, die Werksgelände und das Land, den Staat drumherum. Von einem Aussichtsturm aus nahm er als erstes den starren Horizont wahr, eine nicht zu sprengende Fessel. Aber das alles war ja auch angenehm: so wurde vielleicht Fritz, der Kindskopf, mit Familie, Garten und allen Kinkerlitzchen abgehalten von den Gedanken an den Tod. Er, Matthias Roth, wurde von etwas anderem, er wußte nicht wovon, abgehalten. Marianne hatte ihm daraufhin empfohlen, fleißig für seine Weltreise zu sparen. Auch ein orientalischer Potentat war in seinem Gestammel vorgekommen, posierend, ausgestattet mit den Attributen seines Reichtums, Juwelen, Waffen, Orden waren ihm angeheftet, zwischen all dem seine wahnsinnigen Augen, nicht die Raubvogelaugen des Jungen auf der Straße, glimmende Kreise vielmehr in dem glänzenden Gesicht, ohne Klarheit, Ausbrüche aus der erdrückenden Masse der angehäuften Gegenstände, als hätten sie nie eine größere Strecke überschaut, sich nur Tunnels durchs Erdinnere gewühlt. Marianne hatte ihn verdächtigt, jetzt, wo er, vom Thermometer bestätigt, wisse, daß er Fieber habe, fühle er sich verpflichtet, herumzuspinnen. Sie war aufgewacht, sang- und klanglos, beugte sich über ihn, ohne ihn zu berühren oder direkt anzusehen und griff nach einem Buch, das auf einem Stapel neben dem Bett lag, ein Katalog mit Abbildungen chinesischer Kunstschätze. Sie begann ohne Einleitung, mit sachlicher Stimme. Er mußte sich die Beschreibung einer Figur anhören und durfte erst dann das Foto betrachten. Er schloß die Augen. Marianne sagte: »Der unglasierte Kopf des Reiters, der Spuren kalter Bemalung aufweist, besteht aus rein weißem Ton. Er wurde also separat modelliert und dann auf den Körper gesetzt. So verwundert es nicht, daß er an der kritischen Verbindung, ebenso wie alle vier auf einer wolkig braun glasierten Standplatte fixierten, relativ dünnen Beine des Pferdes, abgebrochen war. Die gründlich schimmernde Glasur am Körper des Jägers weist Zersetzungserscheinungen auf, dagegen ...« Er hörte nicht mehr hin, nicht mehr auf den Sinn der Worte, Mariannes Stimme aber, ihre Hüfte, ihr Oberschenkel streiften ihn angenehm, und er suchte unauffällig, während sie unbeirrt weitersprach, die Kontaktstellen zu vergrößern, zu vervielfachen. »Durch die Marmorierung erhält das Werk einen raffinierten Verfremdungseffekt«, sagte sie gerade und zog sich dabei ein wenig von ihm zurück. Ich glaube, ich bin glücklich, überlegte sich Matthias Roth. Wenn man nicht gerade im Glück steckt, vergißt man, wie es eigentlich ist: Auf keinen Fall eine Verlängerung von Wohlbehagen, sondern ein Sprung über eine Lücke, einen grundsätzlichen Riß hinweg. Das ist gut so. Würde man das nicht jedesmal wieder vergessen, könnte man außerhalb des Glücks gar nicht recht leben. In normalen Zuständen tröstet man sich: es könnte besser sein, es ließe sich steigern, aber die Vorstellung wirklichen Glücks bleibt aus. Die hat man nur, wenn man da ist, und dann braucht man sie nicht! Er hob den Arm, um nach Marianne zu greifen. Im selben Moment legte sie das aufgeschlagene Buch mit der Abbildung auf sein Gesicht und sprang geschickt über ihn weg aus dem Bett. Jetzt mit Marianne handeln zu wollen, hätte sie nur verärgert, und da sie das Oberbett mit sich genommen hatte, stand er ebenfalls auf, ging ohne Annäherungsversuche an ihr vorbei in die Waschnische und ließ sich beim Rasieren zusehen.

Da war es wieder: Sie lehnte barfüßig an der Türfassung zum kleinen Wohnraum, während er sich um das Frühstück kümmerte. »Die Männer! Ich könnte sie alle bei den Ohren nehmen und schütteln, die Männer mit ihren trüben Augen. Das eigentliche Geheimnis ist ja, daß man den Körper lossein will. Wir wollen ja selbst verschlungen werden!« Er schaute manchmal, als er Brot, Butter, Marmelade auftrug, zu ihr hin. Das Oberbett rutschte ihr von den Schultern, weil sie zu unbeherrscht gestikulierte. Als sie nackt dastand, lachte er nicht. Sie blickte viel zu abwesend oder auch strafend geradeaus. Er wagte nicht, sie anzufassen, hatte auch nicht das Bedürfnis danach. Wie auf einem weißen Hinweisschild prägten sich die dunklen Körperpunkte ein, Brustspitzen und Schamhaar. »Bei der sogenannten Verführung wird eine Sehnsucht erzeugt, daß irgendeine, eine beliebige Stelle, die sich der andere aussucht, berührt werden will. Von da an ist es, vor allen anderen, eine besondere, die einzige überhaupt des ganzen Körpers, bis sie endlich, endlich erlöst wird von einer Hand. Ich habe ein Bild vom Amazonas gesehen, vom Flugzeug aus fotografiert, daher wirkte alles ganz unauffällig, aber schrecklich falsch, verkehrt. Von dem Muster auf dem Wasser konnte man eine Gänsehaut kriegen. Der Amazonas wendet sich gegen sich selbst, bei Neumond und bei Vollmond, weit draußen vor der Mündung, er will sich fressen. Das eigene Wasser richtet sich als Springflut gegen den ausströmenden Fluß. Genauso ist es: der Geist aus der Flasche soll wieder zurückgestaucht werden. So fühlt man sich, weil man immer und immer zuviel von Euch will!« Er hätte sich längst bei ihren Klagen am Morgen fragen müssen: Und ich? Mach ich sie gar nicht glücklich? Jetzt wunderte er sich, daß er nie auf den Gedanken kam, das zu tun. Er bezog das alles überhaupt nicht auf sich, er ließ es über sich ergehen als Nachhall, als Bö. Er und das Zimmer waren eine Landschaft und Marianne das auf- und abziehende Wetter. Er legte die Hand an seine zierliche, alte Blumentasse, schon am Tisch sitzend, und sagte sich nun aber doch: Um wirklich zufrieden zu sein, müßte sie ein großes Publikum vor sich haben, eine große Menschenmasse, die sie von der Bühne aus in Raserei versetzen kann. »Gerade habe ich es wieder in einem Film gesehen. Ein junger Leutnant verführt ein Mädchen aus dem Volk. Er kennt die Frauen, ihre Schwäche für schöne Worte. Er weiß Bescheid über das richtige Warten und Nichtmehr-Warten. Er zieht sich, nach gehabter Mahlzeit, zurück, der Sieger! Was hat der Idiot kapiert? Daß er mit ein paar Handgriffen was auslöst, von dem er nicht das geringste ahnt, ein zunächst praktischer, dann lästiger Überschuß! Ach, die Männer, sollen sie doch mit den Küchenmaschinen, die sie erfinden, ohne daß wir sie dazu auffordern, sollen sie doch damit selber raspeln und schaben wie die Teufel.« Ich höre mir das alles an, sagte sich Matthias Roth, aber als ich mit ihr über die Leidenschaft bei Conrad sprechen wollte, ging sie weg, weil sie eine Seminararbeit im Kopf hatte.

Sie brachte ihren Federumhang – ja, ein, wenn auch plumper, Federmantel war das Oberbett! – ordentlich zurück und kam in einem hellgrauen Unterrock kurz darauf am Spiegel vorbei. Er lauschte auf die Geräusche hinter dem Vorhang der Waschnische. Sie hatte angekündigt, sich die Haare zu waschen, er versuchte zu erraten, bei welcher Verrichtung sie gerade war. Er roch das Shampoo bis zu seiner Kaffeetasse hin, gut, eine interessante Vermengung von Düften, es sollte ihn nicht stören. Wenn sie sich die Haare wusch, konnte er sicher sein, daß sie sich Zeit zum Frühstück nehmen würde, nämlich so lange, bis die Haare trocken waren. Marianne knisterte und klingelte und zeigte sich nicht. Er hielt sein Kindertäßchen an den Mund, ohne zu trinken, und stellte sich vor, daß ja auch er einmal so ein Klagelied oder immerhin eine Litanei, wie Marianne das sich zur Gewohnheit machte nach den Nächten mit ihm, anstimmen könnte. Er vergaß nicht zu horchen, sagte aber dabei einmal zur Probe, für sich selbst, sitzend natürlich und nicht halbnackt, sondern in einer alten Hose und seiner dunkelroten, ziemlich neuen, wenn auch gebraucht gekauften Hausjacke: »Aufregend wird es erst dann, wenn ich an einer Frau etwas über sie Hinausgehendes spüre, etwas, das stärker ist als die kleinen Gesichtszüge. Diesem, jede einzelne Frau Übersteigenden kann man gern verfallen, ohne getäuscht zu werden. Das wird man wohl nur, wenn man die Identitäten verwechselt, also das Gehäuse mit dem weiterwandernden guten oder bösen Geist durcheinanderwirft, und ihm allein gilt es doch auf der Spur zu bleiben.« Er ahmte leise Mariannes etwas affektierten Tonfall nach: »Die Lust vorher, die Fixierung auf den Geschlechtsverkehr als Angelpunkt, verheißungsvoll, alles einsaugend, das Existieren in den Genitalien! Die Enttäuschung danach? Mein Gott, das vielversprechende Gefühl ist aus der Gegend gewichen und muß nun woanders gesucht werden.« Marianne schien sich jetzt stärker in der engen Kabine zu bewegen, sie stieß gegen den Stoff des Vorhangs, dann zeichnete sich ein

Arm oder das Hinterteil deutlich ab. »Dieser Punkt, wo sich die Frauen in etwas Unbelebtes verwandeln, wo alles Strahlen von ihnen weicht, leblose Körper, Brüste, Bauch. Die Welt ist zu, abgesperrt. So ist es mir lange mit ihnen ergangen. Bis ich aufgehört habe, etwas bei ihnen zu suchen, das sie nicht liefern können. Nun bin ich genügsam und zufrieden. Was ich mir noch wünsche, ist eine tadellose Absolvierung des Übergangs. Der schrille Augenblick bei der Geschlechtsberührung, nach dem Getändel und vor dem Untergehen im instinktiven Vergnügen. Man müßte das überspringen können, schlafwandeln zwischen Tisch und Bett.« Da drängte sich ihm die persönlich gehaltene Mahnung des Bankbeamten auf, mehr Vorsicht walten zu lassen beim Überziehen seines Kontos, deshalb sah er in der Konfektschale nach und fand zwei Groschen darin. Weil er nun Marianne so nahe war, schob er den Vorhang zur Seite. Er überraschte sie nicht. Fertig angezogen, mit weißem Gesicht, schwarzen Wimpern, die Lippen wieder brennend rot geschminkt, wandte sie sich ihm zu. Es war aber trotzdem komisch: Die nassen Haare lagen platt um ihren Kopf, auch wenn sie wohl schon tüchtig daran gerieben hatte. Der aggressive Blick, nicht unbedingt ihm, sondern der gesamten morgendlichen Welt gegenüber, schien sich dieser beträchtlichen Schwäche, einer kleinen Lächerlichkeit oberhalb der Stirn und aller Gedanken, nicht bewußt zu sein. Das machte es noch amüsanter. Er würde es während des Frühstücks immer vor Augen haben. Die Lippen würden von Bissen zu Bissen farbloser, die Haare struppiger werden. Er wollte sich darauf konzentrieren. Auch in der Hausjacke fand er kein Geld.

Die Dosenmilch, die Marmeladengläser, die Käseschachteln trugen noch die gelben Preisschildchen. Karin hatte das früher nie geduldet. Ihm selbst war das egal, es hing von den Freundinnen ab, ob die mit Zahl und Firmenname bedruckten Papierchen entfernt wurden. Als er einmal im Reflex von einem Honigglasdeckel das damals knallrote Streifchen abknibbelte, wurde er von Marianne verspottet. Sie sagte ihm die Preise auf: »Glas Honig: Dreimarkfünfzig. Stück Butter: Zweimarkvierzig.« Ihm fiel eine dicke Verkäuferin im weißen

Kittel ein, die im Laden, als er Milch kaufte, rief: »Ich geh auspreisen!« und dann mit einem handlichen Apparat, von dem sich die aufgerollten Papierbänder abspulten, eine Batterie Joghurtbecher mit der Sonderangebotszahl beklebte. An anderen Stellen der Welt wurden Porträtminiaturen, Vitrinenobjekte, Golddosen, Barockskulpturen versteigert. Er starrte auf sein zart bemaltes Täßchen, aus dem kein anderer jemals trank als er. Mariannes Frisur hatte sich bereits verändert, sie sah immer weniger witzig, immer hübscher aus. Ab und zu fuhr sie sich mit den Fingern in die Haare, um das Trocknen zu beschleunigen. Sie leckte den Lippenstift wie gewohnt von der Tasse ab. »... denn das Fliegen und Landemanöver von Vögeln erfordert ein Höchstmaß wohlkoordinierter Muskeltätigkeit«, sagte sie gerade. Sie trug heute keine Feder, keine Ohrringe. Er versuchte sich an die letzte Nacht zu erinnern, und Marianne sagte eine Weile später: »Die Meerschweinchen haben aufmontierte Sender, die physiologische Daten übertragen.« Zur vergangenen Nacht fiel ihm nichts ein, mit aller Gewalt nichts, also begann er, sich Marianne als Hirtin von Labortieren vorzustellen, als weiße Hüterin von Ratten, Mäusen, Tauben. Offensichtlich mißverstand sie seinen prüfenden Blick. Sie bewegte zornig die Lippen, und er hörte sie mit zugleich leiernder und giftiger Stimme: »Das Männchen setzt bei der Werbung allerhand Zauber ein, Rufe, Gesänge, Tänze, Gebärden, das ganze Repertoire. Die verhaltensphysiologische Innensituation des Weibchens wird dadurch entscheidend beeinflußt. Die Aktivität seiner Geschlechtsdrüsen steigert sich. Erhöhte Ausschüttungen von Sexualhormonen stimmen dann die Psyche des Weibchens um oder ein. Das führt zu einer Verringerung seiner Individualdistanz.« Sie sprach gewiß in vernünftigen Zusammenhängen, aber er brachte es nie fertig, mehr als ein paar solcher Sätze aufzunehmen. Er empfand sie jetzt nicht mehr als verzückte Hirtin gleich welcher Herden, sondern, und er lehnte sich zurück, ganz in die Betrachtung versunken, voll Staunen und Bewunderung, als Marianne zu Pferde, in sehr steifer, ungeübter Haltung allerdings, in schwerer Rüstung, nicht reitend, nur stillstehend und Respekt fordernd.

Man spürte: bei der kleinsten Bewegung würde sie runter-
fallen. Marianne sprang auf, lief zum Spiegel, zog den Mantel über, wartete an der Tür auf seine Umarmung, winkte,
lächelte über die Schulter zurück, die Einprägung bis zum
Wiedersehen! und locker, trocken wie Nüsse klapperten die
Absätze ihrer Schuhe auf den Stufen abwärts, bis er die Tür
schloß. Erst jetzt wurde ihm bewußt, daß er den Morgen
über noch nichts von Thies gehört hatte, nicht das kleinste
Geräusch. Er wartete einen Moment ungläubig mitten im
Zimmer. Da betrat Thies den Gang, singend, singend begab
er sich zum Klo, sang dort weiter, sang sogar noch in seiner
Wohnung. Er wird an Fehmarn denken, sagte sich Matthias
Roth, vielleicht fährt er, da er schon keine Arbeit hat, nochmal vor dem Winter hin! Er räumte den Tisch ab, um Platz
zu schaffen. Es kam ihm dabei ein Mann in den Sinn, der seinen Hut in der Hand hielt. In der Herbstlandschaft ging er
barhäuptig, als hätte er ihn vor der Jahreszeit abgenommen.
Jetzt waren schon einige Bäume wieder kahl, die ersten grau-
schwarzen Äste starrten nackt, mit dem Aussehen des normalen Lebens in den Himmel. Es gab Festtage, dies aber war das
Selbstverständliche und Übliche, es herrschte wieder Alltag,
die Kulisse für das ordentliche Voranleben. So etwas konnte
ihn schnell bedrücken, und es fing schon an. Um so notwendiger waren die Übertreibungen: die Kahlheit mußte feurig
belaubt werden! Er sah nicht aus dem kleinen Fenster auf die
gegenüberliegenden Hausmauern. Er versenkte sich in einen
der vergangenen, prächtigen Herbsttage mit sanfter, als ganz
leichtes Gewicht spürbarer, ja, sich sachte anlehnender Luft
und mit langgezogenen Höhepunkten, viel länger, als Höhepunkte sonst sein durften. Vor dem Spiegel stellte er ein Bein
vor, sagte laut den Anfang eines Gedichts und zwinkerte sich
ermutigend zu.

Er gefiel sich in der roten Hausjacke, die seine Beleibtheit
als etwas Dekadentes herausstrich, sah dann aber den staubigen Gasofen an. Wie hatte sich Marianne gestern abend
aus der Erstarrung einer Liegenden, einer Winkenden gelöst
zu einer lebendigen Gestalt, am Ende der Straße, eine unab-
hängige, fremde Person, die sich aber ihm und keinem sonst,

an allen anderen vorbei, nun näherte! Nein, nie wollte er im Tausch mit irgendeiner Vertraulichkeit das Köstliche dieser, sich von der Umgebung so betörend abhebenden Oberfläche verlieren. Wollte er nicht eindringen in ihre Gedanken, in ihr Gemüt? Doch, aber die schöne Haut durfte auf keinen Fall dabei verletzt werden, denn sie allein löste seine Begeisterung aus, nicht Wärme, nicht Erkenntnis, sondern das Überirdische! Er war ihr ungeduldig entgegengegangen, ganz auf ihre Wirkung eingestellt, auf ihr spezielles Lächeln. Marianne hatte gelächelt, aber jetzt empfand er den leichten Schrecken wieder neu: Wo blieb der Effekt? Wann kam das passende Gefühl bei ihm? Er hatte sie vor das Schaufenster des kleinen Schuhladens gezogen und ihren Mund betrachtet im Licht, bis er etwas spürte bei sich, eine Verwirrung, eine Verliebtheit, ein Aufatmen daher. Automatisch suchte er an verschiedenen Stellen der Wohnung nach Geld, ohne Marianne dabei zu vergessen. Er gestand sich ein, daß er etwas über sie stülpte. Kaum tauchte sie auf, steckte er sie schon in Kostüme, in dekorative, aber nicht extra für sie geschneiderte Kleider. Das war schlecht von ihm, aber so abwechslungsreich! Marianne und ihre Morgengesänge? Ach, da wußte er nicht recht. Manchmal machte ihm das Spaß, manchmal nicht, heute nicht. Ihre Stimme verlor dann die Ruhe, sie fuhr mit den Armen hektisch in der Luft herum. Wenn es ihr gelang, einen tragischen Frieden auszustrahlen, wendete er nichts dagegen ein. Da es offenbar sein mußte, wollte er es dulden zur Not. Ein wenig verlor sie allerdings dadurch. Versuchte Marianne nicht überhaupt mit ihrer ekstatischen Aufmachung etwas herbeizuzwingen wie durch einen magischen Spruch, vielleicht um die Biologie in ihrem Gehirn zu überwinden, stillzulegen für ein paar wohlige Stunden? Insgesamt war sie eine Seltenheit, er mochte sie wirklich gut leiden, aber auch wiederum nicht. Sie wollte etwas Unsinniges, sie verlor das Maß, und es half weder ihr noch ihm, es schränkte vielmehr ihr rätselhaftes Lächeln ein, das war das Schlimmste. Was erwartete sie von so einem Beisammensein? Er kam sich dann vor wie ein müder Vater, eine müde Mutter, die staunend die Hände in den Schoß legen und andächtig verfolgen, wie unbeherrscht ihr Kind etwas verlangt, jedenfalls wünschen kann, wozu sie längst nicht mehr in der Lage sind, und sich nun bewundernd an die so gezeigte Energie des Sprößlings klammern als lebensbestätigenden Wirkstoff. Ja, so war es bei den letzten Weihnachtsfeiern, die er in elterlicher Wohnung verbracht hatte, zugegangen. Er hatte es scheußlich im Rücken gespürt. Man schenkte ihm Dinge und zehrte an seiner Freude. Ein widerwärtiger Tausch. Daß Marianne ihm diese Rolle zuschanzte, war unverzeihlich. Matthias Roth als matter Zuschauer bei einem leidenschaftlich vorgeführten, sich nicht erschöpfenden Verlangen? Andererseits, und das gab den Ausschlag, machte ja gerade diese wütende Forderung an die Liebe Mariannes Vorzüge aus gegenüber den Studentinnen, denen er täglich begegnete. Sie benutzte Wörter wie ›Verführung‹ allen Ernstes. Er hörte auf, nach Geld zu suchen, malte sich aber noch aus, wie er, mit besserem Kontostand, Marianne mit auf Reisen nähme, um sie vor immer neuen Hintergründen zu plazieren. Sie würde das nicht mit sich geschehen lassen, das fiel jetzt nicht ins Gewicht. Es schien ihm eine verlockende Idee zu sein.

Auf dem Weg in die Innenstadt kam er wieder an dem Vorgarten mit den Ringelblumen vorbei. Sie blühten auch an diesem sehr kühlen Morgen noch unverdrossen, und wieder bemerkte er die Fußbekleidung einer Frau, es hätte gut diejenige sein können, die so plump hier neben einer geschmeidigen gegangen war. Jetzt trug sie goldene Schuhe, am frühen, lauten Vormittag, wie die Prinzessinnen in Grimms Märchen, und tappte oder schlurfte doch so müde darin vorwärts. Sie besaß nicht die richtigen Füße, vielleicht waren die Schuhe ein Geschenk, und sie schleppte sich mit den Resten des Übermuts einer anderen voran. Neben ihm wurde von einem Lastwagen vorsichtig ein hoher Kasten abgeladen. ›Hyclo‹ stand in großen Buchstaben darauf. Der Fahrer, Monteur, Installateur bewegte ihn so behutsam, als säße bereits jemand in dem Häuschen bei seiner Verrichtung. Der kleine Schuhladen existierte noch immer und noch immer ganz leer. Wuchtige Stiefel, die er längst kannte, waren wie neu eingetroffen in durchsichtiges Papier mit Schleifen zu Präsenten gebunden. Zum ersten Mal beobachtete er dann, wie ein Kran, der auf einem Laster angebracht war, den weißen Flaschencontainer einfach hochhob, an Haken und Tauen, und wie sich über der Ladefläche, einem Briefkasten ähnlich, der Boden öffnete. Mit Polterabendgeräuschen stürzte der Inhalt – alle Vorübergehenden lächelten in dieser Erinnerung – klirrend nach draußen, der Behälter schloß sich, wurde vom Kran zurückgestellt, der Mann löste die Stricke, der Kran schwenkte in seine Ausgangsposition, der Wagen fuhr davon. Das erste Schaufenster, das Matthias Roth wieder betrachtete, lag schon fast im Zentrum, er hatte die unförmigen Büstenhalter, die Glückwunschkarten überschlagen. Nachdem er Marianne zu Anfang das fahle, gähnende Bettengeschäft gezeigt hatte, war er von ihr hierher geführt worden, ein Eckgeschäft, dessen unergründliche Tiefen angefüllt waren mit einem Wirrwarr von Möbeln, Jacken, Öfen, Fellen, für das man schwerlich einen Oberbegriff hätte finden können. Aber es gab ihn ja: ›An- und Verkaufsladen-Flohmarkt‹ stand über den Fenstern und darunter: ›Wir kaufen ganze Hinterlassenschaften.‹ Blickfänger war im Moment eine gelbe Couchgarnitur aus Kunstleder, ein sechssitziges Sofa und fünf Sessel. Marianne hatte in diesen Höhlen der Ungemütlichkeit einmal in den Semesterferien gearbeitet. Er konnte sich nicht denken, daß dort jemals geheizt würde. Zum Trost, sagte er sich, gehe ich jetzt in mein Süßwarengeschäft! Dort gab es Pralinen auf Silbertabletts und Tee in Gläsern mit schönen Verschlüssen. Auf gebogenen Schaufeln wurde er in Tüten abgefüllt. Die ältere Frau, die ihn hier meist bediente, färbte sich die Haare hellblond und die Lippen hellrot. In ihrem freundlichen Gesicht steckte etwas Dramatisches, das ernste Gefecht gegen die Jahre und über all dem eine Gelassenheit. Schon jetzt verkaufte sie Weihnachtliches, »wegen der Päckchen nach Polen und in die DDR«. Sie wickelte einer Kundin Pralinen in braunes Papier mit dünnen, goldenen Sternen. »Das Papier ist viel zu düster«, fuhr sie fort, »es eignet sich für Bücher und Textilien, aber nicht für unsere fröhlichen Artikel. Aber wir werden ja nicht gefragt, das haben die Herren der Schöpfung

ausgesucht!« Die Käuferin, eine elegante Frau, griff nach
dem Päckchen, dabei rutschte der Ärmel ihres Mantels hoch:
Matthias Roth sah hin und sah, daß der Unterarm tätowiert
war wie der eines Matrosen, mit Schiffen, Symbolen, schon
schob sich der Ärmel wieder darüber. Er hatte aber nicht den
Eindruck, es würde hastig geschehen. Er spürte den dringenden Wunsch, die Frau sofort vertraulich nach ihrer Vergangenheit zu fragen, da war sie schon verschwunden. Draußen hörte er einen älteren Mann zu seiner Frau sagen: »Lies
mal! Toilettenkomfort!« Meinte er es wütend oder bewundernd? Er prüfte die beiden mit einem Seitenblick. Die Zeit
war zur Kruste geworden auf ihren Gesichtern, um die blanken Augen: ein Stück des Kerns unter der bald abspringenden
Schale. Die alten Leute! Sie suchten Anschluß an die neue
Zeit durch die pfiffigen Waren mit den lächerlichen Namen.
Wer sie mühelos nennen konnte, galt noch als Zeitgenosse,
auch wer die Staatspräsidenten, die Katastrophen, die gerade
en vogue waren, auswendig kannte.

Eine Person um Dreißig, schätzte er schnell, kreuzte fast
rechtwinklig seinen Weg, von der Frisur bis zu den Schuhen
alles ungewöhnliche Einzelteile. Er sah ihr nach und noch im
Entfernen schien sie ununterbrochen zu betteln: Seht mich
an! Wenn ich Wörter erfinden müßte in einer sprachlosen
oder wortarmen Welt, wäre ›Leben‹, fragte er sich, ›Wirklichkeit‹ und besonders auch ›Unwirklichkeit‹ dabei? Er versuchte
ein Gefühl zu erkennen, das ihn merkwürdig verwirrte. War
diese Zivilisationswelt, Institutionswelt eine der im Prinzip
Jüngeren? Er hatte sie nicht genau ins Auge gefaßt, aber sie
bildeten den breiten Strom um seine Wahrnehmungen herum,
die Stadt steckte tatsächlich an diesem Werktag voll junger,
kompletter Familien, und haftete ihnen nicht etwas Kraft-
meierisches, unverschämt Besitzergreifendes an? Wie sie einander glichen und doch: Jeder wollte in seiner denkbar genau-
esten, eigensinnigsten Individualität erkannt, noch dreister:
geliebt werden! Das, was die Leute durch die Stadt trieb, am
Ende durchs gesamte Leben, mußte die starke Lust auf eine
Begeisterung sein. Meine Güte, sie exaltierten sich ja alle so
gern, egal wo und wie, jeder hatte seine Rezepte, auch wenn

sie es Pflicht oder Zerstreuung nannten, und sie kämpften wild um dieses Anrecht. Es gelang ihm nie, sich ein mögliches Glück für sie auszudenken. Da spürte er es wieder: Er blähte sich auf in die widerstandslose Welt, begann, sie alle als Verlängerungen von sich zu betrachten, als Ausuferungen in alle Richtungen, Schattierungen seines Wesens. Sie bargen keine in sich geschlossenen Geheimnisse, niemand. Die Passanten nicht, die Bekannten nicht. Darum war die Welt immer so rasch zu Ende gedacht, so sehr sie sich doch bemühten, charakteristisch, abgegrenzt in Gang, Garderobe, Gestik aufzutreten. Ich bin trübe gestimmt, sagte sich Matthias Roth, also sind alle trübe gestimmt, auch wenn sie es hinter einem Grinsen verbergen, alle müssen meiner Laune folgen. Ich tauche ganze Städte in Trauer, Nebel, Gehässigkeit. Er lehnte sich, in einem kleinen Schwindelanfall, fester gegen die Scheibe: Beständig ist das alles nicht aus eigenem Antrieb, eine Schönheit wird im Handumdrehen zur Häßlichkeit, eine Straße bricht ab, ein Fenster splittert, eine Treue wird ein Verrat, ein Einverständnis zu einem Gespött, wo ein Baum wuchs, ist eine leere Stelle bis hoch in den Himmel. Er wurde von jemandem grob beiseite geschoben, damit er den Blick auf die Auslagen freigäbe. Er ließ es geschehen und stand nun neben einem tief unten zusammengesunkenen Bettler. Er sah von oben in die Blechdose, in der fünf Groschen lagen, und schwitzte unter den Achselhöhlen, empfand es aber als Kälte. Manchmal werden Menschenmassen, fiel ihm da ein, auf einen Haufen gedrängt, erschossen, als Leichen zu Bergen aufgeschichtet, mit Baumaschinen, Baggern, Gabelstaplern, unkenntlich wie Müll, weggeräumt. Das Bild saß ihm in den Knochen oder der Seele. Er begriff es nicht, dem Mann da unten schienen die Beine zu fehlen, es gab andererseits die vielen Schicksale, die tapferen, heroischen, die unbeweint ihren fürchterlichen Gang nahmen, die ungenannten Freiheitskämpfer, die stumm in den Gefängnissen zugrunde gingen, schreiend vielleicht, nach außen blieb es stumm, und das Heldenlied wurde abgewürgt. Das schien ihm das Allergrausamste zu sein. Die steinernen Bauten, auch sie in ihrer Verletzlichkeit, die zarten alten Tempel, die Felsen sogar. Ungeschützt ragten sie in die Zeitlichkeit und konnten nicht weglaufen vor ihr an einen anderen Ort. Die aufgehäuften Steine, hier und in den versunkenen Städten, errichtet das alles, um zu überdauern. Ausgerechnet das Anfälligste, durch und durch. Es ist aber die Formung, die zählt, sagte er sich und sah an dem gewaltigen Würfel gegenüber hoch und runter und nach rechts und links und dachte an Palmyra dabei. Wenn das nicht mehr erkennbar ist in den armen Ruinen, den Schutthäufchen der Säulen und Grabmäler, dann gewinnt das Hilflose, Rührende die Oberhand. Er schüttelte sich, um von der abendlich beschienenen, in Wüste übergehenden Ebene von Palmyra loszukommen. Wie in dieser Stadt hier, so hatte auch in seiner Heimatstadt nie etwas wirklich Wichtiges vorgehen können, wohl an anderen Orten und in der langen, rätselhaften Epoche vor seiner Geburt, auf keinen Fall in der schnellen, prosaischen, seiner Gegenwart. Versehentlich begegnete sein abwesender Blick dem einer aufmerksamen Frau. Er erwachte sofort und lächelte dankbar. Im langsamen Weitergehen spürte er, daß nun ein Moment angebrochen war, in dem er sich nicht aufplusterte und alles ein Abklatsch von ihm selbst wurde, jetzt trat ein Zustand ein, wo er die Welt, die Menschen freundlich umfaßte, um sich beispielsweise an ihren unterschiedlichen Nasen zu weiden.

In einer plötzlich leeren Nebenstraße mit Kopfsteinpflaster sah er eine Frau in einer rosa Hose, die sich über dem dicken Hintern spannte. Schon von der Rückenansicht konnte er schließen, daß sie weder jung noch hübsch war. Der dünne Mann neben ihr ging in einer grell gestreiften Jacke, beide steckten vermutlich in Sonderangeboten, ausstaffiert für einen sogenannten Stadtbummel. Sie wandten sich einander zu: Er hatte sich bei der Frau nicht geirrt, aber der Mann küßte heftig auf ihren Hals, den sie anbietend zurückbog. Matthias Roth nahm eine Veränderung wahr, eine Unverwundbarkeit. Er blieb stehen wie angewurzelt, während sie davonschlenderten in enger Umarmung. Ach, das gefiel ihm, so verhielt es sich mit der Liebe! Die Physiognomie des Mannes war ihm entgangen, wie meist, aber nicht das kleine Aufleuchten des Paares. Auf einer wieder größeren Straße traf er einen Bekannten, den er schon wegen seiner vorstehenden Zähne, die ihm den Ausdruck nicht niederzukämpfender Verlegenheit gaben, nicht leiden mochte. Jedesmal, wenn er zufällig auf ihn stieß, überlegte er sich, ob er wirklich eingestehen sollte, Matthias Roth zu sein. Aber schon wurde er angeredet und sagte selbst: »Karl, wie gehts denn!« Herrgott, er sagte unzweifelhaft: »Karl, wie gehts denn!« Es schoß ihm aus dem Mund, so selbstverständlich, wie sich die Pupillen bei Lichteinfall zusammenzogen. Es war heraus, und nun standen sie beieinander, und Karl antwortete auf seine Frage, als wäre sie ernst gemeint. Wie immer begann er also zu klagen, Karl, der unglückliche Studienrat in gesicherten Verhältnissen, finanziell und familiär, verstrickt in Sorgen wie stets, nie gab es ein Absehen für ihn. Die Berge von Klassenarbeiten bei zwei Korrekturfächern! War die eine Pyramide dahin, hatte sich längst eine neue aufgebaut, rund ums Jahr. Jedes Pferd sah besser aus als Karl mit seinen entsetzlichen Pferdezähnen, nie kam er aus dem Gewühl heraus, er trug nur aufgeschichtete Arbeit ab, um Platz für neue zu schaffen, jede Leichtfertigkeit, jeder Fernblick blieb ihm untersagt. Wer ihm länger zuhörte, glaubte mit ihm zu ersticken. Matthias Roth stand tapfer an seinem Fleck und beobachtete die Zähne und die sich zurückziehenden Lippen. Einmal wurde eine alte Frau auf einer Bahre herumgerollt. Ihr Mann, an ihrer Seite, im gekachelten Raum, faßte die Decke über dem sich schwach abzeichnenden Körper an. Sie war in Tränen ausgebrochen und hatte gestammelt, daß sie sich nicht verzeihen könne, ihn zurückzulassen. Es war eine solche Kümmernis zwischen ihr und dem todblassen Mann gewesen, so ohne Lichtblick, kein Leben blieb übrig dabei, nur noch als Ausweg: alle Last abzuwerfen. Aber wohin denn? Trotzdem, Matthias Roth hätte damals am liebsten in ihre schweren Sorgen hineingelacht. Doch da sagte Karl, er würde sich dennoch eigene Freiheiten nehmen, und wenn sie auch lächerlich seien, so genieße er das doch. Von Freitagmittag bis Montagmorgen sei er nicht die Korrekturen, aber doch Schüler und Kollegen los, und so mache er sich das Vergnügen, kaum daß er die Schultasche in die Ecke gestellt habe, geworfen, geschmissen sogar, sechs frische Knoblauchzehen aus der Hand zu essen und auch den ganzen Samstag über jede diesbezügliche Vorsicht zu vergessen. Matthias Roth dachte noch immer nichts, als er schon ein Stück weiter war, dann aber: Ohne ein bißchen Glanz auf den Dingen sterbe ich! Man muß ihn sich eben draufzaubern! Ich krepiere sonst! Er wandte den Blick von den eintönigen Passanten, vom grauen Pflaster in die Schaufenster, zu den effektvoll drapierten Lederwaren, zu Kämmen und Bürsten aus Elfenbein, legendären Autos und Motorrädern als Modelle in Spielzeuggröße. Er hatte noch verschwenderisch viel Zeit für den Müßiggang und genügend Geld für den Luxus, an einem Marmortischen einen Mokka oder Cognac zu trinken.

Der Mokka wurde in einem silbernen Kännchen gereicht, es war schwer und der Griff sehr heiß, die Sahne in einer flachen Schale, auf einer noch kleineren gab es ungefragt Gebäckstücke, ein rotbemaltes Herz, einen Mond. Deshalb kam Matthias Roth besonders gern hierher. Es fehlten die üblichen Cafébesucher, bei denen so undenkbar war, daß sie verwickelt sein konnten in persönliche Schicksale, Feinde oder Geliebte hatten. Sobald man sich dazu zwang, es zu vermuten, verschönerten sie sich augenblicklich, aber sie selbst schienen es am allermeisten vergessen zu haben: häßliche Gäste, denen man mißmutig Kaffee und Kuchen hinknallte. Nein, hier wurde er unsichtbar gestreichelt, man setzte das Geschirr behutsam vor ihn hin und verschwand, auch der kleine Raum, so still und braun gedämpft und golden, verwöhnte ihn. Jetzt kam es ihm vor, als hätte er sein Leben bereits hinter sich, es lag neben ihm, eine nicht mehr benutzte, nicht mehr benötigte Röhre, eine Tonne und er, umhüllt von seiner braun-goldenen Pracht, sah es als Abgetrenntes und Überflüssiges. Er fühlte eine behagliche und wie endgültige Sättigung, wußte aber natürlich, daß es offenbar nicht allein auf die Stillung all seiner geographischen und sinnlichen Begierden ankam. Er würde über die Lebenssattheit im Café hinaus leben und sie wieder verlieren. Im Abstand von höchstens zwei Minuten betraten, allein und zu Paaren, zehn Leute den Raum, drangen einfach ein, als wären sie hier zu Hause, und kaum hatte der Raum die einen beruhigt mit seinen samtenen Tönen, folgten ja schon die nächsten. Anfangs sträubte sich ihm vor Abneigung der Pelz, er haßte sie alle, das tat er manchmal, ihm konnte schlecht werden vor Groll auf die Menschen, vielleicht nur nicht auf Marianne. Aber dann gab er nach und fügte sich der Sanftheit der Tapeten und war einverstanden, das ganz andere Gefühl zuzulassen: unter der dünnen Fremdheit, der Kompliziertheit der hier zweifellos sich manifestierenden Beziehungen, eine allgemeine Zuneigung. Er wollte jedoch keinen genauer ansehen, es genügte vollauf, sie insgesamt wahrzunehmen in einer Wohlgesonnenheit. Ihre Sätze und Bewegungen sollten am liebsten im Muster der Tapeten aufgehen, nichts Besonderes meinende Ornamente, anmutige Verrenkungen von Linien zur Freude des durch nichts strapazierten Betrachters. Auch an seine Freunde konnte er in Kürzeln denken, gelegentlich hielt er dann die Abkürzungen für die ganzen Freunde und erschrak über das arme Bißchen, das er an ihnen besaß. Man sprach über das plötzlich strahlende Wetter draußen. Es würde also in den Straßen alles ausgewechselt sein, ein Blinken, ein Unternehmungsgeist auf einen Schlag. Also würden sich seine Studenten, bis auf die treusten, das waren nicht die, die ihn am meisten interessierten, genötigt sehen, letzte Spaziergänge zu einer Burgruine, einer Gaststätte auf einem Hügel zu machen. Er blieb noch ein wenig an seinem Tischchen, freute sich auf den Anblick der nun aufgeheiterten Stadt, beschloß einen Umweg durch den Park und senkte die Lider. Es war wie das Liegen am Strand, wenn die kleinen Wellen über seinen faulen, schläfrigen Körper liefen, die Stimmen jetzt, ein warmer Wind an der nackten Haut oder die Gefühlswallungen theatralischer Musik, Erhitzungen, Liebesglut, das Wortgefecht, das intime Duett. Regungslos lag er im Sand, saß auf dem Sesselchen, und das Leben berührte ihn wassertropfenartig, kunstvoll melodisch, und er mußte selbst nicht leben, bis auf das eine: den Genuß.

Er näherte sich dem Park von einer Seite, wo er in Form eines alten, düsteren Friedhofs begann. Matthias Roth wanderte gern all die Sträßchen zwischen den Gräbern ab mit den trauernden Birken und weißen, grün übermoosten Engeln in bedeutungsvollen Haltungen, manche nach oben, andere zu Boden weisend. Jetzt hatte er es eilig, daran vorbeizukommen, er wollte Buchen und Eichen, kein finsteres, zeitloses Immergrün. Am Eingangstor aber formierten sich Trauergäste zu einer Beerdigung, und das bemerkte er im Entlanggehen doch: Obschon sich die Personen gemessen durcheinander bewegten, während man sich zunickte und von Gruppe zu Gruppe schritt, bildete sich in anderer Hinsicht ein einfaches Schema. Von einem Zentrum des Schmerzes aus, einer weinenden, von Männern gestützten Frau, entstanden konzentrische Kreise der Anteilnahme bis zu einem schmusenden, aber immerhin schwarz gekleideten Pärchen. Etwas Ähnliches hatte es in der Verwandtschaft gegeben, diese Ausbreitung von einer Mitte her. Da wurden bisweilen Sätze gesprochen, ein einziges, für irgend jemanden beleidigendes Wort, das einer weitertrug an eine Geburtstagstafel, Familienkrisen verursachend mit einemmal, vor allem so eine Kreisbewegung, einen Wellenschlag, der vom Kränkenden und dann vom Gekränkten wie von Steinwürfen nach außen sprang. An seiner Mutter, von der es hieß, daß sie für die Stimmungen ihres Mannes lebte, hatte er besonders beobachten können, wie sie, gleichsam das Wasser spielend, jede Laune, Mimik des Vaters entsprechend verlängerte, durch ein noch leiseres Flüstern, lauteres Lachen, empörteres Schimpfen über einen Dritten. Es kam ihm vor, als sähe er das jetzt in Landschaftsformationen und Straßenzügen. Am Weiher, wo sechs Bäume ihr verschiedenfarbiges Laub wie auf eine Auswahlplatte geworfen hatten, blieb er stehen. Die Kahlheit der Luft nahm so überhand, daß er sich wunderte über die Blätter, die noch immer an den Bäumen ausharrten, zitternd in der Luft, die sie beim Stürzen tragen und stützen würde, einer Luft, die eigentlich zu nackten Ästen gehörte, und das am deutlichsten abends, wenn die Bäume mit ihrem knarrenden Flaum vor dem frühen, hellen Nachthimmel standen, der schwarze, spartanische Konturen zu erwarten schien. Die Bäume: Säuglingsköpfe von Greisen. Eine Frau beugte sich breitbeinig wie eine Bäuerin über einen Abfallberg, auf den die städtischen Gärtner die Blumen aus den Rabatten geschmissen hatten. Sie hielt ihm wortlos tri-

umphierend, auch ein wenig vorwurfsvoll ein Büschel noch
ohne jeden Makel blühender Stauden hin, er erkannte sie:
Fuchsien. Ihr kleiner Hund schoß heran mit fiependen Tönen.
Häßliches Tierchen, dachte Matthias Roth und streichelte
ihn, weil er so sehr danach verlangte. »Das ist eine Königin«,
sagte die Frau, »hat das blaue Band gewonnen!« Das schien
eine große Auszeichnung zu sein. Sieh an, so traf er, ohne es
zu ahnen, auf Prominenz! Als er bei den spärlichen Anlagen
vor dem Universitätsneubau einen mageren, alten Mann beim
Harken sah, dachte er sofort, auch das könne vielleicht, im
Stillen und lautstark an anderer Stelle, in seinen Kreisen ein
gefürchteter Spezialist, kritischer Prüfer, geehrter Präsident
sein. Es gab Tauben-, Briefmarken-, Seniorenturnvereine,
ein Begriff, eine dergestalte Persönlichkeit war auch dieser
Alte mit Sicherheit, hier inkognito harkend. Aber wie überra-
schend: Er kannte ihn vom vorigen Jahr, da hatte er auch im
Herbst hier gearbeitet in den dürftigen Zierbeeten, aber noch
ganz dick. Von rechts schwenkte ein Germanistenkollege
auf das Portal zu, ein machthungriger, der mit Vorliebe den
nicht so Großen der Literatur Fehler nachwies, die er begreifen konnte, Unrichtigkeiten der Grammatik, Inkonsequenzen
des Handlungsverlaufs, stilistische Schlampigkeit. Er maß sie
spöttisch an den Höchstverehrten, die sich unerschütterlich,
aber auch das nur durch seinesgleichen, über allen türmten.
Huldvoll beugte er sich zu den kleineren Lichtern und sagte,
sie seien – ein Brosamen vom Tisch der Reichen – »nicht ganz
uninteressant«. Matthias Roth wollte aber nicht griesgrämig
werden und erinnerte sich daher an die gewaltige Leere, das
Übermaß an Licht für ein einziges Blatt und an den Cognac,
den er sich zum Mokka gegönnt hatte.

Er berührte mit seiner Schulter fast den Oberarm einer
gemalten Frau, gegen die andere lehnte sich ein schnau-
fender Mann, und er vergegenwärtigte sich noch einen zweiten Kontrast: die Versammlung der Provinzstadtintelligenz,
der die ruhmreiche Vergangenheit des Städtchens in geistes-
geschichtlicher Hinsicht noch immer für das Bewußtsein, in
einer heimlichen, hochmütigen Weltstadt zu leben, reichte –

und das Gebäude selbst, das sich stolz ›Städtisches Museum‹
nannte, in Wirklichkeit ein altes Bauerngehöft, so jedenfalls
war sein Eindruck auf jeden, der einen Blick auf das putzige
Äußere, aufgeputzte Äußere und ins Innere, das enge, schiefe,
außerordentlich Dörfliche warf. Draußen war es kalt, wie es
sich für den Dezember gehörte, drinnen schon jetzt zu warm,
die meisten Gesichter glühten, auch das wiederum passend zu
einem ländlichen Fest. Der Kulturdezernent flirtete in seiner
Rede mit den Damen der Stadt, herbe Dozentinnen entdeckte
Matthias Roth darunter, und noch kicherten sie geschmeichelt, aber auch hier lag ein Vorsicht! in der Luft, hier galt es,
seinen Charme im rechten Moment zu zügeln. Rundum hingen Bilder aus dem Frühwerk des berühmten Mannes, noch
drehte man ihnen den Rücken zu, gleich würde man viel vor
ihnen zum Besten geben. In einem Nebenraum, den niemand
beachtete, wurden die Werke des ebenfalls toten, hiesigen
Künstlers, der alles seiner Geburtsstadt hinterlassen hatte,
präsentiert. Dort würde es gewiß den Abend über stillbleiben,
und stillbleiben würde es damit auch um das unfreiwillig ver-
richtete Organisationswerk von Hans. Matthias Roth beobachtete zwei Frauen, die französisch miteinander flüsterten,
poetischerweise, ein junges Mädchen, deren Sanftheit bereits
eine feurig aufsteigende Aggressivität verriet, und die Mutter,
eine schöne Frau, aber schon mit dem Ernst der geräumten
Bastion, vielleicht ahnte sie es noch nicht, doch es formte sich
unübersehbar in ihren Zügen. Etwas Tragisches an diesem
Ort! Wie sollte man sich da nicht letzten Endes wohlfühlen!
Solch ein Trost schien bitter nötig zu sein zwischen so vielen, irrtümlich kunstbeflissenen, besserwisserischen Wissen-
schaftlern, die ihre Gebisse entblößten zu den Scherzen des
Redners. Schon immer hatte Matthias Roth sie gehaßt: Was
sie sich auch aneigneten über Wüsten, Gewässer, Amseln,
Vokale und Moleküle, sie verkleinerten die Welt vorsätzlich
bis hoch ins All! Er sah einen Kopf mit einem kräftigen, sehr
diszipliniert geflochtenen Zopf, der ihn jetzt interessierte.
Gleich drehte sich die Frau herum: Ach, es war ja nur Gisela!
Danach wirkte der Zopf nicht mehr so aufregend. Einen einzelnen Stuhl in der Ecke benutzte niemand, weil ein Aschen-

becher darauf stand, bis eine junge Frau kam, ihn hochnahm, sich hinsetzte und den Aschenbecher gedankenverloren mit ihren beiden Händen jedem Benutzer, als wäre sie selbst aus Stein, darbot. Manchmal sah er Teile von Bildern, wenn sich Leute vorbeugten, apokalyptisch gestaute Menschenleiber, Blumensträuße. Er spürte bereits, daß ihm hier, was er so schätzte, das Einfädeln des Gemüts durch ein Kunstwerk, ein Gedicht, ein Musikstück nicht gelingen würde. Da half keine Rede, kein Katalogtext, er befand sich nicht mehr in seiner Jugend, wo er sich seine Empfindungen noch leicht korrigieren und aufstacheln ließ von Rezensionen, Beschreibungen, Behauptungen im Lexikon. Er erwog, obschon er mit Marianne hier verabredet war, auf der Stelle die Eröffnung zu verlassen. Ab und zu reichte das kurze Anschauen eines schönen Dinges, vielleicht nur in der Abbildung, um ihn heiter zu stimmen, dann wieder blieb alles vergebens, er konnte die alten Vasen, die rätselhaften Götterköpfe anstarren mit aller Kraft und Bitte, sie blieben tot. Wie würde es heute ausgehen? Bei Gisela fand er den dicken Zopf unangemessen. Es stand ihr einfach nicht zu, er mußte immer dorthin sehen und wurde darüber ärgerlich. Die Fülle, die Hitze und Stickigkeit machten ihm zu schaffen. Es war eben die Zone der freien Übersicht nicht mehr unberührt, er sackte ein in die Gerüche der Umgebung wie in einen dumpfen Schmerz, fühlte sich nur als blödsinniger Zuhörer ohne Ausbruchsmöglichkeit, eingesperrt, und wenn er es recht bedachte, ein wenig unglücklich.

Er kannte einen großen Teil des Publikums, unterschiedlich gut, es gab aber kaum einen wirklich fremden Kopf darunter. Die Ähnlichkeit war wie eine Ansteckung über die Leute gekommen. Erstreckte sie sich, nur unzureichend von den Mauern gestoppt, über die ganze Stadt, noch viel weiter vielleicht? Er schwitzte in seinem Anzug, stellte sich gerade, um den Rücken vom Jackenstoff zu trennen, machte das Kreuz hohl, es nutzte nichts. Plötzlich schockierte ihn hier unter der zerstreuten, inzwischen ungeduldigen Zuhörerschaft die Zufälligkeit von Kontakten, Orten, Lebensumständen. Was hatte es für eine Bedeutung, wer wem über den

Weg lief! Wurde das nicht gleichgültig angesichts der Beliebigkeit, der pestilenzartigen Ähnlichkeit und Vertausendfachung? Steckte nicht hinter jedem Bekannten, vielleicht sogar hinter Marianne, eine Menge von anderen, die auch in deren Silhouette passen würden, alles in Tausenderpackung, auch er selbst? Sobald man die Illusion der Einzigartigkeit eine schwache Sekunde lang verlor, wurde man da nicht notwendig vom Weltüberdruß gepackt? Ja, recht bedacht, war er ein wenig unglücklich. Wenn man den anwesenden Männern und Frauen nur kurz einen Schrecken einjagen würde – ein Herzanfall, ein Malheur mit einem der Gemälde, ostentativer Schlußbeifall in die Rede des Dezernenten hinein –, mußte das nicht bei ihnen allen wieder nur die gleichen Grimassen, Ausrufe etc. bewirken? Es war das über ihn verhängte Schicksal, daß er, rotgesichtig wider Willen, eingezwängt in seinen besten Anzug, was niemand vermutet hätte, nach Luft ringend, immerfort Gestalten in die Welt entließ, durch sein bloßes Existieren, viel direkter als dieser ungeehrt entschlafene, wiederentdeckte Maler, im Essen, Hinsehen, Handeln, ein ununterbrochen schöpferisches Fortexistieren sogar in der totalen Stille, und alle saugten es ein und fraßen es. Wie er sich fühlte? Niemand fragte danach. Es war ein Leben in einem widerstandslosen Raum, ohne zurückgeworfenen Hall. An den Dingen, den Menschen war nichts, wenn man es sich nicht einbildete. Ein Ausruhen wurde nicht gestattet, wenn man solchen Zuständen wie diesem entgehen wollte. Nein, unvorstellbar blieb eine eigentümliche, selbständige Antwort der Welt, nirgendwo prallte man kräftig auf. Sicher, ein Echo gab es doch. Aber eben wörtlich: gedunsen trat er sich immer selbst entgegen. Doch wie groß waren seine Ansprüche, wie heftig seine Dekorationsversuche bei allem, was ihm in die Quere kam! Er hatte jetzt den Blick frei auf ein großes Gemälde: der Künstler mit seiner ersten Frau, ein sehr unterschiedliches Paar. Stehend, selbstbewußt, herrschsüchtig in seiner strotzenden Jugend, nach vorn schauend der Mann, sitzend, aus dem Bild blickend, die Frau, mit zartem, unsicherem, trauerndem Gesicht. Jaja, das sah tröstlich aus für den Moment, der eine schien hier nicht den anderen nachzuahmen, aber das täuschte, das war nur ein Figurenwerfen, darunter waberte etwas Allgemeines. Aber so ein festbannendes Bild gefiel ihm wenigstens. Auch er traute den Menschen nicht zu, daß sie sich aus eigener Phantasie, energischer Geschicklichkeit vorwärtsbewegten, von ihm stammten die auf den Fleck nagelnden Schnappschüsse. Eingefangen waren sie in diese eine, beeindruckende Situation und konnten ihm nur diese eine immer wiederholen. Zum Beispiel Hans, der ihn bemerkte und die Hand großartig hob, und Gisela, die daraufhin wiederum den Zopf wegdrehte und ihre Augen zu ihm her, über ihn weggleitend: Sie führten ihm immer denselben Reim auf, sie befanden sich in Wirklichkeit in ihrem Wohnzimmer und spielten Arlette und Réal am Feierabend vor der Farm. Der Redner kam zum Ende, jemand öffnete ein Fenster, man durfte von seinem Platz weggehen, Matthias Roth berührte, aus der Zange befreit, weder den Schnaufenden noch den fülligen Oberarm. Alle Leute schienen während des Stillstehens den Entschluß gefaßt zu haben, zumindest ein paar Meter in eine geplante Richtung zurückzulegen. Hans bemühte sich, zu ihm vorzustoßen und hatte schon einen fulminanten Begrüßungsspruch auf der Zunge. Die kleine Französin knickste wahrhaftig vor einem älteren Mann, und die Mutter betrachtete mit leisem Spott ihre artig-kokette Tochter. Hans setzte an, die Arme auszubreiten, in weithin kenntlicher Wiedersehensfreude – erst vorgestern hatten sie sich getroffen –, da dachte Matthias Roth noch schnell: Ich muß sie aus der Ferne beäugen, damit sie exotische Wesen bleiben, wie es mir guttut, ausgestattet mit speziellen Kennzeichen, als wäre jeder von ihnen ein allen anderen feindlich gesonnener Volksstamm, ihr Größenwahnsinnigen, Kindsköpfigen, Hirtinnen und Sorgenvollen: bleibt so und glaubt doch um Gottes willen nicht, euren phänomenalen Kern enthüllen zu müssen! Dann schloß er, im Gestikulieren nichts schuldig bleibend, seinen Freund in die Arme. Zu Gisela sagte er: »Dein Zopf verblüfft mich!« Schon war sie verschwunden im Gedränge.

Ein Gespräch konnten sie nun aber nicht miteinander führen, Hans mußte unentwegt grüßen. Egal, wohin er sah, immer stieß er auf ein erkennendes Lächeln, ein angedeutetes Verneigen. »Die Lokalkünstler!« sagte er. «Wieder einmal sind sie alle versammelt, und ein anderer wird gefeiert, aber jeder von ihnen will eine Welt für sich sein, ich verstehs ja, ein Licht, doch natürlich ist niemand da, der es auf sich glänzen lassen will, so viel Finsternis gibts gar nicht, wie die durch ihre Kunst erhellen wollen. Da halten sie sich wenigstens mit dem Grüßen offizieller Personen schadlos, die sie dann nach Belieben auch wieder ohne Schwierigkeiten übersehen. Jetzt aber Achtung, drüben steht die Künstlerwitwe.« Die dritte und letzte Frau des Malers, erheblich jünger als er, war Matthias Roth von mehreren Porträts bekannt. Der Entwicklung des Künstlers entsprechend weniger naturgetreu als die ausgestellten Arbeiten, aber um so dominierender, traten aus den nach anderen Stilgesetzen gruppierten Details der Erscheinung zwei Eigenschaften hervor: die hochgewachsene, schlanke Gestalt und die extrem hellen, schmalen Augen, die ihr eine interessante Gefährlichkeit verliehen. Nun aber mußte er eine in ihrer Ausstattung verwirrt zwischen den Moden schwankende, ältere Dame anblicken, die noch hier und da ihren Leibesumfang zu kaschieren und das gute, mütterliche Gesicht mit Schminke erfolglos zu dämonisieren suchte. Die Künstlerwitwe! Er reichte ihr die Hand und hatte keine Lust, sie aus so großer Nähe anzusehen. Ihn bekümmerte flüchtig etwas Grundsätzliches, belustigte ihn allerdings zugleich: Die Dichter waren mit den Albatrossen verglichen worden, das mochte richtig sein, aber wie urteilte man über die geheimnisvolle Existenz ihrer Frauen, die sie der Nachwelt samt den Gedichten oder Abbildungen hinterließen, die sie kritischen Augen auslieferten, nachdem sie die Ärmsten einige Male in einen charakteristischen Stillstand versetzt hatten, in dem die Dargestellten aber nicht für die Dauer ihres oft langen Lebens verharren konnten? Auf Ausstellungen, bei allen Veranstaltungen, die Vergleiche ermöglichten, waren die Künstlerwitwen Mauersegler auf dem Erdboden, torkelnd, taumelnd, ohne das tragende Element eines um sie erschaffenen Mythos. Ein trauriges Ereignis für sie und besonders die Zuschauer. Er schien jedoch als einziger dieser Meinung zu sein. Schnell hatte sich ein neuer, eifriger Gesprächskreis um die ihrer Würde bewußte Dame gebildet, so daß er die Blicke ohne Rücksicht schweifen lassen durfte. Vor einer hellen Sommerlandschaft baute sich ein grauhaariger, voluminöser Herr auf, er stand, auf seinen Stock gestützt, dermaßen raumfordernd da, in weit geöffnetem Mantel, kühn drapiertem Schal, das alles trotz der Hitze, in so platzheischender Gebärde, daß tatsächlich die Besucher an einer unsichtbaren Grenze zurückwichen. Dieser alte, stämmige Mann erreichte gewaltlos, daß niemand sich zwischen ihn und das angeschaute Gemälde schob, ja, sogar seitlich respektierte man die von ihm beanspruchte Zone. Ein bißchen hinter ihm wartete eine unscheinbare Person, die kein Auge von ihm ließ. Er wandte ihr manchmal über die Schulter das Gesicht zu, sagte einen kurzen Satz, sie nickte darauf strahlend und grinste auch Wildfremde verklärt an. Der Mann aber hatte seinen Kopf in den Nacken geworfen und die Miene ungeheurer Kennerschaft aufgesetzt, so souverän, daß sie nicht die Form einer ehrfurchtsvollen Gemessenheit annahm, sondern abgründiger Verschmitztheit. Matthias Roth überkam das Gefühl, einem äußerst unseriösen Schauspiel beizuwohnen: Hier mimte ein Lokalkünstler aus der Nachbarstadt, er hätte darauf wetten können, Prominenz, und seine Frau, Haushälterin, Geliebte, führte sich als Jüngerin auf, so daß er sich zu Recht als Meister empfinden konnte. Es klappte ja auch, schon studierten Leute an der nicht sichtbaren Barriere das glückselig durchtriebene Gesicht des fachmännischen Bewunderers: Der mußte ein Duzfreund des Verstorbenen sein, der schaute durch das Bild hindurch dem alten Kameraden mitten ins Herz! Und so begann man zu forschen, was es in dieser jugendlichen Sommerwiese so Erheiterndes gab. Ein übler Trick das Ganze, Schmierentheater! Wieder einmal ließen sich die ohnehin ahnungslosen Ausstellungsbesucher zum Narren halten, mit Wonne. Hans nannte ihm den Namen des Mannes und siehe da, es war einer der letzten berühmten Vertreter dieser Malergeneration. Damit wich aber, es erstaunte ihn selbst, für Matthias Roth nicht der Geschmack des Liederlichen von der Szene.

Mit Schwung drängten nun ganz andere Personen in den Saal, die Leichtfertigen nämlich, die sich die Rede hatten ersparen wollen, die kleinen Gesellschaftskönige und -prinzessinnen, hinter denen sich rasch lebendige Schleppen bildeten. Man sah pompöse Kleider, die schön wurden durch das, was man sich dazu dachte: Göttinnen der Nacht, entworfen als verdeutlichende Haut einer ohnehin anwesenden Potenz. Hier waren sie auf wohlhabenden Frauenkörpern gelandet, gestrandet, die von der Ausstrahlung des teuer Erworbenen zehren wollten. So wurden die Kleider nicht Vollender von etwas Vorhandenem, sondern Hinweise auf etwas sehr Entferntes, bestenfalls Mögliches. Mit seidigen Schwingen sollte hier ein Prachtgewand die schwerfällige Trägerin, an der nichts zum Fliegen taugte, anheben. Es blieb bei einer Anstrengung. Er kannte nicht die Namen der Leute, von denen ein Glanz ausgehen mochte in dieser Stadt, er sah sie nur schrecklich entblößt, die müden, sterbensmatten Gesichter. Er war ein Unkundiger und sah sie daher nackt, allen persönlichen Gepränges beraubt. Das grelle Licht leuchtete mit derselben hartnäckigen Intensität ihre Gesichter aus wie die Bilder. Den Leuten bekam es nicht. Das Fremde an ihnen war jetzt nicht rätselhaft, Neugier erweckend, sondern eine erbarmungslose Beraubung vom Schmelz der Vertraulichkeit. Er sah nach dem Mädchen, das den Aschenbecher gehalten hatte. Es tat das noch immer, eine schöne, steinerne Figur. Gut, daß sie da war! Diese nicht mehr jungen, reichen Männer und Frauen flößten ihm das Grauen ein, das er manchmal auch vor dem eigenen Spiegelbild, beim Lesen eines Lebenslaufs, sogar vor einer Landschaft empfand: die schreckliche Reduktion auf das schiere Vorhandensein, jeder Lebensfunken ausgehaucht. Er hörte den Satz, ohne den Sprecher zu sehen: »... das hat sie ihm nie verziehen.« Das richtete ihn schon fast wieder auf, das war immerhin etwas. Wieder mußte er sich, von einem plötzlichen Schwindelgefühl gepackt, gegen eine Wand lehnen. Was beunruhigte ihn so? Etwa der starke Schmerz über die Vergänglichkeit, die sich bei den Menschen vor den ruhigen Bildern so bitter zeigte? Warum gab es gerade auf Ausstellungen so viele

Frauen, deren Schönheit ängstlich wirkte, die Schminke wie
der Griff nach einem Strohhalm, ein letzter, sinnloser Kampf,
welk schon alles, keine ohne Krähenfüße, vorbei der Schimmer, vorbei, ein für Frauengesichter tödliches Licht, so viele
arme, strahlende Augen bei der Hysterie der Begrüßungen,
dem Geplauder vor einem Gemälde mit einem Mann, der den
Geistreichen heute abend hervorkehren wollte. »Du kennst
ihn nicht!« Ein neuer Satz, hinter ihm gesprochen, er drehte
sich nicht um. Es genügte ihm so. Das war eine Drohung, die
hierher paßte wie nichts anderes: Wenn man »ihn«, irgendeinen, kannte, würde all sein Zauber schwinden. Die Wahrheit war eben immer das Ernüchternde, die lakonische Enthüllung. Hier zwang man ihn – entgegen seiner Gewohnheit,
aus Klugheit nicht so genau hinzusehen und die Täuschung
aufrecht zu erhalten um jeden Preis –, sauertöpfisch bis auf
den Grund zu gehen. Die gleichgültigen Lampen, die alle Bilder leuchten ließen, wie es ihnen zustand, trugen die Schuld,
daß ihm vor dem Publikum grauste, dem weißhäutigen und
winterfest braungebrannten, ledrig versiegelten. Er liebte
doch so sehr die harmlose Verstellung! Über die Trivialität
jeder Situation wußte er schließlich im voraus Bescheid. Es
war so leicht, bei gutem Willen glücklich zu sein über den
enormen Schönheitsandrang der Welt. Man mußte nur ein
klein bißchen mit den Augen blinzeln. Dann aber, wenn sich
erwies, daß ein Mensch, Buch, Bild sich wirklich erschöpft
hatte, ihn nicht mehr mit einem gewissen Maß an Festlichkeit
beschwätzen konnte, legte er es freundlich, schmerzlos beiseite. Wieder betrachtete er wohlgefällig das hübsche Mädchen in seinem schwarzen Kleid, das auf dem übergeschlagenen schmalen Knie zerstreut den Aschenbecher hielt, den
niemand zu benutzen wagte. Vielleicht war er gar nicht auf
Gegenstände oder Personen aus, sondern nur auf das Glänzen, das über sie wegwanderte und dem man folgen mußte? Er
hatte es erst vor kurzem gedacht und dachte es neu und über-
zeugter. Versöhnlich sah er da die ehemals Schönen neben
den unveränderlichen, gemalten. Wie sich ihre Verletzlichkeit
darbot, eine fortwährende, unfreiwillige Entkleidung, gegen
die sie sich aussichtslos sträubten. Die Männer sollten die

Wunden und Narben ihrer nachsichtigen Frauen als die Tätowierung eines gezeichneten, empfindlichen Kämpfers begreifen! Matthias Roth war stolz auf diesen großmütigen Einfall und ahnte, daß nun das Mädchen seinen Platz verlassen hatte. Also sah er lieber nicht noch einmal dorthin.

Jetzt endlich entdeckte er das emporgereckte Profil, die schräg nach oben gekämmten, kurzgeschnittenen Haare Mariannes. Sie stand mit zwei Studenten, denen er vielleicht schon mal die Hand geschüttelt hatte, vor dem Selbstporträt mit Ehefrau. Er riskierte nicht, sie anzurufen, sie gehörte all den Menschen hier wesentlich mehr als ihm, er verabscheute sie beinahe in ihrer tückischen Fremdheit. In diesem Moment zumindest wollte sie nichts mit ihm zu tun haben, er erkannte es an ihrem Rücken, ihrer Kopfhaltung, noch bevor sie ihn bemerkte. Bei ihrem letzten Zusammensein hatte sie so sehr nach Schokolade gerochen. Eine Abwechslung! Wie gefiel ihm Marianne eigentlich nun, in dieser Beleuchtung? Er konnte sich vorstellen, daß man eine Geliebte einsperrte, verbarg vor den Augen der Welt. Nicht aber aus Eifersucht, etwas anderes steckte dahinter: Man wollte verhindern, daß ein liebloser Blick auf sie fiele, ein zerstörerischer Blick also. Entweder sollten alle mitgerissen sein oder gar nichts sehen. Mariannne unterhielt sich gut, indem sie mit ihrem merkwürdigen Lächeln anhörte, was die beiden Männer sagten, sie wandte ihnen, abwechselnd und gerecht, den Kopf zu, manchmal legte sie ihn auch in den Nacken, das war so eine ihrer zierlichen Unverschämtheiten. Selbstverständlich kannte er auch diesen anderen Grund, eine Frau von allen anderen Männern fernhalten zu wollen, aber stellte sich das Herzklopfen, das eigene und das Auffunkeln der, meinetwegen geliebten Person, nicht gerade dann ein, wenn durch die Augen und Absichten anderer Gefahr drohte als Manifestation ihrer Anziehungskraft? Er versuchte, sich an den Schokoladengeruch zu erinnern. Sie mußte, bevor sie ihn besuchte, eine ganze Tafel gegessen haben. Wichtig war, er spürte es zwingend, sich voneinander Abstand zu gönnen. Die Zeiten zwischen den Wiedersehen waren die Resonanzkörper, die Vorhallen ihrer Konfrontationen. Man mußte sich zurückziehen – und das unbequemerweise nicht allzu selten –, um den Kometenschweif des anderen wieder flattern und wogen zu sehen. Ob das Einbildung war oder nicht, es schien ihm etwas Notwendiges zu sein. So beobachtete er, von Schultern und Brüsten gelegentlich behindert, noch eine Weile Marianne im angeregten Gespräch, das längst nicht mehr dem Bild gelten würde. Er wartete darauf, daß sie irgendwann anfinge, suchend umherzusehen, aber der Gegenstand der Unterhaltung, vielleicht Komplikationen mit Meerschweinchen, weiß der Teufel, lenkte sie ab. Ihr Gesicht war blaß, jung und angespannt, sie hätte ihn, beim Seitwärtsdrehen des Kopfes, längst erkennen müssen. Wie blank sie ist, sagte er sich jetzt, eine undurchdringliche Blankheit! Mariannes Körper, was die Geschlechtsmerkmale betraf, kam ihm immer erst ganz aus der Nähe in den Sinn. Ja, sie bestand die Prüfung der unfreundlichen Scheinwerfer mit Bravour. Das fiele sicher anders aus, wenn sie schon mit ihm hierher gekommen wäre. Er spürte sie, nicht nah, aber konturiert bis in die feinsten Spitzen, ein unübertrefflicher Eindruck. Noch fünf Minuten schwankte er. Marianne änderte sich nicht, wandte sich ihm auch nicht zu. Er haßte sie nicht, er hätte sie gern umarmt, aber sie war in dieser Position – der mögliche weitere Verlauf des Abends ließ sich in Einzelheiten absehen – nicht mehr zu steigern. Diese Erkenntnis setzte er gleich mit einem Entschluß. Er ging fort, ohne sich von ihr oder Hans zu verabschieden, er schlich sich davon. Folgen würde sie ihm gewiß nicht, ob sie ihn erspäht hatte oder nicht. Zu Hause saß er noch auf dem Balkon seines unteren Zimmers und konnte sich nicht trennen von einem Anblick: der Mond trieb zwischen den Wolken. Der Mond fegte nur so zwischen ihnen dahin. Am Mittag hatte dort die Sonne gestanden und war ihm viel weniger aufgefallen. In diesem Bett, in dem er die Nacht immer allein verbrachte, sagte er etwas zugleich Anregendes und Einschläferndes: »Pfeffer, Muskatnüsse, Kampfer, Indigo, Alaun, Sandelholz.«

»Frau Bartels' Sauerbrateneffekt!« murmelte Matthias Roth, als er am Morgen nach dem ersten kräftigen Schneefall auf den Balkon trat und sich, mehr als an der übertreibenden Betonung der Birkenzweige, an den Überraschungsrufen, den Begeisterungsschreien der aus den Häusern stürmenden Kinder vergnügte. Eine angenehme Einstimmung in den Tag, daß die da unten sich so freuten! Er gähnte zu ihnen hinunter und kehrte mit nassen Füßen ins Zimmer zurück, auch dort hörte man sie ja noch immer. In der Zeitung gab es ganzseitige Reklamen zum Winterschlußverkauf: Über 76 000 Teile zu je 5 Mark, 48 000 Teile zu je 10 Mark. Morgen oder übermorgen würden im Lokalteil dann Fotos von juchzenden, durch die eben geöffneten Pforten der Kaufhäuser brechenden Frauen sein, Interviews mit klugen und verführten Kundinnen. Er stellte sich die Artikelmassen vor, die Kittel, Schlafanzüge, Slips zu Türmen geschichtet und langsam auf die Leute kippend. Wie durch einen Schlaraffenlandbrei müßten sie sich aus Bergen von Socken und Damenblusen ans Freie wühlen. Den Käufern dieser Warenmengen wünschte er alles Schlechte und hätte doch halbwegs gern bei dem Theater mitgewirkt. In den Preisreduzierungen besonders der teuren Geschäfte sah er stets Untergänge, nicht nur der Eigentümer, auch der verschmähten Waren. Der kleine Schuhladen machte, noch immer trotzig aushaltend, die überall bereits einsetzenden Preisstürze mit, sehr subtil. Wie kleine Korrekturen, Ausbesserungen von zarter Hand waren hier die Preisänderungen angebracht. Aber sicher, wer warf sich denn neugieriger als er auf die verramschten Reihen in den Bücherständen, kaufte gleich mit für Freunde in entfernten Orten und ging dann mit großen Plastiktaschen nach Hause, in denen er allerdings bald darauf eine Auswahl aus seinen Beständen ins Antiquariat beförderte? Immerhin, das waren dann meist lang gesuchte oder sonst unerschwingliche Dinge, kostbar für Jahre, die er so erstand! Bevor er das Haus verließ, stieg er in seine Wohnung nach oben, nahm die Allegorie Amerikas, wickelte sie in Seidenpapier, mußte sie dann aber, da sie nicht in seine Tasche paßte, in der Hand tragen. Er hatte versprochen, die Figur einer älteren Sekretärin der Universität zu zeigen, einer Sammlerin, und obschon er solche Behelligungen scheute, war es ihm doch lieber, als die Dame zu sich zu bitten. Da der Handschuh ihn beim Zupacken störte, preßte er die Figur gegen die Armbeuge. Der Schnee auf den Bürgersteigen war schon dunkel und matschig, auf der Fahrbahn fast verschwunden, während er auf den Vorsprüngen der Häuser und in den Vorgärten noch unverletzt lag. Ein Junge rollte auf einem der Aschentonnendeckel einen Ball und sah dann ihn, Matthias Roth, kurz an. Es war der Junge mit den brennenden Augen, der ihn da anstarrte, den Arm hob und den Schneeball mit Wucht gegen ihn schleuderte. Schon bevor er getroffen wurde, wußte Matthias Roth, was geschehen würde, und so hielt er es für möglich, daß er den Porzellanneger tatsächlich ganz knapp vorher fallen ließ, in Schreck und Ergebung gleichzeitig, und natürlich bestand auch kein Zweifel daran, daß sich in dem am Boden liegenden Päckchen nur noch Scherben befanden. Einige Sekunden stand er ratlos auf dem rutschigen Boden, dann entfernte er das beschmutzte Außenpapier, steckte es in die Aschentonne, auf der noch die Rollspuren des Geschosses zu sehen waren. Der Junge würde ihn währenddessen aus einem Versteck belauern. Diese Vorstellung erfüllte Matthias Roth bei allem Ärger mit einer selbst als komisch erkannten Feierlichkeit und verlangsamte seine Bewegungen. Er verstaute das geschrumpfte Päckchen in der Aktentasche. Jetzt ging es bequem. Zornig würde er eventuell später werden. Ein Erinnerungsstück an Karin! sagte er sich versuchsweise, aber das erzeugte augenblicklich keine Gefühle. Was ihn beschäftigte war die Idee, daß ihn der Junge in Wirklichkeit nicht mit dem Schneeball, sondern mit seinen wilden Augen angegriffen hatte, ohne daß der übrige Körper etwas davon wußte. Es versöhnte ihn geradezu, er war Opfer eines ungegenständlichen Überfalls geworden. Das konnte er seinen Studenten gleich im Seminar erzählen, bevor sie mit ihren Gespensterreferaten, die ihm nichts Neues brächten, begannen.

Er nahm den Umweg über den Wall, berührte also nur die Randzone der Innenstadt. Nun mußte er nicht mehr mit zwei bepackten Armen balancieren, konnte vielmehr sorglos die Tasche schwenken und sogar Schnee damit von den Büschen schlagen. Die Eiskristalle verdeutlichten alle Umrisse, er wanderte durch eine Welt höchst unterschiedlicher Formen, so wie er es sich von den Stadtbewohnern wünschte. Endlich traten sie alle in Erscheinung: Buchenhecken, Eichenäste, widerstandsfähige Zierbüsche, die langen Kiefernnadeln, Berberitzendornen, Hartlaubgewächse. Jetzt erst, in dieser künstlichen Verlängerung, offenbarten sie ihre wahre Vielgestaltigkeit, Spitzigkeit, ihre Zacken, das Knorpelige und das Feingliedrige. Das war etwas nach seinem Herzen, er rieb sich das Gesicht mit Schnee ab. Auf dem kleinen Friedhof, den er nicht ausließ, steigerte es sich noch in anderer Weise. Hier strahlte das frische Weiß festlich neben den dunklen Nadelhölzern, es gab lange, leuchtende Gänge, die eine sommerliche Kühle verströmten, ein Grab lag fast verborgen unter einer Rhododendronlaube, Sonne und Schatten fielen in die liebliche Höhle. Der Blumenhügel über einem frischen Grab war fast ganz überschneit, alle Blumen zugedeckt und doch in den Einzelheiten redlich nachgezeichnet, ein lachender Totentag überall, und er spürte Lust, ein italienisches Liebesliedchen zu pfeifen. Zu Hans und Gisela war es nicht weit, wenn sie mit ihrem Zopf wenigstens hätte zucken können wie ein aufgeregtes Tier mit dem Schwanz! Er ging nun rasch auf den Universitätsneubau zu und konnte von seiner immer noch erhöhten Stelle eine Lücke zwischen älteren Häusern des Innenbezirks sehen. Dort hatte einmal ein Fachwerkhaus gestanden. Er machte solche Sachen sonst nie mit, hier war er Mariannes heftigem Drängen, die zwischendurch immer gekichert hatte, schließlich gefolgt. Ein warmer Tag, manche saßen sogar auf der Straße. Er erinnerte sich an die Stille, eine unbeschwerte Stille zunächst, die viertelstundenweise bedrohlicher wurde, was er aber erst sehr spät merkte. Marianne flüsterte es ihm zu, sie wünschte jetzt endlich eine Handlung, dies sei die schlimmste Phase, die viel Kraft koste, das noch länger stumm durchzuhalten oder auch brüllend, ohne Taten jedenfalls, aber zu wissen, daß es nicht glimpflich ablaufen würde. Sie hatte sich ihren Schmuck in die Hosentasche gesteckt und in ihrer Nervosität den Lippenstift mit dem Handrücken abgewischt, als würde das beim Rennen hindern oder ein lockendes Signal für die Polizisten abgeben. Ihm selbst war noch immer friedlich zumute, als das Schreien anfing, er mußte wohl halb gedöst haben und dann, von Marianne mitgerissen, begann er zu laufen. Gerade hatte er sich gefragt, was er denn eigentlich hier wollte, da die Sache doch längst entschieden sei, aber es sagte ihm zu, so eine trotzige Geste, eine pathetische Schlußwache für ein hilfloses Haus. Jetzt aber rannten sie unversehens, er hatte es für unmöglich gehalten, man war mit Hunden hinter ihnen, um Kopf und Kragen. Im allgemeinen Lärm hörte er nur das Grunzen und glaubte den Atem der großen Tiere schon heiß zu spüren. Mariannes klagende hohe Stimme kannte er nicht wieder, sie dirigierte ihn in einen Hausflur, von dort in ein Zimmer, in dem schon einige Männer und Frauen an den Fenstern standen. Marianne lehnte an der Innenseite der Tür, mit nassem Gesicht, und sackte am Holz nach unten, wurde immer kleiner und kniete schließlich auf dem Boden mit dem Gesicht auf den Brettern. Vom Fenster hörte er einen hellen Aufschrei, offenbar hatte einer der Hunde zugebissen. Er las später in der Zeitung von schweren Verletzungen, von Verurteilung und Verteidigung des Hundeeinsatzes. An diesem Abend feierte er noch mit Freunden seinen Geburtstag, in einem guten Restaurant, wo schon die Vorsuppe so viel kostete wie sonst ein Mittagessen. Es waren auch Mitstreiter des Nachmittags dabei, ein wütend protestierendes Essen, meinte er, sie aßen Leckerbissen und hatten sich umgezogen, Hans und Fritz saßen neben ihm, nein, die Leckerbissen ließen sie sich nicht vergrämen in ihrer Wortlosigkeit nach der Angst. Etwas Unvergeßliches in seiner Art.

Es hing ganz von seiner Laune ab, ob er, sobald er nach Passieren der doppelten Eingangstür das Foyer betrat, den Blick stur geradeaus richtete und niemanden wahrnahm oder, alles eifrig musternd, Studenten, Kollegen, den Hauswart in der Glaskabine, alles, was sich drängte oder verkrümelte, mühelos erfaßte. Die Sammlersekretärin stand, am anderen Ende der Halle, hinter der großen Glasscheibe, einen Arm in die Hüfte gestützt, mit der anderen Hand energisch auf eine Unterlage pochend, beim Hausmeister, der den Kopf einzog. Sofort wußte Matthias Roth, wie es in dem kleinen Raum riechen würde, alter Zigarettenqualm in vergilbter Luft, alles welkte, wenn es damit in Berührung kam. Er würde nicht freiwillig die Tür zu dieser von außen einzusehenden, jedoch festverstauten Mattigkeit öffnen. Die Sekretärin aber hatte ihn entdeckt, verzog den bösen Mund von eben zu einem netten Lachen, lockerte die Haare rasch, lächelte auch den Hauswart verschwenderisch an und kam mit festen Schritten heran. Sie besaß hier eine gewisse Macht, und rechts und links von ihr schien man die Aufhellung sehr wohl zu registrieren, diese generelle Gewogenheit, die sich nun dieser oder jener für seine wichtige, unscheinbare Büroangelegenheit zunutze zu machen gedachte. Es gab sie immer, solche Frauen, mit abrupt einsetzender, weithin wirkender Sonnen- oder Gewitterstimmung. Er sagte ihr nicht gleich, was geschehen war, nickte zu ihrer Frage, ob er die Figur bei sich trage, ließ sie unausgesetzt lächeln und folgte ihr an ein stilles Gangfenster. Als er ihr das Päckchen überreichte, beobachtete er sie genau, nicht den Inhalt, den sie auszuwickeln begann, diese schlichte Entschädigung gönnte er sich: Wie die Heiterkeit sich versteifte in ihrem Gesicht zu einem Schrecken, für den sie nicht sogleich den richtigen Ausdruck fand, zu einem Zweifel, einer kurzen Empörung, es wechselte schnell, er mußte sich aufs Raten verlegen, die Gefühle verloren ihre Eindeutigkeit, eine reiche Ausbeute für den Betrachter. Die Wörter dazu interessierten ihn weniger, und erst als er sich satt gesehen hatte, warf er einen Blick auf die Scherben. Daraus würde keine Allegorie und keine Konfektschale mehr auferstehen. Er fragte sie nach dem Literaturabend, den er und Hans veranstaltet hatten. Ja, sie war dagewesen, schon lächelte sie wieder: Wie ungewöhnlich, diese Verse von so bleichen Menschen gesprochen, gewagt, das alles. Sie schwankte zwischen Freude und Ärger, dachte wohl an das Publikum, das hatte sich so unerhört aufgeführt, nicht geklatscht, nach einer Weile bei ernsten Stellen gelacht, schließlich laut geschimpft, gesungen, geschrien, gegröhlt, gebuht, den Saal verlassen lange vor Ende der Darbietung, Studenten und Bürger der Stadt! »Aber das war doch beabsichtigt«, sagte er jetzt, ohne sicher zu sein, ob das exakt so stimmte. Immerhin hatte er das Spektakel genossen, die Zuschauer sollten ihr Letztes geben und taten es. Sie hatten sich gegen die unerträglich schönen Gedichte gewehrt, so gut sie konnten, nach Leibeskräften, man hatte auf der Bühne von Empfindungen gesprochen und sie im Zuschauerraum gehabt. Er sah der Sekretärin an, daß sie selbst nicht wußte, ob ihr das gefiel oder nicht. Er verlangte keine Entscheidung von ihr. Sie nahm ihm manche Arbeit ab, er gab ihr Lesetips, und das keineswegs leichtsinnig. Hier war er bemüht, sie ja nicht zu enttäuschen und wog seine Empfehlungen sorgsam ab. Auch rührte ihn ihre Angst, die interessanten dicken Bücher könnten allzu bald von ihr durchgelesen sein, der gesamte lesenswerte Buchvorrat der Welt wäre dann aufgebraucht, und er stünde vor ihr mit leeren Händen. Wegen dieser Furcht mochte er sie gut leiden und wegen ihres Eifers trotz der matronenhaften Gestalt. Er legte Wert auf ihr Urteil, zitierte es manchmal im Seminar, und nun ging er aus Höflichkeit neben ihr, bis zu ihrem Zimmer. Wie begierig sie auf seine Worte achtete, einen Fehler durfte er sich hier nicht leisten, nicht bei ihr, sie war eine strenge Person, und es existierte zwischen ihnen eine Gemeinsamkeit, die ihn fröhlich machte. Wenn er Neues über ein anderes Jahrhundert erfuhr, war es, als würden sich die Gänge dieses Zeitabschnitts mit Gold und Licht füllen, so, als wären sie vorher hohl gewesen, bis er die Schätze der Ereignisse in sie einräumte. In Wirklichkeit war es ja genau umgekehrt, nicht das Jahrhundert, sein Gehirn wurde ausgestattet, aber sein Gefühl, wie das der Sekretärin, blieb uneinsichtig.

Uneinsichtig und ungerecht wollte er bleiben! Er sah in die freundlichen Gesichter der Studenten, rundum an den Tischen, das ganze innen freie Rechteck entlang, schmucklose Gesichter, gleichgültige, schläfrige, fleißige, wenn er schärfer hinsah, gutwillig, bei ihm alles gutwillige junge Männer und Frauen, fast ununterscheidbar gekleidet, auch in den Gesten ziemlich einheitlich. Nein, er, Matthias Roth, dem sie es leicht machten, mit ihnen zurechtzukommen, wollte entscheiden: Dich will ich betrachten, Dich nicht! Profiliert Euch, ich habe Vorurteile, ich teile Euch auf. Leistet Euch etwas Bizarres, ich gehe nach dem Augenschein vor, nicht nach

Euren guten Seelen! Wie tröstlich war jetzt der Gedanke an
die weiß und rot geschminkte Marianne! Ein häßliches Mädchen meldete sich zu Wort, etwas Unvermutetes, sie ergriff es
einfach ungebeten, schrill, hastig atmend. Was sie vorbrachte,
mußte sie mit klopfendem Herzen geplant haben, nein, das
nicht, das wünschte er sich nur, da sie schon nicht mit Schönheit aufwarten konnte, hätte sie vielleicht eine hübsche Verlegenheit gerettet. Anstatt über Gespensterromane zu referie-
ren, Analyse einer Modellfamilie in Sprachbüchern? Er hatte
ungläubig zugehört. Wirkte er mit seinen Veranstaltungen
denn immer noch nicht abschreckend genug auf Personen,
die sowas noch mal von vorn ausgruben? Ach, wäre etwas
an dem Mädchen gewesen, eine versteckte Kleinigkeit, mit
der er sich hätte verbünden können. Aber so! Er kannte seine
Geisterjünger. Unbewegt stellte er den Vorschlag zur Diskussion, mit abwinkendem Lächeln bloß, eventuell boshaft, aber
in seiner Zartheit nicht nachweisbar. »Unser Gast«, sagte
er. Wie gern sich manche ereiferten, an ihre Behauptung wie
für ein Leben geklammert. Das verlieh dann diesen beschau-
lichen Köpfen fast etwas Exzentrisches. Das Mädchen verließ mit einem gemurmelten Schimpfwort den Raum, und ein
älterer Student, eigentlich Theologe, dessen Physiognomie,
je länger man hinsah, desto fesselnder wurde, machte sich
bereit für seinen Vortrag. Sie waren wieder eine geschlossene
Gesellschaft, ein heimlicher, wenig bekannter Luxus im Uni-
versitätsingrimm, eine von trennenden, schützenden Nebeln
umhüllte Insel in diesem hoffnungslosen Seminarraum, und
Matthias Roth verpaßte den Anfang, weil er an Sprachbücher
dachte, genauer, an seine erste Unterhaltung in England nach
den Formeln, die er gelernt hatte: Ist Dir kalt, bist Du müde,
es ist zu heiß, wie haben Sie geschlafen? Alles Sätze, die sich in
einem Übermaß an Fürsorge, ja, Zärtlichkeit mit dem Wohl-
ergehen des Gegenübers und dem eigenen beschäftigten, das
Allerleichteste für den Anfänger eben! Da war es geschehen,
daß er einen Vormittag über alle Einzelheiten eines Geruchs
in einfachen Sätzen geredet hatte, die Verträglichkeit des Kli-
mas, des Essens, als ginge es um wer weiß was, und dann
den Nachmittag allein, wortlos, mit einem schweren Liebes-

kummer, ohne Mitleid zu erregen, auf einer Parkbank ver-
brachte. »Die Konstruktionsmechanismen phantastischer
Realität«, sagte der Theologiestudent gerade, und Matthias
Roth dachte noch diesen letzten, abschweifenden Augenblick
lang, wie immer bei Gesprächen in ungeläufiger Sprache alle
Banalitäten über Zukunft, Gesellschaft, Kunst erlaubt waren.
Sie bekamen etwas Jungfräuliches, da sie sich dem Mund so
qualvoll entrangen, als wäre die Sprachschwierigkeit eine
Denkschwierigkeit, und wenn eine Trivialität durch eine noch
schlimmere ergänzt wurde, lächelte doch der Gesprächspart-
ner wie über ein erlösendes Zauberwort.

»Die differenzierte Identität des Nervs der Phantasie mit
dem Nerv der Furcht«, hörte er, nun ganz bei der Sache. Der
Student verfiel schon bald der unausrottbaren Neigung zur
ekstatischen Beschwörung. Matthias Roth vermerkte das mit
Sympathie, nahm sich aber vor, dagegen zu sprechen. Wie
hatte früher, beim Lesen von Literaturkritiken, sein Herz zu
sensationellen Anpreisungen geklopft, bei den Wörtern ›neu‹,
›nicht dagewesen‹, als würden in ihm selbst Zimmer erhellt,
Horizontlinien, eine so starke, erwartungsvolle Antwort formulierte sich in ihm. Dann mußte er aus den doch trockenen Sätzen des gelobten Buches, den oft unverständlichen,
banalen, das Aufgeschwätzte um jeden Preis retten, es erkennen, im Wettlauf mit seiner Enttäuschung. Und während er
dem Referat durchaus konzentriert folgte, empfand er es wieder: Bald schon hatte er, als Junge noch, mit Staunen erlebt,
wie in den Büchern alles eine Funktion hatte, jeder Stein,
jeder Sonnenstrahl, Stück für Stück begriff er das auf weiteren Ebenen, und es wurde schließlich sein eigener Maßstab,
der ihn unabhängig von Lobsprüchen und Verdammungen
machte: das Aufspüren des Zusammenhangs, anders, als es
im Leben zuging. Er dachte an die alten Bilder, Verse, die
abgelöst wurden durch eine neuere Weisheit, Erkenntnis, die
nicht mehr standhielten den frischen Lebenserfahrungen, um
dann, Jahrhunderte später, wieder Behälter spontaner Ein-
sichten zu werden. Den Referierenden sah er bei seinen Gesten, die ihn und alle Zuschauer zwangen, widerwillig zwar,
ihren Bahnen und Schnörkeln in der Luft zu folgen, er wurde

dabei immer theoretischer, verstieg sich von den Gespenstern ins noch viel Abstraktere, und alle spürten wahrscheinlich den kühlen, von ihm selbst errichteten Raum, in dem er kletterte, und niemand half ihm. Er fühlte den Entzug des Wohlwollens, ohne aufzublicken, denn wenn er zuversichtlich begonnen hatte und die Sätze sich entfalten ließ bis zu ihrem Punkt und Ende, mit jedem Wort mehr, ob er laut, langsam, flüsternd sprach, so sanken ihm nun die Flügel ohne Selbstvertrauen herab, diesem dünnen Menschen. Er formte im Artikulieren seine Nachrichten nicht mehr, sie mußten aus ihm heraus, ohne daß er noch an ihre Wirksamkeit glaubte. Nun war er selbst ein Gespenst geworden und kämpfte sich redend voran. Das ganze Lebenswerk eines Schriftstellers hatte er geschluckt, und es machte ihn doch nicht prall. Wieder erinnerte sich Matthias Roth, ohne ein einziges Wort zu versäumen, wie er früher Bücher las über etwas ihm bis dahin nicht Bekanntes: wie ein Mann morgens die neben ihm schlafende Frau betrachtet. Die Welt schien ihm bis zu diesem Moment stumm gewesen zu sein, und die beschreibenden Wörter brachen in ihn ein wie die ersten benennenden überhaupt. Was bedeutete den hier Anwesenden das, worüber sie Vorträge hielten, diskutierten, promovierten? Hätten sie ihn verstanden, wenn er ihnen seine Gefühle offenbaren würde? Er ließ seine Augen über sie hinwandern. Sie waren seine Geschöpfe, auch diese, er war es, der ihnen ein bißchen Lebensatem einblies, was ihre Anwesenheit in seinem Kopf betraf. Und sonst? Sie gefielen ihm unterschiedlich gut, mit manchen trank er nach dem Seminar ein Glas Bier, mit anderen, seltener, Wein, zwei hatten bei seinem Literaturabend mitgewirkt. Sie wiederholten seine Folgerungen, seine Erkenntnisse, gerade geschah es wieder durch den Studenten bei den Schlußsätzen. Solche eigenen Wahrheiten waren aber doch keine Hautschuppe, die man abstieß, vielmehr etwas, aus dem Erdinneren des Gemüts, Gehirns hervorgeschossen, mit allem Druck und Durchwühlen der sperrenden Knochen und Fleischbezirke. Jetzt, wo sie sich dessen bedienten, war erkaltete, nicht zu neuem Leben entfachte Masse daraus geworden, nach der er sich nie wieder bücken würde, um sie noch einmal zum Gebrauch in die Hände zu nehmen. Es schmeichelte ihm, daß sie sich so beeinflussen ließen, es störte ihn, daß sie ihm nicht kräftiger Widerstand boten. Ihm sagte der Frieden in seinen Seminaren zu, er führte ein gutes Leben, ihm fehlte eine unberechenbare Stimme, eine einzige Kritik hätte ja genügt. Das Referat war beendet, die Wörter für Lob und Kritik gruppierten sich rimgsum, und Matthias Roth faßte noch schnell den Entschluß, seine Wohnung unter dem Dach zu streichen, für Marianne, die Decke blau, mit einigen goldenen Sternen.

»Die Erstarrung der Liebenden zum Inbild: das einzige Ziel aller Paare. Sobald sie sich rühren, ist es eine Entwicklung aus dem Höhepunkt fort, in dem sie eins waren mit dem Begriff, der Abstraktion, der Zahl.« Er horchte seinen Sätzen nach, senkte dann aber den Arm und sah in der kleinen Wohnung umher. Diesmal saß er hier nicht, weil er die Nacht mit Marianne verbracht hatte. Er wollte nur die Erinnerung an solche Vormittage nach ihrem Weggehen beschwören. Der Raum war schön gewärmt, er hatte gut gefrühstückt, aber Marianne ließ sich nicht als stille Zuhörerin an die Tür lehnen, auch mit aller Anstrengung seiner Phantasie nicht, er sah sie so bösartig fremd in der Ausstellung stehen, aber nicht ihren nackten Rücken, nicht ihr Abschiedswinken mit leuchtendem Mund. Es hatte also keinen Sinn, sich mit Behauptungen an sie zu wenden, geschweige, sie überzeugen zu wollen. Am Gasofen entdeckte er ein gelbes Preisschildchen, das sie dort beim letzten Mal hingeklebt haben mußte. Tatsächlich stand er auf und las: 2,55 DM. Er versuchte zu raten: Vielleicht stammte es von einem Butterstück, heftete es sich an den Daumennagel, aber es fiel ab. Der Neger mit der Konfektschale fehlte nun auch, selbst an ihn konnte er keine Erkenntnisse richten. Er bemühte sich eine Weile, die glänzende schwarze Figur mit dem Hüftschwung, dem leicht vorgewölbten Bauch und dem nach oben gewandten, über den Betrachter hinweggleitenden Blick zu rekonstruieren. Bei den Farben des Federschmucks an Armen, Kopf und Lenden war er sich nicht mehr im klaren, aber deutlich sah er die linke

Hand, die vorragend über der Becheröffnung schwebte, so, als wäre sie dabei, vorsichtig eine Prise Salz hinein zu streuen. »Karin«, sagte er jetzt und wollte auch sie vor sich erstehen lassen, stattdessen fiel ihm ein, daß sie in der Schale meist winzige Fläschchen mit Parfüm, Seifenstückchen, Cremetübchen aufbewahrt hatte. Karin war vernarrt in solche Gratisgeschenke gewesen, und selbst bei ungünstigerem Preis ging sie doch in solche Geschäfte, wo sie mit Extragaben rechnete. Insofern duftete sie auch immer anders, kein Wunder, daß er ihren Geruch nicht behalten konnte. Er selbst hatte damals den Tick gehabt, nur noch seidene Hemden zu tragen, wie Hans in dunklem Blau, allenfalls Grau, damit schien ihnen beiden eine neue Stufe der Lebensart erklommen zu sein. Hans war immerhin einigermaßen bei der Farbe geblieben. Marianne hatte ihm von einer alten Frau erzählt, die im Krankenhaus alle Schwestern mit Parfüm ansprühte, nicht nur ihr Bett und das Inventar des Zimmers, auch die Personen, damit es um sie herum festlicher roch. Er dachte mit Sympathie an Marianne, die sich so etwas für ihn merkte, aber nun, in diesem Augenblick, waren es nur noch die zurückbleibenden Wörter, ja, die ganze Marianne schien dieses bescheidene Satz-Arsenal zu sein, und er verachtete sie fast wegen dieser Dürre, als bestände sie lediglich aus so ein paar Informationen, obschon er genau wußte, daß es nichts als seine Unfähigkeit war, sie sich in ihrer zweifellos vorhandenen Lebendigkeit zu vergegenwärtigen. Trotzdem: daß sie zu so einem Häufchen in seiner Vorstellung momentan zusammensackte! Dann aber konnte er nicht widerstehen, seinen eigentlichen Anfang, bevor er ihn hinschrieb, ihr zu widmen: »Vor einiger Zeit, Marianne«, sagte er und ging dabei umher, als wäre er ein großer Redner nicht nur vor einer, sondern einer Vielzahl von Mariannen, »habe ich Conrad den Dichter der Umarmung oder auch: der einen Umarmung genannt. Mit gleichem Recht aber könnte ich ihn bezeichnen als den Meister des Aufglühens und Erlöschens. Nimm die Spitzen eines Gebirges oder Wellenkämme, die in ein äußerstes Licht ragen, mit einem fast überirdischen Glanz versehen, für ein paar Minuten aber nur, und die dann zurückbleiben ohne Schimmer, taub, tot, jetzt natürlich noch grauer als vorher: ergraut! Da hast Du die Stimmung seiner meisten Geschichten. Ein ungeahntes Erglühen der Dinge, ein untröstliches Verlöschen.«

Er hörte die ersten Geräusche seines Nachbarn an diesem Morgen, man hätte es für ein knurrendes Singen halten können, sah Thies vor sich, wie er mit Inbrunst von seiner Insel sprach und dann, als hätte Thies erst anschließend den Mund geöffnet, die dunkle Zahnlücke, sah das verwüstete, alte Gesicht des angeblich Gleichaltrigen und beschloß, nicht länger an ihn zu denken. Er legte sein Gesicht in die kleinen, gepolsterten Hände und fühlte das Rundliche, Weiche seiner Wangen, fühlte mit den Fingerkuppen andächtig die Glätte seiner Haut. Thies sang nicht mehr, ächzte nur noch, vielleicht waren das aber in Wahrheit Galanterien, träumte Matthias Roth vor sich hin, die er seiner Frau sagte, es drängte sich ihm eben so versoffen aus der Kehle heraus, und wenn das Gebrumm nun auch zunahm, so konnte man immer noch vermuten, daß er sich vor Freundlichkeiten überschlug. An diesem Vormittag, so allein gelassen in seiner Wohnung, hatte Matthias Roth fast Lust zu lauschen, und es schwante ihm ja, daß er sich in Kürze gar nicht mehr würde anstrengen müssen, den Sinn der Worte zu verstehen. Schon antwortete die Frau zweisilbig und schrill. Es ist eben, gestand er sich ein, etwas Genießerisches, eine Methode des Dramatisierens: etwas zu verherrlichen und dann kühl zurückzuspringen, es eisig zu begutachten, daß es schmerzt. Die Stimme von Thies veränderte sich, wuchs zu einem drohenden, aber schwerfälligen Schreien an, als müsse er jedesmal für eine kräftig hervorgestoßene Wortfolge ausführlich Atem schöpfen, während die Frau ihre Energie nicht verschleuderte, sich vielmehr schlau auf knappe, hohe Zwischenrufe beschränkte, die jedoch das Einatmen ihres Mannes zusätzlich erschwerten. »Siehst Du, Marianne«, setzte er von neuem an, »darum dreht es sich: die Intensität und die Leere, das Feuer und die Asche. In der Geschichte ›Ein Lächeln des Glücks‹ findet eine Umarmung statt, die lange von dem betreffenden Mann, im Gegensatz zu dem Mädchen, ersehnt wird. Über den Garten, in dem das

störrische Mädchen, von aller Welt zurückgezogen lebt, heißt
es: ›Es war eine vielfarbig leuchtende Einsamkeit, die in einer
warmen Atmosphäre sinnlichen Schweigens dahindämmerte.
Dort, wo die langen stillen Schatten über die Beete und dunklen Winkel fielen, war die Farbfülle von ungewöhnlicher
Pracht und Wirkung.‹« Es war ihm gelungen, die Stelle im
Buch sofort zu finden, er mußte sich nur an unterschiedlich
markierten Papierstreifen orientieren. »Eine der erstaunlich-
sten, vielleicht die verblüffendste, auch eleganteste Geschichte,
die Conrad überhaupt geschrieben hat, mondän!« murmelte
er zerstreut vor sich hin und schreckte hoch von den Lauten
hinter der Wand. Begannen sie jetzt, die Möbel zu verrücken?
Die Frau lief offenbar zielstrebig in der Wohnung umher, riß
quietschende Schubladen oder Fächer auf, der Mann schien
ihr durch Hindernisse den Weg versperren zu wollen. Sollte
er umziehen nach unten oder gegen die Wand schlagen? Da
gab es noch einmal ein anschwellendes Gebrüll, die Tür
wurde aufgerissen, er hörte die Absätze der Frau ein wenig
unregelmäßig auf der Treppe, wahrscheinlich schleppte sie
einen Koffer mit sich, die Leiche ihres Mannes würde es nicht
gleich sein. »Als die Umarmung erfolgt ist, unter besonderen Umständen, aber nach dem Geschmack des jungen Liebhabers, Marianne«, fuhr er nun erleichtert und bedächtig
fort, »ein wirklich leidenschaftlicher und, wie sich zeigen
wird, erfolgreicher Kampf mit dem widerstrebenden Körper
des Mädchens, nach diesem wilden Aufleuchten, sinkt die
Flamme in sich zusammen.« Er schlug das Buch noch einmal
auf und las, wobei er sich im Zimmer aufstellte, ein Bein und
einen Arm vorstreckte: ›Die Abenddämmerung brach über
mich herein. Die Schatten wurden länger und dunkler und
vereinigten sich zu einem gemeinsamen Zwielicht, in dem die
Blumenbeete wie glühende Schlacke schimmerten. Wellen
schwerer Düfte zogen an mir vorüber, als sei die Dämmerung
dieser Hemisphäre das Dunkel eines Tempels und der Garten
ein ungeheures schwingendes Weihrauchfaß vor dem Altar
der Sterne. Die Farben der Blüten wurden dunkler und verloren eine nach der anderen ihren Glanz.‹ Ganz wie das Mädchen für ihn, Marianne.«

»Das, Marianne, ist ein exemplarischer Augenblick, eben
ganz nach seinem Geschmack. Du wirst das schon erlebt
haben: Die Dinge sind von einem aufblähenden Wind erfüllt,
in dem sie sich vollkommen zeigen können in ihrer wahr-
sten, ausgeprägtesten, gestaltenreichsten Kontur und dann,
von diesem schönen Sturm plötzlich verlassen, sind sie
schlaff, unkenntlich, und es wird gesagt: So sind sie in Wirklichkeit! Das Anschwellen auch am Morgen, wenn sich die
Seele allmählich mit guten Gedanken füllt. Man hat einen
Fallschirm oder Ballon, der einen in die besten Bezirke des
eigenen Wesens trägt, wo man alles in klarem Licht überschaut. Ein Gefühl des Triumphes stellt sich ein als Garantie, aber dann –«, er brach ab und bemerkte sein Gesicht im
großen Spiegel, seine Haltung, die alles Rhetorische verloren
hatte, er schämte sich, er sah, wie er sich schämte. Nebenan
war es keineswegs still geworden. Er sagte nun zur Tür hin,
als wäre dort die abschiednehmende Marianne doch noch
erschienen und müßte für das Anhören seiner Entgleisung
bestraft werden: »Und das kennst Du auch, der Blick von
außen auf ein Liebespaar in Aktion, das lächerliche Rum-
gehopse. Aber wie sich das von innen anfühlt! Wenn man
fertig ist, kommt man aus einer Passage, einem Tunnel heraus, es ist vorbei, kaum noch vorstellbar, auch nicht gerecht
zu beurteilen, aber verrückt, ein Nichts verglichen mit der
Erwartung, der nicht totzukriegenden Erwartung vorher und
dem gewissen kurzen Moment.« Man hätte glauben können, Thies wäre auf die Idee gekommen, seine Frau bei der
Rückkehr mit einem Hausputz zu überraschen. Er schien
alle beweglichen Möbel an andere Plätze zu räumen, aber
nicht, indem er sie aufhob und absetzte, sondern durch Fuß-
tritte und Fausthiebe. Dazwischen sang er wieder knurrend,
und Matthias Roth wußte nicht, ob er wünschen sollte, die
Frau käme schnell oder spät zurück. Vielleicht saß sie unten
bei der Mutter und wartete seelenruhig bei einer Tasse Kaffee, bis der Mann ausgetobt hatte. Es klingt nur so gewaltig,
weil die Wände undurchsichtig sind, sagte er sich. »Weiter,
Marianne, ich habe Dir von der schönen Ziegenhirtin Rita
aus dem ›Goldenen Pfeil‹ erzählt, von den Umarmungen, den

Schlüsselumarmungen, die der junge Held mit ihr erlebt. Als
es soweit ist, heißt es: ›In dieser warmen, dufterfüllten Unendlichkeit oder Ewigkeit, in der ich selig versunken ruhte ...‹,
und gleich darauf: ›Die Welt schloß sich über mir zusammen,
eine Welt dunkelnder Wände ...‹ Nur der Ton einer Klingel
liegt dazwischen. Nächste Umarmung: ›Ich war jenseits, als
hätte ich über alle Träume und Leidenschaften hinaus die
letzte Weisheit erlangt‹, und unmittelbar folgend: ›Die völlige Stille und das Schweigen ließ sie endlich widerstrebend
die Augen heben, mit einem harten, abweisenden Blick, den
ich noch nie an ihr bemerkt hatte.‹ Aus der Traum! Noch eine
kalte Dusche? ›... ihr ganz besonderes Parfüm, das mich ein-
hüllte und mir unsagbar innig bis ins Herz drang, das mich
ihr näher brachte als die engste Umarmung und doch so zart,
um mich ihr Wesen nur als eine große, warme unbestimmte
Zärtlichkeit spüren zu lassen, etwa wie das Abendlicht, das
nach dem grellen Tagesgetriebe unendliche Tiefen in den Farben des Himmels und einen unerwarteten Seelenfrieden in
den proteusartigen Formen des Lebens erschließt.‹ Er suchte
blitzschnell – beflügelt vom funkelnden Eifer der Schadenfreude – nach der Auslöschung, übersprang ein paar Zeilen
und las: ›Doch als ich endlich zu ihrem Gesicht aufblickte,
sah ich, daß es gerötet war, daß sie die Zähne zusammen-
biß, daß die Nüstern geweitet waren und daß in ihren schmalen, geradeaus blickenden Augen eine innere, ekstatische
Angst stand.‹« Er sprach laut gegen das Rumoren von Thies
an, und es machte ihm große Freude, all diese Sätze auszu-
sprechen, von der Beweisführung gar nicht zu reden. »Das,
Marianne, findest Du ebenso in der ›Rettung‹, in ›Freya von
den sieben Inseln‹, im ›Pflanzer von Malata‹, Du findest es
überall. Conrad scheint es darauf anzulegen, das Leuchten
eines Augenblicks, einer Landschaft, einer Gestalt allmächtig
anzufachen, und wenn wir ihm trauen, es auszublasen, mit
einem einzigen Luftstoß, einem einzigen Satz, einem Schlag
in den Magen.«

Die Töne, die jetzt zu ihm herüberdrangen, klangen wie
ein leises Heulen oder Winseln. Matthias Roth, der, wenn er
in die Waschnische trat, noch besser hörte, fragte sich, ob das

wohl Zeichen eines tief empfundenen Schmerzes war oder
lediglich jaulende Säuferwut. Aber so melodramatisch pflegte
sich Kummer nicht auszudrücken, da machte man ihm nichts
vor, eine Form von Katzenjammer mochte das sein, das allerdings. Thies könnte zur Zeit recht treffend einen heruntergekommenen Weißen in Conrads Tropen verkörpern, ein
gemiedenes, beklagenswertes Subjekt in einer Südseeland-
schaft, auf einer kleinen, überschwenglichen Insel, die nicht
Fehmarn war und ihn auch nicht glücklich machte. Wieder schüttelte er sein ebenmäßig gerundetes, blasses Gesicht,
diesmal aber, um die Bilder von seinem Nachbarn aus seinem
Gehirn zu entfernen. Auf den Vorsprüngen der gegenüberliegenden Häuser hätte er makellosen Schnee bewundern können, stattdessen suchte er geistesabwesend sein ›gefiedertes
Amerika‹ vor dem Spiegel, erlebte eine Regung in Erinnerung an den kindlichen Zerstörer, die er bei sich ›durchaus
Zorn‹ nannte und seufzte: »Na gut, Marianne, also schön:
das Herstellen eines blendenden Bildes und das Fortneh-
men des Glanzes, wenn sich die Augen eben an das Leuchten
gewöhnt haben, so daß die Gegenstände doppelt erloschen
zurückbleiben, das keineswegs bloß in einzelnen Momenten.
Es ist der grundsätzliche Weg seiner Geschichten, es ist, über
solche beispielhaften Kulminationspunkte hinaus, der Verlauf überhaupt. In jeder Erzählung, jedem Roman gibt es
den geheimen Umschlagspunkt – oft gewissermaßen unterirdisch zunächst, um so heimtückischer übrigens –, wo die
Verzauberung aufhört, nachdem sie so weit getrieben wurde.
›Der Nigger auf der Narzissus‹: Wie dort nach der großartigen Schlacht mit Wetter und Tod auf See sich die Mann-
schaft auflöst und bis zum bitteren Ende – dabei ist man so
auf das Heroische eingestellt – das lange Auszahlen im Hafen,
fast bürokratisch, ein trostloser Akt, geschildert wird! ›Nostromo‹, Marianne, habe ich es inzwischen vor Dir erwähnt?
Da wird eine begeisternde Legende um einen Volkshelden
aufgebaut, ein Volksliebling, ein Starker, Treuer, Listiger,
Siegreicher und so weiter, was Du Dir wünschst, aufgespannt
als prächtiges Banner, glorreiches Wahrzeichen. Und wie
geht er zugrunde? Als Dieb, der er allmählich, fast unauffäl-

lig wird. In einer Weste mit Silberknöpfen, von der er einen
für ein verliebtes Mädchen zur Begütigung abschneidet, ist er
zu Anfang durch die Menge geritten, und zum Schluß stirbt
er, zweideutig geworden, niedergeschossen in einer Liebes-
angelegenheit, ›nach einer Stunde der Reglosigkeit, die nur
von kurzen, gräßlichste Qualen anzeigenden Schauern unterbrochen wurde.‹« Plötzlich traute er seinen Ohren nicht. Er
wurde gerufen, Thies rief seinen Namen und schlug dabei
gegen die Wand. Etwas Röchelndes ließ Matthias Roth den
Ernst der Situation erkennen, nur sagte er noch schnell: »Und
der arme Lord Jim!« Er stieß die Tür zur Thiesschen Wohnung auf. Erst nach einem zum Eintreten reichenden Öff-
nungswinkel gab es einen Widerstand. Thies saß dahinter in
der Ecke.

Er hob das stoppelige, gelbhäutige, verluderte Gesicht zu
ihm empor, ohne ihm aber direkt in die Augen zu sehen, und
streckte den freien Arm nach ihm aus, den anderen preßte er
gegen den Brustkorb. Matthias Roth reagierte nicht sogleich:
Ein verkommener Weißer im malaiischen Archipel, dachte er
wieder, fühlte sich aber ebenso an den Obdachlosen erinnert,
den er im Herbst nachts auf der Straße angetroffen hatte, auch
Thies hielt ja eine Flasche in der Hand. Er versuchte nun, da
ihm nicht geholfen wurde, sich selbst vom Boden aufzurich-
ten, sank aber in sich zusammen, stöhnte, preßte die Faust
gegen das Herz. »Roth, Roth!« stammelte er und beugte den
Kopf über seine Faust. Als Matthias Roth ihm nun endlich
beistehen wollte – und sich dabei im stillen wunderte, daß die
Umgebung dieses heruntergekommenen Mannes im schlam-
pigen Schlafanzug, wenn man das ungeordnete Herumliegen
aller möglichen Dinge unberücksichtigt ließ, geradezu pinge-
lig sauber wirkte, blinkend gescheuert und dekoriert in der
wohl anständigsten Weise mit rosa Muscheln und rosa Teddybären –, lehnte Thies jedoch ab, winkte ihn aber zu sich herunter, und Matthias Roth ging in die Knie, begriff und fügte
sich. Thies wollte jetzt nur die Gegenwart eines Menschen,
bis die ärgsten Beklemmungen vorüber waren, wollte sich
lieber nicht vom Fleck rühren, keinen Arzt, keine Hilfe von
Schwiegermutter oder Tochter, seine Medizin schon, und die

mußte Matthias Roth ihm eigenhändig verabreichen. Nach einer Weile entfaltete er die Faust, schob seine zitternden, verunstalteten Finger hin und kam beim Aufrichten seinem Helfer sehr nah, so daß dem der hauptsächlich und glücklicherweise nach Schnaps riechende Atem in Nasenlöcher und Mund drang. Natürlich wollte Matthias Roth sich nicht allzu deutlich abwenden, er spürte nämlich, wie Thies ihn, bei aller Scham und Schüchternheit, drohend beobachtete und nur auf eine kränkende Bewegung lauerte. Er brachte ihn, da es ausdrücklich verlangt wurde, zum Thiesschen Ehebett, ein wiederum sehr sauberes, großes Bett, das er sich ganz anders vorgestellt hatte, weicher, schmutziger. Nur seine Geräusche, die auch jetzt, als Thies sich ausstreckte, entstanden, waren keine Überraschung für ihn. Thies, wieder ohne geradewegs in seine Augen zu sehen, sagte: »Mann, Sie Glückspilz! Sie Glückspilz! Jetzt lassen Sie mich pennen, alles bleibt unter uns!« Als Matthias Roth noch zögerte, lächelte er ihm beruhigend zu: »Alles okay, Mann. Und lassen Sie mir die Weiber unten vom Hals!« Dann gab er einen gewaltigen Rülpser von sich und gähnte ausgiebig, das aber erst, nachdem er sich umgedreht hatte und wohl annahm, sein Nachbar hätte sich schon zurückgezogen. Matthias Roth blieb in seiner Wohnung erst ruhig stehen, wusch sich dann die Hände, starrte zu Thies hinüber, als könnte er ihn durch die Wand sehen, horchte und sagte, wobei er den Körper entschieden straffte: »Lord Jim! Einen ganzen dicken Roman hindurch kämpft er, immer im schneeweißen Anzug, um nichts anderes, als daß der Glanz einer Vision, der persönlichen Ehre, wie er es versteht, in ihm wieder triumphierend aufgehe, nachdem er ihn einmal verloren hat und mit einem erloschenen Herzen leben muß. Das also, läßt sich erkennen, ist das Conradsche Urerlebnis: Das Aufstrahlen der Welt und ihr Verdunkeln, das verheißungsvolle Licht auf ihren Dingen und die Ernüchterung, Marianne. Er hat es zum Prinzip seiner Geschichten gemacht. Er muß es so erlebt haben, das magische Leuchten einer Sache, einer Person, eines Umstands, und das grausame Erwachen im Herkömmlichen. Dieses Erlebnis, diesen Schock bereitet er nun, unersättlich wie im Verhängen einer

Buße, seinen Lesern. Der Schmerz, den er ihnen zumuten wird, spornt in der vorausschauenden Planung den Autor an beim Arrangieren der täuschenden Beleuchtung. Marianne! Wie gesagt, ein kluger Bursche, er kennt die Notwendigkeit des Glanzes, aber auch seine trügerische Beschaffenheit.« Er war zum kleinen Fenster getreten und sah den blinkenden Schnee auf den Mauervorsprüngen. Er hatte angefangen, sich auf den weiteren Tag zu freuen. Später wollte er zu Hans, dann mit Marianne in einen Film. Armer Thies! Unglückswurm! Wieder sah er zur Wand hin, in deren Nähe der Mann allein auf dem breiten Bett lag. »Der Glanz ist nicht die Realität, er ist die Zutat, ein Ergebnis höchster Kunstanstrengung und unerläßlich! Conrad erfindet ihn. Dermaßen strahlend kann man die Dinge nur darstellen, wenn man sie nicht selbstverständlich so sieht. Ein Wunsch, ein Verlangen, eine Umwandlung in leuchtende Halluzinationen! Dann gibt er der Wahrheit die Ehre und nimmt den Schimmer fort. Aber, Marianne, er tut es ja nicht endgültig. Mit jedem neuen Buch nimmt er Anlauf für einen weiteren Aufschwung, ein Entflammen, an das man für immer glauben möchte. Übrigens: hielte man das auf die Dauer aus? Es gibt bei ihm zur Abschreckung Schilderungen einer Tag um Tag, wie für die Ewigkeit glühenden, auf ihrem höllischen Höhepunkt erstarrten See. Schauerlich!« Er faltete seine kindlichen Hände und holte sich aus einer Schachtel die letzte Praline, die er bis jetzt aufgespart hatte.

Drittes Kapitel

Noch am Mittag lag er im Bett seines unteren Zimmers, die Balkontür stand halb offen und wurde im starken Wind am Haken hin- und hergerissen. Regentropfen schienen jetzt aus der Scheibe zu platzen, so plötzlich tauchten sie auf. Er sprang aus dem Bett, schloß die Tür und verkroch sich wieder. Heute gelang ihm einfach nicht so selbstverständlich, wie es sich gehörte, in den hellen, grauen Tag zu treten, er mußte eine Decke um sich herum einklemmen, bis sich der Körper gefestigt hätte. Nein, heute verspürte er nicht die geringste Lust, sich einer möglichen Freude, einem denkbaren Schmerz auszusetzen, heute wollte er sich alles ersparen. Schon unter einem solchen Februarhimmel sich zu bewegen wäre zuviel. Er wollte, ohne sich bis dahin fortzurühren, die Ankunft einer kräftigen, fröhlichen Stimmung abwarten und den Muskeln keine Gelegenheit geben, wehzutun. Marianne zuliebe hatte er ein Skiwochenende mitgemacht und sich dabei mit ihr über seine Ungeschicklichkeit amüsiert. Er trällerte nun endlich auch den Schlager, der ihm seit dem Erwachen unentwegt im Kopf herumging, laut heraus: ›Rote Lippen soll man küssen‹, er war die ganze Nacht in der dörflichen Kneipe gespielt worden, ein uraltes Ding, aber über die Stunden hinweg hatte er sich daran gewöhnt. Wissen mußte er, daß er auf diese Weise Frau Bartels lockte und ermunterte, bei ihm einzutreten. Gut, sie sollte kommen, für eine Audienz fühlte er sich mittlerweile gerüstet. Nicht allerdings für eine Tat, sagte er sich noch, als sie schon im Zimmer stand, eher will ich verhungern, eingehen, mich in den Dreck wegrollen, ich kann nur auf die Gnade eines aufweckenden Duftes oder Einfalls hoffen. Er versteckte seine Füße vor ihr, sie brauchte nicht zu sehen, daß er Socken anhatte, und sang weiter, bis sie sagte: »Muß Liebe schön sein!« Mit Mühe verkniff er sich eine ordinäre Antwort und zog die Decke so hoch, daß nur sein Gesicht für sie übrigblieb. Sie trug ihre weiße Schürze, frisch gestärkt, und

bezog hinten, weit entfernt von seinem Bett, Posten. Das alles
besänftigte ihn, aber er behielt seine mißbilligende Miene
noch, damit sie nicht sagte: »Jetzt haben Sie sich was geholt,
das kommt davon!« Sie begriff die Drohung zu ihrem Glück,
sagte nichts und dann: »Was ist denn das?« In diesem Zimmer kannte sie sich gut aus, man konnte nichts Neues vor
ihr verbergen, wenn man es nicht einsperrte. Auf dem Tisch
lag ein etwa 10 cm hoher Stein, ein sechseckiger Stein, mit
dem man Einfahrten pflasterte, und da er gerade einen Stoß
Manuskriptblätter beschwerte, antwortete Matthias Roth:
»Damit mir die Papiere nicht wegfliegen!« Frau Bartels gefiel
er nicht, er gehörte auf die Straße, zu den Straßenarbeitern,
es war fast eine Art Abfall, andererseits fremdes Eigentum,
das man nicht so mirnichtsdirnichts nach Hause schleppen
durfte. Matthias Roth hatte sich über die unbewacht aufge-
schichteten, akkurat geformten Steine gewundert und wollte
einen davon länger ansehen. Das war gestern abend gewesen,
jetzt beachtete er ihn zum ersten Mal. Er würde noch verstehen, was ihm daran ins Auge stach! Frau Bartels begann
umherzuwandern, zu setzen traute sie sich nicht, und so ließ
er sie gewähren. Sie maulte ein bißchen über ihren Mann,
für den sie immer pünktlich das Essen auf den Tisch bringen mußte, er aber saß mit seinen alten Freunden stundenlang in der Bank, alle wie er Kleinaktionäre, und diskutierte
und stritt, ob sie nun verkaufen sollten oder nicht, als würde
damit die Weltwirtschaft aus dem Gleichgewicht gebracht. In
Wirklichkeit, das war ihr Verdacht, drückten sich diese hoch-
betagten Geizkragen da herum, weil es ohne einen Pfennig
aus ihrer Tasche Wärme und bequeme Sessel gab, alles gratis.
Matthias Roth erfaßte eine leichte Ungeduld, früher als normalerweise, und daran traf Frau Bartels keine Schuld. Es war
die jetzt nur gesteigerte Empfindung, daß ein übertriebenes
Warten stattfand, überall, er konnte sich niemanden vorstellen, der nicht angespannt wartete, daß die Tätigkeit, in der
er sich gerade befand, abliefe und endigte und die nächste
und übernächste auch. Daß aber er, Matthias Roth, in diesem Moment der Schwäche dem nachgab, war gegen ein aus-
drückliches Prinzip.

Sollte das ein Einverständnis mit dem Nachlassen seiner Kräfte sein? Er schwankte, ob dann Neugier oder Schrecken angebracht wäre. »Wer auch immer Gold besitzt, erreicht auf dieser Welt, was er will«, sagte Frau Bartels und kam einen Schritt näher heran. »Sie wissen nicht, von wem der Satz stammt, Herr Doktor? Ich weiß es, und sogar Frau Haak weiß es, ihr Amerikaner aus Schlesien hat es ihr verraten: Christoph Columbus.« In Intervallen überfiel ihn das Gefühl, eigentlich sterben zu sollen, als hätte sich der Lebensbogen erschöpft, ausgebeutet war dann für ihn die Lebensidee. Da er nichts weiter für sich erkennen konnte, ließ sich das nur noch mit dem Tod abschließen. »Er hat ihr einen Ring gekauft, zum Abschied, ich habe den Stempel gesehen, 585. Auf eine Annonce haben sie ihn sich schicken lassen, mit Schmuckpaß, den trägt sie nun immer bei sich, wie den Personalausweis.« Er lächelte der Frau in der Ferne durchaus zu. Es gab Wellen der Todesnähe oder wenigstens Lebensunsicherheit. Da schien jede Handlung zerlegt in gefährliche Unterteilungen, nach jedem Schritt mußte er staunen, daß das Leben nicht zusammenbrach, daß Termine, Orte erreicht wurden. Dann wieder fühlte er sich umschlossen von einer Lebensgewißheit, in der er alles ungeniert annahm, als ginge es ewig so weiter. In welcher Phase würde er einmal sterben? Würde ihm der Leichtsinn oder die Ängstlichkeit den Hals brechen? »399 Mark hat er dafür auf den Tisch gelegt, ein schönes Stück, nennt sich ja auch Königsring! Stellen Sie sich das vor, jetzt trägt Frau Haak einen Königsring, und zwar am Zeigefinger. Das hat sie auf einer Abbildung zur Annonce gesehen. Sie meint, daß es etwas bedeutet.« Frau Bartels betrachtete ihre eigenen Hände. Er versuchte sich zu erinnern, ob sie außer dem Ehering an Alltagen noch einen anderen Ring trug. Ihm fiel nur der schmale Goldreifen ein, der tief in das schwammige Fleisch einschnitt, ein Anblick, dem er gern auswich. Sie polierte mit dem Schürzenzipfel dieses eine Schmuckstück. Ach, sagte er sich, auch meine Morgentoilette hat zunehmend mit dem Tod zu tun, extrem muß die Haar- und Hautpflege gegen das Todesextrem gesetzt werden. Diesen kleinen gelegentlichen Jammer liebte er, es ließ sich angenehm damit umgehen. Was nutzte ihm irgendeine Aufwallung, wenn sie nicht zu einem Ritual werden konnte? Er faßte Fuß im Tag, er merkte es schon, er sah mit einemmal die vertrauten Etappen darin. Ohne Sorge schob er die Decke ein Stück vom schutzlosen Körper weg. »Christoph Columbus zitieren Sie also neuerdings!« warf er schließlich huldvoll in Frau Bartels' Schweigen, er stellte sich Columbus bei den Eingeborenen vor. Die Frau sah ihn verwirrt an: »Es geht um den Ring«, fuhr sie dann fort, »das hat er immerhin springen lassen, 400 Mark. Frau Haak kann die Beschreibung aus der Annonce auswendig, die spricht sie dazu, wenn sie einem den Ring vorführt, sie führt ihn allen vor. Ich habe das jetzt schon so oft gehört, daß ich es auch aufsagen kann: ›Eine harmonische Kombination von Gelbgold und Weißgold, kunstvoll verflochten und mit acht strahlenden Diamanten besetzt.‹« Matthias Roth war inzwischen noch einmal weggeglitten. Was nun seinen Tod betraf, so konnte er sich nicht denken, daß seine Freunde, Bekannten, die Leute überhaupt, alle diese nervös Wartenden in Stadt, Land, Welt es fertigbrachten, ohne ihn weiterzuatmen. Er nähme sie alle mit, keiner würde überleben. »›Was für eine große Liebe, was für eine große Liebe!‹ sagt Frau Haak dauernd und hält einem den Zeigefinger hin und zeigt in der Gegend herum, so oft es nur geht.« Frau Bartels machte es ihm vor, es sollte affektiert wirken, aber bei ihr wurde auch das etwas ganz Unauffälliges. Er riskierte daraufhin aus Übermut die Bemerkung: »Wie alle hat auch Frau Haak den Wunsch, ins Buch der leuchtenden Schicksale eingetragen zu werden. Dies ist ihre letzte Chance.« Die Vermieterin am anderen Ende des Zimmers mußte sich setzen und wieder überraschte ihn, wie sich Zug um Zug und zeremoniell Kopf und Herz aus ihrer Vagheit, Lichtlosigkeit mit genauen Gegenständen und deren schwarzen Schatten füllten. Aber passierte das diesmal wirklich?

Frau Bartels vertraute seinem Gesicht allmählich, nachdem sie sich von seinem Ausspruch ohne nachzuforschen - das ließ sie lieber auf sich beruhen – erholt hatte, und er wollte das als gutes Zeichen nehmen. Die Nacht war lange vorbei, da gab es manchmal einen unruhigen Gang durchs

Zimmer, wenn er eine Tablette suchte oder zum Klo mußte. Er krümmte sich dann unter einem idiotischen Schuldgefühl, mußte sich plötzlich gegen den Schrank lehnen und hätte sich gern eingebildet, es geschähe aus Furcht vor einem der dunklen Umrisse in diesem Raum, ein Anlaß, der wie häufig einen ihn weit überragenden Schrecken erzeugte. Frau Bartels, so weißhaarig, so rosig, so fest und gutmütig, lächelte ihn zuversichtlich an! Gottseidank. Begann nicht das wirkliche Entsetzen, wenn man glaubte, die Welt wäre die sich Grausende? Dann blieb keine Beruhigung übrig. Er richtete sich auf und stützte die Wangen in die Hände, begrüßte die Vermieterin im Grunde erst jetzt. Er war angewiesen auf sie in dieser Stunde. Das nämlich begriff er: Nur mit einigermaßen freundlichen Gedanken fühlte er sich selbst akzeptabel und der Welt gewachsen. An dieser Frau mußte er das, höchste Zeit für heute, üben. Er würde es darauf anlegen, sie durch gewinnende Manieren hier zu halten, bis er sich zu einem besseren Menschen gemacht hatte. Also wollte er ihr ohne Vorbehalt zuhören, mit Anteilnahme, sich zwingen, weder an den Schlager noch an die Wörter: ›Kegelbahn‹, ›Hähnchengrill‹, die sich aufdrängten, zu denken und sich nicht länger ablenken lassen von der Beobachtung, daß in Frau Bartels' Stimme das Alter einfloß wie eine Flüssigkeit, träufelnd, eine leichte, sich verstärkende Trübung der Wortwahl, der Artikulation. Sah man nicht gleich, wie seine offen gezeigte Bereitwilligkeit sie anspornte? Dieses abwägende Lächeln kannte er ja, sie hatte etwas Besonderes in petto, seit Tagen vielleicht schon und wußte nun, daß die Stunde dafür gekommen war. Ein junger Mann, ein fünfundzwanzigjähriger Elektriker, war ausgebrochen, und zwar aus der geschlossenen Abteilung der Nervenklinik, nicht aus eigenem Antrieb höchstwahrscheinlich, sondern unter dem Einfluß eines älteren Mitgefangenen, der die Flucht organisiert hatte. Mit Sägeblättern hatte er die Bolzen an den Fenstern und die Stäbe des Schutzgitters durchgesägt, dann aber, dieser Ältere, die Stellen zum Schein mit Zahnpasta zugeklebt. Der Jüngere versteckte sich unter dem Bett des Anstifters, der ließ sich vorzeitig einschließen und verklebte den Türspion mit Heftpflaster. Dann kletterten die beiden unbemerkt aus dem Fenster und rannten im Dunkeln durch die Grünanlagen davon. Sowas! Matthias Roth staunte an dieser Stelle laut – hier hielt er eine erste Unterbrechung für gestattet – über ihre Kundigkeit in Ausbruchsangelegenheiten. Sie hatte sich also vorbereitet und sich die einzelnen Schritte extra gemerkt. Jetzt winkte sie nur ab, es ging ja noch weiter. Man suchte nach den beiden, der Ältere war ein dreifacher Kidnapper, vielleicht mit einem Hirnschaden, der junge Elektriker aber! Der hatte bis kurz vorher als ruhig und vernünftig gegolten, aber dann passierte eines Tages etwas Furchtbares, da entpuppte er sich eben, da kam etwas zum Vorschein, was niemand gedacht hätte bis dahin. Mit einem Buschmesser hatte er versucht, seine Freundin zu zerstückeln, weil sie nichts mehr von ihm wissen wollte. Nachts war er durch das offene Fenster in die Wohnung eingestiegen und hatte auf sie eingestochen. Blutüberströmt, sagte Frau Bartels, Silbe für Silbe sagte sie es, blutüberströmt schleppte sich die junge Frau zur nächsten Polizeiwache, wie komisch, hatte wohl kein Telefon, keine Nachbarn, gut, währenddessen stach sich der Freund in seiner Verzweiflung ebenfalls mehrmals mit diesem Dschungelmesser in die Brust, überlebte aber auch! ›Er war wie von Sinnen‹, hatte die Freundin immer wieder gesagt. Deshalb wurde er auch aus der Untersuchungshaft in die Psychiatrische Klinik verlegt. Und das war nun dabei herausgekommen, ein Häftling auf der Flucht. Jetzt schlitterte er bestimmt immer weiter ins Unglück. Frau Bartels schien fast ein wenig belästigt zu sein von dem ununterbrochen auf sie gerichteten Blick ihres Zuhörers, versuchte trotzdem fortzufahren, wiederholte aber nur noch zweimal den letzten Satz, mit verschiedener Betonung, schwankend zwischen Anklage und Mitgefühl. Er hatte sie noch immer nicht gefragt, warum sie ihm ausgerechnet diese Geschichte erzählte, und so konnte es auch sein, daß sie in ihrem Bericht auf der Stelle trat, weil sie endlich seinen diesbezüglichen Einwurf benötigte, die Gewißheit nämlich, eine zu stillende Ungeduld, eine zu erlösende Spannung womöglich, hervorgerufen zu haben. Er sah das ein, mußte aber denken, und das hinderte ihn am Reden:

Da sind bestimmt richtige Entsetzensschreie ausgestoßen worden, Schmerzenslaute aus vollem Herzen. Aber andererseits: wie lange aus vollem Herzen?

»Das Ganze«, sagte Frau Bartels nun, »ist eine gewaltige Lehre und daher ein großes Glück.« Sie ahmte eine offenbar schon vorübergegangene Erleichterung nach und zeigte eine noch akute Strenge. Er gab sich einen Ruck, er wollte seinem vor kurzem gefaßten Vorsatz treu bleiben, er tat das Erwartete: »Aber um Himmels willen, wieso?« rief er und hob beide Arme locker an. Die Frau wiegte den Kopf, preßte die Lippen aufeinander. Dann wies sie mit dem Daumen in Richtung Treppenhaus und verriet zwei Worte: »Thies, Haak!« Noch immer war er entschlossen, der zu sein, der begierig nach des Rätsels Lösung verlangte, aber er wurde verdrossen dabei. Wie sie das hier alles für ihn machte, sich merkte und präsentierte! Sie verlangte ein Vergnügen von ihm, nämlich, daß er sich von ihr fesseln ließ. Ach, verdammt nochmal! »Ich seh den Jungen ja noch vor mir, ein Bärtchen trug er, die Ohren standen etwas ab, aber ordentlich angezogen, etwas komische Augen allerdings, sah immer aus, als würde er stark schwitzen.« Sie beschrieb den Elektriker und er studierte nur ihre Gesten, ihr Gesicht dabei. Für sie wurden die Ereignisse erst jetzt wirklich großartig, sie pumpten sich, auf ihrer Zunge, mit üppigem Leben voll. Sie blühte mit den berichteten Tatsachen zugleich auf. Seine Mutter fiel ihm wieder ein, wie sie früher Geschenke kaum zu bemerken schien, sie nach dem Auswickeln mit einem gehorsamen Ruf des Erstaunens schon wieder wegschob, aber dann, am Telefon, ihrer Freundin sehr lebhaft alles beschrieb. Noch etwas anderes rührte und reizte ihn in diesem Moment an Frau Bartels wie an seiner Mutter: Egal was passierte, Interesse brachte sie den Geschehnissen, den Dingen gegenüber nur dann auf, wenn sie eine Möglichkeit sah, ihn, den Sohn oder ihren Mann damit zu erfreuen, zerstreuen, irgend etwas in der Art. Sie hatte auch allerhand Mühseligkeiten auf sich genommen, aber nur, wenn es ihnen beiden nutzte. Nur auf dem niemals variierten Umweg über Vater oder Sohn konnte sie sich selbst was zugute kommen lassen. Die reine Güte! wurde das genannt, und so nannten es wahrscheinlich auch diese beiden Frauen bei sich selbst. Wieder überfiel ihn ein zärtlicher und zugleich gehässiger Gedanke: Mein Gott, wie hatte seine Mutter mit dieser Liebe die ganze Welt durchmustert! Was auch an Ereignissen zu ihr durchdrang, immer schaffte dieses eine Gefühl siegreich Ordnung, immer im Kreis, nie eine Sprengung, nie ein Durchbruch, immer umkreisend, einkreisend, wie ein Grubenpferd ohne aufzublicken die Runden gehend. In seiner plötzlich aufsteigenden Wut senkte er den Kopf, er wollte Frau Bartels lieber nicht ansehen, er hätte sie mit Sicherheit vertrieben, was ihm nur recht gewesen wäre, aber was geschähe dann, in seiner heute so anfälligen Stimmung, mit diesem schlecht und spät begonnenen Tag? »Der angehende Kindsvater also, der junge Mann – wurde nichts draus, wie gesagt, Frau Haak hat die Abtreibung organisiert, aber stellen Sie sich das vor! Wenn die geheiratet hätten, säße bei Thies oder Haak ein Mann mit solchen Anlagen im Nest. Auch mein Mann und ich als Hausbesitzer, überhaupt alle Wohnungsinhaber, auch Sie, Herr Roth, als Universitätsangehöriger, können von Glück sagen, daß es nicht so gekommen ist. Dazu dann noch der wilde Schwiegervater von oben!« Setzten sich bei ihr nun doch die praktischen Erwägungen durch? Was dichtete er dieser resoluten Frau alles an! ›Rote Lippen soll man küssen‹, sang es wieder unwillkürlich in ihm. In der Kneipe, mit Marianne tanzend, hatte er ein anderes, sehr eng aneinandergepreßtes Liebespaar beobachtet, so nah Mariannes Mund und doch mit Neid auf das Paar, nein, auf die Erregung der beiden schielend. Er machte seufzende, freundliche Zeichen des Aufstehens, mit tugendhafter Miene zog Frau Bartels ab. Es fing immer schon so früh an, bei jedem Verliebtsein, wenn der Sog, die Betäubung einsetzte, begann auch der Verdacht, schon beim Durchwandern des schönen Nebels würde er erste Anzeichen der Entzauberung wahrnehmen.

Der Hinweis auf Thies paßte ihm nicht. Mochte die Sippschaft in ihren zwei Abteilungen, jeweils parallel zu seinen beiden Unterkünften in diesem Haus, treiben, was sie wollte, sich hinmetzeln lassen und goldene Orden tragen, es sollte sich nur nicht dieser versoffene, abgetakelte Kerl da oben, unsinnigerweise im Alter von ihm, Matthias Roth, mit glatten Wangen und gepflegten Zähnen, zum Vergleich aufdrängen! Da half aber nun nichts, er sah den Maurer, wie er kürzlich übelriechend und elend, verlottert und einsam in seinem Bett gelegen hatte, zu vorgerückter Morgenstunde, und er sah sich selbst, hier, am Mittag, allein, ohne Fassung noch immer, bis auf die Umrahmung der Bettdecke, die er wieder zu sich hochgezogen hatte, und einige schwache Augenblicke lang fühlte er alle Unterschiede der Verwöhnung ihrer beiden Körper und Existenzen als beängstigend oberflächlich: diese Obdachlosen und alle Leidensgestalten, diese Bettelbrüder! Er konnte sich nicht verhehlen, daß sie ihn in ihrer ständig wachsenden Menge, ein Meer, erbosten. Mit welcher Schamlosigkeit sie die stärkere Position, nämlich die des stummen Vorwurfs instinktsicher wählten! Immer saßen oder lagen sie tiefer als man selbst, sie richteten es so ein, daß man stand, wenn sie sich duckten, oder einen warmen Mantel trug, wenn sie scheinbar wehrlos in der Kälte zitterten, oder daß man zu zweit war, wenn sie sich mutterseelenallein in eine Ecke drückten. Verfluchtes, erpresserisches Volk! Sie erstickten ihm die Fröhlichkeit im Keim, sie kamen hinter dem Namen Thies hervorgekrochen, sogar hinter dem Namen Bartels, der sich mit seinen Kumpanen müßiggängerisch in der Bank lümmelte. Aber nur zu, je schwärzer er jetzt seine Gegenwart und Zukunft beurteilte, desto besser würde es gleich, wenn die Grillen sich getrollt hatten. Nach diesem Zuspruch sprang er aus dem Bett, mit einem Satz auf beide Füße, und riß sich den Schlafanzug vom Leib. Die Furcht, etwas Prinzipielles versäumt, nicht das Geringste in seinem Leben begriffen zu haben – nichts Neues, aber neu in dieser Vehemenz –, schleuderte ihn geradezu aus den Federn. Die höhnische Frage: Aber was? beruhigte ihn nicht wie sonst. Ach, ein durch und durch schlechter Tag. Er wusch sich am ganzen Leib mit dem Mut der Verzweiflung, zog kalte, frische Wäsche an, aß schnell und im Stehen ein Stück trockenes Brot, damit ihm bis zum Kaffee nicht schwindlig würde. So geht es hin und her, sagte er sich, nun absolut nicht mehr bereit, sich die winzigste Blöße vor sich selbst zu geben. Das mußte abgeschüttelt sein mit

dem Aufstehen. Alles hatte seine Zeit, die Zeit für die Wehklagen war um, schon aus Gründen des guten Geschmacks.
So geht es auf und ab. Wenn das eben eine Klarsicht war, so
wird sich ab jetzt wieder alles verschleiern, neue Strudel werden solche Tief- oder Irrblicke bremsen. Was es als Stabiles zu
bewahren gilt, fuhr er für sich fort, ist der Gesichtsausdruck,
die morgendliche Toilette Jahr um Jahr. Wenig später saß er
konzentriert über einer Korrektur, trank vom starken Kaffee
im gelüfteten Zimmer. Er kam schnell voran. Einmal rief er,
ohne sich zu ärgern: »Jetzt nicht«, als Frau Bartels an der Tür
klopfte, und hörte später ihren Mann kommen. Schließlich
griff er nach dem sechseckigen Stein, hob ihn hoch, schob
die mit Bemerkungen versehene Arbeit darunter. Sein Blick
folgte dem Arm, der ungewohnt Schweres bewegt hatte. Er
faltete die Hände und stützte das weiche Kinn darein. Der
Stein! Was hatte er sich gestern abend an der kleinen Baustelle nur davon versprochen? Er fuhr mit den Fingern über
die Kontur. Man konnte hinsehen wie man wollte, bei Tageslicht und in Augenhöhe stellte sich heraus: Es war, beim besten Willen, nichts an ihm dran.

Die Landschaften rechts und links der Autobahn zeigten
sich diesmal, Ende Februar, auf dem Weg zu Fritz anders.
Hans hatte ihm übers Wochenende sein Auto geliehen, so
fuhr Matthias Roth allein, sah Weiher, Gehöfte, Wege und
dachte oft: dort müßte ich hin! Er fuhr dabei immer geradeaus, dachte es aber trotzdem inständig. Solche Gegenden
fand man nie, wenn man sie extra suchte, dann stieß man
auf Parkplätze, Lagerhallen an den Waldrändern, Bungalows,
so daß man lieber umkehrte. Heute aber waren ihm Einblik-
ke gegönnt. Er zählte sich am Lenkrad verschiedene Witterungen auf. Der Anfang des Jahres war schnell vergangen, so
würde es sich vermutlich fortsetzen. Er hatte die Abfolge der
Monate inzwischen zu gut im Kopf, er überschaute ein Jahr
zu leicht, nach so viel Wiederholungen verlor er über einem
Tag, einem Frühling oder Herbst nicht mehr das Ganze aus
den Augen. Nur: er liebte jetzt das Vorüberziehen, Wegglei-
ten der Tage, Wochen, er spürte es an seinem Körper ohne

Schrecken. Schon jetzt merkte er also, daß es ein richtiger Entschluß war, Fritz zu besuchen. Obendrein wurde ihm der schöne Blick auf die Landschaft geschenkt, unverdientermaßen, denn bei allen Ausflügen suchte er in Wirklichkeit nie Äcker, Büsche, Wiesen, sondern lief bloß vor einer Stimmung in seiner Wohnung weg. Kein Zufall aber, daß er ausgerechnet zu Fritz, dem guten alten Kindskopf fuhr, natürlich nicht! »Warum zu ihm?« fragte er laut und antwortete stumm: Weil ich ein anderes System von Vorlieben und Abneigungen einmal wieder erleben will, weil ich mich außerstande sehe, immerzu Freunde ohne Anschauung im Gedächtnis zu behalten, weil er ein zufriedenes Gesicht hat. Er bremste, als wäre das ein vierter, energisch formulierter Grund. Während er langsam eine Unfallstelle passierte, an der noch Sanitäter mit Bahren rannten, überlegte er, ob es letzten Endes für ihn schlimmer wäre, wenn sich einer seiner Freunde als Verunglückter herausstellte. Würde ihn dann dessen Schicksal etwa mehr bedrücken als ein fremdes, über den ganz eigennützigen Verlust hinaus? Als er durch die leeren Dörfer fuhr, die ihn heute nicht betrafen, hatte sich der Gedanke verschoben, vielleicht ließe sich mit Fritz darüber ein Gespräch anfangen. Ich habe das Gefühl, wollte er sagen, daß etwas auf mich zukommt, ich mache es mir solange bequem. Ich tändele herum, lehne Lasten und Pflichten ab, suche das Vergnügen, und ob, aber etwas nähert sich mir und wird eintreffen. Welcher Art? Ich weiß nicht, ein großer körperlicher Schmerz zum Beispiel, das würde mir, bei meiner bisherigen Zimperlichkeit, sofort einleuchten! Fritz stand an der Tür zwischen den beiden Festtagssäulen und strahlte über beide Backen, er war im Winter dicker geworden und trug wieder Pantoffeln. Seine beiden Hände steckten in den Taschen, als er die rechte herausnahm zur Begrüßung, fielen aufgerissene alte Samentüten mit zu Boden. Er drückte Matthias Roth mit bäuerlicher Kräftigkeit. Er wird zum Landmann, sagte sich der und rekonstruierte sich den Freund noch einmal in seiner früheren Bekleidung, mit grauer Samtjacke und Fliege, wenn es darauf ankam, oder in seinem romantischen Schwarz von Kopf bis Fuß, wenn er Schlösser öffnete, ›mit mancher Leiche dahinter‹! Es schien diesmal, in Abwesenheit der Familie, viel aufgeräumter zu sein, jedenfalls gab es keine Hindernisse auf dem Weg ins Wohnzimmer, die praktischen Räume wirkten allerdings ohne weitere Menschen kahl, aber Fritz hatte für eine behagliche Wärme gesorgt und guten Cognac. Später schob er ihm einen Topf Marmelade zu mit dem Hinweis, das sei der allerletzte von der Sorte, die ihm so gut geschmeckt habe im Herbst. Matthias Roth vertuschte geistesgegenwärtig seine Vergeßlichkeit. Warum beachtete man seine hingeworfenen Äußerungen nur so! Er fühlte, wie früher schon, wieder nichts als Verlegenheit, daß seine Wünsche so im kleinen erfüllt wurden. Wie man sich an ihn klammerte, wie man ihn festhalten wollte mit solcher Freundlichkeit, indem man sein fast beliebiges Aufzählen von Dingen wörtlich nahm. Er schämte sich, er probierte, er ließ es sich, verwirrt, schmecken.

Am Abend, im abgelegenen Raritätenkabinett, kam es ihm vor, als sei es hier noch ein wenig voller geworden, aber jedesmal, wenn er auf eine der bemalten, tönernen, glasierten Figuren zuging mit dem Ausruf, dies sei gewiß eine Neuerwerbung, winkte Fritz ab. Matthias Roth riskierte nicht zu fragen, ob er womöglich die tatsächlich wertvollen neuen Stükke, die einem Kenner ins Auge springen würden, alle übersah. Ich bin der Bauer! sagte er sich und wurde ohnehin abgelenkt von den ausgebreiteten Kostbarkeiten durch eine bisher an Fritz nicht beobachtete Eigenschaft: Er strotzte vor Sachkenntnis, nicht aber eingeschränkt auf ein, zwei Gebiete, vielmehr schien es keinen Gegenstand der Welt mehr zu geben, zu dem er nicht mit detaillierten Auskünften glänzte. Natürlich mußte es daran liegen, daß Fritz geschickt den hier arglosen und ganz passiven, ja trägen Freund nur zu den von ihm populärwissenschaftlich beackerten Bereichen manövrierte. Aber trotzdem, welche Überraschung, wie Fritz sich furchtlos der noch kürzlich verdammten Astronomie zugewandt hatte, der Genforschung, der Philosophie und Psychoanalyse. Zwischendurch sagte er frisch gelernte Gedichte auf, die Matthias Roth alle sehr gefielen, obschon die Stimme des Vortragenden ein bißchen schülerhaft klang, doch machte das nicht den verblüffenden Reiz dieser wahrhaft kindsköpfisch ausgebreiteten, soeben eroberten Besitztümer aus? Erst nach einigen Gläsern Wein sprach er über seine Familie, schwärmend nun, sozusagen als der Ur-Kindskopf, den alle kannten, wenn er von der ländlichen Kindheit mit Kuhfladen und Bussarden erzählte. Er, Matthias Roth, müsse einmal seine Schwiegermutter kennenlernen, eine ganz ungewöhnliche Person. Er habe sie lange nicht leiden mögen, an seinen Kindern habe sie allerdings sofort gehangen und, vor Fremden, sobald sie sich ein bißchen eingeschüchtert fühlte, von den Enkeln berichtet, es einfach, ob es paßte oder nicht, erzwungen, vielleicht aus Angst, sonst zu verschwinden zwischen den dörflichen Leuten, auf die sie hier natürlich träfe. Mit der Erwähnung ihrer Familie war es ihr dann gelungen, sich immer wieder zu behaupten. Hier erschrak Matthias Roth über seine eigene, wenn auch freiwillige Einsamkeit. War es nicht Zeit, das grundsätzlich und bis ans Lebensende zu ändern? Aber schon sprach Fritz weiter, der Gedanke verflog. Die Schwiegermutter saß im Sommer so gern in einer bestimmten Ecke des Gartens, wegen des besonderen Geruchs, den sie nirgendwo anders fand, und er, Fritz, freute sich daran, wie sie dort still für sich saß und einatmete und ausatmete. Bis dahin hatte er diesen Winkel überhaupt nicht recht bemerkt. Matthias Roth nahm eine italienische Fischverkäuferin in die Hand und berührte den kleinen Busen. Er hätte sie an der rotgegürteten Taille leicht durchbrechen können. Wie würde Fritz reagieren, wenn er sie, ganz bescheiden, wenigstens fallen ließe? Das Gesicht des Freundes glühte vor Wohlbehagen. Ging es ihm wirklich so ausgezeichnet? Fritz blinzelte aber nur so vor sich hin, die Augen kamen gar nicht richtig zum Vorschein. Sie glitten über die tausend winzigen Dinge in den Regalen oder schweiften undurchsichtig, verschlossen in die Ferne. Konnte man ihm von dem sechseckigen Stein erzählen? Was war los mit Fritz, wollte er auf irgendetwas hinaus? Was geschähe, wenn man ihm ein ganzes Regal mit dem Kleinkram versehentlich umrisse? Fritz wich nicht von der Schwiegermutter, einer Frau, die gottserbärmlich schielte und seit einiger Zeit überzeugtes Sektenmitglied war. Alle in der Verwandtschaft hielten sie von da an für schrullig. »Aber«, sagte Fritz träumerisch, fast flüsternd, »jetzt kann man mit ihr reden, jetzt denkt sie nicht mehr nur an ihr Weiberzeug. Sie hat Selbstbewußtsein, sie ist intelligenter geworden seitdem, sie diskutiert, es ist nicht zu glauben, sie vertritt Thesen, sie graust sich nicht mehr vor ihrem eigenen Schielen. Immerhin, sag doch selbst, immerhin!« »Ein Sektenmitglied!« wiederholte Matthias Roth ungläubig. »Aber immerhin!« rief Fritz noch einmal und richtete den Blick beinahe zornig auf die uneinsichtige Stirn seines Gegenübers. »Begreife doch!« Ein Sektenmitglied. Matthias Roth setzte ein nachdenkliches Gesicht auf und schnappte unauffällig nach Luft.

Er erkannte nicht gleich, daß der Weg, den sie am nächsten Tag gingen, anfangs der vom letzten Herbst war. Die Veränderung war zu groß, kein Blättchen hielt die gewaltigen Massen des Lichts auf und alle Gegenstände, jetzt noch so sparsam in Erscheinung tretend, wurden einzeln und gründlich von diesem Licht berührt, die Hausmauern zunächst, dann die Stämme und Äste weiter draußen. Es war ein feuchter, sanfter Schimmer plötzlich, ein Antauen des harten Winterlichts, das zu Herzen ging, ein vorfrühlingshafter Schmerz schon. Er fühlte, ohne im Vorangehen etwas zu versäumen, eine alte, oft wiederholte Erinnerung an die Amseln vor schwarzen Abhängen. Schnell flogen sie daran vorbei, am Abend zum ersten März vielleicht: Eine anders als bisher verknüpfte Welt plötzlich, die Meridiane und Zählwerke waren vorübergehend außer Kraft gesetzt, gestern lag noch Schnee, morgen gäbe es Schneeglöckchen, und dieser Augenblick breitete sich aus ohne Hilfestellungen. Sie sprangen über einen Bach, sie sahen durch ein Wäldchen hindurch und von einem Hügel auf das flachere Land, und nichts hatte mit der rostigen Landschaft vor einigen Monaten zu tun. Er stellte keine Fragen, es sollte ein längerer Marsch werden, je neuer alles, desto besser. Sie gingen einen schmalen, aber asphaltierten, steil ansteigenden Weg auf einen noch verborgenen Ausblick zu, als Fritz sagte: »Detlef Rose spekuliert nicht mehr bei den Arabern. Er hat was anderes ausgebrütet, eine gewagte Sache. Ist er übrigens je ein Freund von uns gewesen?« »Wir haben

uns alle ein bißchen mit ihm geschmückt«, sagte Matthias
Roth und schloß die Augen wegen des starken Glanzes
ringsum. Er wäre gern stehengeblieben auf der Anhöhe, aber
Fritz, der schwere blaue Stiefel trug, ließ sich nicht bremsen,
er marschierte gleichmäßig voran. Fritz war auch nicht im
Erzählen zu stoppen. Man konnte sich seine Informationen
für Herrn Bartels merken, der wäre bei geschickter Darbietung bestimmt damit zu reizen. »Rose vermietet Büros, oder,
wie er es nennt, ›Repräsentanzen‹, ›attraktive Firmensitze‹,
komplett möbliert, mit Schreib- und Postdienst, Telex, Empfang, Teeküche und allen Schikanen, natürlich gestaffelt. Er
hat dafür einen großen Teil eines eben fertiggestellten Hochhauses gemietet: Optimaler Service durch gemeinsame Büro-
organisation, angenehme Arbeitsatmosphäre, wohlgemerkt,
das Ganze gibts noch gar nicht, alles Hoffnungen bisher,
Kunden werden erst gesammelt, aber seine Miete, die läuft
schon, modernste Bürotechnik, Bildschirmtextservice, das
alles von unserm Detlef. Wer hätte sich das träumen lassen!«
Matthias Roth stellte sich die verschiedenen Blicke aus den
Fenstern eines Büroturms vor, auf das Zentrum und schließlich die entfernteren Bezirke der Stadt, und er hatte es einmal, einen Sommer lang, erlebt, in einem Verwaltungshoch-
haus. Es war ein Sommer mit lauter schönen Tagen gewesen,
dachte er jetzt, erinnerte sich aber nicht an die Wochenenden,
so, als hätten nur seine Arbeitstage, die er als junger Mann
dort ableistete, die leuchtenden Perspektiven der Jahreszeit
kenntlich gemacht, die Aussichten nämlich aus den Fenstern
der Bürohalle, in der er mit vielen Angestellten saß, alle voneinander durch Glas- oder Plastikbarrieren getrennt. Er hatte
Glück gehabt und einen Platz an der Fensterreihe bekommen.
Von dort betrachtete er die Sommermorgen über der Stadt, er
wußte es überscharf: Hinten, am Horizont, stand ein riesiger
Baukran, schräg und blitzend über allem. Er war heißhung-
rig gewesen angesichts dieser wie unter einer einheitlichen,
schimmernden Haut sich regenden Stadt und ihres, wie er
auf Gängen in der Mittagspause und abends erfuhr, nur von
seiner Höhe aus verheißungsvollen Schmelzes, der dort aber
nichts, kein Dach, keine Baustelle, keinen Kirchturm, kein

Kaufhaus ausließ. Er sah eine unbegreiflich gleichgewichtig verteilte Härte und Weichheit der Steine und fragte sich erst jetzt, neben Fritz ohne Aufenthalt wandernd, kleine Hügel hinauf, in kaum angedeutete Täler hinab, für die ein Hund auf der Fährte erstaunlich lange brauchte, was er denn eigentlich gesehen hatte, als er angeblich die Stadt ansah, mit all den Schreibmaschinen und Buchungs- und Rechenmaschinen in seinem Rücken. Er konnte es Fritz nicht, wie er es gern getan hätte, mitteilen, denn der sprach, wie die meiste Zeit über. »Du mußt das kapieren, sie haben da eine gemeinsame Sekretärin, die sich, wenn man die Telefonnummer eines dieser Reisenden, Repräsentanten, Sachverständigen, Firmenvertreter wählt, mit dessen Firmennamen meldet. Ja, sie empfängt und bewirtet sogar Besuch als dessen Spezialdame, falls man sich nicht in die Quere kommt mit den Wünschen. Du brauchst da gar nicht zu erscheinen, und doch hast Du eine Adresse, die Dir Respekt verschafft. Komisch, mir geht nicht aus dem Sinn, daß Rose Zuhälter war.«

Matthias Roth versuchte, etwas zu verstehen: die glühenden Erinnerungsbilder, Sonnenstreifen am Augustnachmittag auf einer warmen, aber auch feuchten Kellertreppe neben einem verfallenen Haus, eine schauerliche, finstere Toreinfahrt mit zwei runden Zementblöcken an beiden Seiten. Als Erwachsener sah man schnell ein, daß es nichts Besonderes damit auf sich hatte. Aber manche, ganz wenige Dinge hielten sich, er müßte wieder so einen Blick von einem Hochhaus auf die Stadt werfen, bald, am ersten schönen Sommermorgen, und das überprüfen, und diese wenigen Dinge sagten dann freundlicherweise immer noch nicht die Lösung. »Detlef Rose ist eben, wenn auch auf kuriose Weise, ein Abenteurer geblieben«, antwortete er dann, »Ich selbst habe, glaube ich, Taten in irgendeiner herausragenden Weise gesucht, aber sie sind vor mir zurückgewichen. Ein solcherart aktives Leben will mir einfach nicht zufallen.« Er faltete die Hände über dem Bauch, durfte aber nicht stehenbleiben, und angestrengt in der resoluten Gangart des Freundes ausschreitend, ergänzte er dessen Bemerkungen zur Schwiegermutter für sich: Hätte so ein entschiedenes Auftreten auch bei seiner Mutter, egal unter welchen Einflüssen, zum Vorschein kommen können? Bei dieser nachgiebigen Frau, die vielleicht nur schlichtweg schwach war und verdutzt von ihrem Mann hörte, daß er diesen Vorzug lobend Geduld nannte, und außerdem erlebte, wie er Kanten, Widerstände in ihr fließendes Dasein brachte? Fritz hatte ein Bällchen aus der Tasche geholt und tickte es nun bei jedem Schritt vor sich auf, dann ließ er es über die Arme und möglichst über den Kopf laufen, was meist mißlang. Er warf es in die Luft und hechtete mit großen Sprüngen danach, er rief: »Ich gehe immer in Kreisen hier spazieren, ich umrunde diese Gegend, für mich wird eine konzentrisch wachsende Torte daraus.« Zwischendurch stieß er Schreie aus. Matthias Roth wußte nicht, was nun besser war, vorwärts zu gehen wie eben oder still zu stehen und das abzuwarten. Fritz hatte sich also besonnen und nahm seine Kindskopfposen ein, Markenzeichen, er tat es mit überraschender Wut, ja Besessenheit, es war ein trotziges Aufstampfen, was er da trieb, als würde ihm streng verboten, das Kind Fritz zu sein und gerade deshalb müsse er es durchsetzen. Aber es interessierte doch niemanden, kein Mensch weit und breit untersagte es ihm, sollte er doch den ungeschlachten Orang-Utan spielen! Matthias Roth drehte zur Beruhigung den Kopf weg, auch weil ihn das so ruckhaft und hemmungslos verjüngte Gesicht des Freundes störte, aber das beschwichtigte Fritz keineswegs. Er verlangte ihn als Zuschauer. »Vor kurzem«, sagte Fritz schließlich, noch außer Atem, »hatte ich einen Autounfall, nur einen verstauchten Arm und Blechschaden, ganz hier in der Nähe, am Schotterrand. Ich hatte vor mich hingeflötet und mir vorgestellt, ich würde wie früher Autoscooter fahren, dann plötzlich dieser Krach. Es war so nett bei mir im Auto gewesen, aber nein, kreischend und scheppernd meldete sich der bescheuerte Ernst des Lebens zu Wort. Ich habe erstmal vor Schreck eine Tafel Schokolade gegessen, tu ich sonst nie, Vollmilch-Nuß.« Er begann wieder mit Luftsprüngen, aber bereits erschöpfter. »Früher, in der Schule, ging es schon los«, fuhr er fort, »man lernte Gedichte, da war die Rede von Meeren und Schiffen, von Seevögeln und Rittern. Man wurde ausdrücklich ermuntert, sich rückhaltlos in diese schönen Bilder zu vertiefen. Dann kamen, abrupt hinterher, die schlechten Noten für die mangelhafte französische und englische Aussprache. Zum Kosten! Man ist doch nur eingeschläfert worden, auf den Leim gegangen. Ich bin bei den Stürmen auf dem Weltmeer und die horchen, ob man richtig nasaliert. Hinterhältiges Pack!« Matthias Roth erkundigte sich ohne Spott, ob ihn das tatsächlich noch immer aufrege. Fritz sah ihn daraufhin verständnislos an, so daß er rasch, um Schlimmeres zu verhüten, mit stillem Seufzen eine Kindheitsanekdote zum besten gab, da waren sie gleich wieder auf unverfänglichem Terrain. Als Junge hatte ihn, sobald er ein paar Pfennige besaß, eine unbändige Kaufwut gepackt. War die erst in Gang gebracht, konnte sie nichts mehr bremsen. Damals fuhren noch regelmäßig, wenn die schönen Tage anfingen, Eisverkäufer durch die Straßen. Wenn sie Geld hatten, rannten ihm die Kinder natürlich schon entgegen. Einmal, mit seinen Groschen in der Hand, langte er bei ihm an, als alles Eis schon verkauft war. Der Drang, das Geld loszuwerden, trotz der Enttäuschung wenigstens diesen Wunsch zu erfüllen, war so rasend, daß er zehn leere Waffeltüten und zehn Eislöffelchen kaufte, winzige Löffelchen, silbern, nur um irgendwas zu kaufen. »Silberne Löffelchen«, sagte Fritz fast zärtlich, »richtig, es gab wohl noch keine Plastiklöffel, sie waren damals sehr klein, ein Muster war eingepreßt, vielleicht auch nur die Gußnaht, und silbern!«

Fritz kündigte ein Café mit überwältigender Kuchenauswahl an, und als sie sich ihm näherten, als sie so nebeneinander über die leere Hauptstraße des Ortes gingen, an niedrigen, stachligen Hecken vorbei, in denen Papierfetzen steckten, beschlich Matthias Roth das Gefühl, nicht genug wahrgenommen zu haben, und nun war die Wanderung zu Ende, sie würden mit einem Taxi zurückfahren. Oder, hoffte er noch schwach, hatte sich ihm etwas eingeprägt, das er nur nicht bemerkte? In dem modernen, kleinstädtischen Café mit glänzend gekacheltem Fußboden drehten sich die vielen Kuchensorten auf einer gläsernen Säule. Sie saßen in einem hellen Raum, am Nachbartisch tranken Jugendliche Coca-Cola und aßen Eis dazu. Was soll ich hier, fragte er sich und sah, daß Fritz sich pudelwohl fühlte und die Beine ausstreckte. Was sollte er hier, es kam ihm vor, als fände er sich plötzlich und unverschuldet in einem fremden, albernen Anzug wieder. Was für eine Verrücktheit überhaupt, an einem anderen Ort zu sein als dem eigenen Wohnsitz! Nichts als Zeitvertreib alles, das war ja nichts Schlechtes, das war ja ganz in Ordnung und das Gewohnte und längst Bekannte, nur: Es machte ihm keinen Spaß mehr. Jetzt holten Fritz und er sich hier bei einer extra hohen Heidelbeertorte blaue Zähne. Fritz verschlang sie natürlich mit Kinderaugen, alles recht, er stellte ihn, Matthias Roth, in allem, was man von ihm erwarten konnte, zufrieden. Aber wie wurde man diesen lästigen Eindruck los, der sich breiter machte auch hier unter Discomusik und angesichts der harmlosen Rüpeleien der Fünfzehnjährigen nebenan, man würde lediglich eine Strecke zurücklegen, und das wärs schon, eine Zeitstrecke, bestenfalls in dramatischer Raffung. Die kurze Vision von der morgendlichen Stadt war noch das Schönste, aber das fiel heraus wie eine Geistesabwesenheit und betraf ja auch nicht die Gegenwart. Ein Schwachsinn, mit Hoffnungen von einem Ort zum anderen zu reisen, ein blödsinniger Aufwand, er hatte ja in Wirklichkeit das Lächerliche daran schon auf der Fahrt geahnt. »Diese Torte«, sagte Fritz, »ist in der Umgebung berühmt, eine Spezialität, das ganze Jahr hindurch, dafür kommen Leute aus anderen Orten hierher, sie ist höher als irgendwo anders. Das gehört einfach zusammen, diese Gegend und die Heidelbeertorte.« Matthias Roth senkte den Kopf auf den akkurat geschnittenen, wie mit Lineal und Zirkel bearbeiteten Kreisausschnitt aus dunkelviolettem Gelee, der glasig zitterte. Er antwortete nicht, dazu wenigstens, daß er dieses bebende Prachtstück auch noch gehorsam lobte, wollte er sich nicht erpressen lassen. Er wünschte, mit Fritz etwas anderes, Dringenderes zu besprechen, aber es glitt immer wieder weg. Sie stießen nicht bis dahin vor, nicht gestern und heute nicht und erst, wenn sie angelangt wären an dieser unbetretenen, geheimnisvoll zuckenden Zone, hätte er sagen können: das ist der Punkt, der Nerv, die Spitze, das Loch! Fritz ließ währenddessen die Blicke schweifen. Er musterte unverhohlen alle Ankömmlinge und Aufbrechenden, ja, eigentlich tat er es wieder so auffällig und in übertriebenem Staunen über eine sonderbare Halbglatze, einen wuchtigen Unterkiefer, als verlangte er unbedingt nach dem provozierten Stirnrunzeln der Erwachsenen um ihn her. Es unterhielt Matthias Roth nicht, er war zu solchen Scherzen nicht mehr aufgelegt und erschrak selbst darüber. War das ein Anflug, vorübergehend, eine unselige Laune oder ein Abrutschen ins Sauertöpfische schlechthin? Schon wieder übermannte ihn der Zwang, rasch etwas Versäumtes nachzuholen. »Sag noch ein Gedicht auf«, bat er schließlich. Fritz kam der Aufforderung überreichlich nach. Es half nichts, Fritz sprach mit waldbeerblauen Lippen und wischte einmal, darauf hingewiesen, achtlos über den Mund. Wäre eine einzige Pause entstanden – Matthias Roth konnte sich nicht entschließen, den alten Freund zu brüskieren, Blicken wich er ohnehin aus –, würde man vielleicht über Margot reden können, ein Mädchen, das damals der Reihe nach mit fast allen von ihnen ein kurzes Verhältnis eingegangen war, eine schöne, zigeunerhafte Frau, verlockend und ziemlich bereitwillig. Er sah den verschmierten Mund von Fritz und dachte an die leuchtenden Lippen Mariannes, wie sie lächelten, und an die schmalen, aber sehr beweglichen der vor langer Zeit zwanzigjährigen Margot. Noch vor fünf Jahren hatte er sie getroffen, die sehr veränderte, aber unverändert Verführerische, die noch immer so anzüglich nach feuchter Wäsche zu riechen wußte. Das Seltsame an ihr war, daß sie, bei aller eigenen, rückhaltlosen Lebensfreude, ihre Liebhaber wenigstens vorübergehend als Einsiedler entließ, gleichgültig, wer von beiden die Beziehung jeweils löste, alle zogen sich, hatte Matthias Roth beobachtet, und er erkannte es erst jetzt sehr klar, im Gegensatz zu ihr selbst, für eine Weile aus der Welt zurück. Ein Gespräch darüber ergab sich nicht, statt dessen sah er, als Fritz zum Klo ging, wie aus den Reliefs seiner Stiefel bei jedem Schritt backwarenartig geformte Erdstückchen auf die polierten Kacheln fielen. Hier endlich verfolgte eine Respektsperson, nämlich die Bedienung, in stummer Empörung von der Theke aus das Treiben des diesmal allerdings ahnungslosen Kindskopfes.

An einem Märzabend kam er bei dem kleinen schwarz-rosa Tigermaulrestaurant vorbei. Aus Anhänglichkeit studierte er die Speisekarte und zog damit die Aufmerksamkeit einiger Passanten auf die angekündigten Delikatessen. Rechts und links von ihm beugten sich Leute vor, lasen die Gerichte, als wären es Witze, und der Clou blieb immer der Preis. Er kannte diese Reaktion ja schon, sie bogen sich vor Lachen über die hohen Geldbeträge für ein Häppchen, ein Klößchen auf grünem Bett. Er lachte nicht mit, überschlug, was er in der Brieftasche mit sich trug und betrat ganz außerplanmäßig das Lokal. Noch zwei Tische waren frei, einer allerdings davon mit Reservierungsschild. Also zog er sich zurück an den Platz, den man offenbar von allen am wenigsten leiden mochte, und richtete die Augen auf den vorbestellten Tisch, das geschah von allein. Hätte man sich nicht einbilden können, alle Anwesenden warteten auf dieses letzte Paar, was sollte es sonst sein, wegen der Vollständigkeit? Da er nicht recht wußte, wie er hier eigentlich gelandet war, bestellte er ohne Zögern das billigste Hauptgericht und sah dann seine Fingerspitzen an. Er preßte in alle den Daumennagel, um ihre Empfindlichkeit zu überprüfen. Seit einigen Tagen fühlten sie sich taub an, er mußte sehr heftig drücken, um etwas zu spüren und ärgerte sich, von den unbekümmerten Leuten draußen hier hereingedrängt worden zu sein: Er mußte damit rechnen, gar nichts zu schmecken, denn auch auf seine Geschmacksnerven war im Moment wenig Verlaß. Mitten im Essen verlor ein Apfel sein Aroma, reduzierte sich auf seine pure Konsistenz, war weiter nichts als eine zu vertilgende Masse, und nie kündigte es sich an. Als er aufblickte, saß Marianne an dem reservierten Tisch. Er wollte ihr zuwinken, hatte sich schon halb erhoben, aber etwas hinderte ihn, und das war nicht der Umstand, daß sie einem ihm unbekannten Mann gegenübersaß, sondern die schlagartig übermittelte Unzugänglichkeit ihrer Person, die er zum ersten Mal bei der Ausstellungseröffnung bemerkt hatte. Sie steckte in ihrem neuen, auffälligen Kleid unter einer ihn abweisenden Politur, die sie durchsichtig, aber als harter Lack umgab. Diesmal würde es bestimmt nicht an seinen Fingerspitzen liegen, wenn er Marianne beim

166

Berühren nicht spüren könnte. Und nun wünschte er auch schon, ungesehen zu bleiben, zurückgelehnt, den Teller mit verschiedenen überbackenen Fischstückchen weit von sich geschoben, in einer Lähmung, gebannt, noch ohne Gefühl, es sei denn dem einer Neugier auf ihre Mimik, ihre Bewegungen. Die Lähmung war zunächst so stark, daß es ihm nicht einmal gelang, Marianne wirklich zu sehen. So sehr wurde er erfaßt von dem Eindruck der Abrückung, daß sie vor ihm verschwamm, und doch existierte nichts anderes mehr in diesem Tigermaulsalon als er und in großer Entfernung sie. Die Zeit, die er benötigte, bis er wieder deutlich sehen konnte, versuchte er zu überbrücken durch Vermutungen. Marianne würde lächeln, sie würde den Mann anlächeln, das Stück Fleisch auf ihrem Teller, die Tapeten, eine irritierende Mundstellung, die sie durchhalten würde, bis der Eifer des Gesprächs über sie käme, zum Beispiel, etwas Typisches, die besessene Schilderung der Zurichtungen, die verschiedene Krankheiten, je nach Stadium, an Menschen verursachten, egal, ob sie Salat oder Eis verspeiste dabei. Sie würde sich das Haar raufen, keine Blicke mehr an die Tapeten verschwenden, aber der Reihe nach ihre Schmuckstücke, wie er es liebte, Ringe und Ohrringe, Kämmchen und Ketten ablegen. Sie schien sich stets vorsorglich mit Mengen davon auszurüsten, vielleicht weil sie diese unverfängliche Art öffentlicher Entkleidung ebenfalls schätzte. Ach, Marianne! Sie war zum Greifen nah, wie er sie kannte, wie er sie sich jetzt dicht vor die Augen holen konnte in ihren Eigentümlichkeiten. Mußte er nicht nur die Hand ausstrecken? Er sah wieder klar, und er sah, daß sie kerzengerade auf ihrem Stuhl saß ohne zu lächeln, mit starren Augen und zu beiden Seiten der spitz nach oben ragenden Serviette geballten Fäusten.

Marianne lächelte nicht, und so kam auch nicht der Moment, wo sie aufhörte damit, um eine Beschreibung zu beginnen, gepackt von einem Sachverhalt. Ihre Finger verästelten sich nicht in ihrem schräg frisierten Haar, sie zog keinen Armreif vom Handgelenk, nicht einmal das. Sie sprach nicht, sie betete wohl eher bei unnatürlich geradem Rücken und nun unter dem Kinn gefalteten Händen, wobei aber dazwischen ein freier Raum und also der Kopf ungestützt blieb. Manchmal, sehr selten, sagte sie doch etwas, aber es war kein Reden, kein Erzählen, es war ein Hervorstoßen, eine Beschwörung, eine dringende Bitte, eine ausbrechende Hymne eventuell, ein äußerstes Geständnis, es entrang sich ihr und riß ab. Zu Anfang hatte sich Matthias Roth jedesmal besorgt noch weiter ins Dämmrige seiner Ecke gelehnt, wenn einer der Gäste zur Toilette ging, aus Angst, diese kleine Unruhe könnte ein unwillkürliches Abirren der Augen Mariannes in seine Richtung veranlassen. Jetzt wußte er, daß er nichts dergleichen befürchten mußte, nein, es gab überhaupt keine Chance, weder für ihn noch einen der Anwesenden, in ihren Wahrnehmungskreis einzudringen, mit einer Ausnahme. Den Mann konnte er nicht sehr gut erkennen, aber er sah, und erst jetzt interessierte es ihn, daß er jung war, mit normalen Umrissen und Gesichtszügen, nichts Hervorspringendes, er saß ruhig auf seinem Platz, hielt die Gliedmaßen bei sich und betrachtete die Frau an seinem Tisch abwartend, gelassen, aber beinahe unaufhörlich. Gesammelt, sagte sich Matthias Roth, gesammelt wirkt er, ansonsten weder sympathisch noch unsympathisch. Was geht er mich auch an? Marianne aber! Sie übertrieb. Sie steigerte sich zusehends in etwas hinein, hielt die Augen nicht mehr starr, sondern folgte jeder der sparsamen Bewegungen des Mannes wie verhext, ließ sich keine einzige seiner völlig durchschnittlichen Gesten entgehen. Für ein, zwei Sekunden, mit einer offenbar enormen Anstrengung, gelang es ihr, den eigenen Kopf abzuwenden, ein Befreiungs-, ein Selbstrettungsversuch, als wäre sie betrunken, hielte schnell das Gesicht unter kaltes Wasser, um sich zur Besinnung zu bringen und müsse doch schon im nächsten Augenblick weiter trinken. Hätte nun aber jemand, wie es ihr mit Sicherheit guttäte, kräftig an ihrer Schulter gerüttelt, würde sie ihm wahrscheinlich in die Hand beißen. Er hatte auch nicht den Reflex, ihr zu helfen, oder die Kraft, sich von seinem Stuhl wegzurühren. Ich kann, sagte er sich, hier nur sitzen und sie beobachten, was anderes fällt mir nicht ein. Ich muß sie beobachten, und jetzt beobachte ich, wie sie einen Zettel anstarrt, ein Stückchen Papier, auf das der Mann etwas schreibt. Atemlos heftet sie ihren Blick auf die Schrift, die neben seiner Hand sichtbar wird. Sie sieht es auf dem Kopf, aber das stört sie nicht. Sie verschlingt die Buchstaben mit den Augen, das kriege ich bis hierher mit. Wie sie mit ihrer Hand dahin zuckt und den Zettel an sich nimmt und in ihrem Handteller hält! Erinnert mich das nicht an die mongolischen Papierfriedhöfe der Wüsten- und Steppenklöster, wo man alles Geschriebene, auch mit Buchstaben versehene Birkenrinden aufbewahrte, damit nur ja nichts mit Schriftzügen Bedeckte zerstört wurde? Und nicht auch an Franz von Assisi, von dem mir Fritz erzählte, er hätte nie geduldet, daß irgendetwas Geschriebenes weggeworfen wurde, selbst Schriften der Heiden nicht? Er wischte sich über die Stirn und stieß mit dem Kellner zusammen, der sich gerade zu ihm herabbeugte und fragte, ob mit dem Essen etwas nicht in Ordnung sei. Ah, das Fischgericht, das noch immer unberührt vor ihm stand. Er beruhigte den Mann mit einer Handbewegung, wartete, bis er sich entfernt hatte und zog dann den Teller zu sich heran, griff nach dem Besteck und legte es noch einmal beiseite, sah jedoch nicht auf. Der Appetit blieb aus, aber er verstand, daß es nun von großer Wichtigkeit war, es sich schmecken zu lassen, es durfte zur Zeit gar nichts Wesentlicheres für ihn geben, das war eine Probe aufs Exempel, die ihm nicht schwer fallen durfte, wenn er sich nur recht besann. Aber für die nun folgende Feststellung mußte ihm noch eine kleine, feierliche Pause gegönnt sein: Marianne habe ich endgültig und ohne Widerruf verloren! Er sprach es in Gedanken bis zu Ende aus, Wort für Wort, dachte: wie soll ich so schnell die Lücke füllen, dachte es gleich als nächstes und ohne Frivolität hinterher und sagte sich den Satz noch einmal gewissenhaft auf. Dann begann er zügig mit der Mahlzeit, ließ nichts auf dem Teller zurück als eine ausgepreßte Zitronenscheibe und ein Petersilienbüschel.

»Die Wahl fällt im allerersten Augenblick«, hatte Marianne gesagt, als morgendliche, barfüßige Hirtin, oder war es abends in einem Lokal gewesen, wo sie ihm etwas von ihrer Sehnsucht, eine bestimmte Sorte von Männerkörpern zu streicheln, und wenn es ihr Leben koste, vorgeflüstert hatte. »Die Verführung besteht in Wirklichkeit nur darin, nichts mehr falsch zu machen, keinen Zentimeter vom ausgesandten Leitstrahl abzuweichen!« Ja, ergänzte er nun, mitten in der Vergegenwärtigung ihrer heiseren Stimme, genau das ist die Methode Conrads in seinen Romanen, eine gekonnte Verführung. Keine eigentliche Überraschung ereignet sich nach den ersten bedrohlichen Andeutungen, die sich in der Phantasie des Lesers entfalten werden, und wie hypnotisiert verfolgt er über Hunderte von Seiten weg die Vollstreckung, nichts anderes im Grunde als das, aber das Herzklopfen und Zittern verläßt ihn nicht mehr, bis es soweit ist. Marianne hatte inzwischen doch mit längerem Reden angefangen, aber nichts glich ihren früheren Predigten: Steif saß sie da, die Augen weit geöffnet auf den bequem sitzenden Mann gerichtet. Matthias Roth hätte gern gewußt, was ihr nun plötzlich doch noch so gleichmäßig über die nach einem vorübergehenden Erblassen wieder grellrot geschminkten Lippen kam. Ich habe sie also unwiderruflich verloren! sagte er sich und versuchte, wenigstens ein paar ihrer ehemaligen Litaneien innerlich wieder anzuhören, und während sich einige ihrer Morgensätze einstellten, dachte er, daß er immer angenommen hatte, ihre Phantasien über Obszönität und Unschuld seien viel größer, als je in der Realität von ihr praktizierbar. Aber jetzt, in diesem doch ganz unstrafbaren Dasitzen mit einem fremden Mann, womit er bei Marianne jederzeit hatte rechnen müssen, schien sie beiden Extremen erheblich, tätlich näher zu rücken. »Nie wird es mir gelingen«, hatte Marianne nackt unter dem Oberbett, ja, unter ihrem alltäglichen Federmantel gesagt, »obwohl ich ihre Reize so sehr erkenne, von den wirklich und sofort anziehenden Männern geliebt zu werden. Sie werden mich nie lieben, wie ich es will, sie werden mich höchstens anstaunen als Sonderfall.« »Sich einfach nur hinhalten«, hatte sie geseufzt, »ohne selbst für eine Außenhaut zu sorgen, mit einer das Weiche festigenden Schale versehen zu werden durch den fremden Blick.« »Es ist etwas Empörendes und so Verlockendes, auf ein zu enges Bewußtsein zu stoßen, festgenagelt zu werden mit einem hochtrabenden oder vulgären Ausdruck und mit dem Rest, der man auch noch ist, den Anblick des Bezeichneten zu genießen!« War das nun endlich ein Anflug von Eifersucht, der ihn drängte, den Mann deutlicher auszumachen und einzuschätzen, bei dem sich Marianne offenbar hüten würde, solche Tiraden von sich zu geben? Ihm hatten sie ja gefallen, diese Marianne am Tisch aber war keine freischwärmende mehr, keine, die über genug Beweglichkeit verfügte, um so rätselhaft lächeln zu können. Er bemühte sich also, den Mann scharf ins Auge zu fassen, es gab eine Sorte von intelligenten Handwerkern, die so aussahen. Wenn Marianne sich vor ihm über athletische Männer begeisterte, hatte sie nie gestattet, daß er sich ihr durch Hinweise – es zählten schließlich doch Erfindungsreichtum, Einfühlungsvermögen – anbiederte. Selbst das hatte ihn stets mehr amüsiert als geärgert. Marianne aß nicht, sie hatte kurz probiert und die Serviette wieder auf den Tisch gelegt. Sie würde nicht wie er – er war absolut sicher – nach einer Weile pflichtschuldig, schon aus Prinzip, das Essen wieder aufnehmen. Ihre Haltung hatte sich nicht gelockert, der Mann aß und lächelte manchmal. Was hatte sie noch gesagt, was gab es noch für Geständnisse, die immerhin, egal, wie sie fortan weiterlebte, sein Eigentum waren, jedenfalls zusammen in der Einzigartigkeit von Umgebung, Umständen, Klang der Stimme, Geruch der Haut? »Bei einem Liebhaber, denke ich mir, kann man alle Abenteuer, die er erlebt hat, am eigenen Leibe erfahren. Nicht stellvertretend, sondern tatsächlich durch ihn. Wozu er Jahre gebraucht hat, so ein Weltumsegler beispielsweise, Südamerikareisender, das holt man sich konzentriert, kompakt, zusammengepreßt in einer Nacht, den ganzen Extrakt. Denn hat nicht alles, Land, Wetter, Gefahren, Lieben und Feindschaften seinen Körper, seinen Willen, sein Gemüt geprägt, und kommt es nicht nur darauf an, es ihm zu entreißen, es behaglich mit dem eigenen Körper nachzufahren, nachzufühlen als lustvollen Abdruck, ohne den geringsten Schmerz, ohne kalten Luftzug, alle Narben nachvollziehbar als reiner Genuß?« So ungefähr hatte sie es ins Zimmer geschmettert und die roten Fersen dabei an den Schienbeinen gerieben und ein bißchen mit den Zähnen geklappert.

Für einen Kontakt mit ihr war jetzt der geeignete Moment gekommen, sie saß allein im Tisch. Der Mann war auf dem Weg zum Klo dicht an ihm vorübergegangen, er jedoch brachte es nicht fertig, ihn offen anzustarren. Marianne, als hätte sie auf die Gelegenheit gelauert, kramte sofort nach einem Spiegel, den sie vor ihrem Gesicht zur Prüfung aller Gegenden darin verschob. In fast wildem Hin und Her zog sie die Lippen nach, wie sie es schon einmal zwischendurch getan haben mußte. Sie machte das manchmal mitten im Gespräch, routinemäßig, mit kritischer Miene, jetzt tat sie es geduckt, verstohlen, nicht vor den Gästen, die zählten offensichtlich nicht, sondern vor dem abwesenden Mann, als stände schon hier etwas auf dem Spiel, als könnte bereits eine kleine Unregelmäßigkeit ihrer Bemalung seine Zuneigung verringern. Sie warf den Spiegel in die Tasche zurück und hatte sie kaum über die Stuhllehne gehängt, als sie noch einmal danach griff und die Prozedur wiederholte, mit einem nervösen Blick über den Spiegelrand Ausschau haltend, und gerade rechtzeitig schaffte sie es noch, zu ihrer Stellung vor seinem Weggehen zu finden. Noch nie hatte Matthias Roth sie so triumphierend und zugleich so ohne Selbstbewußtsein gesehen, sie hing an einem seidenen Faden, an einer perfekten Lippenkontur und war damit einverstanden, daß es um nichts anderes ging. Nein, das konnte er nicht wissen, aber sie verlor dabei an Reiz, sie minderte ihn durch Fahrigkeit, man ahnte schon einen Zusammenbruch. Sie gefiel ihm so nicht mehr. Und die leise Wut, die sich nun in ihm regte? Marianne stand auf der Kippe. Als er sie kennengelernt hatte, war sie eine andere gewesen. Ach! In einer Wohnung von Freunden hatte sie plötzlich, während einer Unterhaltung den Raum verlassen, und eine Weile später fand er sie zufällig in der Küche stehend, ganz verbogen und still dabei, dann zuckend mit Rücken und Schultern, dann wieder still, in einem wilden Lachen für sich allein, sie ließ sich nicht stören durch ihn, begründete auch das lautlose Gelächter nicht, wischte sich nur am Ende das Gesicht trocken und fragte ihn vertraulich, ob alles in Ordnung sei mit der Wimperntusche. Unerreichbarer als es den Anschein hatte, saß sie für alle Zeit entfernt von ihm, und er erinnerte sich an ihre Laute in seinen Armen, die ihm die Töne eines Vögelchens im Süden ins Gedächtnis riefen, dieser immer höhere, immer schnellere Schrei, dann absetzend. Würde er jemals, beim Anhören dieses Vogels, wieder an Marianne denken? Er hatte den Verdacht, daß der Ton nur das erste Mal echt war, zufällig entstanden, vielleicht nicht einmal in seinem Bett, vielleicht bei ihrem, Mariannes, erstem Mal. Dann hatte sie ihn als Form, als rituelles Erregungszeichen, aber nur für sich selbst, als Beweis, aber nur vor sich selbst, übernommen. Es war ihr zuzutrauen. Mariannes Vogellaute, die außerdem eine Art Flügel für sie waren, auf denen sie sich selbst spiralig vorantrieb, von sich selbst weg auf eine Raserei, eine Offenbarung zu, ohne sie zu erreichen vermutlich, gewiß nicht, ihren unverschämten Erwartungen entsprechend, bei ihm. Im Gegenteil, von einem bestimmten Moment an war er ihr hinderlich beim Beischlaf. Bei ihm, das war klar, erschöpften sich Vergnügen und Absicht in einem Höhepunkt, einem Wohlbehagen dann, nach dem er Verlangen hatte und dann auch wieder nicht, manchmal ein sehr dringendes, aber danach war es eben auch gut. Er war nicht besessen davon. Es blieb für ihn eine kalkulierbare Angelegenheit, lange schon, etwas durchaus Stillbares. Gelegentlich hatte er ihre wütende Verfinsterung während des Geschlechtsaktes unheimlich gefunden, ein bißchen lästig vielleicht sogar, aber doch meistens interessant. Marianne tupfte mit Fingerspitzen und Serviettenzipfel die Mundwinkel vor den ruhigen Blicken des Mannes, der hatte es wirklich gut, der brauchte nicht das geringste zu tun, alles lief von allein, und so helle war der Bursche jedenfalls, daß er das begriff und beherzigte. Marianne aber, noch nie hatte er das so deutlich erkannt, war ein einziger, unersättlicher, grundsätzlicher Wunsch unter dünner, gespannter Haut.

Am liebsten hätte er sich jetzt erkundigt, mit einem sachlichen Gruß an den Tisch tretend, ob sie schon miteinander geschlafen hätten. Als der neue Galan einmal Mariannes Finger anfaßte, lächelte sie, wahrhaftig! Nur war es nicht ihr altes, bezauberndes Lächeln, sondern ein kindisches, ja blödes Verziehen der Lippen, mein Gott, mußte Liebe, oder was das nun für das Mädchen bedeutete, so abstoßende, Geheimnis und Schönheit zerstörende Folgen haben? Er wollte den Kopf schon angeekelt wegdrehen, als er ihre plötzlich weit nach hinten gebogene, blinkende Kehle sah. Er dachte an die helle Mondsichel und spürte eine heftige Lust, sie zuzudrücken, als sie ihren Hals so hinhielt. Aber das war nur eine unwesentliche, schon erledigte Rückfälligkeit. Sie begann ja schon zu erröten mitsamt der silbrigen Kehle, sie würde bald zu einem roten Ballon anschwellen in ihrem dummen Glück, sie verlor ihre sanfte Kühle und damit ohne Zweifel die vielleicht jetzt noch leidenschaftliche Zuneigung dessen, der sich, ihr gegenüber, in die makellose, kalt schimmernde Mondsichel verliebt hatte. Und dann? Irgendwann hatte Marianne gesagt, sie würde eines Tages zurück in die baumlosen Ebenen gehen, nichts weiter darüber verraten, aber den Satz nicht zurückgenommen. Da stand sie auf, auch der Mann erhob sich, sie gingen schon wieder. So schnell? Das war nicht richtig von ihr, wie sollte man ihr den Weg versperren, wie konnte sie ihn so abrupt verlassen, er wollte noch ein bißchen zusehen, er war nicht vorbereitet auf diesen raschen Abschied. Wäre sie doch gestolpert, hingestürzt und hätte sich den Fuß verstaucht! Nein, das war damals Gisela gewesen und sie hatte ihm dadurch einen schönen Abend allein mit Hans beschert. Marianne passierte das nicht. Sie stand hoch aufgerichtet da, auf sehr hohen Absätzen, ohne zu schwanken, höher als je bei einem Abendessen mit ihm, sie ging also auf Spitzen, und auch hier konnte er nicht wissen, ob der Mann das überhaupt wahrnahm, vielleicht war er ein Trottel? Marianne tat das in erster Linie für sich selbst, er sah es ihr an, und nun erkannte sie ihn während eines einzigen, zerstreuten Umherblickens. Sie zuckte zusammen, sie sah ihm direkt in die Augen. In den ihren tauchte nicht die Spur eines schlechten Gewissens auf, an ihrem Körper kein Anflug einer Bewegung auf ihn zu. Sie war bloß zusammengefahren wie bei einem alten, bekannten Signal, das aber keine Bedeutung mehr hatte, er war nichts als ein Gegenstand aus einer vergangenen Welt. Er hatte Marianne verloren, er sagte es sich ein viertes Mal und stellte fest, daß ihr Begleiter nicht größer war als er selbst, aber mit einer vollkommenen, klassischen Figur, allerdings ohne das Gesicht eines Sportlers, ein gar nicht leicht zu entzifferndes Gesicht. Sie waren verschwunden, und er bemühte sich um eine gleichgültige Miene, denn er spürte die drohende Annäherung eines Hochschullehrers, der als betagter Professor eine häßliche, aber sehr junge Bibliotheksangestellte geheiratet hatte. Er erwiderte ihre überaus aufmerksamen Blicke, die ihn auf ein gewisses Entgleisen seiner Züge in den letzten Sekunden hinwiesen, mit freundlichem Verbeugen. Nichts weiter, um nichts auf der Welt jetzt irgendein Wort mit egal welchem Menschen! Er mußte erst etwas bei sich ergründen. Nach der Trennung von Karin hatte ihn das Endgültige daran nahezu entzückt, bei Marianne konnte er nicht glauben, daß es ihr gelingen würde, sich aus seinem bannenden Bild zu entfernen, es gab etwas, das sie festhielt, er kam nicht dahinter in diesem Augenblick, er wollte es nicht vergessen, er wollte jetzt trauern und sein Glas austrinken. Er wartete geduldig. Es geschah nichts, ihn erfüllte keine Wehmut, kein Schmerz, kein Zorn. Er rief sich Marianne ins Gedächtnis, und sie stand vor ihm in vielen Haltungen, über Monate hinweg, bekleidet und nackt, schlafend, wach und predigend, es nutzte nichts. Eine wirkliche Empfindung stellte sich nicht ein. So radikal also hatte sie ihn verlassen. Ich befinde mich, gestand er sich nun, und es beflügelte ihn ein wenig, es so zu denken, in der Leere, Stille, Einöde außerhalb jeglicher Leidenschaft!

Er werde Augen machen, hatten ihm Hans und Gisela versprochen. Das tat er, auch wenn die beiden nicht das Wäldchen, in dem sie alle drei standen, sondern das später zu besichtigende Museum meinten. Sie steckten bis zu den Knöcheln im trockenen Laub des Vorjahres, hier und da wurden erste Blättchen der Buschwindröschen sichtbar. Dabei hatten sie ihre Gesichter nach oben gewandt, in dem kalten Feldgehölz, das nach allen Richtungen bald zu Ende war, gegen den hellen Himmel, über den sehr hohen Stämmen und ineinandergreifenden Zweigen mit großen, schwarzen Nestern, bis zu fünfzehn auf einem einzigen Baum, so viel er nur tragen konnte, überreif, überladen, über alle Maßen gesegnet und bevorzugt jeder von ihnen, abgehoben vom weißen Himmel die nervösen, unzähligen Krähenkörper und, wie eine Farbe, ein Umriß ebenfalls, dagegengesetzt ein tiefes, heiseres Krächzen, ein höheres Plärren, ein zu aufflatternden, landenden Vogelleibern vergegenständlichtes Geschrei. Es gab nichts als Helle und Dunkelheit, Weiß und Schwarz, auch die Rufe also, schwarz kontrastierend zur grellen Himmelsfolie, eine schwarze, in ihrer Zerstäubung beständige, zuckend konstante Bevölkerungswolke im farblosen Wind, eine finstere, hysterische Lärmwolke, die sich ins Weiße darüber einschnitt, die mit leichten Schwankungen zwischen Himmel und Erde schwebte. Von unten sahen sie auf zu der gewaltigen Ansiedlung, zu der lebhaft sich in einer Ebene bewegenden Tiergemeinschaft. Gegen eine Oberfläche vom Grund eines Sees, sagte sich Matthias Roth und sprach es dann laut aus, »sehen wir hoch, an den durch eine aufsteigende Strömung starrgehaltenen Tanggewächsen, baumgroß sind sie, vorbei, und dicht unter dem Wasserspiegel, über dem der Himmel beginnt, spielt sich das schwimmende Leben einer schwarzen, in der gesamten Horizontale über uns weidenden Herde ab, einer unfriedlichen natürlich.« »Was für eine Krähensorte ist das nun?« unterbrach ihn Gisela, ohne ihn anzublikken, aber klang es nicht ein wenig zurechtweisend? »Nebelkrähen«, sagte er auf gut Glück, ihm fiel kein anderer Name ein. Gisela trug wieder die zierlichen, glitzernden Kämme im Haar und Ohrringe wie zwei Regenschnüre, und an ihren Handgelenken klimperte es, und wie mochte sich das weiter an ihr fortsetzen! Es war unmöglich, sie sich nackt vorzustellen, wirklich entblößt von allem. Sie würde bis zuletzt noch immer die völlige Nacktheit durch irgendein kleines, bisher verborgenes Schmuckstück aufhalten. »Nein«, sagte sie, »und es ist auch nicht die Rabenkrähe. So dicht zu Hunderten brüten nur die Saatkrähen.« Ach ja, sie wollte Erzieherin werden. Aber wie eigenartig, kaum hatte ihn Marianne mit ihren biologischen Unterweisungen verlassen, nahm die sonst so gleichgültige Gisela den Faden unverzüglich auf. Ach Marianne, es fing schon an: Er sah sie nicht mehr in ihren Einzelheiten, sie reduzierte sich von Tag zu Tag in seiner Erinnerung auf einige Eigenschaften. »Unfriedlich natürlich«, wiederholte er, und nun gab Hans endlich zu, er habe sich die ganze Zeit ausgemalt, denen da oben auf den Leib zu rücken, den frechen Bälgern, am Stamm hochzuklettern und in die Nester zu greifen oder mit einem Gewehr einmal dazwischenzufahren, denen einmal klarzumachen, daß sie sich, diese Müllhaldenvögel und Krakeeler, nicht einfach so sorglos für immer hier ausbreiten konnten. »Große Kräfte müßte man überhaupt haben!« Man sah, wie er die Fäuste in den Manteltaschen entspannte. »Der Teufel wäre los, hier gibt es irgendwo eine unsichtbare Grenze. Wer daran rührt, auf den stürzt sich das Höllenpack. Vielleicht kommt es nur darauf an, daß sie uns entdecken und der gesamte Schwarm saust zu uns herab.« Ein begeistertes Funkeln erschien in den Augen von Hans, dann erlosch es, er drängte plötzlich zum Gehen. Er ließ den Kopf hängen, den runden Kopf mit beginnender Glatze. Matthias Roth bemerkte es wieder, und beinahe verstimmte es ihn. Wie der unvermittelt seine Schultern fallen lassen konnte! Eben noch Eroberer, jetzt schon wieder ewiger Verlierer. Nichts durfte man also an ihm ernst nehmen. Nur die geduldige Gisela, sicher, die folgte ihm ohne Widerworte durch das Laub, so still, als würde sie pietätvoll vermeiden, beim Aufsetzen der Füße Geräusche zu machen. Sieh Dir das an, hätte Matthias Roth ihr noch sagen können, es sind geheimnisvolle Schriftzüge dort oben, okkulte Zeichen, jedenfalls entschlüsselbar. Aber was für eine sinnlose Anstrengung! Er hatte ja selbst genug. Kaum wurde ihm die eigene Ungeduld bewußt, überholte er die beiden auch schon.

Außerhalb des Krähenwaldes fror er sofort. Jetzt mußten sie noch eine Weile zwischen leeren Feldern marschieren, aber man konnte sich auf die Wärme des Museums freuen. Die Landschaft erinnerte ihn sogar an die Umgebung von Fritz, nur zogen hier Flugzeuge, Militärmaschinen, tiefe Schleifen über den Äckern, immer zu zweit, balzende Raubvögel, ausgelassene Piloten. Auf jeder der kleinen Anhöhen faßte der Wind scharf zu. Am Wegrand hatten Panzer beim letzten Manöver die zarte Saat in breiten Spuren aufgerissen.

Es kam Matthias Roth vor, als habe man ihn wieder einmal ohne Rücksicht auf seinen empfindlichen Körper verschleppt in eine viel zu rauhe Welt, selbst sein bester Freund machte so was mit ihm! Als sie eine geschützte Landstraße erreichten und auch schon das Auto in der Ferne erkannten, beruhigte er sich und konnte den beiden wieder freundliche Aufmerksamkeit schenken. Er drehte sich um, als sie sich gerade küßten. Réal und Arlette im Norden, das pflichtbewußte Paar im Vorfrühling! Die Knospen an den Apfelbäumen, klein und hell, saßen an den Zweigen wie Salzkristalle an Salzstangen, lauernd jedoch. Bin ich langsamer geworden? fragte sich Matthias Roth, halte ich nicht mehr Schritt mit den Jahreszeiten? Hängt es mit dem Alter zusammen, daß ich so hinterherhinke? Aber gleichzeitig renne ich auch voraus, Herbst, Winter, Frühling lege ich vorwärtsschießend im Kopf zurück. Er befühlte sein kaltes, weiches Gesicht und näherte sich Gisela, die nun frei für sich auf der anderen Straßenseite ging, mit ihrem üppigen, warmverpackten Körper, und ihm, als er neben ihr war, zulächelte, ein bißchen rätselhaft wie stets und ohne ihm in die Augen zu sehen. Seine bösen Ahnungen, Hunde betreffend, seien ihr hoffentlich noch gut im Gedächtnis. Erst vor kurzem sei ihm wieder etwas Unheimliches passiert, eine weitere Andeutung, daß es ein schlimmes Ende mit ihm nehmen werde. Er erzählte, wie er eines Morgens, auf dem Weg zum Seminar, im Eilschritt um eine Ecke gebogen war. Ohne noch rasch die Situation ändern zu können, wurde er von mindestens fünfzehn Schäferhunden umringt, sie bewegten sich gegen ihn voran, ja, sicher, vermutlich hatten alle diese Herrchen in Lodenzeug und Anoraks ihren jeweiligen Hund an einer im Augenblick unsichtbaren Leine, er selbst sah sich aber ganz dem Wohlwollen des wölfischen Rudels ausgeliefert. Matthias Roth spürte noch im Sprechen, daß er die Furcht vor Hunden offenbar verloren hatte, er vergegenwärtigte sich die Angst von damals nur noch, um nicht so stumm neben Gisela herzustapfen, eine reine Höflichkeitsgeste. Sie gab lediglich ein leises Geräusch von sich und griff nach einem lockeren Kämmchen im rötlichen Haar Wieso sie eigentlich so streng mit seinen Horoskopspielereien sei! Sie reagierte nicht, sie lächelte schläfrig geradeaus und ließ sich hofieren. Fiel ihr denn gar nicht mehr ein, auf welches Gespräch, damals in ihrem Haus, bevor Hans kam, sich seine Äußerung bezog? »Hör zu, Gisela«, sagte er nun fast wütend über ihren Gleichmut, »mir steht es weiß Gott zu, über diesen ganzen Humbug zu spotten und mir doch ein bißchen damit die Zeit zu vertreiben! Früher, als Kind, bin ich oft genug verlacht worden, weil ich überall Bedeutungen suchte, jedes kleinste sprichwörtliche Signal, Schornsteinfeger, Federn an Wegkreuzungen, war mir heilig. Man hat mir oft deswegen Streiche gespielt und mich mit solchen Zeichen irregeführt. Das ist noch etwas anderes als Aberglauben gewesen.« Er keuchte, weil es bergauf ging, noch immer ließ sich Giselas Profil nicht im geringsten erweichen. Dumme Gans! dachte er, fuhr aber fort: »Noch lange, als Zwanzigjähriger bestimmt noch, wenn ich zu Besuch bei einer alten, hexenartigen Tante war und dort plötzlich zwei junge Mädchen auftauchten, hielt ich es sofort für etwas Angezetteltes, für eine kupplerische Absicht in diesem Fall also. So was galt mir stets als das Nächstliegende, das Nicht-Zufällige. Was ich erst mühsam lernen mußte, Gisela: daß sich die Dinge beiläufig und nicht bedeutungsvoll ereignen.« Sie lächelte etwas stärker, und es sah verschlagen aus, er wollte endlich einmal dahinterkommen, um das abzuhaken. Auch, daß sie so gar nicht fror, als der Wind jetzt wieder zulangte! Sie öffnete ein Portemonnaie, nahm eine Tablette heraus, steckte sie in den Mund. Dann zeigte sie ihm ein in Plastik eingeschweißtes Goldstück, 10 Gramm stand darauf und: Degussa. »Das habe ich immer bei mir«, sagte sie, und das war alles.

Vor dem Museum, einem mächtigen, weißen Schloß in der Ebene, seit Mitte des 16. Jahrhunderts Residenz der Herzöge und einst Wunder Nordeuropas, blieben sie lange im Auto sitzen, um den heftig herabrauschenden Regen abzuwarten. Die Außenwelt begann kompakt und undurchsichtig direkt an den Scheiben, das Bauwerk mußte sich Matthias Roth schildern lassen, es blieb in den Wassergüssen verborgen. Hans war gut vorbereitet, er hätte zum emphatischen Fremdenführer getaugt, auch das Schloß wurde, wie das Wäldchen eben, sein Besitz. Matthias Roth hoffte auf die doch sicherlich moderne Heizung, die alle Räume für Vor- und Frühgeschichte aufs behaglichste wärmen würde, Hans aber nannte die wichtigsten Persönlichkeiten der Schloßvergangenheit. Bibliothekare, Wissenschaftler, Reisende, Gartenarchitekten. Einer von ihnen hatte einen Riesenglobus geschaffen, für den ein dreistöckiges Haus errichtet werden mußte, eine Erdkugel mit Kontinenten und Ozeanen aus edelsten Metallen und farbigen Steinen. Wasserkraft trieb die Räder des Werkes an, in dem sich nicht allein die Erde, sondern auch die Sonne und ihre Planeten bewegten. Fritz, sagte sich Matthias Roth, Fritz müßte das interessieren, als Spielzeug und Modell seiner einfachen Weltanschauung. Ihn selbst beschäftigten eher die Materialien. Da zeigte sich in seiner Vorstellung eine Erdoberfläche in ununterbrochener Pracht, schimmernd die ödesten Wüstenflächen, glänzend die eisigen Polargebiete, leuchtend die schlimmste Unwirtlichkeit. Und doch, auch wenn das Wundergebilde noch zu besichtigen wäre, stärker lockte ihn jetzt die Wärme hinter dicken Mauern. Gisela fand unter den Sitzen einen vergessenen Schirm. Da ließ sich Hans überreden, seinen Vortrag drinnen weiterzuhalten und brachte die beiden über den Parkplatz hinweg zum Eingangsportal, wo die Außenwelt in grauen Schleiern hinter ihnen versank. Nun konnten sie die nassen Schuhe auf Teppichboden und poliertes Holz setzen und in angenehmer Temperatur die Mäntel aufknöpfen, während ihr Blick bereits auf Fotografien und Skizzen von Fundorten und Ausgrabungsstätten fiel, auf Rekonstruktionen von Wohnhöhlen, auf erste Hauwerkzeuge, Faustkeile, Holzspeere, auf Schaber, Bohrer, Stichel, Klingen und Schautafeln, die das Leben dieser Urmenschen in schlichter und schauerlicher Alltäglichkeit zeigen wollten, diese ungestalten und schon so rosig verletzlichen Menschen wie sie mit ihren erbärmlich klobigen, bewundernswerten Jagd- und Hausgeräten hantierten in ausdruckslosen Landschaften. Einige Sekunden krümmte sich Matthias Roth, als stünde er draußen im Regen. Ihm kam in den Sinn, daß es in Gebieten außerhalb Europas immer noch Menschen gab, die auf der Stufe der Jungsteinzeit lebten. Da war es eine Wohl tat, heimlich Giselas vielfältige Kämmchen zu betrachten. Hans trieb sie vorwärts in einen neuen Saal, wo ein Zelt von Rentierjägern aufgeschlagen war, an der inneren Peripherie ganz mit Fellen ausgelegt. Das umkreiste Matthias Roth, hier fing ja tatsächlich ein klein wenig Luxus an, hier im schön geheizten Zimmer: Pelze gewannen erst ihre Pracht mit ihrer Überflüssigkeit. Auf Hans hingegen mußte man nur einen einzigen Blick werfen, um zu erkennen, daß er sich in Vorzeiten, auf einem entbehrungsreichen Jagdzug befand. War denn nicht von einer Goldkammer gesprochen worden? Dazu mußten sie sich offenbar durch die Jahrtausende vorankämpfen, es gab keine Reflexe auf den hier ausgestellten Dingen, aber immerhin erste, rührende Versuche, aus Zähnen Ketten zu machen. Die Regenmäntel mancher Besucher raschelten aufdringlich, sofort wirkte die Decke über ihnen undicht. Er, Matthias Roth, verlangte ein stabiles Dach überm Kopf. Man sah, sorgfältig aufgereiht, nun Ergebnisse der Geweihbearbeitung: gezähnte Fischspeerspitzen aus Knochen, Stichel zum Aufschlitzen des Geweihs, Zinken zum Herauslösen der Späne, erste geschnitzte Linien. Hans drückte sich die Nase platt angesichts dieser in der Tat eleganten Werkzeuge, Matthias Roth wartete ungeduldig auf die nächste Epoche und merkte, daß es Gisela ähnlich erging. Zumindest stand sie vor einem Schaukasten mit aufgefädelten, derben Kugeln, ein Armband aus einem Grab, wandte wie er den Besuchern und Jagdutensilien den Rücken zu und starrte die roten, grünen, undeutlich braunen Steine an, als wären sie dadurch an ihrer stumpfen Oberfläche zu glätten, durchscheinend zu machen oder glänzend, empfänglich also endlich für das auftreffende Licht. Dann schob sie sich, ohne ihn zu beachten, eine Handvoll Salmiakpastillen in den Mund.

Jetzt aber, im nächsten Raum, und hatte er es nicht schon von weitem erspäht, unbeirrt an den dargebotenen Funden der einsetzenden Bronzezeit, an Schwertern, Dolchen, Beilen, Gefäßen, Gürtelplatten, Rasierklingen vorbei: Ein erster, goldener Knopf, ein Blinken unter den würdevoll gestrengen Ansammlungen nützlicher Gerätschaften aus einem Männergrab! Es war ein großer Saal mit Schemazeichnungen und

detaillierten Modellen über Treib- und Gußtechnik, Erzge-
winnung und Darlegung der wirtschaftlichen Folgen, aber
all das überspringend nahm ein Zucken und Blitzen an den
Vitrinenwänden zu, es gab getriebene Schalen auf rotem und
schwarzem Samt, meist im Austausch gegen Nordseebern-
stein, las Matthias Roth neben der Goldkammer, die er sich
sogleich als Mausoleum für sich selbst ausmalte, aus Irland
oder vom Balkan eingehandelt, und über die Entwicklung
der Goldschmiedekunst, über Treiben und Ziehen, Ziselie-
ren, Punzieren, Gravieren und Niellieren, Tauschieren und
Filigrantechnik. Während er die Becher und Spitzenarbeiten
aus Golddraht betrachtete, in ihrer geheimnisvollen Beleuchtung aufstrahlend und die Kraft der versteckten Lampen bün-
delnd auf ihren Kissen, jedes Stück wie die Insignie eines größeren oder kleineren Reiches, dachte er an seinen Vater, der
ihn als Kind oft mit einem Albumvers hingewiesen hatte auf
den unsichtbaren Schimmer in allen Dingen, ein Schimmer
oder ein Lied. Er aber wollte sich in die blendende Gegenwart
dieser Sonnen, Verschlüsse, Broschen versenken, Hans und
Gisela vergessen und sich die Armreifen auf die weiße Haut
großer Germaninnen träumen, die gewaltigen Anhänger auf
die Brüste seiner blonden Mütter in einer noch rohen, doch
schon prunksüchtigen Zeit. Mariannes goldene Feder, die
wie ein Herbstblatt an ihrem Ohr geschwankt hatte, fiel ihm
ein, aber ohne Schmerz. Ja, hier hätte er gern eine Weile ganz
allein zugebracht, er wäre durchaus zu den scharfen Schwertern der Bronzezeit gewandert, imponierende Nachbildungen,
die neben den brüchigen Originalfundstücken hingen, zu den
rechtschaffenen Zeugnissen dieser Epoche wäre er gegangen
mit Ehrerbietung, um dann zum leichtsinnigen Augenzwinkern, zum siegreichen Strahlen der Goldgegenstände zurück-
zukehren. Aus den schmalen Fensterschlitzen würde er
manchmal nach draußen sehen, aus der Schatzkammer hier
drinnen in die das Museum umgebende Bronzezeit, denn so
kam es ihm jetzt vor: Draußen herrschte hinter den Wasser
güssen tatsächlich eine Phase nach der Jungsteinzeit, und hier
drinnen wurden ihre Produkte gehäuft, selbst Hergestelltes
und Eingetauschtes, auch Geraubtes. Hans rüttelte an ihm

182

Er wollte etwas über seine Gefühle erfahren, Matthias Roth fing sich rasch, er sagte: »Ich habe über die Zahlen nachgedacht. Sobald ich sie als Jahreszahlen begreife, entsteht für mich mit ihrem Voranschreiten, spätestens vom Mittelalter an, eine steigende Linie der Trivialität und mit ihrem Abnehmen, möglichst bis unter Null, eine der Erhabenheit. Gehen sie aber über unser Datum hinaus, dann bekommt die Zahl etwas Katastrophales, ja, schon die Gegenwartsdatierung gerät in den Strudel von etwas Apokalyptischem.« Na klar, da lachten sie beide! Das wußten sie voneinander: Die nüchterne Jetztzeit war für sie nur zu ertragen, wenn man in ihr die fahle Ankündigung einer triumphalen Götterdämmerung sah. Hans entfernte sich wieder, beschwingt, mit großen Schritten und begann Gisela wie einen Tanzbären herumzuschieben, von Ausstellungsstück zu Ausstellungsstück. Matthias Roth spürte eine Müdigkeit in seinen Beinen, er hatte sich satt gesehen und nur aus Höflichkeit zu Hans etwas gesagt, was dem gefallen würde. Alles hatte er plötzlich satt, das Gold, die Museumsluft, die Belehrungen auf den Tafeln, und Sehnsucht hatte er nach nichts anderem als nach der guten Zigarre, die er bei sich trug. Das alles hier sollte ihm gestohlen bleiben, ob echt oder gefälscht, der goldene Ramsch, massiv oder mit Goldblech verkleidet, es ging ihn einen Dreck an. Er wollte in einer netten Cafeteria sitzen, mit übereinandergeschlagenen Beinen, bei einem Mokka und einem Cognac nach Möglichkeit, und dazu seine erstklassige, sorgfältig verpackte Zigarre rauchen, meinetwegen in den Regen dabei sehen, den Regen des heutigen Tages jedenfalls, und, warum nicht, in der Nähe seines Freundes und dessen Frau, sofern man von ihm nichts anderes verlangte, als schlichtweg anwesend zu sein. Er wollte es jetzt sofort gut haben, schließlich stapelten sich zu Hause dringende Arbeiten in einem unaufgeräumten Zimmer neben einem dämlichen sechseckigen Pflasterstein.

Er sah Hans beim Essen zu, in einem Raum, der hell war und nett, ganz nach Wunsch, und stellte, wie noch nie zuvor, einen Vernichtungswillen gegenüber dem zu Verzehrenden bei seinem Freund fest, eine Besessenheit, das auf den Tel-

ler Geschichtete in großen Schüben in den Mund zu beför-
dern, weniger aus Heißhunger, wie es schien, als aus einer
Zerstörungswut, die sich gegen die Fülle der servierten Mahlzeit richtete und den ratzekahl gefressenen Untergrund wieder sichtbar zu machen verlangte. Nur manchmal lehnte sich
Hans zurück, unentschieden wohl, ob er hier, anstatt den
Bergbauern zu spielen, nicht vielleicht doch den inneren Gra-
fen hervorkehren sollte. Matthias Roth trank schon seinen
Mokka, trotzdem gefiel es ihm nicht. Er saß, wo er zu sitzen
wünschte, und das Rechte war es trotzdem nicht. Es überfiel
ihn auch eine wachsende Abneigung gegen die übrigen Gäste,
er kannte das zwar, hatte aber hier nicht damit gerechnet, mit
diesem Haß auf ihre verschiedenen Körperhüllen. Sie saßen
nicht allein am Tisch. Eine kleine Frau mit weißem Bubikopf
hatte sich zu ihnen gesellt, eine deutsch und englisch sprechende Dänin, die ununterbrochen rauchte und Gisela, die
glaubwürdig zuhörte, aus ihrem Leben erzählte. Tagsüber
arbeitete sie als Sekretärin in einer Kleinstadt, vom späten
Nachmittag an widmete sie sich ihrer Katzenzucht. Mit über
dreißig Tieren, vor allem Persern, lebte sie allein in einem
Häuschen mit Garten. Im Büro rauche sie den ganzen Tag,
auch wenn es in Dänemark sehr teuer sei, sie könne nicht
anders. Aber zu Hause, wenn sie alle Hände voll zu tun habe,
niemals. Gisela sagte fast nichts, sie hatte nur zu verstehen
gegeben, daß sie ebenfalls Katzen liebte. Hans flüsterte ihm
zu, das sei nun mal ihre Passion, und Matthias Roth bemerkte
an seinem Tonfall den Stolz, daß sie überhaupt irgendeine
Leidenschaft hatte. Karin mit ihrer komischen Liebhaberei,
sonntags zum Minigolf zu gehen, drängte sich auf. Daß sie
ihn ein halbes Jahr dazu getrieben hatte, konnte er ihr bis
heute nicht verzeihen. Die Katzenzüchterin schilderte, wie
sie eine abwechslungsreiche Nahrung zusammenkaufte und
sagte immer: »Ich nehme diese Sorte und dann dazu diese
andere Sorte«, und meinte damit die Paarungen für ihre
Züchtung, als würde sie einen Kuchen backen. Kälber ohne
Zunge, ohne Ohren, unbehaart, lief es schnell durch seinen
Kopf, unbeabsichtigte Züchtungsergebnisse eines englischen
Atomkraftwerks. Er sah, daß die Stirnhaare der Frau, die

er an einem besseren Tag wegen ihrer Lebhaftigkeit gewiß bewundert hätte, gelb verfärbt und gekräuselt waren. Ihm fiel nicht gleich ein, woran das liegen mochte, aber als sie nach der nächsten Zigarette griff, erkannte er, daß es vom stundenlang aufsteigenden, heißen Rauch herrühren mußte, der Pony war regelrecht angesengt. Das erheiterte ihn plötzlich. Er lächelte die Frau an, sofort wandte sie sich ihm mit vertrauensvoller Intensität zu, indem sie über die Bewertung bei Wettbewerben berichtete, kleine Ohren, buschiger, kurzer Schwanz, weit auseinanderstehende Augen. Matthias Roth nahm das am Rande wahr. Er sah sie in Flammen aufgehen, die Stirnhaare kräuselten sich stärker und brannten schließlich, das weiße Kopfhaar bog sich und loderte, dabei sprach sie fortwährend – das Feuer erfaßte nun auch den im Laufe der Jahre in die Breite gesunkenen Körper, daß er glühte und endlich einfiel, alles ohne einen Laut des Schmerzes – über den geplanten Lebensabend mit Hoffnung auf internationale Erfolge, ein Geschäft war das ohnehin nicht, auch gab es Patzer mit Hauskatzen, und man mußte geschickt für frisches Blut sorgen. Er hatte seine Zigarre schon zur Hälfte geraucht, als ihm bewußt wurde, daß sie ihm nicht im geringsten schmeckte. Im Stich gelassen fühlte er sich, aber das gab es nicht, das wurde nun zu Ende gebracht, die legte er nicht einfach so weg. Zornig verfolgte er, wie sie langsam abnahm, in Rauch und Asche verwandelt, ohne ihn zu erfreuen. Er dachte an den Mann, der am Vormittag in der ganz und gar übersehbaren Landschaft einen Weg mit mehrfach rechten Winkeln zwischen den kahlen Äckern Meter um Meter abgegangen war, und man wußte doch gleich, wo er schließlich, keinmal von Busch oder Baum verdeckt, unsinnigerweise ankommen würde.

Er änderte seinen Entschluß, der blaue Plastiksack mit schmutziger Wäsche blieb an der Tür seines unteren Zimmers stehen. Es drängte ihn aus dem Haus, und er wollte lieber mit beiden Händen in den Hosentaschen durch die Straßen laufen. Das hatte er sich eigentlich nicht verdient, nach dem ergebnislosen Herumgeschleiche um Tisch und Manuskript. In dem Vorgarten, wo im Herbst Ringelblumen geblüht hatten, dufteten schon seit Wochen Stiefmütterchen. Der Junge mit dem Schneeball zeigte sich aber nicht mehr, vielleicht versteckte er sich vor ihm. Das wäre immerhin etwas, wenn es in dieser sturen Straße jemanden gäbe, der dermaßen auf sein Erscheinen achtete! Er wechselte mehrmals sein Schrittempo, und heute machte es ihm Schwierigkeiten, daß er kein Ziel hatte. Da zwang ihn das Umspringen der Ampel, auf der breiten Fahrbahn zu rennen, und bald darauf ein schwacher Regen, schleunigst nach einem Schutz zu suchen. Vor dem überdachten Schaufenster der Druckerei stand er still, von dort sah er eine Frau mit Schirm herankommen. Ganz aus der Nähe schauten sie einander in die Augen, zur beiderseitigen Verblüffung, er wollte damit fortfahren, aber gleich senkte sie den Schirm gegen ihn, betrachtete die ausgestellten Glückwunschkarten, und er fühlte sich betrogen nach diesem kurzen Blick. War es jetzt nicht sein Recht, den Schirm einfach hochzuschieben wie einen etwas Hübsches verbergenden Schleier? Sie entfernte sich ja schon wieder. Er schaute ihr nach, sie balancierte zwischen den Pfützen leichthin mit ihrem Seiltänzerschirmchen und verschwand. Es ging eben nicht alles so zu, wie er es sich wünschte. Warum mußten solche Sachen immer ernst und von Dauer oder überhaupt nicht sein: Was man mit Vergnügen liebt, ist die unterschiedliche Wellenbewegung, die reizende, mißverstandene Gestalt. Wie schön, auf verschlungenen Wegen durch die Stadt so einem rotweiß gestreiften Regenschirmchen zu folgen, aber nichts da, alle Schirme waren wieder zugeklappt. Doch man ließ ihn keineswegs ungeschoren, man wollte durchaus etwas von ihm. Flugblätter von Beschwerdeführenden wurden ihm in die Hände gestopft, Anklagen auf erbärmlichem Papier und, um der Erbitterung mehr Raum zu bieten, abstoßend klein gedruckt. Nein, er fühlte sich den vielen weltpolitischen Ereignissen nicht gewachsen, nicht dieser Pflicht zur ununterbrochenen Teilnahme und Wachsamkeit. Wenn eines Tages die auf ihn gemünzte Gewissensfrage, damit rechnete er ja auf Leben und Tod an ihn herantreten würde: gut! Aber bis dahin wollte er ein Spaziergänger bleiben, der nichts in den

Fingern halten mußte. Er wollte auch nicht diese ungeschickten Sätze lesen, jetzt nicht. Natürlich, im Kleinen konnte man auf ihn zählen. Er verteidigte schließlich auch die Wut der Studenten bei Mensapreiserhöhungen. Auf einmal bewegte er sich grundlos schnell vorwärts. Sein Körper wollte ihm offenbar weismachen, er wäre in Eile und müsse ohne Aufenthalt an den, wie stets nach längerer Enthaltsamkeit von solchen Anblicken doch erstaunlich anzusehenden Leuten vorbei. Er wußte nicht, ob er sich gegen diese Geschwindigkeit, die zu nichts führte, sträuben sollte. Eins stand fest: die Stadt unterhielt ihn heute nicht. Drüben aber, auf einer riesigen Plakatwand, unverschämt ausgebreitet, lehnte ein dunkelhäutiges Mädchen. Es sah überhaupt nicht her, es war frecherweise ganz und gar mit sich selbst beschäftigt, es hatte niemanden nötig, weil es alles besaß: Also schön, irgendein Getränk, aber in erster Linie traf ihn die sachte, wirkungsvolle Kühle unter den Blättern, die heitere Entrückung des Schattenbezirks aus der im restlichen Bild geradezu reißenden Sonne. Auf der Straße, wo er ganz perplex stand, schien die Sonne nicht, es herrschten auch keine sonderlich warmen Temperaturen, ein durchschnittlicher Frühlingstag eben. Das erlöste Aufatmen jedoch, das auf dem Plakat vor ihm stattfand, scheinbar ohne auf ihn als Betrachter Wert zu legen, ergriff ihn sekundenlang so heftig, ob als Sehnsucht oder eingetretener Zustand, daß er taumelte.

Ja, das war wenigstens etwas! Immerhin kannte er auch Augenblicke, wo ihm ein großartiger Gegenstand, ein Panorama zum Beispiel, nicht die geringste Seelenregung verschaffte, selbst die Sterne standen manchmal als solche Versager da. Sein Gesicht, in einer Scheibe gespiegelt, fand er bleich und fett, damit war nichts los, und die Freiheit der Vorübergehenden zeigte sich in nichts anderem als in der Vielzahl an Häßlichkeit. Allein darin steckte ein gewisser Einfallsreichtum. Was konnte man an den Frauen bestaunen? Heute eigentlich nichts anderes, als die ulkigen Formen, in die sie ihre Brüste gepreßt hatten. Es waren immer Brüste und sollten auch als das erkennbar sein, aber jede Passantin schien sich was anderes über den idealen Ort ihres Busens in den Kopf gesetzt zu haben. War er nicht fröhlich, jedenfalls erwartungsvoll weggegangen und wurde nun immer trauriger gemacht? Warum tat man ihm das an? Niemand gab sich Mühe. Nein, krumm, dreist, roh, ob jung oder alt, traten ihm die Leute entgegen und kümmerten sich nicht darum, wie das auf ihn wirkte. Worauf war denn Verlaß? Auf die Schönheit unter den Menschen etwa? Sollte er ins Museum rennen, um sich von einer Handvoll Kunstwerken trösten zu lassen oder hinaufsteigen zum Park oberhalb der Stadt? Es würde ihn alles enttäuschen. Diese Leute in den Straßen jedoch, die hatten ihre kleinen Genüsse, und zwar bombensicher, die rauchten ihre Zigaretten, fraßen Gegrilltes, als wäre es wer weiß was, mechanisch aufgedonnert, ein elendes Sammelsurium. Er kam am städtischen Hallenbad vorbei, es roch bis zu ihm hin nach feuchter Luft und Chlor, daß sich ihm die Haare aufrecht stellten. Trotzdem atmete er hier, um den Becher bis zur Neige zu leeren, besonders tief ein. Das also war eine ihrer Vereinigungsstätten! Da krebsten sie, schnaufend, kreischend vor Wonne, mit einem Gummiband am Handgelenk, alle im selben Element, traten sich mit harten Fersen in die Weichteile, pinkelten geschickt vor sich hin, schluckten Wasser und rotzten zurück, kehrten mit Fußpilz oder Erkältung vom Gemeinschaftserlebnis heim und stanken für den Rest des Tages. Wie fühlten sie sich aber dabei? Fit! Vor ihm bog jetzt Marianne um die Ecke. Sie war es nicht, und selbst wenn! Allerdings hatte sie nie nach Badeanstalt gerochen, tat es aber vielleicht jetzt an der Seite ihres Sportsmannes. Er begann sich zu schämen, während er den selbstherrlich Geradeaussteuernden auswich. Die legten es ja darauf an, mit ihm zusammenzustoßen. Und wie unerhört geschäftig sie ihre verschiedenen Wege einschlugen und wichtigen Unternehmungen nachgingen, jeder angeblich auf seine Weise! Waren sie nicht nur durch Entschlüsse voneinander getrennt zu einzelnen Individuen, und nur zum Schein in verschiedene Gestalten gesteckt, wie die Brüste der Frauen, um sich interessanter zu machen, mal so und mal so ausgeformt und doch bloß eine einzige Masse? Er wollte sich endlich zur Räson rufen und kam auf die Idee, einen Mord zu begehen um seine Gefühle zu retten. Bei der langen Freiheitsstrafe würde er, und wenn er Jahre dazu brauchte, wieder begreifen, wie kostbar ein sogenanntes Menschenleben war. Gleichgültig wie viele täglich starben in Kriegen, aus Altersschwäche, am Hunger: Seine Untat an diesem einen Getöteten mußte von ihm Tag um Tag abgebüßt werden in einer armseligen Zelle, in Sträflingskleidung obendrein. Dieser eine Ermordete hatte ausschließlich mit ihm zu tun, mit seinem hinter Gittern alternden Körper, und war seinem Gedächtnis als persönliche Geschichte sogar in den Träumen verbunden. Er beschloß, einen Kaffee zu trinken und dann zu Hause energisch seine Arbeit aufzunehmen. Die Stadt wimmelte wieder von Studenten. ›Student sein, wenn die Rosen blühn!‹ hatte seine Mutter beim Bügeln oft gesungen. So betrachtet übrigens, fuhr er für sich fort, ergab der Mordversuch dieses ehemaligen Liebhabers der Haakschen Enkelin an seiner Freundin keinen Sinn: Der hatte auf jemanden eingestochen und nun sein Leben ruiniert, wie Frau Bartels meinte, den er ja schon vorher als einzigartig erkannt hatte. Matthias Roth verschwand in einem Antiquariat, bezahlte drei zurückgelegte Bände, trug wie jedermann etwas in den Händen und wandte sich bald den Eingangstüren eines Kaufhauses zu. Er vermischte sich in nun gedankenlosem Dösen mit den Kaufenden, die, ohne es zu ahnen, eine Weile die Führung über ihn an sich rissen.

Im 3. Stock kündigte die Etagentafel das neu eingerichtete Café an, aber er fand sich nicht gleich zurecht und landete zunächst in der Abteilung für Handarbeiten. Ihm wurde der Weg in eine Richtung gewiesen, aus der deutlich Baugeräusche drangen. Zu beiden Seiten lagen jetzt dicke Teppichrollen, auch auf dem Boden waren sie zum Drüberlaufen ausgebreitet, und er mußte einen kleinen Reflex, sich nebenherzuzwängen, erst einmal überwinden. Die herumstehenden Verkäufer kannten das wahrscheinlich schon. Wo der Gang endete, war ein hohes Gerüst errichtet mit einem Durchlaß in der Mitte, der mit Plastikvorhängen abgesichert wurde. Dahinter sah man Arbeiter, die Bauschutt in Eimern weiterbeförderten. Einer Verkäuferin sank, als sie die Gasse passierte, eine Ladung Staub, durch eine undichte Stelle hindurch, auf die hochgekämmten Locken. Ohne das Gesicht zu verziehen, schüttelte sie nur kräftig den vorgebeugten Kopf. Die Arbeiter lachten, als wäre ihnen ein Streich geglückt. Er selbst kam unbehelligt in dem dahinter liegenden ›Wiener Café‹ an. Da saß er nun allein an einem Marmortischchen in einer diskreten Nische, wurde flink mit allem Geforderten versorgt und sagte sich: ich habe es verdammt gut, stellte aber eine Sucht nach Vervollständigung fest, etwas fehlte noch, vielleicht müßte ein Regen gegen die Scheiben klatschen, er fühlte sich eigentlich wunschlos, aber beruhigte sich nicht ganz. Irgendein Vorbild für diese Situation verlangte nach einer vollkommeneren Kongruenz. Ein Gespräch mit Hans fiel ihm ein. Hans, der Größenwahnsinnige, hatte ihm erzählt, wie ihm als Kind das meiste, bevor es eintraf, als schön angepriesen worden sei, die kleine Fabrik eines Onkels, ein neuer Werkzeugkasten, eine Kusine, ein Geburtstagskuchen. Er habe es dann auch wirklich schön gefunden, aber nur an der Oberfläche. Insgeheim sei er enttäuscht gewesen, habe sich das Schöne viel schöner ausgemalt und das, was man ihm dafür anbot, wegen des Betrugs ganz innen gehaßt. Er, Matthias Roth, dagegen hatte erst vor ein paar Tagen eine durchaus ansprechende Frau gleich nach der ersten Nacht endgültig verabschiedet, weil sie, wohl auch eine von diesen Hallenbadbesucherinnen, überall am Körper nach Chlor und dem Gummi von Badeanzügen roch. Er sah in dem sehr gefällig unterteilten Raum umher, und anstatt seine eben erst gekauften Bücher auszupacken, stellte er sich plötzlich die Frage, in welcher Höhe, in welchem Umfang, auf welchem Gebiet diese Kaufhausgäste wohl versichert waren. Ganz ohne Versicherung würde, dürfte keiner von ihnen sein. Auch er fühlte sich ihnen allen durch ein Netz verbunden, das er sich nicht als Auffangnetz dachte, sondern als lockeres, aber unentrinnbar sie alle zu unterschiedlichen Tarifen miteinander verknüpfendes Gewebe. Zwischendurch ärgerte er sich, daß ein Paar von ihm seit Betreten des Cafés ins Auge gefaßt, hinter einer Säule verschwand und gegen alle Logik nicht mehr zum Vorschein kam. Eine weitere Erkenntnis drängte sich auf: Wie man es auch drehte, es existierten hier nicht mehr als vier Sorten von Menschen, lange, kurze, dicke, dünne, oder die vier Temperamente, bei dem einen fiel das nur typischer aus als beim anderen, aber wesentlich davon abweichende Möglichkeiten gab es nicht. Alles war aufgeteilt nach solchen vier Himmelsrichtungen, hier und da ein bißchen nord-ost, langdünn, kurz-dünn, kurz-kurz-dick. Diese Vermischungen waren vielleicht letzten Endes das Fatale. Er stand auf, um nach dem verlorengegangenen Schaf zu sehen. Es hatte sich in Luft aufgelöst. Na bitte, spurlos verschwanden zwei Personen in dieser extremlosen Menge, alle glichen sich einander an bis zur Unauffindbarkeit, und er gehörte zweifellos dazu. Einmal suchte er die Toiletten, dabei weiter Ausschau haltend nach dem Mann und der Frau, verließ den Waschraum und stieß an der Tür mit einer älteren Frau zusammen, die sich zu den Männern verirrt hatte. Als sie den Fehler begriff, hob sie die Hände verteidigend gegen ihn und floh mit einem Schrei. Ganz so verrückt hatte er Gott sei Dank bei der Handarbeitsabteilung nicht reagiert, aber fast. Auch diese bemerkenswerte Dame zeichnete sich trotz heftiger Mimik durch nichts aus, das ihr die Chance gab, in seinem Gedächtnis haften zu bleiben. Das galt gewiß ebenso umgekehrt. Nein, es half nichts, er steckte tief und erstickend in etwas Allgemeinem, in dem selten ein individuelles Zappeln vorkam, das aber nicht die Grenzen dieses glasigen, zähen Körpers durchstoßen konnte. Sie alle waren eins in einer pauschalen Wert- und Glanzlosigkeit und schoben sich, aus demselben Stoff scheinheilig zu Einzelfiguren gehäuft, grob modelliert, durch das Leben, durch die Straßen, die Warenhäuser und Museen, durch Sauna und Parks voran.

Ihm war der Kaffee kalt geworden. Das passierte sonst nicht. Student sein, wenn die Rosen blühn! Wieder sah er seine Mutter beim Bügeln vor sich. Kurz vor ihrem Tod hatte sie ihm von ihrer Schwester erzählt, die so gern Oberhemden bügelte, daß sie ihrer im selben Haus wohnenden Tochter heimlich die Wäsche von der Leine holte. Er selbst hatte diese unförmige Frau erlebt, als sie einem kleinen Mädchen in ihrer Tapsigkeit Wein über das neue Kleid schüttete und darüber in tiefe Traurigkeit versank. Mit sieben, acht Jahren hatte er den enttäuschten Gesichtsausdruck der Erwachsenen für etwas Allgemeines gehalten, später begriff er die jeweils besonderen Gründe dafür, nun aber schien es ihm erneut, kindlich oder nicht, eine allgemeine Zwangsläufigkeit zu sein. Man sollte sich schenken, dafür einzelne Ursachen zu suchen. Aber ich habe es doch gut! wollte er wieder denken. Es klappte nicht. Das konnte er Hans nachbeten: Es gab die Vorfreude auf Besuche, Ereignisse, Menschen, und beim Eintreffen das Basta! mit dem es sich abzufinden galt. In aller Banalität also auch hier, er faltete die weichen Hände: die Leere im innersten Zimmer der Leidenschaft. Wer es schaffte, konnte darüber lachen. Sie waren nicht zu retten, diese Leute an den Marmortischen, mit aufgestützten Ellenbogen in angeregtem Gespräch, daß ihnen die Wangen glühten, und draußen die aufreizenden Gestalten in der Hocke auf den Bürgersteigen, an die Häuserwände gelehnt, mit einem Topf oder Hut neben sich. Ihr Leben mußten sie alle allein zu Ende leben, das nahm ihnen keiner ab. Er schlug nacheinander die drei Bücher auf, las jeweils eine halbe Seite darin und schob sie beiseite. Eine große Erschlaffung spürte er in sich, einen Zusammenbruch fast, und es beruhigte ihn sehr, daß es ihm sitzend widerfuhr. Gerade bei seinen Stadtgängen hatte er sich immer so angestrengt, den Vorübergehenden das Beste abzugewinnen. Das war nun vorbei. Eigentlich unbegreiflich, daß er sich jemals für irgendwen interessiert hatte. Warum diese Mühe trotz besseren Wissens! Selbst Fritz, der Kindskopf, und Hans bedeuteten ihm in Wirklichkeit nichts. Er traute sich, das zuzugeben nach so vielen Gesprächen, Essen, Wanderungen, auf denen er sich was anderes vorgemacht hatte. Und wenn er für Hans tatsächlich den kleinen Finger opfern würde: Es wäre eine überzeugende, aber durch und durch trügerische Geste der Beteuerung. Nein, er lächelte nicht. Dabei war es früher eine seiner Lieblingsvisionen gewesen, als alter Patriarch auf dem üppigen Sterbebett zu lagern, todesmüde, bereit zu gehen, jedoch mit allen seinen Lieben um sich herum! Zu deren Versammlung war er nicht einmal in Gedanken fähig und es tat gut, darauf zu verzichten von vornherein. Er über ließ sie ihrem Schicksal, er war einer von ihnen allen, nicht erwähnenswert, und gehörte doch nicht länger dazu. Das, was sie bewegte, die Genüsse, die sie erstrebten und auskosteten, fesselte ihn nicht mehr. Er hatte seine Ruhe verloren, und er wollte auch nicht auf diesem Nischenstuhl sitzen, als hielte ihn hier eine Behaglichkeit. Er war unglücklich und ungeduldig, er wußte nicht wohin, aber auch die Cafébesuche waren vorbei. Es langweilte ihn, wie die Männer ihre Beine ausfuhren und die Frauen mit den Fingernägeln an ihre Lippen klopften, wie die Bedienung neckisch eine Torte empfahl und das Trinkgeld auf die Tischplatte sprang. Er hatte immer vermutet, daß ihm etwas Schreckliches blühen würde eines Tages, ein Hunderachen, eine schmerzhafte Krankheit, daß ausgerechnet dieser Zustand über ihn verhängt würde, nicht. Und er war schrecklich, daran ließ sich nicht rütteln. Unter dem Baugerüst ging er davon. Er wünschte sich beinahe, so lautlos wie vorhin zur Verkäuferin käme eine Staubwolke auf ihn herab, so daß er in Sack und Asche, als Büßender kenntlich, von dannen schliche. Er mußte an den Tischen und Auslagen vorbei, alles kalkulierte mit Überraschungseffekten, Schaufensterpuppen stellten sich ihm in den Weg in dramatischen Nachtgewändern und getigerter Strandkleidung. Alles gebärdete sich verheißungsvoll, nichts wurde leichter geweckt als Hoffnungen, eine Stafette, ein Zickzacklauf. Die Gesichter der Kaufenden wurden herumgerissen, die atemberaubenden, frischen Waren der Saison in Spiegeln vervielfältigt rundum. Klaffend fuhren Ding und Erwartung auseinander. Das war nichts Neues, aber diesmal übersprang Matthias Roth die Lücke nicht in gewohnter Routine, sondern blieb stehen, unversöhnlich, am Ufer des betrogenen Gefühls.

Es war nur ein Bedürfnis seiner Beine, sich noch ein wenig vorwärts zu bewegen, das ihn veranlaßte, nicht sofort in seine Wohnung zu gehen. Er schlug den Weg zum Park ein, betrat ihn aber nicht, sah auch nicht auf die Stadt zurück. Er setzte Fuß vor Fuß und wußte nichts anderes zu tun. Er kam an den Villen mit ihren verschnörkelten Eingängen vorbei, mit gebuchteten Balkons, mit Vorgärten, größer als mancher Schrebergarten und voller Narzissen. Hinter den alten, stabilen Mauern bemühten sich die Insassen um den Vollzug eines glücklichen Lebens, wie es der stolzen Aufmachung ihrer Häuser entsprach. Jetzt gefiel es ihm, eins nach dem anderen, samt den zum Verkauf angebotenen, abzuschreiten, frei von der Verpflichtung eines genießerischen Daseins. Gut, daß er nicht darinnen wohnen mußte. In diesem Augenblick in solch ein unerbittlich forderndes, pompöses Haus als Besitzer oder Mieter einkehren zu müssen! Es fiel ihm aber ganz leicht, gewissermaßen die Vorderfront der Villen zu entfernen und die Wohnzimmer und Küchen, die Bäder und Klos zu betrachten. Es reihte sich vor ihm auf und unterschied sich nicht sehr von Stockwerk zu Stockwerk, von Villa zu Villa. Er näherte sich dem Haus von Hans und Gisela, aber so, als wären ihm diese Bewohner ebenso unbekannt wie alle anderen, bis auf die flüchtige Befürchtung, Gisela könnte aus dem Fenster sehen und ihn entdecken. Aber das war noch nie geschehen. Jedenfalls würde sie sofort in der Tiefe des Zimmers verschwinden. Er ging die Straßen und lockeren Häuserketten ab und fühlte an diesem Frühlingstag etwas Herbstliches. Im späten Herbst gab es bei milder Witterung Stunden, wo die Erde aus dem Weltall zurückwich, alles blieb selbstverständlich an seinem Platz und rührte sich keinen Zentimeter von der Stelle, und doch war alles im Entschwinden begriffen, besonders das Anorganische, besonders das Gebaute, Gemauerte, Asphaltierte, Geschweißte, Gepflasterte. Auch die Pflanzen, die Lebewesen natürlich, aber er meinte nicht den Blätterfall. Es war ein erstaunliches Entgleiten oder Ausgleiten der harten, festen Beständigkeiten, ohne Beweis dafür. Nur konnte er in seiner Situation nicht entscheiden, von wem dieser Rückzug ausging, von ihm oder von den Dingen, und er wunderte sich, den Boden so sicher unter sich zu spüren, so ohne Nachgiebigkeit, wenn er auf ihn trat, und ohne Gelegenheit, darin zu versinken. Es wäre ihm nicht einmal gelungen, sich lange und gründlich zu erbrechen. In einer verlassenen, aber schon wieder städtischen Straße blieb er vor einem mannshohen Eßwarenautomaten stehen. Jedes seiner Fächer war gefüllt, nur hatte man alle die Scheibchen eingeschlagen und das, was üblicherweise darin angeboten wurde

Keks, Schokolade, Äpfel, ausgeräumt. Das mußte schon vor längerer Zeit geschehen sein, denn der Apparat wirkte auch an seinem Außengestell verwahrlost. Wahrscheinlich also war die Entleerung durch den Besitzer vorgenommen worden oder durch die normale Selbstbedienung. Dann hatte ihn der Aufsteller nicht mit Nachschub versorgt, sondern einfach verkommen lassen, sicher wegen zu geringer Benutzung. Vielleicht gehörte er zu dem Lebensmittelgeschäft nebenan, in dessen Schaufenstern ja auch nur noch ein paar ehemals wohl als serviettenbedeckte Tribüne für Weinflaschen und Sonderangebote fungierende Dosen standen. Die Fächer des Automaten waren, bestimmt von Kindern – aber Matthias Roth fühlte einen ähnlichen Antrieb, wäre nur noch freier Platz gewesen –, mit allem geeigneten Abfall vollgestopft worden: alte Zigarettenpackungen, zerbrochene Kämme, Reste von Dauerlutschern, eingedrückte Bierdosen. Fach für Fach wanderten seine Blicke über das Angebot, bis er sich schließlich abwandte. Im Bartelschen Treppenhaus erst, auf der Höhe des goldenen Schlangenkopfes, blieb er wieder stehen, diesmal, um genügend Kraft zu sammeln für das Betreten seines Zimmers. Die Traurigkeit, sagte er sich, ist ein meist die Anlässe überlappendes Gefühl. Sogar wenn der Anlaß auf einer Täuschung beruht, ist die Trauer, die dann zum Vorschein kommen darf, etwas Wahrhaftiges und hat nur einen sprengbaren Pfropfen erkundet.

Die Frühstückstasse stand, wo er sie vor einigen Tagen zurückgelassen hatte, auf einem Prospekt, der dazu aufforderte, ›die großartigsten Meisterwerke, die jemals von Menschenhand geschaffen wurden‹, zu sammeln. Sie befanden sich im Tower, im Kreml, im Vatikan, in Versailles, sie waren abgebildet und aus Jade, Elfenbein, Marmor, Bronze, Silber, wahllos übereinandergehäufte Helme, Salzfäßchen, Trinkbecher, 10 Tage unverbindlich konnte man das alles in Buchform besitzen. Er stützte die Ellenbogen auf eine goldene Schnupftabakdose und auf den Hope-Diamanten, das Täßchen stand dreidimensional dazwischen. Marianne war beim besten Willen nicht an den Türrahmen zu hexen, Karins gefiederter Schwarzer ebenfalls nicht. Wen sollte er anreden beim Überlegen? Er saß auf dem Sofa und sah in das Kindertäßchen, dann verließ er Wohnung und Haus, obschon es viel zu früh war für das Seminar. Auf der Straße merkte er, daß seine Kleidung nicht zum sommerlichen Wetter paßte. Er kehrte nicht um. Das hätte er früher sicher getan, aber früher hatte er schließlich, im Überschwang, auch zu Hans gesagt, er verlange eigentlich drei Sonnen und wenigstens zwei Monde am Himmel. »Du schnurrst«, behauptete Marianne manchmal von ihm, wenn er sich wohlfühlte. Dazu gab es keinen Grund. Er schüttelte sich unbehaglich in der leichten Schwüle, er gehörte nicht in diesen Tag, nicht in diese Stadt, und es ging ihm erst ein bißchen besser, als er ein paarmal von sehr jungen Frauen gegrüßt wurde, Studentinnen, die er kaum kannte. Student sein, wenn die Rosen blühn! in den nächsten Tagen mußte er entscheiden, ob er sich wieder die Haare färben wollte. Einen Augenblick sah er deutlich den mit kleinen Steinen gepflasterten, im Foyer fortgesetzten Platz des Universitätsneubaus vor sich und die farbigen, rundlichen Buchstaben und Zahlen an den Flurwänden zur Orientierung, die so gutmütig kindergartenhaft taten. Also besann er sich auf die simpelste Fluchtmöglichkeit: Ein kurzer Abstecher ins Parkgrüne würde ihm Gelegenheit bieten, sich dem Junivormittag unauffällig einzuverleiben, eher als das Betrachten seiner Kollegen oder der Studentenköpfe in der fast überall durchsichtigen Bibliothek, die ihn immer an eine Boutique in einer modernen unterirdischen Bahnhofsanlage erinnerte. Obschon er schwitzte, beeilte er sich nun, auf einer schattigen Bank zu sitzen und frisch geschnittenes Gras zu riechen, nach Giselas Amselmutation Ausschau zu halten, sich zu benehmen wie ein genießerischer Naturfreund vielleicht. Er dachte an Giselas hohen Busen und die Teekanne, aber nur einen Moment, wie man an eine Fliege denkt, solange man sie auf der Stirn spürt und dann nicht mehr. Am Friedhof fesselte ihn zum ersten Mal an diesem Tag ein Anblick, und er reckte den Hals, um alles bequem verfolgen zu können. Er sah in einen gerade von ihm fortlaufenden Weg hinein, links, gleich zu Beginn, war eine alte Gruft offensichtlich um einen neuen Toten vervollstän digt worden: die nicht abzuschätzende Menge, die Unmasse winziger Blüten auf einem Kranz, die eng gedrängt hier zusammengesteckt eine kräftig blaue, homogene Fläche oder Halbrundung ergaben! Die Vorstellung einer solchen Anzahl machte ihn plötzlich zufrieden, aber deshalb war er nicht stehengeblieben. Schräg gegenüber warf ein Mann, dessen Kopf sich in Höhe des Weges befand – er mußte also in dem neu geschaufelten Grabloch stehen –, regelmäßig, Zug um Zug, Erde aus der Vertiefung. Er pfiff in der Sonne vor sich hin, ließ ruckhaft seinen Kopf sehen und verschwinden und arbeitete rhythmisch voran. Er flötete mühelos beim Bücken und Strecken, so daß Matthias Roth sich fragte, ob er nicht einen Transistorapparat in der frischen Gruft versteckt hatte.

Ein wenig über der Innenstadt, in den stillen Gärten hinter den Hecken würde, falls das schöne Wetter mehrere Tage dauerte, ein reihumgehendes Feiern beginnen, mit immer wilderem Gelächter, pünktlich bis Mitternacht. Auch die Eingangshalle der Universität war jetzt still. Zu den entsprechenden Zeiten verschwanden die Studenten hinter den Türen, als gäbe es sie nicht mehr, lautlos hinter die Wände von Hörsälen und Seminarräumen gezaubert sie alle. Heute aber, vermutete er, bräunten sich viele im Freibad, die meisten mit einem anständigen Bücherpäckchen neben sich. Hätte nicht auch er jetzt gut auf so einer schattenlosen Liegewiese, fern vom viel zu kalten Chlorwasser natürlich, ein wenig seine Glieder der diesjährigen Sommerluft aussetzen sollen? Nein, der Gedanke an so viel grelles Licht auf seiner blassen Haut stieß ihn noch ab. Er wußte nun aber mit einemmal, wo er sich bis zum Seminarbeginn wohlfühlen könnte: bei der Sekretärin, der er im Winter die Reste des Negers präsentiert hatte! Heute würde sie dessen Stelle einnehmen müssen. Als er ihr kleines Zimmer betrat, veränderte sie gleich ihre vorsorgliche Abschreckungsmiene. Lächelnd nahm sie die Brille ab. Höchstwahrscheinlich hatte sie sich unmittelbar bevor es klopfte die Lippen geschminkt und beim hastigen Wegstecken der Utensilien am linken Mundwinkel entlanggewischt. Seinen Blick dorthin bemerkte sie gleich, tastete mit den Fingerspitzen und der Zunge danach, kam zu keinem Ergebnis, und Matthias Roth studierte, um sie zu beruhigen, ihren Schreibtisch, wo zwischen Akten, Karteien, Listen ein uralter Teddybär stand. »Liebe und Haß, natürlich«, sagte er, »ich wette, es wird Ihr Geschmack sein.« Er hatte der Sekretärin Gelegenheit gegeben, hinter seinem Rücken nach dem Spiegel zu greifen und den roten Ausrutscher in ihrem Gesicht zu beseitigen, der ihn ja nicht störte. Dieses lächerliche, wie beim Marmeladenaschen Ertappte in dem nicht mehr jungen Gesicht gefiel ihm, auch wie sie das Forschen nach der Entgleisung der Mundlinie überspielen wollte. Er wünschte aber, daß sie ihm zuhörte. Sie brauchte, wie die Konfektschale, nichts zu erwidern, durfte jedoch auch nicht abgelenkt sein. »Die großen Gefühle also, Eifersucht und so fort. Ich habe Ihnen das bisher vorenthalten. Mit dieser Empfehlung bin ich immer geizig gewesen, ein todsicherer Tip, mitreißend!« Er lachte sie jetzt offen an und breitete die Arme aus, ein Bein dabei vorstellend: »Die Welt der gewaltigen Leidenschaften. Nichts kann der, den sie einmal packen, dagegen tun. Und wer ist häufig gerade der, den sie am schlimmsten erwischen? Ausgerechnet der kühle, in Liebesdingen eher ängstliche oder gleichgültige Held oder allgemeiner: Es werden die Menschen von den Gefühlen am unausweichlichsten überfallen, die ihnen ihr ganzes bisheriges Leben lang mit dem Instinkt der Vorsicht oder auch planmäßig, gewissermaßen aus Philosophie ausgewichen sind. Denen, da darf man bei diesem Autor sicher sein, bleibt nichts erspart.« Die Sekretärin schwieg, wie sie sollte, aber sie begann, ihm auf den Leim zu gehen. Nickte sie nicht unwillkürlich mit dem Kopf und drückte damit ihr Einverständnis aus: das geschah denen recht! Den Leidenschaften, den eigentlichen Energien des Lebens nämlich mußte man sich stellen!? Matthias Roth nannte den Titel: ›Sieg‹, Held: ›Heyst‹, Heldin: ›Lena‹, eifersüchtig Hassender: ›Schomberg‹, Schauplatz: ›Malaiisches Archipel‹. Der kleine graubraune Teddybär hatte ein vom vielen Anfassen zu herabhängenden Kügelchen zerkrümeltes Fell. Ein winziger Kaktus stand daneben, mit einem Namensschildchen versehen, das ihn weit überragte. Die roten Lippen der Sekretärin erinnerten an Marianne trotz der Unähnlichkeit, der schreienden, zwischen diesem nervösen, über die Ufer tretenden und Mariannes leuchtendem, von leuchtender Blässe umgebenen Mund. Er sah Mariannes nackten Rücken, von ihm abgewandt, er sah den feisten Teddybären und dachte an Karin, die ihn zum Minigolfspielen drängte. Um was für eine Frau handelte es sich bei der Sekretärin, dieser mittelalten, vor ihm sitzenden? Er sagte: »Nun geben Sie acht, ich werde Ihnen alles verraten!« Sie kräuselte die Nase und schien endlos Zeit zu haben. Eine Frau, dachte er, wie viele. In ihrer Jugend hat man ihr wegen dieser Kräuselnase Komplimente gemacht, das verführte sie dazu, die Nase zu raffen, sooft sie charmant sein wollte. Geblieben ist nichts als die Masche und das unangebrachte Vertrauen darein. So leiert sie als Fünfundfünfzigjährige in unverwüstlicher Hoffnung die verblichenen Tricks herunter. Es rührte ihn aber. Wenn auch mit alten Mitteln, versuchte sie immerhin, seine Sympathie zu erwecken.

»Heyst, der Held also, eine kraftstrotzende Erscheinung, kahlköpfig, Mitte dreißig, mit martialischem Schnurrbart, schwedischer Baron, ein Gentleman, legendäre Figur von Anfang an, besser: besonders am Anfang. Da sitzt er geheimnisumwittert auf der Insel Samburan, in der Nachbarschaft eines aktiven Vulkans, abgetrennt von der übrigen Welt, zu der wir, die Leser, und der Erzähler, ein ungeklärter übrigens, ein diffuses, anonymes Ich oder Wir, gehören. Wir alle sind die farblosen Beobachter, die Zuhörer, wir bleiben außerhalb und müssen unsere Vermutungen anstellen. Das tun wir auch bald. Heyst selbst hat nichts mit uns zu schaffen, er hängt seinen eigenen Träumen nach, hält sich ohnehin von den Menschen zurück, um den Verstrickungen, dem Leiden und, auch wenn er aussieht wie der Kämpfer schlechthin, dem Handeln auszuweichen. Eines Tages aber erwischt es ihn eiskalt oder heiß, wie Sie wollen, und alles ändert sich.« Er war nun einverstanden mit dem schönen Junitag hinterm Fenster und der aufmerksamen Sekretärin vor sich. Er wollte sie in Stimmung bringen, er wollte von ihrem Gesicht ablesen, daß sie in Wallung geriet. »Er lernt in Surabaya das Mädchen Alma kennen, das er dann Lena nennt, eine Engländerin, blutjung, Geigerin in einem schäbigen Damenorchester, das durchs Archipel zigeunert, unterdrückt von einem tyrannischen Ehepaar. Lena wird zusätzlich vom lüsternen Hotelier Schomberg und seinen Nachstellungen zur Verzweiflung getrieben. Ein undurchschaubares Mädchen. Auch Heyst, lange nachdem er sie auf seine Insel entführt hat, kann nicht den Schleier in ihren Augen durchdringen, auch nicht in den rückhaltlosen Momenten der Hingabe, wie es dort genannt wird.« Matthias Roth hätte das gern zurückgenommen, diese voreilige Bemerkung durchkreuzte seinen Plan. Er wollte sie schließlich zunächst regelrecht begeistern, ohne den geringsten Verdacht zu erregen. Also sammelte er sich noch einmal, mit aufkeimender Schadenfreude, die Sekretärin sah ihm erwartungsvoll ins Gesicht, was ihn kurz zum Lachen brachte. Er machte sich nicht die Mühe, das zu erklären, sagte nur: »Warten Sie doch ab! Was man von diesem Ausbruch einer Leidenschaft erfährt, sind – wieder das Legendäre! – nur Gerüchte, man wird konfrontiert mit den Brandspuren, dem vor Eifersucht rasenden Hotelier, dem die Beute vor der Nase weggeschnappt wurde, ein Mann übrigens nicht ohne Gefühlsideale. In seiner trostlosen Ehe hoffte er hier auf die ihn inspirierende Frau, der geile Fettsack. Die Begegnung der beiden Liebenden bleibt etwas, das wir anderen nur aus der Entfernung bestaunen dürfen, dafür um so ehrfurchtsvoller natürlich. Wir Nicht-Leidenschaftlichen taugen eben nur zum Beobachten. Als Heyst zum ersten Mal den Saal mit den fürchterlichen Geigerinnen betritt, umgeben von ihrer Schreckensmusik, sieht er in den Gesichtern der Gäste eine ihm unerklärliche Animiertheit. Alle sind sich einig, daß ein Vergnügen stattfindet, bis auf ihn. Dann aber, als der Funke zwischen Heyst und Lena übergesprungen ist und er fürchtet, ihre Gesichter würden alles verraten, nimmt von diesem wirklichen Gefühlsauftritt niemand etwas wahr. Immer also der Graben zwischen uns und der wahren Passion.« An dieser Stelle hielt Matthias Roth den Zeitpunkt für ein wenig plumpe Vertraulichkeit gekommen: »Stellen Sie sich vor, wir beide müßten das Liebespaar spielen, aber nicht in diesem Zimmerchen, das ja, mit uns beiden darinnen, schon fern genug, eigentlich jenseits der restlichen Universität und was weiß ich ist, nein, auf einer kleinen, im südostasiatischen Meer verlorenen Insel, abgeschnitten von der übrigen Menschheit, Kultur, Technik, zwei Zivilisationsmenschen in der Einsamkeit, die kaum etwas voneinander wissen.« Hier biß er sich rechtzeitig auf die Lippen: nicht mal, ob sie einander lieben, sagte statt dessen: »Nur, daß sie ein Liebespaar sind, daß sie ein Gefühlsverhältnis haben, in dem jeder alles vom anderen will mit wütendem Wünschen, bei aller Gelassenheit voreinander. Heyst, der immer noch mehr nehmen will und nicht weiß, wo und wie, und sie, die sich im Geben, Hingeben über alles Maß verausgaben will. Dabei benehmen sie sich höchst diszipliniert, jedenfalls, solange sie uns, die Leser, dabei haben, sie sind auch in ihrem Intimleben diskret, als wäre der einzige Mitbewohner der Insel, ein die Dinge aus der Distanz verfolgender Chinese, sogar beim Entstehen ihrer Gedanken Zeuge.« Er ging vor ihr auf und ab, umkreiste sie fast, sie drehte den Oberkörper im tief ausgeschnittenen Sommerkleid immer mit, die Hände über dem nackten, übergeschlagenen Knie. Einmal hatte sie sich zurückgelehnt und dann gleich wieder vorgebeugt, und er stand gerade so, daß er ziemlich viel von ihren Brüsten sah. »Dann kommen zwei Desperados mit monströsem Diener auf die Insel, vom rachsüchtigen Schomberg auf die Fährte gesetzt. Nun sind noch weitere Beobachter der Leidenschaft da, ein Belauern und Rätseln beginnt, nimmt zu. Die Liebe wird gewissermaßen eingeschnürt, verdichtet in dieser Umzingelung, kann sich nicht weiter in die Breite entfalten, sondern muß sich konzentrieren, aufflammen, und sie zieht alles andere in ihren Strudel, Frau Heinz.« Er konnte an diesem Punkt nicht widerstehen, sie als Frau Heinz anzureden. »Was zunächst bei den Eindringlingen Geldgier war, wandelt sich in unbeherrschte Liebesglut und Eifersucht, ein wenig über Kreuz das alles, ist jetzt aber nicht so wichtig, Frau Heinz.«

Sie fuhr sich manchmal mit der Zungenspitze über die Lippen und lächelte ohne aufzuhören. »Und am Ende verbrennen die Körper der beiden Liebenden in einem nicht zufälligen Feuer«, sagte er und sprach gleich weiter. »Die Insel mit den beiden, verloren in der Unendlichkeit des Meeres, habe ich das gesagt? Unsinn. Schon in Surabaya befindet sich das Mädchen in solch einer Einsamkeit: Sie weiß dort nicht, an welchem Ort auf dem Globus sie sich aufhält und hat keine Ahnung, daß es so etwas wie einen Konsul gibt, der ihr helfen könnte. Auch auf der Insel überkommt es sie wieder, sie ahnt nicht, auf welchem Platz der Erde sie lebt, und schlimmer, sie weiß nicht, wer sie selbst ist, kann nur das sein, was Heyst von ihr hält, graust sich vor dem Anblick der nackten Grenzenlosigkeit der See. Und Heyst? Wenn er in ihre Augen sieht, meint er darin eine ›abgrundtiefe Leere‹ zu entdecken. Aber sie küssen sich, sie umarmen sich, schon von weitem kann man sie als Liebespaar erkennen, sie schlafen miteinander.« Das Telefon klingelte, die Sekretärin legte bedauernd den Kopf schief und nahm den Hörer ab. Matthias Roth sah ihrem Getue zu. Sie sprach wohl mit jemandem, der eine Fürsprache, eine Vermittlung erbat, und während sie sich im Gestikulieren exaltierte und die Stimme verdrehte, begriff der arme Teufel am anderen Ende wahrscheinlich nicht im geringsten, daß alles überhaupt nichts mit ihm, sondern mit Matthias Roth und Conrad zu schaffen hatte. »Aber«, sagte er, sobald sie wieder bereit war, er gönnte ihr keine Pause, jetzt sollte sie sehen, was es mit ihren tollen Leidenschaften auf sich hatte, »immer stärker breitet sich der Eindruck dieser erwähnten, alles auflösenden Leere aus. Denn sie steckt ja auch in Heyst selbst! Er ist der Sohn, plötzlich erfahren wir das, eines Philosophen, eines Systemzertrümmerers, eines Mannes, der alle Hoffnungen und Glaubensunternehmungen der Menschen verspottet und ad absurdum geführt, der seinem Sohn tief eingepflanzt hat, daß weder die Welt noch die Menschen unseren idiotisch hochfliegenden Erwartungen standhalten, und so ist unser erwachsener Heyst einer, der ohne Glauben an irgendetwas ist, der sich aus allem raushalten will als einziger Überzeugung, dem sogar sein Zorn in äußerster Bedrohung seines eigenen und des Lebens seiner Geliebten wie ein Bauwerk zerfällt, für den das, was er noch nie getan hat, lieben und morden, nichts sind als die großen Pflichtposen der Handelnden. Also auch der tödliche

Haß des Hoteliers, die eigene Zuneigung zu Lena: nichts als Figuren, deren Wahrheit er nicht traut, Frau Heinz.« Er sagte es wieder mit Genuß und sah sie scharf an. Er wollte ihre Betroffenheit, er konnte ihr nicht gestatten, daß sie zerstreut mit dem kleinen Finger die Feuchtigkeit der Erde im Kaktustopf prüfte. »Verstehen Sie, Frau Heinz, er ist fasziniert von dem Mädchen, entdeckt täglich neue Schönheiten an ihr, reagiert sogar manchmal triebhaft im Verlangen und in Angst um sie, aber es übermannt ihn immer nur ganz kurz. Es ist mit dieser Leidenschaft keineswegs so, als würde der Ausbruch eines Vulkans mühsam niedergehalten, ach was, er hat freieste Bahn zum Explodieren, aber er weiß zuviel über die Nichtigkeit solcher Spektakel und schafft nur kleine Auswürfe.« Sie lachte ein bißchen vulgär, es überraschte ihn im ersten Moment, dann machte er mit, derb vertraulich, sie wurde sogleich ernst unter seinem bösen Blick. »Passen Sie auf! Lena, die sich vor den Wassereinöden graust, die, ohne es sich erklären zu können, in den heftigsten Berührungen des Mannes die Leidenschaftslosigkeit spürt, nein, etwas Gefährlicheres, einen Zweifel, alles fressend, zerstörend, besiegend, eine am Land nagende See, ein das Inselchen überflutendes, für immer einebnendes, ins Leere einebnendes Meer: Dieses Mädchen stürzt sich mit wilder Kraft und Entschlossenheit – dem Augenschein nach, um den Mann zu retten – ins Konkrete, in das großartige Bild des Liebestodes, alles riskierend, alles gewinnend. Sie stirbt im günstigsten Moment, der Tod fällt ihr in den Schoß, keine der schönsten Opernposen für derartige Fälle bleibt ihr versagt: Mit phantastischem Instinkt, ohne in Wirklichkeit leidenschaftlich erregt zu sein, taucht sie ein in die rettende, verzehrende Glut einer heroischen Opferidee und darf in ungetrübter Verzückung, von keinem Zweifelgedanken geplagt, noch dazu in den Armen des Liebsten, sterben. Nicht wahr, ist ja egal, was mit ihm ist, sie jedenfalls ist ein richtiger Hans im Glück!«

Die Sekretärin nahm einen Bleistift und spitzte ihn in einer grünen Maschine an. Vor lauter Ärger versuchte sie, ihn durch eine Amtsmiene zu täuschen. Richtig, er hatte sie ähnlich erzürnt wie damals Gisela, als er ihr seine wirkliche Einstellung zur schwarzen Magie gestand. Sie witterte, daß man sie zum besten hielt, ohne sich direkt darüber beschweren zu können. So hatte er es sich ja gewünscht, aber nun interessierte es ihn nicht mehr. Erst nach einer Weile wurde ihm bewußt, wie leise er sprach und daß er dabei aus dem Fenster herunter auf Sichtbetonmauern und Kriechgewächse sah, auch auf fünf Studentenköpfe. »Das alles kommt durch nichts anderes als durch Mißverständnisse voran.« Er hatte sie fast vergessen. Es war schön so, jetzt fühlte er sich wie sonst in seiner Mansardenwohnung, die er augenblicklich nicht ertrug, er war ganz für sich. »Man meint, es wären die Leidenschaften, die Handlung, Schmerz, Gefahr, Mord und Katastrophen verursachen. So ist es aber nicht. Nur weil jeder den anderen partout falsch versteht, wird es für den Leser spannend, können sich überhaupt die malerischen Gefühle zu voller Pracht entfalten. Was löst, wenn man es zurückverfolgt, die ganze Tragödie aus im Leben des weise reservierten Gentleman Heyst? Ein Mißverständnis! Weil ein ehrenwerter Bursche namens Morrison, um eine Schuld zu begleichen, ihm seine lästige Partnerschaft aufdrängt, absolut wohlmeinend, beschert ihm das einen Firmenbankrott, eine ungeplante Seßhaftigkeit, Kummer über den Tod des Freundes, üble Nachrede, Zweifel und folgenreiche Entschlüsse im Herzen seiner Geliebten. Ach, man könnte es leicht bis zum glorreichen, bitteren Ende in strahlender Schlüssigkeit nachzeichnen! Das erste Lächeln, das Heyst von dem Mädchen empfängt, ist ein von ihm zur Beschwichtigung der bösartigen Truppenleiterin befohlenes. Es bezaubert ihn, obschon er weiß, daß es kein echtes ist, es verwirrt ihn, raubt ihm die Seelenruhe. Später erfährt er, daß sie in dieser Sekunde tatsächlich froh gestimmt war und gar keine Verstellung für das auferlegte Lächeln benötigte, also war es im Grunde doch ein beinahe echtes, seine Schilderung des vermeintlich täuschenden Lächelns aber, eine Spirale der Irrtümer, läßt sie vor Entzücken über ihre Wirkung auf ihn erstarren.« Matthias Roth drehte der Frau am Schreibtisch wieder sein Gesicht zu. Er war nicht sicher, ob sie seine letzten Sätze überhaupt noch hatte hören können. Still saß sie an ihrem Fleck und betrachtete ihn mit einem veränderten Aus druck, es lag eine Art Entsetzen in ihren Augen oder Mitleid, und ihm schien nun, daß sie ihn damit meinte. Gut, bitte, das war ihre Gegenwehr! »Um das abzurunden: Schomberg ist deshalb so rasend, weil er glaubt, das angeblich geraubte Mädchen sei beeindruckt von ihm, habe kurz vor dem Erobertwerden gestanden, weiß Gott, ein Trugschluß, sie fand ihn gräßlich. Die beiden Liebenden aber auf der Insel geben sich keiner Sache so sehr wie den zarten Irrtümern übereinander hin. Die Ankunft der Desperados erfolgt lediglich, weil sie sich durch eine falsche Information, nämlich die, Heyst sei ein reicher Mann, haben verlocken lassen. Ihre Ankunft selbst: Drei verdurstende Schiffbrüchige, hilflose Kreaturen, sterbend sozusagen, in Wirklichkeit leibhaftige Bestien alle drei. Dann die wahnwitzige Annahme des einen von ihnen, Ricardo, das Mädchen fühle Zuneigung zu ihm, schließlich gar Liebe, was wiederum zur Folge hat, daß er sterben muß, er, der unbesiegbare Messerheld, und zwar von der Hand seines besten Kumpans. Weiter, was dachten Sie denn, Frau Heinz: Da meint das Mädchen, es würde, indem es sich für Heyst opfert, dem einen Gefallen tun. Tut sie natürlich nicht, nur sich selbst. Er wiederum verdächtigt die Sterbende der Intrigenhaftigkeit und verwandelt sich vor der zu Tode Getroffenen in den höflichen Gentleman, den distanzierten Heyst zurück, noch die Umarmung beim letzten Atemzug, für das Mädchen ein glanzvoller Sieg, ist eine Illusion. Sie glaubt, ihren Sieg der Liebe errungen zu haben, er hat ein gütiges Lächeln für sie. Ist doch verrückt, nicht wahr? Gütig? Aber keine Sorge, es geht ja gut aus, Heyst ist kein Dummkopf, er erkennt seine allerletzte Chance, mit in die wärmende, heiße, wahnsinnige Täuschung der Leidenschaft einzutauchen. Er begibt sich, könnte man sagen, in das klassische Bild der großen Passion, in die hinreißende Pose verzehrenden Feuers, vor den Argumenten seiner trägen Seele fliehend. Ganz konkret, verstehen Sie, er zündet sein Haus an und verbrennt mit dem toten Körper Lenas. Ein schlauer Hund, eben noch rechtzeitig, man gönnt es ihm. Eine vollkommene Liebesgeschichte, nach den Regeln der Kunst, bleibt uns zurück.« Er verließ den Raum, ohne sich noch um die schweigende

Sekretärin zu kümmern, hoffte aber, ihr würde der Mund offenstehen und wollte sich nicht durch Überprüfung ernüchtern lassen. »Er begibt sich«, führte er auf dem scheußlichen Gang für sich fort, »in die Welt des Gegenständlichen, Festen. Merke Dir: ›Karain‹: das Amulett gegen die Geisterwelt. Ein Jubiläumssixpence tuts, eine Leidenschaft tuts!«

Weg, weg, hatte er sich in den letzten Tagen des Semesters immer wiederholt. Bloß auf und davon, drei Tage hier, fünf Tage dort, von Stadt zu Stadt, zickzack, aber insgesamt Richtung Süden dabei! Weg von allem, von der Dachwohnung und Frau Bartels, von Arbeit und Schlimmerem. Drei Tage München, fünf Tage Genua, Mantua, Verona, so billig es sich eben machen ließ, nur auf und davon! So und nicht anders war das Leben eigentlich gedacht. Matthias Roth hatte seinen alten Koffer über sich und eine Plastiktragetasche mit dem Aufdruck eines Pariser Musikgeschäfts neben sich geklemmt. Er saß im Zug und stellte sich eine Schiffsreise vor, aber dann gefiel ihm dies hier besser: Alles, was das Land hergab, links und rechts vom Fenster aufgereiht zu sehen, stundenlang, und diese seltsame, paarweise Anordnung von Schrebergärten, Industriegeländen, Waldstücken für das tatsächliche Aussehen des durchfahrenen Gebiets zu halten, egal, in welche Richtungen man es durchschnitte, immer würde etwas in dieser Art dabei herauskommen, ritschratsch, ein Land, einzig und allein für den Eisenbahnfahrenden hingelegt und aufgestellt und zu nichts anderem nutze, als in zwei Hälften gespalten zu werden, ein wenig auseinanderzurücken, und fort flog man durch die so entstandene Erdoberflächenlücke davon, davon, wohin, war gleichgültig, daß man erst einmal wegkam, war wichtig. Dann aber hieß es doch: Allem entgegen, Palästen, Baldachinen über Weltlichem und Heiligem, entgegen einem Glanz, einer glänzenden Woge von Üppigkeit, die über den Erdball rollte und überall das Äußerste wollte, die Vergoldung um jeden Preis zur Darstellung irdischer und himmlischer Seligkeit, und es war letzlich immer dasselbe, wenn durch vollkommenste Schönheit das Material nur außer sich geriet! Vor wenigen Wochen, in der Nähe roter Bauernhäuser, hatte er in blühenden Juniwiesen gelegen, rote Lippen soll man küssen, der Schimmer auf den Spitzen der höchsten Gräser verklärend, entrückend. Das war etwas Eigenartiges gewesen: Etwas, das man doch fühlte, konnte man an den Gräsern, die es auslösten, nicht mehr wiederfinden. Es steckte nicht in ihnen. Indem man sie anstarrte, entriß man es ihnen durchaus nicht. Verrückt, aber doch letzten Endes ein bekannter Effekt. Nach Süden ging es jetzt, und Landschaften anderer Jahreszeiten fielen ihm ein. Hühner im hellen, nackten Mittagslicht, im Oktober vermutlich, Wäsche flatterte auf der Leine, als wäre auch das eine Tätigkeit, eine absolut richtige, instinktive Aktion, und genauso warfen die Traktorspuren auf dem Acker mit ihren hochgepreßten Kanten Schatten gegen die von der Sonne beleuchteten Hänge. Alles war in dieser Stunde, vom Zug aus, eigenmächtige Tat und Handlung im stummen Land gewesen. Im Frühjahr hatte er eine einbrechende Steilküste betrachtet, zerborstene, längst entwurzelte und sich überschlagend herabgestürzte Baumstämme lagen im Wasser. Bei noch aufrecht stehenden ragten die Wurzeln zur Hälfte ins Freie, ausgehöhlt war die hilflose, weiche Erde, überhängend die Grasnarbe an einem kalten, sonnenlosen Tag über einer aufgegebenen Welt. In einer melancholischen Herbstlandschaft etwas anderes, ein schwermütiges Glühen von Rot und Gelb, erstickt, erwürgt die Glut der Büsche und Bäume, ohne Auflehnung, als träte die schwere Luft, deren Gewicht nur die Menschen nicht spürten, ihr Feuer aus, und erst diese Wirkung am Laub der Pflanzen erstickte ihn schließlich mit. Über ihm der Koffer, neben ihm die Plastiktüte, auf und davon, Siedlungen, Gehöfte kreiselten vorbei, kleine, gestanzte Radfahrer standen an Schranken und wischten sich schematisch den Schweiß von der Stirn. In den Alpen warfen sich die Bäche aus dem Himmel, so sah es vom Zugfenster aus, silberne Stangen wurden von hoch oben heruntergereicht bis ins Tal, wo der Zug fuhr, blitzende Zollstöcke, die finsteren Berghänge vermessend. Das hatte noch Zeit, diesmal würde er vielleicht fest schlafen, so oder so, immer großartig, weg, weg. Ein neues Panorama, er mußte es sich zusammengefügt haben, schwarze Schiffe vor hellem Himmel, ein schmaler, rötlicher Mond, träge, sanft leuchtende Wellen, nichts Besonderes, aber man seufzte damals, schön, wie alles seinen Platz einnahm. Aber dann plötzlich stäubte es auseinander, Mond, Schiffe, Wasser, fremde, keineswegs zu einem gestaffelten Bild gehörende Dinge, sie flogen einfach aus seiner gefälligen Zusammenziehung in einzelne Bestandteile auseinander. Da wäre nun kein Mensch mehr auf den Gedanken gekommen, besänftigend, einschmeichelnd dieses Durcheinander Panorama zu nennen. Dabei hatte sich natürlich nichts bewegt. Egal, das einzig Richtige war im Moment, in einem nach vorn sausenden Transportmittel zu sitzen, in dem man bequem die Beine ausstrecken konnte.

Bei der Angestellten im Reisebüro hatte es noch vor einem Jahr viel zu bestaunen gegeben. Er hätte keine Details nennen können, aber man sah ihre Ohren an und ihre Arme, und wenn sie aufstand sogar ihre Fußgelenke. Man sah nicht nur auf Ausschnitt und Mund, überall hatte sie etwas Auffälliges angebracht. Jeder mußte ihre Hände beim Buchen und Ausfüllen und Verrechnen verfolgen. Diesmal war sie ebenso tüchtig wie im Vorjahr gewesen, aber ohne jedes bißchen Leichtsinn. Sie hörte bei anderen mit zu und schaltete sich bei Schwierigkeiten vermittelnd ein, wirklich, eine ungeheuer kundige Person in ihrem Fach, aber mit dem Gleichgewicht zum hübschen Äußeren war es vorbei, ein winziger, totaler Unterschied. Weg davon also! Hier, beim Halten des Zugs, ging ein Mann mit einem kompakten kleinen Lederkoffer. So einen hatte er kürzlich einmal bewundert: Am Innenrand entlang waren verschieden große Laschen angebracht, in denen Flaschen, Bürsten, Toilettenartikel mit Schildpatt- und Silbergriffen steckten. Zu einem solchen Köfferchen träumte man sich ja sofort ein Hotelzimmer mit entsprechendem Abenteuer hinzu, und dieser Mann, ein älterer Herr, wie strahlte er die wunderbare Vielfalt des Reichtums aus! Wer ihn betrachtete spürte dabei, durch ihn hindurch, die erlesenen Speisen, die dieser Mann in ausgezeichneten Restaurants zu sich nahm, die erstklassigen Solisten, die er im grandiosen Parkett anhörte, es umwehte ihn, eine Wohltat für alle, die er streifte, ein Phantasiebeflügler, dieser gepflegte alte Genießer! Matthias Roth weigerte sich einfach, sich schon jetzt den Abteilgenossen zu widmen, er schob das noch auf. Das Frühstücksbild aber, ihm gegenüber, Licht auf Tasse und Margarinebrötchen, ein geschichtsloser Augenblick, alle Höhepunkte, die sich in der Erinnerung damit verbanden, einsaugend und fern von der Verschlafenheit davor und der Sättigung danach, der Inbegriff des leichten, morgendlichen Glücks. Und diese Reklamefatzken konnten es beschwören und damit spielen, sie verfügten über die Möglichkeit, einen solchen Glanz hervorzurufen! Respektlos sprangen sie damit um und weckten mit ihrer Geschicklichkeit gewaltige Wünsche, sie gerieten an Quellen, an die sie eigentlich nicht rühren durften. Matthias Roth lächelte in sich hinein über seine stille Predigt, eine scherzhafte Remineszenz an Mariannes Anklage gegen die Männer, die Liebhaber! Rote Lippen soll man küssen, Student sein, wenn die Rosen blühn: Mariannes reizende Neigung, auf dem Tisch herumliegende Papierschnitzel anzuzünden, wenn sie an ein Feuerzeug kam, mit scharfem Messer, bis er die Hand wegzog, an seinen Fingern zu schneiden. Auf und davon! Plötzlich fuhr er zusammen, ein höchst lächerlicher, aber regelrechter Schreck! Durch die Stäbe des Gepäckträgers über der Reklametafel hatte er einen Hundertmarkschein gesehen, halb von einer Zeitung verdeckt. Fast im selben Moment hatte er bemerkt, daß es sich um eine Annonce mit aufgedrucktem Geldschein handelte, und es beruhigte ihn. Nur, warum zuerst der Schreck? Die Frau in der Ecke, die älteste unter den Mitreisenden, erinnerte ihn an die Katzenzüchterin in der Museumscafeteria. Sie zog gerade eine Kette über den Kopf, ließ den Anhänger aufspringen und zeigte den anderen, schließlich auch ihm, das eingefügte, verblichene Foto ihres Mannes. Das tat sie mit einem Gesichtsausdruck, als würden sie nun alle einem Geheimbund beigetreten sein. Er verstand nicht, warum die Leute für so kurze Zeit sich so um Kontakt bemühten, nette Belanglosigkeiten mit Eifer sagten. Er machte nicht mit bei diesen Intimitäten, fand es aber beinahe bewundernswert, wie die Reisenden so beherzt eine liebe, alte Gewohnheit aufrechterhielten.

Die mußten ja platzen vor Kraft, die schwätzten in einem fort, steckten die Köpfe zusammen, boten einander Pfefferminz-drops an. Das konnte auch Furcht sein. Er wandte sich ihnen nun endgültig zu: Sie alle reisten offenbar allein, ohne familiäre Schutzhaut. Da mußte natürlich schnell ein wenig Vertraulichkeit hergestellt werden. Er sah sie an, die Nasen, die Münder, wie die Gesichter zwischen Kinnlade und Hals in Wülsten alterten, alles falsch von vornherein, schon falsch ausgedacht und dann widerlich verkehrt gewachsen. Es erweichte ihn nicht, daß die beiden Männer, gewiß jünger als er, von Genua schwärmten, diesmal gab es nicht das Gefühl einer Bruderschaft durch gemeinsame Vorliebe. Die sollten ihm den Buckel runterrutschen und sich nicht über die Stadt hermachen!

Der Ginster um Genua auf den Hügeln, der Duft, ins geschlossene Auto eindringend, er kam mit und nach bis unter die Berge, in die Tunnelröhren hinein: Ein Sonnenreflex auf den verregneten Hängen, und überall gab es plötzlich diese besondere Farbe, die Verkehrsschilder, die Streifen auf der Autobahn, die Beleuchtung in den Galerien, das alles obendrein im Ginstergeruch. Er hatte es, mit Anstrengung weghörend, jetzt so heftig vor sich, daß es ihm fast die Lust zu reisen verschlug. Mußte man sich nicht wieder fragen, ob die Signale für das Verliebtsein stimmen würden? Der Zug sauste entschlossen voran, und er spürte eine Verzagtheit, eine allzu bekannte und daher schon halbwegs überwundene, daß etwas so unweigerlich auf ihn zukam – für ein Ausweichen war es zu spät –, eine Reise, eine Liebesnacht, eine lang gesuchte Schallplatte. Vielleicht stellte sich auch dieses Unternehmen, auf das er seit Wochen seine Hoffnungen setzte, dieses Reißausnehmen, als ein Fehler heraus, weil er seiner überdrüssig würde nach den ersten, womöglich auch nur künstlich euphorischen Stunden? Er hatte lange nicht vom Tod geträumt, dafür ging es ihm am Tage schlechter. Sein letzter Traum bestand aus lauter Sonderangeboten Auf endlosen Regalen waren all die Tuben, Dosen, Schachteln jeweils in riesigen Formaten, wie für gastronomische Betriebe, für Werkskantinen, Krankenhäuser, Jugendher bergen aufgeschichtet, Zahnpasta immer nur in Zwanzigerpackung, aber alles zu Glückspreisen, und er hatte es nicht über sich gebracht, einfach weiterzugehen, sondern bei allen Waren Einzelpreise und Ersparnis ausgerechnet. Dabei wußte er tagsüber von den wenigsten Sachen, was sie kosteten. Möglicherweise, sagte er sich nun aber und drehte sich betont, geradezu einladend den Insassen zu, ist das alles die Verdrossenheit des Älterwerdens. Es gibt ja verrückte Anzeichen dafür. Von einem Neujahr kann ich mittlerweile mühelos zum nächsten sehen, flupp, überhaupt keine Distanzen mehr, unter meinen Füßen beginnt die Erde, jede beliebige, unschuldige Bodenfläche sich zunehmend zur letztlich überschaubaren Kugel zu krümmen. Ein Beamter riß die Abteiltür auf, mit Schwung und schmetterndem Gruß. »Personalwechsel!« rief er, und alle wußten gleich Bescheid. Matthias Roth mußte seinen Reisebüroumschlag in der Plastiktasche suchen, war aber trotzdem schneller als die alte Frau. Ungelenk öffnete sie ein Handtäschchen, kramte dann eine Weile darin ohne hinzublicken, nahm vielmehr den Ausdruck aufmerksamen, zum Himmel gerichteten Lauschens an und klappte schließlich eine Geldbörse auf, mit Fahrkarte und Seniorenausweis darin und ganz unverschämt vielen Scheinen, lauter echte Hunderter, es wirkte richtig unflätig, wie sie das betrachten ließ von den drei Männern und dem Kontrolleur und dazu zwinkernd lächelte, ohne ein Wort zu sagen. Eine ulkige Person, viele Ringe, schmutzige Fingernägel, arthritische Hände, ein Gesicht bei all dem, daß Matthias Roth ihr gern einen Topf Alpenveilchen geschenkt hätte. Es duftete nicht mehr nach Ginster, er atmete tief den Plastikgeruch der Polster ein, auch den hatte er sich animierender vorgestellt. Nach ein paar Stunden würden sie alle danach riechen, bis unters Zeug, die Frau, er, der Mann mit dem roten Gesicht und der mit dem bleichen, trostlose Schwätzer, gutmütige Burschen. Er schloß die Augen und sah aus der Vogelperspektive auf eine starre Welt aus Metall und Gips, auf eine Modellwelt, auf die Hauptelemente einer städtischen Anlage, auf Hochhäuser, Geschäftsstraßen, Fabriken in den äußeren Bezirken, Kraftwerke, Bungalows, dazwischen Parks mit zierlichen Müttern, winzige, gefüllte Kinderwagen schiebend, ein Zementwerk mit steif ausschreitenden Männern, die Aktentaschen trugen, eine bunte Schulklasse aus einem Stück marschierte auf die letzten Hügel zu, die messerscharf endeten, dahinter war Luft, darüber eine durchsichtige Plastikhaube und überall, nur nicht in der City natürlich, raste eine Lok mit vielen Waggons wahnwitzige Runden. Vergnügen und Arbeit gehörten hier zusammen. Spielten nicht in einer Grünanlage allerkleinste Lebewesen Minigolf? Bis zu seiner Abfahrt hatte er in der Bahnhofshalle den neuen Modelleisenbahnautomaten betrachtet, immer fand sich ein anderer, der Münzen einwarf.

Er sah in der Scheibe sein verwöhntes Gesicht, leicht angeekelt, die frisch gefärbten Haare würden erst nach einigen Wäschen überzeugen. Er gefiel sich ganz gut so, mit diesem angedeuteten Ausdruck des Widerwillens. So wollte er in München bei einigen Bekannten erscheinen, das hielte sie auf Abstand, persönlicher konnte man immer noch werden, zur Not. Der alten Frau mit dem vielen Geld allerdings hätte er wirklich gern ihren Alpenveilchentopf überreicht, wenn so etwas am Buffetwagen angeboten würde wie Tee und Würstchen, um einer Befriedigung willen, die in anderer Weise der blasse Herr eben ausgekostet hatte, als er die ausgeleerte kleine Kaffeekanne mit einem Ruck und Schlag in die exakt passende Plastiktasse trieb und sie alle anschaute, als hätte er eine wichtige Tat vollbracht. Matthias Roth verstand ihn, die alte Dame schob den Kopf vor und blinzelte, verwundert über so viel Ernst. Sie begriff nichts und war vielleicht wunschlos glücklich. Wo sah sie eigentlich hin während der ganzen Fahrt? Jedenfalls nicht zu den flachen Industriegeländen, unbeaufsichtigt, ungehemmt in die Landschaft auslaufend, mit richtigen Straßen zwischen barackenartigen Lagerhallen. Sie interessierte sich nicht für die Eisenbahnstrecke und das Umland, konzentrierte ihre Aufmerksamkeit aber auch auf nichts anderes, sie saß da und hatte Augen man wußte nicht wozu, während sie alle doch sich Stunden um Stunden, immer hingelümmelter, schiefer und gestreckter durch diesen großen Blechkuchen frästen, der sich bald darauf wieder hinter ihnen schloß wie niemals zerteilt. Ein häßliches Land unter einer dicken Staubschicht, er konnte es nicht länger in sich zurückstauen, ein erbärmliches, bis in die letzten Winkel hoffnungsloses, verlorenes Gebiet, abgegrast, ausgeweidet, alles nicht viel mehr wert als ein gigantischer, umgekippter Straßenpapierkorb mit senfverschmierten, stinkenden Frittentüten und aufgerissenen Zigarettenschachteln, ein Land, das nicht nur in der eigenen Scheußlichkeit versank, sondern nun auch begann, jede Vorstellung von Schönheit zu fressen. Und das war das Unverzeihliche! Hier wurde ihm so gründlich und dickfellig die Sicht auf Besseres versperrt, daß er es nicht mehr für möglich hielt, an keinem Platz der Welt mehr. Das himmelblau gespiegelte Como, das finstere Mantua, nichts, nichts, es bedeutete nichts mehr. Die schönen nackten Füße einer glanzlosen, stumpfschwarzäugigen Bahnhofsreinigerin in Mailand, dünn in grünem Kittel und mit schlapp herabhängenden roten Gummihandschuhen, aber so unglaublich schönen, zu entdeckenden Füßen! Nichts! Es welkte in seiner Erinnerung, kein Blitz aus einer anderen Welt reichte bis dorthin. Wie konnte man nur aus Lebensfreude singen, wie war es denkbar, daß Erwartungen übertroffen wurden! Er senkte den Kopf, ihm grauste, daß er unaufhaltsam weiterfuhr, irgendeinem, mit Sicherheit enttäuschenden Ort entgegen. Er hatte die falsche Entscheidung getroffen, er besaß nicht die nötige Kraft, wie noch vor einiger Zeit, sich die Dinge nach Bedarf attraktiv zu ergänzen. Er spürte seine Müdigkeit, draußen gab es keine Schatten, er hätte am liebsten gegen diese böse Starre angebellt, wenigstens angehechelt. Auf dem Gang wurde es nicht besser, die Landschaft bestand, von Wäldchen unterbrochen vielleicht, wenn es hochkam und ganz gelegentlich, aus Gebieten, die von oben wahrscheinlich wie aufgeräumte Küchen aussahen, mit Fabriken und Verkaufshallen von Möbeln, Schmelzkäse, Papiertaschentüchern und Keksen. Reisebusse standen davor, Fahnen wehten in langen Fronten als sichtbares Jubilieren vor den riesigen Firmennamen. Dann gab es noch Freizeitplätze, unerbittlich wie gewaltige Tischtennisplatten. ›Der Drache‹, hatte ihm Marianne einmal bei ihrem Spiel aus einem Katalog vorgelesen, ›vermag Frühlingsregen zu erzeugen, dem Regenbögen folgen; er hat die Kraft, Wolken am Himmelsgewölbe mit Blitz und Donner erscheinen zu lassen, und der Bogen in der Hand eines guten Schützen läßt mit der Urgewalt eines Drachens und der Geschwindigkeit eines Blitzes seinen Pfeil von der Sehne zum Himmelsgewölbe emporschnellen.‹ Sich das aufzusagen half auch nichts, Marianne hätte geholfen, genauer, jetzt neben ihr in dem braunen Vorsprung über dem Treppenhaus zu schweben. Aber wer weiß? Er ließ sich im WC Wasser über den Puls laufen, es erfrischte aber nicht. Eins war sicher, diese schlechte Laune würde vorübergehen, jemand allerdings, der keinen sonderlichen Grund zu leben in sich spürte, konnte auf dieser Fahrt lernen, ohne größeren Anlaß aus der Welt zu gehen, voller Einverständnis zu sterben und seinen Leib ins Grab packen zu lassen, ohne Geschrei, ohne Kummer, so wie man schließlich ohne Aufhebens hinter einen Satz einen Punkt macht.

Er kehrte ins Abteil zurück, warf mißmutige Blicke auf die allmählich entgleisenden Gesichter der Mitreisenden, sie schienen alle drei zu schlafen, und man konnte wetten, daß ihnen demnächst die Münder wie Geldbörsen, nur unappetitlicher, aufklappen würden. Noch schnarchte keiner. Was hatte er denn erwartet von so einer Reise! Eine Umwandlung nach Art der kleinen, vertrauten, wenn er als verdrossener, schlechter Mensch erwachte und, beim Waschen, spätestens beim Kaffee den Einbruch eines großzügigen Lichts in Gehirn und Seele erhoffte? Nein, sagte er sich und fand, im Gegensatz zu den anderen, keinen zufriedenstellenden Ruheplatz für seinen Kopf. Es war überall hart oder zu glatt, daß er abrutschte. Jetzt stehe ich dem Leben gegenüber wie einer klotzigen, rohen Felswand, von der es fließt und tropft, die sich türmt, aber alles steinern und wüst vor sich hin, ohne Regel und Maßstab dazu, eine selbstgefällige Materie, die Wasser und Luft bedroht, die unbeeinflußbar ist bis in den Kern, vegetationslos und lebensfeindlich, eine aufgestellte Wasseroberfläche bei springendem Wind, aber eben mit versteinertem Wasser. Und das Absurde: manchmal ragt der Kopf einer Schwimmerin aus der Steinflut, jemand hat sich todes

mutig da hineingestürzt. Die alte Frau öffnete ein Auge zu ihm
hin. Hatte er etwa laut gejammert? Wie unangebracht trotz
allem! Nein, weg, weg, hieß immer noch die Parole, er mußte
um jeden Preis in Bewegung sein, hier war, bei allen Einwän-
den, der beste Platz für seine Ungeduld, fort, fort aus diesem
Gehäuse, aus dieser Kruste, durch die er hindurchsauste, fort,
er mußte dieses Krustenland wie seine eigene Schale zurück-
lassen. Vielleicht munterte ihn der Fahrtwind nach spaltwei-
tem Öffnen des Fensters auf, er kam zu sich. Was half es, sich
über die graue Hitze zu ereifern. Welche Wahl hatte er? Zu
Hause überwucherte er die Welt mit sich selbst, uferte auf
alle Personen aus, traf nicht auf Fremdheit und Unterschied,
wonach er so sehr verlangte. Menschensorten mußte er ansehen, große, kleine, dicke und krumme, unverständliche Grimassen erforschen, mit ein wenig Glück sogar das eine oder
andere unergründliche Lächeln! Er kannte doch so gut seine
Schwäche und Neigung, nichts außerhalb des eigenen Kopfes
zu vermuten. ›Die Stadt, an einen sanften Berghang gelehnt‹:
sowas hielt er so lange für eine Übertreibung, bis er es selbst
angesehen hatte. Außerdem, er mußte ja nur zum Beispiel die
Palmen nehmen, Palmen vor Palästen in Palermo. Das hatte
er schon einige Male scharf ins Auge gefaßt und es trotzdem,
an Ort und Stelle, als Nachahmung empfunden. Die Urland-
schaft des Südens war auch das nicht. In sich selbst bewahrte
er das Abbild einer eigentlichen Originalität, und er hätte
es in der Wirklichkeit sofort auf Anhieb erkannt. Es waren
echte Palmen unter einem unbezweifelbaren Mittelmeerhim-
mel gewesen, schon in der Nähe Afrikas, und doch sagte
ihm sein Gefühl: Sekundäranblicke, Nachbildungen. Also
mußte er weiter suchen, so lange Geld und freie Zeit reichten, er mußte dahinterkommen, er konnte sich nicht begnügen, zumindest nicht in diesem Fall. Andere Teile der Welt
sollten ruhig vor ihm verborgen bleiben, was ihre Erscheinung in der dreidimensionalen Realität betraf. Die abendlich aufglühende Ebene von Palmyra und ihre Säulenkrümel:
Das liebte er als unübertreffliche Ansicht, das sollte für ihn
bis ans Ende des Lebens hinter der jederzeit zu betrachten-
den großformatigen Farbfotografie zurückgedrängt bleiben.

Er überprüfte die inzwischen röchelnd Schlafenden ohne Strenge. Sie würden ihn bis München begleiten, zu Familienfeiern und Geschäften. Einer der Männer wollte ein Sportgeschäft übernehmen und hatte im Gepäck ein Gewehr, grün verpackt. Das einzige Wesen, das er je damit erschossen hatte, war eine Krähe, die, auch nach mehrmaliger Verwarnung, sein Autodach beschmutzt hatte. Der andere gehörte zum Team einer Werbeagentur, ein leidenschaftlicher Radfahrer. Warum denn nicht, da rasten sie alle ihren Reisezielen entgegen, er, Matthias Roth, der Glückliche, nur zu einer Zwischenetappe, einer unwesentlichen, ein gutes Essen würde jedenfalls dabei herausspringen. Die meisten seiner Projekte blieben Hirngespinste, aber fort mit ihm, auf und davon! Das stand fest, so mußte es sein: Er saß müde in seiner Ecke und folgte einem Zwang, einem unsinnigen Antrieb. Nein, so war es eben nicht: Er wurde lediglich hinausgepreßt aus diesem Land und Zustand, er gehorchte allein einem auf ihn gerichteten Stoß oder Druck.

Viertes Kapitel

Nun saß er sicher eine Stunde bewegungslos auf einem warmen Stein an seinem Platz und hielt einen Stab in der Hand, mit dem er, ohne jemals aufzusehen, die sehr unterschiedliche Tiefe eines Wasserlochs prüfte. Systematisch tastete er so den Grund des kleinen Tümpels ab, was ohne Veränderung der einmal eingenommenen Haltung bequem möglich war. Dann begann er von vorn damit. Eine Abwechslung ergab sich durch das regelmäßig eintretende, aber unvorhersehbar stark oder schwach ausfallende Ansteigen und Absinken des Wasserspiegels. Das Loch nämlich stand über ein rötlich ausgewaschenes, an beiden Enden verengtes, etwa ein Meter langes Tal mit der sanften Meeresbrandung in Verbindung. Eine der Überschwemmungen hatte einen Fisch mit schwarzem Seitenfleck auf den silbernen Schuppen in das schlauchartige Verbindungsstück gespült. Dadurch waren die gleichgültigen Überflutungen, das Auf- und Niederschwappen des Wassers im Tümpel auch für Matthias Roth unterhaltend geworden. Der im flachen Zwischenteil gefangene Fisch lauerte auf die Gelegenheit, mit dem Zurückweichen der Welle aus seiner Falle gerissen zu werden. Aus eigener Kraft konnte er den hochstehenden Engpaß zum Meer hin nicht überwinden. Bei ausbleibendem Wellengang würde er im niedrigen, schließlich wegtrocknenden Wasser seines Gefängnisses erstikken. Eine andere Gefahr drohte an der hinteren Schwelle: Würde er vom einströmenden Wasser in das viel tiefere Loch gedrängt, wäre die Aussicht auf das Erreichen des offenen Meeres nur noch gering. Matthias Roth half ihm insofern, als er jedesmal seinen Stab versperrend vor die zweite Pforte legte, das konnte tatsächlich im Notfall als kleiner Beistand gelten, aber er unterstützte die Bemühungen des Fisches, die Freiheit zu erlangen nicht, indem er beispielsweise mit einem Stein einen Damm vor die hintere Öffnung baute, so daß die nächste Welle durch die Stauung in ihrer Wucht erhöht, den

Fisch mit sich ins Offene geführt hätte. Er beobachtete den Fisch, erforschte das Bodenrelief des Wasserlochs und sah dabei an seinem in Falten liegenden Bauch entlang auf die weichen Oberschenkel. Die Haut war weiß, feinporig, kaum behaart. Er saß abseits, und wenn er die Augen schloß, verwechselte er das Rauschen mit dem Applaus eines Konzertmitschnitts, dem er manchmal über Kopfhörer, immer wieder zurückspulend, lauschte. Auch die Ovationen des Wassers machten ihn nicht emphatisch. Es blieb jedoch nicht bei diesem neutralen Geräusch, es wurden plötzlich hinter ihm englische Sätze gesagt, und es gab nun kein einziges Wort mehr, das er gnädigerweise nicht verstanden hätte. In seinem Rücken hatte sich offenbar ein junges Liebespaar niedergelassen. Was die beiden ausschließlich beschäftigte – dem Tonfall ihrer Stimmen nach taten sie nichts mit den Händen –, waren Sonne, Himmel, Meer und wie sich das alles zueinander verhielt, und nicht müde wurden die Unseligen, einander in kindlichen Aussage-, Ruf- und Fragesätzen auf den Einfall des Lichts und die schnurgerade Linie des Horizonts und ein kleines Schiff in der Ferne hinzuweisen und, etwas leiser, auf ihn, den sie für eine Art trauernden, zum Philosophen gewordenen Witwer zu halten schienen, der aus Verzweiflung über seine Einsamkeit sinnlos im Wasser stocherte, was ihn flüchtig erboste, aber dann schon nicht mehr. Es ärgerten ihn aber die Sprachbuchsätze, die ein nicht zu unterdrückender Zwang, die jeweiligen Entdeckungen der Umgebung sich gegenseitig durch Aussprechen, durch wetteiferndes Hervorkehren zum Geschenk zu machen, aus den Engländern herauspreßte, Negation, Komparation, Konjunktiv. »Die Bläue des Himmels«, »die Weite der See«, ein schwarz-weiß gemustertes Steinchen, irgendein verdammter Krebs, dessen Verschwinden und Auftauchen keinmal unerwähnt blieb. Ein Glück, daß ihm wenigstens der Fisch gehörte!

In Genua hatte er, noch vom Bahnhof aus, lange ein Hotel betrachtet, ein Gebäude, angestrichen wie Mokkaeis mit schokoladebraunen Jalousien und weißen Terrassengeländern wie kunstvoll gespritzte Sahnegirlanden, die Fenster hoch und oben gebogen. Überall standen Palmen auf den Balkons, alles schien ausgedacht für ein verschwenderisches Fest mit vielen Zimmern für die Liebe, für glückliche Nachmittage, Morgen, Nächte, intensivste Lebensaugenblikke für rasch wechselnde Paare. Wie mochten die Angestellten – einer war nach draußen getreten, um Luft zu schöpfen vielleicht, die Arme wurschtig untergeklemmt – diesen felsenartigen Luxusbau ansehen und das, was Tag für Tag darin vor sich ging, und die stets ausgetauschten, erneuerten Lusterlebenden, für die es jeweils aber Einzigartiges werden sollte, hinter den Türen, immer das Einzigartige, schnell Verrauschende, durch das ganze Jahr? Er hatte sich, das Hotel von schräg unten studierend, das Innere vorgestellt, die Ausblicke, das Gewirr der Gänge wie in seinem Gehirn, schon entdeckte er einen weiteren, bisher nicht wahrgenommenen Komplex seitlich und höher, und darunter fuhren die klappernden rostigen Züge, manche aber in einem raffinierten Rot, Braun, Grün. Einige Tage darauf hatte er vor dem dämmernden Meer unter einem flachen, zusammenhängenden Laubdach gesessen. Von Minute zu Minute leuchteten die weißen Eisenstühle stärker, und in einem weißen Kleid mit starren Spitzenbüscheln von den Schultern an war eine große Negerin über den Kies geschritten in stolzen Drehungen und mit einem blauen Gürtel wie aus einer anderen Zeit, aus dem vorangegangenen Jahrhundert Europas. In den Gebirgstälern der Umgebung hatte er Fabriken, Elektrizitätswerke, in allen Farben aufsteigende Dämpfe, ganze Landschaften aus Kesseln und Rohren gesehen, zusammengepfercht, aber höhnisch: Hier wurde das erzeugt, was die Stadt am Leben hielt, und er nahm es persönlich, fühlte sich ertappt und gekränkt und schämte sich leise in den schönen Lokalen, diese wiederum mit so trägem Gefühl zu erleben. Es begleitete ihn ja immer eine Frau, Irene, die gute Bekannte, Kunsthistorikerin in seinem Alter und einen halben Kopf länger als er, die ihn bei sich wohnen ließ in ihren konfusen Räumen, Irene mit der er auch diesmal nicht geschlafen hatte, obschon das zumindest von ihm aus geplant war: das Zwischenziel oder Endziel Genua. Er hatte wahrscheinlich zu lange darüber nachgedacht, wie es sein mochte, ihre dünnen Lippen zu küs sen, diese zwei schmalen, blassen, meist fest aufeinandergepreßten Hautflächen, schon am ersten Tag, als sie eine ausgezeichnete, von ihr gekochte Mahlzeit aßen, etwas Typisches, eine lokale Spezialität, deren Namen er jetzt nicht mehr wußte. Auf ging der Mund, der Kunsthistorikerinnenmund, der ungeschminkte, farblose, ohne Koketterie, wissenschaftlich ging er auf und zu, trank Wein, aß Nudeln, blieb ernst, auch wenn Matthias Roth einen Witz machte, und statt zu lächeln, formulierte er sogleich eine Frage. Wie konnte sie nur mit dieser Strenge ein so ausgefallen gewürztes Essen hinkriegen! Neugierig auf sie wurde man aber, speziell auf diese Lippen, die er schließlich küßte mit dem seinen Erwartungen entsprechenden angenehmen Schauer. Er hatte sich dann damit begnügt, möglicherweise, weil Irene, die Wissenschaftlerin, seinen zögernden, verspielten Schritten auf eine entsetzliche, allzu rasch begreifende, zustimmende, irgendwie amtlich korrekte Art zuvorkam, als hielte sie bei all dem eine Aktentasche in der Hand. Er betrachtete das aber als eine verschobenes Abenteuer. Sicher war er ein bißchen geflohen, einfach ihrem hingeworfenen Tip, es mit dieser Gegend zu versuchen, gefolgt, jedoch mit dem festen Vorsatz, auf dem Rückweg wieder bei ihr Station zu machen, besser vorbereitet dann, gebräunt und überrumpelnd. Das Wichtigere aber: Es ging von dort nach Triest, nach Triest, über das er so widersprüchliche Meldungen hörte, das schöne, sagte man, wehmütige, poetische, düstere Triest, und lange nicht ging es dorthin zurück, wo er herkam.

Er blickte auf seinen Stab, seinen Fisch, seinen weißen, welligen Bauch und auf seine Bücher, auf den kleinen Bücherpakken neben sich. Er brachte es noch nicht fertig, ohne sie den Weg zum Strand anzutreten, und noch lebte er hier disziplinierter nach Regeln als zu Haus. Das war nötig zu Anfang in fremder Umgebung und würde sich verlieren. Der Plan hieß momentan: So früh wie möglich im Speiseraum des Hotels oben an der Straße zu erscheinen, in diesem häßlichen Raum, der seine Gestalt immer zu verändern wußte, durch Vorhänge, Gardinen, Stoffraffungen, hinter denen Fenster, Fernsehapparate, Federsträuße, Regale verschwanden und zu gegebener

Stunde zum Vorschein kamen in stets neuen Zusammenstellungen. Wenn es sich ergab, führte er mit den anderen Frühaufstehern kurze, belanglose Gespräche auf englisch, französisch und, ein wenig mühsam, auf italienisch. Mit einer alten, großen Frau, die später den ganzen Tag bis zum Abend am Strand Wache halten würde, konnte er immer rechnen. Die rauchte schon, wenn er an seinen Tisch trat, und wartete auf das bescheidenste Zeichen. Aber ihre mächtige Unterlippe warnte ihn, das untrügliche Symptom einer boshaften Geschwätzigkeit. Er blieb ihr gegenüber einsilbig, andererseits war sie das Zentrum, mit ihr sprachen alle, es gab niemanden, der gewagt hätte, ihr wenigstens losen Kontakt zu verweigern. Er stellte keine Fragen. So wußte er nicht einmal, was die Baustelle rechts zwischen dem Hotel und den wild bewachsenen Abhängen bedeutete. Auf der anderen Straßenseite befand sich die Bushaltestelle, wo er angekommen war, eine schmalere Straße zum Strand zweigte ab, und wenn er sich in dem Lebensmittellädchen eine Zeitung gekauft hatte, ging er mit vermutlich seit drei Tagen gleich schnellen Schritten alle Kurven ohne Abkürzungen hinab zum Meer. Aus den Rosmaringebüschen tauchte dann ein riesiger Ziegenbock auf und erschreckte ihn. Mittags stieg er den Weg wieder hoch, aß, ohne vorher zu duschen, in der ebenfalls frisch erbauten Pizzeria links neben dem Hotel, an die sich dann gleich der niedrige Buschbewuchs anschloß. Der Wirt schien immer in tiefen Schmerz versunken zu sein, sobald er aber lachte – und das zu beobachten reizte Matthias Roth –, erwiesen sich alle Kummersignale als irreführende Falten. Fast gegen Abend schon, noch betäubt vom Nachmittagsschlaf, ging er ein zweites Mal zum Strand und blieb dort lange, bis er zu frieren begann, zog sich im Hotel um für das Abendessen, sah ein bißchen fern und konnte durch die Fenster beobachten, wie Gäste im Dunkeln mit Taschenlampen die Serpentinen zum Meer hinabwanderten und wieder herauf, und wie sie zwischendurch anhielten, als suchten sie etwas oder als hätten sie eine Entdeckung gemacht. Wenn der Himmel noch hell war wirkten die Büsche und die zum Teil abgestorbenen Bäume des kräftigen, letzten Vorsprungs der Bucht im Schattenriß wie schwarze, durchbrochene Unterwäsche, absurde Fähnchen, in der Hitze des Gefechts über Möbelstücke geworfen. Das dachte er vorzugsweise in der Nähe der großlippigen Alten und wie zum Schutz gegen sie. Am Tage wäre so eine Vorstellung unmöglich gewesen und jetzt, an seinem Platz, sah er nicht auf, höchstens zur leicht erregten Oberfläche des Wassers, die überall mit unsichtbaren, aber wirksamen Fingern hochgezogen und fallengelassen zu werden schien. Hätte er mit Hans über Irene gesprochen, wäre er schnell zu einem Urteil und damit zu einer Entscheidung gekommen, aus reiner Lust an Überspitzungen. Irene widersprach in den unvorhersehbarsten Momenten, vielleicht immer dann, wenn ihr das Wort ›Disput‹ einfiel. Das Überraschendste an ihr aber war die neunjährige Tochter aus ihrer geschiedenen Ehe, die zu jedem Essen in anderer Kostümierung und geschminkt aufgetreten war mit einem, solange die Farben hielten, verführerischen, frühreifen Gesichtchen, das allerdings mit dem Verblassen von Rot und Schwarz wieder ganz kindlich wurde. Erst jetzt begriff er, während der Fisch noch immer um seine Freiheit kämpfte, daß Marianne eine Mischung aus Irene, der Kunsthistorikerin, und ihrer angemalten Tochter war. Sie wurde ihm in den beiden auseinanderdividiert vorgeführt, oder vielleicht in ihrer Vergangenheit und Zukunft? Marianne hatte sich kurz nach der Begegnung im Restaurant mit einem ungeduldigen Telefongespräch von ihm verabschiedet. Sollte er versuchen, des Alleinseins müde, mit ihren beiden, wenn auch voneinander getrennten Ingredienzen zu leben? Ein Stück von ihm entfernt hatte eine dösende Frau ihre beiden Hände unterhalb des Bauchnabels gefaltet. In dieser Haltung, hatte Marianne einmal gesagt, überkomme sie oft die Idee, alle Männer der Welt müßten in ihr verschwinden, ja, selbst Häuser, Gebirge, Kontinente.

Das Paar hinter ihm schwieg. Als er sich umdrehte, war es verschwunden und er, wieder ganz sich selbst überlassen, saß da, abseits, mit bleichem, auf den Wülsten sacht gerötetem Bauch, mit Stab, Fisch und Büchern. In zweien hatten ihn die Herausgeber im Vorwort mit Dank für seine Beratung erwähnt, nun mußte er aus Höflichkeit darin lesen, die Strafe

für ein paar Tips. Aber gut, daß die Bücher bei ihm waren!
Man konnte Irene wegen ihrer Empfehlung keine Vorwürfe
machen: Eine schöne Landschaft, mit schroffen, weißen Fels-
abbrüchen zum Meer hin in der Ferne, die sich morgens als
Schauplätze, erwartungsvolle Altäre unglaublicher Ereignisse anboten. Über ihm, wenn er einmal hoch sah, sprang
ein Stück Felsen vor, ein Drachenkamm in roher und äußerster Klarheit, von dem das Licht hart zurückprallte, während
die entfernteren Wände es aufzusaugen schienen und vollge-
trunken davon ausruhten. Warum betrachtete er nicht länger dieses Übergenaue und Verschwimmende, beide Male
Wunderbare? Er ertrug es eben nicht! Weil es sich ständig
zu neuen Reizen veränderte und man im jeweiligen Einprägen doch nicht Schritt halten konnte? Beileibe nicht! Und
in Genua und den paar Städtchen in der Nähe: Alles nicht
mehr für ihn gemacht, weil seine Kraft nicht ausreichte, so
viel Pracht in sich aufzunehmen und stückweise nachzubil-
den, innerlich nachzubauen, so daß er sich bei einer Wissenschaftlerin und hinter einem Bücherwall verkroch? Quatsch!
Eine Wehmut, die ihn beschlich angesichts von Vollkommenheit, weil nichts zu tun blieb, kein bißchen poetische Zutat,
keine Ausschmückung nötig war und daher die Dinge in ihrer
Schönheit schwer lasteten und sich in dieser Unbeweglichkeit gleich ein fauliger Geruch einstellte? Keine Ahnung, das
mochte der Sache schon näher kommen. Oder wollte er nur
schneller sein als sein böser Blick, wenigstens hier, an seinem
vorläufigen Ziel, lieber, damit nicht gleich alles umsonst war,
nicht so gründlich hinsehen, wie er es zu Hause nicht vermeiden konnte, so daß ein wenig Politur, Geheimnis bliebe auf
dem liegenden und stehenden Stoff, der ihn umgab? In diesem
Moment gelang es dem Fisch, sich mit einer Woge über die
Steinschwelle zu katapultieren, das Wasser lief gurgelnd ab,
wieder wurden die roten Auswaschungen des Meer und Fel-
senloch verbindenden Kanals sichtbar, und nach Beruhigung
der Oberfläche hatte Matthias Roth nur noch den Stock, um
den Boden abzutasten. Er tat es nun aber mechanisch, registrierte und sammelte die Informationen längst nicht mehr,
hätte sich ebensogut am Kopf kratzen können, war eigentlich

überhaupt nicht anwesend, ließ den Stab wandern und saß herum, abwartend, daß irgend etwas vorüberginge. Es überfiel ihn plötzlich mit solcher Ungeduld, daß er den Stock fester packte und ihn nun nicht prüfend, sondern zornig auf den Boden stieß. Der Ort war gut ausgewählt, aber er fühlte sich keineswegs wohl. Allein hockte er hier, dem Wasser gegenüber, so nackt glotzte ihn alles an, ihm grauste, wie es so öde, dumm und dicht vorhanden war und sonst nichts, und ohnmächtig, mutlos spürte er die eigene Unfähigkeit, das mit einigen verrückten Einfällen für sich aufzuputzen zu einer Ansehnlichkeit. Schon war er fast soweit, sich einzugestehen: hier verschlimmerte es sich ja noch! Diese großartigen Anblicke, nichts als Felsen und Wasser, Plunder, zu wenig, gar nichts, etwas für Ungeheuer, für schnarchende Riesen. Alles lag in erbarmungsloser Blöße vor ihm, das tadellose Panorama, die glitzernden Wassertropfen zwischen dem sirrend zurücklaufenden, fabelhaft feinen Kies. Und wenn er auch meist vor sich hinblickte, dieser Tatsache mußte er doch unentwegt ins Auge sehen, und auf sein bisheriges Leben bezogen, war es höchst ungewohnt. Eine Herausforderung steckte in dieser Landschaft, nicht die übliche, sie zu würdigen wie das englische Pärchen oder sie stumm in sich zu wiederholen oder sich treffende Verse dazu einfallen zu lassen und sie noch schöner zu machen durch freundliche Übertreibungen. In dieser Nacktheit lag eine tückische oder gutartige Anspannung, ein unterirdisches Reißen und Spalten, ein Zertrümmern, ein Sprengen. Er saß herum und wartete ab, blätterte in den Büchern, aß einen Pfirsich, dessen Saft über seinen Bauch tropfte, und rechnete damit, daß der Strand mit Böschung und Felsbrocken durch eine Explosion unter seinen Füßen in die Luft geschleudert würde.

Den Bogen der gesamten kleinen Bucht entlang versuchten die Leute, einander mit Brüsten, Schenkeln, Muskeln zu reizen. Die Gesichter verloren hier ihre Wichtigkeit, von Glück konnte der Kopf sagen, der über einem gutgewachsenen Körper nicht unangenehm abstach. Das Beste, was ihm passieren konnte, war, überhaupt nicht aufzufallen, die stille, in sich ruhende Überzeugungskraft einer glatten Bauchdecke zu besitzen. Ein kleiner Junge sprang jedem, der sich seinem Handtuch näherte, mit einer hoffnungsvollen Karatebewegung entgegen. Sein Angriff endete stets damit, daß er selbst rücklings auf dem Boden landete, was er zu wünschen schien. Ein etwa Dreizehnjähriger hüpfte auf langen, dünnen Beinen in der Gegend herum, zog die Schultern hoch und griff sich ständig, als handele es sich um Kinn oder Knie, ans Glied. Eine Frau streckte alle Viere von sich, als wäre ihr alles, auch der gröbste Überfall, schnuppe, sie hatte ja die Augen und das Geschlechtsteil bedeckt! Sie lag da wie eine Verletzte oder Verstümmelte, natürlich ohne das beiläufigste Mitleid zu erregen. Jeder wußte Bescheid hier, und doch wunderte sich Matthias Roth, daß niemand der Versuchung nachgab, einfach über sie wegzugehen. Am liebsten hätte er sie mit einem Stock auf den Bauch gerollt, so wie man Schildkröten auf den Rücken dreht. Es waren aber nicht alle Leute am Strand so träge, im Gegenteil, das eigentlich Erstaunliche bestand ja in der allgemeinen Geschäftigkeit, besonders bei größeren Familien. Die kamen nie zur Ruhe. Sie trafen ein und brachen auf, ja, kaum waren die umständlichen Vorbereitungen für das kurze Baden abgeschlossen, setzte die Einleitung des Abmarsches gemächlich ein. Man sah gar nicht, auf welches Ziel sie denn losgegangen waren, sie hantierten bloß so vor sich hin, es sollte gar nicht ein bestimmter, vorläufiger Endzustand erreicht werden, nur eine Ablösung kurzatmiger Tätigkeiten. Und plötzlich überfiel ihn wieder das Grausen des Heranwachsenden vor dem Familienleben, die Beklemmung angesichts des unaufhörlichen, wichtigtuerischen Zeitvertreibs. Hier waren den Familien die schützenden Deckel der Häuser vom Kopf gerissen, hier schaute man unverhohlen zu, was sie trieben und was hinter ihrer pflichtbewußten Rührigkeit steckte. Ferien oder nicht: hier kam alles heraus! Immer das gleiche sinnlose Herumgefuchtel. Einen Augenblick liebte Matthias Roth seinen zarten Müßiggängerbauch und bekräftigte nachdrücklich seinen Entschluß, solchen Freuden fernzubleiben bis zum Tod. Er packte seine Bücher zusammen und begann vorsichtig, mit weichen Fußsohlen auf runden Steinen balancierend, früher als sonst den Heim weg. Wie hilflos, in welch offensichtlicher Verwirrung die Leute vor den schön geäderten Felshintergründen saßen! So hatte er im Bahnhof von Genua eine ganze Zugladung von ihren Arbeitsstätten Kommender in der Eingangshalle gesehen, noch dicht aneinandergedrängt, trotz des freien Raumes um sie herum, gerade so, wie der Zug sie zu einer rechteckigen Form gepreßt hatte, junge und ältere Gesichter, in welche Klauen gegriffen zu haben schienen, Spuren und Furchen von etwas Schreiendem, Wüstem, und zugleich eine Müdigkeit, die ihn an die Wand gedrückt hatte mit seinem großen, alten Koffer, und wieder dieses verborgene Reißen unter allem, das nur er spürte, sie ahnten es nicht. Die Frau mit der breiten, geriffelten Unterlippe stand als Wachposten an der Treppe zur Straße. Er mußte an ihr vorbei. Geistesgegenwärtig verbeugte er sich und sah sie, ganz unabhängig von dieser Liebenswürdigkeit, so lange an, dafür reichte es noch mit ihm, bis sie die Augen niederschlug.

Nach einigen Tagen hatte er gelernt, sich schon am Morgen alle Stunden bis zum Abend vorzustellen, helle Abendhimmel dann, mit Mauerseglern, schwarz sichelnde Mordmaschinen. Etwas anderes aber, das er sich von einer Reise ins Ausland und einem solchen Hotelaufenthalt versprochen hatte, blieb aus: Die italienischen, französischen, englischen Familien und Einzelpersonen verblüfften ihn nicht wie früher. Sie schafften nicht, ihn durch ein bißchen dargebotene Eigenart am schnellen Durchschauen auf das längst Bekannte, Bekannte wie Fremde, überall gleich Fremde zu hindern. Er war jetzt bereit, sich damit abzufinden, verfaßte ein fälliges Vorwort, stellte wieder einmal unbekümmert einen Plan für eine Anthologie mit phantastischen Kurzgeschichten fertig, malte sich ein Zusammenleben mit Irene aus und sah dann in plötzlich konzentrierter Spannung die Felsen, die Schwimmer, die Gebräunten auf den Handtüchern an. Nein, sie rissen, platzten, zersprangen ebensowenig wie er. An einem Morgen ließ er Bücher und Badezeug im Hotel, überquerte nicht die Straße in Richtung Strand, sondern folgte ihr zum ersten Mal und aufs Geratewohl. In langer Hose und mit festerem Schuhwerk ging er neben dem Granitmassiv, das sanft oder schroff zu ihm abfiel, meist bedeckt blieb mit sehr grünen Hartlaubgewächsen und verdorrten, nicht mehr erkennbaren Pflanzenarten dazwischen. Wegen der hin und wieder entgegenkommenden Autos auf der kurvigen Strecke ging er dicht am Abhang, immer rechter Hand mit Ausblick aufs Meer, traute sich aber nicht, im Ausschreiten ruhig hinüberzusehen. Vor vielen Jahren, als Motorradfahrer, wäre er hier vor Vergnügen in Raserei geraten, jetzt bog er, zur Sicherheit, bei erster Gelegenheit auf einer ebenfalls asphaltierten, aber viel kleineren Straße zu einem höher gelegenen Dörfchen ab, nur eine unorganisierte Ansammlung alter und ganz neuer, zum Teil noch im Bau befindlicher Häuser, die wie die einfachen Baugeräte, Zementsäcke, Ziegel von weißem Staub eingefärbt waren. Aber es zeigten sich die ersten Hunde, dunkle und wie ausgeblichene, weiße Tiere, die sofort die Zähne bleckten. Er bedauerte, keinen Stock bei sich zu tragen, packte, indem er vorgab, einen Schuh fester zu binden, einen Stein und bewegte sich scheinbar ohne Furcht an den Häusern vorbei, in denen alte Leute standen, die ihn ausdruckslos betrachteten, aber wenn ihre Hunde nicht nur knurrten, sondern laut aufbellten, dann lachten sie regelrecht herzlich mit ihren schwarzen Mundlöchern, und Matthias Roth lachte widerwillig zurück. Als sich ein Hund nicht mit dem Nachkläffen begnügte und nach seinen Fersen schnappte, fuhr er mit einer heftigen Drohgebärde herum. Er war in Schweiß geraten, auch durch den Anstieg. Später würde er es Gisela erzählen, schob dann den Gedanken eilig fort. Nein, er wollte sich nicht über die Landesgrenze hinaus erinnern! Von ihm aus konnte die Welt an dieser Linie für eine Weile ruhig abbrechen. Aber die drohende, erfolgreiche Geste hätte er gern im Spiegel angeschaut, sie war ihm zugeflogen, unwiederholbar. Er wußte nicht, ob er den Fuß vor- oder zurückgestellt hatte, die Faust geballt oder den Arm geschüttelt. Auf der Schwelle des letzten Hauses saß eine kleine, spindeldürre Frau. Eigentlich sah er nichts weiter von ihr als Finger und Unterarme und die Knie mit dem Stück bis zu den Füßen und darüber gleich das magere Gesicht. Das alles war nackt und braun, aber natürlich ahnte er als Zwischenstück einen dün

nen, uralten Körper und ein schwarzes Kleid, das sich mit der
Dunkelheit des Hauseingangs verband. Die Frau lächelte ihm
schon aus der Entfernung zu, sie hockte dort wie ein Kind
mit ein wenig weißem Flaum auf dem Schädel und lächelte
ganz genau ihn an. Dabei arbeitete sie ohne Unterbrechung
weiter, auf ihrer Schwelle, die Beine im blendenden Tageslicht, den gekrümmten Rücken in der Finsternis des Flurs. Sie
hielt eine Sichel in der Hand, eine ruckhaft geschwungene,
aufblitzende Sichel und lächelte mit ihren äußerst schmalen
Lippen Matthias Roth zu, so daß er nirgendwo anders hinsehen konnte. Die Hunde waren vergessen und sowieso ver-
stummt. Er stand der Frau allein gegenüber, bei dieser letzten
Kehre, mit der sich die Straße aus der Ortschaft wand. Die
Frau zerkleinerte Gemüse, es schienen Schoten zu sein, die
sie in der Luft in Stücke hieb, er konnte es nicht genau erkennen, er mußte zu sehr auf die scharf glänzende, in wortloser
Freundlichkeit geschwungene Waffe achten, drehte sich nicht
um, wußte aber, daß die Frau, immer sichelnd, ein mecha-
nisches, zartes Wesen, sofort wieder lächeln würde, falls sie
überhaupt damit aufgehört hatte.

Die Straße wurde nun abrupt steiler, als sollte es endlich
in die gebirgige Wildnis gehen. Sie war jedoch immer noch
asphaltiert, auf diesem Abschnitt ganz frisch, und unsinnigerweise hatte jemand, hier beginnend, außerhalb der Ortschaft,
eine Oleanderallee gepflanzt. Rechts und links davon gab es
kleine, mehr und mehr einschrumpfende Weinberge, auch
Flächen, nur mit großen Steinen zwischen gelbblühenden Disteln bedeckt. Die pompöse, sogleich unfeierlich steil anstei-
gende Allee hörte unvermittelt auf und wurde durch einen
grob geschotterten Weg fortgesetzt, den allerdings ein hohes,
rostiges Eisentor, an dem ein Schild mit unleserlichen Buchstaben und mehreren Ausrufezeichen hing, halb versperrte.
Links daneben, hinter Büschen fast verborgen, lag eine in
Stufen den Hang hinabgebaute Villa, mit vielen Dächern,
Terrassen und einem Eingang, von dem aus sich der Weg
sofort abwärtsstürzte, aber im Kontrast zur umgebenden
Vegetation ausschweifend mit Blumen gesäumt. Matthias
Roth gelang es nicht, einen Gedanken über die gewaltigen Ko-

sten der Anlage zu unterdrücken und einen weiteren über den
Aufwand der täglichen Bewässerung. Einige Meter nach Passieren des Tores kehrte er noch einmal um und versuchte, die
Schrift auf dem Schild zu entziffern. Es konnte sehr gut eine
Warnung sein, vielleicht sogar ein Verbot. Trotzig drückte er
die Flügel des Eingangs noch weiter auseinander und schritt
dann ohne zurückzudenken aus, sah rechts ein zur Mitte
immer grüner werdendes Tal, links eine bis in die Bläue reichende Hügelflanke direkt neben sich und an ihr in Abschnitten Teile des sich daran hochschlängelnden Weges. Dem
mußte er nun folgen, es war gar kein Entschluß, er spürte
nur, daß er keine andere Wahl hatte, als unbedenklich einen
Fuß vor den anderen zu setzen, weil es ihn trieb oder zog, so,
als würde er eine undeutliche, sehr angenehme Radiomusik
hören, die er unbedingt aus der Nähe mit all ihren Klängen
wahrnehmen wollte, oder als hätte er die verräterischen Spuren eines seltenen, scheuen Tieres entdeckt und müßte ihm
unausweichlich bis in seine letzte Zuflucht folgen, um es mit
eigenen Augen anzusehen. Er stieg dabei auf steinigem Weg
immer bergan, nun schon in der Mittagshitze, und kam doch
mühelos vorwärts, sah in das stille Tal neben sich, über dem
Mauersegler jagten, in der Höhe vor glänzenden schwarzen
Wänden, oder ins zartgraue Innere der Berge oder aufs Meer,
wenn der Weg zu einer neuen Kehre ansetzte. Am häufigsten aber fiel sein Blick, und nur einmal bisher war er an einer
Quelle, die in einem Pfefferminzgebüsch verschwand, stehengeblieben, auf die Wegränder mit unscheinbaren Pflanzen,
deren Namen er nicht kannte, doch er zerrieb ihre Blätter
und Blütenköpfe oft zwischen den Fingern und roch daran.
Die Gerüche waren ihm alle vertraut, und diesem Weg immer
weiter zu folgen, einer Biegung nach der anderen, immer
höher, den Abhang hinauf, diesem trotz der wild wachsenden Pflanzen breit angelegten Weg, auf dem ein Landrover
jederzeit bequem fahren konnte, auf ihm, so wie seine Windungen es vorschlugen, fort und fort zu wandern war so, als
hätte er einer kleinen Schlange, die in der Nähe der Quelle
neben einer Blume mit rotvioletten Sternchen, die zu Schirmchen gruppiert waren, sich unter den Pfefferminzbüscheln

geschwind vor ihm verbarg, mit nackten Händen nachgeforscht, ohne zu wissen, ob sie giftig war oder nicht. Und obschon ja unzweifelhaft er es war, der zwischen den Steinen nach den besten Plätzen zum Aufsetzen der Füße suchte, ohne dabei je den Schritt zu verhalten, schien doch gleichzeitig der Weg selbst es zu sein, der ihn, so ruhig in der Sonne daliegend und dabei den Berghang hochschwingend, auf seinem höckrigen Rücken transportierte. Er hätte gar nicht abspringen können, er vertraute sich ihm ohne Sorgen an, ohne Uhr und Proviant, und dachte einmal an die glitzernde Spur, die Marianne in seiner Wohnung hinterlassen hatte, als sie einen Gürtel mit aufgeklebtem, aber hin und wieder abbröckelndem Goldstaub trug, und wie er danach gesucht hatte, als brächte jedes der blinkenden Partikelchen Glück. Er wunderte sich über den zunehmend saftigen Bewuchs, zwischen dem verbrannte Bäume aufragten wie alte, hoch hervorgetriebene Blütenstände, und erinnerte sich, wie er Marianne doch zärtlich zugeneigt gewesen war, ein schönes Objekt für seine Liebe, nur hatte er in seiner Phantasie nicht durch allzu schroffe Hindernisse gestört werden wollen. Hier, so kam es ihm vor, war er es, der ohne Widerspruch den Phantasien des Weges gehorchte.

Kein Mensch war ihm bisher begegnet, seine leisen Schreie wurden von der gegenüberliegenden, kühl dastehenden Felswand, die eigentlich aussah, als würde sie alle Laute schlucken, klar zurückgeworfen. Er gelangte an ein Dreieck bis auf den Boden kahlen Gestrüpps und grauer Erde, was auf einen erst diesjährigen Brand hinwies. Es reichte in der Länge von einer inneren bis zur äußeren Kehre und von einem Wegabschnitt bis zum darüberliegenden. Noch immer hatte sich die Breite des Weges nicht verändert, roh aufgerissene Erde, gewalttätig fast in dieser Einsamkeit, der Bergflanke aufgezwungen. Aber jetzt war unvorstellbar, daß irgendein Gefährt lärmend auf den braunen Linien des Weges auftauchen würde, es war immer nur Matthias Roth, der die Stille sanft unterbrach durch sein rhythmisches Keuchen, dem er zur Erleichterung, ja, bloß zum Vergnügen freien Lauf ließ und selten durch einen rollenden Stein, den sein Fuß absichtslos in Bewegung brachte und der ihn dann selbst mit plötzlichem, kurzem Getöse erschreckte. Er sah das Meer und das Bergmassiv und befand sich ganz allein dazwischen. Das Schild fiel ihm wieder ein, und einen Augenblick beunruhigte ihn der Gedanke, es könnte diese gewundene Straße in der Wildnis, in der es zuckte und summte, auf eine Gefahr zuführen, eine mit mehrfachen Ausrufezeichen verdeutlichte, mit Symbolen vielleicht, die er für Buchstabenrudimente gehalten hatte. Aber was ihn dabei höchstens beschlich, war das Gefühl, heimlich überwacht zu werden bei einer verbotenen Tat, von oben oder unten. Je höher er mit dem Weg stieg, desto unübersichtlicher wurde überraschenderweise die eigene Position. Der vermutliche Grat des gebirgigen Ausläufers verwischte sich, es schien allmählich so, als ließe sich ein höchster Punkt gar nicht ausmachen. Die Frage nämlich: wann kehre ich um? schwoll geradezu in ihm an, so daß er sie schließlich murmelnd aussprach. Das Meer wirkte nah, auch die Dächer mancher Häuser, aber das waren die Distanzen der Luftlinie. Tatsächlich trennten ihn alle abgegangenen Schleifen von den kleinen Siedlungen unten. Trotzdem wanderte er weiter, hielt nicht einmal an. Die Beine bewegten sich schwungvoll vorwärts und aufwärts wie nie. Er gab ihnen recht, bisher fehlte ihm das, was eine Rückkehr erst möglich machen würde: ein Zeichen, ein Signal. Er konnte schließlich nicht mitten auf diesem Weg mit seiner peinlich starr eingehaltenen Breite ohne den geringsten Hinweis, daß ein Ziel erreicht war, wenden. Da endlich, mit einem Ruck, bog der Weg noch vor Erreichen der äußeren Kehre ab, fast wuchsen die höheren Sträucher über ihm zusammen, und hörte kurz vor einem Steinschuppen, der mit Wellblech ergänzt worden war, auf, eine Schlußlinie, hinter der sofort das krause Gestrüpp begann. Hier blieb Matthias Roth stehen, eingeschüchtert für ein paar Sekunden, ob er nun auf den Besitzer des offensichtlichen Privatweges stoßen würde. Eine Leiter lehnte an der Wand, ein Autoreifen lag daneben. Er näherte sich vorsichtig und konnte mit einemmal in das nächste Tal sehen, also war dies doch der Kamm! Die verrammelten Fensterlöcher des Hauses ließen keinen Einblick zu, doch hätte er die Behausung sicher länger untersucht, wenn sich nicht ein sehr schmaler Pfad gezeigt hätte, der auf eine eigentümliche, unerklärliche Weise dazu verlockte, ihm zu folgen. Er setzte unvermittelt zwischen Rosmarin und Mastixgebüschen ein, und hier bewegte sich Matthias Roth nun doch mit Wachsamkeit vorwärts, da er kaum von oben sehen konnte, wohin sein Fuß trat. Er befand sich jetzt deutlich auf einer Art Hochebene, und als der Pfad endete, stand er in einem Pinienhain, und in dem feinen, langen Gras, das unter weit auseinanderstehenden Bäumen wuchs, erkannte er zwei grüne Gartenbänke und einen stabilen, rechteckigen, ebenfalls grünen Tisch, und doch gab es nicht den kleinsten Zweifel darüber, daß es sich unter keinen Umständen um eine für das öffentliche Wohl installierte Picknickanlage handelte. Der wilde Park umgab ein verblüffend großes, eingeschossiges neues Haus, dessen Fenster mit stark ornamentierten Gittern geschützt und in dessen Außenmauern bunt glasierte Kacheln mit Tierfiguren eingelassen waren. Das sah Matthias Roth schon, als er, noch immer ohne sich zu rühren, am Ende des schmalen Weges stand.

Er atmete lange aus. Es mußte an dem hellen Schatten liegen, in dem das gebogene Gras wuchs: Das Haus, mitten darin, schien ganz wenig über dem Erdboden zu schweben. Er spürte den dringenden Wunsch, zu einer der grünen Bänke zu gehen und dort, im Dämmerlicht, in der surrenden Stille zu schlafen, dann etwas, ein bescheidenes Proviant hätte ja genügt, von dem grünen Tisch zu essen. Erst jetzt bemerkte er, daß er schon mehrere Minuten an der Grenzlinie zu dieser besonderen Zone stand und nicht wußte, weshalb er sich dem Haus nicht näherte oder sich wenigstens einen Schritt aus der betäubenden Hitze entfernte. Vielleicht wurde er schon lange während seines Anstiegs beobachtet? Ein Hund hatte ihn jedenfalls nicht gemeldet, und rasch stellte sich nun die Gewißheit darüber ein, hier oben der einzig Anwesende zu sein, eine Erkenntnis, die ihn durchaus nicht veranlaßte, schnurstracks das Gebäude zu untersuchen. Er trat einen halben Meter in den Schattenbezirk, nach einem prüfenden Blick ins Gras, und vertiefte sich zunächst in das tagtägliche Panorama der Leute, die hier den Sommer verbringen würden. Immer hatten sie die grau schimmernden Berge des Inneren vor Augen, vor allem aber, ganz nah, von einem Hügelausläufer zum anderen, den Abschluß des Tals, aus dem er eben gekommen war, die Luftoberfläche, durch die man bis auf den Grund sehen konnte, hoch über allem und die entrückten Berge, noch viel höher. Und obwohl das Haus in heiterer Beständigkeit sich vor ihm erstreckte, fühlte er doch die leichte Besorgnis, mit einer ungeschickten Geste könnte in dieser Unberührtheit eine Verwandlung ausgelöst werden, ein Entzaubern oder Erwachen. Er überlegte nun, in welcher Beziehung diese zweite Behausung zur ersten stehen mochte, eine provisorische Unterkunft das eine vielleicht, bis der eigentliche Bau zu Ende gebracht war oder eine, die Stufen eines wachsenden Wohlstands spiegelnde, Steigerung der Behaglichkeit, oder wurde das gleichzeitig dargestellt: Dienstbotenunterbringung und Herrenhaus? Oder hatte der reiche Erbauer dieses letzten Hauses die Pioniere, die spartanischen Einsiedler des ersten vertrieben? Das zweite Haus besaß sogar eine Fernsehantenne und also vermutlich alle darunter anzusiedelnden Ausstattungen des komfortablen Wohnens. Die Kosten für die Anschlüsse in dieser Einöde überstiegen sein Vorstellungsvermögen. Er sah jetzt, daß er sich getäuscht hatte, was die Neuheit des Hauses betraf. Vorgezogene Erweiterungsbauten, Modernisierungen, neue Anstriche hatten ihn irregeführt. Große Teile des Anwesens waren nicht nur alt, sondern verfallen, durch Balken abgestützt. Es gab eingeschlagene Fenster, baufällige Türen, mit Eisenstangen verbarrikadiert. Durch eine Jalousiespalte sah er ein nagelneues, perfekt eingerichtetes Bad, lila-grün gekachelt. Dicke weiße Handtücher hingen an glänzenden Haltern, er entdeckte Klopapier und Seife, Zahnpasta und Bürsten in dunkelvioletten Bechern. Noch keinmal schien das wirklich benutzt worden zu sein. Erst jetzt begriff er klar, was er die ganze Zeit als Atmosphäre gewittert, eingesogen hatte: die ungeheure Verletzlichkeit der Anlage. Wer hier lebte, war, vor allem in den Nächten, einer totalen Finsternis ausgesetzt, eine hilflose Beute für klug beobachtende, geschickt zupackende Täter die mit ein paar Werkzeugen blitzschnell die empfindlichen, dünnen Drähte zur Zivilisation kappen konnten. Auch tagsüber würde das kaum anders sein. Die zweite Gefahr war das Feuer. Er hatte ja auf seiner Wanderung genügend alte und neue Brandstellen entdeckt. Selbst für ihn konnte ein plötzlich ausbrechendes Feuer in diesem Augenblick bedrohlich werden, und ganz kurz spürte er Schweiß an seinem Rückgrat. Die Flucht mit einem Fahrzeug garantierte nicht unbedingt Sicherheit, wenn untere Streckenabschnitte brannten, bei wechselndem Wind mit unklarem Fortgang. Das Rührendste aber war die jetzige Ohnmacht des Hauses gegenüber der Zerstörungswut eines zufällig Herbeigekommenen. Es lag etwas Aufreizendes, zur Gewalttätigkeit Herausforderndes und sofort Besänftigendes in diesem Vertrauen in den Schutz der Wildnis, der Entlegenheit, der Bannung durch die Sanftheit des Ortes. Hier etwas zu entwenden oder zu zerschlagen schien das Naheliegendste und, noch stärker, das Abwegigste zu sein. Er setzte sich jetzt auf eine grüne Bank und wußte, daß er großes Glück hatte! Er verstand nichts, er sah vor sich etwas in aller Einfachheit undurchdringlich Geheimnisvolles.

Eigentlich wollte er, entschlossen zur Umkehr, nur zwischen den mächtigen Granitbrocken in der Nähe des ersten Hauses in das nächste, nördlichere Tal sehen, das so grün unter ihm lag. Da fiel ihm der Pfad auf, der auf dieser Seite des großen Hügels und ganz oben wieder auf die Berge zuführte, weg vom Meer. Er machte versuchsweise ein paar Schritte. Die Pflanzen wirkten hier frischer, als kündigte sich eine regelrechte Alpenvegetation an. Nicht auf einer provisorischen Fahrbahn bewegte er sich nun vorwärts, sondern auf einer zum Teil zugewachsenen, erst ansteigenden, dann abschüssigen, manchmal nur ertastbaren Spur. Als er sich umwandte, waren beide Häuser schon verschwunden. Er ging gegen einen Widerstand an, er fühlte genau, daß er das Ziel der Wanderung erreicht hatte, wollte aber das in einer ihn selbst überraschenden Aufsässigkeit nicht wahrhaben, nicht in dieser Feierlichkeit, er wollte das abschütteln und überlegte sich, und pfiff obendrein vor sich hin, ob es nicht

gescheit sei, den Rückweg durch dieses Tal zu nehmen, das
ja seinem Hotel näher war als das eben hochgewanderte. Es
mußte doch möglich sein, auf dieser Bergflanke, die ihm mit
ihrem niedrigen Laubwald vertraut schien wie ein heimatli-
cher Waldboden, mit üppigen Efeuüberwucherungen, wo er
sich wie ein Bergwanderer fühlte, in einer Abkürzung – ein
wenig steiler vielleicht als ein umständlich gewundener Pfad
vorschreiben wollte – ziemlich rasch zum Talboden vorzustoßen und dann, vielleicht an einem Bach entlang, in Richtung Hauptstraße zu marschieren. Etwas schimmerte bläu-
lich durch die Büsche, er rechnete mit einem Haus und stieg
so schnell abwärts, daß er ausrutschte. Es handelte sich aber
nur um ein Stück Plastik, das zu einem verlassenen Schieß-
stand gehörte. Von dieser Stelle aus, in sehr kühler Luft, war
ein weiteres Hinunterklettern unmöglich, Bäumchen mit
stachligen Blättern vereitelten alle Durchbrüche schon kurz
über der Erde. Er spürte diese Abwehr auch in der Luft, auch
auf dem wieder erreichten, zweihandbreiten Pfad. Sogar das
Wandern in der Horizontalen schien hier viel anstrengender
zu sein, in dieser unsüdlich frischen Gebirgsluft, mit jedem
Schritt ging er gegen etwas an. Er prüfte mit einem abge-
brochenen Ast sorgfältig das Wegstück vor seinen Füßen und
blieb manchmal vor einer schräg über seine kleine, nur noch
ahnbare Straße wachsenden Feuerlilie stehen, kümmerte sich
dann aber doch, mit einem Lächeln allerdings, nicht um diese
zarten Verriegelungen. Es war eine sogar vom Sonnenlicht
nur indirekt aufgestöberte Wildnis, und er vergaß, in welcher
Gegend, in welchem Land er sich überhaupt befand. Als er
sich dann aber umdrehte, er wußte nicht weshalb in diesem
Moment, sah er, daß der Blick aufs Meer – und es erschien
ihm plötzlich als die Teilnahme und das Angesicht der Öffentlichkeit – durch einen felsigen Auswuchs aus der Bergflanke
versperrt wurde. Auch die Sonne war damit verschwunden,
beleuchtete jedoch ungemindert die trockene, gelbe Südseite
des Tales. Dunkel stand die Licht und Wasser abschneidende
Schranke hinter ihm und erzeugte den Eindruck einer nun
vollkommenen Einöde, einer Verlassenheit: Das Herz, das
innerste Zimmer eines Bedürfnisses, eines unklaren Verlan

gens, das ihn hergelockt hatte, und nun stritt er es nicht mehr vor sich ab, er war an seinem eigenen, geheimen Punkt angelangt, als hätte etwas Unbestimmtes endlich Gestalt angenommen. Und wenn ihn in dieser unmenschlichen Einsamkeit der Tod anfiele? Es war schon der Tod, nichts beengte, nichts begrenzte hier. Um so schlimmer aber auch: es kam darauf an, diese Anwesenheit ohne Grauen zu bestehen. Mußte man nicht, wie bei der Vergegenwärtigung des Weltalls, ein ungeheuerliches Gefühl dagegen stemmen, wie die Entdecker der Meere und Urwälder die Raserei ihres Wissensdurstes und ihrer Raublust? Über eine Gefühlsbewegung solchen Ausmaßes verfügte er allerdings nicht, kehrte nun aber endgültig und gehorsam um. Er sah die Feuerlilien wieder und das erste Haus mit der Leiter und dem Gummireifen, den breiten Weg mit seinen Steinen und die Kehre mit verschiedenen Ausblicken aufs Meer, die kleine Quelle, die im Pfefferminzgebüsch versprudelte, und fast schien ihm, als wäre da auch wieder das schnelle Gleiten der Schlange gewesen. Sogar größere Unregelmäßigkeiten des Bodens hatten sich ihm offenbar auf dem Hinweg eingeprägt. Jetzt, im Wiedererkennen, kam ihm alles wie unter einer auf ihn bezogenen Spannung vor. Er wurde von Hinweis zu Hinweis geleitet, mehr war da nicht zu fragen, es genügte so und schließlich würde es enden bei dem unleserlichen Schild und der Türschwelle der zusammengeklappten Sichelfrau.

Am folgenden Tag konnten ihn die Frühaufsteher des Hotels in kurzen Hosen mit Badeschuhen und Büchertasche zur üblichen Stunde die Serpentinen zum Meer hinuntergehen sehen. Aber machte sich hier überhaupt jemand, männlich oder weiblich, die Mühe, festzustellen, daß er seine Gewohnheit wieder aufnahm? Unten stand ein kleiner Junge und trug einen bunten Blecheimer in der Hand. Es ergab sich, daß Matthias Roth dicht an ihm vorüberkam und eine Sekunde seinen Kopf fast senkrecht über dem des Kindes halten konnte. Eigenartig, sagte er sich, die schiere Tatsache, daß ein so winziges Kind viele Dinge noch nicht weiß, scheint sie, wenigstens in seiner unmittelbaren Nähe, außer Kraft zu setzen, als könnte alles wieder ungültig gemacht werden, im Gegensatz zu, fuhr es in seinem Gehirn pedantisch fort – und er sah sich um nach einem geeigneten Objekt –, im Gegensatz zur Unterlippenfrau! Richtig, da stand sie ja, und bei ihr durfte er jedenfalls unbesorgt sein: Die hatte ganz gewiß seine gestrige Abwesenheit bemerkt. Sie erfuhr alles und hortete es in sich an, es wanderte über die große Schwelle ihrer Unterlippe in sie hinein, das war unlogisch, aber er konnte sich nicht trennen von der Vorstellung, daß sie die Informationen nicht so sehr hörte als fraß, und sie flossen, tropften, glitschten später auf demselben Weg wieder aus ihr heraus, verändert natürlich. Sie trieb es wie die Vögel, schluckte Früchte und warf an anderer Stelle, aber durch die Aufnahmeöffnung, Verbreitung fördernd, den Samen ab. Das waren Vermutungen, doch er sah es diesen, von den unterschiedlichsten Informationsrinnsalen gefurchten Lippen an. Ja, sie wußte alles, und dadurch war in ihrem Bannkreis alles vorhanden, keine Auslöschung, keine Ahnungslosigkeit. Sie saß in seinem Kopf mit der dicken Lippe der Spinnerin, die immer mit dem Daumen daran entlangfährt. Er konnte sie fixieren wie das Bartelssche Ehepaar, Mariannes nackten Rücken, Giselas Busen und Tee: Eine kräftige Italienerin zwischen fünfundsechzig und siebzig, mit krausen weißen Haaren und dunkelbraunem Körper, im blaublumigen Badeanzug, der den vorgewölbten Bauch fest umspannte. Auch bei grellem Licht stand sie ohne Sonnenbrille da, mit tiefer Stimme und männlichem Lachen, in der einen Hand stets eine Zigarette haltend, in der anderen eine Zeitschrift, die sie über den Kopf hob, um damit, auch das fast ohne Pause, jemandem zuzuwinken, zum Abschied, zum Empfang. Er konnte die Augen schließen oder die Kieselsteine unter seinen Füßen oder die Felswände seitlich ansehen, in dieser Weise war sie überall von ihm hinzuzaubern. Bei Conrad, fiel ihm nun ein – und er setzte sich sogleich dorthin, wo er sich gerade befand, nahm Platz auf einem unbequemen Felsbrocken –, lief es letzten Endes auf etwas Ähnliches hinaus. Er mußte sich eigentlich nur das Einfachste eingestehen: Wenn er sich an dessen Romane erinnerte, erschienen immer einzelne Bilder vor ihm. Die Geschichte, der Handlungsverlauf verflüchtigte sich nach jedem Lesen rasch. Was er behielt, was sich oft genug aufdrängte, waren die Anblikke einer Regungslosigkeit, etwas Starres, beherrschend und die Wege und Geschicke dahin und davon weg verschlingend. Nostromo, durch die Menge reitend und plötzlich den Silberknopf von seiner Weste, zur Abfindung einer schmollenden Geliebten schneidend, Lingard und Edith Travers, Arm in Arm wie auf einer Allee wandelnd, aber beide verzweifelt, bei ihrem letzten Treffen auf einer Sandbank mitten im Ozean. Der sich senkende Baldachin einer tödlichen Falle im Gasthaus der Hexen, die sachte, eine lang erwartete Katastrophe anzeigende Verschiebung der Werkbank auf dem in seinem Bauch brennenden Kohlenschiff in ›Jugend‹, alle, alle Umarmungsmomente, ob in Salons, im Urwald, auf Bauernhöfen. Und ein Bild besonders, das in einer von Blitzen zerrissenen, finsteren Südseenacht von einem Türrahmen extra ausgestellt wird, in der Schwärze des Unwetters leuchtend präsentiert: Im Licht von acht Kerzenflammen sitzt die schwarzgekleidete Lena, Heysts Liebste, die nun die Tarnungsfarbe in ihr Gegenteil verkehrt hat, ein Köder, auf ihrem Sessel, zunächst nur bis zu den Knien sichtbar, in der Erweiterung des Ausschnitts: der Bandit Ricardo, der Messerheld, zu ihren Füßen, der, ohne die tödlich eifersüchtigen Augen der beiden verschiedenen Gentlemen Heyst und Jones wahrzunehmen, der Welt entrückt, in Lenas Anblick versunken ist.

Die Unterlippenfrau stand jetzt bei dem nackten Kind und sah in den Blecheimer. Die Frage war also, wer sich von beiden durchsetzen würde, das Nichtwissen oder das Alleswissen, die Annullierung oder die Überschüttung. Sie hob den Jungen an ihr Gesicht, und er blieb friedlich in ihrer großen Nähe. Aber dieses Bemächtigen entschied in Wirklichkeit nichts! In der freien Hand hielt sie ihre Zigarette. Sie steht da wie der Anfang oder das Ende einer Geschichte, sagte sich Matthias Roth. Sie war der Behälter vieler Gerüchte und Nachreden, sie stellte sie in ihrer Gesamtheit dar. Wenn sie am Frühstückstisch die einzelnen Gäste so unwidersprochen zu sich herbeorderte mit dem weltläufigen Verneigen, Zuneigen des weißhaarigen Hauptes, kannte sie vielleicht von diesen Gehorsamen dunkle Geheimnisse, prinzipiell, man mußte sie ihr nicht unbedingt erzählt haben. Sie sah sie als Schleppe oder umgebenden Dunst den Leuten an und erpreßte sie unbeweisbar. Auch jetzt war ihr sicher alles über die Familienverhältnisse des Kleinen vertraut, und niemals hätte die Mutter gewagt, ihr diese Beute zu entreißen, der Junge selbst fügte sich ja instinktiv! Matthias Roth begeisterte sich. Immer war sie anwesend, immer müßiggängerisch, ein Wahrzeichen, ein Inbegriff mit Zeitschrift und Zigarette und ohne die geringste Sonnenempfindlichkeit, allezeit verbindlich und unentwegt bereit, den Beginn oder Höhepunkt oder das Schlußbild einer Geschichte zu spielen. Ja, sagte er sich beinahe laut, so ist es mit den Conradschen Bildern: Wie Trichter schlucken sie die Handlung, wie Duft strömen sie Handlung aus, aber immer sind sie die Hauptsache, Inbilder, Inbegriffe. Noch einmal ›Freya‹! Ist nicht alles hinerzählt auf die schreckliche Ansicht des Schlusses: Jasper, der übermütige, stolze Liebhaber sitzt gebrochen seinem einzigen Wappen, seiner Flagge, der einst unvergleichlichen, jetzt unrettbar zerstörten Brigg gegenüber. Ist dieser Anblick nicht der, wenn auch trostlose, Hafen der ganzen Romanze? Ist nicht auch das gerahmte Kerzenbild mit Lena so ein alles fressender Schluß, so ein Behälter des Ganzen gleichzeitig oder das, was etwas später geschieht, der Flammentod von Heyst, der Sturz des Zweiflers in das aufschluckende Bild der Leidenschaft? Ja, das ist das Ziel der langen Erzählung, die Konfrontation zweier Todesarten: Heyst, der nicht handelnde Gentleman im läuternden Feuer, und Jones, der amoralische als elende Wasserleiche. Und versank nicht auch der ›goldene Pfeil‹, Ritas Kamm, das Liebespfand, das Zeichen der an Land, in der Gesellschaft unmöglichen Leidenschaft schließlich im Meer, im Maßlosen der See als dem einzig Ebenbürtigen? Hier war er sich nicht sicher, ob es zu einer ausführlichen Schlußszene kam oder ob nur zwei, drei Sätze am Ende erwähnten, daß der Kamm bei einem Schiffbruch in den Wellen verlorengeht, dann aber überträgt Ritas Liebhaber selbst das Ereignis in ein anderes, schon bekanntes, legendäres Bild, das des Königs von Thule und seines goldenen Bechers. Matthias Roth richtete den Blick auf das sehr ruhige, zu Anfang durchsichtige Wasser vor sich und dann auf den unklaren, vor lauter Licht nicht auszumachenden Horizont. Man sah dieser Oberfläche nirgendwo an, daß sie einen riesigen, mit Geröll, Pflanzen, Tieren und untergegangenen Schiffen gefüllten Raum abschloß. Aber man wußte es und sagte: Das Meer! Die See! Inbegriffe! Es enthielt also auch Ritas kleinen Goldkamm und die ganze leidenschaftliche Glut eines hunderte Seiten dicken Romans. Ihm kam ein Zitat in den Sinn, das er für einen früheren Beweisgang benutzt hatte: ›... ein Verlangen, bis ans Ende der Zeiten zu bleiben, wo ich war, ohne meine Haltung zu verändern‹: So noch einmal der junge Liebhaber über eine Umarmung mit der schönen Rita. Die Figuren selbst waren ja auf nichts so scharf wie darauf, zu solchen stillstehenden Bildern zu werden, wie ihr Schöpfer Besessene von der Erstarrung, die alles in sprechender Geste umschließt. Nichts anderes waren die Geschichten alle als ein Hingehen auf die Bilder zu und ein Ausgehen von ihnen, so wie Conrad, bezaubert von dem Vorbild für Lena in der Wirklichkeit, dies ganz als flüchtigen und darin beharrlichen Eindruck aufnahm und sich gesättigt abwandte. Weitere Studien in der Realität erübrigten sich. Conrad wußte, das empfangene Bild würde alle nötigen Handlungen, wenn er sich darein versenkte, ausströmen.

Als er wieder aufblickte, schob sich eine große Yacht um den rechten Zipfel der Bucht. Noch eben war sie nicht zu sehen gewesen und jetzt vor den Augen aller. War nicht in ähnlicher Weise ein Taucher, mit einemmal fast am Ende der glatten Wasserfläche sich erhebend zu voller Länge, erschienen, diesen Triumph der Überraschung voll auskostend, als hätte er sich absichtlich unter dem Wasserspiegel herangeschlichen, um plötzlich, von den Knien an im Freien als aufgerichteter Meeresheld sich darzubieten mit einem überrumpelnden Ruck? Ja, fuhr Matthias Roth glücklich über seine Entdeckungen fort, so geht es bei Conrad zu, es ist ein Umblättern von Bild zu Bild, es ist wie das Schlindern in einem vereisten Park, man rutscht von Baum zu Baum, oder, wie auf Schulwandertagen ein Gang von Imbißbude zu Andenkenhäuschen, die Zwischenräume erhielten allein durch die in Aussicht gestellten Limonaden usw. ihren Sinn. Es ist ein Umwandeln von Bild in Handlung, von Handlung in stillstehendes Bild, ein Agieren mit der jeweils zum Tableau erstarrten Klimax. Denn: den Höhepunkt markiert nicht die äußerste inhaltliche Dramatik des Geschehens, sondern der Moment, wo die Handlung zum Bild gerafft ist, die konzentrierte, nach außen gekehrte Anschauung innerer Verhältnisse oder einfach die Verliebtheit in zweierlei, ins fixierende Bild und in die Macht des Erzählers, der zum Beispiel nicht den Vergewaltigungsversuch Ricardos an Lena als Höhepunkt präsentiert, sondern Lenas Erschlaffung nach ihrem siegreichen Kampf gegen den Angreifer. Jetzt kontrastieren – ein Genuß für den Betrachter, eine Versuchung, eine Augenweide – Lenas schwarze Zöpfe mit dem halb entblößten, weißen Körper, und dieser wiederum in seiner Kühle mit der flimmernden Hitze draußen, und die ganze erschöpfte Person mit der ihr innewohnenden, noch eben gezeigten Energie. Ein raffiniertes Angebot! Er redete stumm und heftig auf die Kieselsteine ein, die schon zu lange in der Sonne lagen, um noch ihre mögliche Färbung zu zeigen. Das Verlöschen der Spannung tritt immer erst mit Auflösung des Bildes ein, egal ob Liebe oder Haß schon vorher zu Ende sind oder noch andauern. Das allein ist die wahre Anstrengung Conrads: für seine Handlungen das vor Kraft vibrierende Bild zu finden, für die Bildvisionen die begründende Handlung. Nie steht am echten Höhepunkt ein Dialog, eine schnelle Aktion mit verwischtem optischen Eindruck. Es ist immer das schweigende Bild, als mißtraue der Hersteller, wenn es aufs Ganze geht, der Sprache. Oder sie genügt ihm nicht. Er will die Potenzierung durch die bebend eingefangene Pose! Matthias Roth preßte sich die Fäuste gegen die Augenhöhlen, er brauchte noch eine Minute, um es aussprechen zu können, er wollte nicht abgelenkt werden durch einen Anblick: »Gerade in ›Sieg‹ wird es mathematisch vorgeführt«, flüsterte er vor sich hin, in sein gewaltsam erzeugtes Dunkel. »Aus der Vielfältigkeit, der Verworrenheit und Doppeldeutigkeit aller Beziehungen: die Lösung der Formel, das Umscheiteln der Gruppierungen, der Herren und Diener, der Animalischen und der Gentlemen, der Liebenden und Hassenden, bis die endgültige Paarung, die erhellende, gefunden ist, bis alle die lautere, tableauartige Schlußposition eingenommen haben: die Liebenden im Feuer undsofort.« Nun richtete er sich auf und ließ die Augen schweifen. Die Unterlippenfrau lachte mit weit offenem Mund und schwenkte die Zeitschrift über dem weißen Haar, er sah wieder die kleine Sichelfrau vor sich, die still lächelnde, schwarz im schwarzen Flurhintergrund, ihre blitzende Waffe, ihr Werkzeug schwingend, und nun auch Frau Bartels in ihrer Küche, in ihrer schneeweißen Schürze, wie sie das Tablett für ihren Mann fertigmachte mit listigem Blinzeln, er sah seine Mutter unten in der Eingangstür des Hochhauses neben dem Vater vorsichtig winken, eine unaufhörliche Handbewegung, als würde sie einen Flecken aus der Luft reiben wollen. Und er sah wieder die Italienerin, die starke, nur leicht im Nacken gebeugte Frau, ein bißchen breitbeinig aufgebaut, in ihrem Badeanzug, eine Zigarette anzündend und diese kurze Pause der Unaufmerksamkeit gegenüber der Strandbevölkerung durch rasch nachgeholte Taxierung der Szenerie wettmachend, im heißen, schon mittäglichen Licht die Zeitschrift, die im Augenblick nicht geschwenkt werden mußte, da niemand kam oder ging, als Sonnenschutz für den Kopf benutzend, oder war die grüßende Hand lediglich ermüdet, stützte sich ab und wollte doch für alle Fälle in der richtigen Starthaltung bereit sein?

Er fand zu seinen längst gebräunten Füßen ein Stöckchen, nahm es auf und wußte nicht, was eher da war, die Erinnerung an Lena mit Ricardos Messer in ihren Händen oder der kleine Stock in seinen. Die Handlungen bei Conrad schwollen an zu einem Bild, tatsächlich, war das nicht eine Regungslosigkeit durch eine Art Dicke, Beleibtheit infolge übergroßer Bedeutung, Ausstrahlung, die den Stillstand erzwang? So aber konnte, eine weitere Konzentrierung und daraus resultierende Kompaktheit, ein Tableau mit Personen wiederum reduziert werden, noch einmal eingeschmolzen zu etwas Kleinerem, aber um so Schwererem, einem einzigen Gegenstand: Lena und Ricardo in der Türöffnung, schon in den Endpositionen, sie im Sessel, er am Boden, und

243

gerade hat es das Mädchen geschafft, den Dolch des gefährlichen Messerhelden in ihre Finger zu kriegen, durch Schmei-
chelei und Bezauberung, die Waffe, die im Grunde schon die
ganze Zeit auf Heyst gerichtet ist, und so gelingt ihr der erste
und wesentliche Schritt zur Rettung des Geliebten, indem
sie gewissermaßen Ricardo kastriert: Sie beraubt ihn seines
Mordinstruments. Matthias Roth hätte nun gern genau nach-
gelesen, was ihr bei der Übergabe des Dolches einfällt, das
Gift des Reptils, der Stachel des Todes, so ungefähr vergleicht
sie es bei sich, es ist ein Vollsaugen mit geradezu kosmischer
Bedeutung, nein, sie vergleicht ja nicht, sie hält den Dolch
als magischen Gegenstand, in den alle tödliche Gefahr der
Erde eingezogen ist. Ja, so etwa stand es da. Eine Beschwö-
rungszeremonie! Nicht anders ist es mit dem im Meer versinkenden goldenen Pfeil Ritas, mit dem tief im Inneren brennenden Kohlenschiff, mit dem Silberschatz Nostromos, mit
Jaspers strahlender, dann verwesender Brigg. Die Dinge sind,
wie die Bilder, nur in noch komprimierenderer Weise Truhen,
Kassetten der jeweiligen Tugend, Leidenschaft, des dominie-
renden Lasters, das sie zu seinem eigentlichen spezifischen
Gewicht verdichten. Er geriet immer mehr in Fahrt, er preßte
das Stöckchen, sah seine Zehen zwischen Kieseln und kümmerte sich nicht um mehr, nicht um das Wasser, den Himmel,
den Horizont, die Frauen mit den entblößten Brüsten, nicht
einmal um die. Später wieder, nur jetzt gerade nicht! Darüber
hinaus Conrads unübersehbare Neigung zum Legendären,
zur gerüchteweisen Einführung einer Person, als errichtete
er ihr schon von vornherein einen Thron. Die Legende macht
die Helden zu etwas Heraldischem, noch bevor sie vor den
Augen des Lesers eine Leistung erbracht haben. Sie gibt ihnen
die Unsterblichkeit gleich mit auf den Weg. Marlow zum Beispiel, der Erzähler der Geschichte Lord Jims, der stets betont,
Jim werde vergessen werden, und doch alles unternimmt, ihn,
den weiß gekleideten Flüchtling in allen Häfen der Südsee in
eine unzerstörbare, unverwitterbare Legende zu transponie-
ren, nicht sein Schicksal, ihn selbst, Lord Jim, im blütenreinen
Anzug, das legendäre Wappentier, nicht zu vernichten von
all dem, was Marlow und Conrad fürchten, das Nichts, das

244

Chaos, das Wanken unter den Füßen: ein Stern in der Dunkelheit des Alls. »Ja«, rief er jetzt beinahe laut, schon nickten ihm zwei ältere Damen, die ihre Füße ins Meer hielten, erschreckt zu, als hätte er sie warnen wollen, weiß der Teufel vor was, vor einem Krebs oder der Wassertemperatur, »ja«, wiederholte er also leiser, aber stumm konnte er jetzt nicht mehr sein, »alles Versuche, den Augenblick aus der Vergänglichkeit zu retten, ihn in einen Gletschersarg zu betten, so wie Conrad Treue zur wichtigsten Tugend überhaupt erklärt, ein Halt in aller Zerbrechlichkeit, daher die Abfolge zu Bildern erstarrter Ereignisse im Strom der Romane, in der Strömung unbeständiger Handlungen. Die Ereignisse sind nichts weiter als Lieferanten, das ist ihr einziger Zweck, von Ewigkeitssituationen. Worauf Conrad abzielt, ist die Anhäufung solcher Berge in der Uferlosigkeit, solcher Denkmäler gegen das Nichts, solcher Pyramiden im Wüstensand. Er braucht die lebendige, zappelnde Figur nur, um ihr steinernes, dauerhaftes Ebenbild errichten zu können«. Er stand schnell auf, er wollte den Weg zu seiner Lieblingsstelle fortsetzen, dorthin, wo sich manchmal Fische verfingen, aber nach der unbequemen Lage gaben die Beine nach und er fiel zurück, immerhin war der Fuß nicht umgeknickt. An die nackten Busen der Frauen hatte er sich schon fast zu sehr gewöhnt, er war froh, wenn sie ihn zumindest anfangs ein wenig versteckten und ihn vielleicht erst nach einer Stunde zeigten. Die Unterlippenfrau hatte eine Zigarette in der Hand und eine Zeitung über dem Kopf. Sie stand bei dem Jungen mit dem Blecheimerchen und sah von oben hinein, der Kleine aber hielt ihr den bunten Eimer hin, als füllte sie ihn durch pures Betrachten mit etwas Erstaunlichem an.

Er warf das Stöckchen weg, und immer noch mit den Knien einknickend, Brust und Rücken dann mit Wasser betätschelnd, ging er zum Schwimmen. Wie jedesmal hätte er zunächst am liebsten aufgegeben. Der Temperaturunterschied entsetzte seinen Körper, daß er sich krümmte, bis er schließlich ein rasches Untertauchen riskierte, mit einem ungenierten Schrei hochkam und vergnügt in altmodisch korrekten Schwimmzügen aus der Brustlage davonzog. Zum

Strand drehte er sich immer erst um, wenn er alle Badenden hinter sich gelassen hatte und den Eindruck gewinnen konnte, direkt auf den Horizont loszurauschen. Das reichte ihm stets nach fünf Minuten, aber all das mußte sein. Dann schwamm er parallel zur Küste auf die Felsnischen und Grotten an beiden Wänden der Bucht zu. Heute aber nicht. Er sah auf das Strandpanorama zurück, das er soeben noch mit gebildet hatte, das nun geschlossen vor ihm lag, von ihm, unbemerkt insgesamt, verlassen. Weiter hinten wölbten sich kindlich runde Hügel, ganz flach bewachsen, sanft grün in der Hitze, am Fuße des einen entdeckte er weiß und viereckig, eigensinnig in seiner Verkehrtheit dahingesetzt, sein Hotel. In der Ferne aber standen die hellgrauen, die silbernen Felsbarrieren in einem ganz anderen Licht als die Dinge in der Nähe. Schon als Junge hatte er am liebsten im Wasser herumgealbert, war Wettschwimmen ausgewichen, überhaupt jeder Art von Leistung zu Wasser. Er schnaubte, stieß hohe und tiefe Töne aus, sobald er sich allein fühlte, ließ Fontänen aufsteigen. Wasser regte ihn eben dazu an, ein fetter Wassermann zu werden. Als er sich unterhalb des Leuchtturms befand, sah der als finsterer, unerbittlicher, alles erkennender Richter zu ihm herab. Matthias Roth beobachtete das aus der Rückenlage, aber es half jetzt nichts, er konnte nicht länger aufschieben, was noch zu Ende gedacht werden wollte. »Die Bilder«, sagte er zu den Wellen und zum Leuchtturm hoch oben, »lassen sich noch um ein Weiteres steigern. Der extremste Punkt, dem zugeführt zu werden die Figuren, Dinge von sich aus verlangen, ist der ihnen eingebaute Widerspruch. Er allein sorgt für die Elektrizität, die das Bild, das auf ewig starre, gleichzeitig zum Vibrieren bringt. Heyst, der Kraftstrotzende, kahlköpfig mit wildem Schnurrbart: ein Zweifler, ein intellektueller Zauberer! Die drei verdurstenden Schiffbrüchigen am Landungssteg seiner Insel, dem Tod nahe, ohnmächtig in ihrem Boot: drei Schakale, die im Handumdrehen wieder auf den Füßen sind. Lena und Ricardo in der leuchtenden Türfüllung, umgeben von der Nacht, ein zärtliches Paar: nur ist die Frau darauf aus, den Mann umzubringen! Felicia Morsom die vollkommene Verkörperung der Leidenschaft: eine Null

ein toter, kalter Frosch, herzlos, verwöhnt, dumm.« Matthias
Roth war versehentlich in eine kühle Strömung geraten und
erschauerte angenehm, suchte dann aber schnell wieder die
wärmeren Zonen auf, er brauchte seine Kräfte jetzt für anderes: »In allen Romanen und Erzählungen richtet sich nämlich als heftigste Steigerung der Tableaux die Täuschung auf.
Freya, die außer sich vor Liebe Winkende! Lord Jim, der
Befleckte im Blütenweiß seiner Anzüge als Hafenagent! Der
Steuermann mit dem schwarz gefärbten Haar!« Er lachte,
lachte, daß er Wasser schluckte. »Der ›Schwarze Steuermann‹,
zu alt für den Job, der sich sein Haar schwarzfärbt, um jung
zu wirken! Der makellose Kapitän Whalley, der mit verzwei-
feltem Herzen seine Auftraggeber betrügt durch Verschweigen seiner Erblindung! Das außen intakte, innen brennende,
seiner Explosion entgegen schwelende Schiff! Die Helden mit
den muskulösen Körpern und der zehrenden Krankheit.« Er
sprach nicht mehr laut, er war in Nachdenken versunken
und raffte sich kaum zu den nötigsten Schwimmbewegungen
auf. Die Geschichten zogen an ihm vorbei, die in ihnen glühenden, scharf heraustretenden Bilder, der Leuchtturm natürlich, Nostromos Leuchtturm, man wußte ja, das Richtfeuer,
Trost und Rettung der Seeleute in der Nacht, das grelle, unübersehbare Signal auch in den Nächten hier, eine weit übers
Meer reichende Ankündigung, eine Kundgabe, Leuchtspur,
das alles auch bei ›Nostromo‹, gewiß, aber zugleich, aber vor
allem das geheime Zeichen, das den verborgenen Silberschatz
markiert: das Versteck! Die Tarnung! Er konnte nun ruhig
zurückschwimmen, alles war erledigt und schloß sich. Wie
die Leidenschaft mit ihren heißen Umarmungen das stille Bild
suchte, in dem sie ihr Innerstes, die Einöde und Leere offenbarte, strebte jede der dazu auserwählten Situationen dem
Verrat zu, der Darlegung des in ihr wirkenden Gegensatzes.
Er tappte aus dem Wasser, rutschte ziemlich albern zwischen
den glitschigen Kieseln und dachte, davon unberührt: Solche
Konstruktionen aber sind die Leidenschaft, die Obsession des
Autors selbst! Dann gab er sich Mühe, bei den letzten Schritten eine gute Figur zu machen. Ihm stand der Sinn nach ein
bißchen Flirt, er wollte wenigstens eine hübsche Frau aussu-

247

chen, mit der er sich ein kleines Abenteuer ausmalen konnte. Irene wartete vielleicht, gut, aber er brauchte etwas für die Phantasie und den Augenblick.

»Ich werde, glaube ich«, sagte der Mann am Nebentisch, »nicht älter, aber irgendetwas muß wohl doch passieren.« Diesmal war der Frühstücksraum, immer der Raum der jeweiligen Tageszeit durch Zeigen und Verbergen der Regale, der Gestelle markiert, schon voll besetzt und ohne die Kühle der ersten Stunde. Der Engländer, groß und mager, mit fast kahlem Schädel, faßte mit dünnen Fingern nach seinem, nicht wie das restliche Haupthaar grauen, sondern schwarzen Schnurrbart wie ein schüchterner Student. So bewegte er auch die Schultern, richtig, der Mann schien sie einfach steif gemacht zu haben, irgendwie an die Wand gedrückt, die Jahre waren ohne derbe Spuren, bis auf die mangelnde Kopfbehaarung, vorübergegangen. »Die Fußballspieler, die werden allerdings immer jünger, in England, Italien, überall«, fuhr er fort und lachte keineswegs, im Gegensatz zu dem älteren Ehepaar, das sich jenseits dieser Sorgen befand. Er sagte es grüblerisch und vorwurfsvoll, als wären die Entscheidungen der internationalen Vereinspräsidien, ein Komplott sozusagen, verantwortlich für eine Veränderung, der er sich nicht entziehen konnte, trotz aller Unschuld nicht. Es kam Matthias Roth so vertraut vor, daß er sich beinahe in das Gespräch eingemischt hätte. Man selbst tat gar nichts, und doch war insgeheim etwas gegen einen im Gange, ohne Chance einer wirklichen Konfrontation. Immerhin mußte er sich bisher nur um die Farbe, nicht um die Dichte seiner Haare Sorgen machen, eine trotzige Spielerei! Er stimmte kommunikationsfreundlich in das Lachen des Ehepaares ein, aber wortlos, und biß rasch in sein Hörnchen, um eine Anrede zu vermeiden. An einem anderen Tisch saßen vier sehr junge Leute, Liebespärchen im Urlaub. Es konnte kein Zweifel daran bestehen, wie sie zusammengehörten. Dreist verschlafen, rücksichtslos mürrisch hockten sie in Zweieraufteilung eng beieinander, klebten fast zusammen, dösten vor sich hin mit unverschämt aufgeworfenen Lippen, alle vier, ihrem Geschlecht entsprechend und vermutlich einer Matthias Roth nicht geläufigen Mode penibel folgend, aufgemöbelt, was das Zeug hergab, muffelten vor sich hin, eingepelzt in ihre schreiende Jugend, die alle anderen deutlich wahrnahmen, nur sie selbst nicht, ganz typischerweise nicht. Die fühlten sie noch von innen und kannten von innen nichts anderes! Die Unterlippenfrau saß bei einer Bekannten, hatte wachsam wie stets den Raum im Blick und war dabei in ein Gespräch mit der Tischgenossin vertieft. Die Mienen der beiden wechselten von nickender Heiterkeit zu bitterem Getuschel und wieder zurück, dabei schienen sie aufzublühen und ineinanderzufallen. Das wußte er von seinen alten Tanten. Noch eben sprachen sie zärtlich über die reiche Kakteenblüte an ihrem Wohnzimmerfenster, erkundigten sich fürsorglich nach dem Wohlbefinden der Geranien, als tauschten sie Naturgedichte aus, und im nächsten Moment schossen aus diesen schwärmerischen Mündern Bosheiten gegen einzelne, die sie mit ihren bloßen Zungen zu Ausgestoßenen machten. Einmal hatte seine sanfte Mutter in dem Gezücht auftrumpfen wollen und verlangte zu Silvester unbedingt Luftschlangen, von Bildern und Lampen mußten sie sich ringeln, nur, um am Neujahrsmorgen der eintreffenden, spitzmäuligen Verwandtschaft zu sagen: ›So ausgelassen haben wir gefeiert, seht Euch das an!‹ Er blieb absichtlich noch sitzen, er mußte es bis zur Neige auskosten, vielleicht ließ sich damit der Gedankengang grundsätzlich erledigen: Seine eigene Zukunft mochte schauerlich sein, vielleicht würde er in einigen Jahren verzweifeln, noch immer Matthias Roth, in denselben Verhältnissen, mit einer Dachwohnung und einem Zimmer zur Untermiete, seinen Studenten, Büchern, Bekanntschaften und ein, zwei Freunden, es mochte ja zum Fürchten sein, wenn das immer für sich so weiterging und nirgendwo hinführte, aber dies, das Familienleben, das Leben in Paaren, Verwandtschaften, das sich so unausweichlich in Hotels und Stränden offenbarte, war erst recht zum Grausen. Schon die Jungen in altehelicher Verdrossenheit. Sein Leben jedenfalls war das kleinere Übel. Und doch, sagte er sich, wenig später hinter einer vierköpfigen Familie, die sich Kurve um Kurve, wie zur Belehrung und Strafe, nicht überholen ließ, offenbar ist man deformiert, wenn man das Hin und Her all der ständigen familiären Schlachten nicht erlebt. Der Mangel an dieser Art von Schrammen, Beulen, Dellen verwandelt einen im Laufe der Zeit in ihren Augen, in den Augen einer unerhörten Überzahl, zum Wunderlichen, zum Einsamen. Sie werden recht behalten und es gegen jeden Einspruch besser gewußt haben. Zur Hölle mit ihnen!

Auf dem Weg zu seinem Platz, an den Granitbrocken vorbei, ging ein kleines, nacktes Mädchen vor ihm, schon ganz mit den Linien und dem Wiegen einer gutgelaunten, molligen Frau. Undenkbar, daß es das, egal was ihm beim Größerwerden zustieße, je würde verlieren können! Die affektierte, geschminkte Tochter Irenes dagegen! »Irene«, sagte er vor sich hin und hoffte, eine Empfindung würde sich ausbreiten, »Irene! Triest!« Was für ein umfangreicher Körper, alles in allem, trotz seiner Magerkeit an den meisten Stellen. Nein, der heiße Vormittag brachte sie nur noch mehr zum Verblassen. Irene blieb am besten aufgehoben zwischen den vielen Möbeln einer düsteren Wohnung mit ihrem unheimlichen Kind. Beide vertrugen kein direktes Tageslicht. Die überall auf den Steinen hingeräkelten Frauen kannte er mittlerweile ganz gut, er wußte, in welcher Weise sie sich jeweils erhoben und wie schwerfällig oder graziös sie über die glatten Kiesel ins Wasser gelangten. Er hatte ihre Vorder- und Rückseiten studiert, ihre Art, sich einzucremen, schamhaft oder mirnichtsdirnichts ihre Brüste der Sonne und allen x-beliebigen Augen hinzuhalten, lange vollkommen bewegungslos oder unruhig zu träumen. Es kam ihm vor, als könnte er sogar sagen, welche schwitzten, im Schlaf murmelten und welche sich schlafend stellten, aber in Wirklichkeit womöglich lauerten, daß irgendetwas geschähe, auch wenn erfahrungsgemäß immer nur ein Schatten, ein aufspringendes Steinchen auf sie fiel, eine Eidechse versehentlich nach ihnen tastete. Manchmal streckten sie eine Hand seitlich aus und öffneten sie langsam, erwartungsvoll wie ein Meerestier, und strichen sich kurz darauf mit derselben Hand über Hüften und Oberschenkel, gemächlich, auffordernd, mit geschlossenen Lidern, träumerisch, heuchlerisch. Die wenigsten, auch wenn sie lange allein lagen, waren ohne jeden Anhang, der kam irgendwann, verunzierend, herbei, und die für alle Dargebotenen wurden flugs zu Müttern und Ehefrauen oder fest Befreundeten, man verlor das Interesse, nein, ein neues löste das erste ab. Es wurde nur noch intimer dadurch, auf jeden Fall gaben die müßigen Körper ihre hemmungslose Faulheit auf, selbst wenn sie ihre Haltung nicht änderten, sie standen plötzlich in Diensten von Tisch und Bett. Eine einzige Frau war ihm als etwas Besonderes aufgefallen, Ende zwanzig, immer allein und energisch darauf bedacht, einen Zeitplan einzuhalten. Ein Blick auf ihre große Männerarmbanduhr brachte sie dazu, ohne Zaudern aufzuspringen und sehr eilig davonzugehen. Sie hatte also Verpflichtungen. Sie am allerwenigsten war für einen Flirt erreichbar, und es hätte Matthias Roth jetzt auch nicht mehr gereizt, etwas mit ihr zu versuchen. Es war eine bestimmte Sorte von Mädchen, die ihn in seiner Jugend mit Wut erfüllt hatten, wenn er sie nur ansah. Diese hier trug meist einen langen Zopf, viel länger als der von Gisela damals, oder die Haare im Nacken gebunden, und dann reichten sie bis zum Gesäß, braune Haare, ein schöner Hintern, ein schöner Busen, ein perfektes Gesicht, es gab kein besseres Wort, ein Gesicht, das ihn früher rasend gemacht hätte, weil es so tadellos, fehlerfrei war, alles am richtigen Platz, keine Beanstandungen, keine Möglichkeit für ein bißchen Spott, ein wenig Einschüchterung. Denn natürlich wußte die Besitzerin dieser Präzisionsarbeit in Schnitt, Wölbung und Vertiefung um die Exaktheit ihrer Modellierungen von Scheitel bis Sohle. Sie war keineswegs hinreißend, lediglich ohne Makel, zum Anstaunen, zum Aggressivwerden! Die personifizierte Selbstgefälligkeit, das sorgsam gebräunte Fleisch umschloß ein niemals betrübtes oder auch nur verwirrtes, unsicheres Gemüt. Auch diese Pünktlichkeit ohne Erklärungen: Alles Zumutungen an die Umgebung, ohne sich dabei das Geringste zuschulden kommen zu lassen. Wäre sie nur einmal gestolpert und hätte mit blutendem Knie, in lächerlicher Pose dagelegen! Er empörte sich nicht mehr, ahnte aber, daß die jüngeren Männer es taten. Es ließ ihn kalt, wenn er sich prüfte. Dieses Spezielle also hatte er hinter sich, das regte ihn nicht mehr auf. Es amüsierte ihn nur, wie dieses Mädchen alle erbitterte. Er blinzelte. Man konnte den Strand mit seinen Gestalten, Gesprächen, Handlungen im Sog der Sexualität verschwinden lassen, aber auch aus ihr heraus, aus ihrem Boden das Verästeln sich immer weiter differenzierender Figuren verfolgen, abwechselnd, wie es einem gefiel.

Viel später, im Dasitzen, nahm er den Gedanken wieder auf. Seine Bücher, die sich um ihn stapelten wie die Reste einer Burg – es sah überhaupt nicht so aus, doch er beharrte auf diesem Vergleich –, hatte er währenddessen nicht angerührt. Sein Blick fiel wieder auf die helle Innenseite einer Frauenhand, der Sonne zugekehrt, locker aufliegend, weit weggestreckt vom Körper, ein Ausgesandter, ein Stellvertreter dieses Körpers. Die leicht gebogenen Finger warfen ein wenig Schatten in die Höhlung, und wie unter seinen Augen reagierend und die restliche Frau unverändert lassend, senkten sich die Finger allmählich, die Hand öffnete sich, vegetativ, animalisch, blind gehorchend, und das alles mit Sicherheit gespielt, eine Vortäuschung von Instinktivem also, vorbehaltlos gespreizt nun unter dem Licht, unter seinem Blick, das letztere gewiß zufällig, dargeboten, und immer der entfernte, zugehörige Leib ohne irgendein Anzeichen der Beteiligung und doch insgeheim alles Bewußtsein in dieser arglos erschlafften Hand versammelnd, und der gesamte Strand, ja, alle Gestalten, Gespräche, Handlungen machten mit, dehnten sich, stellten sich zur Schau als Offerten, blühten auf und legten dabei ein nacktes Inneres bloß, verharrten so eine Weile und bogen sich zurück, begannen damit sehr geruhsam, und doch war es ein Pulsieren. Sie krümmten sich auf ihr Zentrum zu, die Finger der Frauenhand knickten ein, verschwanden schließlich im Strudel der geballten Faust. So wiederholte es sich, eine Betrachtungsweise als Zeitvertreib, die ihn vom Lesen abhielt, was ihn freute. Es beschäftigte ihn aber doch etwas anderes, etwas darüber Hinausgehendes möglicherweise. Er blinzelte wieder, er schloß die Augen und blinzelte. Einmal hatte er einen amerikanischen Film gesehen, in dem ein Wissenschaftler – Raketen, ging es um Rake ten dabei? – sich den Weg ins Arbeitszimmer eines Forschers der Gegenseite erschwindelt. Durch aufreizendes Taktieren bringt er den Ostblockprofessor dazu, in einem Wettstreit der Zahlen- und Symbolpräsentation – der, wie ja üblich, obwohl es um höchste Geheimnisse geht, provozierenderweise an einer Schiefertafel mit Kreide, wie in einem ersten Schuljahr, ausgetragen wird, aus Ungeduld über die Beschränktheit des jüngeren Amerikaners in einem Gewitter von Kreidestrichen, so war es Matthias Roth, der nichts von den Inhalten begriff, vorgekommen – die entscheidende Formel zu verraten. Wohlgemerkt, ein Austausch von Hexenzeichen war vorausgegangen, der laienhafte Zuschauer wußte nicht, wo das Sensationelle stattfand, was er sah, war eine Formel wie die früheren auch, aber er hatte plötzlich das Gesicht des Amerikaners vor sich, der ja die ganze Zeit strategisch handelt und dem nun die Züge entgleisen. Aus dem Dialog geht hervor, daß ein angeblich notwendiger Schritt von dem Professor kühn überschlagen wird, was die Lösung bringt, das läuft am Rande mit, das hört das Ohr, was man sieht, was Matthias Roth gesehen und jetzt wieder scharf in der Erinnerung hatte, war der aufklappende Mund, der infantile, gläubige oder ungläubige, das kam hier aufs selbe hinaus, Ausdruck des Jüngeren. Er verwandelte sich tatsächlich in einen Erstkläßler. Das Ganze war ein Spionagereißer, aber dieser Augenblick strahlte heftig über allen Vorkommnissen des Films, ein fundamentaler Moment, der Matthias Roth plötzlich sogar mehr bewegte als damals schon, und es war etwas ganz und gar anderes als das, was sich hier zwischen Meer und Felsen Tag für Tag abspielte, ein bis auf die Knochen durchschlagender Blitz nämlich, eine alles außer Kraft setzende Fassungslosigkeit, die sich bei allen Bett- und Tötungsszenen nicht andeutungsweise im Gesicht des jungen Wissenschaftlers zeigte. Bis zu dieser Sekunde hätte jeder ihn eines solchen Gemütsbebens für unfähig gehalten, nicht nur ihn, die ganze Welt, die dieser Film errichtete. Das Überwältigende der Formel konkretisierte sich im kapitulierenden Aufreißen des Mundes, im zeitweiligen Verblöden ihres Empfängers. Er verstand es besser als früher, das mußte an diesem trägen, sich hin- und

253

herwälzenden Strand liegen, der sich erwartungsvoll öffnete und schloß: Auf diesem Höhepunkt passierte zweierlei, das Erscheinen von etwas bisher absolut Undenkbarem und das sofortige, alle Zweifel wegbrennende Einleuchten einer Formel hier, einer Handlung vielleicht in einem anderen Fall, wie bei den Heiligen des Mittelalters, die als reiche Kaufmannssöhne aus heiterem Himmel Aussätzige umarmten und in der allgemeinen Empörung sofort ein paar Anhänger fanden, die mit klaffenden Lippen unmittelbar erkannten, daß hier der Sprung vom Unvorstellbaren zum Geschehen, zu dem es drängte, vollzogen war.

Vom linken, weit ins Meer ragenden Ausläufer der Bucht zum anderen schwebte eine Möwe. Er fühlte sich nicht sicher in der Abschätzung der räumlichen Verhältnisse und müde, als hätte er seit dem Vormittag hier gesessen ohne Unterbrechung und Imbiß, ohne Schlaf bis zum Abend. Die Möwe legte so schnell und doch gleichmütig die Entfernung, den vorgenommenen, für Menschen unzugänglichen Weg zurück, es war ein Schwindelgefühl auch in der Beurteilung der Dauer. Zum ersten Mal saß er ganz allein auf den Steinen, die nun, so verlassen von allem Lebendigen und Bunten, ein schönes, bleiches Geröll wurden. Jetzt konnte er sich vorstellen, wie das Meer sie über viele Jahre aus dem Ufermassiv geformt hatte, ja, er konnte den Vorgang rückgängig machen, die Steine wieder in die Felswand schieben, saß jedoch selbst in der warmen Landschaft, und seine eigene Geschichte schien sie zu fressen. Von ihm blieb nichts übrig angesichts der entvölkerten Steine, Felsklumpen, Kiesel. Er hielt sich mit beiden Händen an der Rundung eines glatt geschliffenen Brockens fest, war auch so ein poliertes, allerdings hochempfindliches und weiches Wesen und nichts anderes als eine reine Ausgeburt der Gegenwart. Über seinem Kopf erschienen die ersten Mauersegler. Heute wollte er sie nicht betrachten, packte lieber den Stein, um sich schwerer zu machen und mit einem ordentlichen Standort zu versehen. Natürlich wußte er, daß man jederzeit aufspringen konnte. Dann würde man aufrecht, wenn auch gelegentlich stolpernd, diese Gegend verlassen und auf dem schmalen Betonpfad schließlich als vereinzel ter Strandgast davongehen mit einem eingerollten Badetuch unterm Arm und der Büchertasche, während hier die Schatten Härte und Gewicht der Steine veränderten und sie endlich leicht vom Untergrund lösten, es deutete sich ja schon an. Was nutzte es dann noch, einen Granitblock zu umklammern! Um die besondere Stunde zu genießen, malte er sich zusätzlich aus, er würde das Gefühl für die Ausdehnung der Zeit verlieren, für die Zeitflächen, es blieben nur noch intensivste Momente, zu Säulen aufschnellende Horizontalen des Bedeutungsvollen. Zusammenhängende Erinnerungen, sein Lebenslauf, das alles wäre unwichtig im Vergleich zu diesen Augenblicksmonumenten, die den Maßstab abgäben für Erfolg oder Mißlingen eines Tages. Er stand dann aber auf und erwartete etwas Grundsätzliches, wie er es heute vormittag dem Strand angesehen hatte, er ging also davon, in einer schläfrigen Ungeduld, in die Richtung, die zum ferneren Zipfel der Bucht, nicht zum Betonweg führte. Er sah die steilen Felshänge zu seiner Linken an, den flachen Bewuchs, grüngolden in der tiefstehenden Sonne, gebürstet vom Licht, das Meer schon finster und starr, eine feste, blätternde Fläche. Aber war das nicht ein solcher Augenblick, von dem er eben noch geträumt hatte, eine Monotonie und Vollkommenheit, egal, ob das dauerte oder abbrach? Bei einer Tamariske, fast am Ende des Strandbogens, setzte er sich nieder, um stillzuhalten. Da entdeckte er, in dieser kleinen, steinernen Einöde, in dieser Minute, die noch eben aller Vergänglichkeit entrückt zu sein schien, zunächst halb versteckt, bei einem Felsklotz und wiederum selbst auf einem niedrigeren ruhend, in einem hellen, uniformartigen Khakianzug, den dicksten Mann, den er je gesehen hatte. Seine Haare, füllig und dunkel, verdeutlichten noch am ehesten von hinten, daß es sich um ein männliches Wesen handelte. Die unglaublichen Fleischmengen, die der strenge Anzug in menschliche Proportionen zwang, gaben keinen Aufschluß. Der Mann drehte sich um, vielleicht durch die Schritte von Matthias Roth erschreckt, mit einem bleichen, aber widerborstig wilden Jungengesicht, obschon er sicher fünfzig war. Er saß auf seinem großen Stein, die Hosenbeine aufgekrempelt, mit den Füßen bis zu den Waden im Wasser, wahrscheinlich die einzige Art zu baden, die ihm übrig blieb: ein Schwenken der Füße, ein Schürfen der Zehen im nassen Kies, dabei vom Hals bis zu den Knien in diesem Tropenanzug, dessen formende Notwendigkeit Matthias Roth sofort begriff, der den Mann aber mit einem modischen Pfiff versah und dem flotten Signal: Mit mir ist noch zu rechnen! von dem er, froh, für seine Fülle irgendein sommerliches Bekleidungsstück gefunden zu haben, gewiß als einziger nichts ahnte.

Wie hatte er es geschafft, die aufsehenerregende Leibesmasse hierher, so weit weg von ordentlich begehbaren Wegen zu schleppen? Wann überhaupt war er hergekommen, nach dem Warten auf die Abgeschiedenheit zu später Stunde, wo er von Blicken unbelästigt blieb, ein ungestalter Mann, dem diese Phase des Tages gehörte, als einziger Möglichkeit, im Hellen verborgen zu sein, ein riesiges, scheues Dämmerungstier? Er begann jetzt zu sprechen, mit tiefer Stimme, als hätte er sich an Matthias Roths Anwesenheit gewöhnt und nähme eine bis eben geübte Tätigkeit wieder auf, sprach aus dem Bildausschnitt mit seitlich gewandtem Kopf, es mußte dort einen zur Zeit unsichtbaren Partner geben, der mit ebenfalls tiefer, aber weiblicher Stimme antwortete. Nun näherte sich dem Mann eine Frau, auch sie vollständig bekleidet, schlank, schon ergraut, aber fast mit der gleichen Frisur. Sie redete zweifellos freundlich, freundschaftlich auf den dicken Mann im steifen Anzug ein, umrundete ihn mehrfach gestenreich, berührte ihn lächelnd. Er bewegte sich nicht, ließ die Hände auf den Knien, folgte ihr höchstens ein wenig mit dem Kopf. Dann stand sie ruhig neben ihm, und beide sahen aufs Meer in eine bestimmte Richtung, hoben den Arm, zeigten auf eine Stelle. Die Frau stützte eine Hand auf die Schulter des Mannes. Sie redeten lebhafter, so, als hätten sie vorher nur Beiläufiges, nun aber das Eigentliche zu besprechen. Auch aus den Wellen hob sich ein Arm, und zwar der eines guten Schwimmers, denn die Distanzen verkleinerten sich rasch von einem Winken zum nächsten. Matthias Roth erkannte schließlich, daß es sich um ein junges Mädchen handelte, etwa fünfzehnjährig, das zum Schluß übermütig in den Uferwellen strampelte, sich beinahe schon aufrichtete – worauf die Mutter mit einem Bademantel bis zum Wellensaum der Ausstiegsschneise lief –, dann aber umkehrte, eine unersättlich Badende, davontauchte und das einige Male trieb, zum Entzücken und zur Beunruhigung der Eltern. An diesem ganzen Strand hatte Matthias Roth bisher kein lieblicheres Gesicht gesehen und vielleicht noch nie vorher ein so sanft gerundetes, altmodisch süßes. Sie saß, mit dem Rücken zu ihren Eltern und zu ihm, als hätte das Meer sie wie die Kiesel dorthin gespült und vergessen, dann eine Weile im Wasser, bis zur Taille umflutet. Das dunkle Haar endete etwas oberhalb davon, eine Unzertrennliche, und das sagten wohl auch die beiden zueinander. Sie riefen es sich zu, denn die Mutter stand nicht mehr so dicht bei dem sitzenden Koloß, sie wartete mit dem Bademantel, hatte die Arme schon ausgebreitet, um die Tochter einzuwickeln, und wich nicht mehr aus dieser Position. Sie rechnete fest mit dem Mädchen und richtete sich auf in zärtlicher Besorgnis wegen der Auskühlung nach dem langen Schwimmen. Da erhob sich das Mädchen plötzlich und wandte sich ruckhaft, wie aus dem heftigen Entschluß, sich loszureißen, dem Strand zu. Es war eine so abrupte Bewegung, daß die Mutter einen kleine Schrei ausstieß, dem Warnruf eines Vogels nicht unähnlich. Das Mädchen fuhr auch tatsächlich zusammen, duckte sich kindlich ins flache Wasser, um aber sogleich, über diesen Reflex lachend, hochzukommen und auf die Mutter zuzugehen, der es offenbar schwerfiel, die etwa zwanzig Schritte, die das Mädchen benötigen würde, auszuharren an ihrer Stelle, anstatt ihr entgegenzuwaten. Matthias Roth sah währenddessen alles, er hatte es schon beim kurzen ersten Aufrichten bemerkt. Der Körper des Mädchens paßte wunderbar zu dem weichen, zarten Gesicht, bis auf den ungeheuerlichen Busen, dessen übergroße Brustwarzen sich durch den Badeanzug drückten. Es waren monströse Brüste, etwas die ganze Gestalt Vergewaltigendes, das man ihr aufgezwungen hatte, ein ebenso brutaler wie lächerlicher Irrtum, man wunderte sich ja, daß der Körper nicht nach vorn gerissen wurde. Längst war sie in den Bademantel gehüllt, von dem gewaltigen Vater mit einem Zupfen an den Haaren begrüßt und in ein umständliches Entkleiden, Trocknen, neuerliches

Bekleiden verstrickt. Das alles führte die Mutter aus, während die Tochter stand und es geschehen ließ, grotesk und kostbar, eine seltene Statue, die gehütet und gewartet werden mußte, sobald sie sich, wehrlos, an Land befand. Sie mußte gehätschelt und verborgen werden und den Blicken Fremder entzogen. Sie war das Dämmerungstier und die Seejungfrau, und Matthias Roth fragte sich, ob sie auch ohne den Vater, diesen fürchterlichen Hinweis auf die Zukunft ihres Körpers, so tragisch gewirkt hätte. Viel Zeit mußte seit seiner Ankunft bei der Tamariske vergangen sein, bis er sich entfernte, um den Dreien den Rückweg zu erleichtern. Er täuschte sich. Der Abstand der Sonne vom Horizont hatte sich kaum verringert. Nun aber verschwand sie im Handumdrehen.

Die Plastikstreifen vor der Eingangstür des kleinen Lebensmittelladens, in dem er morgens seine Zeitungen kaufte, waren seitlich festgebunden, so trat er ohne das vertraute Klappern aus der Tageshelligkeit in das zunächst dunkle Innere und prallte beinahe zurück von den übertriebenen Gesten eines stark schwitzenden jungen Mannes am Telefon. Es mußte der Besitzer der, wie man gleich unter dem bißchen Straßendreck sah, hervorragend gepflegten Kawasaki sein, die draußen von einem Hund und einem alten Männchen bewacht wurde. Matthias Roth prüfte unbefangen das Angebot verschiedener Fruchtjoghurts, die offenbar seit einigen Tagen guten Absatz fanden, und hörte dem Jungen zu. Einer Lobeshymne hörte er zu, einem Begeisterungsstammeln, das sich aus dem kräftigen, unrasierten Mann herauswürgte. Ab und zu verstummte er, um schnaufend, mit leicht offenem Mund in den Apparat zu lauschen und gleich wieder keuchend anzusetzen. Er pries die Bucht an, das Leuchten des Wassers, die Granitbrocken, die Felsabstürze zum Meer hin. Matthias Roth erinnerte sich an das Liebespaar, das sich wechselseitig eine Naturbeobachtung nach der anderen feierlich zum Geschenk gemacht hatte, ohne Rücksicht auf ihn, der zwangsläufig mitbedacht wurde. Auch hier handelte es sich bestimmt um ein Gespräch mit einem Mädchen, dem beschwörenden Tonfall der Aufzählungen nach sollte es hergelockt werden. Dieser athletische, den halben Raum mit seinen unterstreichenden Bewegungen unbekümmert füllende Mann warb mit Eidechsen, Unterwasserlandschaften, violetten Blüten lärmend und im Dialekt, und unwillkürlich tat Matthias Roth mit bei der Litanei über die Vorzüge dieses besonderen Ortes, ergänzte, erriet immer schon das Kommende und da, noch mit dem Blick auf die Fruchtjoghurts, fiel ihm ein Traum aus einer der letzten Nächte ein. Eine Stripteasetänzerin, auf der Bühne zwar, aber ganz für ihn allein mit der Darbietung beschäftigt, entblößte sich gewissermaßen auf telepathische Weise. Mit jedem abgestreiften Kleidungsstück war sie einen Sekundenbruchteil schneller als er mit seinem Wunsch, der steckte bereits in seinen Nerven, aber noch nicht in seinem Kopf, und schon kam sie ihm zuvor, und es war nicht die sich vergrößernde Nacktheit gewesen, die ihn so fesselte, sondern diese unheimliche, zielsichere Macht, die sie, auch das unbeirrbar, im richtigen, wenn auch abstrusen Moment einhalten ließ, bis er nachtappte. Hier ging es eher umgekehrt: Er befahl dem Jungen, so schien es ihm, welche Naturschönheit als nächstes Argument zum Erreichen einer schönen Urlaubsvögelei benutzt werden sollte. Draußen überholte er die Unterlippenfrau und ihre Freundin, gerade als diese sagte, sie gäbe ihrem Mann doch immer spezielle Aufbautabletten. Im Abwärtsgehen empfand er den Strand mit den Badegästen, die von Tag zu Tag früher erschienen, als ein Schaufenster mit verstreut ausgebreiteten Luxusartikeln, die darauf warteten, von irgendwem, vielleicht vom Betrachter, durch ein Gefühl zusammengezogen, miteinander verbunden zu werden, durch die Abfolge einer Geschichte, eines Abenteuers, einer Romanze. Ein Wort wäre unter Umständen schon ausreichend, und alles hätte mit ordentlichen Ringen auf diesen Einwurf dankbar reagiert. Ihn überkam der Wunsch, die Felsen auszuquetschen, richtig, da stand er, ohne zu wissen warum, mit geballten Fäusten, sah einen kleinen Hund mit flauschigem Fell, und sogleich wollte er ihn packen, wie einen aufgeplusterten Vogel im Winter, um ihn auf seinen eigentlichen, festen Körper zusammenzupressen. Er schritt so langsam aus, daß er die beiden Frauen wieder hinter sich hörte, und da bemerkte er auch, was ihn insgeheim beschäftigte. Es war der geheimnisvoll verschleiernde, anspielende Tonfall gewesen, mit dem die Frau von ihrer Freigebigkeit bezüglich der Vitamintabletten oder Verjüngungspillen gesprochen hatte. Etwas verbarg sich dahinter, er erkannte es jetzt. Der unausgesprochene, aber zur Erklärung notwendige Satz lautete: Dabei wäre das Naheliegendere, ihm täglich eine Dosis Arsen zu verpassen. Als er am Wasser anlangte und den Weg zur Tamariske einschlug, mußte er sich eingestehen, daß er den Dicken anstarren wollte, seine Frau und seine Tochter, bis er ihnen eine Bedeutung entrissen hätte, eine grundsätzliche Einsicht, die alle drei Personen für ihn bereit und verschlossen hielten, und zugleich fürchtete er, durch den erneuten Anblick das schöne Quentchen Verheißung zu zerstören. Er würde ja auch das Haus in den Bergen nicht wieder aufsuchen.

Er schwamm aus der Bucht ein Stück an der Steilküste entlang und ließ sich schließlich auf einer aus dem Wasser ragenden Felsspitze, dem Gipfel eines Unterwasserberges, nieder. Von hier aus konnte er, unter anderem Blickwinkel, wieder in das Hinterland der Bucht sehen, auf den in eine Waldhälfte und einen mit Kahlstellen durchsetzten Weinberg geteilten Hügel. Er tat nichts als einfach dorthin zu sehen und merkte erst viel später, daß die Mitte, die Übergangslinie ja abends, vom Hotel aus, seine gezackte Horizontlinie war. Dieser Trennungsstrich, das Meer und der Himmel, waren das nicht endgültige Anblicke in ihrer Nüchternheit, so daß man wünschen konnte, auch in einem selbst würde eine solche Schlichtheit der Bezirke herrschen, aller Zerstreuung, aller Grenzverwirrungen enthoben? Er starrte das Meer und den dunstiger werdenden Hügel an, sicher eine Stunde mit einem Verlangen, aber es half nichts, nichts rückte näher, nichts in ihm glich sich an. Er schloß die Augen, der Kopf sank ihm in den Nacken, der Rücken fand eine glatte Stütze, er dachte an nichts mehr, eine Weile noch an eine Topfpflanze in einem Restaurant, einem nördlichen, bäuerlichen, vor kleinen Scheiben. Sie ließ alle ihre Blätter wie müde Lappen hängen, bis die Inhaberin mit einem Schrei gelaufen kam, eine Kanne ergriff und der Blume reichlich Wasser gab. Dann hatte er sehr lange immerzu auf die Blätter gesehen, nicht mehr auf Karin, die ihm beleidigt gegenübersaß. Ungeduldig hatte er das Wiederaufrichten der erschlafften, grünen Flächen zu geblähten Segeln verfolgt. Aber das verging, es gab dann nur noch den Felsen, den er fühlte, das Wellengebrause dicht drumherum, und dann hörte alles auf, die ganze gegenständliche Welt war eingestellt. In einem Radius von einem Meter um ihn, den Mittelpunkt, existierte sie noch, dann schloß sich etwas anderes an, freier Raum, Wüsten, vielleicht auch nur riesige Papierbahnen, und es war sehr angenehm, es war eins der angenehmsten Gefühle überhaupt in diesem Urlaub, und Irene versickerte zwischen den Steinen, stellte nichts Verlockendes mehr in Aussicht. Den Platz mit der Tamariske konnte er von hier aus nicht beobachten, aber als er die Augen viel später wieder aufschlug, schien etwas sonst Unsichtbares, eventuell durch einen rätselhaften Staub oder eine Flüssigkeit, zur Sichtbarwerdung gezwungen worden zu sein, ein Sonnenuntergang fand statt, aber daraus wurde ein nach Norden und Süden ausufernder Weltuntergang, schwellend, anrollend in unnatürlicher Verfärbung, bedrohlich und ohne auf irdischen Widerstand zu stoßen. Hier entfaltete es sich, was sonst nie zu seinem Recht kam. Er fror in der feuchten Badehose und rührte sich doch noch immer nicht, er spürte einen eigentümlichen Schmerz und wollte ihn weiter spüren, der sinkenden Sonne gegenüber. Es mußte damit zusammenhängen, daß seine Sinne nicht ausreichten, um das Gewaltsame dieses Schauspiels ganz nachzuvollziehen, es riß sie auseinander, denn irgendein Sinn unter ihnen witterte, ahnte, begeisterte sich an der Darbietung, aber die anderen blieben unbeholfen zurück und spürten das als Versagen und zerstörerischen Eingriff in ihre sonstige Kumpanei? Er hörte jetzt die Schreie der Möwen, sie schwangen sich wie aus Löchern hoch, sie stiegen aus einem Kamin, ja, direkt aus dem Inneren der Felsenlandschaft, sie pulsierten in ihr empor als Lebenskraft, sich verschwendend, erneuernd. Die weiten Räume, die ihn hier umgaben, stellte er sich vor als den letzten, wilden Punkt der Erde, als Arche, besser noch als Schleuse, als Transportschacht. Es riß ihn so hin, daß er aufsprang, er wußte auch ohnehin nicht weiter, und dabei ausglitt und ins Wasser stürzte. Erst an der Küste bemerkte er, wie stark sein Oberschenkel, das unmännlich zarte, fast nicht behaarte Fleisch blutete. Gleich mußte er sich hinsetzen vor Schwäche. Erst als sein Handtuch, so sagte er sich: blutgetränkt war, konnte er den Heimweg aufnehmen. Hätte er noch bis zu diesem Moment gezögert, ob er gegen besseren Instinkt die Beobachtung des Dicken samt Familie fortsetzen sollte, so entschied nun seine Verletzung dagegen. Vorsichtig, auf kürzester Strecke, von Vorübergehenden bestaunt, was ihm schmeichelte, begab er sich ins Hotel, wo man ihn unverzüglich pflegte. Ein unter den Gästen ausfindig gemachter Arzt tätschelte spöttisch seinen Kopf, alles sei in Ordnung. Das wies ihn auf seinen vermutlich wehleidigen Gesichtsausdruck hin, er selbst war eigentlich geistesabwesend.

Für eine der letzten Nächte seines Aufenthalts kündigte das Notizbuch, ein Werbegeschenk seiner heimatlichen Bank, Vollmond an. Immer wurde er davon überrascht, er empfand ihn jedesmal als Glücksfall, nicht als Regelmäßigkeit. Er sah den kleinen, leeren Kreis im Notizheft und erwartete nun den echten Mond als Höhepunkt aller vorstellbaren Zweifünftel- und Siebenachtelmonde. Nach dem Abendessen hatte er sich ins Freie begeben, einen großen Magenbitter in der Pizzeria nebenan getrunken und eine Klage des Besitzers über seine hohen Investitionen angehört, dabei schien die gesamte Inneneinrichtung von Alkohol-und Zigarettenherstellern finanziert worden zu sein. Der Nachthimmel stand über Hotel, Pizzeria, Feinkostladen und ihm, der Weltraum über der duftenden, so heftig bewohnten Macchia, über den Wildnishügeln. Es begegneten sich die Gegensätze Oben und Unten, und es stellte sich heraus, daß es eins war. Man hätte es umdrehen können, Himmel und Erde, in dieser kahlen, kühlen Stunde, es machte keinen Unterschied, man mußte überhaupt nur stehenbleiben und eine Weile hochschauen, dann passierte es von selbst. Seine Füße waren an die Straße zum Strand geheftet, sein Kopf hing frei in den sternklaren Raum hinab. Bis Mitternacht kam der Mond nicht über den Berg, nur sein allgemeines Licht, und aus den schwarzen Büschen stieg ein kreischender Chor auf, die Ekstase der Zikaden, je länger man lauschte, desto rasender und je deutlicher der Mond sich von hinten dem Berggipfel näherte. Matthias Roth ging bis zum Strand hinab, bis zu der scharfen Grenze, wo der Mond, als er sich umwandte, sichtbar wurde, groß und dröhnend, und wo er selbst einen Schatten in die Lichtzone warf. Es war, als gäbe es keine wahrere Erkenntnis, über alle Leiden hinaus, als diesen inbrünstigen Jubel aus den Gebüschen, entrückter noch als die Möwen in den Aufwinden über der Mulde am Abend. In dieser zufälligen, was sollte er davon denken, beabsichtigten Nacht fielen ihm die unbestimmbaren aber brennenden Augenblicke seiner Jugend ein, und er begriff es als stechenden Schmerz, daß sie endgültig vorbei waren. Die bekannte Tatsache schnitt ihm plötzlich ins Herz, und doch erfaßte ihn etwas zur gleichen Zeit: All die angeblich für immer entschwundenen Momente stärkster Empfindung versammelten sich unter diesem Himmel wie unter der Kuppel einer verschließbaren Schale, sie reiften sogar noch einer weitaus überzeugenderen Gegenwart, einem vollkommenen Vorhandensein zu. Sie waren verstrichen, ein für allemal, und mußten doch erst noch ausschlüpfen zu ihrer wirklichen Anwesenheit. Nein, er legte sich keine Rechenschaft ab über seine Vermutungen, so überzeugend stand es jetzt vor ihm, er sah es am Grund der Nacht, der sowohl unten wie oben sein konnte. Dieser Vollmond war der Einbruch, die Annäherung eines strahlenden, darüber ausgebreiteten Raumes und eine Intimität fast, die persönliche Zuwendung einer hellen Masse über der Dunkelheit. Er drehte sich einmal im Kreis und stützte sich dann gegen den Eisenpfosten eines Drahtzauns, der eine einfache Villa, die er bisher nur im Tageslicht kannte, umgab. In einem milchigen Meer schwamm Matthias Roth, das Meer kam und füllte die ganze Bucht, er trieb vom tiefen, tiefen Boden bis zur Oberfläche als Seepflanze, als willenloser Organismus ohne Eigensteuerung, angelockt vom Mond, herbeigezwungen vom Mond. Die Oberfläche aber war der Himmel. Man trieb, auch wenn man an einem Platz fest wurzelte, mit der äußersten Spitze über die beleuchteten, nächtlichen Gründe der Macchia, stieg auf und erschöpfte sich, entfaltete sich und sank zusammen im zugleich sanften und kalten Licht, das den ganzen Raum ungehemmt füllte, viel nachdrücklicher füllte als das Sonnenlicht, das gewohnte, flutete die Hänge hinab und erreichte die ungeheure, an ihrem Ende wieder das Firmament berührende See. Er war ein schwankendes, wehendes Wassergras, eine an Land hilflose, in ihrem Element aber luftig durchströmte Qualle von beträchtlichem Leibesumfang, von freundlichen Strömungen fortgespült und herumgeworfen, spielerisch zu Hand- und Kopfstand gewendet und ohne Gewicht. Er verhakte die Hände in den Drahtmaschen, alle Dinge besaßen ihre Schatten nach Mitternacht. Im Licht watete er nach Hause, er durchteilte es mit seinem Körper wie eine zu Boden gesunkene Masse, es erzeugte, unter dem Oberflächenglanz der Büsche, seit Stunden und ohne Abbruch denselben Begeisterungsschrei.

Am nächsten Morgen stand er beim Fenster des Frühstücksraumes und betrachtete Bucht und Meer. Klassisch! dachte er und nahm es ganz lakonisch, erschrak dann, weil er glaubte, nun endgültig abgehärtet zu sein, alle emphatischen Gefühle verbraucht zu haben nach einer letzten Ausschweifung. Aber noch im Dastehen, mit dieser Angst und Gleichgültigkeit zusammen, begann er etwas anderes zu ahnen, nämlich, daß es erst anfinge, daß er dieser Landschaft zum ersten Mal für sich allein begegnete. Es war nur ein Anflug vielleicht, er konnte nicht mehr sagen: Das blaue Meer! Was ihm doch immer gefallen hatte, daß sich ein Panorama zur Deckung bringen ließ mit einer langgehegten Vorstellung, dem Motiv eines alten Bildes, mit einem sich anbietenden Vers, das glitt ihm weg. Das Genießen solcher Kongruenzen hatte ihn verlassen, er wurde von Minute zu Minute sicherer darin. Er nahm wahr, ja, aber es war eine Anstrengung, kein Ausruhen, kein Wiedererkennen, kein Behagen, vielmehr ein Emporreißen aus eigener Kraft. Die Vögel, hatte er bisher vermutet, rutschten in Wirklichkeit so wollüstig, besonders die Mauersegler, auf unsichtbaren, für sie jedoch kenntlichen

Bahnen durch die Luft. Jetzt spürte er im Hinsehen, daß sie sich freie Wege erkämpften, und man mußte sich wundern, daß sie, bei dieser Mühe der Eroberung, nicht abstürzten. Er griff nach der gelben Gardine, wie in der Nacht nach dem Maschendraht, und starrte in eine veränderte Welt. Diesmal klammerte er sich nicht vor einem Anblick an, sondern vor einer Erkenntnis. Lange hatte er Trost gesucht in den Reimen, die sich andere vor ihm gemacht hatten auf Umarmungen, Städte, Witterungen. Wie hatte er sich immer ausführlich bedient an den Überlieferungen! Nun war das alles aus seinem Kopf geweht, vielleicht über Wochen im Stillen vorbereitet. »Achtung!« sagte er leise, »Achtung! Es wird ernst.« Er fand so schnell kein anderes Wort, wollte aber etwas aussprechen, unbedingt, um zu prüfen, wie es sich zwischen ihm und den Wörtern, nein, der puren Artikulation verhielt. Er sah auf die nackten Dinge, ein junges Paar auf einem Moped, eine alte, vermummte Frau in Stiefeln neben einem mit Fenchelkraut bepackten Esel, den Inhaber der Pizzeria mit einem Besen in der Hand, einen Mann in Badehose, der Zeitung lesend die Straße überquerte, den Horizont. Etwas war davon abgerissen und fort war alle Gemütlichkeit. Er berührte sein Kinn. Es gab keine Vorbilder mehr, er war für sich. Er mußte sich von jetzt an selbst durchschlagen an eine unbekannte Küste, eine Landkarte anfertigen, es existierte noch keine für ihn. Alles war nur eine Sache zwischen ihm und den Gegenständen, ohne Beschreibungen und Vorhersagen. Damit war er lange genug verwöhnt und begütigt worden. Dieselbe Welt von gestern war eine andere als die vor kurzem und unbeschriftet. Seine Kindheitsidole, die noch eben ausgereicht hatten, verbrannten mit einem Atemzug, sie rauchten in ihrer Verwüstung, die Trümmer, der Schutt. Mein Gott, versuchte er sich plötzlich zu sagen, das ist ja großartig, neugierig bin ich immer gewesen. Also abwarten, was daraus wird, vielleicht eine Magenverstimmung, und aus ist es schon wieder! Aber er sah schräg unter sich, am Straßenrand, den jungen Motorradfahrer, wie er aus dem Lebensmittelladen vom Telefonieren kam, mit einem eingepackten Eis in der Hand, die Hülle abriß, das gestreifte Schokoladenhörnchen anglotzte und es wütend zu Boden schmiß. Dann stand er neben seiner schönen Maschine, sicher wieder über die Maßen schwitzend, und ließ traurig den Kopf hängen. Keinen einzigen Blick warf er in die gepriesene Bucht. Der kleine Mann, der aufgepaßt hatte, näherte sich ihm und stellte Fragen, aber der Junge antwortete offenbar nicht in seinem Kummer, und der Mann schlich davon. Also hatte der Motorradfahrer bisher keinen Erfolg gehabt mit seinen Hymnen auf Wasser, Strand, Steine. Nein, es wurde immer ernster und war nicht eine Frage der Neugier oder Abwechslung. Ein ganz neuer Widerstand der Welt hatte sich aufgerichtet und Matthias Roth, zunehmend erregt davon, wollte nicht mehr zurück.

Ganz neu zeigte sich die Welt, als wäre sie plötzlich aus Glas, möglicherweise, es entwickelte sich, zu den Bergspitzen des Hinterlandes und höher hinaufreichend, unerschrokken, und er wagte vor Spannung bei dem lautlosen Wachsen kaum zu atmen. Es war eine überraschende, schon dachte er: erlösende Sprengung in ein fremdes Element hinein. Fühlte er sich nicht ausgebreitet in die Landschaft, befand sich überall? Ein rechts unten auftauchendes, sacht sich spiegelndes Segelschiff: eine kleine Bewegung in ihm! Er sah das Leuchten der Böschungen, der Felswände, rosig aus sich heraus. Er lag unter einer jungen Kiefer, hatte die langen Nadeln über sich und darüber den schimmernden Himmel, Vögel sausten wie Geschosse vorbei, und er stemmte die Fußsohle gegen den Stamm und spürte so das Beben des Baumes, sein Wiegen aus innerster Kraft. Beim Schwimmen gegenüber dem höchsten, dem grauen Berg in der Ferne, der das Tal verriegelte mit erhobenem Kopf und ausgebreiteten Schwingen, brachte er sich selbst mit dem Berg zur Deckung. In der gleichen Haltung, aufgerichteter Kopf, hochgewölbte Schultern, füllte er die Konturen des Berges aus. Die Vogelrufe wollte er in seinen Fingerspitzen spüren, die Sonnenflecken der Gebüsche, den Wind, der die Ranken bewegte in seinen Adern, in seinem Glied, er wollte über den Hügeln schweben und die Wäldchen, die Buschwildnis, die trockenen Wege mit den Steinwällen, die Badenden mit den Handtüchern, die Autos in der heißen Sonne um und um graben mit seiner Zuneigung, so daß er nicht mehr wissen würde, wo er selbst aufhörte zwischen Himmel, Erde und Meer. Tag und Nacht sollten sich über die Hügel ergießen und ihn mit Lust berühren, er wollte sich gern auflösen ohne Bedenken und Einspruch, eine gewellte Wasseroberfläche wollte er sein, deren wie von Fingern gereizte und ergriffene Spitzen in eine unerhörte, unvergängliche Blankheit ragten. Es kam nicht mehr darauf an, aus Angst vor dem Bodensatz alle Genüsse nur zu streifen, auskosten mußte man sie oder sich davon gleich abwenden! Ja, er sank ein in die Landschaft, und wenn er sich von ihr entfernen würde, sie zurückließe als Wasser und Stein, abgerückt von seiner Betrachtung, so nähme er sie doch mit als eigenes Bild. Am späten Nachmittag begann der Hügel mit den Gebüschen langsam aufzuglühen, ein grünes Glimmern, und er wußte nicht, ob es von außen oder von innen kam, es mußte beides sein, noch lange nach Sonnenuntergang, im Nachhall ein gespeichertes Leuchten. Er sah den grün schwelenden Hang, drehte sich um und konnte nicht glauben, daß die Sonne verschwunden war. Er drehte sich wieder zum Hang, und da war sie noch mit großer, aus dem Boden berstender, herausdampfender Kraft. So wollte er die Welt sehen, so wollte er überhaupt die ganze Welt einschmelzen in diese Gegend. In der Nacht wurde der Bereich über der Bucht ein absoluter Raum, der allen Bewuchs, alle Mauern aus ihrer Befestigung hätte saugen können, und doch, eigensinnig beharrte das tierische und menschliche Leben darunter auf Durst, Hunger, Schlaf, Geschlechtstrieb. Er ging herum und stand an vielen Stellen still. Schließlich setzte er sich in der Pizzeria zum Inhaber an die Theke, als letzter Gast, und betrank sich schnell und glücklich vor dessen Augen.

Etwas wollte er nachprüfen vor seiner Abreise, eine kleine Erledigung stand noch aus. Bei seiner Wanderung hatte er sehr bald ein Tal, das von der Straße abging, die sich an dieser Stelle kurz in eine Brücke über ein Flüßchen verwandelte, links liegengelassen, den Anblick aber nicht vergessen. Es handelte sich um den oberen, durch die kurvige Autostraße vom unteren abgetrennten Teil des sich zum Strand hin verbreiternden Taleinschnitts, in dem er die Wochen verbracht hatte. Vom Meer aus hatte er täglich den grauen, aus der Fels- kette ragenden Berg gesehen, den steinernen, abflugbereiten Vogel am Inlandhorizont, aber jetzt erst erkannte er, wie sehr diese Scheitelung in zwei Gebiete eine Achse darstellte zwi- schen Besiedlung, einer ziemlich rücksichtslosen, wahllosen Bestückung des vermutlich gerodeten, dann künstlich und ganz nach individuellen Wünschen der jeweiligen Eigentümer sporadisch bepflanzten Talausläufers mit Ferienhäusern und Resten alter Steinhäuschen für den ehemaligen Winzereibe- darf, und einer, wie es schien, unberührten Wildnis, die gleich hinter der Leitplanke der Straße begann. Er sah es erst jetzt, beim zweiten Mal, deutlich und meinte, sicher unterscheiden zu können, wie diese große Landschaftsfurche von exakt sei- nem Standort aus zum Meer abfiel und zur Gebirgsbarriere hin aufstieg. Insgesamt lagen sich hier Bergmassen und Meer gegenüber in wuchtiger Ausdehnung, zwei außermenschliche Machthaber, zwei Großmächte, Auge in Auge, unverwandt, und das Tal zwischen ihnen war der lange Tisch, die Zere- monie, die sie aneinanderband und auseinanderstemmte. Die Spannung aber würde man an jedem Punkt auf dieser Distanz spüren, und nun unterdrückte Matthias Roth doch nicht wei- ter die Erinnerung an einen Schauerfilm, in dem der gewaltige Steinvogel, der auf den Zinnen einer alten Villa sitzt, sich eines Nachts aufschwingt mit lebendigen Flügeln, um seine mörde- rischen Krallen in ein Opfer zu schlagen. Ein Stückchen nur wollte er in Richtung der zart getönten Vogelsilhouette gehen, hundert, zweihundert Meter weit. Vorüberkommende Auto- fahrer würden vermuten, er wollte hier hinter einem Gebüsch in Beschaulichkeit seine Notdurft erledigen, falls man über- haupt in diesen so völlig unbesiedelten Einschnitt über den weißen Pfad, der nach wenigen Schritten hinter Pflanzen ver- schwand, eindringen konnte. Das war es aber, was er, wie eine Verpflichtung hatte es sich in seinem Kopf eingenistet, kontrollieren mußte. Aha, sagte er sich, rechts der Nordhang, dicht grün bis hoch hinauf, links der Südhang, nur flecken- weise braune Vegetation, sonst nackter Fels. Gleich neben sich, ein wenig die Hügelflanke hoch, hatte er einen reichlich verwilderten, nur hier und da noch kultivierten Weinberg entdeckt und angenommen, der alte Motorroller, der den Eingang des Weges fast versperrte, gehörte einem dort tätigen Bauern, aber nun war er überzeugt, daß sich niemand bei den kümmerlichen Reben aufhielt. Also gab es doch noch irgendeinen Besucher dieses menschenleeren Talabschnittes, mit welchen Absichten auch immer. Schüsse hörte man jedenfalls nicht. Ein Liebespaar? Er war schon losmarschiert, und vor ihm schwang sich der Talgrund in immer gedrängteren Etagen gegen den grauen Berg am Ende. Der Pfad, der sich aus der Entfernung unter darübergeneigten, dürren Gräsern verbarg, wurde unmittelbar vor den Füßen gut sichtbar, schmal und gewunden, mit Disteln und dornigen Ranken, auf die er in seinen Sandalen achten mußte, an beiden Rändern. Bei einem Feigenbaum änderte er die Richtung, führte nicht mehr direkt auf das Talende zu, knickte ab zur Mitte, wurde feuchter, sofort vertiefte sich das Grün, vergrößerten sich die Blätter der begleitenden Pflanzen. Es gab stachlige Stauden mit roten und schwarzen, kirschgroßen und traubenartig versammelten Früchten, vor allem aber viele weiße Blütenkelche einer wuchernden Windenart, weit geöffnete, strahlende Schlünde. Sie leuchteten aus dem Dunkel der nur selten schulterhohen Hartlaubgewächse, die sie umwickelten. Er stand jetzt an dem Flüßchen, dem Urheber dieser Landschaftsformation, der tatsächlich Wasser führte und in unmittelbarer Nähe auch deutlich rauschte. Matthias Roth setzte sich auf einen Stein, einen überall glatten, und der Schatten eines ihm unbekannten Nadelbaumes fiel auf ihn, und er saß eine Weile. Nun wußte er, was er wissen wollte, der Weg endete hier, so ließ er sich Zeit in der kühlen Luft, im kräftigen Geruch des Baumes über ihm. Sein Gesichtsfeld war zur Abwechslung angenehm begrenzt. Als er den Pfad bis zur Biegung zurückgegangen war, bemerkte er, daß es doch eine unscheinbare Fortsetzung in der alten Richtung gab. Der folgte er ohne Zögern, es roch wieder nach heißem Boden und Wermuth, es ging ganz mühelos voran, von selbst eigentlich. Als er sich umdrehte, staunte er, wie weit, kaum noch auszumachen, Straße und Moped zurücklagen.

Er sah jetzt manchmal zur linken, von der Sonne voll getroffenen Bergflanke hoch, zur niedrigeren und gut erkennbaren Gratlinie. Mit groß ausholender Bewegung näherte sie sich dem Meer. Er erinnerte sich ja gut an den Felsabbruch am Strand und begriff ihn nun als Schlußphase dieses Hingleitens der steinigen Auftürmungen im Inneren zur See. Während er auf dieses Innere zuging, schwang sich neben ihm unentwegt in der verstreichenden Zeit als etwas mit ihr Fließendes der sonnige Grat in entgegengesetzter Richtung, nämlich dem Meer zuströmend. Das Tal war voller räumeschaffender Vögel, echowerfende Räume bauten sie. Man mußte die Augen schließen, dann spürte man sie, die neuen Zimmer in der Luft, man hörte sie tönen, aber es gab nirgendwo sichtbare Stellen als Lagerungs- und Hallorte für ihre Laute. Er kam an Schilfbüscheln vorbei, die einen Mann gut verdecken konnten, und kleinen, wilden Bäumen, die sanfte Schatten auf helles Gras warfen. Er fühlte sich verborgen im Gestrüpp der Tage, jetzt, am Ende des Urlaubs, schloß sich die Zeit hinter und vor ihm, er war in etwas Undurchdringlichem versteckt und atmete tief. Aber es gelang ihm nicht, sich ganz zu entspannen, immer lag er letztlich auf der Lauer, ob der Weg nicht plötzlich versickerte, nachdem er eben noch ein Stückchen die Hügelkante hoch und scheinbar ohne Grund bergab lief auf die Talsohle, das Flußbett zu, das durch eine Verdikkung des Grüns zusätzlich angezeigte. Er hoffte, der Weg würde ihn nicht so abrupt im Stich lassen, aber ständig mußte er darauf gefaßt sein. Dann stand ein Korb mit gelben Pflaumen am Rand, auf einem etwas erhöhten Stein, lauter gelbe Früchte, gepflückt, gesammelt und hier vertrauensvoll hingestellt, aber woher genommen, von wem? Er dachte an den Mopedbesitzer, doch ein sicherer Instinkt sagte ihm, daß er allein war. Er betrachtete den Korb und aß eine Pflaume, als sei es eine Art Höflichkeit. Es kam ihm vor, als würden von jetzt an, es ergriff ihn noch stärker als in der Vollmondnacht, all seine Erinnerungen an ihre richtigen, aufschlußreichen Orte fallen, sinken, ihnen zutreiben. Eine Empfindung war das nur bisher, aber er verließ sich darauf, daß er es bald besser verstehen würde. Die Welt, die Menschenmassen und ihre

Hervorhebungen, an denen ihnen so ungeheuer viel lag jederzeit, folgten ihm hierher nicht nach, blieben zurück mit ihren Katzenzüchtern und Finanzministern. Der Pfad lief geradewegs, diesmal ohne übersehbare Abzweigungen, auf das Flüßchen zu. Matthias Roth erschrak. Selbst wenn er über die Felsbrocken im Bachbett geklettert wäre, es zeigte sich nicht die geringste Andeutung einer Weiterführung auf der anderen Seite. Das lenkte eine Weile seine Blicke ab, so daß er erst nach einigen Minuten, dann aber mit ungeniert-ungläubigem Aufschrei neben sich mehrere voneinander säuberlich getrennte Gärtchen entdeckte, mit Zitronenbäumen, Tomaten, Bohnen, besser kannte er sich nicht aus in den Gemüsesorten, aber unbestreitbar waren es recht unterschiedliche, die man hier in Reih und Glied gepflanzt, gesteckt, gesät hatte. Sogleich einem heftigen Antrieb nachgebend, betrat er die erste, zierliche Gartenanlage und schritt alles ab, die kurzen Bahnen eines Zwiebelbeetes, das konnte er auch noch sicher feststellen, und alles andere, so geometrisch in dieser Wildnis Wachsende. Kurz fiel ihm Fritz mit seinen Samentütchen ein, den Erdschollenfüßen im klobigen Norden, und schon vergaß er ihn wieder leichten Herzens, um sich den heiter ausgebreiteten, nirgends abgeriegelten und doch so unterteilten, mit Eifer kultivierten – aber bei aller Liebe zur klaren Linienführung niemals verbissen auf Schnurgeradem, gegen einen gewichtigen Einwand der Natur in Form eines Felsklotzes, eines alten Wildbeerbusches bestehenden – Gärtchen zu überlassen, dieser Kette von drei, vier Gärtchen, so tief vergraben im Schoß des Tales, in seinem Licht, dem süffig gedämpften. Ganz still, ohne Schutz, ohne Drohung, mit freiem Zutritt für jeden, lagen sie da in ihrer Lieblichkeit, hingezaubert und wie er, Matthias Roth, unerreichbar fern allen Finanzgenies und Rektoren, Traktoren, Diktatoren. Er stand da, schaute hoch zu den weit geöffneten Talhängen und seinem grauen Vogelberg am bald näher, bald ferner erscheinenden, hochgezogenen Horizont, betrachtete die stille Landschaft ringsum, denn auch das Zwitschern und Rufen rechnete er zur Wildnisstille, und sah mittendarin die Gärtchen und dann auch die Fortsetzung des Weges, durch sie hindurch.

Es ging neben dem Flußbett entlang, dann folgte eine Biegung nach rechts, über das Wasser hinweg, auffällig, wenn auch unbequem, markiert durch große Trittsteine in sehr unterschiedlicher Größe, so daß beim Kurz- und Langmachen der Beine die Gefahr bestand, abzurutschen. Er kletterte, gelenkiger als von ihm selbst vermutet, zur anderen Uferseite und hatte also das Flüßchen, das hier kräftig lärmte, da es sich an den Steinen staute und wirbelnd durch die Spalten zwängte, zu seiner Linken. Den Wasserlauf überwunden zu haben empfand er als etwas Prinzipielles: Nun war er viel tiefer als bisher in das Tal eingelassen. Der Weg stieg eine Weile ziemlich steil bergan, fast in Form einer langgezogenen Treppe, wie künstlich angelegt, schwer zu entscheiden, ob das wirklich der Fall war, mit flachen, hellen Steinen, zwischen denen sich Pflanzen nicht sehr hoch drängten. Stufe um Stufe schritt Matthias Roth in einer maigrünen Gasse von Hartlaubgewächsen, Mastixhecken, und schien sich auf ein Heiligtum, gebückt, mit schwingenden Schritten zuzubewegen. Es war überhaupt nicht abzusehen, was ihn oben erwartete, ein Stück Himmel jedenfalls, der treppenartige Weg aber erinnerte hier unten an einen Pilgerpfad, so waren sie im Süden ja oft angelegt, auf dem man mühevoll unterwegs sein sollte zu einem wundertätigen Wallfahrtsort am Schluß. Er begann plötzlich zu laufen, zur Abwechslung, aus Neugierde, wußte aber, daß er es aus Unruhe tat, aus Besorgnis, dort oben könnte ihm wirklich das Ziel des Weges aufgezwungen werden, ein letztes Gärtchen, eine Hütte, ein kleiner Altar, er wollte das mögliche Ende des Weges einfach überrennen und diesem Halt! mit Schwung zuvorkommen als der Schnellere. Noch bevor er über diesen Impuls lächeln konnte, wurde er vor eine neue Überraschung gestellt. Der Weg schlängelte sich durch eine heideartige Gegend, es mußte eine Terrasse am Berghang sein. In leichten Windungen ging es hindurch, zwischen duftendem Kraut und den weißen Rücken kalkuliert daliegender, großer Findlinge. Hier durfte er sich, im Vorwärtsgehen auf ganz ebenem Boden, von seiner Hast beruhigen. Und jetzt fiel ihm die Werkstatt seines Onkels Emil ein. Nach dem Krieg wohnte er im Keller des brüchigen Mietshauses, unten auf den Fluren gab es kein Licht. Wer weder Taschenlampe noch Kerze besaß, mußte an den feuchten Wänden entlangtappen, um zu den Kohlen und diesem immer freundlichen Onkel zu gelangen, der, umgeben von Finsternis, in seiner hellen, warmen Tischlerwerkstatt saß, in der er auch schlief, kochte, lebte. Die Helligkeit entstand nur durch elektrisches Licht, sie war etwas Wunderbares, wenn man die Dunkelheit davor überwunden hatte. Die Tür ließ sich auch ohne Tasten, durch die goldenen Ritzen und das signalisierende Schlüsselloch erkennen. Wenn man seinen Namen rief, wenn eine Kinderstimme ihn rief, öffnete er gleich, und der köstliche Schein seines Zimmers fiel in die Schwärze, die hier Tag und Nacht herrschte wie das Licht Onkel Emils am Tag und spätabends noch. Er hatte dort einen Topf Leim mit einem Stock zum Rühren darin. In kaltem Zustand war der Leim knochentrocken und steinhart, erwärmt wurde er weich, geschmeidig und roch. Immer lächelte Onkel Emil in seiner goldenen Höhle, immer ein wenig erschöpft, nach dem tiefen Schacht, durch den man hindurchmußte. In Gedanken versunken hatte Matthias Roth plötzlich links neben sich einen Abhang zum Fluß, und rechts aufsteigend, wie eben aus dem Boden gesprudelte Farnsträuße und nichts als das, wie hingesät von einer absichtsvollen Hand, die auf Reinkultur achtete, ein Farnbeet, frisches, zartes Gemüse, das auf die Ernte wartete. Auch der Berg in der Ferne wurde wieder gut sichtbar, und jetzt spürte Matthias Roth nicht nur eine Anziehung, sondern im selben Moment eine Art Grausen vor seiner steinernen Andersartigkeit, wie vor den Sternen und einer vegetationslosen Küste. Als kalter Luftzug fuhr es zu ihm her, obschon die Vogelsilhouette doch unverändert, in silbriger Zierlichkeit an ihrem Platz ruhte. Wieder hatte er deshalb den Übergang von einer Landschaftsform zur anderen versäumt. Inzwischen bewegte er sich neben einer gewaltigen, schräg hochgeschichteten Halde aus schwarz glänzenden, unterschiedlich dicken Steinplatten, ausschließlich wieder, keine andere Farbe, keine Variation in Klumpen- oder Klotzgestalt war zugelassen, ein urtümliches Gesteinsfeld, aber auch hingeschichtet, als sollte eine Pyramide daraus werden. Etwas in

Matthias Roth hatte sich gewandelt. Er besaß ein schärferes Gefühl für die Zerbrechlichkeit der Felsen, sie verfielen wie Fabriken, sie wuchsen und wurden zerstört, sie waren nichts Stabiles, gegen allen Augenschein, und riß das nicht endlich, wie er es sich am Strand gewünscht hatte, die gegenständliche Welt aus den Angeln durch einen Gedankenakt? Durch ein wissendes Betrachten ließ sie sich verrücken, verrückte in Wahrheit immerzu sich selbst.

Dann wurde der Weg wieder laubenartig. Man verschwand in einem Tunnel, einem durchbrochenen Stollen, man wurde von einem großen Staubsauger weggesaugt. Allerdings konnte er nicht erkennen, wohin, vielleicht wurde er einfach aus der Gesellschaft der Welt geschluckt und befand sich schon in der Röhre, unterwegs zu einer luftigeren oder kompakteren Existenz? Er ertrug es nicht, stundenlang stumm all diese wechselnden Bilder in sich aufzunehmen, und begann, was er beobachtete, vor sich hinzusprechen. Er malte sich aus, er würde es einem anderen erzählen, Hans eventuell, und säße mit ihm in einem Wohnzimmer, er beschrieb ihm dieses Tal wie aus der Erinnerung und als ferne Heimat. Das Eindringen in ein Inneres wurde immer deutlicher fühlbar, auch am hohen Mittag blieb die Luft gleichmäßig lau und frisch, besonders aber das Licht veränderte sich nicht. Der Weg war immer ein Morgenlichtweg. Die Sonne verschob ihren Standort, aber die Flecken auf dem schattigen Boden blieben die gleichen. Das war, nach den vielen Tagen mit der schneidenden Sonnenbahn über dem Meer, fast ein Verleugnen, eine Abschirmung vor der Zeit. Den Weg, meinte er, könnte man sich auch gut als langes Liebesgedicht denken, als den Verlauf einer Liebe sogar, und alle Ereignisse einer leidenschaftlichen Beziehung würde der Weg selbst mit jeder neuen Wende vorschreiben. Wenn er zuerst nur ein Entzücken über den Anblick, die Unberührtheit der Wildnis gespürt hatte, so bekam er nun eine Ahnung von der Richtigkeit und Art und Weise, wie sie ihm auf Leib und Gemüt geschrieben war. Der kleine Anstieg, die Verengung, die Vertiefung, das Aufragen eines seitlichen Felsklotzes, die Verstrickung im Buschwerk: Als würde er endlich mit seinem weichen Körper in die für ihn vorgesehene Form gebracht, oder als würde sie durch diese Einschnürungen und Lockerungen erst freigelegt und für ihn selbst veranschaulicht. Wie hatte er sich schon als kleiner Junge alle Strecken in heitere und düstere Abschnitte gegliedert, um sie ertragen zu können, in erfreuliche, erwartungsvolle Zonen und Katastrophenbezirke. Dieser Weg aber erwies sich als Lebensweg, alles schien er ja ersetzen zu können, nicht nur abzubilden. Er besaß die Kraft von Schicksalsschlägen und Hoffnungsschimmern, die nun gleichzeitig und als Abfolge sich zeigten. Matthias Roth ging in einer schwarzen Efeugasse, das großblättrige Schattengewächs überwucherte alles düster und funkelte dabei trotzdem in der Sonne. Nie zuvor von ihm gesehene Käfer liefen über die kalten Steine, bis sich die Umgebung wieder weitete. Er stand in einer gescheckten Landschaft mit umgestürzten Bäumen und, was ihn hier tief erstaunte, mit Resten sorgfältig geschichteter Steinmauern. Der Himmel ließ sich nur noch ahnen über den ausgebreiteten Laubdächern der Eßkastanienbäume. Durch einen Urwald bewegte er sich, ohne Insekten und Schwüle. Nur die Angst, eine Schlange aufzustöbern, hielt ihn davon ab, die Rudimente zivilisatorischer Eingriffe zu untersuchen. Terrassenförmig gestaffelte Steinwälle waren das mindestens gewesen, also Stützmauern für Gärten, zu Rodungszeiten, die aber lange vorüber sein mußten, vielleicht Weinberge. Er erkannte aber lieber den Brasilianischen Urwald und die gefleckten Tropenwälder Conrads in allem, und so wiesen die Überreste von Bauwerken eher auf eine ehemals palastartige, luxuriöse Wohnanlage hin, mittelalterlich oder älter, überwachsen und zerfallen und doch unbezweifelbar – auch die Natur mit ihren wickelnden Ranken und sprengenden Keimen konnte nicht anders, als durch Produktion eleganter Ornamente ihr Zerstäubungswerk einzuleiten – eine Kulturarbeit zu praktischen oder genießerischen Zwecken in dieser Abgeschiedenheit, die sicherlich nicht immer eine gewesen war, erbaut und nun umarmt und durchschlungen von Moosen und Efeu. Der Amerika-Neger, der gefiederte Schwarze mit seinem Köcher hätte hierher gepaßt, der in Stücke gesprungene. Einen Augenblick stellte er sich die Porzellanfigur vor, verloren in all dem Grün. Er aber hatte ja umgekehrt in seiner Dachwohnung, den Konfektbecher betrachtend, von einer solchen, ihn erwartenden Wildnis geträumt.

Eines hatte sich herausgestellt: Das Ende des Tals am Fuße des grauen Berges zu erreichen würde ihm unmöglich sein. Die tiefen seitlichen Einschnitte beider Flanken täuschten, das zeigte sich erst im Laufe der Zeit, über die Ausmaße eines Marsches mit diesem Ziel hinweg. Jede Einbuchtung, jeder Vorsprung mußte ja ausführlich von ihm abgeschritten werden. Auf einige Distanz verschwamm die stark profilierte Seitenwand des Tales zu einem einzigen, waldigen Abhang, unberechenbar aber zog sie sich aus der Nähe plötzlich weit zurück, sofern er überhaupt Überblick gewann und nicht blind vertrauend im dichten Grün den Launen des Weges folgte. Das ihn betreffende Ende der Wanderung aber würde er trotzdem sogleich erkennen, daran zweifelte er keinen Augenblick, und nur deshalb war er ja anfangs gerannt, damit der Weg – ihm selbst würde das ohnehin nicht passieren – keinen Irrtum beging, indem er zu früh abbrach. Er befand sich jetzt direkt neben dem Bachbett, nein, so konnte man es eigentlich nicht mehr nennen, er kletterte am tiefsten Punkt des Tales über trockene und glitschige, immer kühle, kantige oder gerundete Felsbrocken, stützte sich aber nur selten mit einer Hand ab und überquerte dabei, fast ohne es jedesmal zu bemerken, häufig das rumorende Flüßchen, das sich manchmal in mehreren Rinnsalen zugleich an den Steinhindernissen vorbeikämpfte. Kleine, stille Nebenbecken entstanden dabei, unergründliche, wenn auch gewiß nicht tiefe Schluchten dazwischen, aus denen die schön gezeichneten Farnfedern schossen und oft mit ihren Spitzen als einzigem in einem Bereich der Dunkelheit leuchtend das Licht auffingen, so daß die Sonne im feuchten Blätterdämmern, im Schatten von aufragenden, aus der Erde gerissenen Baumwurzeln und schwarzen Pfützen hauptsächlich als gebogene, strahlende Farnschwinge auftrat. Hin und wieder deckte auch ein Fächer von ebenfalls gezackten, wenn auch gröberen Kastanienblättern eine der Spalten und Abgründe zwischen den von Land karten aus Moosen und Flechten überzogenen Steinen und dem springenden Bach zu. Matthias Roth wollte nun endlich das Wasser probieren und suchte nach einer geeigneten Stelle zum Niederbeugen und Schöpfen mit der hohlen Hand, außerdem wollte er nach seiner Oberschenkelwunde sehen, die immer noch schmerzte. Da entdeckte er den Wasserfall. Über eine mehrstufige Felsbarriere in Mannshöhe stürzte das Wasser in ein natürliches, überlaufendes Becken und dann weiter, schmal, ohne Aufsehen zu erregen gewissermaßen, ganz für sich, jetzt aber, er begriff es in dieser Sekunde, für ihn. Wie eben noch gar nicht vorhanden und nun ausgerechnet ihm erschienen, hüpfte das dünne Wässerchen und lag da, wo es sich sammelte, eben noch sprühend, in grünbraunem, allersanftestem Schein, in dem auch er stand, in den er sein Gesicht und seine Arme tauchte, wie dann in das Wasser. Ein Schein, in dem der Wasserfall zu verharren schien, im Fließen verewigt. Er hatte nasse Hosenbeine bekommen und hielt sie eine Weile in einen Sonnenfleck, der aber nicht wärmte, nur für die Augen vorhanden war. Es gab in ihm schon seit langem den Zwang, sich jeden Ort, jede Landschaft als möglichen Todesort vorzustellen, ihn dergestalt einer Prüfung zu unterziehen, ihn zu beurteilen nach dem Kriterium, ob er da leben wollte, doch eine wirkliche Süße, etwas Betörendes erhielt die Stelle erst, wenn sie ein Ort wäre, der ihn endgültig an sich nehmen könnte. Dieser war es vollkommen. »... dumpf und verworren hörte er die Alte sprechen, den Hund bellen und den Vogel sein Lied wiederholen«, sagte er vor sich hin. Das waren die Schlußsätze zum unglücklichen Tod des Blonden Eckbert, schon immer aber hatte er, Matthias Roth, diesen Satz als etwas zum Glücklichen Gefügtes empfunden und, wie er nun meinte, auch dafür immer einen richtigen Platz gesucht, so daß es seine eigenen Worte werden konnten. Er war angelangt im Innersten des Tales, am tiefsten Punkt der Welt, alles bezog sich auf ihn, und er wußte nicht, wie lange er dort saß und nur atmete. Dann erhob er sich, um zu tun, was er sofort beim Ansichtigwerden des Wasserfalls als das Fällige erkannt hatte: Er kehrte um.

Vielleicht hatte er Stunden auf seinem gefleckten Stein in der flimmernden Wildnis zugebracht, im Schneidersitz, erst mit geöffneten, dann mit geschlossenen Augen. Er fühlte sich jetzt ein wenig schwindlig und mußte vorsichtig über Baumstämme und Wurzeln balancieren, das Geflacker war über alles ausgebreitet, und er konnte, im tastenden Auftreten, oft nicht unterscheiden, ob das Schwarze den Abbruch eines Felsstückes markierte oder nur eine scharf mit dem Lichtbezirk kontrastierende Dunkelheitszone war. Er mußte die Hände zu Hilfe nehmen, um sich der Tiefen und Abstände zu vergewissern. Es kam vor, daß er ins Leere griff, nach einem beleuchteten Stück Rinde, nach einem Stück Licht, daß der Boden unter dem tappenden Fuß nachgab oder daß er viel zu fest auftrat, weil er die Entfernung überschätzte und sich den kleinen Bereich einer Finsternis als Loch erklärte, dessen festen Grund man nur durch Strecken des ganzen Beines erreichte. Er sah überhaupt keine Körper mehr, nur noch ein Schwanken von Hell und Dunkel, so daß er sich, wie geblendet, wie vorübergehend erblindet fast, an einem schräg den Weg überragenden, noch biegsamen Stamm, geflammt wie alles andere, nachdem er direkt dagegen gelaufen war, lächelnd festhielt. Er spürte dabei nichts als ein großes Wohlbehagen, es beunruhigte ihn nichts. Auf ihm selbst machten Licht und Schatten, was sie wollten. Er hatte den jungen Baum umklammert, und wieder fiel sein Blick auf die Farnbüschel, die präzise gezackten, so wohlgeordnet um ihr Zentrum wie ein Kopfschmuck aus prachtvoll gesteckten Federn, aus weißen und schwarzen: So wurde hier das Grün in die eine oder andere Richtung gezerrt, daß es kein Grün mehr sein konnte. Nein, anders verhielt es sich, die wippenden Goldfedern unter ihnen waren gefiederte Pfeile die, noch vibrierend vom Aufprall, im Boden steckten. Abgeschnellt von einem Bogen, weit entfernt, in der Nähe des Vogelberges vielleicht, mußten sie im Laufe ihres Fluges eine Goldzone berührt haben, die sie blinkend überpuderte und umkleidete, so daß sie nun, leise bebend unter den übrigen schimmerten und aus der Erde wuchsen, in diesem Tal, wie unbekannte Pflanzen. Noch immer umfaßte er den Stamm und war ein kleines, unsicheres Kind, das von Blattrispen überragt wurde, und ein kleiner, unsicherer alter Mann, der unter dem Flirren nicht mehr die Gegenstände ausmachen konnte, und in diesem selben Augenblick Matthias Roth, betäubt vom ausschweifenden Starren und schnellen Aufstehen. Zukunft, Vergangenheit und Gegenwart ereigneten sich zur selben Zeit, er erträumte etwas und erinnerte sich daran und nahm es doch in diesem Moment wahr, und alle drei Zeitmöglichkeiten lösten sich nicht ineinander auf, sondern sprangen zitternd als Lichtfunken hin und her. Dieses Tal aber, aus dem er schon den Rückzug antrat, war allen Feldzügen, allen kriegerischen Handlungen gegen die Natur entrückt, und er sah es an ohne einen Hauch von Ängstlichkeit, als wäre es kein Platz auf der immer gefährlichen Erde, sondern aus einer unverwundbaren Materie gemacht, ein Schacht, ein Bergwerksstollen tief, tief unten in ihrem undurchdringlichen Gestein, nein, als stünde der Ort mit allen einzelnen Pflanzen in den Ewigkeitsgründen, den Goldgefilden eines mittelalterlichen Bildes, in nie wieder zu trübender Vollendung, und hätte er Sorgen um das Überleben dieser Stelle gehabt, hätte er sie gar nicht erkennen können. Das Tal würde bestehen in seiner morgendlichen, in seiner zwitschernden Stille, wenn er alterte, mit zunehmender Beleibtheit, ergrauend weiterhin, erschlaffend an allen wichtigen und unwichtigen Gliedern sich im Leben voranbewegte. Auch das bekümmerte ihn nicht, das machte nur den Unterschied aus zu den Stämmen und Insektenflügeln, deren Farben er allmählich wieder voneinander trennen konnte. Sie alle zeigten sich ihm in dieser Stunde in ihrer Unvergänglichkeit. Er stolperte im Weitergehen, nun nicht mehr geblendet, vielmehr behindert von seinen Tränen. Sie liefen ihm über das Gesicht, es erstaunte ihn nicht, er stieß mit den Zehen schmerzhaft gegen Unebenheiten und spürte seine Verletzung und wie im raschen Ausschreiten, ein Torkeln anfangs, dornige Ranken gegen seine bloße Haut schlugen. Doch sein Herz war zu leicht, um darauf zu achten.

Er kam an den verfallenen, auch in der Zerstörung kunstvoll den Linien der ganz von Kastanienlaub verdunkelten

Hügelflanke folgenden Mauern vorüber und hatte den Eindruck, als hätte er sich sein Leben lang immer tapfer gegen eine große, in Wirklichkeit unversöhnliche Trauer gewehrt, die eigentlich alles durchflutete. Empört hatte er sie zur Kenntnis genommen und sie zu übertönen gesucht und ihr Vorhandensein und ihre Mächtigkeit als Falschheit, als Fehler empfunden. Sie war da, aber irrtümlicherweise vielleicht nur. Sein Anspruch an die Welt war ein unverschämter und wütender gewesen, aber sie hatte nicht nachgegeben, und so fand er schließlich eine Möglichkeit, sich ganz passabel zu arrangieren, bis auf einen unleugbaren Verlust an Haltung in den letzten Monaten allerdings. Aber wußte er denn nicht, daß mit einer kleinen Wendung, mit einem irregulären Heben des Kopfes die Untröstlichkeit umschlug und sich auffassen ließ als etwas, das einen anderen Namen verlangte, dem man den alten nur abreißen mußte, damit etwas Zutreffenderes sich enthüllte? Er sah die Mauerreste über und unter dem sich schlängelnden und sich ergießenden Grün, beides sehr kenntlich als Verschiedenes, die Steine und die Pflanzen, das Geschichtete und das Wuchernde, und doch so ineinander gedrängt, als ginge es um Wurzelarme, Knochengerüste, holzige, geometrische Früchte, Nüsse oder Zapfen mit ihrem geschmeidigeren Zubehör, den Tentakeln, den sich windenden Versorgungsbahnen. Aber jetzt, in diesem Moment, setzte es zu einer weiteren Verwandlung an, zeigte sich ihm erst nun in seinem Geheimnis. Beides, Grün und Maueranlage, unlösbar eins inzwischen, nahmen immer mehr die Gestalt eines bizarren Gitterwerks an, so wie gelegentlich dünne Objekte über großer Hitze verzückt und gepeinigt verdorren, und genauso hoben sich Pflanzen und Baureste schwarz vor seinen Augen ab von einem glühenden Untergrund, es ging nicht so schnell, es glimmte allmählich auf in der Erde als sanfter, aber nun nichts mehr auslassender Schein, der anschwoll zu einem lauten Schein, zu einer Glut, einem Feuer, ein leuchtendes Erdinneres schimmerte durch die bisher doch versiegelnde Oberfläche und fuhr in jedes gezackte Blatt, jedes Mooshärchen und Borkenstückchen. Durch alle Außenkonturen, alle die vielfältigen Umrisse sah er den Glanz, er pochte und atmete durch alle Krusten, schien noch kurz gezähmt zu sein von der äußersten Haut jeder einzelnen, steifen Figur und flammte dann unaufhaltsam in allen Gestalten, ein einziges, allgemeines Brennen, die Käfer mit ihren Zangen, die hohen Bäume über dem feuchten Talgrund, sie verrieten sich nun als unentwegtes Zucken und Züngeln des gewaltigen Brandes, in den das ganze Tal geraten war. So mußte es sein, auf diesen Anblick hatte er immer gewartet, er hatte es gewußt und vergessen und wußte es wieder und befühlte sich und war selbst weiter nichts mehr als ein flackernder Rand des Feuers. Sie alle wurden zerrissen, explodierten, wurden emporgeschleudert, die Felsbrocken, die Farnkräuter, er, Matthias Roth, und blieben an ihrer Stelle, nichts weiter aber als Ausformungen, Symptome, Spuren eines alles ergreifenden und erfüllenden Glühens, einer lodernden Energie, die sich zurückzuziehen begann, die erlosch in ihren Außengestalten, als ließe sie Asche und Schlacke zurück, die den Boden noch feurig färbte, so daß sich alles wieder schwarz verdorrt mit sämtlichen Spitzen und Rundungen davon abhob und schließlich eine Schicht nach der anderen zwischen sich und die Erdoberfläche schob, eine Schleusenkammer nach der anderen, bis sie ihr innerstes Zimmer erreichen würde, während oben längst wieder die Dinge in ihrer natürlichen Farbe und Fülligkeit, in zwitscherndem Frieden, von Licht und Schatten gemustert, erwärmt und gekühlt an ihren nie verlassenen Plätzen lagen und standen, jedes in seiner vorgeschriebenen Weise erstarrt, mit Fühlern, Hörnern, Knorpeln, Warzen, Rissen. Matthias Roth befühlte sein Gesicht, das weich und glatt war wie stets, das undurchsichtige Fleisch noch naß von seinen Tränen, viel Zeit konnte nicht vergangen sein. Er sah den Boden zu seinen Füßen an und die Stämme, die Steine und Spalten, er ließ sich nicht irreführen von ihrer Ruhe und scheinbaren Ahnungslosigkeit, wie sie alle auf sich zu beharren vorgaben, auf ihrem Drängen und Nachgeben, ihrer Stärke und Schwachheit, dem Stämmig- und Biegsamsein! Er hatte sie zittern und wogen sehen als Ausstülpungen, flüchtige und immerfort gewandelte Äußerungen einer einzigen Raserei.

Etwas, das heimlicher war als die ungesehenen Blumen unter den Gebüschen dieses Tals und unter denen der Urwälder, als Tiefseefische und Gedankenblitze, hatte sich ihm zu erkennen gegeben. Er erkannte es jetzt in der finsteren Efeugasse, die ihn umschloß wie auf dem Hinweg, am schwarzen Steinhang, nun zu seiner Linken, der undurchlässig den aufschlagenden Glanz zurückwarf mit all seinen schräg zur Sonne gerichteten Plattenflächen, und der die unter ihm ruhenden Gesteinsschichten verbarg wie unter einem dicken Lackauftrag. Unter dem genügsamen Panzer ihrer Gestalt versteckten sie es alle, aber nicht länger vor ihm. Die über und über mit Farnbüscheln so zart und ausnahmslos besetzte Hügelseite erschien nun neben ihm, während rechts immer das Flüßchen seinen allmählichen Abwärtsweg lief und erzwang. Das Farnkraut strömte einen angenehmen herben Geruch aus, die einzelnen Wedel überkreuzten sich, so eng gedrängt, beschatteten einander und erzeugten, wo sie sich trafen, ineinander schoben und überflügelten im ausladenden Wuchs immer neue Variationen ihres Grüns. Es war ein luftiges, gewölbtes, niedriges, aber mit unzähligen Hallen versehenes, in lichten und dämmrigen Hohlräumen gegliedertes, zusammenhängendes Bauwerk, das die von jeder anderen Pflanzensorte freie Hangzone bedeckte. Ging man in die Hocke, konnte sich der Blick leicht verlieren in den Alleen und Kreuzgängen, den Tunneln, Röhren, die von den Rippen hergestellt und umrollt wurden, dabei Linie um Linie höher zogen, ohne Spuren eines Verfalls und mit einer Kraft, als könnten sie ihr Werk, gäbe es nur einen sichernden Untergrund, bis zum Himmel, den die oberen Reihen ohnehin zu berühren schienen, fortsetzen. Der Weg unter Matthias Roths Füßen bekam an dieser Stelle eine Konkurrenz zu seinem horizontalen Erstrecken. Je länger die Augen auf der Farnflanke ruhten, desto verlockender bot sich die leicht geneigte Vertikale an, man mußte dabei gar nicht ein Bein vor das andere setzen, es war eine andere Art von Beschreiten, ein Aufspringen aus dem Lebensweg, der Geschichte seiner Lebensereignisse, den er doch vorhin hier gegangen war, der nur eine, für alle verbindliche Richtung kannte, von der

Geburt zum Tod mit den üblichen, allenfalls unterschiedlich gemischten Fakten als Weggenossen. Manchmal wandten die Farnschleier ihre Rückseiten nach oben und zeigten
die braunen Ketten ihrer Sporenhäufchen. Er sah sie an in
den Stadien ihrer Entrollung, die sie schließlich im äußersten
Zustand in die vollentfaltete, aber gegensätzliche Krümmung
drängte. Plötzlich begriff er, daß er vor einem riesigen Regal
mit gefüllten Köchern stand, vollgestellt mit gefiederten Pfeilen, die darauf warteten, loszuschnellen ›von der Sehne zum
Himmelsgewölbe‹, alle noch unbenutzt. An diesen allen haftete nicht der Goldschimmer, den er in der Nähe des Wasserfalls beobachtet hatte, oder er war wieder erloschen in ihnen.
Sie lauerten darauf, mit ihrer Flugbahn leuchtende Korridore
herzustellen, er spürte ihr Verlangen unter dem Himmel des
weitgeöffneten Tals. Er spürte es in den Sternen und Lippen
der kleinen Blumen, in der Ebene, die einer Heidelandschaft
glich, in den künstlichen oder natürlichen Stufen der pilger-
pfadähnlichen Treppe, die er nun behutsam hinabstieg. Er
verstand es ja jetzt! Er konnte der Handlanger der Dinge werden. Er mußte sie ansehen, mit seinen Blicken wie mit Pfeilen und Messern in sie stoßen, bis zu ihrem feurigen, flüs-
sigen, lebendigen Kern, bis zu dem Funken, dem blitzenden
Staubkorn, das in ihnen schlief und das etwas Allgemeines,
sie Verbindendes war, ein sprühendes Partikelchen unter
der stumpfen, abschirmenden, blinden, eben jungen, jetzt
welkenden Haut. Mit seinem Wissen, seinem erkennenden
Betrachten, seinem Versenken trug er sie zurück, schleuderte
sie, die keine Verschönerung brauchten, sondern eine Enthüllung, in die Glut, aus der sie stammten, schmolz sie ein und
sich selbst mit ihnen. Es mußte das Aufwallen des mächtigen
Brandes sein, das alle Gegenstände in Flammen verwandelte
und absinkend die stehenbleibenden Umrisse hinterließ als
die im Flackern erstarrten Spiele einer feurigen Kraft. Er ging
mit großen Schritten, es kam von selbst, daß er so ging, eine
kleine Schlange hüpfte unter ein Gebüsch, es betraf auch sie!
Er spürte wieder seine Wunde unter dem Hosenstoff und
kümmerte sich nicht um die Schwere in seinen Füßen. Wie er
sich wünschte, die ganze Erdgeschichte und die Geschichte

ihrer Kultur und Zivilisation in seinem Bewußtsein zu vergegenwärtigen als Notwendigkeit! Dann war er nach Überquerung des Flüßchens auf der anderen Seite des Tales angelangt.

Bei den Gärtchen mitten in der Wildnis des Talgrundes
war er angelangt. Hier konnte es keinen Zweifel geben, daß
menschliche Hände für Regelmäßigkeit und Auswahl gesorgt
hatten. Aber während er zwischen Porree und Tomatenstau-
den wanderte, Zitronen in der Höhe seines Kopfes greifen
konnte, dachte er an den Farnhügel, und es gab zu dieser
gewissenhaft bearbeiteten Anlage keinen wichtigen Unterschied mehr. Es kam ihm jetzt so vor, als hätte er sich noch
auf dem Hinweg hier, um einer schönen Rührung willen,
etwas eingebildet und lediglich vor oder gegen diese adrett
von der Umgebung abgesetzten Nutzpflanzen gesehen, wie
immer bisher: nur auf die Dinge, nur gegen, nur vor sie. Hier
war er dabei auf eine überraschende Lieblichkeit gestoßen, es
war ihm leicht gemacht worden. Doch begriff er nicht endlich, nachträglich das Sonntagskaffeetrinken in der Familie,
wenn sie beieinandersaßen, die Eltern und er, um einen von
seiner Mutter am Samstag gebackenen Kuchen oder um eine
Torte herum, für die sie den Mittagsschlaf opferte, damit
die Sahneverzierung bis halb vier steif blieb? Fröhlich lobten
sie ihr Werk, ließen es sich schmecken und sahen durch die
Gardinen ins Freie, in den kühlen, grauen oder heißen, staubigen Tag, und er wußte ja die ganze Zeit über, daß es nicht
allzu lange dauern würde, er fühlte sich wohl, eine begrenzte
Angelegenheit, die er nach Verzehr von drei Kuchenstücken
abbrechen würde, um einen freundlichen, keine Gefühle verletzenden Rückzug nach draußen anzutreten. Dann plötzlich
sackten sie zusammen, nie war ein äußeres Anzeichen, eine
Warnung zu bemerken, es geschah immer unerwartet, weil es
unvorstellbar blieb. Auch während es passierte und andauerte war es nicht sichtbarer als das Wachsen der Topfblumen
seiner Mutter bei den Gardinen oder als ihr allmähliches
Zugrundegehen. Sie saßen alle drei auf ihren Stühlen, verzo-
gen nicht mal das Gesicht, und doch mußte es jedem bewußt
sein, daß jetzt etwas über sie verhängt war, das sie nicht mehr

lebendig sein, aber noch leiden ließ, das ihnen noch erlaubte, Handlungen auszuführen, mit der Kuchengabel zum Beispiel, aber ihr Herz lähmte, den Raum, die Luft lähmte und verschloß. Kein Luftzug konnte vom Ende der Welt mehr zu ihnen herdringen, denn bis dahin reichte das Unglück. Es nutzte überhaupt nichts, nach draußen zu flüchten. Das Elend erstreckte sich bis zu jedem denkbaren Horizont, aber niemals beschwerte sich einer von ihnen. Sie standen es tapfer durch, weil sie nicht wußten, was ihnen widerfuhr, und unmöglich spürte er, Matthias Roth, es nur allein, dieses Übergreifen. Alle Gegenstände, vor die er mit seinen Blicken stieß, sperrten ihn zugleich ein, er stieß auch von innen dagegen, immerzu gegen Flächen und Winkel und Wölbungen, nichts weiter, nichts weiter mehr auf der ganzen Welt. Es war ein Nachmittagslichtweg, den er ging, gewunden zwischen Schilf und Gebüschen, Pfefferminz und den weißen Trichterwinden. Die Trichterwinden, die Topfblumen, die Gardinen: Er würde sie durchbrechen können, sie hatten sich ihm verraten, und nun trug er es bei sich wie eine Formel, die er in allem erkennen würde. Die hellbraun bewachsene Südseite des Tales wurde in ganzer Länge, vom Inneren über die Wegstrecke bis zur Öffnung gegen das Meer hin sichtbar. Er ließ die Menschen am Strand, im Hotel, alle, die ihm einfielen, einströmen in dieses Tal, er gestattete es, er prallte nicht mehr gegen sie, sie entgeisterten ihn nicht mehr mit ihren hübschen oder abstoßenden Oberflächen. Er wußte, daß er sie als Bergwerke begreifen könnte, von jetzt an, keins ohne Goldader, als finstere Kohlenkeller mit einer Licht verschwendenden Werkstatt in der Mitte. Er würde das Fremde, den anderen Gesichtsschnitt, den Geruch, auch das gleichgültig Fremde wegräumen müssen, das, was immer, schmerzlich, widerlich und manchmal verführerisch als Trennung und Abweisung zwischen ihm und ihnen lag, mit dem er sich nie hatte versöhnen können, denn nie ließen sie ihn kalt, und taten sie es doch, konnte er ihnen eben das nicht verzeihen. Er wollte keine plumpe Vertraulichkeit, sondern einen splitternden Durchbruch, mit jedem Blick und immer wieder müßte er von neuem geleistet werden. Das war die Bewegung, die zählte.

Ein Erkenntnisakt! Dort, wo vorhin der Korb mit den gelben Pflaumen gestanden hatte, lag nur noch der nackte, weiße Stein. Matthias Roth setzte unwillkürlich seinen Fuß darauf und sagte dann, ebenso unabsichtlich: »Ach!«

Bei dem Pfad, der vom Weg abzweigte und dem er zuerst gefolgt war, hielt er an und sah zu dem unverändert schattigen, milden Platz unter dem Baum. Wie voreilig er sich hier zufriedengegeben hatte, bereit, umzukehren und es gut sein zu lassen. Viele Stunden mußten seitdem vergangen sein, er hätte es jetzt, mit freier Sicht auf die Sonne, an deren Standort ablesen können, aber er vertraute seinem Gefühl, lange Zeit verbracht zu haben im Grün des Tales, das sich Schritt um Schritt lichtete. Sonnig, schmal, weiß und ganz öffentlich, wenn auch noch fest verwahrt zwischen den beiden Bergflanken, lief der Weg der abschließenden Straße entgegen, auf der er, wenn sie die Kurve verließen und bergauf fuhren, die ersten Dächer von Autos erkannte. Natürlich, das alles gab es noch, er drehte sich um und ganz hinten, silbrig und wieder so nah wie zu Anfang, breitete der Berg seine Felsenschwingen aus. Matthias Roth marschierte auf die kleine Erhöhung zu, mit der sich der Weg der Straße anglich, aber er tat es widerstrebend. In wenigen Minuten wäre er ausgespuckt, ausgestoßen von der Wildnis auf den Asphalt und von ihr verlassen. Er ging einfach zurück, er wandte den Autodächern den Rücken und die Augen dem Gebirge im Inneren zu, aber nicht lange. Es war schon beschlossen, eine erledigte Sache, er spürte ja die zärtliche, unwiderrufliche Abwehr, die ihm aus dem Tal entgegenschlug. Er wußte, was er wissen mußte. Keine Wiederholung, keine Erleichterung, kein Trost. Er besaß, was er brauchte. Aber noch war er vollständig umgeben davon und so wurde es etwas zwischen Gegenwart und Abwesenheit, ein beides Umschließendes zu jeder zukünftigen Zeit seines Lebens, hier schon abwesend, Tal, Berg, Fluß, Weg in der bevorstehenden, baldigen Abwesenheit schon anwesend. Es war den Gestalten in ihrer Verwurzelung entrissen und bei ihm. Er glaubte an den eigenen Zuspruch: Zu Hause würde er, was er jetzt anschaute, um sich herum aufstellen können, in unangefochtener Präsenz und Leuchtkraft. Ja war es nicht sogar gleichgültig geworden, an welchen Orten er sich befand? Er strich mit den Händen an den Halmen wilden Hafers entlang, zerrieb noch ein paar Kräuter, faßte nach einem heiß in der Sonne ruhenden Stein, roch die Straße, berührte mit seinem Knie die Leitplanken. Er betrachtete die dunstigen, sich höher staffelnden Stufen des Tales. Unbezweifelbar vorhanden erstreckte es sich, noch eben von ihm zu einem beträchtlichen Teil durchschritten, aber das Vergehen des Moments lehnte sich wie ein Schatten dagegen, stemmte diesen Augenblick hoch, der entmaterialisiert wurde durch die in Aussicht stehende Beraubung, und ablösbar. Es würde sein Eigentum sein, ein Fluchtpunkt, Trichter, seine vertraute Heimat, in die er alles, was ihm noch geschehen würde, betten könnte. Der Motorroller war verschwunden. Matthias Roth betrat den Fahrbahnrand. Eine Fotografie der Wüstenstadt Petra fiel ihm ein. Durch einen Spalt geben zwei dunkle Felswände ein rosiges Relief frei, und es ist in der menschenfeindlichen Umgebung ein solches Wunder, daß man die düsteren Felswände für die Wirklichkeit hält und das so spärlich und siegreich Dargebotene in einem Zeitspalt offenbart zu werden scheint, so, als würden sich auf dem Bild gleich die Wände wieder vereinigen und ihr Geheimnis als Halluzination abstreiten. Er ahnte, wie das Tal dasselbe versuchte. Würde er sich noch einmal umdrehen, wäre es vielleicht verschluckt von einer normalen Landschaft und verloren. Allem Üblichen wollte er von jetzt an gewachsen sein, diese eine Stelle aber sollte sich ihm nicht verrücken. So ging er, ohne sich nach ihr umzuwenden, davon.

Fünftes Kapitel

»Sechster Sinn! Herr Thies«, sagte Frau Bartels, »ist gestorben, wie ich es prophezeit habe. Mein Gott, Ihr Alter, aber kein Vergleich! Danken Sie dem Himmel, daß Sie sich solchen Urlaub leisten können. Wenigstens auf diese Insel hätte er fahren sollen, anstatt sich mit Zigaretten und Alkohol umzubringen. Ich nenne es umbringen, nehmen Sie das nicht wörtlich. Nichts Polizeiliches, glücklicherweise. Mich jedenfalls hat das nicht im geringsten überrascht. Hier gabs ein Geschrei, als hätte keiner damit gerechnet. Ein Herzinfarkt, diesmal ein echter. Mutterseelenallein. Seine Frau, samt Brut, dies verrückte Ding, war auf einer Bustour in die Heide, wo man Geschenke bekommt, einen Schinken und ein Lederportemonnaie, alles im Reisepreis inbegriffen, und wo für Artikel, Kochtöpfe, Teppiche geworben wird. Abends spät ging dann der Lärm oben los. Die Thies kam nicht rein, der hatte von innen abgeschlossen. Ein Gerenne die Treppen rauf und runter, sie muß schon bald das Schlimmste geahnt haben, hat gleich losgeheult. Schließlich wurde von Leuten aus dem Haus die Tür aufgebrochen. Da lag er in der Ecke, im Schlafanzug. Er muß da gesessen haben und einfach umgekippt sein, zwischen Aschenbecher und Bierflaschen. Sonst war alles aufgeräumt. Das hat sich die Thies von Zeugen bestätigen lassen. Dann die Telefoniererei. Sie können von Glück sagen in Ihrer Ferne!« Matthias Roth lag im Bett seines Untermieterzimmers und hielt die Augen fest geschlossen. Er hütete sich, auch nur zu blinzeln. Von draußen, durch die Wand oder Decke, hörte er einen alten Operettenschlager, hundertmal mußte er den schon in den Sonntagswunschkonzerten aus dem Radio mit der Familie gehört haben, aber, selbst hier, selbst hier, dachte er wachsam, erkannte er eine neue Abfolge der Töne heraus, kein Ausruhen in der abgeleierten, sentimentalen Melodie, wie ein Vogel seine erst zu erschaffende Flugbahn, nahmen die Tonfolgen ihren Weg zu seinem Ohr. »Mein Mann und ich, selbstverständlich, für uns gab es da nichts, sind aus Tradition, aus guter Sitte und Anstand als die Hausbesitzer, mancher hier im Haus hat sich gedrückt, zur Beerdigung gegangen. So was ist immer traurig, aber so wie hier muß es wirklich nicht sein. Das wünsche ich meinen Todfeinden nicht. So was Dürftiges, so eine popelige Verwandtschaft, nicht mal alle in Schwarz und wenn, dann dermaßen auffällig hergeliehen, das dunkle Zeug, die eigene Frau mit völlig zerzaustem Haar, die Tochter mit hochgeschlitztem Rock. Dazu eine Affenhitze, alles ohne ein bißchen Würde. Wenn man schwitzt, soll man das bei der Gelegenheit zu verbergen wissen. Für uns alte Leute, meinen Mann und mich, ist das doch viel mühsamer als für die Jüngeren. Was für ein Theater von Frau Thies am Grab! Gebrüllt hat sie, als hätte sie ihr ein und alles verloren. Das wird ihr keiner geglaubt haben. Manchmal fallen Witwen in Ohnmacht, ganz plötzlich, und ein Nahestehender fängt sie auf. Gut und schön. Aber die wollte es natürlich viel toller treiben. In die Gruft hinterher meinte sie zu müssen, und das in dem neu erschlossenen Friedhofsgebiet, wo alles weit und breit sichtbar ist, so eine kleine Anhöhe war dort, eine regelrechte Bühnenvorführung. Der Kranz von ihr, so grell wie nur möglich, die Blumen waren in der Hitze schon verblüht, vielleicht billiger gekriegt. ›Unserem immerdar geliebten Mann und Pappi‹! Beim Trauerkaffee wurde sie dann zusehends vergnügter, hat noch etwas geweint, aber bei den Witzen schon gelacht. Mein Mann und ich, wir haben uns bald zurückgezogen, auf so eine Tasse Kaffee und ein Stück Kuchen kommt es uns wirklich nicht an. Die Tochter habe ich am Nachmittag auf der Straße mit einem Eishörnchen gesehen.« Ein sich niederlassendes Lächeln sah Matthias Roth hinter seinen geschlossenen Lidern auf dem Gesicht eines jungen Mädchens mit einer Kapuze, von da wanderte es zu einem kleinen Dackel, der vor einem alten Mann herlief, bewegte sich in den Kastanienbaum darüber und sprang zu ihm zurück, zu Matthias Roth, der es mit einer Körperdrehung in eine andere Himmelsrichtung schicken konnte.

Frau Bartels mußte sich ihm genähert haben. »Und Frau Haak? Keine Sorge, die gibt es noch, es gibt sogar noch die alte Mutter im Krankenhaus, über neunzig, aber zäh, sage ich Ihnen, in dieser Familie treten alle Männer zuerst ab, die Frauen kommen schon zurecht. Frau Haak hätte sich die Beerdigung bestimmt nicht entgehen lassen, die wäre aufgekreuzt und hätte es sich hinterher schmecken lassen. Stattdessen ist sie nun in Amerika, wie schon einmal. Aber jetzt ist es nicht der Sohn, dieser angebliche Supermarktleiter, der sie eingeladen und alles bezahlt hat. Ihr weißhaariger, in Wirklichkeit grauhaariger Freund hat sie rübergelockt, so drückt sie das selbst aus. Die Reise wurde ihr von niemandem spendiert, die mußte sie ganz allein bezahlen. Ich frage mich, aus welchen Ecken sie das Geld zusammengekratzt hat. Sie darf nur bei dem Sohn wohnen, davon noch später. Und das Verrückteste, ganz egal was passiert wäre: Sie kann jetzt fürs erste gar nicht zurück, weil sie zu so einem Billigtarif geflogen ist, furchtbar umständlich alles, unsicher auch, denke ich mir. Ich glaube, ein Vierteljahr muß man drüben bleiben mit so einer Flugkarte. Nur dann gibt es die Ermäßigung, irgend sowas. Die sitzt auf Biegen und Brechen in Amerika fest, das alles für so ein verspätetes Liebesabenteuer, um die Liebe aufzufrischen, das Leben zu genießen, wie sie hier verkündet hat. Aber erst im letzten Monat ist sie damit rausgerückt, aus Aberglauben, sagt sie, aus Angst, es könnte, wenn sie drüber spricht, was dazwischen kommen. Solche Flausen hat die im Kopf, eine alte Frau wie ich!« Matthias Roth hielt die Arme über der Brust verschränkt und die Augen weiterhin geschlossen. Wie hatte er als sehr junger Mann davon geträumt, in einem herbstlichen, vielleicht ausländischen Park zu sitzen, in einem Café, vielleicht zeitunglesend, und sich dieses Dasitzen, rauchend, an ein Mädchen denkend, dem Kellner winkend, als Ziel vorgestellt: Sternenbahnen, Fahrten an der gewölbten Außenhaut der Welt entlang. Jetzt barg sie ihn in ihrem Inneren, und er sah in der Erinnerung lächelnd diese rührenden, tastenden Spuren an einer Oberfläche, die er einmal für alles gehalten hatte. »Mir ist ja schon beim Sommerschlußverkauf, wo unsereins höchstens mal ein wenig die Angebote prüft, ob sie Bettwäsche und Haushaltskittel runtergesetzt haben, aufgefallen, daß sie völlig durchgedreht ist. Was die zu Spottpreisen angeschleppt hat! Typisch Frau Haak! sagte ich mir eben, wenn die ein viel zu buntes Fähnchen billiger sieht, verliert sie den Kopf, wühlt stundenlang an Ständern, wo die Verkäuferinnen nur den Kopf schütteln und schnappt sich was, wenn bloß der Unterschied zwischen dem alten und dem neuen Preis groß ist. Da sind ihr plötzlich Kleidergröße, Muster und was man noch beachten muß, einerlei. Sie kommt zu mir hereingestürmt und jubelt über die Reduzierung und ist stolz wie Oskar über den Fang. Erst hinterher ist mir klar geworden, warum es diesmal so besonders verrückt kam. Sie hat die Koffer voll mit Flitterkram gestopft, die hat ja immer fiebrigere Augen gekriegt. Das war aber nicht nur Kaufwut, das war hauptsächlich Liebesleidenschaft. Mitleid sollte man mit der armen Frau haben. So außer sich zu geraten bei all den Gebrechen des Alters! Als es einmal raus war mit der Amerikafahrt, konnte sie von nichts anderem mehr reden. Dauernd tauchte sie bei mir auf und schwärmte mir was vor und probierte diese Tingeltangelkleidchen an mit einer solchen Ängstlichkeit, wie diesem alten Hecht in den Vereinigten Staaten das wohl gefiele, ob sie darin jünger wirkte. Nicht mal die Fahrt zum Flughafen hat sie ordnungsgemäß mit der Bahn zurückgelegt. Irgendein komischer Mitfahrerdienst hat das gemacht, nachts, nur weil ihr schon in Deutschland die Pfennige knapp wurden.« Er wußte, daß sie nun an der Grenze angelangt war, die sie im Zimmer nicht zu überschreiten wagte, wenn er im Bett lag. Die Plätze aber hatten ihren festen geografischen Standort verlassen. Das Tal konnte jeden Augenblick über ihn hereinbrechen oder sich entziehen, seine Nähe oder Abwesenheit erfolgte nach unberechenbaren Gesetzen. Er spürte es in seiner Nähe.

»Inzwischen hat sie mir schon zwei lange Briefe geschrieben. Sitzt in Amerika bei ihrem Liebsten, und was macht sie? Schreibt einer alten Frau wie mir seitenlang. Das spricht doch Bände! Leid muß sie einem tun, es hat sich nämlich gezeigt, daß sie den Mann nur heimlich treffen kann. Das stellen Sie sich mal vor, was für ein Kerl! Verführt die arme Person, diesen Flug zu riskieren und erklärt ihr dann, er sei schon gebunden. Lebt seit Jahren in wilder Ehe mit einer Amerikanerin zusammen, daher durfte die Haak auch nie in die großartige Residenz. Wie der wohl die Briefe abgefangen hat, und was muß der für ein Gemüt haben, ihr das so lange zu verschweigen! Da hockt sie nun, ein Vertrauen besitzt die in die Menschen, das kann man nicht abstreiten, völlig blind! Und mir das alles brühwarm mitzuteilen, will sich wohl in der Einsamkeit drüben ihr Herz ausschütten. Also, ich weiß genau Bescheid, wie das drüben funktioniert. Beschweren über den Mann tut sie sich nicht, sie nimmt sich das Glück stundenweise, zweimal in der Woche treffen sich die beiden, von elf bis drei Uhr. Da wird er sich wohl mit einer Ausrede aus der Residenz schleichen, verderben will er sich wegen der Deutschen das Verhältnis mit der anderen also auf keinen Fall, vielleicht kommt von der ja auch das Geld. Aber immer ist er nervös und auf dem Sprung. Muß die sich elend fühlen in diesem fremden Land, und dann diese Heimlichkeiten, auf die sie sich die restliche Zeit über freut. Einmal sind sie für zwei Tage zusammen in einem Hotel gewesen, wie ein junges Pärchen. Zu seiner Frau hat er gesagt, er führe zu seinem Bruder, hat aber aus lauter Angst, es könnte was rauskommen, ständig in die Residenz telefoniert. War wohl auch kein großes Glück, dieses Hotelgeschmuse. Aber davon schwärmt sie natürlich, und das immer mit schlechtem Gewissen vor ihrem verstorbenen Mann, der von oben alles mit ansieht und ihr das nicht gönnt und von seiner Wolke Streiche spielt. So ein Reinfall! würden Sie und ich sagen, aber die nicht, die tut noch immer, als hätte sie das große Los gezogen.« Hinter den Lidern sah er, an einem späten Märztag, bei einbrechender Dämmerung, ganz schnell verdunkelte sich der Himmel, ein Gewitterhimmel wurde daraus, die Birken dieser Straße, weiße Stämme, Äste, Zweige, vor beinahe schwarzem Himmel schließlich, schrill weiß schließlich und wie eine Vorwegnahme glichen sie nun den Aufnahmen vielädriger Blitze an Nachthimmeln. »Etwas ist noch hinzugekommen, was sie sehr bedrückt, sie empfindet es als Strafe und gleichzeitig macht es sie auch stumm, wenn sie vielleicht doch mal mit dem Mann schimpfen möchte, aber, man kann ja nicht wissen, er ist ja sicher schlauer als diese naive Person und hat es, warum nicht, eventuell auch gesagt, damit sie gar nicht erst versucht, ihn zurechtzuweisen, sondern sofort Mitleid mit ihm hat. ›Ich habe Krebs‹, sagt er. Er behauptet einfach: ›Ach Schatz, laß es uns nehmen, wie es ist, in zwei Jahren bin ich tot. Alle verheimlichen es mir, aber ich fühle es genau. Es steckt tief in mir und zerreißt mich. Hoffnung besteht nicht, sonst würde man etwas tun. Ich werde sterben, dann ist sowieso alles hin.‹ Dann weint sie immer, und er hat was zum Trösten, und sogar, als sie das im Brief geschrieben hat, war die Stelle ganz verschwommen von ihren Tränen.« Matthias Roth sah jetzt deutlich einen viel zu frühen Herbst. Ob an klaren oder nebligen Tagen, an den Tagen der Üppigkeit oder Sparsamkeit, alles geschah mit überscharfer Geste. Zuerst flammte der gesamte Baum auf, dann trieb Blatt für Blatt mit dem freien, herausstellenden Raum um sich zu Boden und ließ sich Zeit dabei. Dann das Ruckhafte, schnell wandernd das Licht, lange, verlängernde Schatten. Auch die Wildtauben, Krähen, Eichelhäher, Drosseln, alle, als kämen sie aus einem ersten Frost, profitierten von der allgemeinen Übersteigerung. Ein unübersehbar auffälliges Betätigen der Flügel, ein Landen und Abfliegen, ihr Schrei so einzeln, fast gegenständlich in der Luft. Die Äste, endlich wieder ans Licht gelangend aus den Laubverstecken, nur darauf aus, dieses Licht, weit in den Raum ragend mit den feinsten Verzweigungen, bis zur äußersten Reichweite sichtbar zu machen.

»Supermarktleiter! Das ist nun die zweite Pleite. Man kann sich streiten, welche von beiden die größere ist. Supermarktleiter! Von wegen! Keine Rede mehr davon, als wäre nie damit rumgeprotzt worden. Als Vertreter für irgendwelchen Kleinkram, wird schon der rechte Krimskrams sein, ist der tolle Herr Sohn in den Staaten unterwegs.« Matthias Roth hörte Frau Bartels an der unsichtbaren Markierungslinie auf und ab gehen. Man mußte die Gegenstände abstauben, alles Vorhandene von seiner stumpfen Deckschicht befreien, ihnen in alle Windungen nachfahren, wie die alte, schwätzende Frau es hier mit ihren Tüchern und Pinseln trieb, so daß sie eine Weile schimmerten und erkennbar wurden in ihrer ursprünglichen Kontur. »Ein erbärmlicher Beruf heutzutage für einen Mann!

Nach dem Krieg hat das der Sohn einer guten Freundin von mir gemacht, sie war älter als ich, ist schon lange tot, weil er Familie hatte und sonst keine Stellung fand. Damenstrümpfe mußte er an den Türen verkaufen, ist Chef einer Konservenfabrik geworden, aber damals hieß es: Häuser abklappern. Dann kam die Zeit, wo nahtlose Strümpfe modern wurden, keiner wollte mehr die anderen haben. Die Strumpffirma verlangte aber, daß er immer noch eine bestimmte Menge an Strümpfen mit Naht verkaufte, sonst hätten sie ihm keine von den neuen zum Verkaufen gegeben. Das war die Bedingung, und er mußte sich fügen. Eines Tages kam ein Ehepaar zu ihm in die Wohnung, ein anderer Vertreter seiner Firma mit seiner Frau, beide ganz verzweifelt, weil sie sich nicht erklären konnten, wie der Sohn meiner Freundin es fertigbrachte, die alten Dinger loszuwerden. Sie wollten wissen, mit welchem Trick er das wohl schaffte. Wissen Sie mit welchem? Seine Mutter, die gute Seele, hat ihm alle Strümpfe mit Naht abgekauft von ihrem bißchen Geld. Aber damals war das eben was anderes. Der Supermarktleiter, der ehemalige, falls er das je war, wer weiß, was der sich hat zu Schulden kommen lassen, ist also die ganze Zeit unterwegs, läßt sich überhaupt nicht blicken bei seiner Frau und den Kindern. Die Frau muß sehen, wie sie an die Unterstützung kommt, die ihr zusteht. Verdient selbst etwas Geld, wie, schreibt Frau Haak lieber erst gar nicht, geht auf alle Fälle jeden Abend spät weg, kommt morgens wieder, schläft bis in den Nachmittag.« Alle Leute in dieser Stadt, ob er sie kannte oder nicht, sagte sich Matthias Roth, sind hier zurückgeblieben, wie ich sie verlassen habe. »Bis drei schläft sie. Dann fängt ein wildes Rumoren in der Küche an, denn sie kocht irgendwas zusammen für die beiden Kinder, die aus der Schule kommen. Und das stellen Sie sich nun mal vor: Kaum haben die die Wohnung betreten, ziehen die sofort ihre Nachthemden an. Darin essen sie, was die Mutter ihnen vorsetzt, und zwar vor dem Fernseher. Auch die Schulaufgaben werden vor dem laufenden Apparat erledigt. Den schalten die erst ab, wenn sie ins Bett gehen. Entsprechend bleich und gedunsen sehen die auch wohl aus. Was sich auf der Straße abspielt, interessiert die gar nicht. Dabei sind es doch Kinder!

Auch die Fenster öffnen sie nie. Aber Frau Haak hat sich das Wundern, daß die nicht nach draußen wollen, schon abgewöhnt. Was sollen die da? Die Straße ist vollkommen leer, es ist ein kleiner Ort in der Nähe der kanadischen Grenze, und an allen Fenstern sind die Vorhänge wegen des Fernsehens zugezogen, den ganzen Tag, schreibt sie, alles Holzhäuser, glauben Sie das? Kann man das denn überhaupt glauben? Und da sitzt die Ärmste nun, kann vom Fenster aus die öde Straße sehen, fast nie Menschen, so, als wären gar keine Nachbarn da, zählt die Stunden, bis sie den Liebsten wieder treffen darf, hat kein Geld, um sich in einem Café, falls die da sowas kennen, etwas abzulenken, und wenn die Kinder zu Hause sind, darf sie auch ihr Zimmer nicht verlassen, sonst gehen die aus dem Raum. Was für ein Gefühl muß das sein, als würden sie sich vor ihr ekeln! Das heißt doch, daß sie mit niemandem sprechen kann, aber deutsch können die sowieso nicht, also würden die sich ja nur stumm angaffen. Alles in allem muß sie noch froh sein, daß man sie, bei dem Reinfall mit ihrem Sohn, dort wohnen läßt und sie miternährt, wie auch immer.« Er fühlte sich jetzt der gesamten Stadt gegenüber, sie wartete auf ihn, sie wollte richtig betrachtet werden. Er fühlte es mit Kraft und Notwendigkeit, es war jetzt fast ein Überfließen seiner Lust, ans Werk zu gehen.

Matthias Roth schlug die Augen auf. Er war in der letzten Nacht durch den dunklen Flur in sein Zimmer getappt und erinnerte sich nicht mehr, ob er überhaupt hier drinnen Licht gemacht hatte. Das plötzliche, als erste Handlung gedachte Aufreißen der Augen zeigte ihm: Das Zimmer wies keine Änderungen auf, und im knappsten, aber noch gebührlichen Abstand wartete Frau Bartels, rotwangig, in gestärkter Schürze, und legte absurderweise den Finger auf die Lippen, als Reflex anscheinend auf sein Augenöffnen, als wäre ihr damit das Signal zum Verstummen erteilt, da sie ihr Ziel, ihn wachzureden, erreicht hatte. Er betrachtete sie eine Weile, und sie faltete, wortlos ausharrend, die Hände über dem Bauch. Er ließ sich Zeit, versunken in den Vergleich seines Erinnerungsbildes mit der neu angeschauten Person, bis er ihre Verlegenheit zur Kenntnis nahm, die ihn nicht erstaunte, denn ihm wurde in diesem Moment bewußt, daß er versucht hatte, ihr bis auf die Knochen zu sehen mit einem auf sie einstürzenden Blick von wild entschlossener Zuneigung, den sie jedoch, nach bisheriger Erfahrung, als einen zurechtweisenden empfand. Also nickte er freundlich, um sie zu beruhigen, er richtete sich ein wenig auf, er wollte ihr antworten, aber wieder mißverstand sie diese Geste. Sie schien anzunehmen, er wollte aus dem Bett springen, und wie üblich gehorchte sie diesem ihr vertrauten Zeichen, nachdem sie doch unbefangen eingedrungen war, sofort. Sie erhob in leichter, kurzen Aufschub erbittender Abwehr die Hände und zog sich zurück. Das ging so eingeübt vonstatten, daß Matthias Roth keine Gelegenheit fand, sie vor Erreichen der Tür anzurufen. Dann würde er eben in der Küche bei ihr frühstücken. Wieder rutschte er unter die Decke, starrte auf die Manuskripte, die, ordentlich und mit heraushängenden Zetteln versehen, auf dem Tisch lagen und dachte mit aufzuckendem Schmerz an das weit entrückte Tal. Wenn er die Augen schlösse, würde es sich nähern, er hielt sie aber geöffnet, er war allem gewachsen, er sagte es sich zuversichtlich. Nur ein kleines Tasten nach dem verletzten Oberschenkel wollte er sich noch gönnen. Er fühlte den Linien der Verkrustungen nach. Wenn er fester aufdrückte, tat es weh, auch konnte man vor einer nachträglichen Entzündung nicht sicher sein. Er war nach der ersten fachmännischen Behandlung schlampig mit den Wunden umgegangen. Als er die Schlafanzughose wegschob, um das Bein zu begutachten, stellte er fest, daß er es mit der Hoffnung tat, irgendeine Verschlimmerung würde sich andeuten, aber nichts da! Wie dieser Wunsch auch zustande kommen mochte, er mußte sich das aus dem Kopf schlagen. In ein paar Tagen würden die letzten Kratzer mit der Bräune verschwunden sein. Es gab keinen Aufschub. Nur gut! Als er die Füße auf den Boden setzte, rutschte ein Stapel Zeitungen von der Bettkante, alte, abgelegte Sachen, vielleicht hatte er sie vor der Abreise hierher gepackt. Beim Schlafen war er nicht davon gestört worden. Als er danach griff, erwischte er nur noch einen großen bunten Umschlag, den Prospekt einer Versandgärtnerei aus dem Frühjahr, den er natürlich gar nicht erst ausgepackt hatte, wahrscheinlich war das ein blöder Einfall von Fritz, der ihn, um ihm Post zu verschaffen, als Interessenten angegeben hatte. Jetzt hielt Matthias Roth das Heft mit den Angeboten an Blumen, Sämereien, Gartenwerkzeugen in der Hand, er las von Neuzüchtungen, rasanten Kreuzungen in der Sparte Beerenobst, von zwei Sorten Äpfeln auf einem Baum, von kolossalen Pflaumen, gigantischen Ernten und Blütenmeeren. Er las, ohne zu wollen, immer weiter über erforderliche sonnige und schattige Standorte und Rabatt bei Großabnahme, er saß auf dem Bett, halb nackt, und betrachtete eine ganzseitige Aufnahme, die sieben verschiedenfarbige Ziersträucher zeigte, die zusammen nur 44.– DM kosteten, und obendrein gab es gratis ein Paar ebenfalls abgebildete Gartenhandschuhe aus grauem Leder und gestreiftem Stoff in einem Aufwasch, als Superangebot des Hauses, dazu. Die Sträucher aber demonstrierten den Höhepunkt ihres Blühens, und jede der sich zu Dolden, Tellern, Kugeln und Trauben zusammensetzenden Einzelblüten blieb mit allen Zacken und Bögen erkennbar!

Die Straße, in der er ja gern wohnte, mit Birken auf beiden Bürgersteigen, aufsteigend oder hängend berankten Eisengittern an den Balkons der hohen Mietshäuser und mit Vorgärtchen, die ihr Aussehen alle nach den Jahreszeiten wechselten, wobei jedes für sich seine eigenen kleinen Gebote befolgte, er sagte es sich ausdrücklich vor, die Straße streckte sich geradeaus bis zur breiten, stark befahrenen Querstraße und mußte von ihm überwunden werden, Schritt für Schritt, wie immer, wie alle übersehbaren Wege seiner Kindheit, wie stille, schlichtweg existierende Tage, die ohne Aufleuchten verstrichen, schiere Ausdehnungen und Zeitspannen, derselbe Feind jedesmal, den es mit List zu besiegen galt. Er trat aber fester auf, um einen Entschluß zu bekräftigen. Was er vorhatte, begann mit dem ersten Meter, mit dem ersten Ausschreiten und mußte in dieser Gegenwart bleiben, bei dem Pflasterstein, den sein Schuh soeben berührte, bei diesem Stück Papier, das ihm entgegenwehte, beim Atemzug dieses Augenblicks und dem angriffslustigen Blick einer schwerbeladenen Hausfrau auf seine Hände, die beide nichts trugen. Keinesfalls erlauben wollte er die große Relativierung der täglichen Lebensumstände, die gewöhnlich Konsequenz einer langen Reise war und alle üblichen Dinge zu sichtversperrenden Hindernissen vor einer absoluteren Stadt oder Natur verfinsterte, und auch geduldig abwarten wollte er diesmal nicht, bis er fähig sein würde, was ihn hier empfing, seine Beschäftigung mit Manuskripten und Seminararbeiten, mit dem Ausräumen des Koffers und der schmutzigen Wäsche zunächst, mit seinen Freunden und dem Haus, in dem Thies nun nicht mehr lebte, wieder anzunehmen als bequeme Gegebenheiten des Lebens, als nicht zu eng und nicht zu weit anliegende Beschränkungen, aus denen er sich um so kräftiger aufschwingen konnte zu den Vorstellungen seiner vergangenen und irgendwann wiederholbaren Erlebnisse. Eine große, dünne Frau ging vor ihm, er hatte sie nicht auftauchen sehen, sie schien aus dem gepflasterten Erdboden geschossen zu sein und ließ ihn mit ihrer unsicheren, offenbar schrittweise neu ausprobierten und nie überzeugend gelingenden Schwungverteilung auf die nach vorn geführten Arme und Beine an Irene denken, die jetzt vielleicht genauso in Genua eine Straße entlang ging. Aber die eine wie die andere kam schließlich, bei aller Umständlichkeit, nicht weniger rasch, und doch mit bewundernswertem Gefühlsaufwand möglicherweise, zum Ziel als er. Er empfand eine tiefe und gleichzeitig leichtherzige Zärtlichkeit für beide. Wie gut er sie beide im wesentlichen kannte, auch wenn bei dieser hier die Lippen voller geraten sein sollten! War es also das: die Loslösung von der Ortsgebundenheit, die Befreiung von der konkreten Verstrickung in die fremde, bezaubernde Stelle auf ein, an allen Plätzen, in allen Dingen Anwesendes hin? Mußte er nicht, wie schon bei Verlassen des Tales vermutet, das dort Angeschaute als etwas Abstraktes, ja, als Formel begreifen, die durch jede Hautglätte und Runzligkeit, durch Eisen- und Betonplatten von ihm ausfindig zu machen war? Wieder, wie damals im Tigermaulrestaurant mit Hans eine andere Frau, fühlte diese vor ihm gehende mit dem Rücken seinen hartnäckigen, aber doch längst auch abwesenden, sie doch gar nicht so sehr meinenden Blick und drehte sich, ohne stehenzubleiben, um. Schon das überforderte ihre Geschicklichkeit, er sah es sofort voraus. Sie stolperte, rutschte dabei aus einem Schuh und tat, wobei sich ihr Gesichtsausdruck gegen ihn – sie glich Irene wirklich – aus einer flüchtigen Neugier in einen erbitterten Vorwurf verwandelte, den nachfolgenden Schritt nur in Strümpfen auf dem Bürgersteig. Stumm schob sie ihm die Schuld zu und, bevor er bei ihr war, um ihr den Schuh, der sich überschlug und mit dem Absatz nach oben liegenblieb, anzureichen, hatte sie ihn, ohne den Kopf noch einmal umzuwenden, mit den Zehen des entblößten Fußes ungelenk aber fix geangelt und machte sich davon, die Schulterblätter ganz geradegerückt, daran sollte er nun abprallen, lief beinahe, so wie Kellner bei Hochbetrieb fast rennen und doch offiziell noch immer gehen. Matthias Roth blickte ihr heiter nach. So hatte sie ihm also doch noch ihr Gesicht gezeigt und ohne Aufforderung Fußsohle und Zehen, und es wäre gar nicht nötig gewesen, aber es war erfreulich, sie in zusätzliche Bewegung geraten zu sehen. »Und wenn ich«, sagte er leise in Höhe des noch immer existierenden Schuhgeschäfts am Ende der Straße, »die Leute zwischen die Zähne nehmen und schütteln muß!«

Er mußte vor Überquerung der vierspurigen Fahrbahn eine Weile warten, und schon stand vor ihm, was sich für ihn daran anschließen würde: der Gebäudekomplex der Schule zur Rechten, links das Einwohnermeldeamt, die Stadtmauerreste mit seitlich hervorschießendem Grün, die Druckerei, das Miederwarengeschäft, der Buchladen des Mädchens, sein vertrauter Weg bis zum Antiquariat, dessen Benachrichtigungskarte über bereitliegende Bücher er vorgefunden hatte. Seine Arbeit aber hatte mit dem Erwachen begonnen und setzte sich hier in jedem Moment fort. Die Herausforderung alles dessen, was er gerade jetzt roch, sah, fühlte, machte ihn zu einem unentwegt Tätigen. Einige Kinder versuchten, die dünnen Bäumchen aus den Ritzen des alten Stadtgemäuers zu reißen. Die Leute trugen ihr eigentliches Strahlen, ihre möglichen Höhepunkte verschlossen in sich. Was sich nach außen zeigte, ließ den forschenden Blick, wenn er nicht die trennende Algenschicht durchbrach, entmutigt abgleiten. Auch bei den Kindern verhielt es sich nicht anders! Seine eigene Kindheit konnte er, wenn er ihnen zusah, nicht wiederfinden, dem Augenschein nach traute er sie denen gar nicht zu. Es kam ihm vor, als könnte er sie nur erkennen, wenn er seine eigene Erinnerung hinter ihre Stirn projizierte. Da entdeckte er unter den erhitzten Gesichtern den Jungen mit den Raubvogelaugen, der ihm den Neger zerstört hatte. Matthias Roth machte einen Schritt auf ihn zu, in einer Aufwallung, in dem heftigen Bedürfnis nach Annäherung, aber das genügte schon, um den Jungen, der ihn zweifellos identifizierte als attackierten Passanten vom Winter, in die Flucht zu schlagen. Matthias Roth spürte plötzlich den verletzten Oberschenkel, nahm aber, weitergehend, den Faden wieder auf: Entscheidend war, die Schicksale, die sogenannten, die ihm in Erzählungen und äußeren Erscheinungen als trostlos aufgebürdet wurden, keinesfalls zu glauben. Etwas ganz anderes mußte an ihrem Grund freigelegt werden. Er prüfte die angespannten Mienen der Leute auf dem Weg zu einem Kauf, einer Diagnose, einem Gelderwerb. An der schmalen freien Mauerfläche lehnte, auf dem Boden sitzend, ein Mann mit vornübergeneigtem Kopf, ein alter Mann wahrscheinlich, aber alt wirkten die alle, ein ineinandergesacktes Häufchen zerschlissener Kleider mit struppigem Haar am oberen, mit aufplatzenden Schuhen am unteren Ende, in der Mitte ein zerfurchter Handrücken, eine erdfarbene Innenseite. Wie schon öfter spürte Matthias Roth den Drang, sich einfach neben ihn zu hocken, sich von seiner mit einem Mal unschicklichen Höhe hinunterzubeugen auf die Ebene dieses von grauer Borke umschlossenen Wesens, und jetzt wünschte er, ihm unters Kinn zu fassen, um den Kopf hochzuwenden. Dieses schwache, vielleicht schlafende Bündel, das nicht einmal einen Hut oder eine Blechdose neben sich gestellt hatte, schien wehrlos genug zu sein, um keinen Einspruch zu erheben. Er stand noch zögernd vor dem Stadtstreicher, als ein Liebespaar, viel zu versunken, um den Kontrast zu registrieren, neben ihm anhielt, sich stärker in der wohl schon vorher begonnenen Umarmung faßte und nun in einem langen Kuß erstarrte. Matthias Roth befand sich in der

Mitte, flankiert von einer Einzel- und einer Doppelfigur wie von zwei an ihm zerrenden Gewichten, so daß auch er sich nicht rührte und gar nicht darüber staunte, daß die Leute ihnen widerspruchslos auswichen, wie man ohne Kommentar einen Bogen um einen Lieferwagen, eine Baugrube macht. Er hatte auch bei dem Liebespaar versäumt, die Gesichter anzusehen, jetzt konnte er nur den stark nach unten gekrümmten Rücken des sehr großen Mannes und die hochgereckte Gestalt des Mädchens ansehen, eine extrem angestrengte Verzerrung beider Körper in ihrer Reglosigkeit. Blitzartig überkam ihn die Gleichheit der beiden Statuen zur Rechten und Linken, die nahmen es miteinander auf, jenseits ihrer Schönheit und Häßlichkeit, es war ein Anflug, schon hatte er sich aus dem Bann gelöst. Es mußte unsichtbare Einprägungen in der Luft geben. Er wollte eine Maschine werden, aus der eine leuchtende Stadt schlüpfte durch seine stummen Umwandlungen.

Zuerst glaubte er, in eine falsche Straße geraten zu sein. Unvermittelt stand er vor dem Schaufenster einer Zoohandlung, die sich so selbstverständlich in die Front der anderen einfügte, als wäre es ihr angestammter Platz. Er trat zurück bis an den Fahrbahnrand und studierte die Umgebung. Die war, das stellte sich schnell heraus, ihm wohlbekannt. Das von diesem neuen verdrängte Geschäft konnte er sich beim besten Willen nicht mehr ins Gedächtnis rufen, obschon er doch während des Semesters fast täglich hier entlang ging. Er sah den Brillen- und den Porzellanladen nebenan, aber die dreist gefüllte Lücke blieb in seinem Kopf leer, an die anderen beiden hätte er sich gewiß erinnert, doch eben an diesem während seiner Abwesenheit ausgeräumten lag ihm! Er wandte sich den Leuten zu, von denen keiner über die Neuerung beunruhigt war. Sie erschienen ihm nicht wie bisher platt, zweidimensional auf der Fläche der Stadt. Plastisch wölbten sie sich ihm, jeder für sich, entgegen. Hatte er nicht oft dagestanden, im Gedränge, und geglaubt, sie schmücken zu müssen, mit Federn und Gewändern einer vergangenen oder zukünftigen Zeit? Nein, es galt, etwas in ihnen aufzuspüren. Als er ihnen wieder den Rücken zukehrte, sah er in das dschungelhafte, flackernde, an einigen Stellen aufstrahlende und dämmrige Grün hinter der Scheibe. Der Glanz, den er suchte, konnte schon in der Vertiefung in ihre einzelnen Schicksale bestehen, die man aus der sich gleichförmig gebärdenden Menge herausschnitt. Die Masse, in der sich dasselbe Leben immer nur zu wiederholen schien, war die sich schließende, gewaltsam oder mit einem Zauberspruch zu öffnende Wand vor den in ihrem Inneren blitzenden Wüstenverstecken! Er würde sich nicht abschrecken lassen von dem Gebirgsmassiv, das sie täuschend umgab. Erst jetzt entdeckte er das große, weiße Kaninchen in Höhe seiner Knie. Es lag da still, ein wohlgeformter, lebloser Gegenstand in seinem mit Heu gepolsterten Käfig. Als dunkler Stein war ein blankes, weitgeöffnetes Auge eingesetzt, und nur die an den Bogen gedrückte Unterseite des Leibes blieb den Blicken verborgen. Matthias Roth zog den automatisch zum Klopfen gegen das Glas gestreckten Finger zurück. Neben dem Kaninchen, in einem bis zur Decke reichenden Drahtkäfig, begannen zwei Äffchen an den Gittermaschen zu rütteln. Sie hätten ihm viel früher auffallen müssen, denn gewiß waren sie nicht erst gerade in diese Munterkeit geraten, aber er sah sie, in ihrer ununterbrochenen, alle ihre Gliedmaßen betreffenden Bewegungsraserei erst jetzt, und sie kamen ihm zunächst, in ihrem Springen, Schaukeln, Schlagen viel größer vor als nach längerem Betrachten. In Wirklichkeit war alles rührend dünn an ihnen, die Gesichtchen mit ringförmig schwarz bemalten Schnauzen, die winzigen Hände, der meist kopfüber gehängte Körper. Kräftig war nur der Schwanz, den sie, als reichte ihnen der Raum ihres Käfigs nicht, immer eingerollt trugen, so daß ihre wahren Ausmaße nicht ganz abschätzbar wurden. Er sah ihre gerunzelte, wie bei Greisen individuell gefältelte und doch auch prototypische Hautschale an, und nun erschien es ihm wieder anders als eben noch: Auch die Menschen maskierten sich nur zu Einzelerscheinungen, etwas Allgemeineres steckte darunter, und äußerst verletzlich war diese gehütete Außenhülle, gespannt bis zum Zerreißen trotz Einkerbungen und Schrumpfungen – es erinnerte ihn an frühere Gedankengänge in der Stadt, aber er dachte es viel gründlicher jetzt – mit Mühe etwas schon fast Hervorbrechendes zurückhaltend

Vorübergehende waren inzwischen neben ihm stehengeblieben, drängten ihn sogar ein Stück beiseite, anfeuernd und mit gegen die Scheibe gepreßten Stirnen: Eines der Äffchen streckte Arm und Spinnenfinger nach dem ruhenden Kaninchen aus, bis es ihm gelang, einmal an dem Fell des stillen weißen Tieres zu ziehen, um im nächsten Augenblick hoch in den Tauen zu schwingen. Das Kaninchen entfernte sich mit einem kleinen Hopser aus der Gefahrenzone und rollte sich, in Sicherheit nun, behaglich, vielleicht provozierend auf den Rücken. Vorzustoßen bis zum Herzen, sagte sich Matthias Roth noch, alles andere bleibt ein Versagen, und erkannte nun, an der Innenseite des Affenkäfigs, im Laden Hans, der schon die Hände hob, und Gisela, die das Ende ihres Zopfes durch eine Masche steckte, damit eins der Äffchen daran zupfte.

Hans schloß ihn nicht gleich in die ausgebreiteten Arme, sondern trat zuerst, wie in sprachlosem Erstaunen, vermutlich über die Urlaubsbräune seines Freundes, einen Schritt zurück. Eigentlich war gar nicht ausreichend Platz zwischen den Besuchern und Gestellen des Ladens, aber Hans ließ sich nicht von seiner pompösen Begrüßungszeremonie abbringen. Er stieß dabei gegen einen Vogelkäfig und verursachte, ohne selbst die Störung zu registrieren, Flattern und Gekreisch. Als er endlich umarmt wurde, sah Matthias Roth, an der Schulter von Hans vorbei, das eigentümliche Lächeln Giselas über die unbeabsichtigte Vervielfältigung des Empfangsrituals. Hier drinnen fiel nur Licht auf die ausgestellten Tiere, die Menschen blieben im Dämmern, und auch die gewohnt großen Gesten von Hans verhinderten, daß er ihm scharf ins Gesicht sehen konnte. »Was war das vorher für ein Laden?« fragte er gleich unwillkürlich streng, und Hans schob vor soviel Sachlichkeit die Hände in die Hosentaschen. Nur gut! Gisela tat den Mund auf, der nicht mehr lächelte: »Derselbe Laden, aber im Schaufenster hatten sie nur Tierfutter und Hundehalsbänder, drinnen ein paar Wellensittiche. Vor ein paar Tagen ist der Durchbruch nach hinten fertig geworden.« Er sah sie überrascht an, aber sie verfolgte schon wieder, wie sich die sehr kleinen Vögel hinter Hans mit roten Schnäbeln und gepunktetem Gefieder allmählich beruhigten. Es geschah, wie bei einem zusammenhängenden Lebewesen, durch das noch leichte Zuckungen liefen, bis es wieder verdichtet und sanft pulsierend verharrte. »Wir sind hier«, rief Hans in die zwischen ihnen eingetretene, unpassende Stille, »weil Gisela sich ein zweites Haustier wünscht.« Sie schüttelte aber wieder lächelnd den Kopf, diesmal vor den grell leuchtenden, im Wasser schaukelnden Pflanzen eines Aquariums, und Matthias Roth erinnerte sich plötzlich, daß dieser Kopf so ähnlich in die Blattgewächse einer Wandmalerei ihres Hausflurs gebettet war, als sie ihm die Tür mit verstauchtem Fuß geöffnet hatte. »Ich habe mir an den Felsen ein Bein verletzt«, sagte er und genierte sich sofort. Ein Glück, daß der Hosenstoff die lächerlichen Schrammen verdeckte! Er wurde wohl ohnehin nicht angehört. Eine Gruppe Kinder drängte sie auseinander, und die beiden vermißten ihn angesichts der flammenden Fischschwärme in raffinierten Unterwasserdickichten nicht. Ein Fisch, wie in schwarzem Puder gewälzt, mit rosa Schwanzflosse, betrachtete ihn jedoch mit seinem dicken, aus dem Kopf stehenden Auge, solange er wollte, bis er fortging. »Glotz nicht so!« sagte er noch freundlich. An einer übersichtlicheren Stelle näherte er sich den beiden, sie standen vor einem tief angebrachten Glasbehälter, dessen Inhalt er selbst nicht erkennen konnte. Hans, ein wenig breiter geworden, mit gelichtetem Haupthaar, erklärte etwas, Gisela, in ihrem roten Sommerkleid, von dem Matthias Roth wußte, daß es vorn weit ausgeschnitten war, beugte sich hinab. Ihr Gesäß zeichnete sich deutlich wie nie vorher durch den dünnen Stoff ab, und der Rocksaum ließ nun ihre ziemlich kräftigen Beine zwei Handbreit über den Kniekehlen frei. Sie ging in die Hocke, und wieder veränderte sich ihre Figur. Er schaute ihr von oben bequem, ohne es ausdrücklich zu planen, zwischen die Brüste, die ihm sonst nur zusammen mit der Teekanne einfielen. Sie hob den Kopf, ob sie seinen Blick bemerkte, war schwer zu sagen, jedenfalls kam sie wieder hoch und berührte ihn leicht dabei. Er roch, daß sie ein bißchen schwitzte. Sie zog den nackten Arm sofort zurück, aber sicher unbefangen, nicht übertrieben schnell und nicht langsam. Er hätte ebensogut der durchsichtige Behälter sein können, in dem, wie er nun mit Hans besprach – während er feststellte, daß auch die Vorderseite von Giselas Körper sich gleichsam altmodisch betont, pathetisch von der Umgebung abhob –, lauter kleine, mit bunten Mustern bedeckte Schildkröten, »mokka- und suppentassengroß«, schlug er vor, schwerfällige Lebenssignale gaben, jedes der Tiere, für sich genommen, ein Edelstein, wie die tropischen Fische und Vögel, aber hier, in ihrer kolonieähnlichen Gesamtheit auf irgendeine Weise abstoßend, ungezieferartig, vermehrungssüchtig, wie Blatt- oder Schildläuse, tierische, wuchernde Flechten, die sich im nächsten Moment vielleicht schon verdoppelt hatten. Gisela verriet nicht, was sie darüber dachte, immerhin hielten die Sätze der beiden Männer sie nicht davon ab, sich nun über den Glaskasten zu neigen, um noch eine andere Ansicht von ihnen zu gewinnen. Matthias Roth versuchte mit Hans dahinterzukommen, warum die Tiere diese unbegründete Empfindung bei ihnen auslösten und betrachtete Gisela in der neuen Haltung. Da sie sich, gegen Hans gestützt, anders als zuerst über den angeleuchteten Schaukasten beugte, wurde ein Schweißfleck unter ihrer Achselhöhle sichtbar.

»Drachen!« sagte er, als sie beim letzten Käfig ankamen, und »Drachen!« rief auch Gisela gleichzeitig mit ihm. Es entfuhr ihr vielleicht, aber sie brauchte viel länger als er dafür, weil sie das Wort mit einem Anflug von infantilem, unbeherrschtem Staunen dehnte. Er sah sie von der Seite an, aber sie kümmerte sich nicht um die beiden Männer. Sie hatte es nur für sich gerufen und war schon wieder in die Hocke gegangen, wobei sie jetzt aber, eine Variation, die Innenseiten der Oberarme gegen den Busen drückte, so daß er zusätzlich in seiner Fülle, sie schien ganz und gar von den ›Drachen‹ gefesselt zu sein, hoch in den Ausschnitt drängte. Matthias Roth wanderte mit den Augen zwischen der Weichheit dieses Fleisches und dem Hornschuppenkleid der kleinen Echsen hin und her, konnte sein Lächeln kaum vor Hans verbergen, dem er die Titel der in den Ferien gelesenen Bücher nannte. Sie sprachen wie gewohnt, von Conrad hatte er ihm nie erzählt und tat es auch diesmal nicht, über die Bücher, aber es war etwas Falsches daran, ihre Sätze hatten gar nichts mit der Sache zu tun. Sollten sie ihre Köpfe wie Ostereier aneinander schlagen, damit der wahre Inhalt zum Vorschein käme? Die Leguane unter den Scheinwerfern hielten still, keiner glich dem anderen, bei jedem standen unterschiedlich gefärbte Stacheln und Hautkämme, durch die geringe Größe ins Unbedrohliche verharmlost und neuzeitlich geworden, aus dem eigentlichen Körper hervor. Variiert in immer anderen Lappen und Falten steckten sie Köpfe aus glänzendem Laub, lautlos, steinern, ausgestopfte Ledergeschöpfe manche von ihnen, durch keinen Reiz von außen zum Leben zu bringen. Nur seitlich gab es bei jedem den empfindlich bebenden Bereich, den verräterischen, den zu verbergen ihnen bei allem eisern entschlossenen Verstellen nicht gelang, und der ihrer Todesstarre etwas Lauerndes, Herausforderndes auch, verlieh. Wies dieser atmende Fleck nicht auf einen Willen hin, der sich in der Dickköpfigkeit äußerte, die größere Ausdauer zu besitzen als jeder Betrachter? Eine der Echsen, feurig grün, hatte die Vorderarme als Schnappschuß mitten in einer Aktion vor sehr langer Zeit fixiert. Wie Luftwurzeln ragten sie ins Freie, nach anderen Gesetzen offenbar als den tierischen und menschlichen, und wieder, wie bei der einen verletzlichen Stelle im Drachenpanzer, dachte Matthias Roth an Marianne, als würde ihm ein Zitat in den Sinn kommen. Hans neben ihm wurde unruhig, er zog sacht an Giselas Haar, aber sie wollte noch nicht weiter. Insgeheim, sagte sich Matthias Roth, entwickeln sich die Leute um mich her ja bestimmt, in Bruchstücken geht es voran, auch wenn die bekannte Oberfläche noch lückenlos hält. Man ahnt es nicht, es dringt kaum nach außen und bricht doch hervor in ganz kleinen Zeichen oft nur, vielleicht nur in anderen Gedanken, in Sekunden, ohne Zeugen, unbeobachtet, wie die Tiefseefische und die Urwaldblumen. »Gisela«, hörte er Hans, »hat mich aus dem Büro verschleppt, erst zu einer Tasse Kaffee, dann hierher. Großartig siehst Du aus, enorm erholt, ich ruf Dich an. Sogar um diese Zeit sind sie mir auf den Fersen. Du bist ein Glückspilz mit Deinem Job, wirst weiter Fett ansetzen.« Er stand schon an der Tür und schwenkte Giselas Zopf, die sich erhoben hatte, wie einen

Affenschwanz. Sie streckte einen Finger nach dem Käfig aus, Matthias Roth sah ganz kurz das dunkle Haar in ihrer Achselhöhle, er roch sie wieder, wieder lächelte sie auf ihre rätselhafte Weise, die ihn an Marianne erinnerte, die doch fast vergessen war, mit gesenkten Augen. Am liebsten hätte er ihr die Lider mit beiden Händen hochgezogen, aber sie schlug die Augen ja nicht vor ihm nieder, sie sah hinab auf die Echsen. Hans ließ den Zopf los und drehte sich vollständig der Tür zu. Mein Gott, durchfuhr es da Matthias Roth, hoffentlich kommt er nicht auf die Idee, sich allein davonzuschleichen. Dann hab ich sie auf dem Hals! Er legte sich schon eine Ausrede zurecht, bei der sein Oberschenkel eine Rolle spielen sollte. Aber er folgte doch Giselas Finger. Die zeigte auf den Leguan, der seine vorderen Gliedmaßen so unglaubwürdig in die Luft hielt, er tat es immer noch. »Da!« sagte Gisela, und es klang unverhohlen triumphierend, und nun erkannte er es selbst: In winzigen, stotternden Schüben bewegte sich einer der Arme, um die früher einmal angefangene Geste zu Ende zu führen, halbkreisförmig – nie hatte er jemals dem Senken eines Armes so lange zugeschaut – an den Rumpf zurück. Zwischen Giselas Lippen wurden flüchtig die Zähne sichtbar, dann waren die beiden verschwunden.

Er hörte die Schritte der Frau in seiner Nähe, von der Kochnische zum Frühstückstisch und zurück, während er sich, nach den Platzbeschränkungen der Nacht, streckte in seinem Bett, und immer klirrte die Frau mit seinem Geschirr, packte wohl alles auf den Tisch, was er besaß. Er liebte das leise Klimpern von Tellern und Tassen seit seiner Kindheit, es stimmte ihn jedesmal erwartungsvoll, nur war er sich in diesem Fall nicht sicher, ob die Geräusche nicht absichtlich erzeugt wurden, des schönen, wie die Frau wußte, von ihm geschätzten Klangs wegen, nicht mehr als Ergebnis eines beiläufigen Vibrierens. Dieser Verdacht verdarb ihm ein bißchen den Spaß daran. Das Klirren hatte dann ja nicht das Leichte fern geschlagener Glöckchen mehr, sondern wurde zu einer Leistung, die um Zuneigung warb. Bei dieser Frau mußte man damit rechnen. Auch die Umständlichkeit beim Zusammenstellen von Brot und Butter, die Prozedur ihrer Verzögerungen: Durch den Vorhang hindurch machte sie ihn, den Liegenden, auf sich aufmerksam. Sie hütete sich, daß ihre Schritte einschläfernd regelmäßig wurden, obschon sie doch eine so kurze Strecke immer nur hin- und herging, und stieß plötzlich erschreckte Seufzer aus, als wäre etwas zu Boden gestürzt. Sie konnte, wie er erlebt hatte, so was durchaus sehr schnell erledigen, aber jetzt, wo Zeit war, baute sie das Decken fürs Frühstück zu einem Riesenspektakel aus mit angeblichen Selbstgesprächen, geflüsterten Flüchen, die er mit Interesse belauschen konnte oder sollte, womöglich entzückt! Marianne, natürlich, hatte sich mit solchen Sachen nie aufgehalten. Neben dem zur Seite geschobenen Vorhang erschien ein Gesicht. Aus einem nicht sogleich begriffenen Grund dachte er: widersetzlich! Es war das hübsche, nicht ungewöhnliche, lebhafte Gesicht einer Blonden, man sah in der Stadt viele davon. Aber er dachte: widersetzlich! Durch die pure Anwesenheit, so fremd und sich behauptend mit Augen, Nase, Mund, Haut, machte es ihm einen Strich durch die Rechnung. Das ist richtig so, sagte er sich. Mit dieser, hier in seiner Wohnung hantierenden Frau galt es sich zu beschäftigen, und ihr Gesicht war jetzt wieder der Ausgangspunkt. Ihr Körper roch immer noch nach Badeanstalt und Gummi. Er hätte es ihr sagen können, aber nein, schon bei der ersten Wiederaufnahme ihrer Beziehungen vor zwei Wochen etwa hatte er es erkannt als Schranke, die er von sich aus immer neu zu überwinden hatte, die sie arglos alle zwei, drei Tage schwimmend erneuerte, die ihn zurechtwies und förmlich zwang, sie dermaßen körperlich zu lieben, daß schließlich die Ausdünstung durchbrochen, abgeschliffen war und der darunterliegende Geruch, vermischt mit seinem, zum Vorschein kam. Er hatte sie zufällig getroffen, als er Schuhe zur Reparatur brachte. Trotz der damaligen Trennung nach einer einzigen Nacht ging sie versöhnlich auf seine Annäherungsversuche ein, glücklicherweise hingen sie wohl beide ein wenig in der Luft, und was ihn damals geärgert hatte, reizte ihn nun sofort als Herausforderung: Bei der schnell erfolgten Überprüfung stellte er mit erfreutem Staunen fest, daß es ihm nun tatsächlich gelang, ihren Körper, der

keine sonderlichen Extreme aufwies, ungestört wahrzunehmen. Er richtete die Augen auf das schmale Flurfenster, ihm
direkt gegenüber, in der braunen Pappwand. Nach seinem
ersten Liebesakt vor langer Zeit hatte er gefühlt, daß alles,
Bäume, Häuser, alle Institutionen, Schwimmbäder, Maschinen nur Ausformungen dieser einen Lust waren, alles trieb
kräftig daraus hervor. Als das Sexuelle für ihn alltäglicher
wurde, empfand er dieselben Dinge als Überreste, das erotische Feuer hatte sich daraus zurückgezogen, es blieben nur
die Formen bestehen. Man begnügte sich damit und vergaß,
woher sie ursprünglich rührten, oder glaubte es auch nicht
mehr. Das konnte – wie sollte er es ihr verübeln – selbstverständlich auch diese Frau nicht für ihn rückgängig machen.

Er hatte schon ziemlich viel Zeit mit ihr verbracht und
war entschlossen, sie vollständig zu entdecken. Es mußte ja
irgendwas hinter ihrem Getue stecken, hinter diesem peini-
genden Abfragen, ob ihm ihre Frisur, ihre Unterwäsche gefiel,
und hinter ihrer Bereitschaft, sich augenblicklich zu trollen,
wenn er darüber Ungeduld zeigte. Schon aus Trotz sagte er
ihr den Fehler mit dem Gummi nicht. Manchmal änderte sie
etwas an sich, ohne ihn zu fragen, und das beunruhigte ihn
dann schon fast, oder sie zog sich nicht gleich zurück, wenn
er abweisend wurde. Hatte sie ihn vergessen? Nein, das war
Koketterie und hatte mit ihr selbst ebensowenig zu tun wie
das ängstliche Fragen. Aber was ermutigte sie bloß so, zu hoffen, ihr übertriebenes Entsetzen, dieses gestenreiche Bedauern und Augenverdrehen würde ihn becircen? Ergaben sich
für sie dabei nur Anlässe, ihre Hände, Brüste, Lippen durch
Verrenkungen ins rechte Licht zu bringen, und folgte er ihr
etwa bei allem dumpf mit den Augen nach, was sie dann
als reine Bewunderung mißverstand? Sie rief ihn jetzt durch
den Vorhang. Er antwortete nicht, und sie rief schmeichelnd
noch einmal. Er wußte, daß sie wieder da war mit ihrem hellen, munteren Gesicht, sah aber unverwandt auf das Flurfensterchen. Seine Mutter hatte früher beim Kartoffelschälen
so hartnäckig die schwarzen Punkte entfernt, kontrollierte
jede Kartoffel genau und nahm sehr beschämt beim Mittagessen zur Kenntnis, wenn sein Vater wortlos, aber nach-

drücklich, eine dunkle Stelle aus einer seiner verdammten Erdäpfel schnitt. »Sie kommen erst beim Kochen zum Vorschein«, sagte dann stets seine Mutter. War das in Wirklichkeit ein Spielchen zwischen seinen Eltern gewesen und nur er, zu unerfahren, hatte mit Wut die scheinbare Demütigung der Mutter bemerkt? War das ihre Art zu flirten, gleichgültig, ob sie ihn, das stumm dabeisitzende Kind, zum Narren hielten? Vielleicht bestand aber auch bei ihnen selbst darüber keine vollkommene Klarheit. Sie gingen einfach so miteinander um. Diese Frau hier aber, die schon wieder nach ihm rief, holte unter Umständen bei ihrem Getändel dennoch alles aus sich heraus, machte aus sich, was sie konnte, und verriet gerade deshalb die endgültigen, erbittert berührten eigenen Grenzen? Er verspürte plötzlich Hunger und antwortete ihr. Es war merkwürdig mit den Frauen, die in diesem Bett gelegen hatten, Marianne ausgenommen: Die eine steckte die Füße unbedingt in den Bettbezug, in die Lücken zwischen den Knöpfen, die andere mußte wiederum die Knöpfe, aus Angst, sich nachts im Bezug zu verfangen, sicherheitshalber nach oben kehren, die eine warf ihr Kissen raus, die andere zog ihm, wenn er schlief, auch noch seins weg, aber alle verloren so leicht den Überblick über die Hierarchien. Ein paar Komplimente brachten sie zum Ausufern. Zuletzt hatte er es bei Frau Heinz, der Sekretärin, festgestellt, in einer Spätform natürlich. Nichts war ihnen dann zu albern, wenn es nur ihren Verehrern ein einziges Mal gefallen hatte, eine kindische Tonlage der Stimme, falscher Gebrauch technischer Ausdrücke, ein Augenaufschlag in ihrer wilden, aber auch dickfelligen Hoffnung, das alles an ihnen könnte geliebt werden. Er ging nackt in die Waschnische, sah im Vorübergehen sich selbst im Spiegel, schon wieder blaß, fett, zart. Die Frau verhielt sich still irgendwo im Raum, er beachtete sie jetzt nicht. Gleich würde er ihr ja sehr ausgiebig am Tisch Gesellschaft leisten. Er wollte all diese Überlegungen von sich abspülen, und wirklich, sie verschwanden mit den kalten Wassergüssen. Er blickte sich nun fest in die Augen, er erinnerte sich an seine neue Verfassung. Es kam darauf an, sagte er sich und wiederholte es sich in der Gegenwartsform, die Fremdheit der

Gesichter, die Abneigung des Fleisches gegen das Fleisch zu überwinden, die kurzen Momente der Vereinigung zählten ja nicht, das Vorher und Nachher zählte! Zerschlagen werden mußten die entstellenden Abschirmungen mit Anstrengung und Geduld hin auf eine grundsätzliche Verwandtschaft. So war es mit dieser Frau, mit allen Dingen! Voll Eifer setzte er sich zu seiner kleinen, geblümten Tasse. Die Frau nahm, wie er sah, fröhlich zur Kenntnis, daß er unter dem Bademantel noch immer nackt war.

Sie hatte das Fenster zur Straße weit geöffnet. Die Dächer, auf die der Blick fiel, wenn man stand, glänzten schon finster in der Hitze. Das Jahr zog sich diesmal nicht auf den Herbst zu verjüngend zusammen, sondern kroch in der alten Haut weiter, ein staubiger Sonnentag folgte dem anderen. Schon nach dem ersten Schluck aus seinem Täßchen spürte er das Bedürfnis, die Frau, von der ihn nur die Tischplatte trennte, an sich zu ziehen. Er kannte das. Wenn er sie anschaute, hatte er den Drang, sie anzufassen, war sie weg, vergaß er sie sofort. Wenn sie ging, hätte er sie meist gern gehalten, stand sie aber plötzlich hier oben vor der Tür, mußte er zunächst einen gewissen Ärger unterdrücken, es kam ihm dann vor, als würde er von ekstatischen Luftreisen in die Enge einer kleinlichen Situation gezwungen. Aber er lernte ja, im Sinne seiner Vorsätze zu reagieren! Es ging darum, wie auch jetzt, am Frühstückstisch, ihrem Mund, ihren Brüsten gegenüber, sie selbst nicht erlöschen, ersticken zu lassen in ihren zufälligen Ausformungen. Nur dann würde er sich ihr wirklich annähern, wenn er nicht nur ihre Manöver, sondern auch ihre ihn reizende Gestalt durchschaute. Sie durfte, wie die übrige Welt, nicht trostlos in sich beschlossen bleiben, sie verlangte vielmehr, als gewundener, winkliger Korridor verstanden zu werden, dessen Schönheit man nur erkannte, wenn man sich vom Licht an seinem Ende leiten und locken ließ. Die Art, wie sie seinen Blick erwiderte, machte ihm klar, daß sie ihn falsch interpretierte. Gerade Handgreiflichkeiten wollte er jetzt doch nicht! Er hatte sie schon einige Male, in nur scheinbarer Parallelität zu Mariannes Spielereien mit Katalogtexten, gebeten, ihm Lieblingsstellen aus seinen Büchern vorzulesen. Bei ihr hoffte er, sie würde ihm die Sache in solchen Momenten erleichtern, sich nämlich verändern auf etwas in ihr Verborgenes hin, durch Abfärben der schönen Sätze auf sie, die sie aussprach. Sie erfüllte ihm jedesmal eilfertig seine Bitte und versprach sich nicht, betonte alles richtig, aber er spürte deutlich das Widerstreben ihrer Stimme, die versteckte Ungeduld, die mühsame Drosselung eines Hüpfens in ihrer Kehle, das sie natürlich abstritt. Während des Abstreitens aber stieg das Hüpfen bis zu ihren Augen empor, die alle Gegenstände seiner kleinen Wohnung bestrichen. Er wußte, daß sie ihm viel lieber von neuen Fernsehfilmen erzählt hätte und sagte deshalb jetzt, beim Essen: »Ihr Zuschauer steht Euren Fernsehfreunden und -feinden mit schrankenloser Intimität, Zärtlichkeit, Grausamkeit nahe, laßt sie steigen und fallen in Euren Gesprächen, die Stars, Entertainer, künstlichen Familien, es ist längst auch bei meinen Studenten angelangt. Sie sind unkörperlicher und fester Bestandteil Eures Lebens, Provozierer und Opfer schneller Emotionen. Aber diese abendliche Versorgung mit Schicksalsfiguren ist eine große Verwässerung Eurer eigenen Existenz, die unpoetisch, ungestaucht bleibt. Ihr erzeugt keine Figuren mehr aus Euch selbst, Euer Willen hat es verlernt, Rangfolgen zu schaffen. Wie soll Euch etwas Gründliches zustoßen, wenn Ihr so verzichtet auf Askese und Ekstase.« Sie hatte ruhig weitergegessen, erst bei dem Wort ›Provozierer‹ begriff sie die Unschicklichkeit, es sich bei einer solchen Predigt schmecken zu lassen und befand sich nun in der schwierigen Lage, gerade einen großen Bissen in den Mund geschoben zu haben und doch das Kauen für sträflich zu halten. Das anzusehen beim Hersagen von Klagesätzen, die ihn eigentlich nicht interessierten, gefiel ihm und auch, wie sie das registrierte und sogleich übertrieb, damit er sie noch reizender fände. Sie schwenkte den Kopf gedankenvoll hin und her. Nein, sie verstand ihn überhaupt nicht, es gab keinen Blickwechsel, er sah seine Worte förmlich von der dicken Knochenplatte ihrer runden Stirn abprallen. Sie liebte ihn nicht deshalb, weil er solche Überlegungen aussprach, aber sie wiederholte die Sätze in anderen Unterhaltungen, weil sie von ihm stammten. Sie begann ihn schon nachzuahmen, bis auf ein gehütetes Reservoir ausdrücklicher Weiblichkeit. Ihre Augen liefen flink über ihn weg, wie über die Bücher, Tassen, Marmeladengläser. Er konnte sie jederzeit einschüchtern, aber an manchen Stellen begann sie selbstbewußt zu kichern als die Klügere von beiden. Aha, hatte er dann zu erkennen, das Weib!

Sie erzählte von einer alten Dame, die sich gestern beim Lebensmittelhändler an der Kasse vorgedrängt hatte, gebrechlich vielleicht, aber ganz auf Draht. Sie habe so schwache Handgelenke und könne das Päckchen Vollkornbrot nicht so lange halten, ob sie gleich bezahlen dürfe. Ein einziges Paket Brot, 500 Gramm konnte die nicht zwei Minuten tragen! Ein schlaues kleines Luder, und noch rasch hatte sie die Wartenden darüber informiert, daß sie früher einen Hutsalon geleitet und ihre Tochter von Friseuse auf Perückenverkauf umgesattelt habe. Er hörte der jungen, ihm gegenübersitzenden Frau, die Anneliese hieß, zu. Sie war schon bei einer anderen Person, einem ausländischen, südlichen oder östlichen Taxifahrer, der mit seinem Mercedes nicht zurechtkam. Dauernd hupte es, während der gesamten Fahrt vom Bahnhof durch die Stadt, und bei jedem Hupen entschuldigte er sich stammelnd und ängstlich, ja eigentlich verzweifelt, als würde er befürchten, auf eine Beschwerde ihrerseits sogleich entlassen zu werden oder gar des Landes verwiesen. Er sah sie an, wie es heiter aus ihr hervorsprudelte: Schicksale, von denen sie so gern berichtete, nahmen in ihr kein Gewicht an, zogen sie nicht nach innen in eine Schwermut oder Bedächtigkeit. Sie schüttelte sie aus sich heraus, wie man Wassertropfen nach dem Duschen von sich schleudert und sich freut, wie es fliegt und blitzt. »Am Schalter«, sagte sie soeben, »hatten wir kürzlich einen Mann, eine tolle Type, ganz unauffällig stand er da und wollte alles mögliche wissen über Geldanlagen. Nach jeder Auskunft hat er immer nur geantwortet: ›Ach so, ist das wie bisher geblieben!‹ Weiter nichts, und das bei Hochbetrieb.« Sie war Bankangestellte und beobachtete oft Bartels mit seinen Freunden in der Halle. Matthias Roth hatte nun aber außerdem das Gefühl, als gäbe es auch eine Verbindung zwischen ihr und Frau Bartels. Vielleicht waren die beiden längst befreundet und überschütteten ihn nun im Komplott mit ihren Geschichten? Wenn er Genaueres über die Gepflogenheiten eines solchen Bankinstituts erfragte, lachte sie nur zerstreut, ungläubig, daß es ihn wirklich interessierte, zog ihn auf mit seinem miserablen Kontostand, verriet aber nie Vertrauliches über das Geldwesen. Es hätte ihn nicht gewundert, wenn Frau Haak mitten unter ihren Personen aufgetaucht wäre, aber es ging um eine andere Frau, eine ältere Kollegin, mit der sie sich in den Pausen öfter unterhielt. Er trank aus seiner kleinen Tasse, wollte Anneliese einige Male unterbrechen und ließ dann doch in einer ihm fremden Hilflosigkeit alles über sich ergehen, wünschte aber, sie wie ein Messerwerfer bei seinem Kunststück mit scharfen Dolchen zu umkränzen, ohne sie zu verletzen, und doch müßte es in der Sekunde, wo das Messer durch die Luft sauste, so aussehen, als träfe er sie ins Herz. »Seit zehn Jahren Witwe, geht bald in Ruhestand«, hörte er, »im Keller hat die noch 20 Glas Sauerkirschen, an die sie nicht rührt. Sie hat die ein paar Tage vor dem Tod ihres Mannes eingemacht, eine Heidenarbeit, das Entsteinen. Als ihr Ehemann nebenan so krank lag. Er aß immer so gern Sauerkirschen. ›Diese‹, sagte sie wörtlich, ›sind mir wirklich sauer geworden.‹ Und: ›Ich kann mich nur an Pudding ergötzen, habe keinen Appetit auf Sachen mit Frucht, nie.‹ Vielleicht wird sie die Kirschen einmal alle ins Klo schütten und abziehen. Damals kam der Mann oft im Schlafanzug zu ihr rüber und fragte: ›Bist Du noch immer nicht fertig, wann setzt Du Dich zu mir?‹ Verschenken will sie die Dinger nicht, ein anderer soll die, aus Pietät, nicht essen.« Er überlegte, wie ihr wohl die weiße Schürze von Frau Bartels stehen würde, in einigen Jahren wäre sie da vermutlich reingewachsen. »Ihr Sohn ist ein Eisenbahnnarr. Einmal hat sie auch rangieren dürfen, da gab es gleich ein großes Zugunglück. Sie kann alle möglichen Sorten von Waggons aufzählen, er wünscht sich immer neue zu den Festtagen. Die Schienen hat er in Beton um den Swimmingpool herumgeführt, im Frühjahr liegt er auf den Knien und muß den Rost abfeilen, aber im Sommer fahren die Züge an den Rosen vorbei. Abends, wenn er von Montage kommt, strahlt er alles an, man sieht es dann von der Terrasse aus. Bis zum Schlafengehen fahren die Züge nach seinem Plan. Im Keller hat er noch eine größere Anlage mit ganzen Städten dazu.« Er starrte still in ihr bewegliches Gesicht. »Der Sohn hat schon wieder einen Sohn, das Enkelkind also. Das hat die Großmutter gefragt: ›Warum stirbt man?‹ Sie: ›Das muß so sein!‹ Er: ›Warum haben die Toten die Augen zu?‹ Die Großmutter: ›Weil sie das Kucken gelassen haben!‹ Die Erklärung habe ich mir extra gemerkt«, sagte sie und tippte ihn über den Tisch weg an: »Für Dich!«

Er sah ihre Finger, die ihn noch eben berührt hatten und die, wie Hände von Reisebüroangestellten und Parfümeriewarenverkäuferinnen, viel betrachtet wurden, offizielle Hände gewissermaßen, und sie wußten es. Wie sie so gefällig nach Messer und Löffelchen griffen, als würden Kontoauszüge von ihnen affig über einen Schreibtisch gereicht. Er sah aber auch die rostigen, dann glänzenden Eisenbahnschienen des Montagearbeiters vor sich und die echten, so oft vom Zug aus beobachteten. Sie alle ließen sich von seinen Gedanken nicht im geringsten verbiegen. Die Frau an seinem Tisch jedoch drehte und verrenkte die Finger vor ihm, und sein Blick wanderte hinterher. Sie erzählte vom Betäubtsein, dem Rausch, der Verwirrung in den Kaufhäusern, der sie sich einfach nicht entziehen konnte, solange sie sich in diesen festlich ausgestatteten Innenräumen befand, besonders in einer Zeit, wo sich eine neue Mode ankündigte. Ein Zauber gehe von den neuen Herbst- und Winterkleidern aus, nie wäre man darauf gekommen, daß denen wieder so etwas noch nicht Dagewesenes einfallen würde. Er selbst hatte sie ja in ein neueröffnetes Schuhgeschäft begleitet und den zartgrauen Teppichboden, der so großzügig bereitlag für alle Füße, betreten. Überall hob indirekt beleuchtetes Weiß die vornehme Entrücktheit des Ortes hervor, und er hatte die Schwärme tüchtiger Verkäuferinnen und strenger, sehr hübscher Abteilungsleiterinnen bestaunt und gedacht: Wie der Innenbau eines erneuerten Gemüts! Darin bestand die Wirkung, nur wegen dieser Anspielung konnte es ihn so beeindrucken. Sie war schon wieder weiter, vor ihm erschienen plötzlich die Gesichter einiger Studenten, mit denen er ab und zu nach dem Seminar Bier trank. Sehnte er sich zurück an seinen wohlanständigen Arbeitsplatz, um sich, entgegen seiner sonstigen Bequemlichkeit, in ihrer Gegenwart pädagogisch-wissenschaftlich zu erhitzen? Er tappte zuhörend der Frau nach und nahm einige Zeit nur noch einzelne Wörter auf, die sogleich als Bilder vor ihm erschienen: Ein rasender Steptänzer, leuchtend auf dunkler Bühne die weißen Schuhe, das Schaufenster eines Luxuswarenhauses in überirdischem Gold und Satin an einem scheußlichen Regennachmittag mit frierenden Bettlern, vorwurfsvoll die Witterung ertragend, mit mürrischen Tütenschleppern. Er starrte nur hin, spürte dann, wie es ihn tröstete, mehr als irgendein Gedanke, der jetzt in ihm selbst hätte entstehen können, ein Stern in einer trübsinnigen Nacht, den man im versehentlichen Aufblicken am unvermutet klaren Himmel entdeckt. Hatte ihn denn eben etwas bedrückt? Ich muß mich intensiv in sie verstricken, es nutzt nichts, hier zu warten und aufzuschnappen, was sie sorglos aus sich herauswirft, wie leblos hier zu hocken mit gelähmter Zunge ohne die simpelste Erwiderung. Auf die Art geraten wir nicht aneinander. Es ist ein Lallen in meinem Gehirn, ich finde nicht mal einen Anfang für den Tod von Herrn Thies, mit dem ich sie wenigstens ein bißchen erschrecken würde! Als er die Augen auf ihre Brüste senkte, lächelte sie sofort und schwieg. Sie trank ihre Tasse aus und setzte sie leise ab. Das Schimmern, das er in ihr gesucht hatte, tauchte auf in ihren Blicken. Wie mühelos! Sie hob mit ihren für die öffentliche Begutachtung und Bedienung präparierten Händen vorsichtig den Kragen ihrer Bluse, fächelnd, in einer mehrfach flatternden Bewegung. Sie weigerte sich, weiterzusprechen. Das Ärgerliche an ihr, sagte er sich dann, ist eben, daß sie alles wiederholt, alles macht sie dreimal, jeder Kuß, alle Zärtlichkeiten müssen nervtötend ohne Variation dermaßen blöde bekräftigt werden. Sieh an, jetzt habe ich mich wohl verdüstert, und sie versteht es falsch. Die Frau hatte sich erhoben und beugte sich zu ihm herüber, sie hielt ihm ihre Lippen entgegen. Er rührte sich nicht. Sie setzte sich wieder, das Schimmern in ihren Augen ermattete langsam, und er konnte dem zusehen und sah gleichzeitig das

Tal, in dem er geweint hatte, das in seinen Tiefen gefüllt war mit glimmenden Farnbüscheln. Er ahnte, daß eine drohende Traurigkeit in ihm aufstieg und erwiderte heftig den auf ihn gerichteten Blick, stürzte sich kopfüber in diesen wieder aufglänzenden Blick, floh nach vorn, zog, nun stehend, die Frau an sich, die sogleich nachgab, ging nackt zum Bett und hoffte, sie käme schnell.

Diesmal, als er aus Annelieses kleinem Auto stieg, wußte er genau, weshalb er Fritz besuchte. Mit Fritz ging es ihm wie seit seiner Jugend mit vielen Dingen: Etwas lag ihnen auf der Zunge, aber sie sprachen es nie aus, sie schafften es nicht oder weigerten sich. Doch Fritz gegenüber würde er nicht nachgeben! Aus dem Garten neben dem Haus winkte ihnen Helga zu, braun in einem helleren Badeanzug, der den Körper in trügerischem Hautton einfärbte und an den markantesten Zonen erblinden ließ. Eine Schaufensterpuppe ohne Bekleidung stand da mit erhobenem Arm, an den wichtigsten Stellen unschuldig gemacht. Ein zweideutiger Reiz ging davon aus, der Änderungswünsche weckte, nämlich diese drei chakteristischen Punkte freizulegen oder aufzumalen. Dabei dachte er an seinen Vater, der im Alter bei den Fernsehansagerinnen nur noch auf drei Zeichen achtete: rote Lippen, große Augen, üppiges Haar. War das vorhanden, fand er alle Frauen unterschiedslos schön. Fritz, durch die Gartenarbeit wieder schlanker geworden, lachte Matthias Roth aus seinem grünen Anwesen zu, umgeben von seinen drei Kindern und seiner oberflächlich erholten Frau, und gab ihm mit einem Blick auf Anneliese zu verstehen, nichts weiter vermutlich als eine Geste der Höflichkeit, er sei zu beneiden mit seinen wechselnden Eroberungen. »Kaum bin ich bei Dir«, sagte Matthias Roth mit einer selbst als verrückt empfundenen Entschlossenheit, sofort aufs Ganze zu gehen, »da erinnere ich mich auch schon an meinen Vater.« Vielleicht konnte er so an ihre früheren Gespräche über die Bedeutung der Eltern im eigenen, erwachsenen Leben anknüpfen. Fritz allerdings begriff es als freundlichen Spott über sein behaglich vorgeführtes Familienleben, in dem er selbst die Rolle des Vaters so genießerisch übernommen hatte und stellte Anneliese stolz seine Kinder vor. Das kleine Mädchen drehte nur mit offenem Mund den Kopf zu ihnen hoch, die Jungen aber, die ihn eigentlich nach dem knappen Jahr hätten wiedererkennen müssen, begrüßten ihn wie einen Fremden. Nach kurzer Zeit vertieften sich die beiden Frauen, doch konnte man nicht auch sagen: die Reisebüroangestellte und die Bankangestellte, in ein Gespräch, langsam auf und ab gehend, voreilig vertraut dem Anblick nach. Fritz schob ihn fort zur ›tiefsten Stelle des Gartens‹, erklärte er geheimniskrämerisch, es solle eine Überraschung werden für das nächste Jahr. Er plane die Anlage eines Gartenteichs. Im Februar, entsann sich Matthias Roth, hatte Fritz ihn mit seinen neu erworbenen Detailkenntnissen in verschiedenen Disziplinen, auch in der Sternenkunde und mit einer Fülle auswendig gelernter Gedichte verblüfft, jetzt wartete er mit weiterem Spezialistentum auf. Zunächst hatte er nur an ein Gießwasser- und Pflanzbecken in der Nähe der Gemüsebeete gedacht, aber dann war die Vorstellung eines richtigen Teiches mit Goldfischen und gestaffelter Bepflanzung, Greiskraut, Sumpfiris, Rohrkolben, mit roter und weißer Seerose, immer verlockender geworden. »Die ausgehobene Grube wird mit Pvc-Folien ausgelegt, die angefeuchtete Erde darunter mit etwas Zement vermengt. Auf die Folie kommt als erste Schicht Torfmull, dann lehmiger Gartenboden, bloß kein Humus, das bringt Fäulnis, keine Düngung, das besorgen die Tiere und Pflanzen selbst, höchstens einmal stickstoffreichen Mineraldünger nehmen. Um den Teich herum wird eine Moorzone angelegt mit den Sumpfpflanzen, damit die Folienenden nicht aus dem Boden herausstehen.« Da Fritz alles im Flüsterton vortrug, hörte Matthias Roth, wie oft Anneliese laut das Wort ›Wir‹ im Gespräch mit Helga benutzte, sie meinte offenbar ihn und sich selbst. Das ist doch kein Grund, ärgerlich zu werden, redete er sich selbst zu. Fritz verstummte, denn der jüngere seiner Söhne stellte sich neben sie und sagte: »Er trauerte sehr um die Stute und freute sich seines Lebens nicht mehr. Er kannte aber eine hügelige Landschaft an einem Wasser. Dort hörte er den Sturm.« Aber noch bevor ihn Matthias Roth ansehen konnte, war der

Kleine davongelaufen.«Das Auswendiglernen liegt bei uns in der Familie«, antwortete stattdessen der Kindskopf Fritz und lachte wieder vor Stolz.

Beim Kaffeetrinken saßen sie alle um einen großen Gartentisch herum. In Wirklichkeit, sagte sich Matthias Roth, ist jeder von ihnen ein Planet, und ich muß in sie eindringen bis zu ihrer Feuerzone. Ist mir das erst einmal gelungen, werde ich auch die Außenseite als etwas von diesem Inneren Durchglühtes wahrnehmen können. »Ein komischer Anblick«, hörte er Helga, »besonders die älteren Frauen sieht man hier an den Putztagen in ihren festlichsten Klamotten. In ausrangierten Taftkleidern, mit Pailletten und Straß, die ihnen für den nächsten Anlaß, eine Hochzeit oder ein Schützenfest, zu altmodisch geworden sind, wischen sie, um die Dinger aufzutragen, was durch soundsoviele Dorfjubiläen nicht möglich ist, Fensterbänke und Stufen vor den Hauseingängen.« Sofort wurde etwas darauf erwidert, aber Matthias Roth sah seine Mutter als Witwe, die sich an die Stille in ihrer Wohnung gewöhnt hatte und dort, wie er sich einbildete, eine lange Nachhallstille brauchte, damit ein kurzer Aufenthalt ihres Sohnes, ein Telefongespräch zu seiner vollen Abrundung gelangte. Ihm wurde auch bewußt, daß er niemals bis oben in das Hochhaus hinaufgestiegen war, er kannte es nur im tiefgelegenen elterlichen Wohnbereich. Es hätte unendlich in die Höhe wachsen können, ohne Abschluß offen, ein bis zu den Wolken ragender, schließlich in einem Nebel verschwindender Turm. Daß es sich anders verhielt, war ihm durch die Außenansicht bekannt, aber das wollte er jetzt nicht gelten lassen. Als er sich wieder mit einem schnellen Ruck der Gegenwart zuwandte, brachen die Jungen, noch kauend, zu ihren Spielen auf, das Mädchen rutschte hinterher, Fritz mußte Anneliese von seinem Raritätenkabinett erzählt haben, er bat um Erlaubnis, ihr seine Fundstücke vorführen zu dürfen. Schon entfernte er sich mit ihr, und Matthias Roth sah von seinem Stuhl aus dieser unerwarteten Intimität zu und spürte, daß Helga dasselbe mit gleicher Verwunderung tat. Daher begriff er das, was sie nun sagte, als den Versuch, um der Gerechtigkeit willen gegen die Verschwörung der beiden

Weggegangenen eine eigene zu schmieden: »Fritz – aber um Himmels willen verrate ihm bloß nicht, daß ich es weiß, er wäre schrecklich enttäuscht, es macht ihm nur Spaß, wenn die Sache möglichst lange ein Geheimnis bleibt – will hier einen Teich anlegen, mit vielen Gewächsen und Fischen. Ich stoße doch auf Schritt und Tritt auf irgendwelche Ratgeber und Anleitungsbücher. Er hat sich da auf seine gründliche Art reingekniet, kein Wunder bei diesem trockenen Sommer. Wer nicht ans Meer fahren kann, träumt von einem Miniatursee im Garten.« Er betrachtete die scharfen Falten um ihren Mund und hätte sie nach ihrem großen Hut vom letzten Herbst fragen können, erkundigte sich stattdessen nach ihrem Beruf, je nachdem, wie sie darauf antworten würde, käme der Hut dann doch noch an die Reihe. »Im Augenblick habe ich noch Urlaub, für uns ist es am erholsamsten zu Hause, vor allem am billigsten. Auch im Reisebüro geht es mir ganz gut, obschon mir vor dem Arbeitsbeginn wieder ein bißchen graut. Man muß bei den Buchungen immer so aufpassen, und vor dem Computer haben sie alle noch Angst, auch wenn sie vor Kunden so rotzig damit umspringen.« Sie hörte auf zu sprechen, aber dann – und sie begann darüber zu lächeln, so daß sich Matthias Roth, endlich erfreut, an die damalige Szene mit ihr in der Küche erinnerte – kam ihr ein Gedanke: »Ich konnte mich schon immer vor unangenehmen Terminen übertrieben grausen. Früher ließ ich in meiner Phantasie die Leute, mit denen so ein Zeitpunkt zusammenhing, einfach sterben, um der Falle zu entgehen. Ich habe mich da manchmal so reingesteigert, daß ich mir sogar meine reumütigen Ausrufe bei der eintreffenden Todesnachricht vorstellte, zum Beispiel: ›Ich hätte doch tausendmal lieber die Prüfung usw. ertragen!‹« Sie sah in seine Augen ohne Unsicherheit, nur forschend, ob er sie wohl verstand. Er ließ sie einige Sekunden warten, weil ihm ihr Blick gefiel. Als er den Mund schließlich öffnete, sprang sie auf, um die Kinder zu beruhigen. Die Jungen beschwerten sich, daß die Kleine ihnen jedes Ding, sobald sie sich dafür interessierten, aus den Händen patschte.

Das Frühstück begannen die beiden Frauen, wie auf Verabredung, mit einem Angriff als diejenigen, die sich täglich mit ihren Vorgesetzten herumschlagen mußten, im Gegensatz zu den beiden freieren Männern. Ihre, der Frauen, aufgezwungene Anpassung – die dominierende Existenzform des größten Teils der erwachsenen Bevölkerung noch immer – sei den beiden, sich behaglich bildenden, völlig fremd. Sie sagten es mit auf die Opfer herabfahrendem Groll, unter dem sich eine, wie Matthias Roth zu durchschauen meinte, naive Bewunderung für das angeblich kaum eingeschränkte Leben ihrer männlichen Gegenüber verbarg. Fritz hatte auf seine langjährige Arbeit als Öffner von komplizierten Schlössern verwiesen und aus dem Kopf eine Litanei seiner Haushaltsverpflichtungen vorgelegt. »Wenn ich nur an die Staubknäuel, Staubschnüre unter unserem Bett kürzlich denke!« sagte er mit blitzenden Augen. Matthias Roth, noch träge von der Nacht, hörte ihn wenig später von Detlef Rose berichten. Auch Anneliese verhielt sich bei diesem Thema schweigsam lächelnd. Sie zeigte nicht, wieviel sie von Geld, Grundstücksspekulation und noch gerade legitimen Lösungen von Steuerproblemen verstand. Man ließ Fritz von allen Seiten gewähren. Ausgerechnet ihm habe Rose einen Brief mit ausführlichen Vorschlägen zur Beteiligung an einem feudalen Bauprojekt geschickt. Ihm müsse doch bekannt sein, daß er, Fritz, sich konsequent wie kaum einer von den diesbezüglichen Versuchungen der Welt verabschiedet habe! Davon abgesehen sei es widerwärtig, wie Rose, was wohl ganz dem Stil solcher Unternehmungen entspreche, poetische Beschreibungen des Baugrundes, hier einmal bei gewinnträchtiger Erhaltung des alten Baumbestandes, der gärtnerisch aufwendigen Anlage und exklusiver Materialien, dieser ganze Quatsch, und das ihm, Fritz, Handstrichziegel, Naturschiefereindeckung!, wie Rose das mische mit schamlosen Anpreisungen der Möglichkeit, wie hieß es noch, ›private Vermögenssubstanz‹ durch Inanspruchnahme von hohen Steuervorteilen zu bilden. Es sei übrigens ein offizieller Brief gewesen, den er vielleicht nur zum Renommieren verschickt habe. Matthias Roth hatte seinem redseligen Freund stumm Herrn Bartels als Gesprächspartner an den Tisch gewünscht. Jetzt, beim traditionellen Morgenspaziergang, kamen sie, schon außerhalb der Ortschaft, an einem von einem renovierungsbereiten Liebhaber gekauften Landhaus vorbei. Das Dach war schon neu gedeckt. Zu einem Berg geschichtet lagen die alten, herausgerissenen Fenster neben einem Rhododendronbusch, ringsum hatte man die Abflußrohre erneuert, an einer Ecke entdeckten sie einen Haufen vergilbter Zentralheizungskörper. »Der ehrwürdige Kasten hat einen reichen Retter gefunden, der das Ganze unauffällig modernisiert«, sagte Fritz. Matthias Roth kannte ein Immobiliengeschäft in der Stadt, in dem sogar nachts, wenn er dort nach einem Kinobesuch vorbeiging, die hintere Wand mit den Farbfotografien der diversen Angebote von Scheinwerfern bestrahlt wurde. Tag und Nacht hielt man die Objekte feil. Er sagte aber nichts. Bei seinem Aufenthalt hier, auf dem Land, unter all diesen gutwilligen Leuten, hatte er eingesehen, daß es nicht in erster Linie darauf ankam, den Faden zu Fritz wieder aufzunehmen, sondern den zu sich selbst nicht zu verlieren. Seine Gefaßtheit, sein gewandelter, umwandelnder Blick auf Menschen und Dinge drohte durch lauter Beiläufigkeiten zerstört zu werden. Es war höchste Zeit, sich gegen die Übermacht so vieler Erfordernisse und Reize zur Wehr zu setzen. Er konnte ihnen nicht allen zugleich auf den ihnen zustehenden Sockel verhelfen als besonderem, einzeln angeschautem Gegenstand. Er mußte die Zerstreuung meiden, um sich nicht zu sehr zu entfernen von einem Mittelpunkt, einer Konzentration, und mußte achtgeben, daß diese zarte Nabelschnur nicht zerschnitten wurde. Keine Unterhaltsamkeiten wollte er mehr, diese Bedürfnisse gehörten einer anderen Epoche an. Vor allem aber weigerte er sich, die Welt aus den Mündern anderer in Empfang zu nehmen, die sie wie durch getrübtes, stumpfes Glas betrachtet erscheinen ließen. Er hatte genug damit zu tun, die Berichterstattung der eigenen Sinne zu korrigieren. Selbst die waren ihm ja nicht ausreichend scharf, nicht zubeißend, sprengend, vorschießend genug, folgten viel zu schwerfällig den Befehlen, die er ihnen erteilte.

Auf den Feldwegen konnten sie nur hintereinander gehen, der Boden war durch die lange Trockenheit staubig, sie mußten alle Abstand halten. Leicht wie Asche wirbelte die Erde hoch nach jedem Schritt, färbte Füße und Sandalen ein, lag, als sie durch einen kleinen Wald kamen, auf allen Blättern, die das geschwächte Sonnenlicht nicht reflektierten. In dem ganzen Wäldchen gab es eigentlich kein Gebüsch mehr, kein niedriges Pflanzendickicht, nur die trostlos geradestehenden Stäbe des Hauptstiels, an dem die Seitenverzweigungen fast senkrecht herabhingen. Ein schöner Septembervormittag über einer häßlich gewordenen Landschaft. Im Norden, sagte sich Matthias Roth, der, einmal auf den Geschmack gekommen, ein Stück zurückblieb hinter den drei Erwachsenen und den drei Kindern, nahm eine solche Dürre gleich das Aussehen eines Unglückssymptoms, einer selbstverschuldeten Katastrophe an. Es paßte hier nicht zur Vegetation, ihr fiel keine akzeptable Weise des dekorativen Verdorrens ein, wie es doch im Süden fast allen Pflanzen gelang. Nein, das Jahr erfrischte sich nicht zu neuem Glanz, es kroch unter dem alten, ausgedienten Schuppenkleid im Kreis und versuchte alles Lebendige darin einzusperren. Von außen wurde ihm also keine Beflügelung geschenkt, und es war, trotz seiner Abneigung gegen Wege, die man auf den ersten Metern zu Ende gedacht hatte, immerhin ein Komfort, wieder auf einem asphaltierten Bürgersteig an einer Ziegelmauer entlang, an der nichts welken konnte, dem nächsten Ort zuzuwandern. Matthias Roth sah auf seine grauen Zehen, auf die eintönigen Reihen der Mauersteine, auf die fernen Rücken von Fritz, Helga, Anneliese und den beiden Jungen. Sie wurden unterschiedlich gut sichtbar, blieben aber beieinander, und man konnte sie als Zusammengehörendes begreifen. Seine Füße hatten die Farbe des Asphalts angenommen, die ihm bekannten Menschen auf der sonst leeren Straße hoben sich immer weniger deutlich von der heißen, steinigen Umgebung ab. Er ging in einem Flur aus sehr einfachen Bestandteilen, er konnte sich sammeln, es gelang ihm in diesem gleichmäßigen Ausschreiten eine Eroberung: Er sah plötzlich wieder die Linie, den Korridor, er holte aus und wischte den Staub von den Zufälligkeiten. Er hatte nur den Blick fest auf den Rücken der anderen gerichtet und sah sie doch in veränderter Weise, blank, grundsätzlich, von vorn, als hätte er das Störende weggeräumt und das Unvollständige ergänzt. Nur mußte er darauf achten, daß er in sei-

ner Begeisterung nicht den Abstand zu ihnen verringerte. Wie
zugeneigt er ihnen war, jetzt, wo er ihnen Gerechtigkeit wider-
fahren lassen konnte! Als züngelnde, wandelnde Flämmchen
sah er sie vor sich, befreit von den kleinlichen Widerstän-
den ihrer hinfälligen Person. Alle Hindernisse waren weg-
geschmolzen. Er spürte, daß er anfing, auf sie zuzulaufen,
gegen seinen Willen, so zog es ihn zu ihnen hin. Nur hoffte
er, sie würden sich nicht gleich umdrehen. Eine Konfrontation mit ihrer unverkennbaren Individualität, mit ihren runden und schmalen, zufriedenen und verhärmten Gesichtern
überforderte ihn noch. So aber, wie sie sich ihm, ohne ihn
zu beachten, darboten, mit Hinterköpfen und Hinterteilen,
entdeckte er sie voller Freundlichkeit. Er begriff, was sich in
ihren Gesprächsversuchen, in ihren Annäherungen und in
ihrem Lächeln verriet. Wie leicht sie sich ins Herz schließen
ließen! Er wünschte ja nichts weiter. Und nun erkannte er
auch andere Dinge in ihren verborgenen Höhepunkten, am
Dorfeingang ein Gasthaus mit einem jungen Mann, der sich
weit aus dem Fenster lehnte und tief zu atmen schien, unbe-
drückt von der Hitze des Tages, das Aufblicken einer uralten,
krummen Frau, die ihre Topfblumen begoß. Durch die Scheiben sah er in ihre beinahe schon weißen Augen, kalkhelle
Abgründe, und das faltige Gesicht geriet in Bewegung, die
blassen Lippen öffneten sich, eine knochige, blutleere Hand
winkte ihm vorsichtig zu, wie kleine Kinder an Bahnschran-
ken winken, Stehende dem Vorbeirasenden. Die anderen
drehten sich um, alle gleichzeitig. Sie wandten sich ihm alle
auf einmal zu, nur das Mädchen schlief in seinem Wagen. Er
befand sich ihnen allein gegenüber auf eine Distanz von etwa
dreißig Metern. Es machte nichts mehr aus, er war durch-
gedrungen zu ihnen, zu etwas Allgemeinerem als Nase und
Mund, von deren Eigenheiten ließ er sich nicht mehr beirren.
Er hatte sich in sie versenkt und würde dieses Gebiet besetzt
halten und keine Vertreibung dulden.

Anneliese hielt ihm auf dem flachen Handteller ein rund-
geschliffenes, blaues Stückchen Glas entgegen. Er vermißte
es seit einigen Tagen. Es war, anders als Giselas Degussa-
Goldstück, dachte er jetzt, vor Annelieses erwartungsvollem

Gesicht, ein wertloser und nur halbwegs wichtiger Talisman. Nun aber wurde die Tatsache, daß sie das Glas in ihrer eigenen Tasche gefunden hatte, als bedeutsames Zeichen aufgefaßt. Er wunderte sich, früher wäre er selbstverständlich darauf eingegangen, jetzt mußte er sich der Höflichkeit halber dazu zwingen. Es war ihm ganz egal, er hätte auch unter die ausgestreckte Hand schlagen und das blaue Steinchen über Annelieses Kopf springen lassen können. Bald darauf befanden sie sich unter Bäumen auf dem Marktplatz, umgeben von einer dörflichen Kirmes, es gab Luftballons, Zuckerwatte, ein paar Schießbuden und Automaten, ein Kinderkarussell, und es war das ausdrückliche Ziel ihres Spaziergangs, das, was die Kinder zum Aushalten auf dem langen Weg ermutigt hatte. Fritz warf mit Stoffbällen nach zerbeulten Konservendosen und mit kurzen Pfeilen auf Scheiben, er schlug mit der geballten Faust auf eine Art Amboß, und seine Söhne lasen an einem Kraftthermometer seine Stärke ab. Er spendierte rosa Lebkuchenherzen für die Frauen und seinen Kindern Lose, Würstchen für sich und Matthias Roth. Es fiel ihm offenbar schwer, auf eine Karussellfahrt hoch zu Roß zu verzichten. Helga und Anneliese betrachteten ihn ungeduldig, aber gerührt: Fritz kehrte den Kindskopf heraus, und niemand hinderte ihn daran, selbst die eigenen Jungen schafften nicht, mit ihm Schritt zu halten. Matthias Roth ging für sich die Stände ab, lauter bunter Kram, winzige, verschieden geformte Dinge aus seiner eigenen Kinderzeit, Kreisel, Murmeln, Becher zur Seifenblasenherstellung, magnetische Hunde, aber auch Ohrringe und Söckchen. Natürlich erkannte er all diese Dinge auf einen Blick, aber sie stellten sich doch dar als ein einziges, grell gefärbtes Relief, das sich in Bahnen zwischen den Menschen dahinzog, und wenn er die Augen zusammenkniff, gehörten die sogar mit dazu, eine, wie er wußte, dünne, marktschreierische Blechlandschaft, die er, ruhig zuschauend, hochklappte wie eine Schale, ein vielhöckriges Panzerkleid über dem weichen, empfindlichen, heißen Inneren! Als er sich den anderen wieder näherte, wies Fritz mit dem Kopf auf einen Mann, der seinen kleinen Sohn auf den Schultern trug und dort hopsen ließ. »Er transportiert Schweine zum Schlachthof. Wenn die

Tiere dort ankommen, dürfen sie nicht verendet sein, aber die Schweine schlafen manchmal ein, und dann werden sie von den anderen totgetrampelt. Damit sie wach bleiben, bringt er, heißt es, den Schweinen schmerzhafte Wunden bei. Er schneidet ihnen die Ohren ein.« Die Frauen schüttelten sich, hätte Fritz einen Witz erzählt, wäre die Reaktion ein Lachen gewesen, jetzt erzählte er einen Witz, und die Frauen lachten. Das Komplott bestand nicht mehr zwischen Fritz und Anneliese, sondern zwischen den dreien und den Kindern dazu. Eine alberne Empfindung! Warum unterlief ihm so was? Er war nur ein wenig abgerückt von ihnen durch diesen nicht auf Einzelheiten eingestellten Blick, er sah sie in gewissem Sinne zu gründlich an, um auf die schnelleren Bewegungen ihrer Mimik und Sätze passend zu reagieren. Unbeholfen stand er bei ihnen, holte das blaue Steinchen hervor und sah, daß Annelieses Augen sofort sacht zu schimmern anfingen. Auch Fritz und Helga schauten verschwörerisch das Glasstückchen an, als wäre es ein wundertätiges Amulett, ein Verlobungsring womöglich! Er hätte es jetzt wirklich am liebsten durch das Kanalgitter geworfen. Eine merkwürdige Ängstlichkeit, sich die Gunst der anderen damit zu verscherzen, hinderte ihn daran. Mit Bedacht steckte er es nun aber in die Tasche, die ein Loch hatte. Da ihm das Scherbchen nichts bedeutete, war es ein toter Gegenstand wie damals, am anderen Morgen, der sechseckige Pflasterstein. Er fühlte, daß der Stein an seinem geheilten Oberschenkel entlang zu Boden fiel. Dann ging er neben Anneliese und suchte vergeblich nach einigen unbefangenen Sätzen. Er wußte nicht, was er mit ihr reden sollte und hätte doch gern Wichtiges mit ihr besprochen. Sie drehte sich häufig um und verzögerte den Schritt, als würden ihr die anderen fehlen. Er wagte nicht, aus seiner Konzentration heraus die Stimme zu gebrauchen, als fürchtete er ihren unverhältnismäßig gewaltigen Hall. Stattdessen griff er linkisch nach ihrem Arm, der heiß und feucht war und viel weicher, als er in Erinnerung hatte. Seine Finger versanken ja geradezu in ihrem Fleisch! War das angenehm? Unangenehm? Es ergab sich, daß er schon wieder allein ging, das erschreckte ihn bis zur Bushaltestelle. Von dort sah er in das

Dorf zurück, ein aufgeräumter Siedlungsausgang, peinlich in Ordnung gebracht wie die Wohnung seiner Mutter als Witwe: fertig zur Abreise aus dem Leben.

›Eine Perle, die der Welt viel Süße spendet‹, las er in seiner eigenen Handschrift und daneben in Druckbuchstaben: ›Es gibt Schätze, die Ihre kühnsten Vorstellungen übertreffen.‹ Was er sich wünschte, war wieder die kleine Landschaft, eine asiatische Tischlandschaft aus glasiertem Ton, eine Felswand mit Teich, um auf einem solchen festen, gegliederten Gegenstand seine Augen ruhen zu lassen, um die künstlichen Moose, den Wasserfall und die Vögel auf den Felszacken ansprechen zu können mit seinen lauten Gedanken. Er wünschte sich die stillhaltende Marianne an die Tür oder zumindest den Konfektschalenneger namens Amerika. »›Eine Perle, die der Welt viel Süße spendet‹, auf gut zwei Seiten eine der besten Introduktionen Conrads, und er scheint es gewußt zu haben. Ausdrücklich stellt er sie den sechs Kurzkapiteln voran. Ein pathetischer Einstieg mit dem ersten Abschnitt, die Perle also, das Ziel, eine seit sechzig Tagen ersehnte Insel, ›Perle des Ozeans‹, man kann gar nicht anders, als die ersten Zeilen symbolisch zu begreifen.« Der Satz, den er in Druckbuchstaben gelesen hatte, stand auf einem alten Kuvert, das zu einer bereits gelesenen und weggeworfenen Reklamesendung gehörte. Ein Schwarzer war darauf abgebildet, und Matthias Roth hatte damals zum Spaß diesen Satz, den letzten des ersten Abschnitts, neben dessen Kopf geschrieben. Es fand sich noch ein weiterer, diesmal wieder gedruckter Satz neben dem Hüfttuch des Negers: ›Der Gesteinsbrocken auf dem Tablett dieses lächelnden Mohrs enthält 16 Riesensmaragde.‹ Er hatte zu dem Tablettträger hingesprochen und fuhr, zwischen Spiegel und Tisch hin- und hergehend, fort: »Das wird im nächsten Absatz schleunigst aufgeklärt: Gekappt werden alle möglichen metaphorischen Assoziationen, es handelt sich um nichts anderes als eine Zuckerrohrinsel und die Hoffnungen des Erzählers, eines jungen Kapitäns, beziehen sich auf eine gute Ernte und hohe Frachtraten. Ende des zweiten Abschnitts, fünfeinhalb Zeilen! Haben da eben wirklich merkantile Erwägungen zur Diskussion gestanden? fragt man sich, wenn man dann die hymnische, nahezu überirdische Erwartungen weckende Beschreibung der auftauchenden Insel liest. Soll man nun doch zu den Gefühlen des Anfangs zurückkehren? Nichts da, Absatz vier rückt alles wieder gerade, keine Spinnereien. Es sind geschäftliche Siege oder Niederlagen, die die Visionen des sich nähernden Betrachters ausmachen, punktum!« Er stützte sich mit den Händen auf den Tisch und sah den Mohren an. Der glänzte ebenso schwarz wie ehemals sein zerbrochener und hielt wie dieser den Kopf schön aufgerichtet und leicht, mit dem gleichen zum Himmel gerichteten Blick, nach hinten gebogen. Er war bei diesem Neger aber, dessen Brust schon einmal als Untersatz für eine Kaffeetasse gedient haben mußte, statt mit einem Federring mit einer schmalen Goldkrone geschmückt, deren Zacken wiederum Edelsteine trugen. Hals, Oberkörper, Ober- und Unterarme bedeckten, obschon der Schwarze offensichtlich ein Sklave sein sollte, kostbar verzierte Goldplatten. Während der köchertragende Allegoriemohr nur auf eine delikate Füllung des beigegebenen Bechers hoffen konnte, und sonst sein Schmuck aus nichts als Federn bestand, war dieser mit seinem gesamten wohlgeformten Leib eine Unterlage für den Reichtum seines Besitzers. In wüstem Kontrast dazu, wie ein verunglückter Eintopf, der überaus wertvolle Brocken mit den Smaragden darin, den der Neger, als hätte er sich heimlich selbständig gemacht gegen seinen Schöpfer, mehr wie einen Witz präsentierte. »Der mathematische Eifer des Lesers, den Anfang geometrisch oder als Gleichung zu begreifen, wächst zweifellos noch beim zweiten Lesen der Geschichte. Dann nämlich kennt er die gründlichere Antwort auf die ›Süße der Insel‹, die zu einem spektakulären Geschäft weniger mit Zucker als mit Kartoffeln wird, und identifiziert die Entsprechung zum fünften Absatz, wo der junge Kapitän wünscht, im Ärger über seinen Ersten Offizier Burns, der ständig das Pech seines Chefs benörgelt, eben dieser möge um seine Entlassung bitten: Burns bejubelt am Ende der Affäre das Handelsglück seines Kapitäns und wird von diesem, der sein Schiff verläßt, als Nachfolger empfohlen! Eine solche totale Umdrehung könnte ein von exakten Parallelitäten besessener Leser bereits am Schluß der Einführung aufspüren, der ein drohender Strich unter das Hin und Her der, sagen wir frech, Additionen und Subtraktionen des Beginns ist, ein Umschaufeln des überaus heiteren Anfangs, ein nächtlich stürmisches, feindliches Gegenbild: Im notgedrungen außerhalb des Hafens vor Anker gegangenen Schiff – im fünften Absatz ist der Wind eingeschlafen, was das rechtzeitige Einlaufen des Segelschiffs verhindert, im sechsten bricht er wieder los – heult es ›wie das Wehklagen einer verlorenen Seele‹.«

Wurde nicht alles gut, hier, in seiner kleinen, braunen Wohnung unter dem Dach, bei der Wiederaufnahme einer alten Gewohnheit, die ihn friedlich stimmte, mit Freundlichkeit erfüllte und alles geraderückte? Er sah sein rosiges Gesicht im Spiegel und reckte sich wohlig. »Erstes Kapitel: Am nächsten Morgen ist der Kapitän fast ärgerlich, daß sich schon so früh Besuch auf dem Schiff eingestellt hat. Als er aber den Namen des Besuchers hört, bewirkt das einen völligen ›Gefühlsumschwung‹. Jacobus heißt der Mann. Damit muß man sich eine Weile als Zauberwort begnügen, erfährt aber, daß im Salon das ›Hafen-Tischtuch‹ aufgelegt worden ist und folgt einer nichtssagenden Unterhaltung zwischen Erzähler und Jacobus durch die geschlossene Tür sowie den irritierten Überlegungen des Kapitäns, der ein wenig sentimental touristischen Träumen vom unverbindlichen Erlebnis fremder Häfen nachhängt und doch einzig ein gutes Abschneiden seiner geschäftlichen Unternehmungen im Auge hat. Jacobus, wird uns in diesem Augenblick mitgeteilt, ist ein mächtiger, einflußreicher Kaufmann auf der Insel, und dem jungen Kapitän hat man von der Reederei empfohlen, ihn aufzusuchen. Nun ist der Prominente zu so morgendlicher Stunde an Bord und ganz von selbst gekommen. So viel märchenhaftes Glück läßt den Kapitän daran zweifeln, ob der Name richtig verstanden wurde. Der Besucher aber bestätigt bei der Begrüßung: Er ist's! Also keine Täuschung! Obendrein tritt er als würdiger, gelassener Mann auf. Die ›Perle des Ozeans‹ scheint tatsächlich ein ›Lächeln des Glücks‹, Titel der Geschichte, für den ehrgeizigen Kapitän bereitzuhalten: das eines günstigen Handels. Nur unterläuft das merkwürdige Verhalten von Burns und dem Steward – Schweigen, Erregung, Empörung, ohne daß klar wird, worauf sich die Gefühlsbewegungen beziehen – die erfolgversprechende Szene mit leichter Nervosität. Die schuppenartig einander überlagernden Infragestellungen eines soeben empfangenen Eindrucks durch den nächsten lassen den Boden des Salons gleichsam leise schwanken.« ›Staatl. Kunstsammlung Dresden‹ las er, ganz klein neben der rechten Hand des Negers. Er lehnte ihn an den Spiegel, dorthin, wo der frühere gestanden hatte. Der Saphirschlepper sollte ein Weilchen an die Stelle des gefiederten Schützen treten als sein Zuhörer. »Und so fort: Ein üppiges Frühstück überrascht den Kapitän, eine Kostbarkeit nach langer Fahrt, zugleich bekümmert ihn die Banalität des Gesprächs mit dem einflußreichen Kaufmann, über Kartoffeln nämlich, die auch auf dem Tisch auftauchen, eine Zweideutigkeit, die allerdings nur der Wiederholungsleser versteht. Zwischen dem Kapitän und dem Steward gibt es überdies eine Anzüglichkeit im Ton, ein Augenzwinkern, das Frühstück betreffend, das weder Leser noch Kapitän wirklich begreifen, es macht jedoch den Boden immer rutschiger. Bei all dem behält Jacobus selbst seine ruhige, abgeklärte Haltung, seine Schläfrigkeit in der stillen Gereiztheit um ihn herum, verbreitet Warnungen und Klatsch und erhält vom Kapitän die Informationen über dessen Stand: ledig und ungebunden, was ihn zu einem verträumten Lächeln anregt. Und nun folgt die Enttarnung: Jacobus, stellt sich heraus, ist der Bruder des von der Reederei empfohlenen – Jacobus: ›Mein Bruder ist eine ganz andere Person‹ –, Lieferant für Schiffsbedarf ist dieser hier, und er hat, dem erzürnten Kapitän wird es schlagartig klar, das verschwenderische Frühstück selbst an Bord geschafft, als Eintrittskarte, schneller als alle anderen Bewerber des Hafens. Ein betrügerisches Manöver allerdings kann er ihm nicht vorwerfen, nur sich eine Selbsttäuschung. Seine aufkommende Schroffheit jedoch wird von der unendlichen Gelassenheit des Jacobus ebenso wie von dessen Diensteifer erstickt. Als der Kapitän dann erste Kontakte mit seinen

Ladungsempfängern an Land aufnimmt, also auf den regulären, vorgesehenen Wegen wandelt, wird ihm nichts anderes als zuvor geboten: Klatsch, Warnungen, der Versuch, auf seine Kosten Geschäfte zu machen. Ja, er glaubt, nun sogar am Bürovorsteher ein ›Haifischlächeln‹ zu entdecken. Ist sein Blick durch das Verhalten des Jacobus geschärft oder durch dessen Andeutungen getrübt? Gewissermaßen als Schild und Verbündeten wirft er den mächtigen Namen Jacobus hin, dessen Bruder er bereits kennengelernt habe und hört nun, daß der hochangesehene Bruder und der Schiffslieferant seit achtzehn Jahren entzweit sind. Der Grund wird ihm nicht genannt, nur der Hinweis: Der ihm schon bekannte Schiffshändler führe ein ordentliches Geschäft, das schon, aber ›es gibt ja auch so etwas wie einen persönlichen Charakter‹. Der Boden, auf dem sich der Kapitän befindet, ist inzwischen festes Land, der Autor aber, in seiner Besessenheit vom Zwielichtigen, hat ihn unsicher gemacht, unsicherer als den des Schiffs in der stürmischen Nacht.«

»Eine Besessenheit des Autors von der Ambivalenz!« Er betrachtete das zähnezeigende Lächeln des Negers und dachte schnell an das Mariannes mit geschlossenen, grellroten Lippen, hier an der Tür, zum Abschied. Marianne mit ihrer fast durchsichtigen Haut, ließ sie sich nicht beinahe herzaubern in seine schöne Abgeschiedenheit, eine nun eben völlig durchscheinende Marianne, durchschienene Marianne? Ein vorgestellter Umriß, eine Anrede? »Zweites Kapitel: Anstandshalber muß der Ich-Erzähler an der Beerdigung des tragisch auf See gestorbenen Kindes eines Kapitäns teilnehmen. Angesichts der heftigen Ergriffenheit ausgerechnet der rauhesten Seebären, kommt ihm der Verdacht, es könne der Neid auf familiäres Leid sein, er schweift ab auf geschäftliche Phantasien, schämt sich aber seiner Gleichgültigkeit, bringt seine Haltung also durchaus in Gegensatz zu einer denkbar angemessenen. Dann stößt gerade auf ihn, den kühl Gebliebenen, der verzweifelte Vater, weist gerade auf den falschen Jacobus hin als einen besonders guten Menschen, der gleich im Hafen für alles gesorgt habe, ein mittlerweile höchst uneindeutiger Vorzug, und wieder hört der junge Kapitän etwas übers Heiraten, und fast beschwörend lehnt er für sich wiederum den Ehestand ab. Ein zweiter Kapitän schießt auf ihn los, ebenfalls in tiefer Trauer, dieser aber um eine hölzerne Person. Er hat auf See seine Galionsfigur verloren. Erneut fällt das Wort ›heiraten‹ als witzig gemeinte Unterstellung, Jacobus plane, dem alten Kapitän eine Frau zu verschaffen. Dieser prangert den Händler als Beispiel für ausgemachte Schlechtigkeit an, aus denselben Gründen, um deretwillen der Vater des Kindes Jacobus lobte. Spätestens hier wird die Begeisterung des Autors selbst an der Mathematik deutlich, die jene an der Ambivalenz weit übersteigt. Wie bei einer altmodischen Rechenmaschine lassen sich die Kugeln hin- und herschieben: Burns, adrett im Ausgehanzug heimkommend, liefert in schmierigem Vergnügen Gerüchte über Jacobus, der in einem Garten ein Mädchen verborgen hält, und schon ist am nächsten Morgen Jacobus mit einem Riesenblumenstrauß aus diesem Garten zur Stelle, verbreitet also seinerseits sublime Schönheit und Duft, gleitet dabei aber mühelos zum konkret Geschäftlichen über. Seine ›würdevolle Unbeweglichkeit‹ erscheint dem Kapitän erstmals als gefährlich, und über den großen Jacobus äußert sich der anwesende ein zweites Mal in schon bekannter Weise: ›eine ganz andere Person‹.« Matthias Roth sah im Auf- und Abgehen und im Stillstehen die einfachen Gegenstände seiner Wohnung an: Tisch, Sofa, Spiegel, Kommode, einige Plakate von Museen an der Wand, Büchertürme, stabil als jeweils tröstliche Anblicke. Wie gut und wohl er sich hier fühlte! »Also drittes Kapitel: Der Erzähler weiß inzwischen, daß der wahre Jacobus als bedeutendster Großimporteur auf der Insel gilt und ist maßlos verblüfft, dessen Büro – aber wundert es uns noch, muß es nicht so sein? – in schäbiger Gegend vorzufinden, in miserabler Ausstattung, mit einem armseligen, verschüchterten Mulatten, der verprügelt von der Meldung des Besuchs ins Vorzimmer zurückkehrt. Doch so schematisch sausen die Kugeln wiederum nicht hin und her. Eine neue Ingredienz ist flink beigemischt: Der Mulatte kommt dem Kapitän rätselhaft bekannt vor! Damit ist für eine ganz sanfte Beunruhigung gesorgt, ein sehr leichtes Schaukeln der Rechenmaschine. Und doch geht es nach den Regeln weiter. Der richtige, allgemein geachtete Jacobus ist herrschsüchtig, schlampig, jähzornig. Statt verbindlicher Unterhaltung gibt es mit ihm sofort Streit, und hier hat unser Kapitän ununterbrochen die Zügel, Fäden fest in der Hand. Alles läuft in exaktem Gegensatz zum Schiffslieferanten Jacobus, und doch ist die äußere Ähnlichkeit der beiden unverkennbar. Und außerdem: beim Rausgehen erhellt es sich schlagartig dem Erzähler. Der Mulatte zeigt eine ebenfalls unverkennbare Übereinstimmung mit der Physiognomie der beiden Brüder! Die Fortführung entspricht der Gleichung. Das nun endlich aufgesuchte Lager des ersten Jacobus ist ordentlich, solide. Der Kapitän sieht ihn von ferne mit seinen Gehilfen zusammen arbeiten, und auch hier trifft er zunächst auf eine andere Gestalt, einen selbstgefälligen Weißen – soweit, so unterschiedlich zum Mulatten –, der jedoch wie dieser eine leicht glitschige Atmosphäre erzeugt, nicht durch eine Ähnlichkeit, sondern dadurch, daß er sich ungeniert seine Taschen mit den Zigarren des Jacobus vollstopft. Aber auch das wird von Jacobus selbst, in seiner, nun interessant zum Bruder abgesetzten, ›schamlosen Gemütsruhe‹, wie auch von dem Zigarrendieb als zum Geschäft gehörend bezeichnet, wie ja alles, was mit diesem Jacobus zusammenhängt, unmerklich in ein Geschäft übergleitet. Ein Handel auf eigene Rechnung ist es nun, was er dem abwehrenden Kapitän vorschlägt. Jacobus weist einladend auf seinen Garten hin, erwähnt eine Tochter darin, daß es außerdem eine mit einem kultivierten Doktor verheiratete gibt, hat der Kapitän schon erfahren. Aber ehe es sich nun verwirren könnte, läßt der von seinen mathematischen Spielen entzückte Conrad Jacobus über diese schon vergebene seinen bilanzierenden Refrain anstimmen: ›Sie ist eine ganz andere Person!‹«

Vielleicht wäre sein Frieden vollkommen, wenn es ihm gelänge, durch einen wunderbaren Akt dieses stille Zimmer in sein Inneres zu verlegen? »Mit dem vierten Kapitel findet eine Ausweitung der Zweideutigkeiten aufs Gesellschaftliche, auf alle die ›ganz anderen Personen‹ der Insel statt, die Gutbürgerlichen, Anständigen, die einem ›geregelten Leben‹ nachgehen, die das Schickliche kennen als hochverbindlichen

Wert und Eckpfeiler des Zusammenlebens, mit anderen Worten: Eine besten Gewissens heuchlerische Gesellschaft, deren rechtschaffene Anrüchigkeit sich schwadenartig ausbreitet, aber dennoch spiegelbildlich gebannt wird, kontrolliert durch die geometrische Aufbereitung: Gegenläufig erscheint das Schicksal des Händlers Jacobus als das eines Mannes, der eben diese Wohlanständigkeit samt Familie seiner Leidenschaft opferte, seine Ehre, seine Würde, und sich skandalöserweise dazu bekannte, indem er die inzwischen häßliche, ihn zudem verachtende Geliebte bis zu ihrem Tod pflegte, ein Flittchen, und das Kind der Liebe, eben jene Tochter im Garten, vor der Welt beschützt, anders als sein tadelloser Bruder, der schicklicherweise seinen unehelichen Sprößling, den Mulatten, als Sklaven benutzt. Noch einmal also halten die Gewichte einander die Waage, dann aber, als der Kapitän zum ersten Mal jenen Garten, ›eine vielfarbig leuchtende Einsamkeit‹ betritt – Marianne«, sagte er zu der durchsichtigen Marianne, »ich habe die Stelle früher erwähnt –, ist es aus mit der die Ambivalenz zügelnden, mathematisch ausgeklügelten Architektur. Nur noch wie eine ferne Erinnerung umgibt die starre, kalte Gesellschaft diesen Garten und das darin lebende Geschöpf, die Geschichte strömt über ins Epische, geht in die Breite, überläßt sich einem Schwellen des Atmosphärischen. Alles in diesem Garten bebt vor Anzüglichkeit, verführendem Widerspruch. Die kleinen Parallelitäten, Entsprechungen werden wie Treibholz, zerbrochene Geländer weggespült von der sich zu erkennen gebenden, nun durch nichts mehr eingeschränkten erotischen Macht der Ambivalenz. Ihr strebt das ganze Geschehen, der junge Kapitän, von der ersten Zeile an entgegen, er ist gewissermaßen nun endlich in ihr laszives Herz eingedrungen. Auch das, was immer das Allergewisseste war, bei dem einen wie dem anderen Jacobus, bei dem Kapitän selbst, beginnt zu wanken und flackernde, unanständige Verbindungen mit dem Gefühl einzugehen, für alle Beteiligten möglicherweise: das Geschäft! In der sich anspinnenden Liebens- oder Verführungsgeschichte zwischen dem Erzähler und der ›Gefangenen des Gartens‹, die er aus ihrer Starre wachküssen will, die umgekehrt in ihm ahnungslos

das Sensorium für die ›perversen Genüsse‹ der Doppeldeutigkeit weckt, ist das Mädchen Alice von unberechenbarer, nicht
aufspaltbarer Widersprüchlichkeit, die er mit Wonne, wie
ein ›moralisches Gift‹ aufsaugt: Stolz und wehrlos, weltfremd
und zynisch, schamlos und scheu, voller Gleichgültigkeit und
voll von wütendem Trotz, ein fauchendes wildes Tier und
eine tote Statue, eine Galionsfigur, natürlich, bewegungslos,
stumm und immer gereizt. Und obwohl der junge Held nichts
anderes tut, sehr lange Zeit jedenfalls, als höflich schmeichelnd auf sie einzureden, hat er das Gefühl, einem Laster
zu frönen, indem er sich dieser glitzernden Spannung, diesem
hysterischen Zittern aussetzt, das ihn angesichts des erbosten
und doch sanften, bemitleidenswerten, anmaßenden Wesens
befällt. Er macht sich keine Gedanken, nicht über das Schicksal des Mädchens, nicht über sich, nicht über das Geschäft,
zumindest sehr viel weniger als früher, nicht über Jacobus und
die Welt. Er schlürft, säuft, tränkt sich mit dem rätselhaften,
immerfort von dem Garten mit dem Mädchen darinnen ausgesandten Reiz, macht sich zum Sklaven dieses Verlangens
und bedient sich doch seiner mit unschuldiger und brutaler
Kennerschaft.« Nebenan hörte er Frau Thies und eine jüngere
Stimme, vermutlich die Tochter, wie sie mehrfach, nun schon
auf dem Flur, laut das Wort ›Wohnwagen‹ riefen, war aber zu
sehr in Fahrt geraten, um sich davon stören zu lassen. »›Wie
gewisse rauhe Naturweine, die man gerne trinkt‹, wirkt die
Stimme des Mädchens auf ihn, der Vergleich ist kein Zufall.
Im Kontrast zu den wie auch immer beschaffenen Moralge-
setzen der Gesellschaft, der längst entrückten, herrscht hier
das Weiche, nachgiebig die Gestalten Wechselnde, das Flüssige, nicht Festzulegende, drohend Launische, Unzuverlässige,
biegsam sich Entziehende: So wie das Mädchen sich schließlich aus der einem Kampf, dann einer Ergebung ähnelnden,
erzwungenen Umarmung befreit. Sie taucht weg, ›wellenför-
mig‹, ›schlangenartig‹. Es ist die See, der das Ambivalente
gleicht, dessen sexuelle Anziehungskraft zugleich die geheime,
hier verratene erotische Passion des Autors ist!«
    Er näherte sich lachend dem Neger, der jederzeit bereit
war, zurückzulachen. »Genießer der Anrüchigkeit des Zwei-

deutigen sind sie beide, Held und Autor. Während es sich in der erotischen Zuspitzung für den Helden jedoch nur im Mädchen Alice personifiziert, vergänglich, ach, vergänglich, schafft sich der Autor durch Multiplizieren, Addieren, Dividieren ein Paradox: Das Flüssige, das fest ist, ein dauerhaftes Schillern. Er stellt die Ambivalenz ja her, seine Geliebte verkörpert sich in der ganzen Geschichte, ist es selbst, vom ersten bis zum letzten Satz. Ein besserer Grund, vom Kapitän zum Schriftsteller überzuwechseln als Gicht! Der junge Kapitän, vernarrt in die flirrende Aura der Ambivalenz, hat durch seine Umarmung dem Mädchen eine Verletzung beigebracht. Sie entflieht hinkend, weil sie einen hochhackigen, blauen Pantoffel verliert. Hinkend kommt sie später zurück, und er, der so begierig dieses Wiedersehen erhofft hat, weiß nichts, spürt aber die Veränderung, die ihn sofort erkalten läßt. Das, was er noch einmal in ihrer Gegenwart fühlen wollte, die zitternde Erregung vor dem zutiefst Widersprüchlichen, verführerisch sich Sträubenden ist erloschen, und die ganze Welt, nicht nur die ›Perle des Ozeans‹, offenbart sich als leeres Versprechen, der Zauber wiederholt sich nicht. Die dem Mädchen zugefügte Wunde hat sie eindeutig gemacht, katastrophalerweise, noch bevor sie sich durch Zeichen verrät. Er hat den Leidenschaftsfunken in ihr geweckt. Auf nichts legt er weniger Wert als darauf. Also fühlt er sich betrogen um sein Vergnügen, der Feinschmecker. Das fesselnd verwirrende ›Lächeln des Glücks‹ ist ein derb höhnisches für ihn geworden. Er verliert die Verheißung, das elementar Visionäre des allerersten Absatzes endgültig, besiegelnd an die Pragmatik des zweiten, ans Geschäftliche! Die hinreißende Galionsfigur wurde lebendig, ein Fiasko! Der trügerische Reiz des Zwielichtigen ist jedoch für Autor und Leser längst nicht erschöpft. Unser Vergnügen hat uns vielleicht nicht solche Schauer eingejagt, aber es ist solider. Wir nämlich sind die Zuschauer einer Verführungsgeschichte mit viel umfassenderem Bogen: Der Kartoffelhandel zwischen dem Kapitän und Jacobus, eingefädelt beim ersten Erscheinen des Händlers an Bord, in allen Auswirkungen abgeschlossen auf der letzten Seite! Jacobus aber, der die Leidenschaft kennt und seiner Tochter äußer-

lich so sehr ähnelt, lockt, umwirbt, schmeichelt, droht gerade
so wie der verliebte Kapitän mit Alice verfuhr. Auf widerlich
erregende Weise vermengen sich Gefühl und Geschäft in seinen Manövern und schließlich im Herzen des Kapitäns, in
den zwielichtigen Herzen beider Männer, die ihren Handel
abschließen, eine Bestechung und eine Erpressung, bei dem
der schlampig elegante Pantoffel, das Pfand der Verwundung
des Mädchens, Dreh- und Angelpunkt ist.« Er stand vor dem
Spiegel und breitete, wie früher so oft, die Arme aus: »Der
Ausgang, auch wenn der Kapitän sich in einen moralischen
Akt flüchtet – um sich selbst zu strafen für seine Leichtfertigkeit und seinen, wider alle Vernunft großen Erfolg beim aufge-
zwungenen Jacobus-Handel, bittet er um seine Entlassung –,
bleibt vieldeutig wie die wirkliche Welt, verbindet sich an den
Rändern mit ihr, fließt über in das allgemeine Wabern der
Realität, der menschlichen Natur, der gesamten Natur, eine
formauflösende Unterströmung, der die Gesellschaft ihre
bürgerlichen Tugenden entgegensetzt und der Autor den kal-
kulierten, die Ambivalenz modellhaft herausarbeitenden, ja,
sie von innen konstruierenden Bau seines Werks.« Er ließ die
Arme sinken, als wären es Segel, aus denen der bauschende
Wind wich, dachte es selbst plötzlich und griff nach dem
Umschlag mit dem goldgeschmückten Neger. Er zerriß ihn.
Nebenan blieb es still. Noch einmal sah er den leuchtenden,
abendlichen Garten vor sich, aus dem das Mädchen nach der
Umarmung ins Haus geflüchtet ist, den erregten, zwischen
einem Faustschütteln und einer Kußhand schwankenden,
noch immer in ihre Richtung schauenden Kapitän, der vermutet, daß sie ihn durch einen Türspalt beobachtet und auf
den sie einmal gewirkt hat, ›als ob sie bei einem Feueraus-
bruch in wilder Hast aus dem Bett gesprungen wäre‹, und
der noch nicht begreift, was er angerichtet hat, jetzt, wo sie
wahrhaftig vor einer Entflammung ins Haus gerannt ist, und
der erst im nächsten Augenblick wissen wird, daß Jacobus die
Szene von irgendeinem Zeitpunkt an beobachtet hat, was sie
rückwirkend sogleich giftig oszillieren läßt. Draußen hatte
die neue Jahreszeit deutlich begonnen, aber sie erfreute ihn
nicht. Es gab jetzt vierzehn Tage lang die bei jeder Witterung

glühenden Sonnenuntergangslandschaften, Dächer, Hecken, mit Laub bedeckte Bürgersteige, er wußte es mehr, als daß er es überhaupt wahrnahm.

Die Straßenfront des Ladens, den er soeben mit Anneliese betreten hatte, war, falls er sich richtig an den Außenanblick erinnerte, nur einige Meter lang, eine einzige große, mit Plakaten vollständig zugeklebte Scheibe, daneben, extra beschriftet, Eingangs- und Ausgangstür. Wenn er es genau wissen wollte, mußte er sich nur umdrehen, man konnte es ja leicht von innen überprüfen, aber wozu, der Umstand, daß ihn die enorme Tiefe des Raumes, der sich durch einen ganzen Häuserblock zu wühlen schien, so verblüffte, ließ sich ohnehin nur aus diesem Mißverhältnis erklären. Er stand da, wie er hereingekommen war, neben der Barriere, die ihn als Eintreffenden von den abgefertigten Kunden, als Kunde mit leeren Händen von den mit Waren beladenen absperrte, und vor dem Wall der Kassenschleusen, an denen er gleichzeitig die muskulösen Kassiererinnen wahrnahm, die vollgepackten Fließbänder und die ernsthaften Gesichter der Wartenden. Er rührte sich nicht, sah die Wächterinnen an ihren Maschinen und spürte, wie sie es darauf anlegten, die Waren, die an ihnen vorbeifuhren, die Hände der Kunden, die danach griffen, sowie die auf- und zuspringenden Fächer der Kasse in einen einheitlichen, ökonomischen Rhythmus zu versetzen. Alle, die Einkaufenden, die Pakete und Dosen, die gewaltig signalisierenden Maschinen begriffen offenbar die Vernünftigkeit dieses Bemühens und strengten sich an, nicht aus dem Tritt zu kommen. Manchmal, in der letzten Zeit, wurde ihm die Einöde seines Zimmers bewußt und daß er Hindernisse brauchte. Sein sturer Tageslauf in den noch immer andauernden Semesterferien räumte ihm die Welt aus. Er selbst erstarrte über seinen Schreibtischarbeiten am Fleck, da er nirgendwo aufprallte, nicht in kleinen Handlungen vollzog, wofür er doch Kraft und Verlangen besaß. Deshalb ging er mit Anneliese, die ihn an andere Orte verschleppte als früher einmal Marianne, von der niemand wußte, wohin sie verschwunden war. Anneliese zog an ihm, drehte ihn um 45 Grad, so daß er die Kassenfrauen links und die Ladenscheiben rechts hatte. Sein Blick fiel auf die Wand, die, nachdem die Straßenfront noch ein Stück an der Innenseite fensterlos weitergeführt wurde, den Raum in der Länge begrenzte. Dort stand: ›Benutzen Sie bitte die Tiefgarage!‹ Sonst nichts, sonst war die Wand weiß gestrichen, eine nüchterne Bitte, eine für alle einsichtige Anweisung. Hinter der Scheibe gab es keine Auslagen, sondern in ganzer Breite einen niedrigen Tisch, auf den die Leute, wenn sie bezahlt hatten, mit den wieder in die Wagen gepackten, nun in ihren Besitz gelangten Waren zufuhren, um sie dort in ihren eigenen Taschen unterzubringen. Natürlich konnte er vor sich selbst die Sache nicht auf diese Art bagatellisieren. Er mußte energisch eine Abneigung, überhaupt nach draußen zu gehen, bekämpfen. In seinem Zimmer kam es ihm vor, als würde die Außenluft wehtun, als wäre drinnen alles nicht so schlimm. Jedenfalls war er zwischen Wänden besser aufgehoben. Eines wußte er sicher: In seinem Tal war er glücklich gewesen, und hier war er es nie mehr. Er wollte etwas um jeden Preis aufrechterhalten, und dazu mußte er einerseits alles Störende beiseite schieben oder wenigstens meiden. Anneliese rüttelte sacht an ihm. Er war vor einem bunten Viereck stehengeblieben, es sah aus wie ein kleines, öffentliches Klo, neben der letzten Kasse, aber die verschiedenfarbigen Bretter hatten luftige Abstände voneinander. Eine Frau, die sich hier auskannte, das merkte man an ihrem Schritt, griff, ohne überhaupt das Innere zu betreten, blindlings durch die eine, offene Seite, hatte einen leeren Karton in der Hand, musterte ihn kritisch, warf ihn ruppig zurück, fischte nach einem neuen, war zufrieden, ging damit an ihren Wagen und räumte um. Matthias Roth hatte um solche Geschäfte bisher immer einen Bogen gemacht, jetzt betrachtete er alles ruhig, besonders die Gesichter derer, die ihre Mengen an Paketen und Flaschen verstauten. Man kann sie nicht ansehen ohne Haß, auf alles gleichermaßen, auf die Fußbodenkacheln und die Gitterkörbe der Einkaufswagen, auf die Kunden jeden Alters und die eingeschweißte Dosenmilch, hätte er früher gedacht.

Er folgte Anneliese durch das Drehkreuz, und erst jetzt befanden sie sich in der richtigen Einkaufszone. Vom freien, unverbindlichen Herumgehen hatten sie sich in eine Verpflichtung begeben, das war ganz selbstverständlich und wurde vorausgesetzt, sie hatten sich entschieden, und nun konnte man nicht mehr zurück. Man bewegte sich nach links auf die wirklich ungeheuer großen, für Monatseinkäufe berechneten Wagen zu und machte sich auf den Weg in die Tiefe des horizontalen Schachtes, der keineswegs strahlend, aber ausreichend beleuchtet war. An den beiden Seitenmauern führte dicht unter der niedrigen Decke eine schmale, vergitterte Fensterreihe von vorn bis hinten, dazwischen brannten rechteckige Lampen schlicht vor sich hin in der Kälte des Warentunnels. Anneliese hatte schon begonnen, weiße Päckchen in den Gitterkorb zu legen, Mehl oder Zucker. Gegenüber standen, kopfhoch getürmt, verschiedene Biersorten in Kästen. »Entschuldige«, sagte sie, »es ist scheußlich, ich weiß, lohnt sich für Dich auch nicht, aber wir machen das umschichtig. Es ist so wahnsinnig günstig!« Die Ausprägung der einzelnen Menschen, nicht etwas Extremes, weiß Gott nicht, nur ihr Eigentümliches, die nach außen gepreßten Kennzeichen: Ganz plötzlich hat mich immer der Haß befallen auf diese toten Gehäuse, die es aber, ich weiß es ja, zu durchbrechen gilt! Es ist die einzige Möglichkeit, sie zu ertragen, sagte sich Matthias Roth. Das hier war die übersichtlichste Einkaufshalle, die er je gesehen hatte, es existierten offenbar drei oder vier relativ breite Straßen vom Eingang zur hinteren Wand, mit einer viel engeren Querstraße, die in der Mitte die Hauptadern kreuzte. Diese boten auch für plötzliche Wendemanöver genug Platz, aber die meisten Leute zogen an den Regalen entlang wie es nahegelegt wurde, von vorn nach hinten, von hinten nach vorn, bis die Strecke abgegrast war. Es gab keine Anpreisungen, keine Aufrufe, keine Sonderangebote, nicht einmal ein wenig Reklame an den Wänden. Die Verwirrung der Kunden, für die man sich sonst in den Kaufhäusern so viel einfallen ließ, war hier vermieden. Klösterlich standen die Waren in den Einheitskutten – braunen und grauen Kartons aus Pappe, so, wie man sie von den Erzeugern anlieferte. Also auch sie wurden nicht in den knalligen Originalverpackungen der Herstellerfirmen dargeboten. Die einzigen Spiegel waren die gewölbten Überwachungsspiegel. Ohne Beschönigung und Verlockung waren die Dinge ordentlich hingestapelt, er dachte kurz an Prostituierte mit kurzen Haaren und in Skihosen vor ihren spartanischen, hygienisch einwandfreien Koituszellen, und die Leute kauften, in unschockierbarer Kaufpotenz, große Mengen, Zehnerpacks, Achterblocks aus eigenem Antrieb. Anneliese hielt manchmal eine Flasche Wein, Weißbrot, das man im Ofen aufwärmen konnte, Konservendosen mit Wurst vor seine Augen und sagte: »Spaß macht es hier nicht, aber der Preis! Es ist unglaublich!« Sie ließ den schweren Wagen bei ihm stehen und lief ein Stück voraus, kehrte mit einem Arm voller Kaffeepakete zurück, kopfschüttelnd, lächelnd, erregt: »Unglaublich!« flüsterte sie. »Wenn man erst einmal dahinterkommt, auch mal andere Artikel ausprobiert, kann man nicht widerstehen. – Aber es ist natürlich abscheulich hier«, sagte sie dann lauter, als hoffte sie, ihm damit eine Freude zu machen. Er war ja nicht zum ersten Mal in seinem Leben in einem Discount-Laden, aber noch nie in einem solchen, und schon gar nicht ließ sich das vergleichen mit den McDonald-Besuchen, zu denen ihn früher Marianne gezwungen hatte: »Damit Du auch mal was aus dem 20. Jahrhundert kennenlernst!« Sieh an, sagte er sich, hier muß man die Artikel suchen, sie werden nicht mal durch Hinweisschilder angekündigt, sondern verbergen sich hinter Wellpappe, und das, wo sonst keine Jahreszeit mehr die Chance hat, auf leisen Sohlen zu kommen, lange vorher wird sie auf Plakaten, in Schaufenstern herausgebrüllt mit Eisfressern und Schokoladenmännchen, um nur vom Essen zu reden. Hier herrschte die Rechtschaffenheit eines Lagers, und Anneliese begriff nicht das geringste: Er fühlte sich wohl! Hier zeigten sich die Dinge ohne Verzierung, in ihrer Wahrheit, ohne Bemäntelung, und ohne Umschweife kam man zum Kern der Sache. Auf schnellstem Wege wurde eine Ware ergriffen und bezahlt und hatte den Eigentümer gewechselt. Es ging ihm öfter auf Zugreisen so, wenn er Städte durchfuhr. Man sah ihre düsteren Hinterfronten, und das schien ihm jetzt ein zutreffenderer Einblick zu sein als die Ansicht ihrer Prachtstraßen, die man ja trotzdem hübsch finden konnte, so wie der kahle Februar die harte Substanz, das Rückgrat des Jahres war, ohne das man die anderen Monate nicht verstand.

Mittlerweile unterschied er die Profis von den Schlenderern oder zufällig Hereingeschneiten, zu denen er sich zählte. Die Profis zeigten nicht, wie Anneliese, ihre Begeisterung. Sie schritten sicher die Kartonreihen ab, griffen niemals vergeblich zu, kannten die Standorte aller Waren, runzelten nicht suchend die Stirn wie die Gelegenheitskäufer, stapelten auch von vornherein platzsparend die ausgewählten Artikel in ihrem Wagen, so daß nichts übereinanderstürzte wie bei Anneliese, die weiche Tüten und schwere Dosen sorglos zusammenwarf, und natürlich hielten sie nicht staunend an, mit Blicken auf die Umgebung und in Gedanken versinkend über das Rationelle der Anlage wie Matthias Roth. Sie nahmen ihn überhaupt nur wahr, weil er ihnen im Weg stand und sie plötzlich ihr Gefährt abbremsen und aus der gewohnten Spur bringen mußten. Jetzt war Anneliese mit ihm bei der zunächst so fern erscheinenden hinteren Wand angelangt, wo, dem Eingang direkt gegenüberliegend, eine allerdings schmalere Tür mit dem Wort ›Notausgang‹ darüber den geheimnisvollen Endpunkt des sich hinziehenden Raumes kennzeichnete. Man hatte die Wahl zwischen dem aufwendigen Abfahren der zwei mittleren Straßen und, wie Anneliese wohl plante, dem grundsätzlichen Rückweg an der Außenmauer entlang. Sie konnte ja in der Mitte noch Abstecher machen. Der Notausgang fungierte vor allem als Öffnung zum Be- und Entladen. Eine ältere Frau, die einzige, von den Kassiererinnen abgesehen, zum Laden gehörende, die Matthias Roth bisher entdeckt hatte – jede weitere hätte auch den Eindruck des absolut Ökonomischen gestört –, schob ohne aufzublicken Kartons im hellen Grau ihrer Haare und des Kittels in die letzten Regale. Matthias Roth stellte sich mit dem Rücken zur Hintertür und sah die Warenalleen hinunter. In gewisser Weise war dies eine noch idealere Landschaft, um bei sich zu sein, als die natürliche, die er schätzte, weil sie stillhielt und sich daher so viel angenehmer aufführte als die Menschen. Die Natur erwies sich schon bald als geduldiger, tückischer Trichter, nein, besser als Nährlösung, in die er sich, ohne auf Widerstand zu stoßen, ergießen durfte, die dann aber, als fruchtbarer Boden rasch wirksam, zurückschlug mit all den nun vergrößerten, vermehrten Keimlingen seines Gehirns. Sie schickte ihm Gespenster, Geisterheere entgegen, alles zu selbständigen Gestalten ausgeformt, über die er, da er sie entlassen hatte aus sich, keine Macht mehr besaß, während seine artikulierten Gedanken doch in Konfrontation mit Menschen gehemmt wurden durch deren Einspruch, ihnen unbeschränkt Raum zu gewähren. Hier aber wurde er weder belästigt noch vervielfacht, hier sah er auf den ausdrucklosen, unpersönlichen Grund der Dinge. Er hörte, daß Anneliese, wieder mit ihrem um Entschuldigung bittenden Lächeln und glänzenden Augen etwas von Bunker und Atomkrieg, komischerweise was von Ost und West sagte, etwas Ironisches. Er sah sie an, und sie löste sich auf, es geschah jetzt das, was ihm erst kürzlich mit einem Restaurant passiert war: Er hatte es durch einfaches Hinschauen in seine Bestandteile zerlegt, und wenn er jetzt, mit Blick auf die von Hundefutter und Diätfruchtsäften gesäumten Chausseen, an die Stadt dachte, widerfuhr ihr dasselbe Schicksal: Er zertrümmerte sie. Er durchschaute all das schnell Zusammengebaute und Weggeräumte, empfand es nicht mehr als gewachsenen, komponierten Eindruck, als ruhige Gesamtatmosphäre, nicht mehr als gestaltete Oberfläche, kurz, es blieb nichts von diesem äußeren Mantel übrig als ein Haufen uninteressanter Bruchstücke. Anneliese wußte ja nichts davon. Sie wäre beinahe mit einem unbedacht nach vorn gestoßenen Wagen aus der Stichstraße zusammengerannt. Durch die plötzliche Bewegung rutschten ihre Serviettenpakete über den Karrenrand. Gestern hatten Matthias Roth Fetzen seines Manuskripts erschreckt, benutzte Notizen über Conrad, durch Frau Bartels zu stürmische Papierkorbleerung in die Aschentonne auf dem Bürgersteig verstreut, und er hatte die Schnitzel lächerlicherweise ebenso hastig aufgelesen wie Anneliese ihre Servietten. Er konnte ihr Gesicht nicht mehr als verführerisch angenäherte und entzogene Modellierung erleben. Das hatte er nicht gewollt, daß alle Ornamente ineinanderschmolzen zu einem Klumpen, zu einem nüchternen Quadrat, oder zerbröckelten.

Was aus der Ferne wie ein Menschengedränge gewirkt hatte, stellte sich beim Näherkommen als disziplinierte Schlange heraus, die weit in den Raum reichte, wohl wegen der großen Einkaufswagen, die hinter jeden Kunden ein langes Pausenzeichen machten. Es war aber, als würde er zwischen die Dinge sehen, nicht in einen Abgrund, sondern in eine schlichte Lücke. Die Gegenstände hielten seine Blicke nicht mehr fest, es gab keinen verbindenden Dunst, der sie mengte zu einer Stimmung wenigstens. Es ist mir eben unerträglich, sagte er sich, den Rücken des Vordermannes und seitlich die ganze Reihe fixierend, von der man genau wußte, was geschehen würde: Sie schwand vor ihm dahin, in Schüben, man mußte es nur abwarten, ableben, wie einen langen Weg, aber man übersah schon alles, es ist mir eben unerträglich, überhaupt noch die Außengestalten hinzunehmen, trostlose Kostüme. Ich will sie höchstens nackt, auch dann, wenn sie, anders als hier, von der Sonne beleuchtete Körper sind, verdrossen, vergnügt, gebräunt, hell gekleidet in Festtagslaune meinetwegen. Nein, das ›Leben‹ ist das nicht, auch ihr angeregtes Flanieren in den Städten, es ist ein Grauen. Ich habe nichts verloren hier, nichts abzugeben, nichts zu erfinden. Aber er wußte es ja viel besser: Es lag an ihm, an seinen rückfälligen Blicken. Seine Gedanken verwirrten sich. Er drang ja durch, und dort zeigte sich etwas Schlimmes! Anneliese flüsterte ihm Bemerkungen über die vollgepackten Wagen der anderen zu, und so machte auch er sich daran, sie zu studieren. Jeder hatte sich aus dem allgemeinen Angebot etwas Individuelles zusammengelesen in einem wieder abzuliefernden Hohlraum, kein Warenkorb würde dem anderen gleichen, und man konnte sich immerhin der Mühe unterziehen, verdutzt zu sein, wie es den Leuten gelang, aus den Pappkartonfronten so viel unterschiedlich Geformtes und Buntes zu schälen. Als sich Matthias Roth umdrehte, sah er hinter sich einen Mann, der nur zwei Dosen Bier in dem riesigen Wagen beförderte, während das Paar vor ihm offenbar nichts als Hundefutter geladen hatte. Rechts von ihnen, als letztes Angebot vor den Kassen, war eine große Menge Klopapier aufgebaut, und tatsächlich griffen die allermeisten da noch einmal zu, nachdem ihr Platz in der Schlange gesichert war. Der Mann hinter ihnen, den jeder ohne Zögern als Arbeiter bezeichnet hätte, prüfte nun irgend etwas in ihrem Wagen mit vorgerecktem Kopf. Schließlich tippte er Anneliese auf die Schulter, nuschelte ihr etwas zu, das sie, an Publikum gewöhnt, sogleich verstand. Sie antwortete, wies mit der Hand bereitwillig auf ein zurückliegendes Regal, und der Mann ging los, nicht bevor er die Räder seiner Karre gegen ihre Fersen gedrückt hatte. »Biskuittortenböden«, sagte Anneliese zu Matthias Roth. Ach, sagte er zu sich selbst, die kleinen Gespräche, das Staunen über die winzigen Vorfälle, das malerische Erzählen! Es schwindet und schwindet, ohne Rast, ohne Sattheit, ich halte mich immer nur beim Lösen von Verpackungen auf und weiß keine Steigerung, nirgendwo wird es besser sein als hier, nicht in einem schönen Herbst, nicht mit einer schöneren Frau, nicht an einem Fluß mit einem oft aufgeschlagenen Buch. Das Genießen ist sogar theoretisch unmöglich geworden. Es ist gegen mein Konzept, alles stellt sich entweder als leblose Hülle oder als Fazit, Resümee dar, eben keine Flamme, nichts Erwärmendes. Vegetationslose Felsböden, ach, die kleinen Verrichtungen, Gesten. Was bleibt übrig von der Welt, wenn ich mich nicht mehr in Kleinigkeiten verheddere! Er machte an Annelieses Seite alle ruckhaften Vorwärtsbewegungen der Schlange mit und fühlte sich starr zwischen all den eifrig Lebendigen.

Er tastete nach seinen Wangen: fest und zart wie immer. Noch hinter den Klopapiersäulen befand sich als Abschluß und Überraschung, mit der man hier nicht mehr rechnete, ein Büro, ein richtiges Extra-Häuschen mit Tür und Fenstern, ein Stück über der Hallenebene, ein Überwachungsraum gewiß auch, mit hohem Sitz, von dem man stundenlang die Waren betrachten konnte, eine Kommandobrücke mit Blick auf die grauen, eintönigen Wellen der Regale. Es brannte kein Licht in dem dunklen Zimmerchen, und wenn man sich reckte, konnte man keine Menschenseele darin entdecken, aber wer weiß, in welcher Weise dort die Fäden zusammenliefen und entschlüsselt wurden! Vielleicht gab es geheime Übermittlungen, ein feines Registrieren aller Bewegungen, eine Aufzeichnung von Annelieses Zögern und eiligem Ergreifen, ein Auswerten, Analysieren und Summieren, hier, im kaschierten Zentrum des Ganzen? Es existierte einfach nicht genug Widersetzlichkeit in der Welt. Hatte er nicht geglaubt, die sich sträubenden, dinglichen Erscheinungen überwältigen zu müssen als seine eigentliche Aufgabe? Es ging ganz anders vor sich, alles gehorchte ihm ja, sein pures Hinsehen fraß die Oberfläche weg und stieß in Windeseile auf die Gleichung, die sie verhüllt hatte, er wußte es im voraus. Er konnte ebensogut in seinem Zimmer bleiben, denn die rasch aufgestöberte Formel leuchtete nicht, entgegen seiner Erwartung, sie war da, ein abstraktes Inneres, wie dieser tiefe, totenstille Raum. Nur vor den Kassen entstand ein wenig Brandungslärm, und es wurde doch noch etwas angeboten, eine letzte Verführung sollte das sein, ein breites Zigarettensortiment in Drahtfächern, die aber erst in Augenhöhe der sitzenden Kassiererinnen begannen. ›Zigaretten bitte nach Entnahme sofort bezahlen!‹ Unvorstellbar, wie man das bewerkstelligen sollte, angesichts der eifersüchtig auf ihre Abfertigung Wartenden und der rhythmusgebenden Kassenfrauen. ›Bitte die Artikel auf das Transportband stellen!‹ sagte ein anderes Schild, und Anneliese tat es ja schon und schob den leeren Wagen in die Gasse zwischen zwei Kassenpulten. Und noch ein Artikel in letzter Sekunde! Erst jetzt fiel Matthias Roth das auf, dabei hätte er es im Geradeausblicken längst sehen müssen: Plattenständer mit den aktuellen Hits der Schlagerbranche. Anneliese nickte den Gesichtern der Vortragskünstler vertraulich zu, er kannte kein einziges. Mein Gott, er hatte einmal ›Rote Lippen soll man küssen‹, dieses uralte Ding, einen Morgen lang gesummt und war dabei ziemlich verliebt gewesen. Die Kassiererin beschäftigte sich mit den von ihnen eingekauften Waren, noch einen Augenblick gehörten sie dem Ladenbesitzer, dem Konzern meinetwegen, den Aktionären, gleich kam der Moment der Übergabe. Millionen Kassiererinnen mußte es auf der Welt geben, die jetzt Tasten berührten, Waren an sich vorbeigleiten ließen und per Knopfdruck wieder abstoppten, Geld einnahmen, die offene

Handfläche ungeduldig ausgestreckt oder aufatmend über die kleine Pause, von Umstandskrämern verschafft. Wie sie Muskelkraft und Gehirn für Geld eintauschten, wie sie an ihren Plätzen saßen und abends in ihre Freizeit nach Hause gingen, um Konservendosen und Wattepakete für ein paar Stunden zu vergessen, wie sie ihr Leben verbrachten und sich alle niederlegen würden, zum Sterben schließlich. Wie sie alle dieses bißchen Fleisch umschloß und Unterschiede zwischen der einen und der anderen Kassiererin behauptete, wie in ihnen allen ein Nagen und eine Sehnsucht war, nur mehr oder weniger eingedämmt durch die Hülle brennend! Aber warum brannte es denn nicht zu seiner Freude und Beflügelung? Und er selbst, ging er sich nicht allmählich selbst vor lauter Allgemeinheit verloren? Inwiefern fühlte er sich denn noch, mit seiner verwöhnten Zunge und den teuren Toilettenartikeln, als Matthias Roth? Bestand zwischen ihnen allen hier und zwischen Irene, Marianne, Anneliese, Helga zum Beispiel und Fritz und Hans und ihm und diesem Arbeiter, der auf Biskuitböden hereinfiel, nicht in Wirklichkeit nur eine Nuancierung bezüglich der Art und Qualität oder besser der Intensität ihrer Fachkenntnisse? Konnte nicht ansonsten jeder den Satz von jedem sagen, im Zustand der Vertraulichkeit? (»Diese Wege im Juni, hüpfende junge Kühe mit winzigen, zärtlichen Eutern«, »Sie kaufen für die Kühltruhen in ihren Kellern wie für Katastrophen«, »Erst wird die Zahl der Menschen langsam zurückgehen, unmerklich, dann immer schneller, nur die Ratten und Fliegen werden überleben«). ›Bei Mitnahme des Einkaufswagens zu Ihrem Auto erheben wir 10 DM Pfand‹, las er zum Abschied. Anneliese erledigte alles geschickt. Ohne kokette Verzögerung, wie es sich für Ernstfälle gehörte, packte sie die Taschen an den dafür vorgesehenen Tischen. Als sie draußen waren, sagte sie: »Gut, daß wir draußen sind!«

»Hatte sie nicht manchmal eine goldene Feder am Ohr?« Es ging ihn nichts mehr an, und doch freute sich Matthias Roth über den fernen, zuckenden Schmerz, den die Frage in ihm hervorrief. Er sah an einem Holztisch vorbei auf einen rotgestrichenen Fußboden und war froh, hier zu sein. Um in diesen Raum zu gelangen, mußte man den Flur des Vorderhauses und einen verwahrlosten Innenhof passieren, dann wieder einen kürzeren Flur, an den Klos für Männer und Frauen entlang, einen schweren Vorhang mit Ledereinfassung zerteilen und kam am Ende in der halbdunklen Abgeschiedenheit eines etwas größeren Zimmers an mit einem einzigen, vielfach gegliederten Fenster zum eben durchschrittenen Hof, vor dem die zur Bar gehörenden Flaschen aufgereiht standen. Man befand sich im exzentrischen Herzen eines bestimmten Lebens der Stadt, so glaubten jedenfalls die meisten der Gäste, fast ausschließlich Studenten und ein paar ehrgeizige Handwerker, von deren Anklagen gegen den bevorzugten Stand sich die Akademiker in etwas besseren Zeiten einige Flaschen Bier lang gern hatten irritieren lassen. Abends verstand man hier sein eigenes Wort nicht und konnte sich nicht vom einmal eingenommenen Platz rühren. Dieses Enganeinander-gedrängt-Sein der Körper liebten die, die hierher kamen. Aber nur nachmittags, in der Stille, mit einer schläfrigen Hilfskraft an der Theke roch es so feuchtmuffig, daß sich Matthias Roth an den Keller seines Onkels erinnerte, an den Weg zwischen den finsteren Wänden zu seiner nach Leim duftenden Höhle. Er genoß jetzt bewußt die Ausdünstungen der vielen Menschen, die seit Beginn des Semesters wieder rauchend, trinkend, redend für zehn Minuten oder sechs Stunden beieinanderstanden, in diesem geheimnisvoll tuenden Inneren. Er roch sie noch, ohne ihre direkte Gegenwart ertragen zu müssen, sie umgaben ihn dicht in Form einer unbelästigenden Abstraktion, er nahm es dankbar an. Wenn er von dem roten Steinfußboden aufsah, blickte er in das faltige und doch wahrscheinlich noch bis ins hohe Alter jugendlich wirkende Gesicht des einzigen mit ihm näher befreundeten Kollegen, der sich, wie er selbst, tapfer hielt, so gut es sich machen ließ, aber mit intensiveren Kontakten zu den Studierenden, schlampig, beliebt, engagiert. Matthias Roth war nur das erste. »Eine extravagante Erscheinung, dann dieses kriegerisch vorgerecktes Kinn und so eine sehr weiße Haut!« Wie angenehm auch, daß dieser sympathische Kollege, der ihm als allererster von Marianne erzählt hatte, sprach. So konnte er sich auf deutliche Einzelheiten stürzen, auf Erwähnungen, die einen kleinen Schmerz in ihm verursachten, und er sagte sich ausdrücklich: Schmerz! mit dem Behagen, das herrührt von dem groben Gebrauch abgedroschener Wörter für eine neue Angelegenheit. »Verschwunden, weggezogen, Karriere abgebrochen, weiß der Teufel, übergeschnappt, irgend jemand behauptet, daß sie freiwillig in einer psychiatrischen Anstalt lebt, eine Liebesgeschichte, nicht mehr mit Dir, nicht mit Dir. Andere vermuten, daß sie das Angebot einer Reise nach Asien wahrgenommen hat.« »Ihr ist beides zuzutrauen«, sagte Matthias Roth beinahe sehnsüchtig. Der faltige, lustige Germanistikdozent wollte gehen. Das durfte noch nicht sein. »Mit Dir hat das bestimmt nichts zu tun«, der Mann stand schon über ihm. »Ich meine«, sagte Matthias Roth, und es war das einzige, was ihm einfiel, um den Kollegen zu halten, und er sagte es, obwohl er spürte, daß der über ihn Gebeugte nach Mottenpulver und Knoblauch roch, und obwohl er sich erst vor zwei Stunden geschworen hatte, niemandem mehr diese Frage zu stellen, »wie gefällt Dir eigentlich Conrad?« »Josef Teodor Konrad – na, jedenfalls Korzeniowski?« Natürlich, das mußte kommen! Schon war Matthias Roth bedient. Mein Gott, sollte er doch verschwinden in sein Eheglück, zu seiner Kinderschar oder den Studenten! »Ein ganz großer Erzähler, distanzierte Melodramatik.« Der Kollege hatte sich wieder gesetzt. »Ein Epiker, wie es heute, ach, lange schon keinen mehr gibt, aber eben auch: nicht geben darf! Eine andere Zeit, ein anderes Jahrhundert. Was für schöne, gewaltige Probleme und wie belanglos! Zu groß und zu klein für uns, nicht wahr? Aber ein grandioser Dichter, ha, ›Nostromo! Lord Jim! Das Herz der Finsternis!‹ Übrigens wirklich kein Wunder, daß man ihn so oft verfilmt hat, irgendwie weht immer eine leise Kinomusik durch seine Romane.«

Matthias Roth sah den roten, harten Fußboden an. Je länger er dort hinstarrte, desto wärmer und nachgiebiger wurde er, glühte gedämpft unter den Tischen und seinen Sohlen und blieb dabei ganz undurchsichtig, undurchdringlich schon in der obersten Schicht, rotangestrichener Beton. Was war mit dem Faltengesicht des Kollegen? Was steckte hinter so viel altersloser Munterkeit? Ob man einen Blick riskieren sollte, ob das Gespräch noch zu retten war? Der Germanistikdozent ging endgültig und klopfte vorher Matthias Roth auf den Rücken, er ging in einer Jacke, die an den Ärmeln zu kurz war. Vielleicht gab der sein Geld für gute Zwecke aus? »Joseph Conrad?« Der Student, den er heute nach dem Seminar darauf angesprochen hatte, unverzeihlicherweise, hatte eine komische Bewegung gemacht, die den Eindruck erwekken sollte, es hätte ihm jemand mit einem Hammer auf den Kopf geschlagen, so daß ihm die Knie einsackten und der Oberkörper vornüberkippte. Den nachfolgenden Bemerkungen mußte er entnehmen, daß es Bewunderung bedeutete, unakademische Begeisterung, die man sich durch kein einziges, blöd literaturwissenschaftliches Gedankenspiel trüben lassen würde! Eine phantastische heilige Schwäche! Täuschte er sich oder versuchte der Student wie ein geübter Seemann davonzugehen? Ausgelöst worden war seine Frage von Frau Heinz, der Sekretärin, die in den Ferien folgsam ›Sieg‹ gelesen hatte. Heute mittag, beim Essen eines Apfels und einer Scheibe Knäckebrot, als sie zum ersten Mal wieder in derselben halben Stunde eine Pause einlegten, fing sie damit an: »Ihr Conrad! Genau das Richtige für den Urlaub. Es nimmt einen herrlich mit! Ein Idealist. Vielleicht hätte man doch lieber damals leben sollen.« Da saß sie vor ihm mit unterdrückten Kaugeräuschen, immer noch tief gebräunt, fidel, als hätte sie ein erotisches Abenteuer erlebt, an der griechischen Küste zwischen Conrad und Meer, und hockte nun wieder zwischen dem grauen, erbärmlichen Teddybär und dem Kaktus, der sich hinter seinem Namensschild versteckte. Sie sprach mit gutmütiger, nein, gönnerhafter Stimme, mit einem wohligen Gurren in der Kehle beim Wort ›Idealist‹. Er hatte sich sogleich mißmutig zurückgezogen. Bei seinen privaten Arbeiten war er vorangekommen. Unter anderem stand die Beendigung eines Rundfunkvortrags über politische Aspekte des Phantastischen in Aussicht, ein Abwägen vor allem reaktionärer und utopischer Nuancen. Hans hatte aus Begeisterung über die ›aufregenden Formulierungen‹ zwei Runden mit hochgeworfenen Armen durchs Wohnzimmer gedreht. Darauf fällt er rein, sagte sich Matthias Roth jetzt, bei einem letzten Bier, er merkt nicht, daß mich der Inhalt inzwischen zum Sterben langweilt. Kein Wort also über seine wachsende Müdigkeit, sich aus jeder Nacht aufzuschwingen in einen ihm erträglichen Tag, sich überhaupt zu befreien von seinen kleinlichen Träumen, dem geträumten Streit um einen besseren Platz bei irgendeinem Spektakel, vor einem Verkehrsunfall oder einem Warenhaus, um einen Rest Braten mit seinem Vater, der ihm sein Motorrad putzen wollte, von Helga, Anneliese, Karin, Irene, die sich ineinander verwandelten und alle über seine Haare maulten. Früher hatte er wenigstens vom Tod geträumt! Der rote Fußboden blieb steinhart unter seinen Füßen, der Student an der Theke, ein Anfänger, sah ihn gar nicht erst an. Die Welt war ausgestattet mit lauter fremden Bestandteilen, die nichts von ihm wissen wollten, und er besaß nicht mehr die Kraft, sie zu umwerben, etwas in ihnen hervorzulocken, das ihn fesselte. Man konnte bei dem einfachen Wort ›Holunder‹ zu Tränen gerührt sein, im Juni gab es nördlich und südlich der Stadt ganze Abhänge mit Holunderscheiben, und in diesen Wochen konnte man in der Nähe, unter den Buchen des Parks, die Erde, durch die nasse Laubdecke aromatisiert, in tiefen Atemzügen riechen, aber es nutzte ihm nichts, vielleicht allen anderen, dachte er erschrocken, nur ihm nicht. Er erinnerte sich kaum noch und unbewegt an seine euphorischen Hoffnungen nach der Wanderung durch ein weit entrücktes Tal. Es hätte ihn auch nichts von seinem Platz weg dorthin gezogen. Es war gleichgültig, wo er sich aufhielt, wem er ins Gesicht sah. Er erkannte immer dasselbe, und es war etwas Kahles, und nun mußte er durch den dunkelgrünen Vorhang an den Klos vorbei, über den Innenhof mit rostigen Eisenteilen und Bierkästen, durch den Hausflur mit schiefen Wänden auf die Straße hinaus.

Er stand vor einer Konditorei und betrachtete die auf silbernen Tabletts ausgestellten Pralinen, gepuderte, in grobem Zucker gerollte, mit weißer Schokolade umhüllte. Er blieb auch bei einer Apotheke stehen und las auf einer großen Papptafel, die wie eine altertümliche Buchseite wirken sollte, die Zusammensetzung eines Hexengebräus in granulierter Form zu einem Instant-Tee: Extr. Fol. Betulae aquos. sicc., Extr. Fruct. Foeniculi aquos. sicc., Extr. Rad. Liquiritiae aquos. sicc., Extr. Fol. Uvae ursi aquos. sicc..., daneben war alles abgebildet: Birkenblätter, Fenchel, Süßholzwurzel, Bärentraubenblätter, die Abkürzungen wie ein Räuspern zwischen den Namen, wie das ›Verstehst Du?‹ von Fritz. In einem Reisebüro sah er ein Plakat vom Comer See an einem Herbstmorgen, ein paar goldene, gefiederte Blätter auf einer Promenade und dahinter die neblige Bläue von Wasser, Bergen, Himmel. Es wurde ihm immer kälter. Er sah die einstmals geliebten Dinge an, aber als hätte er ihre Wurzel in sich gekappt, existierten sie, ohne ihn zu betreffen. Sie verhießen ihm nichts mehr. Sie waren ihm weder Zeichen für eine äußerste, niemals erfüllte, vorwärtsziehende Sehnsucht, noch eine Erinnerung an etwas Genossenes. Es blieb alles gleichgültig, er konnte hinschauen, bis ihm die Augen aus dem Kopf fielen. Ach, und ging nicht drüben, als er sich umdrehte, über dem Grand Canyon die Sonne auf, so daß sich die Schluchten, die im unteren Drittel des Plakats noch fast finster waren, unter dem anschwellenden Himmel zur Bildmitte hin ins Bläulichrosige eines Morgens über nacktem Felsgestein mit deutlicher Konturierung des Flußbetts und der steinernen Erhebungen steigerten? Die hellen und dunklen Bänderungen des Massivs schienen sich fortzusetzen in schwach violetten, ebenfalls ganz waagerechten Wolkenlinien ein Stück über dem endgültigen, radikalen Horizontabschnitt, der zum Teil verdeckt wurde durch den sanft in den ersten Sonnenstrahlen aufleuchtenden, erdfarbenen Hut eines Mädchens und den hochgestellten Kragen des hinter ihr stehenden, sie um einen Kopf ritterlich überragenden Mannes. Beide zeigten ihre geraden Nasen im Profil und schauten auf ein fernes Ereignis, das hier gewiß das Naturschauspiel selbst war, und Matthias Roth dachte es plötzlich mit Demut: sich das alles wünschen zu können, derjenige zu sein, auf den diese Reklametafeln wirken würden, der durch solche Anblicke verführt werden konnte! Jetzt erkannte er die Wahrheit, ja, eine Lebenswahrheit, und er erkannte sie zu spät, die in den vor Frische beschlagenen Gläsern unter tropischen Bäumen lag und die Gesichter lächeln ließ in Liebe zum Gegenüber und zum angebotenen Produkt: Sie verbarg sich darin, daß man es beliebig austauschen konnte bei anhaltender Begeisterung im Auge des Betrachters! Die Frauen gingen in den neuen Mänteln der Saison – es hatte ihn einmal so sehr interessiert –, die sich ablösten von ihren Körpern, so daß man sich diese sofort nackt vorstellen mußte, nein, es war nur das unschuldige Abrutschen der so offensichtlich gewordenen Hülle, die noch unroutiniert von dem umschlossenen Leib bewohnt wurde. Die Frauen zerfielen zu Anfang einer Jahreszeit so spürbar in Schale und Kern, er dachte es mühsam und traurig. Ein vielleicht zwanzigjähriger Farbiger kam mit großem, professionellem Rucksack, Matthias Roth sah ihn sich entfernen mit federnden Schritten, nur wenig anders als der Student heute. Eine idiotische Idee, in die sogenannte weite Welt zu wollen, diese vielen Fächer und Reißverschlüsse, diese Hoffnungen also auf Zwischenfälle, für die in einer der unterschiedlich gearbeiteten Taschen mit Sicherheit jedesmal ein Werkzeug bereitlag! Oder konnte es sein, daß er wieder aufwachen würde zu den einfachen Trieben, daß er sich fallen ließe, ohne zu fragen, in wilde, sinnlose Reiselust, in Liebeslust wie die Vögel, die Knospen, wenn das Frühjahr begann, gezwungen, ohne Zaudern, ohne Argumente, geleitet von einer Kraft, die sie bis in die feinsten Verästelungen siegreich durchflutete? Nein, nicht denkbar! Selbst die alten Frauen, blutleer, trippelnde Wesen aus einer anderen Welt schon, zeigten ihm ihre Überlegenheit, berührten kaum noch den Boden, diese zartgrauen Geschöpfe, aber sagte nicht die eine: »Auch wenn es nur ein Tier ist!« und die andere: »Man hängt doch dran!« und wieder die erste: »Ja, man hängt doch dran!« Und so ginge es fort. Er setzte Fuß vor Fuß, überquerte die breite Fahrbahn, kam am kleinen Schuhladen, dem keineswegs verzagenden, vorbei und wußte es nun: Die Leute machten was sie wollten. Sie brauchten ihn nicht.

Gab es nicht Leuchttürme, er sah sie ohnmächtig vor sich, in stürmischem Regen, aber umwuchert von einem dichten,

nur über Hohlwege durchdringbaren Wall roter und weißer
Heckenrosen, der Wind reißt ihren Duft an sich und wirft ihn
an anderer Stelle, salzig und lieblich, wieder ab? Er stieg dabei
die Treppen zu seiner Dachwohnung hoch, dort würde demnächst Anneliese, vermutlich mit einer Tüte voller Eßwaren,
eintreffen. An der letzten Kehre hielt ihn eine ächzende Frauengestalt auf, Frau Thies, die, als sie ihn erkannte, keuchte:
»Sie sinds!« Ihr Gesicht war rotgeschwollen, mit drallen, glänzenden Wulsten und tiefen Einkerbungen. Sie hatte getrunken, verkündete es ungefragt: »Ein kleines Betriebsfest«, und
befahl dann: »Helfen Sie mir, sonst kommen Sie hier nie vorbei!« Matthias Roth schob sie kräftig mit dem Handteller in
ihrem Rücken höher, worauf sie schüchtern, kokett in Lachen
ausbrach. Ihr Rücken fühlte sich fast hart an, er hatte den
Verdacht, daß sie sich nach den ersten Stufen, die sie beide
ziemlich leicht genommen hatten, gegen seine Hand zu stemmen begann, aus Trägheit oder Vergnügen. Er änderte seinen
Griff, dabei fiel ihm ihr Körper, der nun schwer und schlaff
war, in den Arm. Sie hatte zweifellos eine Menge getrunken,
denn selbst oben, auf dem Flurstück, wurde sie gleich unsicher, als er sie losließ. »Sie müssen mir die Tür aufschließen, Herr Doktor!« sagte Frau Thies. »Keine Angst, ich bin
trauernde Witwe.« Als sie die geöffnete Tür aufstieß, sah er
vor sich, was ihn nicht mehr überraschte, die blanke, bis ins
Kleinste aufgeräumte Wohnung. Man erfaßte es auf einen
Blick, eine ängstliche Ordnung für alle Fälle herrschte auch
hier. Noch als er den Schlüssel in der Hand hielt, hätte er
nicht geglaubt, daß er der Aufforderung der fröhlichen, ange-
trunkenen Frau, einen Kaffee mit ihr zu trinken, Folge leisten würde. Doch als er auf der Schwelle stand, erschien ihm
die Aussicht auf ein ruhiges Sitzen am Tisch gegenüber der
alles Mögliche erzählenden Frau Thies so unwiderstehlich,
daß er zustimmte. Sein rasches Einverständnis verblüffte sie
offensichtlich: »Ich bin trauernde Witwe«, sagte sie ein wenig
besorgt noch einmal. Haben Sie eine Ahnung von den Hoffnungen, die ich mir mache, hätte er beinahe geantwortet.
Beim Kaffeekochen zeigte sie nicht mehr die geringste Unsicherheit, das konnte sie wahrscheinlich im Schlaf. Sie rauchte

dabei: »Vorhin«, sagte sie, »ist schon etwas her, ich war noch besser beisammen, habe ich beobachtet, wie ein, ich muß schon sagen, sehr gut angezogener Mann an einer Haltestelle sich so komisch bückte, da ist ja nichts bei, aber er hat vorher so im Kreis gekuckt, deshalb hat er auch bemerkt, daß ich ihn angesehen habe, aber ich habe ihn ja nur angesehen, weil er so auffällig beim Niederbeugen, so geduckt, aufgepaßt hat, ob ihm jemand zusieht. Ich bin dann weitergegangen, war aber zu neugierig, was der wohl machen würde, denn etwas war mir aufgefallen. Als er sah, daß ich kuckte, hat er nicht so ohne weiteres wieder hochkönnen, es mußte ja einen Sinn haben, daß er sich gebückt hatte, also hat er sich plötzlich am Bein gekratzt, aber das habe ich ihm natürlich nicht abgenommen, viel zu ungeschickt gemacht! Ich habe mich also kurz darauf einmal schnell umgedreht und zwar genau im richtigen Moment. Was denken Sie wohl, was dieser feine Herr tat? Er bückte sich schon wieder, und diesmal ist ihm entgangen, daß einer zusah: Er hat sich nach einer halben Zigarette runtergebeugt und sie an sich genommen. Ich habe gute Augen, eine halbe Zigarette höchstens, und schwupps, war sie in seiner Jackentasche verschwunden.« Sie breitete eine karierte Decke über den Tisch, auf dem schon eine lag, und servierte den Kaffee mit ruhigen Händen, immer dabei rauchend und ohne ein Stäubchen Asche zu verlieren. Ihre Beine wirkten wesentlich jünger als ihr Gesicht. Früher hatte er oft ärgerlich gemeint, daß die Leute viel zu geständig seien, jetzt hörte er die Frau dankbar an. Er war froh, irgend etwas zu hören, egal ob erfreulich oder schrecklich, etwas, das von dem Interesse zeugte, das ihm selbst nicht mehr gelang.

»Meine Tochter«, sagte sie, »mir wäre lieber, sie käme zu mir hoch. Meine Mutter hat jetzt einen kleinen Wohnwagen, hier in der Nähe, an einem Flußufer, ein Campingplatz, kein Mensch weiß, wie sie da dran gekommen ist, aber meine Tochter putzt mit mir im Krankenhaus. Wir verstehen uns.« »Frau Haak«, murmelte Matthias Roth, damit es weiterginge. »Frau Bartels hat ihnen bestimmt von der Amerikareise erzählt. Eine tolle Nummer, meine Mutter. Das steckt bei uns in der Familie.« Das Putzen sah man ihren Händen

nicht unbedingt an, die trugen wahrscheinlich alle Gummi-
handschuhe. »Mein Bruder treibt sich in Amerika rum, meine
ältere Schwester hat neulich das ganz große Glück gehabt.
Ihrem Mann hatten sie schon für sechs Monate das Gehalt
gepfändet, sie selbst arbeitet seit vielen Jahren mit zwei anderen Verkäuferinnen in einem Blusengeschäft. Die Besitzerin
ist vor kurzem mit vierundachtzig Jahren gestorben, und was
meinen Sie? Die hat das Geschäft, eine kleine Goldgrube, alt-
eingesessen, und ihr großes Haus den drei treuen Verkäuferinnen vermacht, alles, was sie besaß. Die können erst mal
in Saus und Braus leben, sind sofort nach Spanien gefahren,
meine Schwester und der Schwager. Ob mir auch mal so was
zustößt? Man ist ja nicht ewig trauernde Witwe. Sie werden einiges mitgekriegt haben, früher, aus unserer Ehe. Spanien! Vielleicht im nächsten Jahr!« Lebten sie nicht alle mit
glitzernden Augen fort und fort, so selbstständlich in ihrem
Dasein? Wie unnütz er herumsaß als Einziger! Die Dinge blieben an ihrem Platz und ein Rechthaben ging von ihnen aus,
die Amseln in den Bäumen wippten eisern mit den Schwän-
zen, sahen einen an oder nicht, einverstanden, gleichgültig,
und ihm konnte durch den Kopf gehen, weiß der Himmel
was, und sie störten sich nicht daran. Um ihn kümmerten sie
sich am allerwenigsten. Er stützte sein Gesicht in die Hände.
Jedes beliebige Eichhörnchen widerlegte ihn, wenn es oben
im Park über seinen Weg sprang. Es sortiert mich aus, diese
zuckende, rote Gestalt vernichtet mich ja bereits! Frau Thies
stieß ihn kumpelhaft an und schenkte Kaffee nach. »Haben
Sie die Nase voll von meinem Gequatsche? Sagen Sie es nur.
Ich bin nicht beleidigt.« Sie sah ihn freundlich an. Sie ließen ihn alle einsam zurück, unantastbar, und lächelten dazu.
Auch Anneliese würde gleich, schon beim Eintreten, lächeln,
dabei müßte ihnen allen inzwischen vor ihm grausen. Spürten sie immer noch nicht, daß seine glatte, gesunde Haut
Kälte und Schrecken umschloß? Warum kamen die anderen
nur so gut zurecht? Das Licht war in ihm ausgegangen. »Son-
nenfinsternis!« sagte er. Frau Thies nahm das Wort nicht zur
Kenntnis. »Meine jüngere Schwester schießt aber bei uns
den Vogel ab. Ein bildhübsches Ding, schon von klein auf.

Mit fünfzehn war sie Rockerbraut, weißblond in schwarzem Leder, und hat eine Tochter gekriegt. Großes Theater hat es deshalb bei uns nicht gegeben, das Kind lief so mit. Als sie achtzehn war, hat sie geheiratet, mit 21 den nächsten Mann. Jetzt ist sie dreißig, hat aus der zweiten Ehe einen achtjährigen Sohn, keine Ahnung, was der Mann eigentlich macht, arbeitet nur am Telefon und kriegt Briefumschläge mit Geld drin. Die ist so ein Teufel, die hat die Ehe satt, hat in Spanien, war schon vor der ältesten Schwester da, was Neues angefangen. Und die haben zur Konfirmation der Tochter aus den Rockerzeiten noch Spanferkel gegrillt, aber die Ehe ist trotzdem kaputt. Dabei besitzen die ein richtiges kleines Haus, ist irgendwie finanziert worden, ich weiß nicht mehr wie. Als das Haus noch gebaut wurde, haben sie schon in einem Zelt davor gewohnt. Der Mann sitzt zu Hause auf dem Sofa und weint, hat die Tochter meiner Schwester meiner Tochter erzählt, im Bett liegt aber schon die neue Freundin. Seien Sie froh, daß sie so was erst gar nicht angefangen haben!« Wollte sie ihm tröstlich auf die Hand klopfen? Er zog sie weg und stand auf. So verhielt es sich: Ihn erschreckte in der Tat schon ein Eichhörnchen, bereits vor einem solchen Anblick verzagte er, er konnte weder ›schön‹ noch ›häßlich‹ denken, nichts war dem Eichhörnchen weniger wichtig. Auch Frau Thies, vor der er sich jetzt mit Dank für den Kaffee tief verbeugte, was ihr zu schmeicheln schien, scherte sich nicht darum, was er dachte. Das Eichhörnchen war ein Monstrum, und niemand ahnte es außer ihm, und doch, wie man es auch wendete, der Elendeste war er selbst. Nicht nur Marianne und Gisela lächelten, als wüßten sie die Lösung des Welträtsels, sie alle, auch alle Eichhörnchen lächelten so, erbarmungslos in ihrem Leichtsinn, über ihn, mit seiner Formel vom Leuchten in seiner Finsternis.

Sechstes Kapitel

An einem frühen Winterabend, als Matthias Roth bereits die Hälfte seines Weges nach Hause zurückgelegt hatte, blieb er plötzlich, und sogleich als Hindernis im Gedränge, auf dem vom Schneematsch rutschigen Bürgersteig stehen. Vom Verlassen des Universitätsneubaus an hatte er beobachtet, wie seine schwarze, er wußte, am Gesäß schon etwas glänzende Hose von den Schuhen bis zu den Knien hoch allmählich eindreckte, und gleichzeitig hörte er, seit Betrachten dieser zunehmenden Verschmutzung der einzigen Hose, zu der er wirkliche Zuneigung empfand, den Satz: »Leere an Orten, an die sich die Erwartung fülliger Lebendigkeit knüpft, ist eine vielleicht wohlfeil konstruierte vanitas.« Dem Studenten, von dem er stammte, hatte Matthias Roth, seinem Vergnügen freien Lauf lassend, ermunternd zugenickt. Jetzt lächelte er immer noch. Die Formulierung war auf vieles anwendbar und immer erheiternd, seinen gerade gefaßten Entschluß, Hans und Gisela einen kurzen Besuch abzustatten, betraf sie aber nur insofern, als er dort mit der Vertreibung solcher Sätze rechnete, wenn auch mit keiner Ablösung durch wichtigere andere. Enttäuscht werden konnte er keinesfalls, weil er nichts erhoffte, keine ›füllige Lebendigkeit‹, und auch die Aussicht, zu dieser Stunde noch mit Gisela eine Weile allein zu sein, störte ihn nicht. Es kam nicht darauf an, ob er mit Hans oder mit ihr oder mit beiden redete, im Prinzip, das sah er inzwischen ein, sprang für ihn in jeder Version gleich wenig heraus. Was er brauchte, war ein wenig Abwechslung von seinen sorgenvollen vanitas-Studenten und den strickenden, stets vage schmunzelnden Studentinnen ebenso wie von seinen eigenen beiden Behausungen, in denen er einen griesgrämig arbeitsamen Winter verbrachte. Er änderte also die Richtung, stapfte im Matsch voran, überwachte, den Blick nicht hebend, wie sich der graue Schnee an seinen Beinen höher schob und dachte gar nichts Besonderes dabei. »Leere an Orten!« sagte er einmal laut, lachte wieder und konnte nun, schon etwas außerhalb des Innenstadtverkehrs, neben den einander überschneidenden Abdrücken vieler Schuhsohlen zusammenhängende Schneeflächen ausmachen, handgroß, buchgroß, atlasgroß, schreibtischgroß, in den Vorgärten schließlich doppelbettgroß. Er hatte mit einem Schlag genug. Es war doch besser, nach Hause zu gehen. Aber nun hielt er sich schon ganz in der Nähe des stolzen Wäschereibesitzerhauses auf, mit nassen Füßen und ordentlichem Hunger. Das bewog ihn nach seinen Kehrtwendungen zu einer weiteren, nun endgültig zu Hans. ›Leere an Orten‹, er zog überhaupt nicht in Zweifel, daß Gisela zumindest mit Wärme und einer kleinen Stärkung aufwarten würde. Erst knapp vor der Pforte, die den Kiesweg vom Bürgersteig abschloß, kam ihm der Verdacht, sie könnte von ihrem Erzieherinnenlehrgang noch nicht zurück sein, oder vom Studieren, wie immer sie das nennen wollte, und wer weiß, ob nicht neuerdings etwas ganz anderes an die Stelle getreten war. Sollte sie es sich, mit dem elterlichen Vermögen im Rücken, ohne Blick auf berufliche Möglichkeiten, ruhig leisten, ob inzwischen schwanger oder auch nicht, egal was. Was ihn erschreckte, war die Vorstellung, das Haus könnte dunkel, ohne ein einziges, Anwesenheit versprechendes Licht vor ihm stehen, ein scheußlicher Anblick. Er ging schnell vor Empörung, ja, genau das würde ihm gleich zustoßen. Das Haus seines Freundes in dieser Stadt, bei dem er ein gewisses Anrecht, so mußte man es doch wohl nennen, auf heimatliche, zuverlässige Aufnahme genoß, das um diese Zeit freigebig aus seinen großen Fenstern zu strahlen hatte, helles oder durch Vorhänge gedämpftes Licht auf eine unberührte Schneefläche werfend, von dem in lauter Eisenflammen auslaufenden Gitter umzäunt, mit einer Laterne auf der Mitte des Kiesweges, die beide Abschnitte, so war es ihre Pflicht, sanft bescheinen mußte. Was hatte er denn sonst? Was verlangte er denn noch? Den langen feuchten Weg war er gegangen, in der Gewißheit eines lieben, gar nicht besonders interessanten, erst recht nicht aufregenden Ziels, nichts anderes sollte geschehen, als daß am Ende dieses ihm vertraute Haus stand, wie es sich gehörte, von innen

elektrisch erleuchtet, wie alle Häuser hier, als abendlicher
Hafen für die müden Heimkommenden. Gerade diese altmodischen Häuser, diese üppigen, bürgerlichen Burgen in ihrer
unerschütterlichen Behäbigkeit wurden sofort zu trostlos verfallenen Schlössern, zu schauerlichen Ruinen für arme Seelen, wenn sie zu dieser Stunde nicht als prunkende, gewaltige
Öfen zwischen Himmel und Erde standen. Er hatte in seinem Ärger auf den letzten Metern nicht mehr die Hosenbeine
beobachtet, aber nun war er angelangt, und das Haus leuchtete ja, leuchtete nicht aus seinen Straßenfenstern, aber mit
der Kiesweglaterne und dem Lämpchen über der Tür!

Und es verlief doch auch weiterhin alles wie gewohnt! Er
klingelte, und im Hausflur ging ein neues Licht an, er sah
durch das Türglas Gisela im dunklen Kleid nach ihm spähen,
dann mit einem Wiedererkennungsruck die vier Treppen zu
ihm herunterlaufen, und schon wurde die schwere Tür vor ihm
geöffnet und gleich war ihm, als träte er nicht nur ins Helle,
sondern bereits ins Warme. Gisela, mit wollig umkleidetem
Körper und aufgestecktem, rötlichem Haar, stieg vor ihm die
Treppen wieder hoch, überschlug keine, eins, zwei, drei, vier,
und bald saß er ohne Schuhe, in Socken von Hans im Sessel
des Küchenwinkels, mit einer Tasse heißem Kaffee vor sich,
den Gisela schon fertig hatte, man konnte fast meinen für ihn,
aber es war ihr eigener. Sie war selbst erst vor zehn Minuten
heimgekommen, und als er sie von seinem bequemen Sitz aus
ein bißchen betrachtete, wie sie ihm Wurstbrot zubereitete,
erschien sie ihm etwas schlanker als sonst und ihr Gesicht im
Profil abgespannter, vielleicht auch nur gereizt durch seinen
unvermuteten Besuch und Einbruch in ihre einsame Kaffee-
stunde? Sie mußte an diesem Tisch im Sessel neben ihm aus
einem Porzellanbecher getrunken und in der aufgeschlagenen
Zeitung gelesen haben. Als er seine Hand danach ausstreckte,
trat sie schon zu ihm, schob ihm den Teller hin und trank aus
ihrem Becher, umfaßte ihn mit beiden Händen, noch bevor
sie sich setzte. Am liebsten wäre ihm nun gewesen, sie hätten sich die Zeitung geteilt und kaffeeschlürfend in den alten
Polstern gelesen. Natürlich war so etwas mit Gisela undenkbar, dabei hätte es genau ihr freundliches Desinteresse anein-

ander ausgedrückt, während sie beide, ohne etwas anderes vorzutäuschen, auf Hans warteten. Er schwieg also nur beim Essen des großzügig belegten Brotes und fragte sie dann, ob sie noch immer ihr Degussa-Goldstück besitze. Wahrscheinlich, um der als peinlich empfundenen Stille etwas entgegenzusetzen, sprang sie, ohne auf seine Beschwichtigung zu reagieren, eilfertig auf, kam mit einer Aktentasche zurück – sie besitzt tatsächlich eine Aktentasche, dachte er mit einer gewissen Rührung – und holte aus ihrem Portemonnaie das eingeschweißte Stückchen Gold. Sie hielt es ihm hin, wie Frau Bartels manchmal ihr Sparbuch vorzeigte, jedenfalls mußte er es, nachdem er sich, bloß um etwas zu sagen, danach erkundigt hatte, ein, zwei Sekunden in die Hand nehmen. Als er es ihr zurückreichte, sie saßen jetzt wieder nebeneinander mit einer Tischecke dazwischen, also genauer, im rechten Winkel zueinander, rutschte es einem von ihnen aus den Fingern, er konnte auch später nicht rekonstruieren, wem. Sie bückten sich beide danach und stießen beide, oder einer von ihnen, beim Wiederaufrichten den Porzellanbecher um, so daß der Rest Kaffee auf die rote Tischdecke floß. Gisela schnappte den rollenden Becher und stellte ihn hin, rührte sich dann aber nicht weiter. Sie saß bewegungslos über das Tuch gebeugt und starrte den Flecken an, der sich sehr langsam über das kräftig strukturierte Gewebe auszubreiten begann. Er wuchs nach allen Richtungen gleichmäßig, vergrößerte sich sacht und stetig, nahm sich viel Zeit dabei, und Gisela tat nichts, und es gefiel Matthias Roth, daß sie den Instinkt zu retten, was zu retten war, so lässig unterdrückte und sich dem Studium des spannenden, nicht aufsehenerregenden aber unaufhaltsamen, ja, biologischen, ja, schicksalsartigen Prozesses des Aufsaugens der Flüssigkeit und der Sättigung des Gewebes widmete. Zunächst hatte er nicht ganz soviel Geduld wie sie, er meinte, der Vorgang sei nun abgeschlossen und begriff nicht, weshalb sie noch immer, offenbar winzige Grenzverschiebungen registrierend, über den Flekken geneigt verharrte. Er sah sie deutlich von der Seite an, sie reagierte nicht und zwang ihn damit, ebenso die dunkel verfärbte Stelle im Stoff zu betrachten. Da fiel ihm endlich der Schweißfleck unter Giselas Ach-

selhöhle ein, im Sommer, in der Tierhandlung, als sie zum
Schluß bei den regungslosen Leguanen standen, bei dem, der
schließlich seinen Arm aus der Luft an seinen Körper zurück-
gesenkt hatte. Jetzt roch er ihren Schweiß, er wußte nicht
mehr, ob das die Gegenwart oder die Vergangenheit betraf,
und er sagte sich, daß der Schweißfleck, als er ihn entdeckte
damals, schon vorhanden und nicht erst im Entstehen begriffen war, also anders als hier und doch, kein Zweifel schien
ihm auf einmal möglich, heftete Gisela ihren Blick so unerbittlich auf diesen, aus keinem anderen Grund, als daß und
bis er sich an jenen ersten, so dicht an ihrer Haut und ihren
Brüsten und getränkt mit ihrem Geruch, erinnerte.

Noch ehe er sich wunderte, noch bevor er irgend etwas
denken konnte, das ein schlichtes Erfassen dieses erstaunlichen Umstands überstieg, mußte Gisela erraten haben –
immer noch mit über die Unglücksstelle gebeugtem Kopf, so
daß er die schimmernden Kämmchen in ihrem Haar fast mit
den Lippen berührte –, daß er bei der geforderten Erkenntnis angelangt war. Sogleich wußte er: Es war so noch nicht
zu Ende, er sah den Flecken an, er roch den Schweißfleck im
Sommerkleid, er sah den gesenkten Frauenkopf, der sich aus
seiner Erstarrung zu lösen begann. Mit einer kleinen Bewegung fing nun etwas anderes an. Sehr langsam richtete der
Kopf sich auf, es war still, und hätte es ein Geräusch gegeben,
so wäre es nicht gehört worden. Sehr zögernd wandte sich
während dieses allmählichen Kopfhebens Giselas Gesicht
ihm zu, noch nie hatte er es aus solcher Nähe angeschaut,
auch nicht früher, wenn er, um sie zu erschrecken, unvermittelt dicht an sie herangetreten war. Dabei schienen ihre
Augen, wenn auch aus immer schrägerem Winkel, den Fleck
zu beobachten oder vielleicht geschlossen zu sein, denn ruhig
gewölbt lagen die Lider über den Augäpfeln. Und noch einmal, als hätte sie nur abgewartet, daß er dieses Bild der vor
ihm verdeckten Pupillen bewußt in sich aufnähme und ihre
beharrliche Weigerung, ihn anzublicken, setzte – sobald er
es verstanden hatte – ein zweites Anheben, diesmal der oberen Wimpernreihe ein. Langsam schlug Gisela ihre Augen
auf, diesmal mit fest auf ihn gerichtetem Blick, und er erin-

nerte sich an etwas, von dem er nicht sagen konnte, ob er es aus einem Film kannte oder von Marianne gehört und dann anschließend geträumt hatte, eine Filmszene war es mit Sicherheit: Ein Offizier schaut von seinem Pferd bei einer Parade ein junges Mädchen an, das einen großen Hut trägt, und das Mädchen sieht unbefangen zurück, bis es, als ungedeckte Anzeige der erfolgten Berührung, Verletzung, wie mit einem vergrößerten Wimpernschlag, wie ein sich aufklappender, seine Gestalt preisgebender Schmetterling, den Strohhut senkt, ganz verschwindet unter der hellen Scheibe, dem hellen Schild. Aber hier war es umgekehrt, alles umgekehrt. Gisela sah ihm direkt ins Gesicht, in die Augen, war endgültig dort angekommen und hatte also die gesamte Zeit ihrer Bekanntschaft benötigt, nicht nur diese Sekunden – ein einziges, maßlos verzögertes Wimpernheben –, um ihn anzublikken. Sie blickte ihn an mit einer solchen Kraft, einem solchen Willen, daß er mit Mühe den Impuls unterdrückte, sich umzudrehen, als stünde jemand hinter ihm, den sie eigentlich meinte. Er wich ihr nicht aus, aber es strengte ihn an, es nicht zu tun. Etwas Kompakteres und Allgemeineres als ihn, Matthias Roth, mußte sie sehen, und doch galt gewiß ihr Blick ihm persönlich, sie befand sich nicht in einer Geistesabwesenheit, sie meinte ihn, und er hatte den Versuch, sie mäßigend anzulächeln, schnell wieder aufgegeben: Gisela lächelte nicht, dann eben auch er nicht, er mußte ihr Anschauen ertragen, und erst da gelang es ihm, ihren Blick zu erwidern, sich zu versenken wie sie es tat, und es wurde leicht. Die nackte Felslandschaft, die vegetationslose dieses Sommers, der vegetationslose Stein, wo man das Fürchten lernen konnte, er begriff es in diesem Moment, hatte die Wirkung, als würden einem Eltern, Freunde, Kindheit weggenommen, nicht nur das, als hätte man das niemals besessen. Er sah Gisela immer an dabei, und nach vielen Wochen zum ersten Mal erstand das Tal neu vor ihm, er sah es durch Giselas Augen hindurch, den kleinen Weg zu Beginn, die heiße, kahle und die schattige Flanke, den grauen Bergriegel am Ende und die Gärten, das Wasser, den Urwald und das Urwaldlicht, den leuchtenden Farn und die verfallenen Gemäuer, die schwarz lackierten Platten des

Abhangs, die erstorbene, dann aufglühende Echsenhaut, er sah sich selbst stehen, laufen und weinen, an verschiedenen Punkten des Tals gleichzeitig, er konnte sich plötzlich wieder dort hineinfüllen, er füllte es aus, er war überall in seinem Tal vorhanden, er lag darin als Nuß in ihrer Schale, als Skulptur in ihrer Nische, als Matthias Roth an seinem Heimatort und sagte noch immer nichts, streckte noch immer nicht die Hand aus nach ihrem Gesicht, küßte noch immer nicht ihren Mund, fragte sich nicht mehr, was sie eigentlich so wild und feierlich betrachtete.

Eine wütende Bitte wurde gestellt zwischen ihnen, aber wer brachte sie vor? Wer von beiden war es, der etwas verlangte, dringend offenbar, man spürte es als Sog oder Druck, als Luftzug oder Luftmangel, aber man wußte nicht, welcher Anspruch vorgetragen wurde, es schien auch nicht wichtig zu sein, es genügte, daß man seine Existenz fühlte. Er hatte gar nicht das Bedürfnis, etwas zu tun, er steckte in einer Wunschlosigkeit, und die unbekannte Forderung hatte vielleicht nur die Funktion, sie beide zusammenzupressen, trotz der vielen Millimeter zwischen ihnen, ein Abstand, der sich weder vergrößerte noch verringerte. Er sah plötzlich Mariannes Lippen vor sich, und es lag daran, daß Gisela lächelte. Jedesmal hatte ihn ihr Lächeln, das einzig Aufreizende an ihr, an das von Marianne erinnert, beide Frauen in ihrer Unterschiedlichkeit hatten es von Anfang an gemeinsam gehabt. Bei Marianne war es ihm als Inbegriff ihrer ganzen Person, an Gisela als etwas Irrtümliches, als Versehen, das nicht zu ihrem Rest paßte, erschienen. Es war aber schon von Beginn an ein Lächeln für sich gewesen, das sich eigentlich ablösen ließ von dem Gesicht, auf dem es gerade ruhte, das eine, geheimnisvolle, spöttische Zeichen, das dazu bestimmt war, ihn wehrlos zu machen, egal, ob eine Eigentümlichkeit der Physiognomie oder eine Gedankenlosigkeit seine Entstehung verschuldete. Es war das, vor dem er die Waffen streckte, und hätte ihn Gisela jemals vorher so angesehen, oberhalb dieses Lächelns, so daß er es auf sich beziehen mußte, wäre dieses stille Pochen oder Pulsieren längst zwischen ihnen gewesen, ein verschlafenes, fast geringschätziges, zugleich lauernd hinterhältiges Lächeln unterhalb ihrer glänzenden Augen, eine Signatur und ein Symbol, durch das für oder gegen ihn gehandelt wurde. Giselas Gesicht stellte vielleicht nur den Überbringer dar. Er wurde durch diese Lippen hindurch bezwungen. Er verstand, wie immer, dieses Lächeln nicht, aber es traf ihn ganz und gar, und erst jetzt bemerkte er, daß sie sich miteinander unterhielten, daß sie, wohl schon seit längerer Zeit, abwechselnd redeten. In Wirklichkeit also wurde eine Weile wieder bereits gesprochen, und es wurde auch ein Zeitungsfoto betrachtet, es hatte aufgeschlagen dagelegen, ein dunkler Raum, der das gleichmäßige Schriftbild der Seite unterbrach. Er mußte Giselas Hand, die das Bild aufdeckte und dann wieder halb verbarg, es geradezu versteckte und halbwegs freigab, beiseite schieben, während sie nun schnell, wie nach Atem ringend, auch alle versäumten Wörter ihrer Bekanntschaft nachholend, sprach. Er berührte sie vorsichtig, die kleine, rundliche Hand, die ihm früher nie gefallen hatte, und es war nahezu unvorstellbar, daß er die Innenfläche vor einer halben oder ganzen Stunde im Hausflur fest gegen die seine ohne die geringste Empfindung gedrückt hatte, und da diese Hand nun neben dem Bild, es gewissermaßen entblößt darbietend, schlaff auf dem Rücken lag, konnte er im Vordergrund ein Bettgestell mit Matratze und Kabeln, und hinten, weit davon entfernt, unter einem hohen Fensterchen einen Tisch mit einem Stuhl dahinter erkennen. Sonst war der Raum leer. »Ein Folterzimmer«, hörte er Giselas Stimme, »man kann es besichtigen.« Sie hatte diesen Satz schon einmal gesagt, aber er begriff den Inhalt erst jetzt. »Ich muß solche Bilder ansehen, und immer mit einem Schuldgefühl. Ich weiß nicht, warum. In meinem Kopf sind verschiedene solche Bilder, auch Schreie, ich bin nicht jemand, der auf dem Stuhl am Fenster gesessen hat, obschon ich genau spüre, wie die Folter zum Teil schon in der grausamen Entfernung des Fensters mit dem Tisch vom Bett mit dem Opfer besteht. Ich bin auch nicht jemand, der in einem Verhör andere verraten hat vor Qual, aber das Schuldgefühl ist da, vielleicht kommt es vom Vergessen, daß man es manchmal vergißt, daß man diese Zimmer vergißt.« Er hörte sie, aber er glaubte, sie trotzdem immerfort anzusehen währenddessen, und als sie nun fortfuhr: »Mit Hans darf ich über solche Fotos nicht reden, er hält es nicht aus, wenn er vom Dienst kommt, ihm schmeckt dann das Essen nicht mehr, er erträgt es nicht, er weiß dann nicht, warum er seine Arbeit macht«, dachte er nur: Bleib weg, Hans, um Himmels willen, komm heute nicht so schnell nach Haus! Als er den Blick tatsächlich wegwandte von dem zum Museum gewordenen Vernehmungsraum, bestätigte es sich: Gisela lächelte, kämpfte dagegen an und lächelte gegen ihren Willen, wie er selbst, es war stärker, es ließ sich nicht unterdrücken.

Dabei gelang es ihm nicht, sie deutlich umrissen und plastisch zu sehen. Als genaue Ausformung verschwamm sie vor seinen Augen. Was er um so heftiger spürte, wie durch einen dünnen, aufsteigenden Qualm hindurch, waren eher Kraftlinien einer nahen Energiequelle, das Versengtwerden der obersten Hautschicht durch Kontakt mit einer Strahlungszone. Dann glaubte er ein Geräusch unten an der Haustür zu hören, und durch den Nebel bemerkte er ein Zusammenzucken Giselas, auch ein so heftiges Hochfahren, daß sich wiederum alles änderte. Er sah sie nun vollkommen klar, ein Sturm hatte die Schwaden zerrissen und weggefegt, der Zustand der Luft wurde durch sie bestimmt, das Geräusch hatte aufgehört, sie konnten sich beruhigen, sie beruhigten sich. Keine ihrer Gesten entging ihm in der einsetzenden Helligkeit. Sie legte beide Hände auf den Tisch, und mit dieser verzögerten Bewegung wurde die Luft selbst träger, die Zeit verstrich weniger schnell, bis in sein Gehirn hinein, und sie wußte es, sie dirigierte die Zeit, es war ein Zauberakt, den Gisela im vollen Bewußtsein ihrer Macht ausführte. Immer, dachte er, hatten ihn die Menschen mit einem falschen Rhythmus gestört, alles lief zu rasch oder zu schwerfällig ab, wenn man sich nicht mit großem Aufwand dagegen stemmte. Hier aber war alles gut. Gisela nämlich behexte den Luftwiderstand, sie spreizte ein wenig die Finger, hob den Arm und senkte ihm den Kopf entgegen, um ein Kämmchen tiefer ins Haar zu stecken, zwischen ihm und ihr galt daher dasselbe Gesetz, sie waren aufgehoben, dank Giselas besonderer Fähigkeit, die Zeit zu verwandeln, die Luft zu verwandeln, in derselben Geschwindigkeit. Eine Weile später streckte sie eine Hand nach dem Becher aus, führte ihn an die Lippen und schüttelte dann leicht den Kopf, sie hatte vergessen, daß aller Kaffee herausgeflossen war, legte aber doch den Kopf weit in den Nacken, damit sie noch einen letzten Tropfen abbekäme und zeigte dabei die aus dem Rollkragen gebogene, nackte Kehle, und es war, als würde er durch jede ihrer Gesten angenagelt und müsse sie ohne Pause ansehen, als eine angestrahlte oder von innen leuchtende Gestalt, an der einem nicht die geringste Kleinigkeit entgehen konnte, an der alles zu einer Einzigartigkeit gesteigert wurde, weil sie allein so funkelnd in einer schwarzen Umgebung stand. Sie hörten das Geräusch ein zweites Mal, und nun gab es keinen Zweifel mehr. Hans hatte wohl zunächst gegen die Haustür gedrückt oder nicht den richtigen Schlüssel genommen, vom ersten zum zweiten Geräusch konnte demnach kaum Zeit vergangen sein. Jetzt steckte der passende Schlüssel bereits im Schloß. Matthias Roth hoffte, daß Gisela noch einmal die Sekunden würde dehnen können, sah aber, daß sie eben das von ihm verlangte. Ihr Körper fiel weich gegen den seinen, er umfaßte sie mit Armen und Beinen, er fing sie auf und spürte alles zugleich, Brüste, Rückgrat, Schenkel, er hielt sie ja nur einfach, er roch den Duft an ihrem Ohrläppchen, und es gab keine Lücke, überall war entweder er oder sie, sie füllten sich gegenseitig aus mit den Eigenheiten ihrer Körper so selbstverständlich und notwendig, als hätten sie es viele Jahre geübt, so sehr spürte er ihr Fleisch an seinem, wurde so sehr umgeben und bedrängt davon, antwortete so exakt darauf ohne Willen und Entschluß, daß er die Körper vergaß oder nur noch der Körper selbst war mit seinem in ihn eingeschmolzenen Verstand, Geist, Sinn, der alles wußte mit geschlossenen Augen und ohne Gedanken. Aber er wunderte sich zugleich, daß er den Körper der Frau spürte wie etwas ihn von allen Seiten Umspülendes, Einhüllendes und dabei doch selbst derjenige war, der sie fest, mit beiden Armen und einem Bein zwischen ihren Knien und einem an ihrer Kniekehle umfaßt hielt. Sie existierten in derselben Geschwindigkeit und Helligkeit, sie standen genau zwischen einem weißen und einem schwarzen Feld, sie waren längst gestorben und bildeten immer noch den Umriß einer Flamme, sie begannen erst, einander das Leben zu entreißen. Er roch neu ihren Schweiß, der sich mit dem Duft der Ohrläppchen mischte, Hans kam die Stufen herauf, eins, zwei, drei, vier. Sie waren auseinandergefahren, er sah das Kleid Giselas noch einen Augenblick in der Mitte eingekerbt von seinem Knie und an den Oberschenkeln hochgerutscht, aber sie riß seine Blicke weg davon, prüfte ihn und ließ sich prüfen, sagte: »O doch, gleich gibt es ja Tee!« mit unbefangener Stimme und öffnete, noch bevor Hans die Klinke berührt hatte, lächelnd, nun also ihren Mann anlächelnd.

»Machtstrukturen, der Kleinkram und die Machtstrukturen!« rief ihnen Hans entgegen, ging dazu auf und ab und begrüßte sie erst später. »Wer war beim Büfett für alle, wer wurde zum intimen Empfang geladen! Wie mich das ankotzt, die beleidigten Gremien, die gekränkten Vereinsvorsitzenden, die eingeschnappten Alleinunterhalter, die Sozialhilfeempfänger in Stadt und Land mit Harke und Scheuerlappen! Und immer wieder und obendrein: die verkannten Lokalkünstler aller Branchen, die einen Raum verlangen, um einen Protest zu planen über die schändliche Behandlung mißachteter Propheten. Wäre ich nicht ein kultureller Laufbursche mit beginnender Glatze, sondern ein kleiner Kommunalpolitiker mit bereits vorhandenem Bauch, ohne Ehrgeiz, an einem Ort mit klaren Mehrheiten für meine dementsprechende Partei, mit alteingesessener, nicht umzubringender Mehrheit, wie könnte ich mir da gönnen, was ich mir immer gewünscht habe: Besichtigungen großer Flugzeugfabriken mit allen Schikanen, Begehungen von Rechenzentren, von großstädtischen Kanalsystemen, von Kraftwerken und Reedereien, forstwirtschaftlichen Instituten, von Zuckerfabriken, die kompliziert in der bescheidenen Rübenfeldumgebung stehen, mit ordentlichen roten und blauen Rüben in Haufen und Reihen drumherum. Mal hier, mal dort wäre ich unverbindlich unterwegs, und zu allem gäbe es nette Drinks, und als Zugabe würde man rechtzeitig hören, wo man günstig pachten, kaufen, bauen, abstoßen kann.« Matthias Roth sah, wie Gisela sich auf die Zehenspitzen stellte und Hans die Schneeflocken mit allen zehn Fingern aus den noch vorhandenen Haaren schüttelte. Das Wollkleid war auch an den Knien in ehrbarer Verfassung, er sah, wie Gisela, wobei sie Hans immer weiter die Arme ausbreiten und reden ließ, das Teetablett fertigmachte, mit dem geliebten Geschirrklirren, schließlich ihm die Kanne und Hans das Tablett gab, selbst über den Flur vorauslief und dort geschickt und schnell – jetzt glühten die Vorhänge der Straßenfenster mild für Vorübergehende – die von Hans erwartete Gemütlichkeit erzeugte mit ein paar Handgriffen. Anders konnte es nicht sein! Nur das, was ganz von allein geschah, war überhaupt möglich, das spürte er selbst: Wenn man ihn grüßte, grüßte er zurück, gab man ihm eine Kanne zu tragen, trug er sie, ging man ihm voran, folgte er, redete man auf ihn ein, nickte er, und wäre er hier zu Hause und verantwortlich für eine feierabendliche Stimmung, gut, dann würde er, nach außen hin leicht, in Wahrheit benommen oder vielleicht auch schwerelos wie unter Wasser, nach Teegeschirr und Streichhölzern, nach Schaltern und Tauchsieder gegriffen haben, das alles in dem Bestreben, für eine glatte, gewohnte Oberfläche zu sorgen, unter der keine der erfolgten Bewegungen und vorhandenen Unruhen zu ahnen wäre. Er hatte von sich den Eindruck, zu tapsen, tapsend die Teetasse zu fassen, tapsend einen Keks zu packen, taumelnd versuchte er die Rumkaraffe zu erreichen, aber da ihm niemand half, konnte man es von außen wohl gar nicht bemerken. Sie waren aus der Küche sicher herausgelangt und hier, im Wohnzimmer, ein Zimmer ohne Vorgeschichte, herrschte keine verräterische Atmosphäre, hier waren alle Anwesenden gleichermaßen harmlos und drüben, Gott sei Dank – und es kam ihm vor, als würde er es sich leise vorlallen –, waren sie rausgekommen, ohne daß Hans das Geringste wahrgenommen hatte in seinem Rednerrausch, während doch die Luft, ganz besonders die Luft bei seinem Eintreten, sich gesperrt hatte gegen den Eindringling mit Dichte, Hitze und Stille. Aber Hans war auf und ab gegangen, erfreut, einen zweiten

Zuschauer zu haben. Matthias Roth vermied noch immer, Gisela direkt anzusehen, er fühlte, was sie tat, er spürte, wie sie die Beine übereinanderschlug, sie saß ruhig in den Kissen und wartete ab, bis Hans sich beruhigt hätte. Als er ihre Hand streichelte, bog sie ihm den Arm bereitwillig entgegen. Matthias Roth kannte die Bilder in diesen Sesseln ja schon lange, und Gisela führte sie vollkommen aus. Aber hatte sie, fragte er sich plötzlich, etwa sogar die alte Teekannenhaltung, Kanne in Höhe der Brust, Hans eingießend, eben eingenommen, war es möglich, daß auch das genauso aussah wie die vielen Male zuvor, das ewig gleiche Bannungsbild?

Sie heuchelte fehlerlos! Aber flackerte es nicht zu ihm herüber in verborgener Auflehnung? Nein, er mußte nicht hinsehen, eine ununterbrochene Verbindung bestand ja zwischen ihnen, ein gemeinsames Handeln zur Täuschung von Hans, ohne Absprache in wunderbarer Gleichgesinntheit, alles zu vermeiden, was zu offensichtlich die Luft durchströmen und durchwurzeln würde. Er war überzeugt, daß die Küche, wäre er hinübergegangen, sich ihm immer noch als zitternder Würfel gezeigt hätte. In dunkelblauem Hemd saß Hans im Sofa, schlanker und jünger als er, aber bleich, aufgeschwemmt im Gesicht, mit müden Augen, häßlich beinahe. Er hätte ihn nicht gern, wie es früher manches Mal geschehen war, im Zustand des Angetrunkenseins beim Weg zum Taxi in den Arm genommen. Ja, Hans hatte ein offizielles Kulturbeamtengesicht bekommen, erst heute fiel es ihm auf, das sich bei Tee und Whisky aufzulösen begann, und er redete noch immer, und diesmal mußte Gisela keine kritischen Einwürfe von Matthias Roth befürchten. Hans sagte: »Eingabe«, bald darauf: »Papierkorb«, vielleicht: »Alles für den Papierkorb« oder: »In den Papierkorb geschmissen« oder auch: »Den Papierkorb haben sie mir kontrolliert«, er sagte: »Intrige«, »Bewerbung«, »Budget« in gewiß vernünftigen Zusammenhängen. Wie still und erregt Gisela für den, der es wahrnehmen konnte, in ihrem Sessel ganz allein ihrem Mann gegenübersaß, mit blassem, konzentriertem Gesicht, das doch in einer glücklichen Betäubung zu schlafen schien, einer Lähmung, die alle Zeichen der Nervosität beschwichtigte, abwandelte in eine sanfte

Geistesabwesenheit und so den Übergang herstellte zu ihrem Körper. Er sah ja keineswegs genau hin, er betrachtete weder ihre Knie noch ihre Brüste, aber er wußte: Aus ihren Gliedmaßen, aus ihrer schön modellierten Körpermasse flammte eine fast bedrohliche Energie, die sie doch jeden Moment zu zügeln imstande war, und das verstärkte den Eindruck ihrer heimlich aufzüngelnden Kraft. Er hatte sie noch eben umarmt, und er glaubte, sich nun erinnern zu dürfen, erkannte aber, daß er es gar nicht nötig hatte. Solange er nämlich nicht mit anschaute, wie Gisela Hans tröstlich zunickte, sein Handgelenk über das Tischchen zu sich zog, solange er das widersprüchliche, und, wie er wohl wußte, unbedingt notwendige Bild nicht beachtete, wurde er, und darein konnte er sich mit unauffällig geschlossenen Augen versenken, immer noch weiter umarmt, umfaßten sich ihre Körper noch immer in wechselseitiger Umhüllung oder beinahe schon Durchdringung, es dauerte an, es fehlte ihm nicht, da es noch geschah. Sie klapperte am Zuckerfäßchen, und in Wirklichkeit umarmte sie ihn. Er roch sie ja auch, noch nie hatte er aus diesem Abstand so deutlich ihren Geruch bemerkt. Bei jeder anderen Frau hätte es ihn in solcher Intensität abgestoßen, hier atmete er ihn ein, ein fortgesetztes Umschließen. Ein paarmal hörte er sie auf Hans freundlich einreden, kurz, wie gewohnt, aber am Ende entstand ein kleines, für ihn, den Eingeweihten, wahrnehmbares Überschlagen der Stimme, eine Art Schluchzen oder Torkeln der letzten Silbe, er wartete sehnsüchtig jedesmal darauf. »Gib mir noch Tee!« sagte Hans, und sogleich erhob sich Gisela, trug die Kanne vermutlich in Höhe der Brüste, beugte sich vor nach der weit weggerückten Tasse und verharrte so, wie es noch nie vorgekommen war. Mit der rechten Hand, Matthias Roth nahm es als eine Erstarrung wahr, so langsam ging es, hielt sie die Kanne, mit der anderen die schon emporgehobene Tasse, veränderte aber die Entfernung der beiden Gegenstände zueinander nicht. Exakt dazwischen befand sich der Oberschenkel von Hans. Aber sie tat doch etwas: Sie näherte die Kanne den Hosenbeinen ihres Mannes und ließ die Tasse, wo sie war, sie begann, die Kanne zu neigen, die Augen auf den Stoff über dem Männerknie unter sich gesenkt, als sähe sie schon, wie sich der Fleck, schnell und heiß, ausbreiten würde, falls Hans dabei still bliebe, was er nicht tun würde. Matthias Roth begriff es ja gleich, es wäre eine Möglichkeit, ihn für einige wenige Minuten aus dem Zimmer zu haben, um noch einmal eine Berührung der Hände zu wagen, vielleicht der Lippen, der Worte zumindest. Sie drehte den Kopf, lächelte ihn an in übermütiger Verständigung und schenkte gehorsam ein.

Sie tat es mit angemessener, ihn jedoch verwirrender Beiläufigkeit. Hatte denn auch er sie vorher nie angesehen? Sie machte ihre unerheblichen und immerzu fesselnden Bewegungen, ihre Zauberzeichen, ob sie nach einem Kämmchen griff oder in der Tasse rührte, schwindelfrei ins Blaue, immer so, als handelte es sich um Nebensächlichkeiten, und traf ihn doch jedesmal damit, fixierte ihn mit Pfeilen und Messern. Nein, er hatte sie vorher nie richtig betrachtet, ihm war entgangen, wie hoch, dünn, sich beinahe ins Unsichtbare entziehend die Brauen über den dunklen Augenhöhlen verliefen, wie insgeheim trotzig die leicht geblähten Nasenflügel ansetzten, wie weich, unentschieden, wie jederzeit zum Nachgeben bereit die Lippen einer fast mythischen Sicherheit der finsteren Augenpartie widersprachen. Was hatte sich denn nur so verändert mit einem Schlag, von einer Stunde zur anderen? War sie stärker geworden in den letzten Monaten, vielleicht um so viel, wie er an Stärke abgenommen hatte? »Hoffnungslose Pragmatiker oder Traumtänzer, wohin man sieht, Kompentenz in keiner Partei auf kulturellem Sektor, kein Interesse – man profiliert sich heute woanders – bei den Firmen. Was glaubt Ihr denn, was unsere berühmte Lackfabrik, unsere Keksfabrik, unsere Wurstfabrik, schließlich alle in unserem Einzugsgebiet für eine Spende bei entsprechenden Vorhaben zuständig, springen lassen? Ob man mit denen ganz privat wird, devote oder forsche Bettelbriefe schreibt, was die inzwischen rausrücken ist soviel wert wie ein gutes Abendessen zu dritt. Unsere großartigen Projektierer aber haben noch immer nicht mitgekriegt, daß das Geld knapp ist und halten uns den Straßenbau oder womöglich die Bundeswehrpanzer vor, uns! Nirgendwo ist man mehr beliebt.« Hans sah sie prü-

fend an, aber nur, um zu wissen, ob sie ihm mit ungeteilter
Aufmerksamkeit lauschten: Den Eindruck mußte er gewinnen, ob sie ihn liebten: den auch! Gisela saß auf ihrem Platz
und Matthias Roth hatte das Gefühl ihrer Macht so sehr,
daß ihm schien, sie müsse nur ihren Willen sammeln, um den
Raum über allen Personen zum Einstürzen zu bringen. Und
was wäre wohl passiert, wenn sie ihn unvermittelt verlassen
hätte! Die Luft wäre zischend aus dem Zimmer entwichen,
die farblose Masse, die die Wände auseinanderstemmte und
am Einsturz hinderte. Unsinn! sagte er sich und fand es weiterhin wahrscheinlich. »Zugpferde müssen her, das sollten
sich alle hinter die Ohren schreiben. Mich interessieren sie
nicht, aber nimm irgendein Musical mit zwei TV-Stars, ruhig
abgehalftert, damit es billiger ist, aber eben in natura, und
bei uns ist die Festhalle voll. Bei einem unserer berühmten
Dichter, mir hängen sie alle zum Halse raus, besonders ihre
Krawatten, bei diesen alten Gäulen, männlich oder weiblich,
kann man sogar für Lesungen Eintritt nehmen. Und wenn
uns das Essen hochkommt: So läufts nun mal! Da lobt uns
endlich sogar das Annoncenblättchen zwischen Frisörsalon-
und Saunareklamen. Stattdessen meint jeder Einfaltspinsel,
der ein gemeinnütziges Zimmerchen eröffnet und eine Schwäche für einen musizierenden, dichtenden, pinselnden Freund
Unbekannt hat, er könnte bei uns, mit unseren paar bewil-
ligten, weiß Gott erkämpften, restlichen Pfennigen das Recht
auf Unterstützung durch die öffentliche Hand einklagen, nur
weil er Gedichte mag, nur weil er fürs Leben gern mal Ver-
anstalterchen sein möchte. Und redet man denen von syste-
matischer ... ach, zum Teufel! Völlig unvorstellbar, daß wir
hier einmal gesessen und unsere verrückten Leseabende geplant haben. Und wir haben sie durchgezogen!« Hans streckte
die Beine von sich, umarmte die Sofalehne nach beiden Seiten und kicherte vor sich hin. Weibisch, ein fast weibischer
Ton? dachte Matthias Roth. Er selbst hatte das schreckliche
Gefühl der Leichtigkeit, er nahm laufend an Gewicht ab, es
kam durch Giselas Gegenwart, auch begann er mit großer
Geschwindigkeit zu altern und wurde ebenso schnell immer
jünger, er stieg in einer Röhre auf und ab zwischen Alter und

Kindheit, um dann wieder schwer, unbeweglich zu werden und anzuhören, wie Hans ganz behaglich sagte: »So gibt es hier immer geringfügige Katastrophen beruflicher Art oder auch Unglücksfälle im Bekanntenkreis, die verhindern, daß wir uns bei so viel Glück langweilen. Immer tritt rechtzeitig ein bißchen Beunruhigung auf. Alles nur zu unserer andauernden, ungetrübten Zufriedenheit.«

Er erhob sich leicht und streckte den Arm nach Gisela aus, wohl um sie zu sich aufs Sofa zu ziehen. Jetzt also erinnerte er sich seiner häuslichen Seligkeiten, und Matthias Roth faßte den Entschluß, wenigstens eine Weile aufs Klo zu gehen, um nicht dabei zu sein, schaffte es aber nicht, und tatsächlich blieb ja Gisela bei ihm. Sie hatte sich zwar Hans zugeneigt, wie um seiner Armbewegung zu folgen, den Weg aber, das Aufstehen, Zurechtrücken des Kleides, das Vorbeikommen an der niedrigen, weit vorstehenden, erst plötzlich so sperrigen Tischecke, die sie jetzt fast zum Stolpern brachte, Hans als so kompliziert vor Augen geführt, daß er die Unzumutbarkeit seines immerhin bereitwillig aufgenommenen Ansinnens einsah und Gisela abwinkte, es sei schon gut so. Nachdem er sich nun aber auf den Feierabend besonnen hatte, wollte er nicht so rasch davon lassen. Er begann Gisela nachdrücklich zu betrachten. Sein Gesicht ist nicht mehr bleich und gedunsen, sondern rot und gequollen, sagte sich Matthias Roth. »Das Schönste«, sagte Hans, »am Gesicht meiner Frau sind die Augenbrauen. Ja, wenn ich es recht bedenke, sind sie das Ausschlaggebende, das Rätselhafte darin. Sie hat ein Geheimnis in ihrem Gesicht, irgendwo zwischen Haaransatz und Kinn, das wußte ich schon vom ersten Sehen an, aber jetzt, hier, auf unserem Sofa wird mir klar, daß es von den Augenbrauen kommt. Du mußt hinsehen, Matthias, es liegt daran, daß sie eigentlich unsichtbar sind.« Hans meinte es ernst, er sagte es vielleicht, um vor seinem Freund mit seinem Besitz zu prahlen, gutmütig. Es blieb ganz still zwischen ihnen, aus einem anderen Zimmer hörte man dann die Katze mit ihrem Säuglingsschrei. Matthias Roth empfand es als Kälte, zuerst, es war keine Beleidigung, ein Schmerz noch nicht, aber eine Ungeheuerlichkeit, und er spürte an Giselas Starrheit, daß sie es ebenfalls fühlte, es war, als zerrisse etwas seine Haut und zerflösse, er wußte es nicht, aber wie war es zugelassen und möglich, daß Hans seine Frau in derselben Weise anschaute wie er! Er tastete nach seinen eigenen, gewölbten Wangen, weil er kurz sein Körpergefühl vermißte, er war so überflüssig, daß er schon gar nicht mehr sicher war, noch hier gegenwärtig zu sein, und er gestand es sich ein: Neben der plötzlichen Vertrautheit mit Gisela war eine Fremdheit aufgetaucht, die sie unerreichbar machte. In ihrer Schönheit lag seit heute ein unaufhebbarer Sehnsuchtsstachel. Erst in der Sekunde ihres Blickwechsels war sie ihm entrückt worden. Sie lächelte ihm abweisend zu. Das Zusammenfallen dieser Gegensätze erzeugte seine Ohnmacht, seine Lust und von jetzt an seinen Kummer. Und wieder schien Gisela, ohne ihn direkt zu beobachten, seine Gedanken zu lesen. Sie hatte sich, wie um sich ein wenig zu recken, nach hinten gebogen, den Kopf über die Sessellehne weg, und ihn sacht geschüttelt dabei, so daß sich eins der Kämmchen aus ihren Haaren löste. Er reagierte nicht sofort, der Platz, auf dem er saß, war sein fester Halt, er wollte ihn an niemanden und nie mehr abgeben. Sie packte die rötlichbraune Haarmasse und, wie auf der Suche nach dem herausgefallenen Kamm, zerzauste sie die Frisur, eine dicke Strähne sank zur Seite. Sie griff nun mit beiden Händen an den Kopf, als müsse die Haarflut vor dem völligen Herabstürzen gebändigt werden, als hinge alles von dem verlorenen Kämmchen ab, und unbegreiflicherweise sah Matthias Roth, während er schon hinter ihrem Sessel danach suchte, es noch einmal fallen, bedeutungsvoll, wie manchmal im Herbst ein einzelnes Blatt unbeirrbar und unberechenbar in Spiralen auf einen Wasserspiegel weht. Es mußte anders vor sich gegangen sein, aber so stellte es sich ihm jetzt dar, und er hielt das Kämmchen mit den winzigen Goldsplittern am Rücken in seiner Hand, um es Gisela zu überreichen, wie ihm einmal erwartungsvoll von Anneliese ein blaues Glücks-steinchen wiedergegeben worden war, aber dieser aufgefundene Gegenstand hier wurde nicht verstohlen hingeworfen aus Protest gegen eine unangebrachte Feierlichkeit. Er wurde genommen mit einem streichelnden Berühren der Fingerspitzen und in ihre Haare zurückversetzt wie ein Geschenk von ihm, und nun war auch dies schon ein Erinnerungsbild, vereinzelt und ausgeschnitten, kostbar, für alle Zeit verwahrt schon, mit Geiz und Schmerz.

Es stand jetzt fest, daß sie ihn beobachtete, ob sie sich mit ihrem Schuh, ihrer Tasse oder mit ihrem Mann beschäftigte. Sie wandte ihre Aufmerksamkeit auf ihn, sie umschlang ihn also, als sie Hans zulächelte, aber Matthias Roth mußte dieses Lächeln studieren, und wieder erschrak er sehr. Sie tat es ja gar nicht zur Täuschung, es war kein seitliches Zublinzeln für ihn dabei, es war der alte, ihm vertraute Austausch von Zuneigung zwischen beiden, und er konnte sich diesmal keine spöttischen Gedanken darüber machen. Es war alles unangefochten wie früher, wie das letzte Mal und vor einem Jahr, und es war offenbar überhaupt nichts dazwischen geschehen, was eine Änderung hätte veranlassen können. Das Blut wich knisternd aus seinem Kopf, er griff nach seinen eigenen Knien, er versuchte sich an sich selbst festzuhalten, es war ein leises, wohl nur für ihn hörbares Zischen im Raum, man hörte es nur im Unglück, ein verrücktes oder Verrücktheit verursachendes Geräusch. Er hätte die beiden jetzt auch bei weit ausgestrecktem Arm nicht berühren können, die Entfernung war unendlich. Und nun, als wäre niemals ein Goldstück gefallen, als hätte sich niemals ein Flekken langsam ausgebreitet, als hätte sie nicht noch eben die Augen in einer sein Gemüt derart verletzenden Verzögerung zu ihm emporgehoben, was noch, was noch, als wäre sie nicht, damit die Zeit stillstände, gegen ihn gestürzt, als hätte sie nicht die Kanne gesenkt und das Kämmchen fallen lassen, saß sie doch neben Hans und bot ihm stumm und wie zweifellos häufig praktiziert, ihre übereinandergeschlagenen Oberschenkel als Kissen für seinen Kopf, und so mußte Matthias Roth sie betrachten: Hans auf dem Sofa liegend, erschöpft und angetrunken, und Gisela daneben aufrecht und in unverhohlener Zärtlichkeit ihren Schoß als sanfte Unterlage hinhaltend. Er war nichts als der Zuschauer bei diesem Bild, und er konnte sich nicht einreden, es wäre nicht eins des wirklichen Glücks, auch wenn er jedesmal, wenn Hans mit lau-

nischem Grunzen eine instinktive Bewegung Giselas, die die
Ruhe seines Hauptes gefährdete, kritisierte, erfreut, lauernd
und erfreut Spuren von Ungeduld in ihrem Gesicht entdeckte,
eine Gereiztheit, die aber zu flink, um sich daran zu laben für
ein Weilchen, erlosch. War denn nicht überhaupt jeder allerkleinste Blick in eine andere Richtung ein Verrat, eine endgültige Annullierung der Stunde in der Küche? Er hatte sich
nicht gefragt bisher, was nachweislich geschehen war, beim
Einprägen der unscheinbarsten Zeiteinheit, und natürlich
spürte er den falschen Ton in ihrer Zusammenkunft zu dritt.
Wahrhaftig war es hier nur zugegangen zu zweit, drüben am
Tisch, aber doch letzten Endes schwebend, nicht vorstoßend
zur eigentlichen Wirklichkeit, die hier stattfand, wo Gisela
neben ihrem Mann saß und er beiden gegenüber, und der
Schmerz, den dieses Anschauen in ihm hervorrief, das war
die größere Wahrheit, die ihn durchschoß. Er war ganz steif
von dieser verfluchten Wahrheit, sie steckte wie eine eiserne
Nadel in ihm, sie fädelte ihn auf, und irgendwann lag es in
der Luft, daß er gehen mußte, obschon er von sich aus, in
diesem Sessel, um sein eisernes Rückgrat kerzengerade her-
umgespannt, auch wenn scheinbar bequem in den Polstern,
niemals wieder gegangen wäre. So kam es endgültig dazu,
daß er sich, wenn auch viel später als üblich, mit Hans an
der Haustür befand, und ungewöhnlicherweise gab ihm diesmal auch Gisela, hier unten, im etwas zugigen Flur die Hand
und sah ihn im bräunlichen Licht vor dem gemalten Efeu-
hintergrund an, sah ihm in die Augen und schien ihm dabei
so sehr in die Arme fallen zu wollen, daß er seinen Arm, um
sie zu stützen und gewissermaßen zurückzudrängen zu den
Efeuranken, durchdrückte und die Hand umfaßte, bis Gisela
sicher und für sich an ihrem Platz stand. Er sah wieder das
Tal, aufschimmernd, und schwankte nun selbst, als er sich
draußen der Nacht zuwandte, die Wärme und Helligkeit des
Wohnzimmers noch im Rücken. Die Nacht war undurchsichtig und hart, er mußte hindurch, aber es war, als hätte man
vor ihm die Jalousien runtergelassen und so die Welt in einen
massiven, unpassierbaren Klotz verwandelt.

In seiner Wohnung unter dem Dach blieb er im Dunkeln sitzen, nur manchmal fiel ein wenig Licht vom Hausflur durch das schmale Fenster zum Treppenhaus. Er war gleich hochgestiegen, selbst die schlafenden Bartels wollte er nicht in seiner Nähe dulden. Er hatte sich eine Weile in die Küchennische gestellt, in die Waschkoje, und vor dem großen Spiegel seine Schuhe ausgezogen. Jetzt saß er auf dem Bett mit einer Decke um die Schultern. Wenn ihn der Schlag träfe, würde man ihn irgendwann hinter der Tür liegend finden. Er lehnte sich weiter zurück: Nun würde man ihn ordentlich auf dem Bett entdecken. Ohne Licht zu machen spürte er die Verwilderung, es war viel mehr, nämlich ein Urwald ohne Sonne und Gedanken. Die einzelnen Dinge in dieser Wohnung wollte er lieber nicht sehen, er wußte, daß sie aus ihrem Zusammenhang gerissen dastünden und gleichzeitig auf eine chaotische Weise ineinander verflochten. So war es schon den gesamten Weg über nach Haus gegangen, und so ging es um und in ihm weiter. Auch hier, nichts half da, umschloß ihn ein harter, feindlicher Klotz zwischen den vier Wänden über die brüchigen Stadtmauern hinaus und so fort, immer massiv und einheitlich durch und durch. Er zitterte manchmal in der Kälte, aber von den Achselhöhlen lief Schweiß an der Haut herunter, dann war es auch unter dem Hemd feucht und eisig, doch wie sollte er jetzt noch einmal hoch und bis zum Ofen kommen? Matthias Roth hatte seinen Mantel aufs Bett geworfen und zog ihn dichter zu sich heran. Er trug die Socken von Hans, seine eigenen waren in Giselas Küche geblieben, in die Heizungsrippen gedrückt zum Trocknen. Da würden sie noch immer sein, gegenüber dem Tisch mit dem Tischtuch und dem Flecken, von Anfang an dabei. Sie trockneten wie der Kaffee im Stoff, es störte ihn nicht, daß sein Vergnügen derart kindlich war. Er zitterte nicht mehr, er tastete nach der Kommode und holte eine Sherryflasche daraus hervor. Nach einem großen Schluck an Ort und Stelle und einem zweiten auf dem Bett begann er, tief durchzuatmen. Da merkte er, warum die Welt ein solcher Würfel gewesen war und nun aufhörte, es zu sein: Er hatte seit dem Abschied von Gisela nicht mehr richtig geatmet, nun, wo er es wieder tat, gab alles, wie er nur wünschte, nach, sanft und sofort. Wenn er am zur Seite gezogenen Vorhang vorbei in das Zimmer sah, bewegte sich dort Gisela ruhig im Raum, und er erkannte, daß ihre Schönheit sich gar nicht in Besonderheiten zeigte. Es gab keine herausragenden Details, aber wie sie auch Kopf und Körper drehte, immer bildete sich im Zusammenhang das Schöne, sie war nicht hier oder dort hübsch, sondern etwas glänzend Gesamtes. Später kam es ihm vor, als sähe er sie doch nicht als regelrechte Gestalt vor sich, als Auswirkung viel eher, als Wärmestrahlung, und im nächsten Augenblick starrte er geradewegs in ihr Gesicht, und alles staute sich daran, alle Gedanken lösten sich auf in Entsetzen und Glück, daß es sich damit erschöpfte, in dieser ihn besiegenden Weise: Augen, Nase, Mund. Er konnte nun auch deutlich die Gegenstände des Raumes ausmachen, ein bißchen fester und dunkler als die Dunkelheit dazwischen, und er wußte zuversichtlich, daß dieses Haus in einer vernünftigen Reihe mit vielen anderen in einer braven Straße stand, und diese Straße mündete an beiden Enden in andere Straßen, wenn er nach draußen trat zur Linken in eine kleinere, zur Rechten schließlich bei einem Schuhlädchen in eine Hauptstraße. Er hatte den Plan dieser alten Stadt mit ihrem teilweise intakten Wall vor Augen und wie sie zu anderen Städten, westlicheren, nördlicheren, südlicheren in diesem Land lag und das Land in Europa und so weiter, und in seinem Gehirn und Gemüt verhielt es sich ja gar nicht unsäuberlicher mit einem Mal, nein, aufgeräumter als jemals, es schimmerte in seinem Kopf. Oft gebrauchte, abgenutzte Sachen tauchten frisch poliert darin auf. Ein Schleier war weggezogen worden, unter den Hüllen eines langen Nebels begann es zu leuchten, zunehmend, immer noch anschwellend, wie einzelne Blumen auf Bildern des Mittelalters, jede beschienen oder bescheinend. Es war, als hätte Gisela über alles hingewischt und die Spinnweben gesammelt in der geballten Faust.

Er hatte es in der Zeit, bevor Hans kam, im Moment ihres Erzählens, nicht richtig aufgenommen, aber nun breitete sich mühelos – und wieder sprach Gisela dabei direkt in seinen Körper, in Herz, Nieren, Blut, in seine Erinnerung hinein –

eine Landschaft aus ihrer Kindheit aus, ein kleines Naturschutzgebiet mit Moor und Weideland, mit Maisfeldern und
Kiefernwäldchen, vor allem mit Birken entlang den schnurgeraden Feldwegen, die deshalb alle heiter waren, zu jeder Jahreszeit, aber am meisten im Herbst, unter einer in schnurgeraden Goldwolkenbahnen sich erstreckenden Luft. Oft standen
Raubvögel über den grünen Weideflächen, und die wüsten
Schreie der Eichelhäher stiegen aus den abgestorbenen Bäumen, die einsam und sehr schwarz aus einem Sumpfgebiet
ragten. Immer, das ganze Jahr über, roch es nach Heide-
kraut, nur nicht bei Schnee. Der Boden war unterschiedlich,
es wechselte schnell: Entweder er war besonders trocken, so
daß man auch in der Spätherbstsonne dort noch ausruhen,
sich einfach hinwerfen und wärmen lassen konnte, oder er
war so naß, daß man einsank, man mußte aufpassen. Häufig
gab es Tümpel mit Wollgras in der Nähe, blau spiegelte sich
der Himmel darin. Viele blaue Pfützen sah man dann von
erhöhter Stelle, dazwischen aber das hohe Gras, das auch bei
grauem Himmel immer wie angeleuchtet wirkte. Wenn man
es eine Weile betrachtet hatte und still auf einer Stelle blieb,
spürte man langsam, wie die Landschaft lächelte, im Licht
dieser hohen, dünnen Gräser, und man wunderte sich, daß
man es erst jetzt, wo man stillstand, erkannte. Hatte man es
einmal erlebt, wie das verborgene Lächeln sich verriet, vergaß man es nie wieder. Beim Querfeldeingehen mußte man
über Gräben springen und achtgeben, daß man nicht mit der
überstehenden Grasnarbe bei zu kurzem Sprung ins Wasser
abrutschte. Im Stacheldraht an den Wegen hing blondes und
dunkles Haar aus Pferdemähnen. Die Pferde wälzten sich
weit hinten auf dem Rücken oder hielten bewegungslos still,
um sich bewundern zu lassen. Hatte die Zuschauerin Glück,
zeigte sich ein Schimmel, weiß bei den weißen Birkenstämmen.
Wenn ihr jemand entgegenkam, war es immer etwas Besonderes, dann sah es aus, als wäre diese Person für sie selbst
bestimmt und würde sich nicht dem Ende des Weges nähern,
sondern die treffen wollen, auf die sie aus der Ferne zuschritt.
Plötzlich entdeckte man die bunten Bienenkörbe, sie standen
mal hier, mal dort, als Überraschung, wie die Häuschen win-

ziger Zigeuner. Man konnte nicht sicher sein, daß die Zäune immer dieselben Flächen abtrennten, sie wurden verlegt, und man durfte auf einmal nicht weiter. Der entgegenkommende Spaziergänger hatte Matthias Roth an einen Traum vom Tod erinnert, der in einer ähnlichen Landschaft spielte. Auch Reiter galoppierten heran und vorbei oder ließen ihre hochbeinigen Tiere behutsam herantraben. Sie grüßten meist nach unten zum Fußgänger hin, und das Tier war sehr nahe. Man roch es, man hörte es atmen, man spürte seine beherrschte Kraft, die dampfte, wenn es kühler wurde. An einer Stelle, in einem Wäldchen, stand eine Baracke hinter grüngestrichenem Eisenzaun. Dort hingen große, ebenfalls grüne Netze etwa eineinhalb Meter über dem Boden, man wußte nicht richtig, warum. Ganz hinten auf dem Grundstück sah man fast schwarze Truthähne, riesige, stolze Tiere hin-und hergehen. Vielleicht sollten sie nicht wegfliegen, vielleicht wurden sie gegen etwas aus der Höhe beschützt. Im Herbst gab es die klaren Tage mit sanft flammendem Gras und würzigen Gerüchen in den Kieferndickichten. Aber plötzlich wechselte das Wetter, und die Sonne wurde schwach und weiß, ein blinkendes, dann immer blinderes Knöpfchen, stumpf wie ein Mond in der frühen Dämmerung. Dann behielten alle gelb und rot gefärbten Büsche noch eine Weile ihre Farbe, während von allen Seiten der Nebel herbeischlich. Aus den Wäldchen zog er über die Lichtung, über die Weiden heran, er löschte das Licht aus und schließlich das Gelb und das Rot und das milde Brennen der höheren Gräser, alles erstickte darin, und man fühlte es an der eigenen Kehle. Aber das Wichtigste waren die schnurgeraden Wege. Man mußte in der Mitte stehen bleiben und den Anfang und das Ende ansehen, wie sich beides hob und verlor in etwas Hellem, ganz Leichtem, so, als würde sich der Weg, wenn man nur weit genug weg war, emporbiegen.

Es ging zwischen ihnen, das hatte er schon begriffen, nicht um das Glücklichsein. Vielleicht war es auch gar nicht das, was er benötigte. Es lag nicht mehr in seiner Macht, Gisela in eines seiner Erstarrungsbilder zu zwingen, das wußte er. Er hatte sich, nach einigen Schlücken aus der Sherryflasche,

ein wenig in die Kissen gelehnt und den Körper, einer sach-
ten Verführung nachgebend, aufs Bett gezogen, nun deckte er
sich zusätzlich mit seinem Mantel zu, und wieder hörte das
Frieren auf. Frau Thies hinter der dünnen Wand schlief allein
oder zu zweit, aber jedenfalls fest. Er wollte nicht schlafen,
er mußte gründlich verfolgen, wo denn die Zeit geblieben
war vom Sitzen am Küchentisch bis zum Aufspringen, mußte
auch nicht erst danach suchen, sie hüpfte geradezu vor seinen Augen, aber er brachte keine vernünftige Ordnung hinein und insofern keine Dauer. Er suchte in seiner Jackentasche und fand ein altes Zitronenbonbon. Darüber freute er
sich, er rollte es im Mund, und nachdem er eben stumm die
Landschaft Giselas abgegangen war, als wären die einzelnen Informationen keineswegs aus ihrem Mund an sein Ohr
gedrungen, als wäre das alles gar nicht über Wörter transportiert worden, hörte er anschließend ihre Stimme dazu, eine
zunächst fast monotone Stimme, ein dehnbares Gummiband,
das in alle Richtungen schnellen konnte, sich spannte und
fast zerriß, zusammenschrumpfte und ausruhte, die Stimme
stellte sich tot und begann zu flüstern, zu stammeln, brach
ab ohne Ankündigung. Und wie hatte sie dazu den Kopf mit
dem vielen, geschlungenen, hochgetürmten Haar gegen die
merkwürdig steif gehaltenen, bis in die Spitzen gestreckten
Finger gestützt, dabei die Hand fast in rechtem Winkel zum
Arm abgeknickt, so daß sich ein unfreiwillig militärisches
oder wenigstens karnevalistisches Grüßen ergab. Diese Geste
machte sie offenbar, wenn sie sich sehr genau zu erinnern
versuchte, vielleicht drückte sie mit den Nägeln anfeuernd
in ihre Kopfhaut. Er ahmte es im Dunkeln nach, es hatte,
so spitz, so eckig, nicht im geringsten zu ihrer wohlgerun-
deten Gestalt gepaßt, aber jetzt sah er es immerzu vor sich.
Sie lächelte auf ihre beunruhigende, unentschiedene Weise
zu dieser entschlossenen, wenn auch verunglückten Para-
dierhaltung, und es verband sich sehr gut miteinander. Er
hatte nicht beobachtet, wie sie aß und trank, er hatte nicht
ihre Ohren studiert, die sie so offen zur Besichtigung darbot,
aber er konnte, so ins Finstere, gegen das nicht mehr heller
werdende Flurfensterchen starrend, den Blick nicht wenden

von der Zeremonie, mit der sie das Simpelste von der Welt tat: Wie sie einen Becher, einen derben Becher auf den Tisch setzte, ihn hob, aus seinem Gesichtskreis verschwinden ließ und wieder hereinbrachte. Auch drüben im Wohnzimmer, mit der zarten Teetasse auf ihrem Tellerchen hatte sie es nicht anders gemacht. Sie ließ zunächst das Gefäß wie einen Hammer niedersausen, so daß man glaubte, es müsse mit gewaltigem Geräusch auf der Tischplatte landen. Kurz vor dem zu befürchtenden Aufprall, der zu einer Zertrümmerung hätte führen können, fing sie den stürmischen Ausfall ab, besann sich wohl im letzten Moment physikalischer Gesetze oder elterlicher Ermahnungen, es nicht zu weit zu treiben. Der Becher, die Teetasse wippten in der Luft, in ihrer federnden Hand, wobei man zunächst vermutete, daß, wie die Kraft der ersten Bewegung, auch die für die zweite, abbremsende von ihr selbst herrührte. Im Betrachten des seltsamen Luftschaukelns der Tasse jedoch, wobei sie niemals ein Tröpfchen der umschlossenen Flüssigkeit zum Überschwappen brachte, so daß man tatsächlich von einer vermutlich antrainierten Kunstfertigkeit sprechen sollte, gewann man den Eindruck, unter dem Tassenboden würde sich ein unsichtbares Polster bilden, das auf Grund seiner hohen Elastizität den relativ schweren Gegenstand über sich hopsen ließ, um ihn eventuell zum Kentern zu bringen, dabei jedoch ermattete und so in sich zusammensank und verschwand, daß Tasse und Becher mit einem einzigen, feinen Klang oder gar geräuschlos ihre Ruhestellung einnahmen.

Er wollte sich nicht unbedingt die frühere Gisela vergegenwärtigen, es war eine blinde Vergangenheit, in der sie auftauchte, in einer Ausstellung, bei Spaziergängen, eine Statue, vor der er versagt hatte. Nur der Moment mit dem grünen Leguan unterschied sich von allen vorausgegangenen. Ihre Erzählung mit den Pferden hatte ihn an die Geschichte erinnert, die er vor mehr als einem Jahr den Kindern von Fritz vorgesponnen hatte, und dann mußte er am Küchentisch mit einer anderen Geschichte begonnen haben, über die man sich niemals trösten konnte. Jetzt, in seinem dunklen Schlafgehäuse, wußte er wieder viel besser über den Gang der Ereignisse Bescheid. Er hatte Gisela das Pferd Beyart als besonders starkes, in einem Turm gefangen gehaltenes geschildert, kein Mensch konnte es zähmen in seiner schrecklichen Wildheit und Wut, und er hatte von dem kraftvollsten und größten der Heymonskinder gesprochen, von Reinold, der, als ihn sein Vater, der Graf, zum Ritter schlägt und ihm ein Pferd schenkt, das Pferd zu Boden streckt und noch zwei andere, weil sie ihm zu schwach sind. Aber er hatte nichts über den Anfang gesagt, über den Anfang des Streits zwischen Heymon mit seinen vier Söhnen und Kaiser Karl dem Großen, aus dem dann ein langer, blutiger Krieg wird. Der Krieg zieht sich durch die ganze Geschichte, er ist da, wie das Pferd Beyart, das schwarze, mit Leopardenaugen und ohne Mähne, stark wie zehn Rösser zusammen. Natürlich muß Reinold ausgerechnet dieses Pferd haben, das war Matthias Roth schon als Kind sogleich klar gewesen, und aller Bosheit des Tieres zum Trotz würde er es zähmen. Zweimal erschlägt es ihn fast, aber beim dritten Mal besiegt Reinold es mit seinem Willen und seinem Stock, ganz gezähmt bringt er es schließlich zurück in den Stall und pflegt es und will es niemals und für nichts auf der Welt verkaufen. Alle fürchten von nun an das schreckliche Roß, viele wollen es töten oder besitzen, sie jagen es und niemand kann es fangen. Währenddessen dauert der Krieg mit Bränden, Hungersnot und vielen Toten, mit Belagerungen und wechselndem Glück für beide Parteien. Ununterbrochen hatte Gisela ihm zugehört, und er hatte solange mit der entscheidenden Stelle gewartet, bis er ganz sicher war, daß auch sie davon bewegt wäre wie er als kleiner Junge schon: In großer Not, in der belagerten Burg, in aussichtsloser Situation, vermittelt Reinolds Mutter, die Schwester des Kaisers, und bittet um Gnade für ihre Söhne. Der Kaiser ist bereit, sie alle zu schonen, wenn er dafür das Pferd Beyart bekommt. Die Brüder lehnen es ab, das tapfere Roß, das sie so oft rettete, zu opfern, aber Reinold selbst stimmt dem Frieden unter dieser Bedingung zu. Beyart wird dem Kaiser übergeben, der dem verhaßten Tier zwei Mühlsteine um den Hals binden und es ins Wasser werfen läßt. Das Pferd aber taucht wieder auf, erblickt Reinold und schwimmt zu ihm ans Ufer. Reinold überläßt es dem Kaiser, der nur so die Versöhnung gewährt, ein zweites Mal, nun werden Beyart um den Hals zwei und an jeden Fuß ein Mühlstein gebunden, und wieder schwimmt das Pferd, als es seinen Herrn nach dem Auftauchen erkennt, zu ihm ans Ufer. Und gegen den Willen seiner Brüder gibt Reinold das Pferd dem Kaiser ein drittes und letztes Mal, und sein Herz tut ihm weh. Da bindet man an Hals und alle vier Füße von Beyart je zwei Mühlsteine, und doch streckt das Tier wieder nach dem Versinken den Kopf aus dem Wasser und sieht nach dem Menschen, dem es immer die Treue gehalten hat. Der Kaiser aber hat Reinold verboten, sein Pferd anzusehen, weil es sonst nicht sterben würde. Als Beyart so vergeblich den Blick Reinolds zu seiner Stärkung sucht, verlassen ihn alle Kräfte, und er ertrinkt. Matthias Roth wußte nicht, ob er noch vom Leben Reinolds als Einsiedler, als Heiliger, der von Mördern erschlagen wird, berichtet hatte, aber gewiß davon, daß Reinold nie wieder ein Pferd geritten hat nach diesem, das er so jämmerlich hat sterben lassen müssen um des Friedens willen, das er verraten hat, ohne ihm etwas erklären zu können, und nachdem er für alle gesorgt hat, verläßt er Frau und Söhne, um arm in der Einsamkeit zu sein. Matthias Roth wußte, daß sie sich die Pferde in dem Naturschutzgebiet als Beyart vorstellte, vergrößert und immer nur die schwarzen, und ihm selbst verlor sich das Bild des Rosses Beyart in den Gruppen der gefleckten, braunen, falben, grauen Tiere auf den Weiden von Giselas nördlicher Landschaft.

Er lag da mit geschlossenen Augen und heftig klopfendem Herzen. Nun war er doch eine Weile glücklich gewesen, und plötzlich hörte es wieder auf. Steif lag er da und weigerte sich, die Augen zu öffnen, er wollte, im Trotz gegen die Welt, einen angenehmen Schlaf verlängern. Aber natürlich war es vorbei damit. Da konnte er mit seinen Lidern aufführen, was ihm einfiel und sich sogar, im Schrecken, die Fäuste in die Augenhöhlen pressen. Er fühlte nichts mehr, alles verflog, es war wie immer und also ziemlich einfach: Er befand sich allein in seiner komischen Bretterbude, hatte heute seine Arbeit in der Universität erledigt, morgen würde es genauso geschehen, er würde essen, trinken, altern. In einem anderen Haus schlief Gisela und tat auf ihre Weise dasselbe, es ließ sich überhaupt nichts dagegen machen. Es war der Lauf der Dinge, ein paar ungewohnte Momente hoben ihn nicht aus den Angeln. Er ging in Socken zum Spiegel und tastete mit allen Fingern über die glatte Oberfläche und ausführlich an den seitlichen Schnitzereien entlang. Er wollte die Einschnitte und Wölbungen spüren und legte die Handinnenfläche gegen die kalte Wand, fuhr mit ihr über den Türrahmen, dann, einen Schritt weiter, über das Bücherregal und die verzierten kleinen Säulen zwischen den Platten, über die Bücherrücken, rutschte tiefer, hockte auf dem Boden und glitt mit den Händen über die staubigen Fußbodenbretter, kam am Sofa, an den gedrechselten Füßen hoch, griff über auf den Samt, fühlte die Eindellungen der Sitzfläche, dann die straffe Lehne und das geschwungene Holz als Abschluß gegen die Rückenwand. Seine Finger berührten im Dunkeln die schattigen Gegenstände, den Tisch mit Papieren, gelangten zur Kommode mit den harten Kanten, zum Fenster nach der Straßenfront. Der Ausblick interessierte ihn nicht. Er versuchte alles, was er so gründlich betastete, sich gegenüber zu plazieren, er wollte es abrücken, einen Trennungsstrich ziehen, das Gefühl in seinen Fingern war etwas ganz anderes als die zeitweise Taubheit seiner Fingerspitzen und die Unfähigkeit zu schmecken. Oder besser, er wollte sich sagen: so konnte alles sein, so war es angeblich, so hatte er es bisher empfunden. Die Welt also war mit einem dicken Pelz oder Glas überzogen, milchig, verschwimmend in Düsternis, man faßte sie nicht richtig an, auch wenn sie einem mit festen Ecken entgegentrat. Ganz kurz schaltete er das Licht an, und noch ehe seine geblendeten Augen sich daran gewöhnt hatten, wieder aus. Die Wirklichkeit, die scharf geformte aber, schneidend mit ihrer Silhouette in die Luft gezeichnet, hatte er erst heute abend kennengelernt und wollte in keiner anderen mehr atmen, sie erstand nur in Giselas Gegenwart. Wenn sie ihm entschwand, stießen die Dinge der Welt tapsig aneinander. Er mußte Gisela also festhalten und beschwören, und er glaubte ja, wollte gern glauben, daß er ein leises Dröhnen zwischen ihnen auch hier, von seinem

Bett aus, auf dem er wieder schlotternd saß, hören konnte. Sie lag in ihrem Bett und ahnte nichts davon, und es war nicht schlimm. Wie sollte sie auch wissen, daß sie der erste Widerstand in seinem Leben war, in strahlender, aufsässiger Materialität, unverrückbar und, bei aller Weichheit, in diesem Sinne ein gepanzerter Krieger, ein eiserner Berg. Hatte er nicht bisher mit seinen Gedanken, Fixierbildern verfahren, wie ihm beliebte, beiseite fegend, vereinnahmend? Auf einmal ging es nicht mehr, und er lachte vor Zufriedenheit. Die Kostbarkeit Giselas, ihre unbedingte Einzigartigkeit für ihn bestand nicht in einem Zustreben, sondern in einem genauen Abprallen, ja, so verhielt es sich möglicherweise. Wie noch nie vorher war er auf einen Menschen getroffen, der plötzlich, nach langem Abwenden, Entziehen, Täuschen mit tödlicher, er mußte sich die Arme unter dem Kopf verschränken vor Wonne bei dem Wort ›tödlich‹, mit tödlicher Präzision, mit mörderischer Sicherheit antwortete, zurückschlug, während sie doch saß an ihrem Küchentisch und etwas erzählte von versteckten Fotos, Mooren, Weiden. Noch nie hatte er sich in der Nähe eines Menschen so deutlich, wie angeknipst, gefühlt. Das Wort ›Wirklichkeit‹ meinte von nun an etwas bisher nicht Dagewesenes. Ein Pfeifton fuhr über die Vergangenheit und riß die alten Gegenstände aus dem Schlaf, sie schreckten hoch und sprangen in ihr neues, blitzendes Leben.

Er lag flach ausgestreckt und war sich nicht sicher, ob er geschlafen hatte, schwitzte unter dem Oberbett, schleuderte es zurück und beschloß, die vom Schneematsch verdreckte Hose auszuziehen. Nur mußte vorher schnell etwas festgehalten werden im Bewußtsein. Gerade war es ihm zugeflogen. Ein Aufenthalt in Florenz vor vielen Jahren, noch eben hatten die Fronten der Häuser, die dicken, unerschütterlichen Mauern vor ihm gestanden, aber auch ein Paar Stiefel. Wütend mit sich ringend, ob er sie kaufen sollte, war er damals ein paar Tage durch die Stadt gelaufen und von jedem Punkt aus vor dem einen gelandet. Zu dieser Zeit hatte er Gisela nicht einmal kennengelernt, doch schien es ihm jetzt so, als hätte er sich auf diesen Gängen, beim Betrachten der Steine und der verdammten Stiefel, mit ihr beschäftigt. Sie ließ sich damals nicht blicken, gewiß nicht, aber was ihn nahezu verrückt gemacht hatte, so daß er über das Pflaster rannte, anstatt im Café zu sitzen nach seiner Gewohnheit, war diese nicht aufzuklärende Gegenwart, die keine erlösende Gestalt annehmen wollte. Jetzt aber wußte er, daß er in Wirklichkeit immer neben ihr hergegangen war, oder wenigstens war sein Wunsch, neben ihr Straße um Straße aus der Stadt und wieder in sie hineinzuwandern, so groß gewesen, daß es ihm wie bereits geschehen vorkam. Daher mußte es vielleicht gar nicht mehr passieren. Er umklammerte die Flasche. Er wollte sich nicht betrinken, er war dabei, in seligem Suff zu versacken, also fuhr er hoch, besaß aber nicht zusätzlich noch die Kraft, sich endlich die Hose auszuziehen. Der Moment ihres Augenhebens: stillschweigend dachte er es sich als schicksalhaften Höhepunkt, aber es traf gar nicht zu! War es nicht eher eine energiereiche Bewegung, der heimliche Hintergrund seines Lebens und ließ sich beliebig ansiedeln in seiner Erinnerung, ein Element seines ganzen Daseins, nicht eine dramatische Fügung oder Pointe, sondern ein Urgrund, ohne den er niemals existiert haben konnte? Es hatte ihm von Anfang an gegolten, schon bei seinem allerersten Augenöffnen war es dagewesen, etwas neigte sich damals über ihn, in der ersten Sekunde, nicht die Mutter, nicht die Krankenschwester, kein mildes Tages- oder grelles Kliniklicht. Was er vor allem gesehen hatte war Giselas Lächeln, erst jetzt erkannte er es wieder. Sie war es gewesen, die ihn an den starren Familiensonntagen vom Nachmittagskaffeetisch fort ins Freie, an einen kleinen Bach, wo das Wasser die Baumwurzeln unterspülte, gelockt hatte. Ihr war er, wenn er später seine Eltern in der Hochhauswohnung besuchte, die ganze Zeit über entgegengefahren, mit großer Geschwindigkeit, bis die grauen Wohntürme in Sicht kamen. Sie hatte er, und das war das Verblüffendste, wenn er neben ihr in den Himmel zu den schwarzen Krähen und ihren Nestern hochgeschaut und vor den Vitrinen mit alten Goldarbeiten gestanden hatte, ahnungslos gesucht! Er rechnete schon lange nicht mehr mit wirklichen Überraschungen in seinem Leben, hier war die erste echte, das Unerwartete und Vertraute. Sollte ich mich eines Tages tatsächlich heftig verlieben, hatte er sich ja oft genug gedacht, wird es trotzdem eine Art Wiedersehen sein, weil man die Stationen einfach zu gut vom Hörensagen, beziehungsweise Lesen kennt. Jetzt war es vollkommen anders. Bei diesem berühmtesten, beschriebensten aller Ereignisse ließ ihn das Bekannte, Vorhergesagte allein! Er legte sich die leere Flasche auf die Brust und rollte sie dort sachte hin und her. Es gab kein Geländer, keine Verse, kein Armeausbreiten. Ihm ging seine grundsätzliche Einsamkeit auf: Sie würde von nun an überall um ihn sein. Aber er fürchtete sich nicht deshalb. Er fühlte sich wohl, wie kurz vor einem sicheren Ziel, so sicher, daß er sich nicht zu beeilen brauchte. Es war für ihn bestimmt und so, als hätte jemand mit seinen Träumen vom Tod geprahlt und würde plötzlich in Todesnot und Todesangst geraten. Es gab keine Verbindung zu den Bildern und Schwärmereien, es war ganz einfach, als hätte jemand die Stadt, die Erde, die Literatur entwurzelt, aus der Verankerung gerissen, um sie neu anzupflanzen im Zusammenhang mit ihm.

Die Bundesrepublik Deutschland! Er rollte die Flasche auf dem Brustkorb. Wenn ich früher, dachte er, von einer Stadt, einer Landschaft zwischen Flensburg und München las, empfand ich es immer als: die Ferne! Das ist längst vorbei, lange schon ist jeder Berg, Bach, Wald nichts weiter als eine Stelle in diesem lakonischen Land, über das ich mich in seiner trockenen Endlichkeit beugen kann. Für mich ist dieser Staat dasselbe, was für Fritz die Erwachsenen sind. Aber seit neustem ist es wieder anders geworden. Es gibt Orte hier, die getränkt sind von ihr, immer wo sie ist, ist es besser als an jedem anderen Fleck der Erde, und kein Ausruhen kann da sein für mich, wo sie nicht ist. War es nicht so, als ragten sie beide mit den Köpfen in eine andere, unbekannte Lebenszone, als die ersten und einzigen Bewohner und waren dadurch bedingungslos, wenn sie nicht vom eigenen Körpergewicht heruntergezogen werden sollten, aufeinander angewiesen? Nur die Gegenwart des anderen garantierte, daß es sich um keine Täuschung handelte, erst so bekam diese Gegend die notwendige Raumdimension, die sie besiedelbar machte. Immer

würde es sich von nun an wiederholen müssen: die Schmerz-
losigkeit nach jedem Treffen mit ihr, weil die Welt noch mit
ihr angefüllt war, bevor sich Gisela wieder zu einer Figur
zusammenzog und modellierte. In dieser ersten Phase würde
es stets, nicht nur heute so sein, daß er sie mit jeder Bewegung
berührte. Dann mußte die Zeit überbrückt werden, bis er sie
wiedersehen konnte, und nun, beim Anblick ihres Gesichts,
ihrer Gestalt, die schlagartig, unwiderstehlich die Liebe so
schrecklich erzwang, heftiger als vermutet, so daß er dastand
wie vom Donner gerührt, steif, stumm: ein Schmerz, Strudel,
ein Gewitter. Benutzt wurde ihr Gesicht, um ihn tief zu verletzen, die Wunde war das Bezweckte. Abgetötet wurde er,
getrennt von der übrigen Welt. Und immer neu und unheilbar
wäre es ein Schock, ihr Lächeln zu sehen, die Anziehung und
klirrende Fremdheit, die sich zwischen sie stemmte als Un-
überwindliches, während er in ihrer Abwesenheit von einer
völligen Vermischung geträumt hatte. Wie war es denn, an
einem Tisch mit ihr zu sitzen? Würde es nur die Augenblicke
geben, die großartigen Höhepunkte der blitzartigen Gegenwart, wenn sie einander ansahen und bis dahin die Durst-
strecken, die ihn nur solange verwirren würden, bis er sie
als Prinzip erkannte? Würde er nicht dankbar und demütig
in ihrer Nachbarschaft seinen Kaffee trinken, sein Wurstbrot essen und die Reden des hereinbrechenden Hans anhören, ohne etwas zu fordern, bis sie das Zeichen machte? Er
würde lernen, das auszuhalten und so vernünftig sein, wie sie
verlangte, denn auch jetzt richtete er sich aus dem Kissen auf,
stand in Socken neben dem Bett, stellte die Flasche ordentlich
hin und zog die Hose aus. Sie war hart von den Knien abwärts
und dennoch versuchte er unsinnigerweise, sie vorschriftsmäßig über einen Stuhl zu hängen. Er erkannte sich schwach
im Spiegel, in seiner Unterhose, mit Socken und obenherum
noch vollständig bekleidet. Also trennte er sich anstandshalber von der Jacke, ließ den Pullover aber an. Dann legte er
das Ohr an die Wand zu Frau Thies und horchte, es blieb
ganz still dort, und er lauschte auch nicht aus Neugier, sondern aus Freundlichkeit. Er lauschte an der Welt, aber sie
schwieg und schlief, er stand, bis er fror, holte den Kamm aus

der Jacke und kämmte sich, legte die Hände auf den Bauch, zitterte und ging nicht weg, er dachte über sich nach, wie er da stand, er wollte über sein Leben nachdenken und betrachtete sich statt dessen. Dann wußte er es. Wenn er bei sich, bei seinem besten Teil sein wollte – und er zögerte, darüber zu spotten –, mußte er sich nur in die Erinnerung an Gisela versenken, und alle Dinge, alle Bezirke in ihm nahmen die richtige Reihenfolge ein. Das erleichterte ihn sehr. Man konnte es umdrehen: Wenn er wirklich bei sich selbst versammelt war, mußte sich Gisela in seiner Nähe befinden! Sie ließ sich vielleicht sogar auf diese Art herbeizaubern. Er zitterte im kalten Zimmer, aber es rührte jetzt von der Gewalt her, die sich aufbäumte, in ihm und in ihr, so daß sie selbst nur noch bis zum Äußersten gespannte Häute waren, vor dem Zerreißen und doch standhaltend, um die beiden sich ergänzenden, nach einander verlangenden Formen anzunehmen.

Eine Weile später hängte er seinen Mantel an die Tür und legte sich mit dem Oberbett auf das Sofa. Das war ungemütlich und kühl, es erschien ihm passend. Giselas Aktentasche, die angehende Erzieherin mit ihrer Aktentasche! Er dachte zärtlich über den möglichen Inhalt nach. Aber hätte man sie, im Gedränge der Stadt, nicht leicht mit anderen Frauen verwechseln können? Unterschied sie sich denn? War es nicht vielmehr so, daß er sie mit den schönsten Zutaten seiner Phantasie ausstattete, die jeder anderen Frau, weiß der Himmel, genauso zur Zierde gereicht hätten? Fast begann er, sich aus Angst vor einer möglichen Überprüfung vor einem Wiedersehen zu fürchten. Es dauerte jedoch nur Minuten; etwas außerhalb seines Willens und Wissens besaß sie, das Entscheidende, Unergründliche. Er klemmte das Oberbett zwischen seinen Körper und die Sitzfläche des Sofas, seine Füße schwebten im Freien. Ihre Aktentasche, Hefte darin, Kugelschreiber, ein Apfel, ein spezielles Täschchen für Kamm und Lippenstift sicher, ach, und womöglich eine Brille. Das hatten die meisten seiner Studentinnen, manche statt Lippenstift Strickzeug in ihren Beuteln und Behältern, und doch stand sie, trotz dieser Verkleidung, unter den anderen wie der erste Ferientag hinter den letzten Alltagen, sie degradierte den Rest und gab ihnen doch einen Sinn. Ihm war noch einmal nach eindrucksvollem Armeausbreiten zumute, er hob die Hände in die kalte Luft. Gleichgültig, wen er sich ins Gedächtnis rief: Alle denkbaren Personen lagerten hinderlich vor ihr, versperrten die Sicht, mußten also fortgeräumt werden, es sei denn, es gelang, Gisela durchscheinen zu lassen durch sie alle, als Licht am Ende des Korridors, sonst waren sie nichts als Verdunkelungen, Bretter, Umstandskrämer, undurchlässige Körper, die unerlaubte Schatten warfen. Immer hatte es die Wunschbilder gegeben, in die nicht einzudringen war, die frühen fixierenden, hypnotischen Augenblicke: Ein Junge, der mit dem Motorrad am heißen Sommermorgen seine Freundin abholte, ein heller Weg am Waldrand, der sich im Dämmern verlor, die flimmernde Silhouette einer großen Stadt. Man lebte sehnsüchtig darauf zu, aber die Bilder entzogen sich, man befand sich nicht in ihnen. Der Innen- und Außenblick zugleich war nicht vergönnt. Erlebte man das endlich selbst, stellte sich die Nähe als das Störende heraus. Man hatte das stern-, leuchtturm-, wappenartige Außenbild verloren. Man besaß nur das eine oder das andere. Bei Gisela aber gelang zum ersten Mal die Verbindung von innen zu den Bildern und zurück. Er erlebte sie und sah im selben Moment die Sehnsuchtsbilder sich vollenden, die Inbilder ihrer Bewegungen, von Augenblick zu Augenblick. Oder liebte er wieder nicht die gesamte Frau, sondern nur bestimmte Gesten, ein Lächeln etwa, das er nirgends so vollkommen fand wie bei ihr, und in dem die übrige Person versank? Er setzte sich wie zur Strafe auf die harte, eisige Tischplatte, drehte dem Zimmer den Rücken zu und stemmte die Füße mit dem Oberbett gegen die Sofalehne. In dieser unbequemen Haltung wollte er ausharren, bis der Gedanke bußfertig zu Ende gedacht war! Ja, sie nahm in einem Übereinanderschlagen ihrer Knie, einem Niederbeugen des Kopfes, einem winzigen Aufrichten der Brüste unter ihrem Kleid, einem Nachfahren mit dem Zeigefinger auf der kaum sichtbaren Linie ihrer Augenbrauen, an der Nasenwurzel beginnend, etwas Allgemeines ein und an, etwas, das ihn an Frauen tief bewegte, entzückte, außer sich bringen konnte seit seiner Jugend. Er wollte es sich eingestehen: Es war dieses Typische, gewissermaßen Klassische eines sehr alten Repertoires, das ihn hinriß. Aber er vergaß Gisela darüber nicht. Erst bei ihr konnte er es als reines Konzentrat entdecken, bei niemandem sonst, nicht vorher, niemals zuvor so klar. Er sah und fühlte durch sie eine viel umfassendere Gestalt, zumindest momentelang, und das schadete ihr nicht. Gisela leuchtete durch die vielen Bekannten seines bisherigen Lebens hindurch und war manchmal in dieser Nacht selbst durchleuchtet auf etwas Verallgemeinerndes hin, aus dem sie Kraft und Macht über ihn schöpfte.

Ihr wohlgeformter, noch eben umarmter, selbstzufriedener Körper, weich federnd in seiner großzügigen Massenverteilung, sorglos sich dehnend unter dem Wollkleid! Es traf ihn so plötzlich, daß er die Zähne aufeinanderbiß. Das Übereinanderschlagen ihrer Knie! Das Rascheln und kurze Schürfen der Strümpfe dabei, das Öffnen und schnelle Verschließen der Schenkel. Wie konnte er das, als ginge es um eine Bestandsaufnahme, Detail nennen! Was machte er sich die ganze Zeit vor! Das winzige Aufrichten der Brüste! »Idiot!« sagte er laut. Er wiederholte es fast heulend: »Idiot!« Er roch es doch in Wirklichkeit alles bis hierhin, den Duft ihrer Kniekehlen und ihres Ausschnitts, er roch ihr Parfum und ihren Schweiß und das Kleid, das sie den Tag über umschlossen gehalten hatte und also vermengt war mit allen verräterischen Ausdünstungen ihrer Haut. Er spürte die sanfte Ausfüllung seiner leeren Handhöhlungen, die übertriebene Schwere durch ihr Entgegentaumeln, durch ihr halbes Hinstürzen. Aber auch wenn er die Fäuste ballte und mit den Füßen so albern gegen die Sofalehne trat: Sie war nicht da. Ein wollüstiger Körper, aber abwesend. Er sackte in sich zusammen. Schon immer, schon vor allem Wissen darüber, war das Wort ›Wollust‹ der verlockende Ausdruck für einen geheimnisvollen, höchsten Zustand gewesen. Man enthielt es ihm vor! Man ließ ihn frieren bis in die Eingeweide und kehrte ihm den von der Wolle scheinheilig verhüllten, weißen, glatten Rücken zu. Was wußte sie eigentlich von der schrecklichen Verführung, die davon ausging, wenn sie sich vom Tisch erhob, nichts weiter als das, und zur Tür entfernte, mit leichtem, frechem Wiegen.

Sie sah ihn doch währenddessen an, ihr Rücken unterhielt sich mit ihm und entzog sich mit jedem Schritt, unverschämt, frei, ganz unabhängig von ihm und bot sich doch, unbeweisbar, unerreichbar, schamlos, ja, schamlos, dar! Aber immer gleichzeitig als undurchdringlicher, gegen ihn geschützter Körper. Er sah jetzt das zwischen ihren Beinen durch den Druck seines Knies eingekerbte, weit an den Oberschenkeln hochgerutschte Kleid. Die von ihm erzeugte Mulde befand sich sehr nah ihrem wirklichen Schoß, den er in der knappen Umarmung also mit seinem, ihre Gestalt stützenden, Bein berührt hatte. Noch in derselben Sekunde und so viele nachfolgende Stunden hatte er sich lammfromm davon ablenken lassen. Dafür füllte es nun in brutaler Vergrößerung das Zimmer, alles, aus. Er starrte mit Zorn die Stelle an, hinter der sich ihr Schamhaar verbarg, sie versteckte es vor ihm, und er hatte endgültig versäumt, das Kleid wenigstens ein Stück höher zu reißen in jenem allerletzten Moment. Wie würde ihn nun der Triumph einer noch so kleinen Tat in dieser Hinsicht beruhigen! Sie hätte ja nicht einmal schreien können, und wer weiß, vielleicht hätte sie ja auch gelacht, mit zurückgeworfener, heller Kehle, aus dem dunklen Kleidausschnitt heraus. Schon bei einem harmlosen Verliebtsein waren ihm Phasen seines Lebens zeitlupenhaft verlangsamt erschienen, und nun reduzierte sich, voller Bosheit, seine gesamte Wahrnehmung auf den Graben zwischen ihren Schenkeln, den Knien und ihrem Geschlecht, wie er davon zurückwich, ihn entdeckte und wie seine Augen von ihr hochgezwungen wurden. Es wiederholte sich unbarmherzig, er gelangte nicht darüber hinaus, nichts anderes war ihm erlaubt. Sobald er seine Hand danach ausstreckte, schoben sich Körper allgemeiner Frauen dazwischen. Er konnte in seinem Kopf treiben, was er wollte, aber es löste sich, sobald es über die Szene hinausging, vollständig von Gisela ab. Das geschah nicht aus Anstand, das Bild gestattete es einfach nicht, er war eingefangen darin. Versuchte er, das lästige Kleid zu entfernen, kam ein bereitwillig nackter, schematisierter weiblicher Körper zum Vorschein. Das hinderte ihn nicht an dem heftigen Verlangen, mit Gisela zu schlafen, aber was ihm dazu einfiel, blieb unzureichend. So kehrte er schließlich erschöpft zu ihrem Lächeln zurück, dem Werkzeug, das bestimmt dazu war, ihm Furcht einzujagen. Es gab keine Möglichkeit, davor auszureißen, ihr Lächeln hatte sein Opfer gefunden, grausam endgültiger als das Mariannes, bei dem er sich das noch spielerisch erhofft hatte. Es fraß sich tief in ihn und hörte nicht auf damit. Sie war ein Röntgenbild seiner Knochen, seines Herzens, seiner Nieren, ein Gegenbild auch, eine brennende Flüssigkeit, die Linien in ihn ätzte, die einen neuen Plan ergaben, nein, anders, sie beide schnitten gemeinsam eine bisher unbekannte Zeichnung in die Wirklichkeit und, dachte er plötzlich, dieser Lageplan, diese Chiffre oder Skizze – nicht sie beide, Mann oder Frau – war das einzige, was zählte.

Er nahm sein Oberbett um die Schultern und ging vom Spiegel zum Fenster, auf und ab. Dabei versenkte er sich in die verschiedenen Distanzen, die Gisela täglich in ihrer Wohnung zurücklegen würde, zur Haustür, zum Bad, zum Bett, zum Schreibtisch, zum Herd, er hörte dazu ihre Absätze auf dem Holz, leiser, fast verschwindend auf den Teppichen und wieder kräftiger auf den polierten Fußbodenbrettern. Es war, als könnte er sich ihr so in einem immer engeren Gewinde nähern. Alles ist Verstellung, sagte er sich aber gleich darauf, jedes denkbare Verhalten, denn für das einzig Zutreffende gab es weder eine Form noch Erlaubnis. Sie lag, er brauchte keine Hoffnungen daran zu verschwenden, es könnte anders sein, voller Einverständnis im Bett eines anderen Mannes, ohne Änderungswünsche. Sie hatte sich ja schon längst entzogen, sie tröstete nur noch, sie hatte ihn heimlich begütigen wollen und konnte ihre grundsätzliche Verweigerung nicht deutlicher artikulieren. Dann wollte er sich wenigstens in eine unkörperliche Vereinigung vertiefen. Er stand am Fensterchen und wickelte das Oberbett um seine nackten Beine. Tatsächlich gelang es ihm ja für Augenblicke, wenn er sich eingehüllt fühlte von ihrer Wärme. Er verschmolz mit ihr, egal, neben wem sie die Nacht verbrachte, in einer Empfindung großer Ruhe, ohne Schmerz und ohne Lust. Als er sie sich dann wieder vorstellte mit eigenständigen Bewegungen, Wörtern, Entschlüssen, begann das Entzücken und Leiden von neuem. Ganz sacht fing es zu schneien an. Er sah an sich herab und klopfte auf das Federbett, lachte leise und zitterte. Ich zittere, sagte er sich, vor Schrecken, daß ich so viel von mir in ihr untergebracht habe, so schnell in nur einer Nacht, die wie alle nachfolgenden ohne Versprechungen, ohne Ergebnis verlaufen wird. Und ich lache dabei vor Grausen. Ohne jede Sicherheit habe ich alles, was mir in den Sinn kommt, auf ihr Konto überschrieben, so daß ich, falls ich sie verliere – als besäße ich irgend etwas von ihr! – oder falls sie plötzlich dieses geheimnisvolle Leuchten einstellt, ein durch und durch hohler Mann bin, bankrott, auch wenn ich mich nach außen hin mit ein paar armseligen Aktionen über die Runden retten würde. Aber selbst wenn ich es wollte, ich weiß nicht, wie man das rückgängig macht. Große Schneeflocken fielen jetzt am Fenster vorbei. Er verließ den Platz, breitete das Oberbett sorgfältig über das Laken, schlug auf das Kissen, es sah nun wie gar nicht benutzt aus. Die Flasche stellte er in die Kochnische, die Hose bürstete er über dem Waschbecken auf gut Glück im Dunkeln aus und kämmte sich noch einmal vor dem Spiegel. Jetzt war es so, als hätte er Gisela nach diesem Abend schon oft besucht, und er begriff, daß er immer in ihrer Gegenwart nur ein Vorbeibrausen der Bilder wahrnahm, nie glücklich war, allerdings weniger unglücklich als anderswo, es gab kein Festhalten, keine Erfüllung. Nur hinterher wurden flammende Zeichen daraus. In jedem einfachen Teetrinken und Gespräch wurde die Saat zu einem sich später entfaltenden Bild gelegt. Es wurde nicht schöner, aber es wuchs zu seiner Fülle, es schwoll an, es reifte aus in ihrer Abwesenheit. Er befühlte seine unrasierten Wangen und alles, was er sich ausdachte über ein bescheidenes, langes Leben mit Gisela täuschte nicht darüber hinweg, daß für ihn dabei nur Schmerz, allenfalls Apathie übrigblieb, ein Fügen in die Tatsache ihrer Ehe, die sie nicht zu gefährden dachte, und er war der ohnmächtige Zuschauer, dem sich jede ihrer Zärtlichkeiten gegenüber Hans so unerbittlich einprägte, je kleiner und vertrauter, desto schlimmer! Das Schlimmste aber blieb die Unverständlichkeit. Denn bei aller Einsicht hatte er die Gewißheit, daß sie zu niemandem als zu ihm gehörte, als

Ergänzung und Stück von ihm oder umgekehrt, er ein Stück, ein Teil nur von ihr, egal, alles andere aber war falsch. Sie in Berührung mit anderen Menschen: falsch. Und doch verbarg sich, dazu im Widerspruch, in Umgang und Verbundenheit mit Hans eine Wahrheit, eine Realistik der Darstellung eines Sachverhalts über die Liebe und die Möglichkeiten der Leidenschaft, die ihn bannte und bewegungslos machte. Die Hose kratzte an seinen Waden, es störte ihn nicht. Ruhig nahm er die Jacke, zog sie an, dann den Mantel, schlug den Kragen hoch, löste den Haken an der Tür, schloß behutsam ab, um Frau Thies nicht zu wecken, und stieg zur Bartelsschen Wohnung hinunter. Dort stand er einen Augenblick, stieg dann weiter abwärts, dem goldenen Schlangengriff entgegen bis nach unten, schloß die Eingangstür auf und wieder zu und trat in die stille Helligkeit der Schneenacht hinaus.

Es schneite nicht mehr. Er ging, die Hände tief in den Manteltaschen, den Blick auf das unberührte Weiß vor seinen Füßen gerichtet, voran. Nichts existierte auf der Welt als das Weiß und die auf einmal liebliche Kälte der Luft, und sichtbar wurde als das Endziel aller Jahreszeiten der Herbst. Matthias Roth ging mitten im Winter durch das Innere eines Herbstpalastes. Es war ein brausender, goldtropfender Herbst, der jedes Ding bis ins Letzte erleuchtete, befreite zu dem, was ihm zugrunde lag: die Ekstase, umgewandelt und gestrafft von einem Trompetenstoß, der Herbst als der eigentliche Frühling, das Ziel von allem. Die Erinnerungen an die früheren, unbewußt erlebten Male des Herbstes wurden eingesammelt und erweckt in einem absoluten Bild, das aus der Schneedecke wuchs. Es erstarkte in den vielen vergangenen Momenten, alle Herbste, die ihn bruchstückhaft gestreift hatten, waren in diesem enthalten. Nie hatte er die Vollkommenheit des Herbstes geahnt, war nur angehaucht worden davon, jetzt gewann er die Herbstwochen seines Lebens zurück als verstrichene, aber nicht verlorene. Er sah wieder das Ein- und Ausatmen einer Buche aus seiner Kindheit, wie sie den im Licht blinkenden Schuppenpanzer an sich preßte, eine sich schließende Rüstung, abweisend die gesenkten, metallischen

Blätter, dann wie aus eigener Kraft sich hebend, samtige Streifen des Inneren freigebend als Finsternis, in der sich der Blick sofort verirrte. So stand sie, rötlich und silbern, schwappend in den Spätsommertagen. Schien abends die Sonne von unten in sie hinein, wurde sie mit einem Schlag einsehbar, durchsichtig, luftig aufgelöst die massige Burg. Licht fiel bis zum Stamm und zeigte ihn gefleckt. Je mehr die Sonne sank, desto schwereloser, heller wurde der Baum, eine freundliche Zerstörung durch das von unten eingeschlichene Licht, die Baumfestung zerbrach in Trümmer, bis das Licht, von unten nach oben fortschreitend, verlosch. Stellte man sich aber selbst unter den Baum und schaute von innen hoch, erkannte man, daß er diese rosige Leichtigkeit den ganzen Tag über besaß. Auch wenn die Sonne verschwunden war, blieb im oberen Bereich lange ein gespeichertes Glühen zurück. Im Herbst aber bestand die dunkelrote Buche aus einem hellen, sanften Rot, gleichgültig, von wo aus man sie betrachtete, ähnlich wie im Mai, und in den Gärten flammten gelbe Büsche wie die blühenden Frühjahrssträucher. Die Gärten waren rotierende Trommeln, voll kleiner, wandernder Punkte, auf den Wegen, am Himmel mit den wehenden Blättern, eine Vereinigung und Zusammenziehung von oben, unten und seitlich. Die Bänke in den Schrebergärten und Parks waren dem Boden anverwandelt durch die auf ihnen ruhenden Blätter, zwischen den Weihern und Ufern wurden die Grenzen fließend. Die Gewölbe vieler Schlösser und Kirchen mußten eine Huldigung an den Herbst und seine Manifestation sein. Matthias Roth ging fast unhörbar durch den Schnee und fror nicht mehr. Er befand sich in einer einzigen, großen Jahreszeit. Herbst, Frühling, Sommer, Winter verschwammen ineinander zu einer Zeit, aus der die Unterschiede, wie sie auf den Feinkostkalendern beispielsweise in Frau Bartels' Küche überschwenglich gefeiert wurden, allenfalls als Spitzen hervorstießen. Sie tatsächlich getrennt zu betrachten, stellte sich nun als Irrtum heraus. Er wußte, daß es sich in Wahrheit um einen Strom ohne Fortschritt handeln mußte, um Wellen, Frequenzen, um ein kontinuierliches Morsen, das durch die Vegetation und das Reich der Mineralien lief. Jetzt hörte er es als einen einzigen Schall oder Klang. Wenn jemand im Frühling starb, starb er auch in allen anderen Jahreszeiten. Man mußte den Kopf nur schief legen, und es war Herbst, den Kopf nach hinten: es war Sommer, und so genoß man all die verführerischen Ausgestaltungen gleichzeitig! Der Herbst aber war die Jugend der Bäume, der sie alle zustrebten, eine goldene Kuppel überstrahlte die andere, ragte ins Unendliche und fing es auf. Tief unten dagegen gingen die Menschen, klein, gebückt. Was sie erkannten, war das Schwinden des Jahres, das Fallen der Blätter.

Seine Füße sah er immer einen Moment lang über der unverletzten Schneedecke schweben. Die Jahreszeiten weckten die Sehnsucht nach einer einzigen als dem Kern, dem Auge, dem Herzen ihrer Anspielung. Die ganze Welt konnte sich verdeutlichen in diesem einen, Giselas Gesicht, und nahm in ihm die schärfste, die wirklichste Gestalt an. Dann sank der Schuh in die nachgiebige Flockenschicht ein. Jeder seiner Schritte würde diesmal hinter ihm sichtbar werden. Im Herbst reichte den Gebüschen ein letztes Licht, um im beinahe Finstern noch zu schwelen. Früher hatte er öfter gedacht: Die prächtigen Bäume erwarten den ganzen Tag über zuversichtlich etwas, erst beim Einfall der Dämmerung stehen sie plötzlich entmutigt umher. Noch immer geschmückt, aber die Feier, so erwies es sich als unabänderlich für sie, fiel aus. Wie vergeblich herausgeputzte Gäste eines abgesagten Festes trieben sie jeder für sich etwas, das er als regungsloses Haareausraufen empfunden hatte. Es war anders: Jedes Jahr, und in diesem Abschnitt Tag für Tag, nahmen die Bäume das Bild eines Äußersten an, wurden zum eingewöhnenden Hinweis auf eine endgültige Unbeweglichkeit. Er sah die sacht, sacht zur Kraft anschwellende Verklärung der riesigen Bäume einem westlichen Himmel gegenüber, im Licht der tiefen Sonne und im eigenen, doppelt leuchtend. Ein im allgemeinen Erlöschen aufglühender, anderer, minutenlanger Tag, sich blähend in den kühlen Gerüchen aus dem frostigen Laubrot und am höchsten Punkt stillhaltend. Im späten Herbst konzentrierte sich das alles, die letzten Blätter wurden wie seltene Steine ausgestellt, die sie in der Menge nicht hatten sein können. Jetzt funkelten sie als das Besondere einzeln, vom leeren Himmel umschlossen, und er sah nicht das Hinwelken der Gestalten, sondern das immer neue Erschaffen, Entwerfen von Stunde zu Stunde, kein Augenblick glich dem anderen. Er ging durch die helle Nacht, die sehr leicht am weißen Erdboden befestigt schien, ein Seidenpapierboden, an die Nacht geheftet, den sie mit sich führte durch den Raum. Schon immer war es eine unausgesprochene Belehrung gewesen, ein deutliches Zeichen, die stets neue, abwechslungsreiche Präsentation für das Auge, hochschießende Laubmassen, Fontänen aus Erz, Feuer fassend, das Innere einer Kastanie, das kammernreiche Modell eines rotgoldenen Himmelsgewölbes, auffliegendes Gold, dazu Nebelzonen, gefüllt vom aufblühenden und versinkenden Strahlen eines zum ersten Mal freigelegten Materials, Verhüllungen und Entblößungen, und wieder die Buche mit ruhigen Außenblättern, innen zitternd im eindringenden Licht. Er hatte nun das Gefühl, daß es sich um eine triumphale Rechenaufgabe handelte, und er selbst, durch den Herbst gehend, stellt unentwegt blinkende Gleichungen auf, schritt von einem aufglänzenden Lehrsatz zum nächsten, ohne auch nur einen wiederholen zu können. Er ging ganz gleichmäßig und blieb nie stehen, niemand begegnete ihm, selten hörte er ein Auto, auch die Fahrbahnen waren noch weiß. Die herbstlichen Anblicke, verschiedene Landschaften zu dieser Jahreszeit: Wörter, die man ihm im Schlaf zugeflüstert hatte, wirksame Wörter. Sie alle taten, als lägen sie an ihren Plätzen für ihn bereit, er mußte sie nur aufsuchen. Dabei wußte er, daß er sich täuschte. Oft waren die Sinne zu eng, bitter, als daß sie die Pracht des Vorgeführten hätten aufnehmen können. Man besuchte die Landschaften nicht wirklich noch einmal. Sie alle verloren nun aber zugleich ihre Anbindung, und es wurde einfach mit den Orten und der Erinnerung. Er mußte nur die Augen schließen, nein, nur weiter auf den Schnee vor sich sehen und sah sie alle, die herbstlichen Gegenden der Vergangenheit. Ein Feuer brannte durch sie hindurch, und ein Funkenregen sprang über und entflammte ihn für Sekunden. In jeder dieser flackernden Herbstlandschaften waren alle anderen, war alles ahnbare Glück gestaut, es brach auf ihn ein, und er konnte beweglich darin auf- und niedersteigen.

Das flüchtige Vorbeilaufen an den Schönheiten der Herbstmorgen war früher aus genießerischer Klugheit geschehen.
Dem Zauber gegenüber durfte man nicht zu indezent werden, jetzt verstand er es besser: Entweder man hütete sich,
bis auf den Grund der Gegenstände vorzustoßen oder man
durchschlug ihn. So war er von einer Möglichkeit des Entzük-
kens zu anderen, überwältigenden, gewandert. Man durfte
nicht auf halber Strecke stehen bleiben, und die halbe Strek-
ke, das war der lichtundurchlässige Boden der Dinge. Er sah
vor sich hin in den manchmal stark leuchtenden Schnee unter
Laternen, vor dunklen Hauseinfahrten, und empfand Gisela
jetzt als Figur seines Tales. Der Hintergrund ihres Augenhebens zu Beginn dieser noch andauernden Dunkelheit war der
graue Bergriegel, ihr stummes Sitzen am Küchentisch ereignete sich in seinem Tal der Dschungel, alten Mauern und
Zitronengärten. Es war eingebettet für alle Zeit zwischen die
Flanken, die in der Ferne dem wachenden, steinernen Vogel-
kopf zuliefen. Im Ausschreiten wurde er immer sicherer: Alles,
alle Erinnerungen seines Lebens ließen sich in dem Tal unter-
bringen, verstecken, wie er wollte, und dort auch wiederfinden, es war seine Schatztruhe, seine Kinderhöhle geworden, seine Heimat, sein Gedächtnis. Ein kleiner Wind kam
auf und nahm in den Büschen, den Bäumen unterschiedliche
Form an. Aber Matthias Roth hielt den Blick auf die weißen Flächen gerichtet und sah den Farn wieder, die zierlichen
genauen Büschel, noch eben hatte es die Abstraktion gegeben, glatt, weiß, nun war dort die erbarmende Gestalt. Bei
keiner Pflanze ging es ihm wie beim Farn, daß er so plötzlich
aus der Leere in die Anwesenheit sprang. Er schien in Strah-
lenmustern aus der Erde zu quellen und sich zugleich pfeil-
artig gebündelt in sie zu bohren, als Trichter und Strudel,
der Farn seines Tales, und noch im größten Schatten hatte
er durch raffinierte Stellung der Schwingen und Querrippen
mit dem Licht zu tun, verdoppelte und halbierte es, trieb mit
ihm ein mathematisches Vergnügen. Der Farnbusch war ein
Herbstbaum, und alle gewaltigen Herbstbäume erschufen,
nun begriff er auch das, diesen Augenblick aus der Vergangenheit neu, jeder von ihnen war Speicher für einen erhellen-

den Schmerz und ein Außersichsein. Jeder Herbstbaum war sein in der Tiefe des Tales lodernder Farnbusch, eine Federkrone, ein gefüllter Köcher. Der dicke Mann mit Frau und Tochter am Strand, alle drei, zum heraldischen Bild geworden, standen in Zusammenhang mit Gisela, und jenes Haus in den Bergen, das halb verfallene und zum Teil erweiterte, gehörte diesem Mann, es bestand kein Zweifel, so mußte es sein, und er freute sich darüber wie über einen guten Ausgang. Er wanderte durch den Schnee des Tales, und es war kein Schnee mehr, das Tal aber schien plötzlich abzurücken, sich zu steigern in einem Sprung. Eine Lücke klaffte zwischen ihm und Matthias Roth, obschon er sich ganz umschlossen fühlte. Er erkannte etwas über alles Verwandte ins Unendliche Fortführendes, jeder Winkel stand in unerschöpflicher Klarheit, nicht länger als Sekunden zu ertragen, er ließ es entgleiten, rutschte ab und dachte mit Begeisterung, daß eine riesige Maschine gegen ihn eingesetzt wurde in solchen Augenblicken, die ihn zerstören konnte allein durch das Dröhnen und die Turbulenz, die ihre Motoren erzeugten in absoluter Stille.

Die Leidenschaften? Natürlich, sie mußten zwangsläufig scheitern. Entweder sie erfüllten sich von vornherein nicht, oder sie starben, gesättigt, ab. Und doch, es steckte etwas Verkehrtes, Erbitterndes, zu Korrigierendes darin! Ihrem inneren Bauplan nach schienen sie eben doch auf Unsterblichkeit zu hoffen, durch unermüdliche Entwicklung vielleicht. Weiter und weiter wollten sie schlüpfen von einer Schale in die nächste, von einem Raum in den folgenden. Sie welkten, weil man sie als folgsam blühende Fleißige Lieschen in Töpfen zu ziehen gedachte. Dabei waren sie auf Sprengung hin konstruiert, nicht nur der gesellschaftlichen Kategorien, das wäre die einmalige, schöne Katastrophe. Sie verweigerten sich, um ihr Leben! den Zähmungsversuchen durch die Liebenden selbst! Er lachte, er hatte gut reden. Das ließ sich, wenn man ohnehin verzichten mußte, leicht durchschauen. »Conrad?« sagte er laut, als müsse er sich erinnern auf ein Stichwort hin. Er sah kein Fenster mehr, hinter dem Licht brannte, keiner der Schläfer ahnte etwas von der schwebenden Schneenacht. Im

Herbst geriet das Jahr in seinen leidenschaftlichsten Zustand. Alles Vegetative bäumte sich auf zu seiner großartigsten Fülligkeit und brach ab. Etwas anderes trat ein: der Frost, der Tod, die Kahlheit, die Askese. Nicht für alle gleichzeitig, selbstverständlich, und das erhöhte den Rausch. Der Kontrast war schon in den Laubwällen anwesend. Zwischen den noch brennenden Bäumen standen bereits die entblößten, und es gab kein Zurück, nur diese Entzündung und das Übergehen in das ganz andere, wenn die Bäume, mit ihren extremen Ausdehnungen in alle Richtungen des Himmels, mit den Blättern, wieder die Erde berührten und sich schließlich ihr anverwandelten. »Die Leere, die Einöde?« fragte er wieder vor sich hin. Die stillen, erdfernen Umarmungen im ›Goldenen Pfeil‹ wurden im Innenraum der Gestikulation zum Abbild der von Raum und Zeit befreiten Ewigkeit, Stunde und Ort waren vergessen in diesem Moment, die Liebenden aus den Angeln der Dimensionen gehoben. Die sogenannte Leere also zeigte sich als Hinweis auf das Unendliche, als Abdruck des Unendlichen in der Position der ekstatischen Umschlingung. Je größer, außerordentlicher aber die Leidenschaft war, desto reiner verdeutlichte sich in ihr der Einfall eines fremden Elements. Je stärker sie ihre Opfer ergriff, desto unstillbarer wurde sie und nicht mehr zu befriedigen an dem, was sie ausgelöst hatte. Er sah Mariannes und Giselas Lächeln und alle Umarmungen der vielen Conradpaare, die alle, so schien es ihm auf einmal, Geschichten der Stellvertretung waren, der Tröstung in der Zeitlichkeit über diese Wunde im Gemüt des Erzählers: Das nie wieder so bezwingend wie ein einziges Mal erlebte Gefühl der wunderbaren Ewigkeitsleere. Es handelte sich also nicht darum, die Unmöglichkeit der Leidenschaft zu demonstrieren, vielmehr darum, ihre äußersten Möglichkeiten ahnen zu lassen in der entrückenden Einöde einer anderen Welt. Noch immer ging er zügig voran durch den Schnee, ohne Unterbrechung, ohne Zögern, er atmete tief und ging weder langsam noch schnell. Wie lange er vermutet hatte, die Gestalt der leidenschaftlichen Gesten wäre zu groß für die Gefühle und diese müßten also, um zu passen, notwendigerweise aufgebauscht, theatralisiert werden! Jetzt wußte er: Etwas überaus Gewaltsames konnte in die Haut der irdischen Liebe fahren, war zusammengepreßt in der engen Figur und zerriß sie beinahe. Wenn man das große Ritual für das kleine Gefühl gelernt hatte, kam die Überraschung: Die kleine Zeremonie der Umarmung war die letzte vorstellbare Form, um die Leere als Beginn des Unendlichen zu umschließen. »Dona Rita!« sagte er lächelnd und trat locker gegen den Schnee, so daß er blitzend aufstäubte. »Dona Rita, die nervöse Ziegenhirtin.« Er war an seinem Ziel angelangt. Wie nicht anders erwartet, lag das große Haus im Dunkeln, auch die Kiesweglaterne und die Haustürlampe waren ausgeschaltet, so daß das Haus trotzig dastand als unerstürmbare Burg, die ihm gegenüber – er wissend, sie unwissend – eine schlafende Frau umschloß, die er sich jetzt gar nicht neben Hans liegend vorstellen konnte. Sie lag allein, umgeben vom Schnee, von den Hausmauern, von der Dunkelheit des Zimmers, vom Bett und schließlich, bis weit über die Schultern noch einmal von ihren Haaren. Der nackte Körper unter ihrem Nachthemd allerdings, bei dem er nun in aller Bescheidenheit anlangen wollte, wurde rasch wieder ausgetauscht gegen den einer x-beliebigen Frau.

Natürlich war nicht ausgeschlossen, daß sie wach und aufrecht, dann also mit herabhängendem Haar, am Fenster stand und durch eine Vorhangspalte in den Schnee sah. Matthias Roth ging auf und ab, am Gitter mit den züngelnden Schwertern entlang, in seinen eigenen Fußspuren. Im Herbst – wollte er noch einmal den Faden aufnehmen – warfen die Bäume rotes Licht gegeneinander und auf die Wege, bei immer weniger Laub, immer kürzeren Tagen. Im Herbst, sagte er sich entschlossen und blickte nicht zu den Fenstern des Hauses hin, geriet die statische Landschaft in Bewegung, in einen Galopp auf das Ende zu und darüber hinaus. Jeder Baum zitterte, stampfte auf der Stelle. Es war der Zeitpunkt, wo über alles Pflanzliche der Geschwindigkeitsrausch kam auf etwas Unumkehrbares, nicht Dagewesenes zu. Die Blätter witterten es, losstürmend, es gab kein Halten mehr. In Wolken, in Herden raste und rasselte alles Laub der Auflösung entgegen. Falls sie aber tatsächlich bei den Vorhängen stand, wäre ihr Blick unweigerlich auf ihn gerichtet, in dieser merkwürdigen Weise, die in der Küche in ihm das Verlangen geweckt hatte, sich umzudrehen, aufreizend, suchend durch ihn hindurchgleitend, ohne ihn aus den Augen zu lassen nach einer Person forschend, die er allenfalls einmal werden konnte. Wie bei den Sängerinnen, den Tänzern und den betörenden Gesichtern hatte auch sie nicht das Strahlen, den Jubel in allen Ausmaßen in sich, aber sie reichte an die Grenzen, wie die hohen Herbstbäume, die diese Fülle umschlossen und ritzte sie, so daß ein wenig davon durch den Gesang, die hohen Sprünge, durch Giselas Lächeln und Blicke niederstürzte. Die Gestalten waren das Erkennbare und daher Tröstliche, aber nicht der Endpunkt. Wenn sie am Fenster stand, sahen sie einander an, sie wissend, er unwissend. Er hoffte nicht auf ein Zeichen, daß ein Zeichen ausblieb, war kein Beweis, daß sie schlief. Er fühlte sich vollkommen glücklich an seinem Platz, den ihm niemand streitig machte. Er umklammerte die Eisenschwerter, um sein Schwanken, das leicht berauschte Taumeln zu unterdrücken. Es war, als würde die Hülle der Individualität gesprengt, und man stieß empor in etwas, das allen gehörte und mit allen in Verbindung stand, eine ungeheure Potenzierung und Wegnahme allen persönlichen Besitzes zugleich! Hatte er nicht immer schon danach Ausschau gehalten, unter den vermummten Stadtbewohnern besonders? Er war Teil einer Masse und unwichtig, er trat ein in einen Stoff, eine Zone uneingeschränkter Wirklichkeit, und Befriedigung oder Unglück waren vergessene Gesichtspunkte geworden. Wie sollte man da zurück zu den kleinen Handlungen! Wie mußten sie sich, in dieser Gegenwart, kauern in die winzigen Figuren eines verhinderten Liebespaares! Hier, wo er stand, war die einzig angemessene Stelle, ihr gegenüber, wie die Bergflanken des Tales einander unentwegt gegenüberlagen, bis sie sich trafen in der sehr fernen Gräue der Felsbarriere. Er verbeugte sich leicht zu den hohen, dunklen Vorhängen hin und kehrte um.

»Sie hat es geschafft!« sagte Frau Bartels. »Wenn sie sich jetzt nicht den Mann doch noch durch die Lappen gehen läßt, muß man sie beglückwünschen. Ist noch rechtzeitig zur Besinnung gekommen, das Mädchen. Er wird natürlich im Haus vorgeführt. Ende zwanzig, hätte mir auch gefallen, mit einem netten, kleinen Schnurrbart, sieht pfiffig aus, aber seriös, verdient prima, sicherer Arbeitsplatz, Computerfachmann, was man sich nur wünschen kann. Sie hat ihn bei der Haak auf dem Campingplatz kennengelernt und wohl gleich die Netze ausgelegt. Den wird die Großmutter schnell für die Enkelin zum Punsch in den Wohnwagen gebeten haben. Und dann beide Augen zu! Na, Ende gut, alles gut! Sie sagt schon – das junge Ding –: mein Verlobter.« Matthias Roth lag im Bett seines Untermieterzimmers und hielt die Augen keineswegs geschlossen. Er hatte daher gesehen, wie Frau Bartels bei dem Wort ›Computerfachmann‹ ein stolzes, spitzes Mündchen vorstülpte, anders noch als bei den Wörtern ›Herzinfarkt‹ und ›Columbus‹, jetzt nämlich war sie die Modernere. Ihm blieben die Gespenster aus den Büchern früherer Jahrhunderte, sie verfügte über die elektronische Datenverarbeitung. Er trug einen dicken Schal und hatte seine Veranstaltungen an der Universität vorläufig absagen lassen. Das konnte ihm niemand übelnehmen nach den vielen übertrieben fleißigen Wochen. Hier drinnen, im angenehm geheizten Zimmer, im warmen Bett fror er nicht mehr. Es war schon Nachmittag, er kümmerte sich nicht um den Gang der Welt draußen. Durch das Balkonfenster sah er, wenn er den Kopf drehte, wieder Schnee fallen, fühlte sich eigentlich wohl, hustete ein bißchen, litt ein wenig Kopfschmerzen, zitterte manchmal ohne Grund. Er hatte sich aufgerichtet und umfaßte mit den Händen einen großen Becher mit heißem Fliederbeertee, Holundersaft, den Frau Bartels selbst herstellte für Erkältungen im Winter, mit Zucker und Zitrone zubereitet, wie seine Mutter es in seiner Kindheit getan hatte, und er bekam blaue Lippen davon wie einmal mit Fritz von einer berühmten Heidelbeertorte. Hier aber lehnte Frau Bartels am Tisch in der Mitte des Zimmers, in ihrer gestärkten Schürze aus der alten Zeit. Die Schürze, die weißen Haare, das Winteräpfelchengesicht paßten gut zum Schnee draußen, wärmten aber gewissermaßen den Raum. Nein, sein Bett konnte er unmöglich verlassen, die kleinste Bewegung in der Kälte, das geringfügigste Anstoßen an der Welt erzeugte Schmerz. »Sie wissen ja nicht«, fuhr Frau Bartels fort und betrachtete wohlgefällig, wie er folgsam und vorsichtig ihre gute Medizin trank, »wie noch vor kurzem bei der Kleinen alles auf der Kippe stand. Die Eltern haben sich ja nie viel drum gekümmert, aber seit dem Tod des Vaters hat sie sich wahrscheinlich noch unbeaufsichtigter gefühlt. Die Großmutter war aber das allerschlechteste Vorbild in ihrer Liebesverrücktheit. Eigentlich ein Wunder, wenn es mit dem Computerfachmann zu einem guten Ausgang kommt, ein Wunder, daß es bis hierhin gekommen ist! Einmal hat sie bloß Zeitungen ausgetragen, dann mit der Mutter irgendwo geputzt und sonst vermutlich nichts als Männer im Kopf.« In den letzten Wochen hatte er sie kaum angesehen, jetzt bemerkte er, wie selbstbewußt sie dastand, wie ruhig, ohne Angst, unterbrochen zu werden von ihm oder ihrem Mann. »Sie hatte was mit einem Jungen angefangen, nicht viel älter als sie, natürlich ohne Arbeit, sonst hätten sie sich nicht überall, zu jeder Zeit rumdrücken können. Wäre um ein Haar auf die schiefe Bahn geraten, wie schon mal, Sie wissen ja.« Er nickte schnell, denn er spürte das nach einer nötigen Wiederholung der Information begierige Fragezeichen. »Eine Familie mit sechs Kindern zu Hause, und das heutzutage. Ihr Auserwählter war der Älteste. Soviel ich weiß, hat er sich in einem Schrebergartenhaus einquartiert, bei fremden Leuten, aber das Häuschen war stabil. Als der Besitzer kam, haben sie sich geeinigt, daß er bleiben darf, bis die Laube gebraucht wird. Dann hat sich der Kerl ein Darlehen von der Bank geben lassen und sich mit Fernsehen und Videofilmen von morgens bis abends die Zeit vertrieben. Wenn das Darlehen fällig wurde, hat er gesagt, müsse er ins Gefängnis, wäre auch egal.« Ja, es war ein Gefühl wie unter Wasser, alles verband sich in einer dunstigen Atmosphäre miteinander. Es blieb nichts zu tun, das Denken, alle Anstrengungen hatten sich aufgelöst, das Glück der letzten Nacht, die Sehnsucht nach Giselas gestrigem, unverzeihlich leichtsinnigem, Schwermut erzeugendem Lächeln, alles versank im bergenden Mantel einer abschließenden, sanften, untröstlichen Traurigkeit.

411

Frau Bartels stellte sich auf die Zehenspitzen, um von ihrem Platz aus in seinen Becher zu sehen. Er kippte ihn ihr halb entgegen. Also setzte sie sich, da er noch zu einem Drittel gefüllt war, hin und legte die Hände behutsam auf die schöne Schürze. »Frau Haak«, sagte sie, »hat ihre Amerikaschwärmerei endgültig aufgegeben. Sie erwähnt das mit keiner Silbe mehr. Zieht sich auch längst nicht so knallig an wie früher, ist dafür total vernarrt in ihren Campingwagen. Mich kriegten da keine zehn Pferde rein, erst recht nicht in der kalten Jahreszeit. Ich glaube, die würde am liebsten ihre Wohnung hier ausräumen und alles, sogar die Blumentöpfe in den Wagen stecken und dann, an diesem Fleck, wo das Ding für alle Zeiten steht, ihren Lebensabend verbringen. Sie trifft da noch mehrere von der Sorte, sind zueinander wie eine Familie, sagt sie. Man kann es nur verstehen, wenn man es mitmacht. Komische Person, erst dieses Amerika, Wolkenkratzer, Flugzeug und so weiter und dann so ein Campingplatz in freier Natur, schlimmer als auf einem Dorf.« Es gab eine Unbeständigkeit der Erinnerung, die er bisher von der Beleuchtung einer Landschaft und sehr großer Begeisterung kannte: Man erinnert sich an jedes Detail, aber es nutzt nichts, es ruft nichts hervor, die Entzündung findet nur in der Gegenwart statt. Jetzt lernte er, daß auch seine Gedanken an Gisela diesem Gesetz unterworfen waren. Er sah sie deutlich vor sich, aber die Szene belebte sich nicht. Nun war es doch wieder, als würde er einen Apfel essen, aber nichts riechen dabei, nichts schmecken, als streichelten seine Finger eine weiche Oberfläche, ohne sie zu fühlen. »Wie ich höre, haben Sie vor längerer Zeit Frau Thies besucht. Glauben Sie bloß nicht, so etwas ließe sich in diesem Haus verheimlichen. Sie sind mit ihr, als sie angesäuselt von einer Feier kam, in ihre Wohnung oben gegangen, und sagen Sie nur nicht, Sie wären gleich wieder rausgekommen!« Frau Bartels drohte gutmütig. Weiß Gott, sie hatte sich verändert und überhaupt keine Angst, indiskret zu werden. Vielleicht spürte sie auch nur, daß es ihm völlig gleichgültig war. »Jedenfalls haben Sie ihr damit eine große Freude gemacht. Sie ist ganz entzückt von Ihnen. Sie müssen charmant gewesen sein, bei soviel Erfolg, und tun

Sie doch nicht so, als ahnten Sie das nicht!« Wie immer in solchen Situationen röteten sich ihre Lippen und wurden unablässig von der kleinen, lüsternen Zunge berührt. Es störte ihn nicht, sollte sie ihr Vergnügen haben. »Aber enttäuschen muß ich Sie trotzdem. Frau Thies ist Ihnen untreu, Sie hätten besser auf Sie achtgeben müssen. Kurz und gut, ich sehe, heute verstehen Sie einmal Spaß, sie hat einen neuen Freund, einen Kollegen ihres Mannes, aber einen gesunden offenbar. Sie schläft schon seit Wochen nicht mehr oben, taucht nur ab und zu tagsüber auf, bringt den Mann aber nicht mit. Da hat sie wieder einen Maurer, mit denen kommt sie eben wohl besonders gut aus. So zigeunert die ganze Sippschaft, jede der Frauen auf ihre Art, in der Gegend herum, hier im Haus aber, und nur das interessiert mich, herrscht Ruhe.« Er hielt ihr den leeren Becher entgegen. Sie stand eifrig auf, ließ die Zimmertür offen, er hörte sie in der Küche, dann kehrte sie mit dem noch einmal gefüllten, dampfenden Becher zurück. Sie gab ihn nicht in seine Hand, sondern stellte ihn auf das Nachttischchen, entfernte sich auch gleich wieder bis zu ihrem Stuhl in der Mitte des Raumes. Darin war sie also die alte geblieben, auch in ihrer Freude über sein Zuhören, und es rührte ihn. Er verdiente es nicht. Meist dachte er an etwas anderes dabei, und plötzlich schien er Gisela wie einen Geruch einzuatmen. Es wurde mit ihm umgesprungen, er war machtlos und mußte sich der Unberechenbarkeit seiner Erinnerung fügen, die ihm nun keine Einzelheiten vorwies, aber einen Duft, einen Pulsschlag. Ein undurchschaubarer Plan wurde befolgt, der ihm Gisela ohne Ankündigung sozusagen ins Bett legte und entzog. Es geschah mit ihm, er konnte sich weder verhärten dagegen noch etwas erzwingen.

Frau Bartels wandte den Kopf zur Seite, die Zunge rührte sich nicht. Sie horchte. Diesmal stand sie auf, ohne nach seinem Becher zu sehen, beachtete ihn überhaupt nicht, hatte alle Sinne ins Innere der Wohnung gerichtet, ging jedoch nur, überraschenderweise nach dem eigenen unbedenklichen Rumoren in der Küche auf Zehenspitzen, bis zur Zimmertür, die sie geschlossen ließ. Dort lauschte sie wieder, winkte dann ab und kam lächelnd und normal auftretend an den

Tisch. »Ich dachte, er hätte gerufen«, sagte sie, und nun begriff Matthias Roth die Szene und war sogleich im Zweifel, ob die Pantomime der alten Frau nicht ein demonstrativer Auftritt zur Einleitung eines Themawechsels war. »Man muß viel Geduld mit ihm haben, an manchen Tagen schreit er dauernd, und wenn ich komme, ist nichts, und er weiß nicht, was er verlangen soll oder hat es schon wieder vergessen. Wenn er nur einmal ruft, gehe ich deshalb gar nicht mehr rüber. Erst wenn er etwas hartnäckiger wird, bin ich sicher, daß er mich wirklich braucht. Es ist auch so genug Arbeit mit ihm. Jetzt, in meinem Alter, habe ich doch noch ein Kind gekriegt.« Ihre Zungenspitze fuhr drei-, viermal schnell über die Oberlippe, die kleinen Augen lachten. Sie hatte die Hände in die Schürzentaschen gestemmt und die Füße ziemlich breit auseinander aufgesetzt. »Die Zeiten ändern sich eben«, sagte Matthias Roth an dieser Stelle vor sich hin. »Das will ich meinen, Sie wissen ja gar nicht, was so ein Schlaganfall bedeutet, bei einer Stippvisite merkt man das nicht. Wenn er Besuch empfängt, ist er gerade in Hochstimmung, da kann er tatsächlich ein paar Sätze reden. Aber sonst sagt er meist nur wirres Zeug, so ein Lallen ist das und ein Eigensinn, bin ja dran gewöhnt. Ein Pflegefall, ein Säugling mit allem drum und dran.« Sie zwinkerte ihm zu, ein bißchen maulend und ziemlich vergnügt. Als große, blendend weiße Krankenschwester thronte sie auf ihrem Stuhl. Er fühlte sich zunehmend schwächer, mußte aber nur die Augen schließen, und es war Gisela, bei deren Ansichtigwerden er Entsetzen, Bezauberung empfand. So hatte er sie zum Schluß gesehen, ein Verlust schon während des Anschauens, daß es Angstschauer auslöste. »Und was glauben Sie, wovon er spricht, sobald ihm die Zunge gehorcht, auch wenn alles durcheinander geht? Von billigen Banken, vom notwendigen Vergleich der Kontoführungsgebühren. Soll ich das etwa machen, bei dem lächerlichen bißchen Geld, um das es bei uns geht? ›Umschulden‹, ruft er beim Frühstück schon. Ich muß ihm aus dem Wirtschaftsteil der Zeitung vorlesen, das ist vielleicht eine bittere Pille für mich. Dabei gerät er in solche Wut, besonders bei dem Wort ›Währungsgewinn‹, daß ich mich vor seinem nächsten Anfall fürchte, manchmal überschlage ich eine Zeile. Er merkt es gar nicht, schläft auch oft dabei ein, aber es tut ihm wohl einfach gut, Wörter wie Geldverkehr, Renditeobjekt zu hören. Also lese ich. ›Wer das große Geld verdienen will‹, sagt er dann beinahe täglich, ›hat drei Möglichkeiten: das Ölgeschäft, das Immobiliengeschäft, das Wertpapiergeschäft.‹ Er flüstert es immer, damit kein anderer in den Genuß des Tips kommt.« Er lag ganz still im Bett, und es schien ihm die einzige Haltung zu sein, die er ohne Schmerzen ertragen konnte, aber, da er sie eingenommen hatte, war er zufrieden und ohne weitere Wünsche. »Ich kenne mich jetzt schon richtig aus mit diesen Wirtschaftssachen. Früher wußte ich nicht mal, was ein Börsenbrief ist. Ab und zu lese ich die Artikel, wenn ich beim Vorlesen was nicht begriffen habe, für mich in der Küche nach. Ihn zu fragen, wäre schrecklich. Er wird sofort zornig beim Erklären, und dann kommt nur jedes dritte Wort so heraus, wie er es sich denkt. Wenn ihm das klar wird, fängt er an zu weinen. Dann muß ich ihm die Wörter langsam vorsprechen, und er sagt sie nach: Kapitalnachweis, Industriebeteiligung. Ich kann nicht sagen, daß er wirklich Fortschritte macht, aber so bleibt er wenigstens in Übung. An anderen Tagen geht es ihm ganz flüssig von den Lippen. So trägt jeder sein Päckchen.« Sie bemerkte die ihr bekannten Anzeichen von Ungeduld und erhob sich. Als sie den Becher abholte, sagte sie aber doch noch: »Sogar Anzeigen aus der Branche muß ich ihm vorlesen: ›Teilhaberschaft geboten an lukrativer Geschäftsidee!‹ Das hätte ich mir nicht träumen lassen als junges Mädchen, daß es sowas gibt, daß es einmal so mit mir kommen würde!«

Es war wie in seinen einschlägigen Träumen. Bei Erscheinen des Todes entstand sofort zweierlei: Die Erkaltung seiner äußeren Hautschicht und das Erkennen seines Herzens, nur dazwischen befand sich eine arglose Zone, lebendig, schmerzempfindlich. Aus beiden Richtungen würde die Kälte in sie einrücken und sie abtöten. So lange würde es dauern. Er erinnerte sich, wie er einmal mit einem Freund in den Tunneln bei Genua den leuchtenden, bogenförmigen Ausgängen zugerast war. Damals hätten sie am liebsten ihre Montur tagsüber nicht ausgezogen. Sie wußten zu gut, wie durchschnittlich sie ohne schwarze Lederkleidung wirkten. Er sah ja selbst die Jüngelchen am Straßenrand neben ihren großartigen Maschinen, mit denen, kaum unterschieden davon, sie eben noch an ihnen vorbeigeprescht waren. Von außen sahen sie dann so gewaltig und wild aus, wie sie sich innen fühlten, nur dazwischen, unter der Schale und über dem Kern, war das lästige, hochverletzliche Fleisch. Man würde nicht gleich merken, was mit ihm geschehen war. Sein toter Leib machte gewiß noch eine Zeitlang in den kräftigen Lebenswellen das nicht zu steuernde Auf und Nieder mit, bis er, längst ein Fremdkörper im Lebendigen, zu Boden sänke und vergessen würde. Er lag weiter still in seinem Bett, sah nach den Schneeflocken und atmete, hustete nicht einmal mehr. Er lag in seinem Bett, unter das er manchmal seine schmutzigen Socken warf, und nichts geschah. Da richtete er sich auf mit einem Ruck, stand barfuß im Zimmer, dann in Hausschuhen, legte sich die von Frau Bartels über sein Oberbett gebreitete Wolldecke um und trat hinaus auf den Balkon. Er rührte sich nicht, er wollte im Freien sein, er sah nicht nach unten, sondern immer nur hoch, so daß ihm die Flocken entgegenstürzten in das heiße Gesicht. Er dachte nicht genau an Gisela, hoffte aber auf dieses Ausharren in der Kälte als seiner besten Möglichkeit, mit ihr in Verbindung zu sein, ohne Schutz, ausgeliefert dem Winter. Es war ein Einfall, so wie er glaubte, sich hier, vom Balkon aus, innerlich ins Tal zurückziehen zu können, es ganz auszufüllen, eine weiche Schnecke in ihrem heimatlichen Gehäuse, hier zu warten und dort zu sein, aufgehoben und beruhigt. Aber beides gelang nicht. Armselig stand er in der eisigen Luft, und nichts anderes passierte. Sein Angebot wurde nicht akzeptiert. Er fror viel heftiger als in der Nacht, blieb aber an seinem Platz. Er hörte Marianne, wie sie ihm eine Geschichte erzählte, ein Bild, ihre Sehnsuchtsvorstellung: An einem Mast war eine Plattform angebracht, auf der eine geschmückte Person saß, nur der Kopf geschmückt mit Federn, alles andere, sogar das Gesicht mit Lappen verhüllt. Man hatte sie an den Mast gebunden, daß sie nicht herunterfallen konnte, wenn die Kraft der umklammernden

Arme nachließ, denn sie mußte lange dort sitzen und den Geistern ohne Rückhalt ausgeliefert sein. Es war Mariannes Lächeln, das ihn hierher gelockt hatte, und es war kein schlechter Ort, ohne Bedingungen und nun, immer stärker, ohne Erinnerungen. Er vergaß Marianne, er vergaß Gisela. Die Flocken stürmten auf ihn ein, er drehte das Gesicht nicht weg, er dachte nichts mehr. Er stand in seinen Hausschuhen und einer Decke und wußte nicht, ob er fror und schlotterte, er wußte nichts mehr über sich, hielt nur dort aus und spürte, wie die Welt um ihn platzte, und die Schneeflocken hätten auch Sandkörner eines Wüstensturms sein können, die ihn trafen und verwundeten. Das alles mußte sein, es passierte jetzt überhaupt nichts, was nicht unbedingt sein mußte, und er stand in aufrechter Haltung auf seiner Tribüne, gerade für ihn ausreichend, über der Wüste, und nichts war ihm geblieben, alles war ausgeräumt aus seinem Geist und Gemüt, und es war, hätte er Überlegungen angestellt, unverständlich, wie er so leer und besitzlos und ohne irgendeinen Inhalt und ohne Gewicht und Schwerpunkt so gerade und stramm, so unbewegt dastand und nichts abwehrte und doch nicht zusammenbrach. Es gab keine Kunst, keine Frömmigkeit, keine Flüche, keine Wörter mehr und keine fleischlichen Begierden oder Verzückungen durch Schönheit. Nur das Ausharren in der Verlassenheit, ohne Fragen zu stellen, blind und taub und doch ausgeliefert einer nie erfahrenen Konfrontation, die hier für ihn vorbereitet war und der er mit keiner noch so kleinen Körperzuckung auszuweichen suchte. Es war, wie Abschied und Einsamkeit, der Grund einer Wahrheit und doch nicht vergleichbar, hätte er Vergleiche angestellt, mit irgendeiner Empfindung, einem Zustand seiner Vergangenheit.

Der Griff, der ihn von hinten packte, war so kräftig, daß er zuerst glaubte, jemand hätte auf seinen Rücken geschlagen. Frau Bartels riß ihn geradezu ins Zimmer zurück, die Decke fiel in den Schnee, aber ein Ende davon hielt sie in ihrer Faust, stieß ihn gegen sein Bett, zog die Decke mit den Schneeplacken vom Balkon und warf die Tür zu. Das Glas zitterte in der Fassung. Sie drückte ihn gegen die Brust, er taumelte auf die Bettkante. Er half ihr, als sie versuchte, seine

Beine ins Bett zu heben, er ließ sich ohne Widerstand begraben unter dem Federbett bis zum Kinn und dachte nichts dabei. Er hörte sie sprechen, sah das zornige, runde Gesicht ohne Scheu nah wie selten vor sich, und ganz von selbst kam es ihm über die Lippen: »... ›dumpf und verworren hörte er die Alte sprechen, den Hund bellen und den Vogel sein Lied wiederholen‹.« Er hätte ebenso gut sagen können: ›Ich mußte ein bißchen frische Luft schöpfen‹, irgendeinen Satz, der ohne sein Zutun sich in ihm formuliert hätte, dieser war ihm eingefallen zum Schimpfen der Frau, kein Hund bellte, kein Vogel sang, und eigentlich sprach auch keine Alte, oder wenn, geschah das sehr verkleinert und in großer Entfernung. Die Worte aber, die er zu Frau Bartels gesagt hatte, erregten sie noch mehr. Sie brachte Heizkissen und Decken, schloß die Balkontür ab, berührte prüfend seine Stirn. Er kam fast um, wehrte sich aber nicht. Er lag geschützt gegen Zugluft und Kälte und hatte das Gefühl, daß ihm von sich selbst nur noch die für Frau Bartels sichtbare Oberfläche geblieben war. »Also nicht ein, nein, zwei Kinder! Diesem Kerl, der ein Universitätsdoktor ist, gebe ich Fliederbeertee. Wissen Sie, was das für eine Arbeit ist, für ein Dreck, wie das Zeug spritzt? Haben Sie jemals Holunderbeeren verarbeitet? Und was tut er? War doch alles vergeblich, verbringt den Nachmittag im Schnee und wundert sich, wenn er dabei draufgeht. Habe ich nicht genug Ärger mit meinem kindischen Mann? Wollen Sie sterben, Herr Doktor Roth? Daß ich nicht lache!« Er zweifelte nicht an ihrer aufrichtigen Erbitterung, doch konnte er nicht verhindern, das begeisterte Blitzen ihrer Augen zu registrieren. Es war unerheblich, ob er auf dem Balkon stand oder wohlversorgt im Bett lag, die Empfindung war die gleiche, es dauerte an. Er stand noch immer auf dem Balkon. Frau Bartels täuschte sich. Es war die besondere Empfindung, keine mehr im Körper zu haben, und er bedauerte es keineswegs. In Wirklichkeit hatte er kein Dach über dem Kopf und kannte nicht die alte Frau, die sich hier zu schaffen machte, und ausruhen konnte er nicht an diesem Platz. Er ruhte nicht aus, er hatte vergessen, wie man sich genießerisch schwer macht dafür. Frau Bartels zog sich zu ihrem Stuhl zurück, saß jetzt dort als grimmige Wächterin. Eine Weile starrte sie ihn an, böse und stumm, benahm sich wie jemand, der ihm große Zuneigung entgegenbrachte. Dann zischte sie: »Schlecht sehen Sie schon den ganzen Winter aus, und wie gut hatten Sie sich im Sommer erholt. Aber jetzt ist es der Gipfel!« Sie näherte sich ihm mit deutlich angewiderter Miene, setzte sich wahrhaftig auf die Bettkante neben seine Füße und begann nun, ihm sein Aussehen zu schildern, ein Verfall seit Wochen, den sie wachsam verfolgt hatte, wie sich herausstellte. Sie ließ nichts aus, beschrieb seinen Gang, seine Kleidung vom Kragen bis zu den Schuhen, Haare, Gesichtsfarbe. Die meisten dieser Dinge hatte sie auch früher kritisiert, aber als Stein des Anstoßes, als Widerborstigkeit gegen ihre rechtschaffenen Vorschriften zum Auftreten eines ehrenwerten Mieters und Universitätsangestellten, als Gegenstand eines, von ihrer Seite aus, zärtlichen Streits. Jetzt war er bemitleidenswert geworden, eine traurige Gestalt. »Alt sehen Sie aus, niemand würde vermuten, daß Sie erst vierzig sind«, sagte sie, wie es schien, ohne Gehässigkeit. »Ihre Zähne sind gelb, auch ein schlechtes Zeichen. Warum mußten Sie dieses nette Mädchen, Anneliese, die beste, die Sie je hatten, nur wegschikken? Die hätte aufgepaßt! Ich will es nicht verheimlichen: Sie unterscheiden sich kaum noch vom Thies da oben, viel elender als Sie sah der auch nicht aus. Dahin ist es mit Ihnen gekommen.« Ich muß zu Gisela und sie ein wenig anschauen, sagte sich Matthias Roth.

Die Leute mit ihren verletzlichen Fleischkörpern gingen zwischen den harten Häusern der Stadt, um ein Muster abzugeben. Im Vorbeifahren fügte es sich ihm heute sehr klar. Wenn man mit Apparaten, Sensoren von Satelliten aus auch ihre Gedanken, ihre geheimen Taten abhorchen, ertasten und in verschiedenen Farben und Reliefs als Bodenschätze und Krankheitsherde sichtbar machen könnte, würde es immer vollständiger erkennbar. Jedenfalls hatten sie sich seit ihrem Bestehen an das unermüdliche Ausführen dieses Musters gemacht ohne mögliche Weigerung. Was man auch tat oder unterließ, es ergab als Linie oder Lücke den Teil eines Ornaments. Er beobachtete die Stadtbewohner auf ihren Wegen und hatte das Gefühl, dabei tief zu schlafen. Um sich zu wecken, ließ er plötzlich den Taxifahrer stoppen. Er war nun ein Stück gefahren, den Rest wollte er ohne Eile zu Fuß zurücklegen, Frau Bartels sah es ja nicht. Sie hatte ihn nur gehen lassen auf seine Versicherung hin, einen befreundeten Arzt zu besuchen. Er selbst allerdings wußte nicht, wie erheblich ein neues Betrachten Giselas denn sein und was es ändern würde, und doch ging er unbeirrt, wenn auch leicht schwankend und mit einem Hitzeausbruch durch den frühen Abend, durch den Schneematsch, dem man nichts mehr von dem Schweben der hellen Nacht anmerkte, auf sie zu. Seit vierundzwanzig Stunden tue ich fast nichts anderes, als auf dieses Haus loszumarschieren, sagte er sich und staunte, daß es seinen Beinen nicht schwerer fiel. Aber er hielt, wenn auch taumelnd, die Spur. In einigem Abstand ging auf dem nun leeren Bürgersteig vor ihm eine Frau, die Gisela von hinten ähnelte, im Dunkel der Laternenzwischenräume. Die Frau trug aber links und rechts volle Einkaufsnetze. Gisela wäre hier allenfalls um diese Zeit mit ihrer Aktentasche zu entdecken, und doch wurde er im ersten Augenblick sofort schneller. Er hatte auf das Signal der hochgesteckten Haare, des weichen Ganges, der kaum auszumachenden Figur reagiert, dabei kannte er nicht einmal ihren Wintermantel. Gisela, dachte er plötzlich, ist eine ganz fremde Frau, er ahnte nicht, wie sie an einem Schneeabend in der Stadt aussah. Diese Person hier, die immer wieder den Kopf hängen ließ und die Netze umwechselte, konnte sie natürlich nicht sein, er hätte es an sich selbst gespürt! Trotzdem wandte er nicht den Blick von ihr, auch stellte sich heraus, daß sie denselben Weg hatten. In gewisser Weise verfolgte er sie also, und da, als sie ihm beim Austauschen der Netze kurz das Profil bot, erkannte er sie. Er blieb jetzt, in einem kleinen Schrecken, stehen. Wenn er eben noch seine flüchtige Vermutung, diese, also irgendeine zufällige Frau, könnte Gisela sein, als im Grunde schon strafbare Treulosigkeit bereut hatte, beunruhigte ihn nun die Tatsache, daß diese Gestalt mit ihrem unbedeutenden, begrenzten Umriß bereits ganz und gar die Frau war, die ihn seit so vielen Stunden bewegte.

In seinem Gefühl gab es dafür doch unvergleichlich größere Ausdehnungen. Das aber war sie, das war schon alles! Was für eine geringfügige Beanspruchung an Raum in der Welt! Hatte er sich getäuscht von gestern abend an, war sie nicht ein lichtschluckendes Ding, das ihn unter günstigen Umständen geblendet hatte? Eine Anwandlung, ein Rückfall! Er verstand sofort, daß so seine wirkliche Katastrophe aussähe, und daß alles, was ihm ansonsten geschähe oder entrissen würde, dagegen gering wäre. Schon beeilte er sich, sie einzuholen. Er wollte eine Begrüßung im Dunkeln, das machte es leichter für sie beide. Die eine, ihm vielleicht gegönnte Stunde hatte er sich nicht ausgemalt, aber sie war unweigerlich herangerückt. Er hatte ja nur Gisela zuschauen wollen, als gäbe es ihn selbst dabei gar nicht. Nun stand er störend, hinderlich für sie beide da, und außerdem galt es, verblüffenderweise, den Faden vom letzten Abend nach außen hin wieder aufzunehmen. Der inneren Geschwindigkeit der Entwicklung wäre ohnehin keine denkbare Geste, kein Satz angemessen. Er sah aber nun, daß am Haus Licht brannte wie gestern. Gisela hätte also gut und gerne in ihrer Küche beim Becher Kaffee sitzen können, wenn sie nicht noch immer vor ihm herginge. Es knirschte schon unter ihren Füßen. Sobald er selbst den Kiesweg beträte, würde sie sich umdrehen. Hans war demzufolge bereits da. Die einsame Stunde mit ihr fiel aus, und jetzt spürte er auch seine Enttäuschung darüber. Hatte er denn doch etwas Vertrauliches erwartet? Aber sie war nicht sehr groß, die Enttäuschung, er sah dem Unglück, um ein wie auch geartetes Tête-à-tête gebracht zu sein, ruhig zu, es rührte nicht wirklich an den Frieden und die Leere seines Gemüts. Da erkannte sie ihn.

Gisela befand sich zwischen den beiden Lampen. Er konnte nicht sicher ausmachen, ob sie mit ihm gerechnet hatte, überrascht war sie jedenfalls nicht. Sie stand still mit ihren Taschen und wartete, bis er bei ihr anlangte. Würde er sie, noch rasch hier draußen im Vorgarten, berühren? Sie schienen es, jeder für sich, zu überlegen. Aber dann entschied Gisela, durch eine Bewegung ihres Mundes, daß er es nicht tat: Sie biß sich auf die Unterlippe, wie ein Kind, das etwas angestellt hat, ein

reizendes Bedauern über den gestrigen Ausrutscher, so daß
er sie am liebsten geohrfeigt hätte, im Zorn über diesen Verrat durch Verharmlosung, aber auch wieder nicht zu sehr. Er
stand schwankend vor ihr und dachte, es könnte durchaus der
Ausdruck von Kummer oder Ratlosigkeit sein, verbunden mit
einem kleinen Trost für ihn. Es ergab sich, daß sie überhaupt
nicht sprachen, auch nicht bei der Übergabe der Gepäckstük-
ke an ihn. Dieses Schweigen war die wichtige Ungewöhnlich-
keit, die einzige Intimität, aber damit ging auch der Augenblick eines möglichen körperlichen Kontakts vorüber. Diesmal hatte er sogar ihre Hand nicht ergriffen, stattdessen
gleich die Netze, also nicht einmal die kostbare Wärme oder
Kälte ihrer Haut gespürt und würde nun vermutlich bis zum
Abschied darauf warten müssen. Wir haben es nicht unter-
lassen, sondern ausgespart, redete er sich zu und folgte ihr
in den Flur, ohne eine weitere Annäherung zu suchen. Aber
jetzt, auf der kurzen Treppe zur Garderobe, drehte sie sich
um, was tat sie bloß, sie legte bedeutsam einen Finger auf
den Mund, was meinte sie denn, sollten sie etwa unbemerkt,
in einer zu wilden Hoffnungen ermutigenden Zweideutigkeit
in die Küche schleichen? Auf was hatte sie schon mit dem
betont leisen, konspirativen Aufschließen hingewiesen? Er
starrte ihr ins Gesicht, aber das verhinderte sie bereits wieder,
es gelang nur ganz flüchtig, sie bog es zu ihm hin, dicht an
sein Ohr und flüsterte: »Er schläft, er muß etwas ausruhen!«
Es hatte alles nicht im geringsten mit ihm, nur mit ihrer Fürsorge für Hans zu tun. War er vielleicht ein lästiger, plötzlich
allzu häufiger Gast? Hatte sie heute nacht am Fenster gestanden? Sollte er besser gleich umkehren, nach dieser verletzend
kameradschaftlichen Vertraulichkeit? Löschte sie nicht zielstrebig boshaft alle Spuren des gestrigen Abends aus? In seiner Erschöpfung griff er in der Küche nach der Sessellehne.
Sie beachtete die abgestellten Netze nicht, sie betrachtete ihn,
einen Meter von ihm entfernt. »Du siehst schlecht aus!« sagte
sie. Nun sah er ihr Gesicht wirklich und sah mit Freude seine
Blässe, die strenge Schwärze der Augen und die zarte Dunkelheit darunter und sagte nach einer Weile, in der sie die
Augen nicht von einander wandten: »Du auch!« Sie lächelten

beide, unbezweifelbar voller Trauer und Zufriedenheit, und
er berührte mit seinen kalten Fingerspitzen ihre kalte Wange
und ihren Mundwinkel, und da sie nicht auswich, blieb es
dabei. Er spürte aus seiner Stille heraus eine Aufregung, die
ihn als wellige Oberfläche umgab und auch, wie diese heftig bewegte Zone nichts an die Ruhe im Inneren weiterlei-
tete. Ein kleiner, lichtschluckender, mächtig schimmernder
Gegenstand! ging es durch seinen Kopf. Sie war bei ihm, ohne
irgendeine Abwehr, aber er bekam nur diese eine Hand hoch
bis zu ihren Wangenknochen, nicht beide Arme, um sie an
sich zu pressen. Sie stand vor ihm, und es verstrichen Sekunden, und er wünschte sich, es wäre schon so weit, daß er in
seinem Sessel säße und sie von dort aus, ohne ein Wort, mit
fast geschlossenen Augen, so daß sie ihn beinahe vergäße bei
ihren Handgriffen, bei ihrem Hin- und Hergehen über den
glatten Küchenboden verfolgen dürfte. Auf einmal zog sie
sich mit vier raschen Schritten zurück zum Kühlschrank, und
über die Distanz hinweg erkannte er, wie hastig sie atmete.
Schultern und Brüste hoben und senkten sich, als wären sie
entrüstet und wollten es zeigen. Von seinem Platz aus hatte
er ihre ganze Gestalt im Blick, und so begann er nach der
Kerbe zwischen ihren Knien zu suchen, nach der Einbuchtung in ihrem Wollkleid von gestern, nach dem Abdruck seines eigenen Knies an ihr, er suchte danach angesichts ihres
grünen, straff über die Hüften und Oberschenkel gespannten
Lederrocks, bis ihm auffiel, wie lange er sich dort aufhielt
und wie geduldig, ohne Laut sie es hinnahm, und fast schien
es ihm, als wölbte sich ihr Körper unter dem Rock diesem
Blick entgegen. Er hob ihn nicht. Wie er seine Arme nicht
hatte heben können, konnte er nun seinen Blick nicht abwenden, bis sie sich fortdrehte, eigentlich fortrollte, an der Kante
des Küchenbords entlang, aus seinem Gesichtsfeld.

Das alles, alles noch Mögliche, hatte er gestern in ein paar
Sekunden erlebt, nur eben komprimiert bis zur Unkenntlich-
keit, und es mußte umständlich in der Zeit entfaltet werden.
Noch immer starrte er die Stelle an, und längst war Gisela
fortgegangen in den Nebenraum, in dem er sich bisher nur
selten aufgehalten hatte. Er versuchte, sich die Einrichtung

vorzustellen und nahm dabei weiterhin den Blick nicht weg. Er ließ ihn einfach stehen, dort, wo er dem grünen Lederrock begegnet war, sah also nicht hin zur geschlossenen Badezimmertür, als wäre sie auf diese Weise um so besser zu durchdringen. Er hörte ihr zu, und insgeheim, solange er es nicht überprüfte, öffnete sich dabei die Tür. Gemächlich glitt die Seife durch ihre nassen Hände, sie betrachtete ihr Gesicht dicht am Spiegel und steckte dann die Kämmchen in ihrem Haar fester, er hörte das leichte Klappern ihrer Absätze und das Klingeln kleiner Gegenstände, die sie hob und zurücklegte. Das Ansehen tat weh, das Nichtansehen tat weh. Sie öffnete dort drüben Schubladen und Schränke, entnahm ihnen Tücher, Kleidungsstücke, die er nicht kannte, dem Inneren dieser Schränke, das er nicht kannte und über das er keine Rechte hatte. Es erfüllte ihn mit Entsetzen und Verzauberung, so dazusitzen in vollkommener Machtlosigkeit über die Schubladen und ihren Inhalt, und es waren Gefühle an der welligen Oberfläche, und sie wurde noch unruhiger davon. Er legte seinen Kopf, weil er ihm zu schwer wurde, auf den Tisch, auf die frische, karierte Tischdecke, aber meinte dann, es sei nötig gewesen, ihn dort auf seine verschränkten Arme zu betten, nicht wegen seines Gewichts, sondern um seiner Leichtigkeit einen sicheren Ort zu geben. Um diesen guten, warmen Ankerplatz herum waren Küche und Haus errichtet, die Stadt mit Kirchtürmen und Wohntürmen, mit Bankangestellten und Kulturbeflissenen, mit Sozialhilfeempfängern und Leuten, die mit Schlaganfall im Bett lagen, sich vor einem Überfall fürchteten, mit sorgenvollen und heiteren Dozenten und mit den Versicherungsagenturen, der Energiewirtschaft und dem Stadtgartenamt, den vielen Büchern, den aufstrebenden jungen Pragmatikern in den Parteien in ihren geordneten Verhältnissen und ein paar geretteten, krummen Fachwerkhäusern. Alles das mußte man in eine Reihenfolge bringen, man mußte es begreifen und miteinander verketten. Was hatte sie überhaupt mit der Tischdecke und ihrem Flekken gemacht? Als er den Kopf hob, sah er das Durcheinander in der Küche. Auf jeder freien Fläche lag etwas: eine Milchdose und eine zerknüllte Zeitung, ein Brotknäppchen und eine Nudelrolle, auf der Fensterbank, vor ihm auf einem zweiten Sessel, auf der Platte unter den Hängeschränken und neben ihm die nicht ausgepackten Einkaufsnetze, die teilweise gestapelten Teller und ein Topf im Spülbecken, Porzellanscherben in einem Korb, eine Tube Uhu und ein Bügeleisen. Nur der Boden war glatt und leer, wie er sich ihm eingeprägt hatte. Nun vergaß er Gisela im Badezimmer fast, er siedelte sie in der Küche an, er nahm ihre Geräusche von nebenan und verband sie mit den umherliegenden Dingen, die sie hier, vor ihm, ohne sich durch ihn stören zu lassen, bewegte, verschob, zu Boden stieß durch eine Unachtsamkeit. Kein Ding blieb unberührt von ihr, alles hatte in dieser Anordnung Sinn und Verstand, auch wenn nur sie selbst darüber Auskunft geben konnte. Er saß still in seinem Sessel, sah es andächtig an und begriff das Geheimnis der unterschiedlichen Positionen von Milchdose und Scherben und Apfelsinenschalen nicht, wohl aber, daß sie von einem solchen bestimmt wurden. Dann betrachtete er die Tür, wie zur Belohnung nach einem gelösten Rätsel. Schon war es wieder da: Das Ansehen tat weh, das Nichtansehen tat weh. Er faßte an seine heiße Stirn, seine Finger gerieten außer Kontrolle, nur deshalb ballte er sie zu Fäusten. Konnte es nicht so bleiben wie in diesem Augenblick? Die Tür versiegelte Gisela in einem lediglich von ihr bewohnten Raum. Wie sollte er ihre zerbrechliche Gegenwart ertragen, in der sie mit jedem Atemzug fort und fort lebte und nicht verpackt und verschnürt, eingesperrt und abgeschnitten von der Welt, sondern ihr ununterbrochen ausgesetzt und nie ausschließlich gesammelt auf ihn, von morgens bis abends nicht, nachts nicht, nicht in der Stadt und nicht in diesem Haus?

Nun wurde die Klinke niedergedrückt, und Gisela stand im Türrahmen. Noch kurz leuchtete der Raum hinter ihr, dann knipste sie das Licht aus und ging, ohne ihn anzusehen, quer durch die Küche. Er roch ihr frisches Parfüm. Sie sagte, und auch dabei wandte sie ihm nicht ihr Gesicht zu: »Ich werde jetzt den Tee aufgießen und ein bißchen zu essen machen.« Sie könne nicht an den Rum, der sei bei Hans, sie wolle ihn deshalb nicht wecken. Es folgte ein lakonischer, kühler Wortwechsel. Er suchte nach einem Glanz, der nicht zutage trat und doch jedem ihrer Gespräche zugrunde liegen mußte. Spätestens in der Entfernung würde er ihn wahrnehmen. Sie sprach nicht mehr, sie streckte und bückte sich in ihrem Lederrock, der den Körper nicht so deutlich wie das Wollkleid modellierte, jetzt, wo er die Gelegenheit hatte, sie ausführlich von hinten zu beobachten beim Hantieren mit Wasser, Tassen und Tee, beim Auspacken der Netze. Er sehnte den Moment, wo sie bei ihm am Tisch sitzen würde, gar nicht herbei. Es war ja gut so. Einmal fuhr sie unter seinem unersättlichen Blick herum, wandte sich jedoch sofort wieder ab. Nein, er brauchte ihr Gesicht nicht zu sehen, er begnügte sich mit dem Anschauen, wie sie vor dem Kühlschrank leicht in die Knie ging und einen Karton Eier darin verstaute, er war ausgehungert danach, es zu betrachten, es schien sich nun wieder vor dem gelben Hintergrund des erleuchteten Badezimmers abzuspielen. Was sie auch tat, es geschah vor einer angestrahlten Wand, das Abrutschen des Messers von der harten Butter, das Fallen und Aufschnappen des Wurstpapiers, das Abreißen eines Preisschildchens vom Marmeladenglas, die leisen Ausrufe, die ihr manchmal entfuhren. Sie ahnte es gewiß. Verzögerte sie die Bewegungen nicht sehr sacht, kostete sie nicht die Macht aus, die im Griff nach dem Zuckerfäßchen lag, die er bewunderte wie eine gesprenkelte Amsel oder ein gewöhnliches Eichhörnchen? Unaufhörlich erzeugte sie für ihn, und nichts war ihm nützlicher als das, vielfältige, vergängliche Gestalten, die er sich alle einprägte und also aufhob wie lebendige Dinge, die von ihr zu ihm herüberwanderten, in seinen Besitz, von ihr verschwenderisch ausgeteilt und nun alle sein Eigentum. Die Veränderung ihrer Haltung, das plötzliche Erstarren kannte er noch von gestern: sie lauschte! War es aber das gleiche Lauschen? Wurde es nicht jetzt von ganz anderen Gefühlen begleitet als damals, mit dem Fleck zwischen ihnen beiden? Er spürte an sich ein Erschrecken, hoch oben, an der Haut. Er konzentrierte sich auf ihr Lauschen, auf nichts weiter, darauf kam es an. Als sie sich wieder rührte, bemerkte er einen Zettel auf dem Tisch. In Giselas großer Schrift, die ihn früher nie interessiert hatte

– so schrieben heutzutage viele jüngere Frauen, die meisten der Studentinnen, nur Marianne unterschied sich davon erheblich –, standen dort Positionen einer Einkaufsliste untereinander, daneben jeweils der Preis. Er wollte die Wörter nicht lesen, und als er es unwillkürlich doch tat, verrieten sie ihm nichts, es waren alles unverständliche Abkürzungen. Aber an die Zahlen, an die wollte er sich halten, Mark und Pfennig. Es waren insgesamt zwölf Positionen, sehr korrekt untereinander gesetzt. Er begann, ohne den Zettel näher zu sich zu holen, nachzurechnen. Matthias Roth rechnete Giselas Zahlentürme nach und fühlte sich glücklich dabei. Er sah nicht das Ergebnis unter dem Strich an, bevor er mit einer Reihe fertig war, er rechnete, er wanderte den schlichten Weg einer einfachen Addition von unten nach oben, und es war der Pfad, den Gisela einige Zeit früher gegangen war. Er rekapitulierte eine von ihrem Gehirn zurückgelegte Straße, in ihm baute sich die gleiche Zahlenleiter auf, und immer landete er, wenn er es dem Blick erlaubte, bei ihrem Ergebnis, langsam vorrückend. Ihre rundliche Bleistiftzahl wartete schon immer auf ihn, wenn er von der höchsten Zahl unter den Additionsstrich sprang. Er hatte Hans nicht über den Flur kommen hören. Erst auf das Geräusch gleich neben ihm, an der Küchentür, hob er den Kopf, und dort stand nun Hans mit zerzaustem Haar und blinzelnden Augen, hinfällig fast, sein Oberhemd hing zipfelweise über der Hose. Der so rasch wiederholte Besuch machte ihn niedergeschlagen. Er war nicht, aus seinem Schlaf heraus, auf den vertrauten Anblick von Gisela und der Küche und nichts anderem gestoßen. Wie sollte man es sonst erklären? Noch zu müde, um sich in eine Pose zu retten, schlich er als Fremder murmelnd ins Bad. Wie ausgewechselt würde er daraus hervorkommen. Doch bis dahin gehört der Raum noch mir! sagte sich Matthias Roth und spürte gleichzeitig, daß der Frieden in seinem Inneren auch diesem Gedanken standhielt.

Jetzt aber, im Wohnzimmer, war er es, der sich ausstreckte auf dem Sofa, auf dem eben noch Hans geruht hatte. Er spürte seine Schwäche wieder und sträubte sich nicht, als Gisela eine Decke über ihn breitete. Sie beugte sich zu ihm, und er sah die ungeheuerlichen Entfernungen, die sie von Geste zu Geste zurücklegte. Sie saßen ihm gegenüber dicht beieinander, gemeinsam im rötlichen Licht der Stehlampe, und daher schenkte Gisela den Tee anders ein, als er es kannte, aber es bedeutete keinen Unterschied. Er liebte den Anblick dieses Paares, obwohl er ihm solche Schmerzen bereitete, ein Genuß, der ihn bekümmerte, und eine Wohltat. Sie bildeten ein Paar, dessen männlichen Teil Hans stellvertretend für ihn übernahm. Was Matthias Roth sah, war die Artikulation seines eigenen Gefühls. Er selbst konnte währenddessen ganz still auf der Couch liegen, die Augen schließen und eintreten in die berauschende Einöde seines Inneren, dann nach einer Weile die Augen öffnen, weil er wieder etwas betrachten mußte. Nur in Verbindung mit den unscheinbaren Bewegungen Giselas und seines Freundes neben ihr konnte er diesen Zustand aufrechterhalten. Er nährte sich davon, er stürzte sich gierig auf Einzelheiten, er sah sie flüstern und die Hand von Hans auf Giselas Schultern, in der Nähe ihrer Brüste. Brachte es ihn noch auf, ›die Vorstellung der Geliebten mit den Schamteilen und Entleerungen eines‹ anderen zu verbinden‹? Sie bemerkten seinen Blick, und Gisela sagte: »Schlaf doch ruhig.« Wenn ich tatsächlich geschlafen habe, dann nicht trotz, sondern wegen ihrer Gegenwart, sagte er sich. Gleich fielen ihm die Lider über die Augen, es war braun dahinter. Er hörte die leisen Stimmen, das sanfte Klirren der Tassen. Manchmal werde ich die Augen aufschlagen, im schönsten Moment. Ich werde geradewegs in ihr lächelndes Gesicht sehen, nur eine Sekunde, länger kann es nicht dauern. Aber wenn sie zu Ende ist, schlafe ich schon wieder. Gisela wird auf ihre eigentümliche Weise die Tasse absetzen, ausgerechnet dann öffne ich die Augen. Egal, was sie tut, es ist immer wie der günstigste Tag, das geeignetste Wetter für eine Landschaftsbetrachtung. Ich höre eine Silbe von ihr, und es ist eine kleine Flasche, aus der etwas steigt, das den ganzen Raum füllt, dabei ist es nur von diesem Wortteilchen und ihrer Stimme gekommen. »Ich habe noch ein Konzert auf dem Programm, aber heute schwänze ich uns allen zuliebe und bringe Dich nachher mit dem Wagen nach Hause«, sagte Hans. Was war denn wirklich mit Anneliese? Er hatte sie nicht verlassen, nur immer mehr vergessen, auch als sie noch in seinem Bett lag, auch als sie noch für ihn kochte. Heftig richtete er sich auf, aber dann sagte er es den beiden doch nicht, fiel zurück und wußte, daß er nun gewiß schlafen würde, auf dem harten, unterteilten Sofa, bis man ihn weckte. Hatte er nicht stets, geschmeichelt aber traurig, das Ende der Welt, den schwarzen Schluß, hinter dem es nichts gab, in den Augen der Frauen gesehen? Giselas Kopf, erkannte er nun, erkannte er noch vor dem Wegsinken, war unterhalb der Stirn in aller Schönheit perforiert, und nichts hielt ihn auf!

**Folgende Werke von Brigitte Kronauer sind im
Verlag Klett-Cotta erschienen und im Buchhandel erhältlich:**

Frau Mühlenbeck im Gehäus. Roman (1980)
ISBN 978-3-12-904501-5

Die gemusterte Nacht. Erzählungen (1981)
ISBN 978-3-12-904551-0

Rita Münster. Roman (1983)
ISBN 978-3-608-95218-6

Berittener Bogenschütze. Roman (1986)
ISBN 978-3-608-95420-3

Aufsätze zur Literatur (1987)
ISBN 978-3-608-95512-5

Die Frau in den Kissen. Roman (1990)
ISBN 978-3-608-95669-6

Schnurrer. Geschichten (1992)
ISBN 978-3-608-95852-2

Hin- und Herbrausende Züge. Erzählungen (1993)
ISBN 978-3-608-93286-7

Das Taschentuch (Roman) 1994
ISBN 978-3-608-93220-1

Die Einöde und ihr Prophet.
Über Menschen und Bilder. Erzählungen und Aufsätze (1996)
ISBN 978-3-608-93406-9

Teufelsbrück. Roman (2000)
ISBN 978-3-608-93070-2

Zweideutigkeit. Essays und Skizzen (2002)
ISBN 978-3-608-93334-5

Verlangen nach Musik und Gebirge. Roman (2004)
ISBN 978-3-608-93571-4

Feuer und Skepsis. Einlesebuch
Hrsg. und Vorw. v. Elisabeth Binder (2005)
ISBN 978-3-608-93728-2

Errötende Mörder. Roman (2007)
ISBN 978-3-608-93730-5

Die Sichtbarkeit der Dinge. Über Brigitte Kronauer (1998)
Herausgegeben von Heinz Schafroth (1998)
ISBN 978-3-608-93460-1